LAURIE FOREST

A FLOR DE FERRO

LIVRO DOIS

CRÔNICAS DA BRUXA NEGRA

São Paulo
2023

Editorial e arte	*Francine C. Silva*
Tradução	*Iana Araújo*
Preparação	*Wélida Muniz*
Revisão	*Tássia Carvalho*
	Silvia Yumi FK
Projeto gráfico e adaptação de capa	*Francine C. Silva*
Diagramação	*Bárbara Rodrigues*
Tipografia	*Bembo Std*
Impressão	*e-ART.h Artes Gráficas*

Dados Internacionais de Catalogação na Publicação (CIP)
Angélica Ilacqua CRB-8/7057

Forest, Laurie
F797f A flor de ferro / Laurie Forest ; tradução de Iana Araújo.
— São Paulo : Inside Books, 2023.
512 p. (Crônicas da Bruxa Negra, vol 2)
ISBN 978-65-85086-26-4
Título original: *The Iron Flower*
1. Literatura norte-americana 2. Literatura fantástica I. Título II. Araújo, Iana III. Série
23-5642

Para Walter, por tudo.

PARTE 1

PRÓLOGO

Bem-vindos à Resistência.

As palavras da vice-chanceler Quillen ecoam na minha mente enquanto abaixo a cabeça para me proteger do vento forte e corro pelas ruas iluminadas por tochas da universidade. Puxo meu manto com firmeza, não mais intimidada pelos cartazes de PROCURA-SE pregados por toda a cidade. Em vez disso, sou dominada por um renovado senso de urgência e propósito.

Preciso encontrar Yvan.

Tenho que contar a ele que o professor Kristian e a vice-chanceler Quillen vão ajudar minha amiga Tierney e sua família a fugir para o Reino Oriental. Yvan foi quem sugeriu que eu procurasse nosso professor de História, então ele deve saber da conexão do professor Kristian com a Resistência.

E como Tierney, Yvan claramente tem sangue feérico. Ele também precisa sair do Reino Ocidental.

Uma súbita onda de emoção me atinge ao pensar em Yvan indo embora de vez. Meus passos ficam menos urgentes e lágrimas irritam meus olhos quando paro ao lado de um poste de tocha e me apoio nele. Flocos de neve caem do céu escuro como breu, as pontas geladas agulham a pele exposta do meu rosto e das mãos enquanto a tocha cospe faíscas crepitantes no ar congelado.

Luto para recuperar o fôlego, a força total de Gardnéria de repente parece pressionar e ameaça engolir todas as pessoas que eu amo.

Um grupo de estudiosos élficos alfsigr passa em silêncio, sem sequer lançar um olhar curioso na minha direção, a capa branca como marfim está apertada com firmeza ao redor do corpo deles enquanto deslizam como fantasmas através do leve véu da neve que cai. Vejo suas formas pálidas se tornarem manchas e, em seguida, misturarem-se ao branco enevoado enquanto eu me forço a respirar fundo e a segurar as lágrimas.

Eu me obrigo a entrar em movimento e volto a caminhar pelas ruas cobertas de neve. Por fim chego ao caminho sinuoso que leva à entrada dos fundos da cozinha principal, e uma onda de calor abençoado me envolve no momento em que entro. Esperançosa, olho em volta, à procura de Yvan, mas encontro apenas Fernyllia, a governanta das cozinhas, raspando os restos pegajosos de massa de pão de uma das longas mesas.

– Ah, Elloren – Fernyllia me cumprimenta com um sorriso caloroso, seu rosto rosa-claro está radiante, e fios de cabelo branco escapam de seu coque. – O que a traz aqui a essa hora da noite?

Seu comportamento calmo está tão em desacordo com minhas emoções turbulentas que meus pensamentos se embaralham por um momento.

– Estou procurando o Yvan.

Com a escova de cerdas, Fernyllia gesticula para a porta dos fundos.

– Pedi a ele que levasse os restos para os porcos. Ainda há baldes para levar. Acho que, se nós levássemos um ou dois, poderíamos concluir a tarefa e poupar Yvan de fazer algumas viagens.

– Claro – concordo, afoita.

– Pode ir na frente. Já, já eu vou.

Eu iço dois dos baldes pesados, os músculos dos meus braços absorvem facilmente o peso depois de meses de trabalho na cozinha. Abro a porta dos fundos e subo a colina em direção ao celeiro, o vento gélido faz a neve brilhante rodopiar ao meu redor.

Quando atravesso a porta do celeiro, o som de uma conversa abafada chega aos meus ouvidos. Cautelosa, eu me movo em direção às vozes e espio através dos cabos de madeira dos ancinhos, das enxadas e das pás. Dois rostos familiares aparecem, e eu congelo.

Yvan e Iris.

A expressão de Yvan é séria, assim como a dela, com os olhos fixos um no outro. E eles estão próximos; *muito* próximos.

– Eles vão começar a testar todo mundo com ferro – Iris diz a Yvan, com a voz trêmula. – Você sabe que vão. Preciso ir embora. Preciso ir embora *agora*.

Meus pensamentos se embaralham em confusão enquanto o significado de suas palavras me inunda.

Iris Morgaine é... feérica?

Eu me esforço para lembrar de alguma vez em que a vi tocar em ferro na cozinha e percebo que, ao contrário de Yvan, ela nunca se aproxima das panelas ou do fogão. Ela está sempre preparando bolos e pães.

Sempre.

Se ela tem tanto medo de ser testada com ferro... Iris pode ser uma feérica de sangue puro. Sob um glamour, assim como Tierney.

Iris começa a chorar enquanto olha para Yvan, implorando. Ele a puxa para um abraço gentil, murmurando suavemente para ela enquanto seus braços fortes a seguram perto, com a cabeça inclinada sobre o ombro dela, seu cabelo castanho despenteado se misturando com mechas douradas dela.

Uma dor pungente me atravessa, assim como o desejo intrometido e completamente egoísta de ser a pessoa cercada pelos braços de Yvan, e a vontade súbita e feroz de não ser igualzinha à minha maldita avó. Se fosse assim, talvez Yvan me desejasse.

Você não tem o direito de se sentir assim, eu me enfureço comigo mesma. *Ele não é seu.*

Iris inclina a cabeça e beija o pescoço de Yvan, aconchegando-se nele com um gemido suave.

Yvan endurece, seus olhos se arregalam e os lábios se separam em evidente surpresa.

– Iris... – Ele se afasta um pouco dela enquanto um desejo frustrado por ele, tão cru que dói, explode dentro de mim.

De repente, como se sentisse minha torrente de emoção, Yvan olha diretamente para mim, seus olhos verdes ardentes se fixam com intensidade nos meus com uma compreensão abrasadora. E eu sei, sem sombra de dúvida, que de alguma forma Yvan consegue ler toda a intensidade dos meus sentimentos por ele.

Horror e humilhação me atravessam. Deixo cair os baldes de lavagem e corro do celeiro para a noite branca, quase derrubando uma Fernyllia muito surpresa quando passo correndo, quase perdendo o equilíbrio na colina nevada.

Lágrimas escorrem pelo meu rosto enquanto entro correndo na cozinha e atravesso o refeitório vazio, minha respiração sai em arfadas esfarrapadas no que eu disparo pelos corredores e, por fim, me enfio em uma sala de aula vazia, me jogo sobre uma das muitas cadeiras no espaço escuro e desabo sobre a mesa diante de mim. Enterro a cabeça nos braços e, estremecendo, me desfaço em soluços altos que pesam dolorosamente nas minhas costelas e sufocam os meus pulmões.

Eu me deixei apaixonar por ele. E ele nunca me vai querer.

A dor da rejeição contínua de Yvan é uma dor estrondosa, e estou totalmente despreparada para a força do sentimento.

Perdida em meu próprio tormento, não reparo na presença silenciosa de Fernyllia até a vislumbrar pelo canto do olho e sentir sua mão calejada em meu ombro. A cadeira ao lado da minha é arrastada pelo chão de pedra quando ela se senta ao meu lado.

– Você gosta dele, não é, criança? – Fernyllia pergunta, com um tom gentil.

Aperto os olhos com força e aceno com a cabeça com firmeza. Afável, ela acaricia as minhas costas, murmurando baixinho em uriskal.

– Eu não quero ser gardneriana – consigo enfim dizer, internamente furiosa, não querendo usar meu traje preto gardneriano nunca mais. Não querendo a hedionda braçadeira branca, um gesto silencioso de apoio ao alto mago Marcus Vogel, em volta do meu braço. Não querendo nada da cruel tirania que o meu povo infligiu aos outros.

Querendo ser livre de tudo isso.

Querendo Yvan.

Fernyllia fica em silêncio por um momento.

– Não podemos escolher o que somos – diz ela, por fim, com a voz baixa.

– Mas podemos escolher *quem* somos.

Eu olho para cima e a encontro me encarando.

–Você sabia que eu já fui casada? – pergunta Fernyllia com um leve sorriso nostálgico. – Antes da Guerra do Reino. – Seu rosto fica atordoado, as rugas ao redor dos olhos se contraem. – Então o seu povo veio e matou todos os nossos homens. Depois que tudo acabou, eles prenderam os sobreviventes e nos colocaram para trabalhar para os gardnerianos.

Fernyllia fica quieta por um momento. Então, em um sussurro, ela acrescenta:

– Eles também abateram o meu filho.

Minha respiração fica presa na garganta.

– A vida pode ser muito injusta – diz ela, com a voz tensa.

A vergonha me atravessa. Meus problemas não são nada em comparação aos de Fernyllia. Ela já passou por tanta coisa, mas ainda assim é forte, ainda trabalha para ajudar os outros. E aqui estou eu, sentindo pena de mim mesma. Admoestada, engulo as lágrimas, endireito-me e me esforço para me recompor.

– É isso, Elloren Gardner – diz Fernyllia, com a expressão dura, mas não cruel. – Aguente firme. A minha neta, Fern... quero algo melhor para ela. Melhor do que ser uma serva dos gardnerianos ouvindo que vale menos do que nada. Quero que ela esteja livre de mente e livre de corpo, sendo a primeira a parte mais difícil para qualquer um de nós. Eles não possuem a sua mente, não é, Elloren?

Olho dentro de seus olhos e balanço a cabeça.

– Muito bem – diz ela, satisfeita. – Garanta que continue assim. Há muito trabalho a ser feito. Muita coisa precisa mudar para que minha Fern possa ter uma vida boa.

DECISÃO DO CONSELHO DOS MAGOS

N. 103

Qualquer informação relativa à apreensão de um dragão militar imaculado da base da Quarta Divisão gardneriana deve ser imediatamente comunicada ao Conselho dos Magos. A pena para o roubo de dragões militares é a morte.

CAPÍTULO UM

INTRUSA

– Vogel fechou a fronteira gardneriana de vez.

O silêncio preenche a imensa despensa da cozinha enquanto absorvemos as palavras do professor Kristian, que olha nos olhos de cada um de nós, com as mãos cruzadas sobre a ampla mesa diante dele.

Tierney e eu trocamos um olhar ansioso. Parte do nosso grupo da Resistência está em torno da mesa de madeira, os nossos rostos exaustos estão iluminados pelas luminárias de parede. Yvan está sentado em frente a mim, ao lado de Iris, há um vinco rígido de tensão entre seus olhos, e eu luto para resistir à atração de olhar para ele. Atrás de Yvan, Fernyllia está apoiada nas prateleiras abastecidas com conservas, seus olhos rosados estão fixos em Jules Kristian, e os braços cruzados diante do corpo robusto. Carrancuda, Bleddyn Arterra se mantém nas sombras, seu rosto é de um verde profundo sob a luz fraca. A vice-chanceler Lucretia Quillen está empoleirada ao lado de Jules, seu rosto anguloso está tranquilo e composto.

Há apenas alguns de nós aqui, não podemos nos encontrar em grandes grupos sem levantar suspeitas. Assim, tornou-se responsabilidade nossa transmitir mensagens aos outros pequenos grupos da Resistência em toda a Verpácia, incluindo os meus irmãos e os amigos que nos ajudaram a resgatar Naga, o dragão militar imaculado com quem Yvan tinha feito amizade.

– A Guarda dos Magos está patrulhando a fronteira dia e noite – Jules continua com gravidade. Ele hesita por um momento. – E agora estão usando hidrinas treinadas para caçar feéricos.

– Hidrinas? – Tierney repete, temerosa. Ela está sentada ao meu lado, com o rosto tenso como uma corda de arco. Seu terror é compreensível: as enormes bestas em forma de javali são terrivelmente cruéis e capazes de rastrear cheiros por longas distâncias.

– Vogel também está recebendo ajuda da população gardneriana local – Lucretia diz, de forma sinistra. – Ele colocou um preço alto pela cabeça de qualquer feérico sob glamour.

A seda preta de sua túnica gardneriana brilha à luz das lamparinas. Ela está camuflada como Tierney, e como eu costumo me camuflar quando não estou trabalhando nas cozinhas: com uma túnica gardneriana preta sobre uma longa saia cor de ébano, com uma faixa branca de tecido apertada firmemente em torno do braço. A braçadeira usada pelos partidários do alto mago Marcus Vogel.

É imprescindível que nossos colegas gardnerianos acreditem que estamos do lado deles, a fim de proteger a Resistência. Ainda assim, não consigo deixar de me sentir enojada toda vez que tenho que usar uma dessas braçadeiras.

Faz poucos dias que estou trabalhando para a Resistência verpaciana, mas sei que é liderada por Jules, Lucretia e Fernyllia. Há um braço kéltico da Resistência que realiza atos de sabotagem contra as forças gardnerianas e alfsigr, mas o principal esforço do grupo verpaciano é evacuar refugiados através de Verpácia e para fora do Reino Ocidental.

O medo tanto dos militares gardnerianos como dos alfsigr está em alta por toda a parte, o que significa que a Resistência verpaciana é pequena, desarmada e está sobrecarregada. A nossa única vantagem potencial é um dragão militar imaculado com pernas e asas catastroficamente em frangalhos.

A situação é assustadora, para dizer o mínimo.

Massageio a têmpora na tentativa de aliviar a dor de cabeça implacável. O aroma de fermento da massa descansando e o cheiro das ervas secas sopram pela entrada da cozinha, com um abraço caloroso que proporciona apenas um conforto muito limitado.

Passei o dia em um humor terrível.

Acordei com o alvorecer, suando frio, meus cobertores estavam enroscados em volta dos meus braços e pernas enquanto minha mente se afastava de mais um pesadelo terrível. O mesmo pesadelo que me assombra há dias.

Desorientada, agarrei-me aos detalhes do sonho assustador quando eles começaram a voar para longe, fracos como fiapos de fumaça.

Um campo de batalha sob um céu avermelhado, uma figura encapuzada malévola caminhando em minha direção enquanto eu me encolhia atrás de uma árvore morta enegrecida, agarrando uma varinha branca com uma das mãos.

Agora, muitas horas depois, tudo o que resta do pesadelo é a sensação persistente de medo e o vago e inquietante sentimento de que algo sombrio está me procurando.

– Alguma notícia sobre a eleição do Conselho Verpaciano? – pergunta Bleddyn.

Fernyllia lhe lança um olhar sombrio.

– Os gardnerianos agora são a grande maioria.

– Sagrado Ancião – expiro, consternada, enquanto Iris murmura com raiva, seus belos olhos castanhos se enchem de indignação.

E medo.

Yvan coloca uma mão reconfortante no braço dela, e eu tento afastar a pontada de inveja que surge em mim.

– Nós sabíamos que isso estava por vir. – As palavras de Tierney são amargas, sua boca está torcida em um meio-sorriso de escárnio. – Já faz tempo que o Conselho Verpaciano é uma causa perdida.

Mas é mais do que uma simples causa perdida: é um desastre absoluto. Verpácia é povoada por uma variedade de grupos étnicos, principalmente verpacianos, gardnerianos, elfhollenee kélticos. Agora que o conselho governante é predominantemente gardneriano, é apenas questão de tempo até que sua influência recaia sobre o país e comece a consumi-lo.

Uma luz pisca acima de nós, e todos olhamos para o alto. Uma nuvem densa se formou perto do teto caibrado da despensa, pequenas veias de raios brancos pulsam dentro dela. Alarmada, eu olho para Tierney, e ela me lança um olhar ansioso em troca. Sua magia de água asrai cada vez mais poderosa está fora de controle. De novo.

Tierney fecha os olhos com força e inspira o ar de maneira longa e trêmula. A nuvem começa a se dissipar, depois desaparece por completo. Tanto Jules quanto Lucretia a estudam com expressões de profunda preocupação, mas ela teimosamente evita olhar para qualquer um deles.

– Os gardnerianos têm bandeiras penduradas por todo o lado. – Bleddyn pontua suas palavras com um movimento de sua mão. Ela fixa os olhos em mim, com os lábios verdes torcidos em repulsa. – Estão agitando essas bandeiras vis, agindo como se fossem os mestres da Therria.

Interiormente, recuo da força do olhar de Bleddyn, muito consciente do meu cabelo preto gardneriano e do brilho esmeralda da minha pele, intensificado pela luz fraca da despensa.

– Estamos a dias de Verpácia ser nada mais do que uma extensão de Gardnéria. – A voz de Iris está estridente quando ela olha para Jules, suplicante. – Nós *não podemos* ficar aqui por muito mais tempo, Jules.

Ele acena com simpatia.

– Estamos nos preparando para mover o maior número possível de pessoas para o leste, mas temos que esperar alguns meses para que as tempestades do deserto passem e o inverno acabe. É muito perigoso neste momento. – Jules faz o melhor que pode para tranquilizá-la, explicando quando uma oportunidade mais segura de fuga se apresentará e, por mais que eu não goste de Iris, ela tem minha solidariedade.

Os olhos de Yvan encontram os meus por um momento, mas então ele os desvia rapidamente, e sinto uma pontada de dor. Ele tem sido bastante frio comigo desde que resgatamos Naga e destruímos a base militar gardneriana. E ele ficou ainda mais frio depois da minha cena embaraçosa poucos dias atrás, quando o flagrei com Iris no celeiro e deixei transparecer nitidamente o que sentia por ele.

Inspiro profunda e tremulamente, e afasto a memória mordaz para os recônditos da minha mente, quando Jules começa a contar a Fernyllia sobre os suprimentos de comida de que ele precisa para um grupo de refugiados. Por reflexo, minha mão alcança o colar de carvalho de neve que Lukas Grey me enviou. Apesar dos meus esforços para mantê-lo à distância, Lukas ainda parece determinado a fazer o laço de varinha comigo, se os seus presentes e cartas são algum indício.

Deslizo os dedos pelo desenho da árvore em relevo no pingente, a imagem reconfortante de uma árvore de folhas claras farfalhando com vivacidade surge na minha mente. Cada vez mais, sinto-me atraída pelo pingente, compelida pelo conforto que ele oferece, assim como a varinha branca que Sage me deu.

À medida que fecho o punho sobre o pingente com mais força, uma energia cintilante ondula através de mim, e me lembro das palavras de advertência de Wynter quando coloquei o colar pela primeira vez. Nós duas sentimos o poder sutil do objeto, um poder que clama por alguma parte profunda de mim que ainda não consigo nomear. Ele guarda o calor de uma chama bruxuleante, a força enraizada de uma árvore antiga, e uma tentação a que estou tendo dificuldade de resistir.

Solto o pingente com um suspiro, e mais uma vez lanço um olhar discreto para Yvan. Iris está sentada tão perto que seu queixo está quase apoiado no ombro dele. Uma nova onda de inveja me atinge, e luto para subjugar o sentimento amargo, mas estou tão exausta que ele se infiltra em mim de qualquer maneira. O desejo se enrosca dentro do meu ser enquanto Iris se inclina ainda mais para ele, com o cabelo loiro como mel à luz da lamparina roça as pontas no braço dele.

Será que imaginei, Yvan? Como quase me beijou naquela noite? Por que você se afastou?

Enquanto analiso o rosto bonito e anguloso de Yvan, na esperança de encontrar uma resposta, Iris vira a cabeça para mim. Seus olhos se estreitam em censura, e eu arranco meu olhar para longe deles, meu rosto esquenta a ponto de eu sentir uma queimação desconfortável. Luto para recuperar a compostura, mas quando olho mais uma vez, ela ainda está me encarando. E exagera ao descansar suavemente a cabeça no ombro de Yvan e envolver uma mão lânguida em torno de seu braço.

Distraído, ele olha para Iris e coloca uma mão reconfortante sobre a dela. O sorriso triunfante em seu rosto me faz ter dificuldade para engolir, minha garganta fica áspera e seca à medida que meu humor fica ainda mais sombrio.

– Alguma informação sobre anistia para os refugiados? – Tierney pergunta a Lucretia, enquanto Jules e Fernyllia encerram a conversa.

– Estamos tentando – diz Lucretia. – O clima político é... *difícil* no momento. As amazes acolhem um número limitado de refugiados, mas apenas mulheres, e com o acordo tácito de que as feiticeiras vu trin acabarão por levá-las para o leste. – Vendo o olhar ansioso de Tierney, ela logo acrescenta: – Mas é significativo. E muito corajoso da parte das amazes. – Então a boca de Lucretia endurece. – Os lupinos, kélticos e verpacianos têm receio de provocar a ira gardneriana.

– E o que fazemos agora? – pergunta Tierney, e é quase uma ordem.

– Continuamos a trabalhar para tirar os refugiados de um reino que lhes é hostil – responde Jules. – Fora da linha de fogo gardneriana e alfsigr. – Ele se recosta no assento, tira os óculos e tira um lenço no bolso para limpá-los. – As vu trin locais podem ser capazes de nos ajudar. A sua comandante, Kam Vin, é solidária à situação dos refugiados.

Fico surpresa com a revelação, pois me lembro de como a comandante Vin foi dura e intimidante quando fez meu teste de varinha.

– A comandante Vin está tentando manter um equilíbrio cuidadoso – acrescenta Jules. – Do ponto de vista político, o povo noi mantém relações delicadamente amistosas com os gardnerianos. E eles não querem que suas próprias forças militares vu trin provoquem uma guerra, mesmo que de forma inadvertida.

– Então os noi estão apaziguando os gardnerianos. – Tierney fala como se cuspisse as palavras, enojada. – Como o resto.

Jules lança a Tierney um olhar cansado.

– Sim, Tierney. Certamente estão. Mas parece que a comandante Vin vê o que está por vir. Ela sabe que não será possível apaziguar os gardnerianos para sempre, por isso temos nela uma potencial aliada. O que é bom, porque é provável que a situação atual se agrave muito mais.

– Já *está* muito grave – afirma Tierney, veemente.

– Ela tem razão – Yvan intervém, olhando ao redor. – Alguns dos aprendizes militares gardnerianos começaram a podar urisks.

Iris empalidece e Bleddyn cospe o que soa como um palavrão em uriskal.

– Houve quatro incidentes nos últimos dois dias – continua Yvan com seriedade. Ele olha para Fernyllia e Bleddyn com preocupação. – Portanto, tenham cuidado. Não saiam por aí sozinhas.

– O que é podar? – deixo escapar, confusa.

Bleddyn me olha com desgosto.

– Os gardnerianos estão cortando as pontas das nossas orelhas, como se fôssemos animais. E tosquiando nosso cabelo. *Isso* é podar.

Santo Ancião. Choque e náusea se contorcem através de mim.

– Um agricultor gardneriano aqui em Verpácia foi atacado por alguns trabalhadores urisks – Yvan me diz, seu comportamento abrandando momentaneamente quando o olhar se cruza com o meu, como se pudesse sentir o quanto isso me perturbou. – Os gardnerianos no Conselho Verpaciano estão clamando por retribuição, e isso está provocando violência entre a população.

– Fiquei sabendo da situação naquela fazenda – diz Fernyllia, com a expressão tão dura quanto uma tábua. – O agricultor gardneriano maltratava os trabalhadores impiedosamente. Espancava todos até quase a morte. – Ela hesita, e sua expressão fica soturna. – Entre coisas piores.

–Vovó? O que tá acontecendo?

Todos os olhos se voltam para a pequena Fern, que tinha acabado de entrar no cômodo. Seus braços estão envoltos em torno de sua boneca de pano favorita, Mee'na: a boneca costurada com amor por sua avó, Fernyllia. Mee'na tem pele branca corada, tranças rosadas e orelhas pontudas, assim como Fern.

Rezo para que ela não tenha ouvido uma palavra dessa conversa horrível, mas consigo ver em seus olhos arregalados e assustados que ela escutou um pouco.

Fernyllia estala a língua e vai até a neta. Com as juntas rangendo, ela se abaixa ao nível dos olhos de Fern, abraça a criança e murmura baixinho em uriskal.

Olilly entra logo depois de Fern. A garota urisk de pele cor de lavanda lança a todos nós um sorriso leve e vacilante.

–Vá com a Olilly agora – diz Fernyllia em um tom tranquilizador. –Vou te contar uma história daqui a pouco, *shush'onin*.

Fern recebe um abraço e um beijo da avó e sai com Olilly, a porta de madeira da despensa se fecha atrás delas.

Por um momento, ficamos todos em silêncio lúgubre.

– Mantenha Fern escondida –Yvan diz a Fernyllia, com uma advertência inflexível no olhar. – *Bem* escondida.

Uma onda de horror me varre. A ideia de alguém agarrando a pequena Fern, tosquiando suas tranças rosadas e cortando as pontas de suas orelhas... é tão medonha que mal consigo pensar nela. Há alguns meses, nunca teria acreditado que sequer a ameaça de tal crueldade pudesse existir no mundo. Agora sei das coisas. E isso me enoja.

– Um último e terrível anúncio – Jules se vira para Tierney e mim. – A idade obrigatória para o laço de varinha entre os gardnerianos foi reduzida para dezesseis anos. Todos os gardnerianos acima dessa idade que não se enlaçarem até o final do quinto mês serão *forçados* em um laço pelo Conselho dos Magos.

Olho para as minhas mãos, as unhas lascadas e a pele manchada de azul e verde por causa das ervas medicinais. Abençoadamente sem a marca do laço de varinha. *Mas não por muito tempo.*

Estremeço quando imagino as marcas pretas do laço rastejando pelas minhas mãos, me amarrando para todo sempre a alguém que mal conheço. A minha tia Vyvian começou a enviar cartas ameaçadoras nas últimas semanas, insinuando que talvez seja necessário reduzir os cuidados médicos caros do meu tio doente se eu não me laçar a Lukas Grey em breve.

Fico ainda mais irada ao pensar naquilo, e o desespero aumenta. Com quem vou me laçar, senão com Lukas? Pode não haver forma de evitar o laço de varinha, mesmo que eu fique em Verpácia e me recuse a regressar a Valgard. Há presença gardneriana suficiente aqui para que minha tia possa facilmente impor a nova obrigatoriedade do laço.

O rosto de Tierney ficou rígido de ansiedade por causa da ameaça iminente do laço de varinha, e da avaliação de ferro que Vogel ordenou que precedesse cada cerimônia. Um teste que não apenas revelaria quem Tierney é, mas que também teria o potencial de matá-la.

– Estamos tentando negociar com os lupinos e as vu trin para tirar você, sua família e o resto dos feéricos escondidos – Lucretia diz a Tierney enquanto Jules desenrola um mapa de Verpácia, alisa-o sobre a mesa e se inclina para examinar as anotações lá.

Rotas de fuga. Para urisks, elfos smaragdalfar e os de sangue feérico fugindo para o leste.

– Providencie para que Rafe e os gêmeos lupinos venham me ver, Elloren – Jules diz, olhando do mapa para mim. – Precisamos de rastreadores para explorar novas rotas para refugiados. A força militar verpaciana fechou a maioria das do norte.

Aceno com a cabeça, encorajada pelas contribuições que minha família e amigos estão fazendo para os esforços da Resistência. O meu irmão Trystan também entrou nessa com entusiasmo, forjando armas às escondidas para os refugiados e seus guias.

Todos no cômodo sabem de tudo isso.

Mas Iris e Bleddyn não têm ideia de quem estava realmente por trás da destruição da base militar gardneriana próxima e do roubo de um dragão imaculado.

E das pessoas aqui, apenas Tierney e Yvan sabem de Marina, a selkie escondida no meu alojamento.

– Vamos precisar da sua ajuda e de Tierney também – avisa Lucretia. – Há um surto grave de gripe vermelha entre os refugiados que estão chegando em Verpácia, especialmente entre as crianças.

– E em vez de mostrar um pingo de compaixão – interrompe Jules, com a repulsa tomando conta do seu tom –, o Conselho Verpaciano está usando a doença deles como razão para reprimir quem está aqui sem documentos de trabalho, criando dificuldade para que eles consigam procurar ajuda de médicos e boticários.

Tierney e eu trocamos um olhar decidido, mas não temos ilusões quanto à dificuldade do que estão nos pedindo para fazer. A cura, a tintura *Norfure*, é complicada e cara de ser feita, e é difícil conseguir os ingredientes. Mas somos as únicas no nosso pequeno grupo da Resistência que têm as competências necessárias para prepará-la.

– Vamos fazer o remédio – promete Tierney, com a voz cheia de rebeldia.

– Obrigado – diz Jules, com gratidão, depois se volta para mim de novo. – E Elloren, diga ao seu irmão Trystan que encontramos alguém que pode treiná-lo no uso de feitiços de combate. É Mavrik Glass. Ele é o mestre de varinha chefe da base da Quarta Divisão, mas veio para o nosso lado. Ele tem se contido na formação dos soldados gardnerianos e guardado a melhor instrução para o nosso pessoal. Em segredo, ele também está inserindo falhas nas varinhas da Guarda dos Magos.

Uma trepidação me perpassa. Tenho certeza de que foi fácil de esconder quando Damion Bane estava no comando, mas a base agora tem um novo comandante. E não há como enganar Lukas Grey.

– Diga a ele para não se conter mais no treinamento deles – insisto. – E ele deve parar de fazer varinhas defeituosas.

Surpresos, os olhos de Yvan disparam para os meus, e os outros logo parecem desconfiados.

– Por quê? – Jules pergunta.

Eu encontro o olhar de Jules, séria.

– Porque Lukas saberá.

Ele balança a cabeça.

– Damion nunca...

– Talvez não – eu o interrompo, com veemência –, mas Lukas *vai saber.*

O lábio de Iris se curva em desprezo. Os olhos dela se voltam para Jules.

– É *ela* quem dá as ordens agora?

Na defensiva, estendo as mãos.

– Vocês precisam confiar em mim quanto a isso.

– Confiar em *você*? – Iris pergunta, com escárnio.

– Você ainda está em contato com Lukas Grey, então? – Bleddyn me fita com dureza.

Engulo o nó seco na garganta. O pingente de árvore de Lukas pulsa sedutoramente sob minha túnica, e um calor desconfortável desliza pelo meu pescoço.

– Ele é... amigável comigo. O que poderia ser útil para nós.

O olhar de Yvan cintila com rancor, e juro que sinto calor irromper no ar entre nós. Sua boca forma uma linha dura e implacável que envia uma pontada palpável através de mim.

As expressões de Jules e Lucretia se tornaram calculistas à medida que me avaliam com frieza, como se de repente me vissem sob uma nova luz.

Iris se levanta abruptamente, gesticulando com raiva na minha direção.

– Ela não deveria estar aqui! – exclama. – Não deveríamos estar trabalhando com *nenhum* gardneriano. Ou alfsigr.

Eu me eriço com isso enquanto Lucretia avalia Iris com calma, parecendo imperturbável com aquele pronunciamento. Sei que Iris também não gosta de trabalhar com a gardneriana Lucretia, mas não tem muita escolha a esse respeito, uma vez que a mulher é uma das nossas líderes.

Tierney lança um olhar cáustico na direção de Iris.

– Eu entendo o seu ponto de vista, Iris. De verdade. Mas o que você está sugerindo colocaria toda a minha família gardneriana em perigo.

Iris ignora Tierney enquanto se volta e caminha na minha direção, a indignação arde em seus olhos.

– Pretende que Lukas Grey volte para nos ameaçar de novo? Para ameaçar Fern?

Lembro-me de como Lukas aterrorizou a neta de Fernyllia e, por um momento, nem consigo olhar para Iris. Nem para Fernyllia. *Especialmente* para Fernyllia.

– Não – retruco, minha voz falha de vergonha. – Claro que não...

– E por que ela usa as nossas roupas? – Iris exige de Jules.

Eu me remexo desconfortavelmente em minha túnica marrom escura e saia de casa. Voltei a usar o traje simples quando trabalho nas cozinhas, guardando as sedas luxuosas da tia Vyvian para ir às aulas e eventos.

– Iris, Elloren é uma de nós – diz Jules, firme. – Você já sabe a minha opinião.

Iris me encara.

– Você não é uma de nós. *Nunca* será uma de nós. Só está chamando atenção para si. E isso *nos* coloca em risco.

Yvan coloca uma mão em seu braço.

– Ela está do nosso lado, Iris.

– Não, Yvan. Você está *errado*. – Iris puxa o braço para longe dele e me lança um olhar penetrante, como se pudesse fitar diretamente a minha alma e detectar o poder sombrio de minha avó escondido ali dentro. – Você esquece quem ela é – diz, sua voz baixa com um pressentimento que envia um arrepio pela minha espinha. – Você esquece quem é a família dela. Ela é *perigosa*.

Então Iris se levanta e sai correndo do cômodo. Bleddyn me lança um olhar hostil e vai atrás dela.

Desamparada, relanceio Yvan e de repente encontro seu olhar preocupado, sincero e comovido preso a mim. Por um breve momento, o resto do depósito recua quando um clarão do que ele parecia sentir por mim irrompe.

E logo desaparece de novo, sua expressão aberta se fecha enquanto o muro entre nós volta a se erguer. Ele me lança um último olhar tenso e dolorido antes de se levantar e ir atrás de Iris e Bleddyn.

– Elloren, posso falar com você por um momento? – pergunta Lucretia enquanto os outros saem da despensa. Por um instante, Tierney me olha com curiosidade, depois se oferece para me encontrar no laboratório de boticários. Aceno com a cabeça, e ela se despede enquanto Lucretia fecha a porta sem fazer barulho.

A vice-chanceler se vira para me avaliar através dos óculos de aro dourado.

– Não sei se você já percebeu isso, mas sua conexão com Lukas Grey pode se revelar importante para nós – diz ela.

Uma tensão inquietante se espalha por mim à menção do nome de Lukas.

– Ele está se revelando uma voz moderada na Guarda dos Magos – explica Lucretia. – E pode ser alguém que podemos influenciar.

Eu a olho com surpresa, atordoada com a nova informação. Lucretia parece notar o meu choque e acrescenta rapidamente uma advertência:

– Ele pode ser um aliado, mas não baixe a guarda perto dele, Elloren. Não se deve brincar com Lukas Grey. Ainda assim, temos observado seu comportamento de perto, e ele já foi repreendido várias vezes por se recusar a impor algumas das novas restrições religiosas de Vogel.

– Como ele se safa de desafiar Vogel? – indago.

– Poder. Vogel quer o poder de Lukas Grey do seu lado. Por isso está ignorando a insubordinação. Pelo menos por ora.

De repente, desconfio do que ela poderia estar se preparando para me pedir e me afasto um pouco, lançando um olhar estreitado e ressabiado para ela.

– Você deixou claro que não quer se laçar com ele – diz Lucretia, com seu tom cheio de significado oculto. – Mas... talvez ele não precise saber disso no momento. Você entende?

Considero e dou um leve aceno com a cabeça.

– Se Verpácia se render aos gardnerianos – ela continua falando –, Lukas Grey ganha jurisdição sobre as fronteiras daqui. Precisamos que você descubra de que lado está a lealdade dele... e se ele pode ser convencido a romper com os gardnerianos.

Meus olhos se arregalam de espanto.

– Você acha mesmo que há uma chance de isso acontecer?

– Acho – confirma ela, com um brilho conspiratório no olhar.

Um pensamento inquietante me sobrevém, um que, a princípio, hesito partilhar.

– Tenho uma estranha compulsão a ser sincera com Lukas – admito por fim. – Não sei explicar a razão, mas o sentimento é... às vezes é esmagador. Você precisa saber disso.

Lucretia pensa no que eu disse.

– Vocês dois devem ter fortes linhas de afinidade com a terra – ela pondera.

– Não tenho nada forte – eu contesto amargamente. – Sou uma maga nível um.

Ela balança a cabeça ao ouvir isso.

– Só porque você não consegue acessar seu poder não significa que suas linhas de afinidade sejam fracas. Seu nível de varinha é apenas uma medida de sua capacidade de usar a magia. Isso nunca muda. Mas a profundidade do poder em suas linhas de afinidade... isso pode se fortalecer com o tempo.

Muitas vezes me perguntei sobre minhas afinidades de maga, as linhas de magia elemental que correm dentro de todos os gardnerianos e começam a acelerar à medida que nos tornamos adultos. Cada mago possui um equilíbrio diferente entre linhas de terra, água, ar, fogo e luz; linhas que estou começando a notar de maneira vaga desde que comecei a usar o pingente de carvalho da neve. Fecho uma mão sobre ele, um rubor inquietante corre por mim.

– Você consegue sentir suas linhas de afinidade? – pergunto, incerta. Sei que Lucretia é uma maga de água nível quatro, mas, por ser mulher, não há linhas de prata marcando suas sedas gardnerianas.

– O tempo todo – diz ela. – Às vezes é como um oceano de poder correndo através de mim. Em outras, parece que pequenos riachos de água ondulam sobre as linhas. Mas não sinto tanto as minhas outras afinidades. – Ela franze a testa, uma pergunta se formando. – Você tem uma forte atração em direção à terra?

Assinto.

– Anseio pela sensação da madeira. E... se tocar em alguma, posso dizer qual é a árvore de origem.

Lembro-me da imagem da árvore escura que estremeceu em mim quando beijei Lukas.

– Quando estou com Lukas, posso sentir que ele também tem uma linha de terra forte – confesso. – E... parece despertar a minha.

– O que você sabe sobre a nossa verdadeira linhagem como gardnerianos? – Lucretia me pergunta com tato.

– O Professor Kristian me disse que os gardnerianos têm ascendência miscigenada – respondo com audácia. – Não somos "puro-sangue", não importa o que os nossos padres nos digam. Somos parte dríade, parte kélticos.

Ela assente com a cabeça, seu lábio se contrai em resposta à minha blasfêmia entusiasmada.

– Assim como os Grey, sua família vem de uma linha de dríades particularmente forte. O sinal revelador disso é uma intensa afinidade com a terra. E dríades poderosos não podem mentir uns para os outros.

– Bem, isso representa um problema significativo, não acha?

Lucretia fica pensativa.

– Talvez você possa se concentrar no que acha atraente em Lukas Grey. Isso poderia compensar essa compulsão e atraí-lo.

A sugestão implícita é clara, e eu coro quando me lembro dos beijos sedutores de Lukas, da atração inebriante de sua magia passando através de mim. Sou imediatamente lançada em um conflito vergonhoso. Como posso atrair Lukas quando tenho sentimentos tão fortes por Yvan?

Mas você não pode ter Yvan, lembro a mim mesma com dureza, a imagem de Yvan abraçando Iris ainda dolorosamente fresca em minha mente. *Então fique perto de Lukas. Para a proteção de todos.*

– Tudo bem – digo a ela, tocando o pingente de carvalho de neve, e uma onda ramificada de calor pulsa através de mim. – Vou manter minha conexão com Lukas Grey.

DECISÃO DO CONSELHO DOS MAGOS

N. 156

A avaliação de ferro deve ser aplicada a qualquer um que atravesse a fronteira, entrando ou saindo, do Abençoado Reino Mago da Gardnéria.

CAPÍTULO DOIS
REENCONTRO

O brilho aguçado da luz do sol sobre a fina camada de neve faz meus olhos arderem.

Encaro a rua da cidade de Verpax, através do tráfego de cavalos e pedestres, em direção ao armazém do moleiro e além, minha respiração se tornando névoa no ar. A longa borda coberta de neve da Espinha do Sul perfura as nuvens como uma lâmina de serra.

Uma resignação fatalista toma conta de mim. A situação política é tão desoladora, mas, no meio de tudo isso, a Espinha e sua beleza de tirar o fôlego ainda se erguem para os céus. É tão magnífica que quase dói olhar para ela.

Coloco a caixa pesada de frascos medicinais na neve estaladiça e me encosto em uma árvore, examinando a linha de picos brancos reluzentes. Tranquilizada pela solidez da árvore atrás de mim, respiro fundo e apoio a mão na casca áspera e irregular, uma imagem de verão do olmo cheio de folhas brilhantes permeia a minha mente. Com a outra mão, inconscientemente seguro o pingente de carvalho de neve.

Meus olhos se arregalam de surpresa quando uma explosão inebriante de energia se enrosca em mim, ramificando-se diretamente até os dedos dos meus pés. Respiro fundo, agora me concentrando, sentindo um padrão de linhas de terra serpenteando através de mim. Mas há também uma nova sensação: um calor delicioso e espinhoso que se arrasta ao longo dessas linhas.

Fogo.

Algo se agita na árvore às minhas costas, como uma ligeira ondulação sobre um lago, e um vislumbre de medo da árvore me enche de uma súbita inquietação. Eu me afasto e me viro para olhar cautelosamente para ela, solto o pingente.

O que foi aquilo?

Homens chamam amigavelmente uns aos outros, e o som atrai minha atenção de volta para a rua. Dois aprendizes de moleiro, loiros e verpacianos, estão colocando um saco de cereais atrás do outro em uma carroça larga, o hálito deles solta baforadas de fumaça no ar frio. Ambos usam as braçadeiras brancas de Vogel, e eu franzo a testa para aquela visão. Desde que os gardnerianos assumiram o controle do Conselho governante de Verpácia, muitos não gardnerianos começaram a demonstrar apoio a Vogel, em um esforço de apaziguar a maioria gardneriana cada vez mais opressiva. Ninguém quer se tornar um alvo.

Um grupo considerável de soldados gardnerianos conversa jovialmente em um canto, todos eles também usam braçadeiras brancas. Assim como as túnicas dos soldados, a carroça sendo carregada é preta e marcada com uma esfera prateada da Therria. Observo a fila de lojas e percebo que as bandeiras gardnerianas estão agora penduradas em todas elas, sejam de propriedade de lojistas gardnerianos ou não.

Observo os soldados, e fecho a cara. A reestruturação massiva de Marcus Vogel da nossa Guarda dos Magos está agora completa, e um grande número de soldados da Quarta Divisão regressara para reconstruir a base deles ali sob o comando de Lukas Grey. Como resultado, há um aumento acentuado no número de soldados presentes na cidade de Verpax, uma vez que é a zona comercial mais próxima da base.

Aos meus olhos, os soldados gardnerianos parecem uma força invasora estrangeira, pontilhando as ruas com uniformes bonitos e bem passados, espadas brilhantes e varinhas caras à vista. E, ao redor deles, os sinistros cartazes de "procura-se" se agitam no vento rigoroso do inverno, um lembrete constante de que meus amigos e eu ainda estamos sendo procurados pelo golpe que infligimos às forças gardnerianas.

Encaro os soldados e mordo o lábio, aflita.

Lembro-me das histórias que Yvan me contou sobre como os soldados gardnerianos lançaram seus dragões nos kélticos durante a Guerra do Reino. Sobre como os soldados destruíram aldeias inteiras e as queimaram até que não restasse nada. Enquanto observo os jovens de queixo quadrado e cabelos negros e analiso suas expressões presunçosas, não duvido nem por um momento de que eles farão o que lhes for ordenado.

Sem parar para questionar.

Meu devaneio sombrio é abruptamente interrompido pelo roçar inesperado de lábios quentes no meu pescoço. Pulo para trás em surpresa abismada e giro o corpo, meu coração acelera no que a indignação aumenta dentro de mim.

Respiro fundo quando percebo quem está às minhas costas.

Lukas Grey.

Em toda a sua glória militar de cabelos negros e olhos verdes.

A lembrança de como ele é nunca lhe faz jus.

Ele fica ali sorrindo, bonito como um pedaço de mau caminho, a borda de seu manto escuro jogada de qualquer jeito sobre o ombro. A bainha do uniforme está marcada com as cinco linhas de prata de um mago nível cinco e com a espessa faixa de prata de comandante de divisão. A varinha repousa frouxamente em sua bainha, e a insígnia de dragão da Quarta Divisão está presa em seu peito.

– Não chegue assim de fininho perto de mim – exijo, ofegante, atordoada pela presença repentina de Lukas e pela maneira como ele sorri para mim.

Ele ri, apoia-se na árvore e me lança um olhar sugestivo. Eu olho para mim mesma, de repente ciente de minhas roupas de trabalho no estilo kéltico, meu manto de lã está jogado de qualquer jeito sobre elas.

– Roupa interessante – ele diz com um sorriso. – Sabe, não vai funcionar. – Ele se inclina para perto. – Você ainda se parece com a sua avó.

A compulsão quase magnética de ser sincera com ele se apossa de mim, palavras amarguradas escapam dos meus lábios.

– Não é por isso que estou vestida assim. Não me sinto confortável usando roupas feitas por *escravos* urisks.

– É *possível* ter roupas feitas por alfaiates verpacianos – ele retruca com calma, e com aquele brilho selvagem que está sempre presente em seus olhos. – Roupas *boas.*

Meu coração traidor acelera em resposta ao tom sedutor, à proximidade dele. Desvio o olhar, desesperada para manter o mínimo de pensamento coerente enquanto estou perto dele.

Você não sabe de que lado ele está, Elloren. Seja cuidadosa.

Lukas estende a mão para enrolar um dedo sob a corrente do meu colar de carvalho de neve. Engulo com nervosismo enquanto ele desliza com gentileza o pingente para fora da minha túnica.

– Você está usando – murmura, parecendo satisfeito, deslizando os dedos ao longo da corrente. Um ardor se agita dentro de mim em resposta ao seu toque. Por reflexo, ergo a mão para segurar o pingente, e o calor amorfo se aglutina em delgadas linhas de fogo no fundo do meu ser.

Meus olhos se arregalam.

– O que exatamente é esse colar, Lukas? – A sensação do crepitar de um fogo cintila através de mim em uma onda de formigamento. – Quando eu o toco... parece que ele desperta algo dentro de mim. Algo que nunca senti antes.

– A madeira do carvalho de neve intensifica a magia – responde Lukas, com um sorriso lento e lânguido. – É por isso que o dei a você. Persuade as linhas de afinidade a se manifestarem.

Uma súbita onda de calor me faz soltar um suspiro trêmulo, e o sorriso de Lukas se alarga um pouco mais.

– As suas afinidades estão aumentando, Elloren. O que você tem sentido?

Engulo e olho para dentro, apertando uma mão sobre o pingente.

– Linhas de terra... como pequenos ramos fluindo de lá. Ao meu redor. Tenho sentido isso há vários dias. E então, hoje, agora mesmo... parece haver fogo.

Lukas segura suavemente a minha mão de varinha e pressiona a palma da mão na minha. As linhas ramificadas dentro de mim de repente resplandecem, como se tivessem sido acesas por tochas.

– E agora? – pergunta Lukas.

– Há mais ainda. – Fico maravilhada, sem fôlego. – Mais fogo.

Lukas sorri.

– É uma sensação boa?

Eu aceno com a cabeça, sem conseguir me conter, enquanto seu calor suave se inflama através de todas as minhas linhas.

– Você é igual ao pingente – eu digo, compreendendo atônita.

– Sou, sim – ele responde, seu olhar está sedutoramente sombrio. – Acho que nós dois somos, um para o outro.

Com o coração batendo forte, puxo a mão para longe da dele e solto o pingente, tentando recuperar a compostura.

– Então... eu devo ter linhas de terra e fogo fortes.

– Sim, é bastante provável. Com o tempo, você talvez seja capaz de sentir outras linhas.

Eu olho para ele, curiosa.

– O que você tem?

Seus lábios se inclinam em um sorriso sugestivo.

– Acho que você sabe.

Um rubor aquece minhas bochechas. *Sim, eu sei. Descobri quando o beijei.*

– Quase todas as linhas de terra e fogo.

Lukas acena com a cabeça.

– Como eu.

– Sim. Igualzinho a você.

Meus pensamentos dão voltas quando percebo por que ele é tanto um enigma quanto completamente familiar para mim, tudo ao mesmo tempo.

Somos uma correspondência de afinidade perfeita: o equilíbrio das nossas linhas elementais é exatamente o mesmo.

De repente, a possibilidade de ele não estar alinhado a Vogel é quase tão inquietante quanto a possibilidade de ele estar.

Vozes masculinas invadem meus pensamentos turbulentos e atraem os meus olhos para o outro lado da rua. O vagão dos soldados está se afastando, revelando uma parede riscada entre duas vitrines. Eu me encolho por dentro ao ver o que está diante de mim, os problemas do mundo me sufocam. Pintada na parede com letras pretas e grossas está uma frase do nosso livro sagrado.

QUE SE INICIE O TEMPO DA COLHEITA.

As palavras me causam arrepios, essa pichação vil está se espalhando cada vez mais pelas construções nos últimos dias.

– Nada disso te incomoda? – indago, a pergunta simplesmente salta da minha boca. Aponto para as palavras, tanto irritada quanto perturbada por elas.

Lukas estreita os olhos para a parede, depois se volta para mim, sério.

– Sim, me incomoda – diz ele, como se desafiasse minha visão de quem ele é. – Não concordo com a loucura religiosa que parece estar infestando nosso povo, se é isso que você está querendo dizer, Elloren.

– Isso é bom, Lukas – digo, olhando-o dentro dos olhos. – Acho que eu não seria capaz de te suportar se você não se incomodasse.

De repente me ocorre... se ele não pode mentir para mim, e eu não posso mentir para ele, então há uma maneira simples de descobrir de que lado ele está.

– O que você acha do Vogel? – pergunto, com o tom cheio de desafio.

O olhar de Lukas assume um tom desconfiado.

– Elloren, estou no exército. Conselhos e altos magos vêm e vão. Não escolhemos o governo, defendemos o reino mago.

Nós nos encaramos por um momento cheio de tensão, a sensação estala no ar entre nós.

Um impasse mútuo.

Percebo, insatisfeita, que podemos não ser capazes de mentir um para o outro, mas podemos guardar segredos.

Lukas ergue uma sobrancelha, como se lesse meu desconforto turbulento e me avalia com atenção.

– Está tendo um dia ruim?

Atiro-lhe um olhar frustrado, e seu lábio se ergue com um traço de diversão.

– Eu poderia melhorá-lo para você. – Seu sorriso sutil se alarga para um deslumbrante.

Ah, Sagrado Ancião.

Não, não, não, advirto a mim mesma. *Ele é um problema. Não se deixe envolver tão completamente.*

Franzo a testa para ele, meus olhos passam rapidamente por sua nova faixa de comandante.

– Como vai a missão pela dominação mundial?

Lukas solta uma risadinha enquanto olha para as ruas abarrotadas de gente.

– Parece que a Resistência tem uma pequena vantagem. Não só as nossas forças permitiram que eles destruíssem metade da base da Quarta Divisão, como também permitiram que um dragão militar imaculado escapasse de debaixo dos seus narizes. Parece que ninguém nem se preocupou em ficar de guarda. – Ele sorri, com um brilho predatório no olhar. – Não importa. Podemos ser desorganizados e desleixados e ainda vamos vencer. E a caça a um dragão desaparecido deve garantir um dia de diversão, não acha?

O olhar astuto envia uma onda de desconforto através de mim.

– Então isso tudo não passa de um jogo para você?

Os olhos de Lukas se estreitam.

– Você ficou um pouquinho cética, não foi?

– Sim. E acho a sua visão distorcida do mundo completamente enfurecedora.

Em um movimento hábil, Lukas desliza os braços ao meu redor e me puxa para perto.

– Sentiu saudade de mim? – A respiração dele está quente na minha bochecha. – Eu com certeza senti de você.

O aroma dele... é como mata fechada. E sinto uma nova sensação do poder vibrando logo abaixo de sua pele, minhas linhas de terra se agitam em resposta. Estar perto dele é tentadoramente bom, como tocar madeira.

– O que foi? – Os lábios de Lukas roçam minha orelha. – Nenhum beijo para o guerreiro que regressa?

Minhas linhas de terra se ramificam em direção às dele, pulsando com calor.

– Você é uma praga sobre a Therria – arrisco dizer, tentando me fortalecer contra a atração de nossas afinidades correspondentes, mas as palavras são apanhadas em um suspiro enquanto ele roça os lábios bem devagar pelo meu pescoço. Suas mãos deslizam sob minha capa e enlaçam a minha cintura.

– Quem te transformou nessa subversiva? – Sua voz é sedosa, seus lábios se demoram na minha pele.

– Por que você está me perseguindo, Lukas? – exijo, débil, me esquivando da pergunta enquanto me deixo levar pela sensação de sua magia alcançando a minha.

Ele ri contra o meu pescoço.

– Porque você é linda. E a sua atração é irresistível. A forma como as suas afinidades complementam as minhas... é mais do que um pouco sedutora.

Seus dedos de pianista se estendem para deslizar pelo meu cabelo, e seu calor se derrama através de mim, acendendo minhas linhas de fogo despertadas. Sei que eu deveria ser mais forte, que não deveria cair tão facilmente sob o seu controle. Mas uma lembrança sombria se forma em minha mente e estimula a tentação de ser imprudente.

Você precisa manter sua ligação com Lukas. Para manter todos seguros. E atraí-lo para o nosso lado.

Então, quando Lukas se inclina para me beijar, deixo meus lábios relaxarem, sou como açúcar derretendo em seu calor. Fecho os olhos ao me render ao seu beijo sedutor, nossas linhas de afinidade flamejam uma na direção da outra, os ramos sombrios dele acariciam os meus, as folhas lisas se desenrolam com suavidade.

Ele põe fim ao beijo e, provocante, corre os lábios perto da ponta da minha orelha.

– Você prometeu que iria ao baile de Yule comigo no final desta semana.

– Tudo bem – concordo, muito prontamente. Feito uma tola, inclino a cabeça para ele, querendo mais, querendo sentir o desenrolar sinuoso da árvore. E o fogo dele.

Lukas me solta, parecendo presunçoso ao se afastar.

– Eu vou te buscar à sexta hora.

O pânico dá as caras, cortando a névoa sensual. *Marina*. Lukas não pode chegar perto da Torre Norte enquanto ela estiver escondida lá.

– Não, não vá me buscar. – Luto para encontrar uma desculpa plausível, mas as palavras grudam na minha garganta. Não adianta. Por mais que eu tente, é frustrantemente impossível mentir para ele.

Lukas ergue uma sobrancelha e sorri.

– Tudo bem, então; eu te encontro no baile. Me procure.

Arqueio a sobrancelha para ele.

– Você é meio difícil de perder de vista.

Ele ri.

– Você também, Elloren. Você também.

– Talvez eu vá com essa túnica – advirto, em uma súbita explosão de desafio.

Os olhos dele deslizam sobre mim, fazendo-me tremer ligeiramente.

– Eu não me importo nada com o que você veste – ele diz, com malícia. Então se vira e vai embora.

Santo Ancião nos céus.

Como, por tudo o que há de mais sagrado, vou manter o juízo perto de Lukas Grey?

DECISÃO DO CONSELHO DOS MAGOS

N. 160

A avaliação de ferro deve ser aplicada a qualquer pessoa que se candidate às Guildas no Abençoado Reino Mago da Gardnéria.

CAPÍTULO TRÊS
FLORES-DE-FERRO

– Elloren. Você não está planejando ir ao baile de Yule, está?

Gesine Bane, a aprendiz líder, profere as palavras lá da frente do laboratório de boticários, mas consigo ouvir a ameaça implícita nelas.

– Não estava nos meus planos – respondo, evasiva, do fundo do laboratório, meu tom é de um lamento suave. Sei que tudo o que disser a Gesine provavelmente será reportado a sua prima, Fallon Bane, que ficaria furiosa com a ideia de eu ir a qualquer lugar com Lukas.

– Humm – ela diz, olhando por cima da pilha de provas de laboratório que está corrigindo. Seus lábios fazem beicinho em falsa simpatia. – Parece que Lukas Grey perdeu bastante o interesse em você. Que pena. – Seus olhos brilham, malévolos. – Ouvi dizer que ele não te visitou uma vez sequer.

– É – digo a ela, e um divertimento sombrio desabrocha dentro de mim. – Eu senti a ausência dele com todo o meu coração.

A ideia de Gesine Bane me ver chegar ao baile com Lukas Grey põe fim a qualquer hesitação persistente que eu ainda tinha quanto a ir ao evento. Mas minha pequena centelha de triunfo se extingue rapidamente quando vejo a enorme bandeira gardneriana pendurada atrás da escrivaninha dela.

Mais bandeiras estão presas nas túnicas e bolsas das minhas colegas gardnerianas, e todas na nossa classe usam a braçadeira branca de Vogel. Assim como Tierney, eu gostaria de poder arrancar aquela coisa hedionda do meu braço, jogar ácido pyrclórico sobre ela, usar a pederneira para fazer uma faísca e ver aquela braçadeira explodir em uma bola de fogo azul.

Como se as braçadeiras de Vogel já não fossem ruins o suficiente, os cartazes decorados com flores-de-ferro do baile de Yule cobrem todas as paredes da universidade. O evento coincide com o nosso sagrado Festival da Flor-de-Ferro, e está sendo abertamente apontado como oportunidade para se deleitar com o fervor patriótico e a esmagadora vantagem de poder que temos agora no Reino.

A coisa toda me enche de desgosto.

Atordoada, concentro-me novamente no laboratório; na destilação da essência de flor-de-ferro. É um ingrediente com uma vasta gama de aplicações, mas eu e Tierney detestamos trabalhar com flores-de-ferro. Elas são exigentes e complicadas de manusear, e quase impossíveis de destilar sem poder de varinha.

O que significa que Tierney e eu vamos lutar com esse experimento por mais horas do que o resto das nossas colegas presunçosas.

Ao examinar a sala de aula, percebo que os frascos de recepção das outras estudantes já estão cheios do líquido azul-escuro, e Gesine começou a circular para verificar o progresso de todo mundo. Ela aponta a varinha para o produto final de cada mesa, o que, por sua vez, faz as destilações se tornarem cor de ameixa por um breve momento se o experimento tiver sido feito corretamente.

– Precisamos nos apressar – diz Tierney, aflita, olhando para o líquido azul-claro em nosso frasco. – Ela vai chegar aqui já, já.

A frustração dela combina com a minha. Se não tivermos algo melhor para mostrar à prima vil de Fallon, ela terá uma desculpa para atribuir um trabalho de reforço para nós, o que nos atrasará ainda mais e tornará ainda mais difícil passar na disciplina.

Uma disciplina de que preciso.

– Elas estão injetando magia na destilação para desencadear a reação – Tierney diz em um sussurro áspero.

– Eu sei – digo, espelhando seu descontentamento. – Magia do fogo e da água...

– Espera. – Os olhos de Tierney se arregalam, como se tivesse tido uma ideia repentina. Seu olhar cai para o meu pingente de carvalho de neve. Ela olha com cautela para Gesine, que agora está a apenas algumas mesas de distância. – Coloque a mão no frasco receptor – ela sussurra. – E segure esse seu pingente. Se ele estimula a magia nas suas linhas, como você me contou, então talvez eu possa puxar as suas afinidades com o meu poder da água.

Hesito. É uma ideia audaciosa, que vem com o risco de revelar as habilidades secretas de Tierney.

– Tem certeza?

Ela franze a testa, como se estivesse irritada por eu estar duvidando dela.

– Eu sou capaz de controlar meu poder.

Cedo com cautela, estendo uma mão na direção do frasco e aperto o pingente com a outra, olhando disfarçadamente para ter certeza de que Gesine não está nos observando.

Tierney coloca as mãos delgadas sobre as minhas.

– Agora se concentre nas suas linhas de afinidade.

Respiro fundo e aperto o punho em volta do pingente de carvalho de neve enquanto a sensação fria da água corrente de Tierney flui pela minha mão. Minhas linhas de terra estremecem ao ativarem em resposta ao poder de água dela, e minhas linhas de fogo crepitam. A água de Tierney flui através da minha mão de varinha com uma força cada vez maior e há um puxão repentino e duro nas minhas linhas, meus ramos internos se entrelaçam e fluem em direção ao frasco, meu fogo vem logo atrás em um golpe poderoso.

Um fogo azul irrompe no meio do frasco, a água ferve rapidamente, o vapor jorra da destilação. Nós duas arrancamos a mão do vidro agora escaldante, e percebo que o líquido não está mais um azul-claro.

Está brilhando em uma cor de safira profunda e incandescente.

Tierney e eu trocamos um olhar de descrença quando Gesine Bane aparece subitamente diante de nós.

– O que vocês duas conseguiram desta vez? – ela pergunta com desdém. E estende a mão, murmura um feitiço e toca a varinha no nosso frasco receptor.

O destilado se recusa obstinadamente a mudar de cor.

Franzindo a testa, Gesine toca sua varinha no vidro de novo e murmura outro feitiço. Dessa vez, aparece um clarão de violeta *em torno* do destilado, mas ainda nenhuma alteração na cor do líquido.

Tierney e eu encaramos o frasco, boquiabertas.

– Está bloqueando minha magia – acusa Gesine, com a testa formando linhas tensas de aborrecimento. Ela nos lança um olhar furioso, como se estivéssemos causando problemas de propósito, mas depois a sua expressão fica dissimulada. – Parabéns – diz ela, com sarcasmo. – Vocês conseguiram fracassar neste experimento da maneira mais espetacular até agora. Por favor, completem todos os experimentos de reforço desta seção até o final da semana que vem.

Ela dá meia-volta e se afasta.

– O que fizemos? – pergunto a Tierney, ambas refletidas em azul pelo intenso brilho de safira da destilação.

– Não sei – responde ela, com um mover atordoado de cabeça. Tierney se vira para mim, com os olhos verdes arregalados. – Mas eu podia sentir o seu poder, Elloren – ela sussurra. – Era quase como se eu pudesse tocá-lo. Você tem poder de fogo. *Muito* poder de fogo.

Eu lhe lanço um olhar de advertência, e recomeçamos a experiência do zero.

Tierney persuade a solução inicial a ferver enquanto as acadêmicas saem da sala. Willowy Ekaterina Salls e sua parceira de laboratório ficam para trás, olhando para Tierney e trocando cochichos conspiradores, ambas unidas em sua antipatia de longa data por ela.

– Ouvi dizer que Leander vai ao baile com sua nova companheira de laço – cacareja Ekaterina, com os olhos brilhando de malícia.

Preocupada, olho rapidamente para Tierney. Essa ferida ainda está fresca. Leander Starke é aprendiz do pai vidreiro de Tierney há vários anos, e sei que ela sente algo por ele. Mas faz poucos dias que Leander fez o laço de varinha com Grasine Pelthier, uma jovem incrivelmente bonita.

Com a cabeça inclinada, Tierney agarra a borda da mesa de laboratório. Sua respiração está cuidadosamente mensurada à medida que nossa destilação azul-clara borbulha e envia um vapor pungente de perfume de flor-de-ferro.

– Ignore-as – aviso a Tierney com um sussurro urgente, preocupada que, sem querer, ela conjure uma tempestade bem aqui no meio da sala.

Tierney segura a mesa com mais força.

– Estou *tentando*.

– Pense em outra coisa – encorajo. – Algo agradável.

Seu olhar é como uma facada na minha direção.

– Me diz que você vai ao baile de Yule. – É mais uma exigência do que um pedido, os dentes dela estão cerrados. – Isso seria agradável.

Ekaterina e sua amiga sorriem para nós e saem do laboratório, deixando Tierney e eu sozinhas na sala. Aliviada, respiro fundo e me volto para Tierney, surpreendida com a escolha do assunto, mas ansiosa por manter seu foco longe de Leander.

– Sinceramente? – digo. – Pensei em não ir.

Os olhos de Tierney se arregalam.

– Ah, não. Você vai, sim.

Eu solto uma respiração desdenhosa.

– Eu disse a Lukas que iria, mas ameacei usar as minhas roupas de cozinha.

– Ah, não. *Não.* – Tierney balança a cabeça, enfática. – Você vai escrever para a sua tia. *Assim* que terminarmos aqui. E vai pedir a ela que providencie um vestido para você. Feito pelo melhor alfaiate de Verpácia. – Ela acentua cada frase com um gesto. – Diga a ela que você precisa que seja o vestido mais magnífico de toda a Therria. Confie em mim, essa é a linguagem que sua tia vai entender.

Franzo a testa para ela, incrédula.

– Como posso ir... *celebrar* – digo, enojada – com um bando de gardnerianos?

Embora a minha ligação com Lukas possa se revelar importante para todos nós, o meu ódio por todas as coisas gardnerianas supera momentaneamente um pensamento tão calculista. O que está acontecendo é horrível demais: meu próprio povo espalhando tanto medo e crueldade por todo o Reino Ocidental. Não quero celebrar o Yule com eles. Nem o Festival da Flor-de-Ferro. Tudo o que quero fazer neste momento é rasgar em mil pedaços todas as bandeiras gardnerianas desta sala.

Tierney me prende com um olhar muito afiado.

– Minha vida é muito difícil, Elloren. E é provável que se torne ainda mais difícil. – Ela se inclina para mais perto. – O ponto positivo, o único neste momento, é a promessa de você esfregar a cara de Vossa Majestade Maligna, a maga Fallon Bane, no chão. Ela pode ter sido atacada, mas com a maldita boa sorte que tem, vai acabar se recuperando. E quando isso acontecer, quero que a primeira coisa que ela ouça seja que você foi ao baile de Yule com

Lukas Grey usando o vestido mais deslumbrante que já foi visto em toda a Therria. – Ela se inclina para mais perto, seus olhos estão tempestuosos. – Não se *atreva* a tirar isso de mim, Elloren Gardner.

Lanço um olhar torto na direção dela.

– Você está me assustando.

– Que bom. – Uma centelha sardônica lhe ilumina os olhos. – É melhor você me ouvir nessa história. Fallon não é a única que pode te envolver em gelo.

Eu tusso uma risada.

– Tudo bem. Eu vou. E vou providenciar o vestido.

Tierney se recosta no assento, parecendo tão satisfeita quanto um gato bem-alimentado, um sorriso perverso se forma em seu rosto anguloso.

– Espero que isso faça a cabeça maligna de Fallon explodir – murmura, com alegria – em *milhões de pedacinhos.*

Três dias depois, seguindo as instruções que minha tia enviou por falcão rúnico, Tierney e eu vamos até a loja da senhora Roslyn na cidade de Verpax.

A boutique feminina é surpreendentemente não gardneriana, cheia de vestidos em uma profusão de cores proibidas. As paredes são forradas com papel de parede lavanda, e vasos de rosas cor-de-rosa estão sobre as mesas douradas entre os vestidos expostos.

A senhora Roslyn me olha com polidez forçada. Ela é a versão verpaciana da maga Heloise Florel de Valgard, só que com cabelo loiro-acinzentado trançado e olhos azuis incisivos. Suas ferramentas de costura estão embainhadas em uma bolsinha acolchoada que ela amarrou com esmero em volta da cintura. Duas meninas urisk de pele verde, ambas com cerca de catorze anos, pairam nas proximidades, parecendo nervosas. A atmosfera da loja é elegante e acolhedora, arrematada com um serviço de chá fumegante e um prato de bolinhos, mas o medo que emana da senhora Roslyn e das suas assistentes é palpável e inquietante.

Fica óbvio que esta não é uma loja que os gardnerianos frequentam com assiduidade. A seleção de túnicas pretas e justas e saias longas que as gardnerianas costumam usar está em um cantinho. É uma tendência crescente entre o meu povo frequentar apenas lojas cujos donos são gardnerianos, mas sei que moda é a única área em que a tia Vyvian valoriza qualidade acima de ideologia. E pelo que ouvi, as gardnerianas que evitam esta loja estão perdendo o trabalho de uma das estilistas mais talentosas de todo o Reino Ocidental.

Tierney e eu fazemos todo o possível para dissipar a tensão no ambiente, para sermos amigáveis e acolhedoras, enquanto a senhora Roslyn me entrega o vestido embrulhado em papel de seda.

– Abre – insiste Tierney, praticamente vibrando de expectativa.

Um vestido escarlate logo atrás dela chama minha atenção, distraindo-me por um momento. Todo escarlate. Nada de preto.

Como seria vestir uma coisa dessas?

Toda a loja, exceto o pequeno cantinho gardneriano, é uma explosão de cores vibrantes. Meus olhos deslizam para outro vestido, este azul-celeste e coberto de pássaros bordados em branco, com rendas marfim debruando as mangas e a gola.

– Você consegue imaginar? – Eu me maravilho. – Um vestido *azul*...

– Eu não ligo para vestidos azuis. – Tierney está pulando de um pé para o outro, praticamente saltando para fora da pele enfeitiçada. – Abre!

Querendo evitar que Tierney libere uma tempestade violenta aqui mesmo no meio da loja, volto a atenção para o pacote. Desdobro o papel de seda cuidadosamente para trás, e ambas ofegamos quando o vestido é revelado.

É preto gardneriano, profundo como a meia-noite, feito da melhor seda e modelado no estilo habitual: uma túnica longa e justa e com uma saia longa à parte. Mas é o vestido gardneriano mais escandaloso, extravagante e ultrajantemente belo que eu já vi na vida.

Em vez das flores-de-ferro sagradas como um acabamento aceitável e discreto, há uma explosão delas por toda a túnica e a saia longa, flores bordadas em tamanho real, trabalhadas com primor. Parecem realistas de tão vívidas, como se o vestido tivesse sido mantido sob uma árvore de pau-ferro para amparar as flores que caíam sobre ele. O desenho floral engrossa ao longo da barra da saia, e safiras em um tom profundo de azul estão salpicadas por toda a túnica e saia em uma gama resplandecente.

E há mais: um pacote separado enviado para a loja de vestidos que eu rapidamente abro de maneira atrapalhada.

Brincos. Flores-de-ferro feitas de safiras com folhas de esmeralda. E uma caixa com sapatos de cetim preto com um salto fino e afilado. As flores-de--ferro estão tão densamente bordadas sobre os sapatos que eclipsam o preto e dão a ilusão de que eles são azuis.

– Uau. – Tierney se maravilha, momentaneamente atordoada. – Está longe de ser um traje modesto.

– Ela é cheia de contradições horríveis, a minha tia – digo, com o olhar fixo no vestido. – Ela adota uma linha dura e fanática em praticamente tudo na vida, mas não mexa com o seu guarda-roupa.

– Santos deuses – Tierney deixa escapar. – Prove o vestido.

– Por favor, maga Gardner. – A senhora Roslyn sorri para mim, claramente aliviada pela minha reação ao vestido. Ela indica a sala dos provadores cobertos com cortinas com um gesto hábil de sua mão. Pego a túnica e a saia com cuidado, deixando os brincos e os sapatos com Tierney, e entro.

A saia se encaixa perfeitamente na minha cintura, e a túnica parece ser uma segunda pele. Afasto a cortina estampada com rosas e deslizo para fora, pois o vestido parece exigir que eu deslize. É como se eu estivesse usando uma obra de arte.

Todos os olhos se arregalam quando me aproximo. Eu me viro para o espelho de corpo inteiro, a saia longa farfalha, e ofego em admiração.

Estou imersa em flores-de-ferro. Perfeitamente imersa. Nem uma única pétala está fora do lugar.

– Ah, maga. – A boca da senhora Roslyn se abre, atordoada. Ela parece ter se esquecido de ficar intimidada por mim à medida que se aproxima. Com um olhar de intensa satisfação, dedilha uma das flores bordadas. – É fio azureliano – ela me informa. – Nunca tive o privilégio de trabalhar com esse material antes; é tão caro. Eles destilam a essência das flores-de-ferro e a transformam em fio. É preciso um número impressionante de flores para criar uma linha como essa. Mas a sua tia insistiu que você tivesse o melhor. – Ela engole em seco, e fica ofegante quando se vira para as garotas da loja. – Orn'lia. Mor'lli. Apaguem as lamparinas. Fechem as cortinas.

As meninas urisk apagam apressadamente as seis lamparinas de âmbar e fecham as cortinas. Um silêncio reverente desce sobre a sala.

Permaneço totalmente imóvel, hipnotizada pelo meu reflexo no espelho. Todo o vestido está aceso. Cada flor-de-ferro pulsa um azul profundo e reluzente.

– Deuses sagrados – diz Tierney, o brilho esmeralda de seu rosto fica azulado na luz cintilante do vestido. Ela abre um sorriso muito largo para mim. – A cabeça de Fallon vai *explodir*. E, francamente, Elloren, a de Lukas também.

CAPÍTULO QUATRO
A FLORESTA

O ar gelado do inverno me atinge em cheio.

Saio da Torre Norte para o crepúsculo do campo em declive, um pôr do sol pálido e enferrujado dá lugar a um céu cinzento estéril.

Minha respiração forma nuvens no ar frio, e puxo o manto escuro ao meu redor, com o capuz protegendo o penteado que Tierney fez com tanto cuidado. Até mesmo Ariel fez uma pausa para ficar boquiaberta quando saí do nosso banheiro na Torre Norte usando o esplêndido vestido de flores-de-ferro. Marina simplesmente piscou várias vezes na minha direção, como se estivesse hipnotizada pelo brilho fosforescente do tecido. Apenas Wynter parecia desconfortável, seus olhos prateados cheios de cautela sinistra dispararam instantaneamente para o pingente de carvalho de neve em volta do meu pescoço.

Escolho ir pela estradinha irregular e cheia de pedregulhos, o gelo é esmagado sob os meus pés. O manto cobre a maior parte do meu vestido, mas a bainha iridescente da saia fica um pouco visível, lavando a neve ao redor em um halo de safira brilhante. O efeito é encantador, mas meus ombros estão tensos por baixo da seda justa, e estou trêmula de apreensão, relutante em voltar a entrar na vida gardneriana.

Detida pelo silêncio carregado do imenso campo diante de mim, paro e olho para as luzes cintilantes da universidade à distância. Meu olhar percorre a cidade e sobe a Espinha do Sul coberta de neve, a imensa cordilheira paira sobre tudo ao lado de sua gêmea ao norte. Ambas as Espinhas perfuram o céu e irrompem através das nuvens, os picos irregulares tão acentuados quanto o intenso mau agouro que sinto.

Tão incrivelmente altos…

Uma sensação de premonição sombria toma conta de mim. Parecem uma armadilha, essas montanhas. Prontas para se fecharem sobre nós. Assim como os gardnerianos.

Bruxa Negra.

As palavras sussurram ao vento, tênues como a neve que cai.

Olho em volta, inquieta. Uma percepção insidiosa das florestas ao meu redor faz os pelos da minha nuca se arrepiarem. O emaranhado das árvores está perto, não mais do que a alguns metros de distância.

Sinto-o me observando.

Espio sua escuridão retorcida e não encontro nada além do vazio e das sombras do inverno. Agitada, olho para a universidade.

Bruxa Negra.

Enrijeço enquanto meu coração acelera no peito.

– Quem está aí? – Minha voz está estridente ao passo que meus olhos vasculham freneticamente as sombras da fronteira selvagem.

Não há resposta. Apenas o arranhar seco de algumas tenazes folhas amarronzadas que ainda se penduram nos galhos com teimosia.

Uma folha se solta com uma rajada de vento gélido e se lança na minha direção. Solto um gritinho quando ela atinge o meu rosto e é rapidamente seguida por várias outras folhas que passam de raspão pela minha bochecha, meu queixo e logo abaixo do meu olho. Eu as afasto como se fossem insetos mordedores enquanto o vento diminui.

Silêncio.

Olho para o chão coberto de neve. Diversas folhas marrons estão empilhadas em torno dos meus pés, mas o resto do solo nevado está intocado. Alarmada, encaro a floresta enquanto tentáculos palpáveis de malícia se aproximam de mim.

Bruxa Negra.

Minha respiração fica constrita, e dou um passo para longe da floresta.

– Eu não sou a Bruxa Negra – sussurro, com nervosismo, ciente de como é absurdo ter uma conversa com as árvores. – Me deixe em paz.

De repente, as sombras da floresta pulsam. Tudo fica escuro como a noite. No tempo de um aterrorizante piscar de olhos, as árvores me cercam, fechando-se como um círculo de assassinos.

Arquejo e cambaleio para trás, caindo na neve gelada quando uma visão incandescente de fogo irrompe. Léguas de incêndios florestais. Árvores a gritar. Ramos, grossos e escuros, fluem e se unem ao meu redor para formar uma gaiola impenetrável, e eu fico muito ciente do desejo esmagador das árvores de me estrangular. Fecho os olhos e grito.

Uma mão se fecha com firmeza ao redor do meu braço, e o rugido do fogo, o grito das árvores... tudo fica em silêncio.

– Elloren? O que aconteceu?

Abro os olhos para ver o olhar âmbar do meu amigo Jarod repousando em mim com preocupação. Giro a cabeça abruptamente na direção da floresta, que está de novo no lugar a que pertence. Um vento indiferente assobia através dela; as folhas ao meu redor desapareceram.

Tensa e desorientada, deixo Jarod me levantar e percebo que o céu escureceu para o leste.

– A floresta – digo-lhe, sem fôlego, com o coração disparado como o de um coelho. – Por um momento... foi como... como se estivesse me cercando. – Meus olhos se voltam com cautela para a floresta que agora parece uma criança astuta e sinistra.

Jarod olha para as árvores e respira fundo.

– Às vezes, também me sinto confinado aqui. Com tudo o que aconteceu. – Ele estreita os olhos para a Espinha do Norte. – Como se não houvesse escapatória.

As árvores, quero dizer a ele, *querem me matar.* Mas seguro a língua. É bizarro ter medo de árvores.

Em vez disso, flexiono minha mão, desejando ainda ter a minha varinha branca; a varinha que dei a Trystan. Sei que é impossível e, mesmo assim, cada vez mais, imagino que a minha varinha é a verdadeira Varinha Branca do mito. Não paro de sonhar com isso, assim como com aves cor de marfim pousadas em ramos feitos de luz.

A varinha cuidaria de mim. Ela me protegeria das árvores.

– Aonde você está indo? – pergunta Jarod, examinando meu rosto cuidadosamente maquiado, as joias brilhantes e o cabelo penteado.

Olho, incerta, para as torres da universidade enquanto meus batimentos cardíacos diminuem para um ritmo mais normal.

– Ao baile de Yule. – Eu me inclino e bato a neve do lado da minha capa, meu vestido escapou ileso.

Um vislumbre de confusão passa pela expressão de Jarod.

– Com quem você vai?

Hesito em encontrar o seu olhar.

– Lukas Grey.

Ele arregala os olhos.

– Mas... pensei que você e Yvan...

– Não – eu o interrompo, brusca, um rubor ardente sobe pelo meu pescoço, lembrando-me de sua capacidade lupina de ler a atração entre as pessoas. – Ele não me quer.

Posso ver Jarod se segurando para discordar, mas, como meu irmão Trystan, ele não é propenso a julgamento nem é bisbilhoteiro. Em silêncio, ele estende o braço para mim.

– Venha. Eu te acompanho até lá.

Eu o fito, incrédula.

– Você quer me acompanhar até um baile gardneriano? Tem certeza, Jarod? Sabe como é provável que reajam. Não quero que tenha problemas por minha causa.

Ele abre um sorriso leve e resignado.

– Posso cuidar de mim mesmo. E estou curioso com os seus rituais de acasalamento.

Ergo uma sobrancelha para aquela escolha de palavras.

O sorriso de Jarod desaparece quando ele olha para os pés.

– E... talvez...

Aislinn. Talvez Aislinn esteja lá.

Minha querida amiga Aislinn Greer, que anseia por Jarod tanto quanto ele anseia por ela. Cuja família gardneriana estritamente devota jamais permitiria que os dois ficassem juntos.

Minha amiga que está prometida a outro.

Quando Jarod olha mais uma vez para mim, há um desejo explícito em seus olhos, e me dói ver aquilo.

Uma forte rajada de vento inclina as árvores e sopra a saia contra minhas pernas.

Bruxa Negra.

O pânico se assoma dentro de mim, e eu giro a cabeça em direção à floresta.

– Você ouviu isso?

– Ouvi o quê? – Jarod inclina a cabeça e ouve.

O vento diminui, o mundo volta a ficar em silêncio.

Eu só posso estar imaginando isso. Se Jarod não consegue ouvir algo com seus aguçados sentidos de lupino, então não é real.

Estreito o olhar para a floresta.

– Você acha que ela está por aí em algum lugar?

Seu semblante fica tenso, questionador.

– Quem?

– A Bruxa Negra da Profecia.

Por favor, Ancião, não permita que seja a Fallon Bane.

A expressão de Jarod se torna sombria quando uma solitária coruja-das-neves atravessa o céu escuro e as primeiras estrelas aparecem como alfinetes de luz.

– Bem, suponho que, se ela estiver – Jarod finalmente diz –, temos que esperar que nosso lado a encontre antes de Vogel. – Ele tenta dar um sorrisinho reconfortante, mas seus olhos ficam sérios.

Jarod me oferece novamente o braço e, dessa vez, eu aceito e partimos juntos pelo campo.

Enquanto caminhamos, ele conversa comigo de forma amistosa, mas consigo sentir as árvores olhando cada passo que dou.

Inquieta, eu me viro uma última vez para olhar para a floresta.

CAPÍTULO CINCO
O BAILE DE YULE

Com o capuz cobrindo a cabeça, Jarod e eu nos movemos contra a correnteza de gardnerianos festivos que flui em direção à entrada principal do Pavilhão Branco.

Um soldado gardneriano posicionado perto da porta nos vê e estreita os olhos para o obviamente lupino Jarod, e logo sua expressão se torna beligerante.

Seguro a mão do meu amigo.

– Vem. Se formos por ali, eles vão nos barrar.

Nós nos esquivamos de alguns casais gardnerianos, sufocando o riso com os olhares atônitos que todos nos dão. Agarrados à mão um do outro, Jarod e eu entramos sorrateiramente pela entrada lateral que só os trabalhadores da cozinha conhecem. Os sons abafados da orquestra e da conversa cadenciada podem ser ouvidos através da parede de tecido de veludo preto que paira à nossa frente, as cortinas se estendem ao redor de toda a passarela que abarca o Pavilhão Branco.

Paro para tirar os sapatos acetinados do bolso interno da capa e os calço rapidamente, deixando as botas molhadas apoiadas na lateral de uma parede para pegá-las mais tarde.

Jarod e eu trocamos um olhar de expectativa e puxamos a cortina de veludo para o lado. Animados, espiamos o salão como duas crianças prestes a encontrar doces proibidos. O ar quente dispara em nossa direção, e a música fica ainda mais alta e clara.

– Ah, Jarod. – Inspiro com força enquanto absorvo a incrível transformação pela qual o salão passou, minhas linhas de afinidade de terra estremecem até despertarem.

Ramos de pau-ferro estão suspensos acima da multidão para criar um teto baixo, escondendo completamente a cúpula adornada com constelações do Pavilhão. Magos de terra devem ter persuadido os ramos a entrarem em plena floração, as flores-de-ferro cintilam em um azul sublime. Árvores de pau-ferro plantadas em enormes vasos de laca preta circundam o perímetro e estão intercaladas por todo ele, transformando o vasto salão em uma floresta viva.

Uma pista de dança na outra extremidade está cheia de casais rodopiantes, e dezenas de lanternas de vidro azul pendem dos galhos densos acima, suas velas apenas intensificam o brilho etéreo das flores-de-ferro. A luz cor de safira brilha na pedraria dos vestidos e taças de cristal são movidas no ar por gardnerianos festivos e risonhos.

Eu respiro bem fundo, o aroma de perfume caro e flores-de-ferro dá um quê sedutor ao ar que costuma ser úmido. Trabalhadores urisks e kélticos da cozinha se movem através da multidão com expressões agradáveis forçadas, servindo comida em bandejas douradas e cuidando das lamparinas. Vejo Fernyllia carregando uma seleção de aperitivos e procuro entre os trabalhadores de aventais brancos por um vislumbre de Yvan, mas ele não está à vista.

Uma tensão ansiosa se avoluma dentro de mim. *E se Yvan estiver trabalhando aqui esta noite?*

Jarod e eu entramos no salão e permanecemos discretamente atrás da linha dos vasos de pau-ferro. Ainda estou com a capa, pois, por enquanto, não quero que meu vestido fosforescente chame atenção, mas puxo o capuz e libero meu cabelo adornado com joias. Jarod segue o exemplo, sorrindo para mim, seu cabelo loiro está encantadoramente bagunçado.

A orquestra executa uma peça lá do estrado central do salão, a música é cheia de grandeza melancólica. Toda a cena é ao mesmo tempo deslumbrante e completamente desanimadora. Ver tantos gardnerianos se pavoneando como um bando de corvos triunfantes e predadores é assustador, e é difícil olhar para a enorme bandeira com a esfera prateada da Therria sobre o fundo preto pendurada opressivamente atrás dos músicos.

São armas, essas bandeiras. Feitas para intimidar.

– Está servida, maga?

Arrancada de meus pensamentos perturbados, olho para baixo e encontro uma serva urisk idosa estendendo uma bandeja dourada, seus olhos voam em direção a Jarod com surpresa e, depois, com preocupação nervosa. Olho para a bandeja, e meu estômago se revira ao ver os nossos tradicionais biscoitinhos de festa moldados em forma de asas de icarais. Asas como as das minhas companheiras de quarto, Ariel Haven e Wynter Eirllyn.

Recuso as coisinhas horríveis com um aceno de cabeça, e a mulher urisk parece mais do que feliz em fugir de nós.

– Asas? – pergunta Jarod enquanto observa um grupo de gardnerianos pegar os biscoitos amanteigados de uma bandeja, os casais riem quando partem as asas ao meio antes de dar uma mordida.

– Asas de icaral – respondo, envergonhada ao me lembrar das cestas de biscoitos que os Gaffney enviavam para cada festa da colheita e Yule. – Você as quebra.

Jarod franze a testa quando bandeja após bandeja dos biscoitos são trazidas para o salão, o estalo das asas soam como chuva forte. Estremeço, cada estalo é um rasgo imaginário nas asas de Ariel. Nas de Wynter.

O meu povo conquistará o Reino Ocidental, lamento. *Tão facilmente quanto quebram esses biscoitos.*

– Qual é o significado das flores-de-ferro? – pergunta Jarod. – Estão por toda parte.

– Há uma história em nosso livro sagrado – respondo distraidamente. – Muito tempo atrás, uma profetisa famosa, Galliana, salvou o meu povo. Os magos fugiam de forças demoníacas e estavam em completa desvantagem. Galliana usou os poderes de matar demônios das flores-de-ferro, bem como a varinha branca, para revidar. Ela é frequentemente chamada de Flor de Ferro por esse motivo.

– Como ela fez isso?

Dou de ombros. Tendo ouvido a história inúmeras vezes, o drama acabou embotado pela repetição.

– Ela foi para a batalha montada em um corvo gigante e derrubou os demônios com um rio de fogo-mago. Então, conduziu o meu povo através de um deserto até um lugar seguro. Pouco antes do Yule, há um feriado que comemora essa vitória, o *Gallianalein*. O Festival da Flor-de-Ferro. O baile aconteceu de cair na mesma data esse ano.

– Humm – murmura Jarod, pensativo. Ele olha em volta. – Bem, se vocês vão montar um festival em torno de uma flor, certamente escolheram uma muito linda. – Há uma pitada de êxtase em seu tom, uma devoção que muitas vezes está lá quando ele e sua irmã Diana falam sobre o mundo natural.

Enquanto estuda mais de perto a decoração de pau-ferro, Jarod franze a testa.

– Eles tiveram que matar todas essas árvores para fazer isso. – Ele olha para mim com uma profunda desaprovação estampada em seu semblante.

– Suponho que sim. – Examino os galhos cortados e as árvores nos vasos, envergonhada pela forma como minha afinidade de terra está me atraindo para toda aquela madeira morta.

Faminta por ela.

– É incrivelmente estranho, tudo isso – comenta Jarod. – Por que é que vocês, gardnerianos, constroem tudo para parecerem florestas falsas, enquanto odeiam florestas *reais* e se deleitam em queimá-las?

– Faz parte da nossa religião. – Eu me remexo, desconfortável. – Estamos destinados a subjugar as florestas. Estão supostamente repletas de espíritos dos Malignos.

A ofensa cintila em seus olhos.

– Encantador. De verdade.

Penso nas árvores hostis. Sussurrando para mim através do vento. Sentindo a magia nas minhas veias...

– E você sabe o que é mais estranho ainda? – pergunta ele.

Balanço a cabeça e olho para ele, curiosa.

Jarod examina o amplo salão.

– A maioria dos casais neste lugar não quer estar um com o outro.

Franzo a testa em surpresa.

– É mesmo?

– Mais da metade. É horrível. – Jarod aponta vários casais incompatíveis em uma rara demonstração de suas habilidades lupinas. Em seguida, aponta as muitas atrações verdadeiras que vão completamente de encontro com a forma como os casais estão combinados. Ele gesticula em direção a um aprendiz de militar alto e esguio trajando uniforme cinza-ardósia marcado com uma esfera prateada. Ele está ao lado de uma bonita jovem gardneriana, os dois com as mãos marcadas pelo laço de varinha.

– Você está vendo aquele homem ali? – Assinto. Jarod então aponta para outro jovem, um aprendiz de marinheiro musculoso, com a túnica preta bordada com uma linha de azul-flor-de-ferro. – Esses dois homens estão loucamente apaixonados um pelo outro. Consigo sentir isso daqui.

A surpresa passa por mim e observo os dois rapazes com mais atenção. Logo consigo identificar alguns olhares furtivos e cheios de ardor. É sutil, mas está presente. No mesmo instante, penso no meu irmão Trystan, desejando desesperadamente que ele tivesse a liberdade de amar, mas com medo do que lhe aconteceria se o fizesse.

– Eles seriam jogados na prisão se fossem descobertos – digo a Jarod, sabendo que ele já deve ter sentido meu medo pela segurança de Trystan.

As sobrancelhas loiras dele se erguem.

– Eu não entendo o seu povo. Vocês pegam coisas perfeitamente naturais e normais e escrevem leis religiosas que afirmam que não são naturais. O que é absurdo.

A surpresa toma conta de mim.

– Vocês permitem isso na sociedade lupina? Homem com homem?

– Claro. – Ele está olhando para mim com uma mistura de piedade e preocupação. – É cruel tratar as pessoas da forma como vocês tratam.

– Não há nada na sua religião que condene esse tipo de coisa? – pergunto, atordoada. *Nada que condene o meu amado irmão? Ou que obrigue as pessoas a esconder quem realmente são?*

Jarod me estuda com atenção, talvez lendo minhas emoções subitamente perturbadas.

– Elloren – diz ele, com compaixão –, não, não há. De jeito nenhum.

Lágrimas ardem nos meus olhos e tenho de desviar o olhar do de Jarod.

– Então Trystan seria completamente aceito por quem ele é em terras lupinas? – Minha voz fica embargada com as palavras sussurradas.

Jarod hesita, uma expressão de consternação vinca sua testa com mais força.

– Sim. Mas... ele teria que se tornar um lupino primeiro.

Lanço a Jarod um olhar cáustico.

– O que tiraria seus poderes de mago, já que os lupinos são imunes à magia de varinha. – Balanço a cabeça com tristeza. – Trystan é um mago nível cinco, Jarod. Tornou-se uma parte importante de quem ele é. Ele nunca vai querer perder isso.

Jarod acena com seriedade, e a raiva em nome do meu irmão se avoluma dentro de mim.

– Então não há para onde ele ir. Em nenhum lugar ele pode ser ele mesmo sem ser atacado por isso.

– Apenas as terras Noi – diz Jarod, em voz baixa, mas ambos sabemos que não é provável que o povo Noi acolha o neto da Bruxa Negra em suas terras. Em silêncio, amaldiçoo a jaula em que as pessoas de ambos os reinos forçaram o meu irmão a ficar.

– O seu povo tem danças? – pergunto, um pouco irritada, frustrada com o infeliz estado das coisas e lutando para recuperar a compostura.

Jarod olha para o salão, com a expressão cheia de desprezo.

– Não. Não assim. Nossa dança... é mais espontânea. E a forma como o seu povo dança... é tão... *rígida*. Nossa música tem um ritmo forte, e quando nossos casais dançam, é muito próximo um do outro. Não assim. Isso aqui parece dança de criança.

Um rubor aquece meu pescoço enquanto uma imagem de casais lupinos preenche minha mente, entrelaçados um ao outro, movendo-se sensualmente ao ritmo da música.

Enquanto esquadrinho a multidão, meus olhos pousam em Paige Snowden. Ela mordisca um espeto de peixe torrado que brilha à luz das lamparinas enquanto permanece de pé com um grupo de jovens gardnerianas. Uma sombra toma sua expressão quando elas se juntam a seu companheiro de laço, Sylus Bane. Recuo ao vê-lo em seu uniforme militar, com a varinha reluzente no quadril, a mesma postura carismática e arrogante e o sorriso cruel de seus terríveis irmãos, Fallon e Damion.

– Sabe – digo a Jarod, sentindo-me intimidada –, quando Fallon se recuperar e descobrir que eu estava neste baile com Lukas Grey, ela vai me matar.

– Não, ela não vai – ele responde, com surpreendente confiança ao selecionar uma taça de cristal cheia de ponche azul da bandeja de um criado. – Diana disse a Fallon há algum tempo que, se ela te incomodasse mais uma vez, arrancaria a cabeça dela e a penduraria em um poste em frente aos portões da universidade.

Tusso uma risada chocada quando Jarod pega outro cálice de ponche e o entrega a mim. Ele ergue a taça em um brinde e se empertiga.

– À liberdade – diz, sorrindo para mim. – Para todos.

– À liberdade – concordo, momentaneamente tomada pelo sentimento. Retribuo o sorriso enquanto tilintamos as taças uma na outra.

Beberico o ponche doce. Pétalas cristalizadas de flores-de-ferro flutuam na superfície do líquido azul, e o cristal está frio na minha mão. Examino os casais aparentemente felizes, e meus pensamentos se voltam para Diana e meu irmão mais velho.

– Minha tia parou de mandar dinheiro para Rafe, você sabia?

A expressão agradável de Jarod se apaga.

– Ela descobriu sobre Diana – digo a ele. – Todo mundo sabe. A minha tia mandou dizer que vem nos visitar daqui a alguns dias, assim que o Conselho dos Magos entrar em recesso. A carta soava bastante amigável, mas suspeito que a verdadeira razão da sua viagem seja para ameaçar o Rafe.

Ele arqueia uma sobrancelha para mim.

– Se ela parou de mandar dinheiro, como Rafe vai dar conta do dízimo da universidade?

Não posso deixar de abrir um sorriso fraco para o absurdo da situação.

– Ele está trabalhando comigo agora. Nas cozinhas. O que é engraçado, porque o trabalho de cozinha é a tarefa que Rafe mais detesta.

Uma arfada coletiva sobe perto da entrada do salão, e nos viramos para ver Rafe e Diana irromperem pelas portas, rindo. Ele a puxa por um braço, com um sorriso largo no rosto enquanto ela resiste ao puxão, brincando. Eles estão usando roupas de caminhada, marrons e amarrotadas, um coelho morto está amarrado às costas de Diana balançando atrás dela.

Fico boquiaberta à medida que todo o sangue é drenado do meu rosto.

Gritos grosseiros de protesto surgem quando Rafe leva Diana para o meio da pista de dança e a pega em seus braços, girando-a com suavidade e o rosto radiante de felicidade.

Alarmada, olho para Jarod, cujo rosto empalideceu.

– Este é um baile *gardneriano* – um soldado com as listras de mago nível três rosna enquanto caminha em direção a Diana e Rafe, mais três soldados se fecham em seus calcanhares quando a música cessa.

Um olhar de desafio incandescente cruza o rosto do meu irmão. Ele atira para o mago um sorriso zombeteiro, puxa Diana para um abraço e a beija profundamente.

Ondas de choque atravessam o salão, seguidas por um crescendo de vozes furiosas.

O mago nível três pega sua varinha.

– Não! – digo, engasgada, agarrando o braço de Jarod. – Rafe não tem magia!

– Eu sei – diz Jarod, com firmeza, os músculos firmes de seu braço se retesam sob minha mão.

Com um olhar travesso, Diana se afasta de Rafe. Em seguida, ela faz um gesto exuberante ao agarrar a mão do meu irmão e o puxa para trás de si, os dois rindo enquanto atravessam a multidão e saem do salão. Uma torrente de ar se liberta dos meus pulmões quando os dois escapam, o clamor de vozes raivosas se dissipa com rapidez, assim como a ameaça de violência à medida que os soldados se misturam entre a multidão indignada.

Depois de um momento de silêncio tenso, dirijo-me a Jarod.

– Seus pais sabem sobre eles? – Pergunto-me se o mundo está prestes a explodir em ambos os lados dessa situação.

A mandíbula de Jarod fica rígida.

– Sabem. Eles estão vindo para o Dia do Fundador. – Ele hesita. – Meu pai quer ter uma conversa com Rafe.

Lanço um olhar de pânico para ele. Estou ansiosa pelo Dia do Fundador, quando pais e famílias costumam inundar Verpax para visitar os acadêmicos. Tio Edwin está finalmente bem o suficiente para vir nos ver, e fiquei muito feliz com a perspectiva de reencontrá-lo depois de tantos meses separados. Recentemente, ele me enviou uma carta, escrita por um dos criados de tia Vyvian, dizendo que sua saúde está melhorando aos poucos e que finalmente conseguiu voltar a andar com a ajuda de uma bengala.

Mas agora a minha expectativa feliz diminui à medida que uma forte preocupação se instala. Os lupinos podem aceitar muitas coisas, mas imagino que isso não se estenda aos descendentes da Bruxa Negra.

– Não são apenas meus pais e minha irmã mais nova que estão vindo – diz Jarod, preocupado, olhando para mim de soslaio. – Toda a guarda do meu pai os acompanhará.

Aperto a minha taça com mais força.

– O seu pai não está vindo para ameaçar Rafe, está?

Jarod olha para a multidão, a música se intensifica timidamente para sufocar o trauma coletivo.

– Não – responde, com uma preocupante falta de convicção. – Pelo menos espero que não. – A atenção de Jarod é atraída por alguma coisa do outro lado do salão. Ele inspira com força, e seus olhos se enchem de emoção. – Aislinn.

Sigo seu olhar e logo vejo o corpo esguio de Aislinn deslizando pela multidão como um pássaro em pânico em pleno voo. Jarod e eu damos um passo à frente, afastando-nos do abrigo das árvores, e dou um breve aceno para Aislinn, que retribui o gesto. E seus olhos se arregalam ao se fixarem em Jarod.

Ela está um pouco ofegante quando chega até nós.

– Jarod. Você está aqui. – Seu olhar abertamente apaixonado logo é contido, e ela desvia o olhar do lupino, corada. – Estou tão feliz por ter encontrado vocês.

– Pensei que você ainda estivesse em Valgard – digo, surpresa. Aislinn ia finalmente contar a verdade ao pai, que ela não quer se laçar com Randall, o companheiro que os pais escolheram para ela. – Você não estava indo para casa para falar com seu pai?

Aislinn assente, rígida, com os olhos cheios de angústia. Jarod coloca a taça sobre uma mesa ali perto e pousa a mão no braço dela, com suavidade. Uma mulher gardneriana conversando com seus amigos próximos avista o gesto, registra que há um lupino em nosso meio e nos lança um olhar de profunda angústia. Todo o seu grupo solta murmúrios alarmados e foge rapidamente para outra parte do salão.

Lágrimas escorrem pelo rosto de Aislinn, e ela as enxuga com a parte de trás do braço.

– Meu pai disse que tenho de me laçar com Randall. O mais rápido possível. Ele ficou... muito zangado quando discordei. Foi *horrível*. – Ela prende um soluço, e seus ombros tremem. – Ele disse que uma filha que desobedece o pai... já não é uma filha.

– Oh, Aislinn – digo, com o coração se enchendo de compaixão. – Sinto muito.

Seu rosto fica tenso de infelicidade.

– Estou *encurralada*. Ele ia me tirar da universidade. Tive de pedir desculpas e implorar que me deixasse continuar, e ele me obrigou a voltar para cá com Randall. Discutimos o caminho todo. Papai o tem feito me vigiar o tempo todo, acabei de fugir dele. Eu *preciso* escapar. – Ela enxuga os olhos novamente, a seda da túnica que lhe cobre o braço está riscada com as linhas escuras das lágrimas.

– Venha comigo – diz Jarod, com a voz cheia de uma autoridade tranquilizadora.

Aislinn olha para ele, incrédula.

– Jarod, eu seria rejeitada pela minha família. *Completamente*. Você não entende. Eu... *não posso*.

– Sim, você pode – insiste Jarod, com uma luz corajosa em seus olhos cor de âmbar. – Aislinn, isso é um erro. Venha comigo *neste momento*.

Aislinn espia a multidão, depois se volta para Jarod enquanto afeição e confiança tomam conta de seu rosto. O meu coração acelera, e sinto que se Aislinn for com Jarod agora, há uma chance de ela ir embora com ele para sempre.

– Vá – eu a encorajo com urgência e um rápido olhar para Jarod. – Você deveria ir com ele.

– *Aislinn!* – chama da multidão a voz arrogante de Randall, e minha esperança despenca. Ele corre em nossa direção, parecendo detestavelmente atraente em seu uniforme bem passado.

– Solte-a agora mesmo – ordena ele ao se aproximar. Quando Jarod não faz nada além de olhá-lo, Randall agarra com grosseria o braço livre de Aislinn e a puxa em sua direção.

– Largue-a! – exclamo.

Aislinn solta um som de dor e recua por instinto.

Os olhos de Jarod enlouquecem. Seus lábios se repuxam sobre dentes longos e brancos quando um rosnado baixo emana de sua garganta. Com os músculos tensos, ele faz uma ligeira investida em direção a Randall, e eu vacilo para trás.

– Tire a mão dela, gardneriano – rosna Jarod. – Ou eu vou *arrancá-la fora.*

Assustado, Randall solta Aislinn e cambaleia para trás.

– Aislinn! – insiste ele, estridente. – Afaste-se dele!

Aislinn olha para Jarod com os olhos arregalados.

Um ranger metálico rasga o ar quando quatro soldados desembainham espadas e se posicionam atrás de Randall. Encorajado, sua expressão se torna presunçosa.

– Você está em séria desvantagem aqui, metamorfo – comenta Randall, desembainhando desajeitadamente a própria espada.

Jarod avança com rapidez, agarra a espada de Randall e a dobra ao meio com apenas uma mão, lançando-a no chão de pedra com um *claque* ensurdecedor. Randall e os outros soldados recuam, alarmados, enquanto um rosnado sobe da garganta de Jarod.

– Eu sou filho de Gunther Ulrich – rosna Jarod, com os dentes à mostra, enquanto segura o braço de Aislinn mais uma vez. – E eu poderia enfrentar cada um de vocês. E ganhar.

A garganta de Randall estremece enquanto ele engole com nervosismo, congelado no lugar.

– Aislinn – coaxa ele, por fim, em uma ordem fraca.

Aislinn balança a cabeça, como se estivesse tentando acordar de um feitiço, seu rosto é pura agonia.

– Deixe-me ir, Jarod – diz ela, com a voz rouca. – Tenho que ir com ele.

A cabeça de Jarod chicoteia na direção da minha amiga.

– Não, Aislinn. Você *não* tem.

– Deixe-me ir, Jarod. *Por favor.*

Jarod olha para Aislinn por um longo momento, o conflito em seu rosto é violento. Então ele a solta.

– Venha para cá! – ordena Randall, com um leve tremor na voz quando estende a mão para Aislinn. Ela a pega sem dizer uma única palavra e se deixa levar.

Jarod olha para ela e, por um momento, temo que ele vá atrás de Randall; há tanta violência em seus olhos.

Estou desesperada para o consolar.

– Jarod, eu...

Antes que eu possa dizer qualquer outra coisa, ele me atira um olhar selvagem, em seguida marcha pelo salão, passando em meio à multidão horrorizada, e sai por uma porta dos fundos.

Hesito por um breve e agonizante momento antes de segui-lo, mas, quando chego à varanda, Jarod não está à vista. Corro por um labirinto de pinheiros plantados em vasos e por esculturas de gelo enquanto disparo em direção ao parapeito da varanda, observando a silhueta escura de Jarod em um campo longo e estéril, e sei que nunca o alcançarei.

As florestas ficam um pouco além da extensão plana.

Eu o chamo, mas sem sucesso. Desesperada, eu me viro, e a maior das esculturas de gelo chama a minha atenção, iluminada pela luz azul da lamparina da varanda. A coisa paira sobre mim, o rosto congelado de minha famosa avó olha para baixo, com a varinha empunhada para matar o icaral prostrado aos seus pés; uma réplica exata do monumento do lado de fora da catedral de Valgard.

Bruxa Negra.

As palavras soam suaves no ar frio.

Olho para a floresta bem quando Jarod marcha para a linha das árvores e é rapidamente engolido pela escuridão selvagem.

CAPÍTULO SEIS
UMA BOA PEDRA DE AMOLAR

Um silêncio solitário se instala em mim enquanto olho para a floresta, meu coração está apertado por Jarod e Aislinn.

Solto um longo suspiro e me viro para a escultura da Bruxa Negra, suaves farpas de neve caem no meu rosto. Olho para baixo e deslizo as pontas dos dedos ao longo da borda da asa extremamente fria do icaral, desejando poder trazê-lo de volta à vida. Encaro o meu próprio rosto, esculpido em gelo, e em silêncio luto contra a crueldade de Clarissa Gardner enquanto o frio penetra as minhas sedas e me faz estremecer.

– É linda.

Respiro fundo para me acalmar, e reconheço a voz de Lukas.

Suas mãos deslizam ao redor da minha cintura enquanto seu corpo comprido pressiona de leve as minhas costas, um calor luxuoso cortando o frio, minhas linhas de fogo se remexem em resposta ao seu toque.

– Linda – diz ele, com a voz sedosa. – Como você.

O conflito se apossa de mim. Deveria ser uma luta estar com Lukas Grey, mas é fácil demais me render à sua atração.

A voz de Lucretia ecoa na minha mente. *Precisamos que você descubra de que lado está a lealdade dele.*

Com uma justificativa tênue, derreto-me nos braços dele, e estendo a mão para segurar o pingente de carvalho de neve. Assim que o toco, as minhas linhas de terra e de fogo se transformam em uma onda de calor, e solto um suspiro trêmulo. Lukas se aproxima à medida que os ramos escuros das suas linhas de terra estremecem e deslizam através das minhas que despertam numa vertigem tentadora. Minha respiração se aprofunda ao passo que nossas afinidades se entrelaçam, linha por linha...

A madeira da floresta pulsa do outro lado do campo, como um incêndio. Um espasmo palpável de medo abala as árvores, como se as florestas se afastassem coletivamente de nós.

Então, nada. Um silêncio intimidado, como uma criança aterrorizada tentando passar despercebida pelos monstros. Por um momento, sou preenchida por uma sensação inebriante de força enquanto examino a floresta escura, o hálito de Lukas está quente contra minha bochecha.

Juntos, somos perigosos.

Em resposta, um alarme soa dentro de mim, e eu me afasto de Lukas, meu coração acelera enquanto oscilo no precipício desse novo poder sedutor.

– Você sente, não sente? – pergunta ele, suave como a superfície de um vidro, com os olhos esmeralda brilhando à luz safira da lanterna.

– Algo acabou de acontecer – digo a ele, abalada. – Uma sobrecarga nas minhas linhas de afinidade... e depois... uma reação das árvores. – Franzo a testa, angustiada. – A floresta sempre me deixou um pouco desconfortável. Mas agora... tenho a sensação de que ela me *odeia*.

O olhar de Lukas se volta rapidamente para lá.

– As árvores sentem o poder da sua avó despertando dentro de você. – Sua voz cai para um sussurro. – E nos temem porque temos sangue de dríade.

Fico surpreendida por sua declaração ousada e proibida. Olho ao redor, aliviada ao descobrir que ainda estamos sozinhos no terraço.

– Não é seguro falar assim, Lukas.

Um canto da boca dele se ergue.

– Ah... a farsa gardneriana da pureza. Acho divertida.

O seu cinismo despreocupado me enfurece. Minha mão bate na borda congelada da asa do icaral enquanto eu franzo a testa para ele.

– Eu não entendo você. Como pode lutar por eles se nem sequer acredita em nada disso?

A expressão de Lukas endurece.

– Não há pureza étnica, Elloren. Apenas poder, e a falta dele.

Uma fogueira é acesa na extremidade do campo amplo. Um grupo de gardnerianos se reúne em torno do fogo e solta um grito comemorativo de Yule. Lanternas de papel azul sobem, com seu brilho luminescente contrastando com o céu negro de inverno.

Por um instante, sou transportada pela beleza etérea delas. Distraída, apoio-me na escultura de gelo atrás de mim, e a maior parte da asa gelada do icaral se quebra sob o peso da minha mão. Horrorizada, tento segurá-la, mas a asa escorrega pelos meus dedos e se espatifa em vários pedaços cintilantes aos meus pés. Observo, desolada, enquanto a neve salpica suavemente os cacos cristalinos.

– Venha – diz Lukas, com o olhar firme. – Entre e dance comigo.

Faíscas azuis da luz das lanternas refletem em seus olhos. Não há nada de bondoso em seu rosto: apenas linhas duras e ângulos afiados. Como meu próprio rosto. Mas há uma compreensão sombria em seus olhos, e sou atraída por ela.

Limpo o gelo derretido da mão e olho para ele.

– Ainda não mostrei o meu vestido.

Lukas dá um passo para trás, em expectativa, observando enquanto desabotoo minha capa e a tiro com um movimento suave.

Lukas estanca, como se estivesse cativado.

A neve cai em flocos esparsos e fulgurantes ao meu redor enquanto as flores-de-ferro e safiras bordadas do vestido captam a luz cintilante da lanterna azul.

O olhar de Lukas desliza devagar pelo meu corpo enquanto seus olhos se aquecem de maneira sedutora.

– Esse vestido é deliciosamente escandaloso. – Seus olhos encontram os meus. – Você está esplendorosa, Elloren.

A rouquidão repentina de sua voz carrega uma corrente de emoção que raramente o vejo expressar, e desencadeia uma dor inquietante bem dentro de mim.

– Depois desta noite – diz ele, com o fogo ardendo em seu olhar – eles não vão mais chamar Galliana de Flor de Ferro. Concederão o título a *você*.

A neve começa a cair mais rapidamente, e eu olho para o redemoinho branco contra o céu aveludado.

– Vamos armar um pequeno espetáculo – digo a Lukas, de repente decidida. Mesmo que eu não vá fazer o laço de varinha com ele, posso pelo menos lhe dar esta noite.

Sua boca se move em um sorriso lento. Ele estende o braço, e eu deslizo o meu sobre o dele, meu coração está acelerando.

– Pronta? – pergunta, e seu habitual sorriso selvagem está de volta.

Aceno com a cabeça e, juntos, entramos no Pavilhão Branco.

Acompanho as passadas longas e confiantes de Lukas pelo salão.

Deixamos gardnerianos boquiabertos em nosso rastro enquanto todos os olhos se desviam para o meu vestido brilhante e resplandecente. Os magos fazem reverências a Lukas quando ele passa, soldados e aprendizes militares levam o punho ao peito em saudação formal.

Lukas não retorna nenhum gesto.

A multidão se abre para nós, e caminhamos, desimpedidos, em direção à pista de dança, a música se acalma. Quando chegamos lá, a mão dele desliza pelo meu braço, seus dedos se entrelaçam ao redor dos meus enquanto ele me leva para o centro.

Enquanto meu coração dá cambalhotas, Lukas me envolve suavemente em seus braços. A música da orquestra retorna, grandiosa, quando sua mão se aperta em volta da minha cintura e ele nos coloca em movimento com uma graça sinuosa. Rodopiamos pela pista como se fôssemos um, e uma emoção vertiginosa canta através de mim. Sons encantados surgem, com aplausos dispersos, outros casais avançam para preencher a pista de dança.

Dançar com Lukas Grey é pura alegria, seus movimentos são fluidos, a sua condução é forte e segura. Não posso deixar de me deixar levar um pouco pelo prazer de me mover tão facilmente no ritmo com ele. A luz de uma lanterna ali perto risca o cabelo de Lukas de azul, seus olhos estão fixos em mim.

– Ouvi dizer que houve bastante drama aqui mais cedo – comentou Lukas, ao me girar com habilidade, minha mão está frouxa na dele. – Parece que perdi tudo.

Capto um vislumbre de Paige Snowden nos encarando com olhos arregalados. Sylus Bane está ao lado dela, no limite da pista de dança, com um cálice de ponche na mão. Seus lábios se curvam em um sorriso cruel enquanto ele ergue o cálice em um brinde de escárnio, e uma enxurrada de preocupação toma conta de mim. Gesine Bane está com eles, seu vestido de veludo preto está salpicado de diamantes, e o olhar gelado está fixo em mim.

– Ela vai me matar – digo a Lukas enquanto ele nos desliza com graciosidade segura.

– Quem? – pergunta ele, com calma.

– Fallon Bane, quando se recuperar. Ela vai me envolver num túmulo de gelo. E seus irmãos e primas provavelmente vão ajudar.

Lukas me olha, achando graça.

– Fallon está sob forte guarda militar. Houve outro atentado contra sua vida.

Eu pisco para ele, espantada.

– Outro atentado?

– Aham. Outro bando de mercenários ishkartanos. Dessa vez, foram dez deles.

– Santo Ancião.

Lukas explode com uma gargalhada calejada.

– Elloren, ela é considerada a próxima Bruxa Negra. Isso chama uma certa atenção, e, até esse momento, ela se recusou obstinadamente a respeitar esse fato.

– Lukas – digo, e um fio de apreensão serpenteia por mim –, ela não pode ser a Bruxa Negra. Simplesmente não pode ser. Acho que sou a maior inimiga dela.

– Relaxe, Elloren – ele diz com desdém. – Fallon não é a Bruxa Negra.

– Como você pode ter tanta certeza?

– Ela é poderosa, mas nem de *perto* ela tem o alcance da magia que a sua avó tinha. Embora tenha alguns feitiços de gelo verdadeiramente impressionantes, devo confessar.

– Sim, bem, quando ela souber que estou aqui com você, vai congelar o meu sangue.

Ele ri disso.

– Ela não vai congelar o seu sangue. Só vai te atormentar um pouco. – Ele se inclina para perto. – Ou muito. – E me gira dramaticamente e abre um sorriso perverso. – Mas vale a pena, não acha?

Faço cara feia para ele, que ignora o meu desagrado.

– Sua amiga Aislinn parece infeliz. Passei por ela caminhando com Randall Greyson na vinda para cá.

– Ela não quer se laçar com Randall.

– Não a culpo. Randall é um idiota.

Arqueio as sobrancelhas para ele.

– Estou surpresa por te ver falar dessa maneira de um colega soldado.

– Ele é um covarde sem talento que nunca deveria ter sido autorizado a se juntar à Guarda dos Magos. – Os lábios de Lukas se apertam em desaprovação quando ele olha para mim, examinando a cena à nossa volta. – Os gardnerianos precisam urgentemente de um inimigo digno. Alguém que acabe com soldados como Randall.

– Pensei que os soldados fossem valentões em busca de alvos fáceis – eu o desafio, ácida.

Lukas dá uma breve risada.

– É isso que querem os covardes fardados. Os verdadeiros guerreiros querem um verdadeiro inimigo.

– Verdadeiros guerreiros como você?

– Sim – responde, sem hesitação.

– E o que você quer em um inimigo, exatamente?

– Bem, metaforicamente falando, o que eu quero é uma boa pedra de amolar, uma que valha a pena.

– Para partir em pedaços?

Seus olhos assumem um brilho perverso.

– Para afiar a minha lâmina. – Arquejo quando ele me puxa abruptamente para perto e sorri com a minha surpresa. – Ouvi dizer que seu irmão estava aqui com a garota lupina.

A ira se avoluma dentro de mim.

– Eu não tenho nenhuma vontade de falar disso com você, de todas as pessoas.

Lukas ri.

– Por quê?

– Porque você provavelmente odeia a espécie deles.

– Eu não odeio os lupinos.

– No entanto, os mataria se recebesse a ordem.

– Sim, mataria – ele concorda. – Assim como a guarda de Gunther Ulrich mataria todos neste salão se ele ordenasse que o fizessem.

– Não é a mesma coisa.

– É *exatamente* a mesma coisa. – O olhar de Lukas fica sério. – Elloren, seu irmão precisa se lembrar de que lado ele está. Ele está jogando um jogo perigoso. Marcus Vogel tem a intenção de recuperar uma parte contestada do território dos lupinos. Relações diplomáticas hostis estão prestes a tomar um rumo nada amigável.

Rebelião se inflama dentro de mim.

– Se provocarmos uma guerra com os lupinos, Rafe não vai lutar contra eles.

A expressão de Lukas fica dura como granito. Ele nos desacelera de repente na dança até pararmos e me guia para fora da pista, em direção a um arvoredo ligeiramente abrigado de paus-ferro.

– Seu irmão vai ser convocado – diz Lukas, com a voz baixa e implacável. – Ele pode não ter magia, mas é o melhor rastreador que já tivemos em eras. Será especialmente útil na luta contra os lupinos.

Arranco meu braço de seu aperto.

– Ele não vai lutar contra eles.

– Então será abatido.

Uma imagem de Rafe se esquivando sem esforço de inúmeras flechas vem à minha mente.

– Boa sorte tentando pegá-lo – retruco, com escárnio.

– Elloren, ele não é páreo para a Guarda dos Magos.

Eu o encaro.

– Bem, talvez ele se junte aos lupinos.

Ele solta uma risada curta e desdenhosa.

– Ele é neto de Clarissa Gardner, a única maga a enfrentar os lupinos com uma pequena medida de sucesso. Não pense por um *minuto* que os lupinos se esqueceram de suas perdas durante a Guerra do Reino. Seu irmão *jamais* será aceito por eles, e Diana Ulrich é filha do alfa. Você acha mesmo que o povo dela a deixará se envolver com um *gardneriano*? Vão matá-lo antes de permitirem isso.

– Estou farta de falar desse assunto – digo, com raiva. – Não é um jogo para mim. Acontece que amo o meu irmão.

– Então faça tudo o que puder para convencê-lo a terminar com Diana Ulrich. Ele precisa seguir a cabeça e não o...

– Entendo a essência do que você está dizendo – retruco.

Ele fica quieto.

– Sinto muito – ele se desculpa com um aceno de cabeça. – Foi de mau gosto. É só que... eu me sinto compelido a ser sincero com você. – Ele desvia o olhar, momentaneamente frustrado, como se estivesse admitindo alguma fraqueza. – Acho que é porque temos linhas de afinidade muito próximas. Nunca estive com uma mulher por quem me sentisse assim.

– Foi por isso que concordou em fazer o laço de varinha comigo? – inquiro, franzindo a testa.

– Sim – diz ele, e um leve sorriso se forma em seus lábios. Seus olhos deslizam lentamente por mim. – E o fato de eu gostar muito de beijar você.

Calor sobe para as minhas bochechas.

– Então você ainda quer...

– Me laçar com você? Com certeza. – Seu semblante se aquece em um sorriso sedutor quando ele pega minha mão. – Há um grande número de coisas que eu gostaria de fazer com você, Elloren, o laço de varinha é apenas uma delas.

O toque de Lukas se transforma em carícia, seu polegar traça uma linha ao longo das costas da minha mão.

O calor estremece através das minhas linhas de fogo, e luto para resistir àquela atração, olhando-o com suspeita.

– Mas... você está apaixonado por mim, Lukas? – pergunto, lembrando-me da maneira ardente com que ele me olhou no terraço quando viu meu vestido.

– Você prefere que eu minta ou que diga a verdade?

– Bem, você não pode mentir para mim, e eu prefiro a verdade.

– Não acredito em toda essa baboseira romântica – diz Lukas, com a expressão endurecendo. – Acho ridículo. Então, não. Não estou apaixonado por você, Elloren.

– Você está me esmagando com tantos sentimentos – retruco, ofendida por seu desdém.

Lukas me puxa para mais perto à medida que a música à nossa volta fica mais lenta. Sua voz é sensual, sua respiração está quente em meu ouvido.

– No entanto, sinto que estamos nos tornando amigos. E isso é *muito* mais valioso para mim do que alguma falsa emoção que não acredito que exista.

Amigos. É difícil descobrir como me sinto quanto a isso, pois minha atenção está se prendendo aos poucos na sensação de sua mão acariciando minhas costas. Suas linhas de afinidade se estendem para as minhas, o calor de seu fogo desliza por mim. Suspiro e me rendo ao calor, esquecendo-me de todas as razões pelas quais deveria ficar longe dele quando os seus lábios encontram os meus.

Sei que as pessoas podem nos ver através das folhas. Estou vagamente ciente dos murmúrios de choque, mas não me importo. Ele é como a madeira escura de asteroth que envia faíscas pela minha pele. Os ramos das nossas linhas de afinidade se enroscam com mais força, as chamas as atravessam conforme o beijo de Lukas se aprofunda em voracidade.

Quando ele se afasta, seu olhar está estranhamente intenso, e sinto uma deliciosa corrente de perigo selvagem.

– Quer ir a algum lugar mais privado? – pergunta, com tom noturno.

Um pico de medo e desejo ondula através de mim.

– Não acho que seja uma boa ideia.

Ele me atira um olhar de quem entendeu o que eu quis dizer, depois dá um passo para trás, deliberadamente formal, com o braço estendido em um convite silencioso para dançarmos mais uma vez. Deixei-o me guiar de volta para a pista de dança e para os seus braços, uma valsa lenta que se mistura com a próxima. Olho por cima do ombro de Lukas, por cima dos casais cintilantes e para além deles até...

Yvan.

Ele está encostado em uma árvore de pau-ferro, longe dos outros trabalhadores da cozinha, com os olhos fixos em mim. Um calor de repente passa por mim vindo diretamente do outro lado do salão, como um raio que atravessa minhas linhas, e luto para não ofegar, atordoada pela sensação inesperada.

Desvio o olhar, atordoada por essa nova consciência do fogo surpreendente de Yvan, e luto para me recompor enquanto um eco de seu calor estremece através das minhas linhas. Com a respiração errática, arrisco-me a olhar de novo para ele, que ainda me observa com a intensidade de sempre, mas que está mais profunda e fervilhando com algo novo.

Anseio apaixonado.

Lançada em confusão, mantenho seu olhar ardente enquanto me movo no compasso perfeito com Lukas, cheia de um desejo repentino e avassalador de dançar com Yvan. De sentir *seus* lábios nos meus. De ter *seus* braços à minha volta. E estar perto do *seu* fogo. E, por um breve momento, deixo de lado toda a cautela e olho para ele com um anseio igualmente transparente.

–Você está tão quente – sussurra Lukas em meu ouvido enquanto me faz deslizar pela pista, rompendo meu contato visual com Yvan.

– Está quente aqui – digo, e meu rubor se aprofunda.

A risada de Lukas é baixa e sugestiva.

– Está, sim.

Ele me segura com mais força, seus lábios roçam meu pescoço, e minha sensação do calor de Yvan se inflama abruptamente, então desaparece. Quando volto a olhar para ele, sua atenção se voltou para Iris. Ela está falando com ele e sorrindo de maneira sedutora ao abaixar uma bandeja de doces empilhados na forma de uma árvore de Yule, em seguida, estende uma mão brincalhona para puxar a camisa de Yvan.

Sou tomada por um lampejo de ciúmes tão forte que perco a noção do ritmo e quase tropeço.

O olhar de Yvan encontra o meu novamente, sua expressão endurece, conflitante, à medida que seus olhos verdes se estreitam em Lukas. Então Iris o pega pela mão, e ele se afasta de mim enquanto ela o puxa para a cozinha.

Claro que ele vai embora com ela.

Luto para recuperar a compostura, mas a dor de vê-los sair juntos reverbera por mim.

Deixe-o ir, tento convencer a mim mesma, dura. *Ele deixou claro que não vai ceder a... o que quer que seja isso entre nós. Você não pode tê-lo. Então deixe-o ir.*

Repentinamente desafiante, deslizo os braços em torno de Lukas e o puxo para perto.

Ele responde de imediato, suas mãos circundam a minha cintura e me puxam quando seus lábios encontram os meus.

Não preciso de Yvan, me consolo, engolindo a dor ao me render ao beijo acalorado de Lukas.

Mas a sensação palpável do desejo de Yvan ressoa e permanece dentro de mim.

CAPÍTULO SETE

CAVALO D'ÁGUA

Abro caminho através da vegetação, segurando a alça de um lampião, e sigo as trilhas sobrepostas de botas na neve. A bainha do meu vestido de flor-de-ferro espreita sob o manto e ilumina meus passos em um círculo de luz azul brilhante.

O baile já terminou há tempos, é quase meia-noite. Agarro-me ao meu pingente de carvalho de neve, e minha respiração ressoa alta no silêncio denso da floresta escura enquanto olho ansiosamente ao redor e espero que as árvores encenem outro ataque fantasma.

Nada.

Apenas um tremor de mal-estar e uma sensação de que elas estão se afastando de mim. Mas sob a sua submissão intimidada, há uma corrente de alguma outra coisa.

Estão à espera. À espera de que algo chegue até mim.

Pare com isso, Elloren, digo com firmeza a mim mesma. *Não deixe que as árvores te perturbem. Elas não podem te fazer mal. São apenas árvores.*

Vislumbro a luz do fogo brilhando através dos ramos à frente, e sou inundada pelo alívio correndo através de mim. Solto uma longa respiração hesitante. É a noite de Trystan ficar de guarda enquanto Ariel e o meu amigo Andras cuidam dos ferimentos de Naga na caverna em que escondemos o dragão. A posição de Andras como médico equino da universidade lhe provê com uma habilidade limitada em cuidar de um dragão, assim como os estudos de criação de animais de Ariel. Espero que Jarod também esteja lá, a preocupação com ele esteve no fundo da minha mente a noite toda.

Mas quando entro na clareira, só encontro Yvan lá. Ele está sentado em um tronco, encarando a fogueira impressionante com um foco abrasador, seu corpo longo está imóvel, e parece rígido com a tensão acumulada. Um rubor desconfortável sobe por minhas bochechas quando o vejo.

Ele não olha para cima enquanto penduro a lanterna num galho, mas tenho a forte suspeita de que a sua atenção está inteiramente em mim. Sento--me ao lado do fogo em frente a ele e ergo as mãos para aquecê-las, minhas emoções estão tumultuadas. Pequenas faíscas voam da fogueira em todas as direções, como vaga-lumes no auge do inverno, e me esforço para ignorar o quão dolorosamente bonito ele está, lavado em dourado pela luz do fogo.

– Pensei que fosse Trystan que estaria de guarda para Naga essa noite – digo, rompendo o silêncio tenso, e mantendo o tom o mais casual possível.

– Pois é a vez de Trystan cuidar dela – diz ele, com os olhos verdes presos nas chamas. – Me deu vontade de visitá-la.

– Mas você está aqui fora.

– Ela está *dormindo* – responde ele, lacônico;quando seus olhos encontram os meus, há um calor escaldante lá.

– Então por que ficar aqui? – pergunto, tentando esconder o quanto dói quando ele me afasta dessa maneira. – Tenho certeza de que você poderia encontrar outras coisas para fazer. – *Com Íris.*

– Gosto de acender fogueiras. – Seu tom é cáustico quando seus olhos cintilam com ardor. – Senti vontade de queimar alguma coisa.

O calor desconfortável no meu rosto arde com mais intensidade, meus sentimentos são um tumulto quando me lembro do olhar dele em mim enquanto eu dançava com Lukas Grey. A sensação do seu fogo.

E aquele olhar de anseio feroz.

Sentamo-nos ali por um tempo desconfortavelmente longo, silenciosamente furiosos, mal falando com o meu irmão mais novo, Trystan, quando ele emerge da caverna.

– Oi, Elló – diz Trystan, incerto, olhando com cautela de mim para Yvan e de volta para mim, como se medisse a tensão.

Murmuro uma resposta quase inaudível e olho para o fogo crepitante.

– Então. Elló – Trystan volta a falar, hesitante, e se senta ao meu lado. – Você foi ao baile... com Lukas Grey?

Dou de ombros, evitando os intensos olhos verdes de Yvan.

Trystan fica em silêncio por um momento.

– Você está... *com* ele agora?

O fogo ruge inesperadamente mais alto, faíscas explodem em padrões aleatórios. Trystan encara as chamas com as sobrancelhas arqueadas, seus olhos disparando de Yvan para mim, cheios de dúvida.

– Eu fui ao baile com Lukas – exclamo, na defensiva. – Só *isso*.

Exceto pelos beijos. Muitos beijos.

As labaredas da fogueira se inflamam novamente, quase fazendo minhas saias pegarem fogo, e sinto o calor de Yvan se espalhando de forma turbulenta através das minhas linhas. Puxo a seda para trás das minhas pernas e olho para Yvan com uma acusação consternada, apenas para encontrá-lo encarando o centro do fogo com um foco predatório.

E pergunto-me se, como eu, o seu poder está acelerando dentro dele.

Poder de feérico do fogo.

O fogo se abranda para um estalido normal quando Trystan puxa minha varinha branca e começa a praticar feitiços, as cinco listras prateadas do seu uniforme brilham à luz do fogo. Ele evoca uma bola de água densa que paira logo acima da ponta da varinha, e a joga em direção à fogueira, observando-a explodir em uma nuvem sibilante de vapor.

Minhas linhas de afinidade fervilham despertas, e se esticam em direção à varinha branca, minha mão de varinha formiga enquanto uma inveja taciturna toma conta. Quem me dera poder ser como Trystan, capaz de acessar esse poder crescente e manejá-lo através daquela varinha.

Abatida, observo enquanto meu irmão experimenta uma variedade de feitiços de água, e pensamentos sobre Yvan, varinhas e a noite com Lukas giram em minha mente, desenraizando minhas emoções.

Um farfalhar na floresta chama a minha atenção. Yvan se levanta, voltando-se para o som. Quando Tierney se empurra desajeitadamente através dos ramos verdes para a nossa clareira, solto um suspiro aliviado, até que vejo as lágrimas brilhando em seu rosto.

Também me levanto.

– Tierney, o que... – Paro de falar quando uma sombra flui atrás de Tierney, primeiro parecendo uma poça de tinta, depois água borbulhando, mais, mais e mais alta no ar.

Recuo alarmada à medida que a coisa rapidamente adquire o tamanho e a forma de um cavalo: um cavalo feito de água negra turbulenta.

– Santo Ancião... – exclama Trystan ao se levantar, empunhando minha varinha.

A luz do fogo ilumina a criatura fantástica com linhas ondulantes laranja e vermelhas. A cabeça dela gira em minha direção, olhos de obsidiana se concentram com firmeza.

– Está tudo bem – Tierney nos assegura, com a voz áspera de tanto chorar. – Este é o meu kelpie, Es'tryl'lyan...

Uma onda palpável de fúria me atinge vinda do kelpie enquanto seus lábios se afastam para revelar dentes de gelo. Ele se lança abruptamente sobre mim, e eu grito de pavor, tropeçando para trás até cair no chão.

Rápido como um raio, Yvan se joga na minha frente e projeta o braço na direção da criatura. Uma torrente de chamas explode da fogueira e se eleva em direção ao cavalo d'água bem quando Trystan lança uma linha de fogo de mago até o lado da besta.

O kelpie guincha e recua, vapor sibila de sua enorme forma.

– Controle o seu kelpie! – ordena Yvan, quando Andras sai aos tropeços da caverna de Naga brandindo seu machado rúnico. Ariel paira à entrada da caverna, com as asas negras batendo agitadas, e os olhos verde-claros arregalados.

O cavalo d'água se empina, descontrolado, claramente com dor, enquanto solta ondas de vapor.

– Pare! – Tierney exclama para Trystan, erguendo as palmas das mãos, com o olhar desesperado. – *Por favor!* – Ela se vira para o kelpie e solta uma torrente de palavras inflamadas em outra língua enquanto a criatura se contorce, seus cascos aquáticos espirrando no chão, levantando lama. No que luta e se enfurece, o kelpie me fixa com um olhar predatório de ódio tão forte que me faz recuar. Em seguida, sua forma vacilante desmorona em uma poça e flui de volta para a floresta.

Em um instante, Yvan está ajoelhado ao meu lado, sua mão anormalmente quente segurando meu braço. O contato me proporciona uma sensação repentina do seu poder de fogo, desencadeado e se envolvendo protetivamente à minha volta. Seus olhos normalmente verdes se transformaram em um surpreendente amarelo flamejante.

– Elloren – diz ele –, você está bem?

Aceno com a cabeça e mantenho seu olhar abrasador, dominada pela sensação de seu fogo ondulando através de mim. O calor permeia o próprio ar entre nós, roubando-me o fôlego.

– Ele não vai atrás dela de novo. Vou falar com ele... – A voz perturbada de Tierney rompe nosso transe repentino, e nós dois olhamos para ela. Yvan se levanta e estende a mão para mim.

Com o coração acelerado, pego a mão surpreendentemente quente de Yvan e o deixo me ajudar a me levantar, minhas linhas de fogo se agitando em caos, como resposta ao seu toque.

– Seus olhos estão dourados – digo a ele, com a voz rouca de emoção, e os dedos ainda entrelaçados nos dele.

Yvan estremece e inclina a cabeça para baixo. Ele fecha os olhos com força, sua mandíbula bem-marcada fica tensa quando respira fundo. Quando os abre novamente, a cor esfriou para o verde. Sua mão se afasta da minha, e ele me lança um olhar inquieto, como se quisesse que eu ignorasse o óbvio.

Feérico do fogo.

– Eles estão *matando* os kelpies. – Tierney se enfurece com Andras e meu irmão. – Colocaram estacas de ferro nos cursos d'água. Cinco dos meus kelpies estão *mortos*.

– Onde está o outro kelpie agora? – pergunto-lhe, nervosa.

Distraída, Tierney olha para a floresta.

– Ele se foi. Eu o desenfeiticei. Vai demorar dias para retomar a sua forma.

– Você nunca me contou sobre isso – digo, abalada. – Você nunca me disse que tem... *kelpies*.

Ela olha para mim, contrita.

– Sinto muito, Elloren. Eu guardo tantos segredos... Nunca pensei que ele iria atacar ninguém, mas... – O medo enche seus olhos. – Ele diz que você é a próxima Bruxa Negra, Elloren. Ele diz que toda a floresta acredita nisso.

Trystan dá um passo em direção a ela.

– Diga ao seu kelpie que minha irmã não tem poder nenhum. – Sua voz está calma, mas letalmente firme.

Tierney franze a testa para ele.

– A floresta não acredita nisso. – Ela olha para mim, suplicante. – Por que a floresta acreditaria nisso, Elloren?

Uma frustração raivosa e aguerrida se inflama dentro de mim. Consigo sentir ao meu redor o tremor sutil de ódio que emana das árvores.

– Você precisa de provas de que eu não sou a próxima Bruxa Negra? – pergunto a Tierney, amargamente na defensiva. – Preciso te mostrar como eu não consigo nem mesmo fazer um feitiço básico de acender velas?

A expressão de Tierney fica descontroladamente conflituosa.

– Não. Não, claro que não. É só... o seu sangue, Elloren. Eles o *sentem*. É o sangue *dela*.

– Não posso mudar o meu sangue, Tierney – afirmo categoricamente, querendo arrancá-lo das minhas veias. – Tanto quanto você não pode mudar seu maldito glamour. – Tierney me lança um olhar ressentido, e me arrependo imediatamente de ter dito aquilo. Sei que ela não gosta de ter seus segredos expostos, mesmo entre as pessoas que sabem deles.

Ela se vira para Yvan.

– Vogel descobriu outra das rotas de fuga a leste. Ontem à noite, seus batedores de fronteira localizaram dois feéricos glamourizados. Eles... – Ela faz uma pausa, piscando furiosamente. – Eles os fizeram passar pela avaliação-de-ferro. – Ela para de novo, com a voz tensa. – E então os mataram com lanças de ferro. – Lágrimas de indignação deslizam por seu rosto. – Es'tryl'lyan viu a coisa toda, mas não pôde fazer nada para impedir por causa do ferro.

– Tierney... – Trystan ergue uma mão para ela, mas ela balança a cabeça e se afasta dele.

Ela olha diretamente para Yvan.

– Eles vão fazer o teste com ferro em todo mundo.

Meu coração acelera, e a preocupação aumenta.

– Mas você tocou em ferro – deixo escapar para Yvan. – Nas cozinhas...

– Toco no ferro porque sou *kéltico*. – Ele me atira um olhar de advertência, e consigo praticamente sentir o fogo raivoso ardendo nele.

– Vamos levar vocês para longe, voando – insisto. – Quando Naga ficar boa...

Yvan balança a cabeça.

– Elloren, as asas de Naga foram *destroçadas* por Damion Bane. Talvez ela nunca mais volte a voar.

– Então a Resistência ajudará – persisto, o medo cresce em mim. – Vocês dois ganharão anistia. Em algum lugar.

– Não há para onde ir – insiste Tierney, veemente. – A Resistência não é *nada* comparada ao poder gardneriano. – Ela se volta para Yvan, desesperada.

– Todas as rotas de fuga serão encontradas e fechadas. Não haverá para onde irmos.

Estendo a mão para tocar o braço dele.

– Yvan...

– Você não pode consertar isso, Elloren – diz ele. – Eu sei que você quer, mas não pode. E nunca vai entender completamente o que estamos enfrentando.

Suas palavras me perfuram como vespas.

– Como você pode dizer isso?

– Porque você é gardneriana – diz ele, e sua voz assume um tom duro. – Sua família, todos vocês ficarão bem. – Seus olhos verdes brilham enquanto a fogueira se inflama com intensidade. – Especialmente quando você fizer o laço de varinha com Lukas Grey.

Entorpecida pelas palavras de Yvan, olho para a fogueira.

Ariel voltou para a caverna com Naga, e Yvan está sentado do outro lado do fogo, trocando sussurros com Tierney, com o braço enrolado confortavelmente em volta dela.

Estou tremendo com o frio nas minhas costas, minhas mãos estão rígidas enquanto puxo a capa com mais força ao meu redor. Com gentileza, rejeito as tentativas de Trystan de falar comigo, e ele por fim desiste e se concentra em sua prática de varinha. Linhas efervescentes de raios azuis fluem periodicamente da ponta da varinha branca para o fogo.

Minha varinha.

Andras está sentado ao meu lado e me entrega uma caneca de chá quente. As runas amazes em sua túnica brilham em tom carmesim, seu cabelo violeta é de um roxo profundo à luz do fogo, e está ondulando em torno de suas orelhas pontudas. É uma presença calma e reconfortante, a de Andras. Ele é paciente até com a combativa Ariel enquanto cuidam do dragão, tratando-a com a mesma calma inabalável que tranquiliza os cavalos mais ariscos de que ele cuida.

Saboreio o chá enquanto Andras esburga alguns ramos com uma faca impressionante. Inalo o cheiro da madeira verde, o odor é mentolado e revigorante.

Yenilin. Para o fechamento de feridas.

Ele e Ariel têm trabalhado longas horas para desfazer o dano que Damion Bane fez às asas de Naga, experimentando uma variedade de medicamentos com pouco sucesso.

Não demora muito, e Rafe e Diana entram na clareira e se juntam a nós, praticamente caindo um sobre o outro de tanto rir enquanto se sentam perto do fogo. Eles agem como o típico casal feliz, regozijando-se em seu amor irritantemente correspondido.

– Por que você está aqui? – Andras me pergunta com sua voz profunda e gentil. Ele aponta para o tecido luxuoso da minha saia. – Sua roupa é um pouco formal para uma fogueira.

– Acabei de chegar do baile de Yule, e estava procurando o Jarod – digo-lhe baixinho. – Pensei que tivesse vindo para cá. – Conto a Andras o que aconteceu no baile. – Estou preocupada que ele possa ir atrás de Randall. Não quero que ele se meta em confusão.

– Isso vai se resolver por conta própria – afirma Diana com desdém, enquanto meu irmão apoia o rosto em seu pescoço. Eu a olho com irritação, achando sua audição superior um pouco invasiva.

– Aislinn vai cair em si e se tornará uma de nós – insiste Diana com total segurança.

Eu me encolho por dentro. A crença inabalável de Diana de que a vida amorosa de todos seguirá sua própria trajetória feliz às vezes me irrita.

– Nem todo mundo quer se tornar lupino – lembro-lhe, irritada. – Aislinn quer permanecer gardneriana.

Diana pisca para mim.

– Isso não faz o menor sentido.

Solto um longo suspiro exasperado.

Andras olha para Diana enquanto continua a tirar a casca do ramo.

– Este vínculo entre Jarod e Aislinn vai acabar mal – ele prevê. E se abaixa para jogar um punhado da casca no fogo. Um aroma forte e mentolado sobe, e respiro bem fundo, sentindo uma onda de energia nas minhas linhas de terra.

Andras faz uma pausa e gesticula em direção a Diana com a faca.

– Eles não podem desafiar a sociedade e vencer.

– Você já disse isso antes – observa Trystan enquanto equilibra uma bola compacta e rotativa de raios cor de safira acima da minha varinha. Ele a joga no fogo, momentaneamente tornando as chamas azuis.

– O que aconteceu, Andras? – Há um ar de desprezo no tom do meu irmão. – Você se apaixonou por alguma deusa amaz renegada?

A boca de Andras se abre em um sorriso cansado.

– *Houve* uma mulher.

– Houve?– indaga Diana, a curiosidade puxa seu foco para longe de Rafe.

Andras respira fundo e embainha a faca. Ele se inclina para a frente e aperta as mãos grandes acima dos joelhos, a luz do fogo cintila sobre as linhas arrebatadoras de suas tatuagens rúnicas.

– Conte – pede Tierney, distraída de sua conversa com Yvan. Andras a estuda por um longo momento, depois olha de volta para o fogo e cede.

– Quando fiz dezoito anos, ela veio até mim. Sorcha Xanthippe. Uma jovem amaz. Eu estava no pasto com os cavalos. Era outono, tudo ardia em cores. Senti os pensamentos de um cavalo desconhecido e olhei para cima, bem quando Sorcha cavalgava vindo da floresta, sua era pele tão azul quanto o céu outonal, o cabelo esvoaçava às suas costas.

Andras fica quieto por um momento, como se estivesse perdido na memória.

– Foi um choque vê-la – continua. – Ninguém do povo da minha mãe nunca nos contatou em todos aqueles anos desde que ela foi embora comigo. Ela foi rejeitada, renegada. – Por um momento, seus olhos ficam tensos de tristeza. – Sorcha cavalgou até mim e explicou que era a época dos ritos de fertilidade, quando as amazes honram a Grande Deusa procurando trazer novas filhas para o seu rebanho. Ela tinha ouvido falar de mim, e que eu tinha chegado há pouco tempo à maioridade. Dada a minha própria linhagem amaz e a reputação da minha mãe como cientista brilhante e soldado poderoso, ela sentiu que a minha semente produziria filhas especialmente boas e fortes.

– Então, ela queria... – Diana intervém, parecendo chocada.

Andras se vira para ela.

– Ter relações comigo, sim.

– Sem vínculo vitalício?

Andras parece que não sabe bem como responder.

– Não é assim que elas fazem as coisas.

– Então você disse *não*, claro. – O tom de Diana é moralista, e seus braços agora estão cruzados.

– Sim, a princípio – responde Andras. – Mas passamos muito tempo juntos. Muitas noites sob as estrelas. E com o tempo, nós nos unimos.

Os olhos de Diana se arregalam.

– Vocês tomaram um ao outro como companheiros sem vínculo oficial?

– Diana – diz Rafe –, os costumes delas são diferentes...

Ela se vira para Rafe.

– Mas isso é muito chocante. – Ela se volta para Andras, com desaprovação evidente em seu semblante. – Não consigo entender. Como é possível acasalar com alguém que você não ama?

Uma sombra cai sobre a expressão de Andras.

– O que aconteceu? – pergunto, baixinho.

Ele solta um suspiro profundo e esfrega a mandíbula antes de continuar.

– Comecei a me apaixonar por Sorcha. E não foi apenas a forma como nossos corpos se encaixam, como se tivéssemos sido feitos um para o outro. Ela voltou para mim diversas vezes, e depois de ficarmos juntos, conversávamos durante horas. Era proibido, o que ela estava fazendo. As amazes só devem procurar homens durante os ritos de fertilidade. Mas Sorcha parecia tão atraída por mim quanto eu por ela. Na nossa última noite juntos, eu disse que a amava. Que queria que ela ficasse comigo e nunca mais fosse embora.

Ele faz uma pausa, encarando o fogo.

– Ela começou a chorar e me disse que não podia me amar. Que ela amava as amazes. E que não poderia ter as duas coisas. Disse que estava grávida e que já não precisaria estar comigo, e que tinha ido se despedir. – Ele fica em silêncio, uma emoção reprimida pesava no ar. – Então ela foi embora, e eu nunca mais a vi. E, agora, fico me perguntando se tenho uma filha nas terras amazes. Ou se a criança foi um menino, se ela o abandonou na floresta em algum lugar, como minha mãe foi encorajada a fazer comigo.

A expressão de Andras se torna sombria.

– Alguns meses depois que Sorcha foi embora, outra mulher amaz veio até mim durante os ritos. – Sua mandíbula fica tensa, a afronta cintila em seus olhos. – Eu a mandei embora. E as amazes têm ficado longe de mim desde então.

Todos ficam em silêncio enquanto encaramos o fogo crepitante.

– Você ainda a ama? – questiona Tierney, baixinho, e me pergunto se ela está pensando em Leander. Andras solta um som amargo, sua angústia íntima se aflora, mas ele não responde.

– Você precisa de uma companheira de vida – afirma Diana, com autoridade. – Esse costume delas é antinatural.

Andras solta uma risada vazia.

– E quem me aceitaria, Diana Ulrich? Quem? – desafia ele. – *Ninguém*. Não sou aceito em lugar algum.

– Torne-se lupino – convida Diana. – *Nós* te aceitaríamos.

Andras balança a cabeça.

– Eu nunca poderia fazer isso com minha mãe. Ela desistiu de *tudo* por mim. Tudo o que ela ama. Ela morreria se eu a rejeitasse dessa forma.

– Mas você não estaria rejeitando a sua mãe – persiste Diana, confusa.

Um olhar incrédulo atravessa o rosto de Andras.

– Ela não veria assim. Tornar-me um lupino seria a pior traição possível.

– Por quê? – pergunta Diana, parecendo ofendida. – Somos tão inferiores a você assim?

– Diana – diz Andras, como se o seu raciocínio devesse ser óbvio –, a vida das matilhas de lupinos é tudo o que as amazes desprezam.

– Não sei do que você está falando – retruca Diana.

– Ambas as matilhas do Norte e do Sul têm *machos* alfas.

– E ambas já tiveram fêmeas alfas também.

Andras lança um olhar afrontoso.

– Sim, mas não têm uma há algum tempo.

– Teremos de novo.

– É mesmo? – Um sorriso sem alegria ergue seus lábios. – Quem é o próximo na fila para ser o alfa?

Diana o olha com impaciência.

– Não funciona assim. Não é uma questão de política ou de linhagem. Apenas de poder.

– Então quem dos lupinos mais jovens é o mais poderoso?

Diana fica quieta e olha para baixo com uma gravidade repentina e atípica. Quando olha novamente para Andras, há uma força aguda em seu olhar que deixa os cabelos na minha nuca arrepiados.

– *Você?* – diz Andras, com óbvia surpresa. Ele olha para Diana, avaliando-a. – E se eu fosse um lupino? – pergunta ele, curioso e um pouco entretido. – Você poderia me vencer?

Diana inclina a cabeça. Seus olhos predatórios deslizam para cima e para baixo sobre o enorme corpo musculoso de Andras, medindo sua força. Ela se recosta, decidida.

– Eu poderia te enfrentar. Sou muito rápida. A velocidade me daria vantagem.

Andras sorri.

– Agora estou tentado a me tornar lupino, Diana. Mesmo que seja apenas para assistir a essa futura transição de poder.

Olho para Diana, atônita com a ideia de uma alfa fêmea. Com a ideia de *ela* ser uma alfa fêmea. Estou tão habituada a viver em uma sociedade na qual o alto mago só pode ser um homem. É difícil pensar em uma possibilidade dessas.

Por um momento, Diana se perde nos próprios pensamentos, então parece ter uma ideia. Seus olhos voltam a cintilar na direção de Andras.

– Há um homem de ascendência amaz na guarda do meu pai, o beta dele. Você devia conversar com ele. O meu povo o encontrou na floresta quando era bebê, e ele viveu conosco a vida toda. Ele tem uma companheira e uma criança. É feliz e foi completamente aceito.

– Diana... – diz Andras, balançando a cabeça.

– Não, Andras. Você não precisa viver assim. Você *pode* ter um lar e uma família.

Capto o olhar absorto de Yvan através do fogo, e ele logo desvia o rosto.

Trystan fica de pé e embainha abruptamente minha varinha branca.

– Tem sido fascinante ouvir sobre a vida e cultura amorosa de vocês – diz ele, solene –, mas acho que vou trabalhar em alguns feitiços. Sozinho. Onde posso me concentrar. Podem ficar aqui e descobrir quem vai se juntar aos lupinos.

DECISÃO DO CONSELHO DOS MAGOS

N. 199

A desfiguração da bandeira gardneriana é uma ofensa punível com a morte.

CAPÍTULO OITO
VARINHAS

Tia Vyvian já está sentada diante de uma mesa de chá bem equipada quando, com pernas trêmulas, entro na salinha de recepção. Ela não se levanta para me cumprimentar, o que me deixa ainda mais nervosa.

– Ah, Elloren – diz ela com a voz sedosa. Tia Vyvian gesticula em direção a uma cadeira de frente para ela. – Junte-se a mim.

Há um sorriso encantador em seu rosto bonito, mas os olhos estão glacialmente frios. Em troca, forço um sorriso cordial enquanto me sento com cautela.

É um belo quarto o que lhe deram para esta visita. Talvez o mais bonito de todo o Ateneu Gardneriano. O calor irradia de um belo fogão a lenha forjado em forma de árvore de pau-ferro, e as raízes fluidas foram artisticamente representadas nos azulejos sob nossos pés em ricos tons de marrom e preto que se espalham pelo chão. Vitrais com videiras flanqueiam as enormes janelas em arco com vista para a invernal Espinha do Sul.

Tia Vyvian está tal como me lembro dela: elegante para além do esperado em sua luxuosa seda preta primorosamente bordada com pequenas bolotas e folhas de carvalho. Sua postura está perfeitamente majestosa enquanto uma serva urisk idosa de pele cor de lavanda se mantém nas proximidades, pronta para atender a todos os seus caprichos.

Ela parece uma rainha em tribunal: uma que te cortaria a cabeça pela menor das infrações.

– Aceita uma xícara de chá, Elloren? – ela pergunta.

– Sim, isso seria maravilhoso – digo, com polidez comedida, embora eu esteja muito em guarda para sentir fome ou sede; meu estômago está em nós.

Rafe, Trystan e eu passamos muito tempo conversando sobre esta visita iminente, e concordamos em aplacá-la o máximo possível, e sei que Trystan tem escrito cartas amigáveis à tia Vyvian para mantê-la afastada. Mas era inevitável que o relacionamento muito público de Rafe com Diana acabasse por trazer sua ira sobre nós.

Tia Vyvian faz um movimento imperioso com a mão, e a mulher urisk salta para a frente, silenciosamente servindo chá e me preparando um prato de bolinhos. Os olhos da minha tia permanecem fixos em mim enquanto ela mexe o próprio chá com uma colherinha de prata.

Assim que a mulher urisk termina de nos servir, tia Vyvian vai direto ao ponto:

– Você precisa cortar relações com Aislinn Greer – diz ela, sem rodeios. – Sei que você é amiga da garota, mas ela se envolveu com os gêmeos lupinos. Foi vista na biblioteca com o macho. Felizmente, ela está aberta a ouvir a voz da razão e agora está mais uma vez sob a proteção da família. Ela *parece* ter percebido o perigo, mas nunca se pode ter certeza sobre essas coisas.

Tia Vyvian respira fundo e balança a cabeça em desaprovação.

– Só podemos esperar que a família dela tenha intervindo a tempo. Eles poderiam ter tido outra Sage Gaffney em mãos.

Ela dá uma batidinha em seu prato de porcelana, que tem pequenas videiras pintadas ao longo da borda. Sua serva aparece com uma bandeja de pães variados, recém-saídos do forno. Eles cheiram a nozes e açúcar, mas o aroma só aumenta minha náusea enquanto a indignação se alastra por mim.

O que vocês estão fazendo é terrível, eu ralho interiormente contra a terrível família de Aislinn e tia Vyvian. *Vocês estão arruinando a vida da minha amiga.* Naquele exato momento, quero protestar contra o enlace iminente de Aislinn, mas sei que só pioraria as coisas para ela.

Minha tia seleciona um pãozinho cravejado de groselhas.

– Talvez a menina Greer tenha *mesmo* ouvido a voz da razão, mas, por enquanto, tenha cuidado, Elloren.

– Terei, tia Vyvian – digo-lhe, com uma segurança completamente falsa e indiferente. Agarro-me à beira da cadeira para disfarçar o tremor raivoso das minhas mãos.

Madeira de abrunheiro.

Um jato quente de energia explode através dos meus braços, dispara até os ombros, despejando-se através das minhas linhas de terra. Sobressaltada, arranco as mãos da madeira, apertando-as em punhos firmes sobre o colo, meu coração acelera.

O que foi isso?

O olhar da tia Vyvian se aguça sobre mim.

– Ouvi dizer que você também foi vista com os gêmeos lupinos.

Luto para manter minha expressão impassível enquanto cerro e abro os punhos sob da mesa, surpresa com a súbita onda de poder.

– Não posso evitar Diana Ulrich – explico, forçando-me a respirar com moderação. – Ela é minha parceira de pesquisa em Chímica.

– Bem, troque de parceira. Imediatamente. – Seus olhos cintilam na minha direção enquanto ela passa manteiga no pãozinho de groselha.

– Sim, tia Vyvian. – Minha mão da varinha formiga, minhas linhas de fogo centelham. De súbito, fico plenamente ciente da quantidade de madeira ao meu redor. Quase tudo na sala é feito de madeira.

Tia Vyvian franze os lábios.

– Os lupinos são animais imprevisíveis. Ouvi dizer que a fêmea abandonou o alojamento para viver na floresta. Como o animal selvagem que ela é.

Hum, na verdade, não. Ela está morando comigo. Junto com uma selkie e duas icarais.

Tia Vyvian arqueia uma sobrancelha, me avaliando ao tomar um gole de chá.

– Você está indo bem nos estudos?

– Sim, tia Vyvian. – *Não. Na verdade, mal estou passando nas disciplinas e agora vivo com cerca de quatro horas de sono por noite. E tenho visões da floresta me atacando.*

– Não é de surpreender que você esteja indo tão bem – diz ela, com um ar de satisfação. – Nossa família sempre foi muito inteligente. E ouvi dizer que você e Lukas Grey foram juntos no baile de Yule. – Seus olhos brilham com aprovação.

Um rubor ardente aquece minhas bochechas à menção do nome de Lukas. Distraída, toco o pingente de carvalho de neve em volta do meu pescoço, a madeira do presente de Lukas pulsa na minha palma com um calor sedutor.

– É um lindo colar, Elloren – comenta minha tia, sem nunca perder um gesto meu. – Onde o arranjou?

Meu rubor se aprofunda.

– Lukas me deu.

A boca de tia Vyvian se torce em um sorriso astuto.

– Já é tempo de se laçar com ele.

– Pretendo fazer o laço de varinha com ele – minto educadamente, a força do zumbido do pingente acalma meus nervos. – Mas antes devo discutir o assunto com o tio Edwin.

– Então é uma coisa boa que você verá seu tio no Dia do Fundador – diz ela, com um sorriso constrito. – Você poderá conseguir a permissão dele.

O tempo está se esgotando. Quando o verão chegar, minhas mãos estarão marcadas.

– Tenho certeza de que ele dará permissão em breve...

– Quero que você se lace com Lukas Grey *agora* – insiste ela, perdendo todos os vestígios de simpatia.

– Eu percebi – digo, incapaz de conter o sarcasmo na minha voz. – Estou vivendo com duas icarais. – Escarneço interiormente do tanto que a tentativa da minha tia de criar uma vantagem deu errado. Mas então uma apreensão incisiva me atravessa, e eu logo me arrependo de lembrá-la disso, pois estou com medo de chamar sua atenção para qualquer coisa relacionada ao meu alojamento na Torre Norte. Minha tia *não pode* descobrir que Marina vive lá conosco. Não quando ela é a principal defensora no Conselho dos Magos de executar qualquer selkie assim que chegam à costa.

Captando meu ar de desafio, tia Vyvian estreita os olhos para mim.

– Estou surpresa que você tenha vivido com as icarais por tanto tempo, para ser franca. Você é feita de uma substância mais forte do que eu imaginava. É uma pena que não tenha capacidade mágica para igualar à sua teimosia. – Tia Vyvian balança a cabeça com tristeza e solta um suspiro pelo que poderia ter sido e não é. Sua expressão fica frustrada. – Não é certo que a garota Bane seja herdeira da *nossa* magia.

Ah, essa velha rivalidade. Sento-me mais ereta, contente pela distração.

– Sei que você deve me achar dura, Elloren – argumenta tia Vyvian, com um vinco na testa –, mas estou mantendo a pressão sobre você. É para o seu próprio bem e para o bem desta família. Você precisa fazer o laço de varinha com Lukas o mais rápido possível, antes que ele abra mão disso de vez.

Antes que eu possa formular uma resposta, somos interrompidas pela chegada dos meus irmãos. Trystan entra primeiro, vestindo suas melhores roupas gardnerianas, o uniforme cinza-tempestade de aprendiz militar, marcado com a esfera prateada da Therria e listras de nível cinco. Rafe entra atrás dele, com um sorriso largo no rosto, e fico consternada ao vê-lo vestindo nossas velhas roupas de lã em estilo kéltico.

Não, Rafe. Esta não é a hora para desafiá-la.

– Ah, Trystan. – Com um sorriso caloroso, tia Vyvian se levanta para ir em direção ao meu irmão mais novo, fazendo questão de ignorar Rafe. Ela beija Trystan nas duas bochechas. – Estou ouvindo coisas tão boas sobre você – comenta ela, com orgulho. – Já foi aceito na Guilda Bélica mesmo sendo tão jovem, o mais jovem *da história*. É uma grande conquista, querido. O trabalho árduo e o compromisso com o seu ofício merecem uma recompensa, por isso tenho algo para você. – Ela estende um longo pacote amarrado com um barbante marrom duro, sua voz abaixa para um sussurro conspiratório: – Seu tio não precisa saber.

Trystan pega o pacote e puxa o barbante; o embrulho se abre.

Uma varinha.

Meu coração salta com a inesperada vantagem que minha tia nos deu. *Duas varinhas. Duas armas.* Os olhos de Trystan se arregalam quando ele passa os dedos sobre a varinha, testando a sensação dela.

– Você é um mago nível cinco – tia Vyvian declara. – Já é hora de ter a sua própria varinha, uma boa o suficiente para combinar com seus talentos naturais. Estou muito orgulhosa de você, Trystan.

– Obrigado, tia Vyvian. – Meu irmão agradece o elogio com uma ligeira mesura respeitosa, com o rosto agradavelmente inexpressivo. Em momentos como esse, sou muitíssimo grata pela capacidade de Trystan de permanecer calmo e contido, não importa o que esteja enfrentando.

Tia Vyvian mergulha a cabeça em direção a Trystan, mas seu sorriso presunçoso desaparece quando ela se vira para meu irmão mais velho.

– E Rafe – diz ela, seca.

Rafe não deixa que a hostilidade dela o perturbe, seu sorriso divertido está animado como sempre. Tia Vyvian aponta para as cadeiras vazias, e os meus irmãos se juntam a nós à mesa.

– Chegou ao meu conhecimento – tia Vyvian diz a Rafe, com os lábios bem franzidos em desagrado –, que você estava... *cabriolando* com a garota lupina no baile de Yule. Parece que fez um espetáculo e tanto.

– Diana gosta de dançar – diz Rafe, sorrindo com prudência.

– É mesmo? – responde tia Vyvian, fria como gelo. – Bem, enviei uma mensagem ao pai dela falando disso... Uma tarefa muito desagradável, posso garantir. Eu o informei de que é da natureza infeliz de alguns jovens gardnerianos plantar a sua semente, por assim dizer, fora da sua espécie, com selkies e coisas parecidas. – Ela se vira para mim, com expressão contrita. – Lamento discutir isso na sua frente, minha querida. É chocante, eu sei, mas esse assunto afeta as perspectivas do seu laço, bem como as de Trystan. Bem, talvez não as suas, Elloren, visto que Lukas Grey parece bastante decidido a se laçar com você. Trystan, por outro lado, pode ter dificuldade em encontrar uma jovem adequada se Rafe continuar correndo com a cadela lupina por aí.

Estremeço com o uso despreocupado do insulto, e a boca de Rafe se aperta de raiva. Abaixo um braço para apertar a borda da cadeira com minha mão de varinha e um calor ardente corre através das minhas linhas. Tenho um súbito lampejo de consciência não só de toda a madeira da sala, mas de toda a madeira do edifício. Chocada, arranco minha mão da superfície, cerro o punho e resolvo não voltar a tocar na cadeira.

Tia Vyvian beberica seu chá, olhando Rafe pela borda de sua xícara.

– Você e Trystan precisam de parceiras de laço até a primavera – ela declara. – Corte imediatamente todo o contato com a fêmea lupina.

Ela olha para Trystan, sua expressão descongela por um momento.

– Tenho uma seleção de possibilidades de companheiras de laço para você escolher, Trystan. – Ela franze a testa para Rafe. – Mas, a esta altura, podemos depender do protocolo de laço do Conselho para encontrar uma parceira disposta a se laçar a *você*.

– O que o pai de Diana disse? – nervosa, pergunto à minha tia, e noto que a ira silenciosa de Rafe se transformou em uma agressiva exposição dos dentes.

Tia Vyvian o fita com um olhar calculista.

– Ele é da opinião de que você deveria ficar longe da filha dele. Ou ele terá de lhe fazer uma visita. Está me entendendo, Rafe?

– Perfeitamente – responde ele, mastigando a palavra.

– Francamente, Rafe, em que você estava pensando? – Tia Vyvian olha para o teto como se rogasse por forças. – Até mesmo uma selkie seria uma escolha melhor de... companheira, muito melhor do que a filha do *alfa da Alcateia Gerwulf*. – Tia Vyvian se vira para Trystan e lhe lança um olhar resignado. – Eu gostaria que todos os jovens gardnerianos fossem tão moralmente íntegros quanto você, Trystan. Você é uma *adição* à sua raça.

Rafe e eu nos voltamos para Trystan, com as sobrancelhas erguidas.

– Você é o mais jovem aqui – ela continua a falar –, mas mostrou a maior maturidade. Você tem de guiar seus irmãos mais velhos, Trystan.

– Farei o meu melhor para mantê-los no caminho certo, tia Vyvian – promete Trystan, solenemente.

– E pratique com essa varinha – encorajadora ela. – Mago nível cinco e membro da Guilda de Armas; você terá uma alta patente na Guarda dos Magos.

A expressão serena de Trystan não se altera.

– Terei o cuidado de não negligenciar as capacidades naturais com as quais o Ancião me abençoou.

Com apresso solene, tia Vyvian acena com a cabeça para Trystan antes de se voltar para Rafe, com um vinco na testa.

– Rafe, é hora de deixar de ser tão irresponsável.

– Vou dar o meu melhor para seguir o exemplo de Trystan – responde Rafe, com expressão cortante.

Tia Vyvian prende o olhar de Rafe, nenhum dos dois cede por um momento desconfortavelmente longo. Por fim, ela desvia o olhar para Trystan, seu Gardneriano de Ouro.

– Trystan, agradeço pelas suas cartas. Não posso me afastar de Valgard com frequência, por isso confio que você seja meus olhos e ouvidos. Por favor, continue mantendo contato e não hesite em me avisar se seus irmãos precisarem ser repreendidos.

– Pode deixar, tia Vyvian – diz Trystan. – Vou ficar de olho neles por você.

Noites depois, Trystan aparece no meu quarto na Torre Norte. Quando abro a porta, ele gesticula para que me junte a ele no corredor e tira a minha varinha branca do bolso da capa. Percebo que a varinha que tia Vyvian lhe deu está embainhada em seu flanco. A cada dia que passa, meu irmãozinho se parece mais com o mago poderoso que é.

– Aqui, Elló – diz ele, estendendo a varinha branca para mim. – Toma.

Minhas linhas de afinidade saltam avidamente em direção à varinha, mas me abstenho de aceitá-la.

– Por quê? Não tenho magia.

Ele balança a cabeça ao ouvir o meu protesto.

– Não vai funcionar mais para mim. É como se tivesse ficado dormente, ou... – Ele faz uma pausa, uma onda de trepidação passa por seu rosto. – Como se tivesse ganhado controle sobre si mesma. – Ele me observa, como se esperasse que eu fosse zombar da afirmação estranha.

Mas não faço nada disso. Sei muito bem que há algo de estranho nesta varinha.

A Varinha Branca.

No mesmo instante, fico envergonhada por mais uma vez entreter uma ideia tão ultrajante. Não poderia ser a Varinha Branca... mas com certeza não é uma varinha normal.

Eu a pego de Trystan, e um olhar de alívio passa por seu rosto. Minha mão de varinha se fecha ao redor do punho espiralado, e eu inspiro profunda e languidamente. É bom segurar esta varinha. Bom demais. Melhor do que qualquer madeira.

– Você sabe que eu não sou religioso, Elló – diz Trystan, de olho na varinha. – Mas... tenho tido sonhos. Muitos sonhos com essa varinha, e pássaros brancos, e uma árvore. E terminam sempre da mesma maneira. – Ele me lança um olhar cheio de significado. – Com essa varinha na *sua* mão.

Minha mão aperta a varinha enquanto um arrepio de poder espirala através de minhas linhas de afinidade e vai em direção a ela em uma adrenalina inebriante.

– Trystan – sondo. – Quando é que as suas linhas de afinidade se aceleraram?

– Mais ou menos aos catorze anos. Por quê?

– Eu... eu posso sentir minhas linhas de terra agora. E as linhas de fogo. Elas estão ficando mais fortes... todos os dias, praticamente. Às vezes, elas se inflamam.

Trystan acena em compreensão.

– Pode acontecer de forma muito repentina. Eu me lembro de uma vez, estávamos todos jantando, e as minhas linhas de água... emergiram. Por um momento, tive a sensação bizarra de que a sala inteira estava submersa.

Arqueio as sobrancelhas para ele.

– Bem, isso deve ter sido bastante esquisito.

O lábio de Trystan se ergue num sorrisinho sarcástico.

– Foi um pouco demais mesmo.

– E as suas linhas de fogo? – indago. Sei que Trystan tem fortes linhas de água e de fogo, o que faz ser difícil para ele controlar a sua poderosa mas tempestuosa magia.

– Eu não tinha noção da minha linha de fogo até cerca de um ano atrás – ele me diz.

– Então... há uma chance de eu desenvolver mais linhas de poder.

– É possível. Embora duas linhas seja o mais comum.

– Mas não vou conseguir acessá-la.

Ele balança a cabeça.

– Você nunca será capaz de acessar seu poder, já que é uma nível um. Nunca ouvi falar de um mago nível um que tivesse acesso ao seu poder.

A confusão brota em mim.

– Então por que essa varinha é atraída para mim?

Ele considera o que eu disse.

–Você está pensando que *esta* varinha é a Varinha Branca do mito?

– Sim.

– Bem, as lendas dizem que a Varinha Branca às vezes fica adormecida por muitos anos. Se estamos fingindo que as histórias são mesmo verdadeiras, então talvez os seus filhos vão ter um grande poder, e você vai passar a varinha para eles. Ou talvez você esteja destinada a passá-la para outra pessoa.

– Como você acabou de passá-la de volta para mim.

Trystan fica em silêncio por um momento, e posso ver que ele está aflito com seus sonhos estranhos e com a ideia de se desviar muito para o território do mitológico.

– Talvez.

– A floresta tem medo de mim – digo, entregando o jogo. – E, pouco antes disso, era abertamente hostil. Eu não estou imaginando isso, Trystan, sério. Você ouviu o que a Tierney disse na outra noite. Você sentiu alguma coisa disso da floresta?

– Não. – Ele inclina a cabeça, pensativo. – Mas já ouvi falar desse tipo de coisa. Mas apenas dirigida a magos da terra de nível muito elevado.

– Então eu poderia ter níveis muito altos de magia de terra dentro de mim?

– À qual você não tem acesso.

Solto um longo suspiro frustrado.

– É cada vez mais estranho ser eu.

Trystan solta uma risadinha.

– Bem-vinda ao clube, Elló.

Sorrio para isso e olho para ele com afeição.

– Fico feliz que você seja quem você é.

Trystan abre um leve sorriso para mim.

– Eu sinto o mesmo quanto a você – responde ele, baixinho.

Por um momento, ficamos ali sem dizer nada, amparados um pelo outro, mas meus pensamentos logo tomam um rumo sombrio.

– O que você acha que vai acontecer com Rafe e os lupinos? – pergunto, hesitante.

O olhar de Trystan escurece.

– Não sei, Elló. – Ele balança a cabeça. – Diante da possibilidade de entrarmos em guerra contra os lupinos, simplesmente não sei.

DECISÃO DO CONSELHO DOS MAGOS

N. 200

O auxílio à circulação ilegal de elfos smaragdalfar das subterras pelas terras altas dos Reinos será punido com a morte. Quaisquer elfos smaragdalfar encontrados em terras gardnerianas devem ser entregues imediatamente à Guarda dos Magos para serem transportados para Alfsigroth.

CAPÍTULO NOVE
DIA DO FUNDADOR

A luz fraca da manhã permeia as janelas do maior refeitório da universidade, o vasto espaço maravilhosamente mobiliado para o Dia do Fundador. Eu me remexo um pouco enquanto olho ao redor, bastante ciente da varinha branca escondida confortavelmente no cano da minha bota de cadarço.

Rafe, Trystan, o irmão de Wynter, Cael, e o seu acólito élfico, Rhys, também examinam o refeitório e parecem tão chocados quanto eu.

Os gardnerianos assumiram completamente o evento.

Todas as decorações são de Yule, apesar de sermos o único grupo na universidade que celebra a data. É espetacularmente elegante, com certeza, e tenho que me segurar para não me deixar fascinar por tudo isso. Ramos de pinheiro criam um teto falso perfumado e enfeitam os arranjos de mesa ao redor do salão, e não posso deixar de respirar, arrebatada, o aroma fresco e perene. Lampiões vermelhos pendem dos ramos e estão em todas as mesas, posicionadas sobre toalhas escarlate, a cor que representa o sangue gardneriano derramado pelos Malignos. As cortinas de um carmesim profundo estão drapeadas em torno de cada janela de painéis de treliça e se derramam até o assoalho.

Tudo isso me causa um desconforto profundo.

Nunca estive tão dolorosamente consciente da agressividade da opressão do meu povo para com os costumes e crenças dos outros quanto estou neste momento. Passa pela minha cabeça o pensamento perverso de tombar vários lampiões para atear fogo nas decorações, certa de que todos aqueles pinheiros espalhados ao redor causariam um incêndio em um piscar de olhos.

O céu da manhã está nublado, mas o clima sombrio apenas aumenta a beleza do brilho escarlate dos lampiões. Pequenos grupos de gardnerianos estão começando a pontilhar o enorme refeitório, e há uma fantástica variedade de comidas dispostas em várias mesas largas: um javali assado inteiro e cortado em fatias finas está com um garfo de servir enfiado em seu flanco, frutas em compota salpicadas com flores açucaradas, uma variedade de bebidas e pães quentes combinados com queijos bem curados.Vários trabalhadores kélticos, verpacianos, elfhollene urisks de todas as cozinhas da universidade, incluindo Olilly e Fernyllia, estão à disposição para servir os muitos visitantes.

Eu me viro quando ambas as portas enormes do refeitório principal se abrem abruptamente, batendo nas paredes com um baque retumbante.

Os lupinos adentram no salão com uma elegância ousada e predatória, e a maioria dos ocupantes do lugar recua com olhares de surpresa.

Um homem enorme e musculoso lidera o grupo, e não há dúvida de que ele é o alfa. Ele tem os olhos âmbar ardentes de Diana, queixo orgulhoso, aura dominante e cabelo dourado, a barba é polvilhada com pelos grisalhos nas laterais. Ele irradia a presença mais imponente que já testemunhei na vida, o seu carisma ofusca até mesmo o de Kam Vin, a intimidadora comandante militar das vu trin locais.

Logo atrás dele está uma mulher alta e magra que se parece muito com Jarod. Há uma sombra preocupada e intelectual em seu semblante enquanto ela olha ao redor do salão com uma relutância resguardada. Ao seu lado caminha outra lupina, essa com cabelos escuros em meio a fios vermelhos brilhantes. Sua pele é de um marrom profundo e ela tem os olhos vermelhos radiantes da alcateia de lupinos do Norte. Ela está segurando um menino com o mesmo tom de pele e olhos vermelhos, mas as orelhas dele são pontiagudas e o cabelo é uma mistura de roxo e azul.

Flanqueando-os estão quatro homens robustos em formação rígida, um caminha ligeiramente à frente dos outros. As bochechas cinza-ardósia deste homem são marcadas com tatuagens rúnicas como as de Andras e emolduradas por cabelos de cor de aço salpicados de violeta. Percebo que aquele deve ser Ferrin Sandulf, o homem de ascendência amaz de que Diana nos contou. O beta da alcateia, o que faz dele o segundo em comando.

Orbitando-os como uma lua cinética, uma menina enérgica de cerca de dez anos saltita de um lado para o outro. Só pode ser Kendra, a irmã mais nova de Diana e Jarod. Ela é uma cópia de Diana, apenas mais jovem e mais baixa, e com uma energia muito mais frenética.

Todos os homens têm cabelo curto e barba rente, e o cabelo da mãe de Diana é longo e loiro e preso para trás com um laço. E todos eles estão vestidos para facilitar o movimento, em túnicas soltas de cores terrosas sobre calça e botas resistentes: roupas simples de tirar para que possam se transformar com facilidade.

Os poucos presentes no salão paralisam em silêncio.

Como um, os lupinos caminham pelo longo corredor central.

Trystan e eu trocamos um olhar tingido de alarme.

Rafe os observa com tranquilidade enquanto se aproximam de onde estamos, na extremidade do corredor, um grande peru está pendurado sobre seu ombro. Ele acabou de voltar de uma caçada matinal com Cael e Rhys, e os três ainda estão totalmente armados, com arcos pendurados nos ombros e aljavas presas às costas.

Diana entra no refeitório por uma porta lateral, com o cabelo dourado esvoaçando atrás dela. A lupina vislumbra a família e solta um grito alto de alegria, suas mãos voam para cima enquanto ela dispara em uma corrida feliz. O pai a vê, e seu rosto severo se ilumina como o sol.

– Pai! – exclama Diana, ao passar os braços em volta de Gunther Ulrich.

Gunther solta uma risada profunda e estrondosa e a abraça com força.

– Minha filha feroz! Ah, como senti a sua falta!

A pequena Kendra salta em torno deles em alegria, abraçando Diana por trás.

Jarod, que entrou logo atrás da irmã, caminha para os lupinos sem nem mesmo olhar na nossa direção. Ele está muito distante desde seu doloroso encontro com Aislinn no baile de Yule, fazendo a maior parte das refeições sozinho e passando grande parte do tempo caçando ou estudando sem nenhuma companhia. Diana está cada vez mais preocupada com ele, muitas vezes desabafando comigo sobre a inutilidade dos seus esforços para atraí-lo de volta para o nosso círculo.

Alívio se estampa no rosto de Jarod quando ele se aproxima silenciosamente de sua família. A mãe toma seu rosto nas mãos e murmura alguma coisa antes de abraçá-lo com carinho, visivelmente muito feliz por estar com todos os filhos mais uma vez.

Diana passa um braço em volta dos ombros de sua irmãzinha, apertando-a com afeição.

– Senti tanta saudade, Diana! – exclama Kendra. – Tenho tanta coisa pra te contar! Você recebeu as minhas cartas? Eu recebi as suas! Olha, Diana! Olha! Tenho um dente de castor! – Ela segura o colar que está usando, decorado com uma variedade de dentes.

Diana passa os dedos por ele, claramente impressionada.

– Isso é maravilhoso, Kendra!

– E eu ganhei um celírnio para minha coleção de pedras! Lembra que tenho procurado por um há *eras*? – Cheia de orgulho, Kendra segura a bolsa precariamente pendurada no ombro. – Eu trouxe toda a coleção para mostrar a vocês! E os meus desenhos. Eu fiz uns dez novos!

– Mal posso esperar para ver tudo – diz Diana, radiante.

– E eu apanhei um *cervo*, Diana! Há poucos dias!

– Derrubou ela mesma, certeira – elogia Gunther, dando tapinhas na cabeça de Kendra.

– Um *grandão*! – A menina continua, sem fôlego. – Eu o apanhei antes mesmo de Stefan! Ele ficou com *tanta* inveja!

– Ela é uma boa caçadora, a sua irmã – gaba-se o pai deles. – Pode até ser páreo para você daqui a alguns anos.

Diana despenteia os cabelos dourados de Kendra.

– Não duvido – diz ela, sorrindo para seu pequeno clone.

O pai puxa as duas para um abraço caloroso.

– Minhas meninas fortes e ferozes – ele diz, com adoração.

Naquele momento, fico assombrada com as coisas de que Gunther se orgulha quando se trata de suas filhas. A maioria dos pais gardnerianos valoriza a modéstia e a beleza muito mais do que força ou bravura nas meninas, e de repente me sinto melancólica e me pergunto o que meu pai mais admiraria em mim se ainda estivesse vivo.

– Onde está Rafe Gardner? – pergunta Kendra, olhando ao redor do salão. – Quero conhecê-lo! Caramba, você está *bem* encrencada!

– *Kendra* – Gunther a censura, com a voz cheia de autoridade.

– Ah... esqueci – diz Kendra, envergonhada, abaixando ligeiramente a voz. – Não se pode falar sobre isso. Mas onde está ele, Diana? Ele tem olhos estranhos? Eles têm uns olhos *tão estranhos*. Espero que não cheire mal. Alguns deles cheiram *muito* mal!

Diana diz ao pai algo que não entendo, e aponta para nós, sorrindo com orgulho.

Cael se vira para Rafe, com um olhar irônico no rosto.

– Ainda não consigo acreditar que você está se envolvendo com a filha do alfa.

Rafe sorri para ele.

Cael balança a cabeça, entretido.

– Espero que você sobreviva ao dia de hoje, Rafe Gardner.

O pai de Diana fixa os olhos no meu irmão, como se percebesse o uso que Cael fez do seu nome. O alfa se empertiga até sua altura plena e intimidante, o sorriso no seu rosto e no rosto dos quatro lupinos atrás dele logo é substituído por expressões sérias e ameaçadoras. A mãe de Diana também olha para Rafe, o rosto dela assume um olhar de profunda preocupação.

Todos eles, com Diana e o pai na liderança, começam a andar em direção a Rafe, movendo-se juntos com uma elegância fluida e coesa.

– Eles vão vir aqui pra te matar agora? – Trystan pergunta baixinho para Rafe.

– Acho que não – responde Rafe. – Eles parecem legais.

Trystan olha para o nosso irmão mais velho como se chifres tivessem acabado de brotar na sua cabeça.

– *Legais?* Seu cérebro está completa e totalmente desprovido da parte de autopreservação?

Rafe sorri, parecendo alheio ao sarcasmo de Trystan. Ele ajusta a carcaça do peru no ombro e caminha com confiança em direção a Diana e sua família.

– Pai, mãe, Kendra – começa Diana, com um sorriso largo e feliz –, este é Rafe Gardner.

Ela olha para a família com a expressão presunçosa de alguém que espera que eles fiquem tão instantaneamente apaixonados por Rafe quanto ela.

As expressões hostis de sua alcateia permanecem imutáveis; todas, exceto a de Kendra, cujos olhos voam ansiosamente entre Rafe e sua irmã.

– Este é o momento mais assustador de "conhecer os pais da companheira" que já se passou na história da Therria – Trystan sussurra para mim.

– Rafe é mais alto que o pai de Diana. Notou isso? – comento.

– E o que exatamente... você quer dizer com isso? Acha que isso dá ao nosso irmão alguma vantagem? Contra *eles*?

Dou de ombros.

– Tem que contar para alguma coisa.

– É uma honra conhecer todos vocês – anuncia Rafe. Ele arremessa o peru na mesa mais próxima com um floreio dramático. – Acabei de voltar de uma caçada e a ofereço a você.

O rosto de todos assume semblantes de surpresa. Os olhos de Diana cintilam para Rafe, impressionada.

– Eu sou Rafe Gardner – continua ele. E então o meu irmão mais velho começa a recitar a nossa linhagem, de forma clara e fluida, até Styvius Gardner.

– Ele deve ter ensaiado – sussurro para Trystan.

Trystan ergue uma sobrancelha preta para mim.

– É uma lista de todos os grandes inimigos que o povo deles já teve.

– Rafe – diz Diana quando meu irmão termina, gesticulando em direção ao alfa –, este é meu pai, Gunther Ulrich.

Rafe estende a mão com sua confiança de sempre.

– É um prazer conhecê-lo, senhor.

O pai de Diana sorri e estende a própria mão, sua expressão é mais feroz do que amigável. Ele lança a Rafe um olhar de fria avaliação e aperta a mão do meu irmão, seu aperto potente parece forte e seguro, e imagino que ele esteja medindo a força do aperto de Rafe e procurando qualquer sinal de medo.

– Vejo que pesquisou bem os nossos costumes – comenta Gunther Ulrich, olhando de relance para o peru, com a mão ainda apertada em volta da de Rafe.

– Faz algum tempo que admiro o seu povo.

– Não me diga? – comenta Gunther, com os olhos âmbar brilhando de ferocidade. – Gosta do exótico, garoto?

– Às vezes – responde Rafe, com cuidado, a mão dos dois ainda está firmemente juntas.

– Ele está se preparando para arrancar o braço de Rafe? – Trystan me pergunta, preocupado.

– Acha a minha filha exótica, por acaso? – questiona o pai de Diana, com os lábios se abrindo em um sorriso ameaçador, os dentes brancos cintilando.

– Pelo contrário – responde Rafe, sério. – Acho que sua filha é meio que uma alma gêmea da minha.

Ah, boa, Rafe. Em cheio.

Isso parece surpreender e agradar o pai de Diana. Ele solta a mão de Rafe, cruza os braços na frente do peito largo e o avalia com os olhos estreitados e um leve sorriso.

– Minha Diana parece gostar muito de você, Rafe Gardner.

– Eu também gosto muito dela – devolve Rafe.

– Devo admitir que fiquei muito curioso para conhecer o garoto gardneriano que se atreve a cortejar a filha de um alfa lupino. Ou você tem colhões, garoto, ou é incrivelmente idiota.

Todo mundo ri um pouco disso, até mesmo Gunther. Não é uma risada alegre, de forma alguma, está mais para *eu só estou sendo agradável porque minha filha gosta de você e se você sequer a fizer franzir a testa, vou rasgá-lo em mil pedacinhos*. Ele continua a olhar Rafe de maneira inquiridora.

– Estou realmente inclinado a apostar que é a primeira opção – ele diz.

Rafe sorri, imperturbável.

– Gosto de pensar o mesmo, senhor.

Gunther ri de sua ousadia.

– Acho que Rafe está gostando disso – sussurro para Trystan, chocada.

– Ou talvez ele esteja tentando apressar a própria morte – Trystan responde, sem rodeios.

– Ela é uma garota feroz, a minha Diana – comenta Gunther, mostrando os dentes novamente.

– Estou bem ciente disso, senhor.

– Ela me diz que você é um bom caçador. E rastreador.

– Não se comparado com Diana, mas entre gardnerianos e elfos, eu dou conta do recado.

– Ele está sendo modesto, pai – interrompe Diana, com o braço entrelaçado ao de Rafe enquanto o olha como se ele fosse um troféu inestimável.

Gunther acena com a cabeça, então olha ao redor.

– Diana também me disse que você tem família aqui na universidade. Sua irmã e irmão?

– Sim, senhor – responde Rafe.

– Última chance de darmos no pé – diz Trystan, com sarcasmo.

O olhar da alcateia se desloca em uníssono para repousar sobre nós dois. O pai de Diana sorri, e eu coro, percebendo que eles ouviram tudo o que Trystan e eu dissemos um ao outro.

A mãe de Diana parece cada vez mais preocupada quando Trystan e eu nos aproximamos deles.

À medida que me aproximo, suas expressões curiosas desaparecem, logo substituídas por olhares de choque e preocupação. Percebo que a minha aparência amaldiçoada e talvez até o cheiro do meu sangue possam arruinar tudo para o meu irmão. Meu rosto fica rígido e desconfortavelmente quente quando retribuo o olhar de cada lupino.

Gunther me observa com perspicácia depois de lançar um olhar de soslaio para os outros. Decido ir em frente e estendo a mão para ele. O alfa a pega; seu aperto é firme.

– Quando a maioria das pessoas me conhece – digo a ele –, ficam chocadas com o quanto me pareço com a minha avó.

– Você é igualzinha a ela – comenta o alfa, com o olhar inquiridor.

Ele solta a minha mão e eu respiro fundo.

– Posso ser igualzinha a ela – digo, com a voz a trêmula –, mas sou muito diferente dela, de mais formas do que se possa imaginar.

Todos ficam em silêncio por um longo momento enquanto o alfa me considera, me sondando com seus olhos selvagens.

– Elloren Gardner – diz ele, por fim, sua voz é baixa e dominante, mas seu semblante é gentil –, há muito tempo minha opinião é de que a aparência de uma pessoa muitas vezes revela pouco de seu verdadeiro caráter. Estou muito disposto a acreditar que pode haver mais em você do que aparenta. Talvez o tempo dirá, não é mesmo?

Aceno com a cabeça, sentindo-me surpreendentemente emocionada, lágrimas se acumulam em meus olhos.

– Obrigada, senhor.

Ele coloca uma mão larga calorosa no meu ombro, e eu pisco para afastar as lágrimas.

– É um prazer conhecer todos vocês – digo, minhas palavras são sinceras. – Nós todos gostamos muito de Diana e de Jarod.

Satisfeito, o pai de Diana acena com a cabeça e se vira para Trystan, que carrega sua expressão ilegível de sempre.

– E você deve ser o Trystan – diz ele com diversão enquanto aperta a mão do meu irmão mais novo.

– Sim, senhor.

A boca de Gunther Ulrich se abre em um sorriso.

– Trystan Gardner, não pretendo matar o seu irmão. – Ele faz uma pausa, com um olhar travesso. – Não hoje, pelo menos.

– É um alívio, senhor – responde Trystan.

Segue-se um turbilhão de apresentações e conversas, iniciadas principalmente por Diana. Ela nos apresenta à mãe, que parece relutante em nos conhecer e um pouco atordoada com a mudança repentina dos acontecimentos. Em seguida, Diana apresenta Kendra, que parece fascinada por Rafe, e depois Ferrin Sandulf, o beta do pai, que é acasalado com a mulher de olhos carmesim, Soraya, e pai do garotinho lupino.

Dois guardas grandes de cabelos loiros, Georg Leall e Kristov Varg, nos cumprimentam brevemente e depois voltam a examinar o refeitório com desconfiança. É evidente que esta não é uma viagem de lazer para eles. Mas o quarto membro da guarda de Gunther Ulrich, um jovem de cabelos vermelhos chamado Brendan Faolan, parece ser particularmente bom amigo de Diana.

– Vou poupar vocês das longas apresentações – Brendan me diz, sorrindo enquanto nos apresentamos. – Sei que não é seu costume compartilhar a linhagem.

– Talvez você devesse dar uma dica para Diana sobre isso – brinco. Seu sorriso se alarga.

– Recusar-se a declarar a linhagem é simplesmente grosseiro – intervém Diana, com alguma irritação. Então, um novo pensamento a faz sorrir de orelha a orelha. – Ouvi dizer que você acasalou com Iliana Quinn.

– É verdade – responde Brendan, radiante.

– Estou tão feliz por você, Brendan! – Diana se entusiasma, abraçando-o com carinho.

Olho ao redor da sala enquanto eles colocam a conversa em dia. O salão está se enchendo rapidamente de acadêmicos gardnerianos e suas respectivas famílias. Em torno de nós, as pessoas conversam e se abraçam, mas alguns olhares de choque e desaprovação são lançados na nossa direção.

Então, entre a multidão que se avoluma, vejo uma figura familiar: um homem gardneriano pequeno e desgrenhado, vestido com uma túnica marrom escura e lisa, apoiado pesadamente em uma bengala, lutando para atravessar o labirinto de pessoas.

– *Tio Edwin.* – As palavras saem de mim num sussurro sufocado. Tudo à minha volta recua, como nevoeiro exposto à luz do sol. É mesmo ele, depois de todo esse tempo. Depois de tudo o que aconteceu.

Tropeço enquanto tento correr, cambaleando na direção dele. Tio Edwin me vê, seus olhos se iluminam quando eu quase o derrubo com a força do meu abraço e começo a chorar.

– Elloren, minha doce menina. – Ele ri, abraçando-me com carinho. – Vamos lá, o que é isso? Não chore. Está tudo bem, minha menina.

Rio através das lágrimas e as seco com a palma de uma das mãos.

– Estou tão feliz por você estar aqui.

– Já faz muito tempo, minha querida. – Sua fala está ligeiramente abafada. Ele se afasta para olhar para mim, seus olhos estão úmidos. Por um momento, a preocupação se assoma dentro de mim quando percebo que metade do seu rosto parece ter ficado permanentemente paralisado.

– Você mudou, minha menina – diz ele, e preocupação obscurece brevemente seu semblante. – Consigo ver a mudança no seu rosto. Você parece... mais velha. Mais forte. – Ele considera isso por um momento, a testa franzida, e sua expressão fica mais reflexiva, e então grata. – Fico feliz por isso – declara ele, piscando para mim antes de levantar os óculos e olhar em volta. – Então, onde estão os seus irmãos?

– Ali – digo, gesticulando em direção à alcateia de Diana.

Tio Edwin aperta os olhos naquela direção.

– Ah, sim. – Ele sorri para mim. – Vamos lá dizer um oi, então?

É encorajador ver como o tio Edwin está disposto a conhecer todo um clã de metamorfos. Mas esse é o tio Edwin. Ele nunca julgou os outros com base no fato de serem gardnerianos ou não.

O braço do meu tio passa pelo meu, e diminuo o passo para que ele possa acompanhar. A preocupação com ele aumenta à medida que percebo o quanto ele parece mais magro e mais velho, muito mais frágil do que me lembro.

Todos nós mudamos.

Rafe avança com um sorriso largo e feliz, e se inclina para abraçar o tio Edwin.

– Ah, Rafe, meu menino – diz nosso tio, rindo enquanto dá um tapinha nas costas de Rafe. – Sua tia não parou de reclamar de você para mim.

Tio Edwin se afasta de Rafe e olha em volta, encontrando Trystan, que está quieto em um canto.

– E Trystan – cumprimenta, cambaleando para ele. – Meu Deus, você ficou alto.

– Olá, tio Edwin. – Quem não conhecesse Trystan perderia completamente o tumulto de emoções que se esconde por trás de sua expressão indiferente enquanto nosso tio o puxa para um abraço caloroso.

– O que é isso? – pergunta tio Edwin, olhando para a varinha presa ao cinto de Trystan.

– Um presente de tia Vyvian – explica ele, parecendo um pouco envergonhado.

Tio Edwin franze a testa ao ouvir, depois se recompõe, virando-se para estreitar os olhos na direção do homem mais intimidador do salão. O olhar de Gunther Ulrich oscila entre Rafe e o tio Edwin, parecendo surpreendido pelo fato de o meu irmão confiante e forte ser parente do meu tio baixo e pacato.

Rafe gesticula vagamente em direção ao pai de Diana.

– Este é Gunther Ulrich, alfa da Alcateia de Gerwulf.

– Ah, sim. Bem – diz meu tio, apertando os olhos para Gunther através de seus óculos grossos enquanto pega sua mão. – Edwin Gardner. Rafe me escreveu sobre você... é um prazer.

Kendra salta para ver melhor o meu tio.

– Sua barba é terrivelmente fofa! – exclama ela, dando uma risadinha.

Tio Edwin ri e dá tapinhas na cabeça de Kendra.

– E você, mocinha – ele lhe diz –, tem um colar muito impressionante.

– É a minha coleção de dentes! – ela se entusiasma, tocando-o com orgulho. – São todos diferentes, e eu tenho dois novinhos! Quer ver?

Tio Edwin ajusta os óculos de novo e se inclina para murmurar "oohs" e "ahhs" sobre cada dente enquanto Kendra é toda sorrisos com ele, encantada por ter um público tão atento.

– Onde está o resto da sua alcateia? – pergunta ela, olhando em volta com curiosidade.

– Kendra – Gunther a interrompe. – Lembre-se, eles têm costumes diferentes.

Tio Edwin ri e dá outro tapinha na cabeça dela.

– Somos uma alcateia de quatro, Kendra – explica. – Rafe, Elloren, Trystan e eu.

– Só *isso*? – exclama Kendra, claramente confusa com a ideia.

– Só isso.

O rosto dela se contorce em consternação.

– Vocês devem ser *terrivelmente* solitários.

Tio Edwin faz uma pausa por um momento e olha para ela de forma pensativa.

– Sim... bem. Mas nos viramos bem, nós quatro.

– Mas é muito *pequeno*! – insiste Kendra. – Eu tenho mamãe e papai e Diana e Jarod e todos os meus primos e quatro melhores amigas e três melhores amigos e... – Depois de alguns minutos disso, Kendra começa a ficar sem dedos para contar enquanto lista tias e tios e amigos favoritos, pintando um quadro de uma vida comunitária rica em amor e amizade.

– Quer ver os meus desenhos? – ela pergunta ao meu tio, mudando completamente de assunto. – Sei tudo sobre cogumelos. Fiz um livro com todos os tipos. Ela tira uma pilha de papéis da bolsa, amarrados ao acaso com barbante. As imagens foram todas cuidadosamente desenhadas com tinta preta e pintadas com aquarela.

– Ora, isso está muito bem-feito, Kendra – meu tio a elogia. – Muito bem-feito mesmo. – Ele se vira para Gunther, sorrindo. – Você tem uma pequena artista na família.

– Ela é muito talentosa, a minha Kendra – Gunther concorda. Tímida, Kendra chuta o chão.

– O tio Hahn, Inger e Micah dizem a mesma coisa. Todos pensam que sou muito boa. Você sabe sobre cogumelos?

– Sim – diz o meu tio. – Na verdade, é um hobby meu. Por que não nos sentamos e olhamos para o que você fez, se nos dá permissão, Gunther? Você tem uma filha encantadora.

Seu pai acena com a cabeça, mas a atenção de Kendra é momentaneamente desviada pelo aparecimento de sua irmã ao lado de Rafe. Ela agarra o braço de Diana.

– Vem também, Diana!

– Ah, Diana – diz tio Edwin, estendendo a mão para dar tapinhas calorosas em seu braço. – Rafe falou muito de você, minha menina. Posso dizer pelas cartas que ele está bastante apaixonado.

O sorriso de Diana se alarga.

– É um prazer conhecê-lo, Edwin Gardner.

– *Vamos!* – Kendra está puxando os dois agora, querendo a atenção de volta.

– Tudo bem, tudo bem – diz meu tio, rindo junto com Diana. Os dois estão claramente encantados por estarem perto de uma criança, ambos gentis e pacientes. Dou-me conta de que Diana provavelmente será uma boa mãe algum dia. Mãe dos filhos do meu irmão. É um pensamento estranho... e maravilhoso, percebo.

Gunther se volta para Rafe.

– Diana me diz que você conhece muito bem os bosques por aqui. Por que não vamos dar um passeio, eu e você? Para nos conhecermos melhor.

Ele dá aquele sorriso com os dentes à mostra outra vez. É extremamente desconcertante.

– Será um prazer, senhor – diz Rafe, com uma nova expressão séria, parecendo incrivelmente imune aos poderes de intimidação de Gunther Ulrich.

– Vejo você mais tarde então – diz Diana, afastando-se de Kendra por tempo suficiente para abraçar Rafe. Ela se inclina para plantar um beijo rápido em seus lábios.

As sobrancelhas de Rafe se arqueiam diante daquela ousadia, e vejo a mandíbula do alfa endurecer. Meu irmão empurra Diana de levinho, mas com firmeza, e parece tentar transmitir a ela por meio de sua expressão que esse *não* é o momento.

Diana apenas sorri para ele, cheia de malícia.

CAPÍTULO DEZ
ENCURRALADA

Gunther e Rafe partem juntos, e eu me encontro momentaneamente sozinha.

Trystan iniciou uma conversa educada com a mãe de Diana, Daciana, que parece confusa ao se ver falando com ele, e os lupinos restantes estão conversando entre si.

Jarod está separado dos outros, olhando para o outro lado da sala com o rosto pálido. Sigo o seu olhar para descobrir que Aislinn acaba de chegar com a família – os seus pais e irmãs, alguns dos sobrinhos e Randall, com um casal severo que presumo serem pais do rapaz.

O pai de Aislinn, um homem de aparência autoritária, com barba bem aparada e porte militar, avista os lupinos. Seu rosto assume um olhar de fúria, seus lábios se apertando em uma linha fina de aversão enquanto ele conduz com rapidez a família para uma mesa no canto mais distante de nós do salão.

Os olhos das crianças se arregalam de medo quando avistam os lupinos. Suas mães se inclinam para confortá-los enquanto as crianças se agarram às suas saias. Todos os adultos, exceto Aislinn, fazem claramente o gesto sagrado para afastar a mácula dos Malignos.

Aislinn parece estar decididamente de coração partido enquanto se senta, silenciosa e pálida, encarando a mesa à sua frente. Sua irmã mais velha, Liesbeth, parece alheia a isso quando ela começa a conversar alegremente com Randall. A irmã de Aislinn, Auralie, persegue freneticamente os filhos, seus olhos assustados se precipitando para os lupinos de vez em quando, enquanto a mãe delas se mantém sentada, em silêncio, com os pais de Randall, sua expressão abatida.

– Jarod – digo quando me aproximo dele.

– Isto é uma farsa – ele diz com a voz apertada. – Ela não o quer. Olhe para ela... Ela está arrasada. Ela quer estar comigo, no entanto, luta contra isso.

– Mas você sabe o porquê, Jarod. É por causa da família dela. Ela está preocupada com a mãe e a irmã...

– Ela não pode ajudá-las – ele diz furiosamente. – Ela não vai mudar nada se enlaçando com Randall. Eles vão simplesmente arrastá-la para a sua infelicidade. Já o fizeram.

Distraído, Randall coloca a mão no braço de Aislinn, e a expressão de Jarod se torna violenta.

– Mas ele a quer – ele rosna, seus lábios se afastando para mostrar os caninos. – Ele a quer e a praticamente todas as jovens que passarem a poucos metros dele. Ele não a ama... Ela é completamente substituível para ele. Seus homens gardnerianos são patéticos.

– Jarod – digo cautelosamente –, vamos pegar algo para beber.

Ele vira seus olhos selvagens para mim.

– Não estou com sede. – Os lábios de Jarod recuam mais, expondo ainda mais os dentes.

– Não me interessa – eu digo com firmeza. – Vamos de qualquer maneira.

Ele olha de volta para Aislinn e a família dela, como se estivesse pesando as opções – tomar uma bebida ou arrancar a cabeça de Randall. Então seu olhar feroz se lança para encontrar o meu, e eu luto contra o desejo de me encolher diante dele.

– Você precisa se afastar disso por um momento e se recompor – digo a ele. – Ou você vai fazer algo de que vai se arrepender.

– Eu não sei se me arrependeria de matá-lo – ele diz, sério.

– Você não tem que matá-lo agora – digo, tentando manter minha voz leve.

Jarod considera isso.

– Verdade.

Sua mandíbula fica tensa e ele respira fundo, como se estivesse tentando se acalmar. Então, para meu grande alívio, ele cede e vai comigo pegar algo para beber de uma mesa montada perto das cozinhas.

Longe de Aislinn e da família dela.

Jarod e eu nos sentamos, bebendo cidra quente, seus olhos ainda encontram o caminho de volta para Aislinn de vez em quando. Mas ele parece ter se acalmado um pouco, a violência atípica em seus olhos âmbar está agora esmaecida.

– Tenho preocupações em relação a Rafe e Diana – digo a Jarod, tentando desviar sua atenção de Aislinn.

Ele me atira um olhar ligeiramente indignado.

– Jarod, eu gosto de Diana, você sabe disso – esclareço. – Ela é realmente perfeita para Rafe. E posso imaginá-lo se encaixando bem com o seu povo, de certa forma. Mas o meu irmão nunca foi um seguidor. Não sei se isso vai funcionar. Não como Diana quer que seja.

– Ele não teria que ser um seguidor por muito tempo.

Essa frase me pega desprevenida.

– Não estou entendendo.

Jarod olha para mim como se eu já devesse ter entendido tudo a essa altura.

– Elloren, Rafe tem potencial para ser o alfa.

– Pensei que Diana fosse ser a próxima na fila.

– Talvez, mas suspeito que, quando Rafe se tornar lupino, ele pode vencer até mesmo ela.

Começo a rir.

– Ah, isso é engraçado. Meu irmão, o alfa de uma alcateia de lupinos. Um alfa *gardneriano*. O neto de Clarissa Gardner, nada menos.

Os lábios de Jared se erguem, e é bom vê-lo quase sorrir. Mas então ele olha de novo para Aislinn, e o sorriso desaparece.

– Toda vez que Randall a toca, sinto vontade de ir até lá e separar seu braço do resto do corpo.

– Não é uma boa ideia.

– Não sei, Elloren, parece uma ideia cada vez melhor quanto mais tempo fico aqui sentado. – Ele atira a Randall um olhar de pura aversão antes de se voltar para mim. – Conheci muitos de seus casais laçados que não têm nenhum interesse um no outro. Ou os machos estão interessados ou as fêmeas sentem qualquer coisa entre a indiferença e a repulsa total. Seus homens são tão cruéis e cegos que se contentam em acasalar com mulheres que não os querem? E por que é que as suas mulheres agem como se o acasalamento fosse vergonhoso? É bizarro.

– O acasalamento é considerado pecaminoso em nossa religião – tento explicar. – Seu único propósito é trazer o maior número possível de magos ao mundo. O acasalamento por qualquer motivo além desse é considerado imoral. Supõe-se que devemos nos elevar acima da nossa natureza básica. Não sermos selvagens como...

– Como nós? Como metamorfos?

Solto um suspiro consternado.

– Basicamente.

O olhar de Jarod é duro e inabalável.

– Isso é horrível de verdade, Elloren.

Olho para baixo e engulo em seco, pensando em como será o meu futuro.

– Tem razão. É mesmo.

– Então vocês fazem o laço de varinha sem pensar se realmente se amam.

– E fazemos isso cada vez mais jovens – acrescento, com tristeza. – Minha vizinha, Sage Gaffney, fez o laço aos treze anos.

O rosto de Jarod fica profundamente perturbado.

– A mulher com a criança icaral.

Assinto.

– Seu companheiro de laço a espancava, então ela fugiu dele.

Jarod estremece.

– Sabe, eu li seu livro sagrado – ele diz, soturno. – Tentando entender a Aislinn. A primeira parte é verdadeiramente hedionda. Tão cheia de ódio por qualquer pessoa fora da sua espécie. Li esse livro e vejo por que não importa o quanto eu a ame. Ela nunca estará livre dessa religião pavorosa...

A voz de Jarod morre, e eu olho para cima e encontro sua mãe se aproximando de nós, vinda do outro lado do salão. Quando ela se aproxima da nossa mesa, os olhos de Daciana se fixam em mim, sua expressão se torna cautelosa. É evidente que ela deseja que meus irmãos e eu nos afastemos e deixemos a sua família em paz.

Concentro-me na minha cidra enquanto Daciana se senta, ignorando-me, e pergunta a um Jarod mal-humorado sobre os estudos. Enquanto eles conversam, sua expressão fica ainda mais preocupada. De vez em quando, seus olhos me examinam com desconfiança, talvez tentando ver se sou a culpada pela mudança de seu filho. Jarod tenta não olhar para Aislinn, eu consigo sentir isso na maneira como ele se porta, tão rígido e imóvel, mas o meu amigo não consegue resistir por muito tempo.

Ele olha para ela por uma fração de segundo enquanto a mãe lhe conta sobre as gêmeas recém-nascidas de um parente. Daciana se interrompe no meio da frase. Sua cabeça gira para ver para quem Jarod acabou de olhar, sua visão logo se concentrando em Aislinn. O horror toma conta de seu semblante.

– Oh, Bendita Maiya, *Jarod*...

Jarod olha para a mesa com as mãos firmemente entrelaçadas à sua frente.

– Doce Maiya... diga-me que não é verdade.

Jarod não responde.

– De todas as garotas que você conheceu... – A voz de sua mãe fica embargada. – De todas as meninas lupinas lindas e fortes que apresentamos a você... é a *ela* que você quer? – Por um longo momento, a mãe de Jarod parece atordoada demais para continuar falando. – Você sabe quem é o pai dessa garota?

– Estou bem ciente de quem é o pai dela – Jarod diz, firme.

– Essa garota... ela sabe o que você sente por ela?

– Sabe.

– O que aconteceu? – pergunta Daciana, com um fio de pânico na voz.

– Nada, mãe. Nada aconteceu – responde Jarod. – Ela vai fazer o laço de varinha com um gardneriano que ela não ama, e que não a ama nem a merece.

Daciana balança a cabeça em arrependimento fervoroso.

– Seu pai e eu cometemos um grave erro ao mandá-los para esta universidade. Se soubéssemos que ambos se apaixonariam por gardnerianos...

Jarod olha para ela, seus olhos âmbar se tornam duros.

– O *quê*, mãe? O que teria feito? Talvez os lupinos também devam começar a fazer o laço de varinha. É uma tradição maravilhosa. Olhe para Aislinn Greer, mãe. Olhe como ela está feliz com isso.

– Jarod...

– Não, mãe, estou falando sério. Você podia ter obrigado a mim e a Diana fazermos o laço de varinha antes de atingirmos a maioridade, nos forçando a acasalar com os lupinos de sua escolha.

– Não funciona assim para nós...

– Estou bem ciente de que não funciona assim para nós! – Jarod rosna. – Não funciona assim para *ninguém*!

Daciana balança a cabeça, perturbada.

– Você não pode ter essa garota, Jarod.

– Eu sei que não posso – diz Jarod, com tom duro e amargo. – Mas não precisa se afligir. Não é uma preocupação, já que ela se recusa a ter a *mim*.

– Meu filho...

Jarod se levanta abruptamente.

– Por favor, não me diga que tudo vai ficar bem. – Ele levanta a mão quando ela começa a falar. – Porque *nada* está bem. Nada neste mundo inteiro está bem. – Jarod dispara para fora do salão, escolhendo uma saída que o leve para longe de Aislinn.

Daciana permanece sentada, congelada por um momento, como se estivesse presa em um pesadelo. Então ela me lança um olhar de ódio e segue o filho porta afora.

CAPÍTULO ONZE
AMAZ LUPINO

O menino lupino de olhos vermelhos corre em minha direção, rindo e segurando um ramo de pinheiro de Yule. Brendan, de cabelos flamejantes, o persegue, pegando-o em seus braços fortes enquanto a criança grita de alegria.

O enorme homem com tatuagens rúnicas, Ferrin, caminha para o filho e Brendan, sorrindo para suas travessuras.

– Então você é o beta da alcateia – eu digo a Ferrin enquanto Brendan abaixa o garotinho se contorcendo, e a criança segura a mão do pai.

Ferrin sorri bem-humorado, elevando-se sobre mim.

– Sim, sou.

– Diana me falou um pouco de você – eu digo. Seu filho ri e se liberta da mão frouxa de Ferrin, correndo pelo salão. Brendan revira os olhos e segue atrás dele, deixando-me sozinha com Ferrin. – Ela disse que você era um bebê quando se juntou aos lupinos.

– Eu era. Eles me encontraram abandonado na floresta, quase morto de fome. – Ele narra de modo impassível, e fico abismada com esse fato difícil. Ferrin é maior do que Andras. É difícil imaginá-lo pequeno e doente.

– A irmã de Gunther me acolheu – explica Ferrin. – Ela me criou como se fosse seu.

Algo atrás de mim chama a sua atenção, e me viro para ver Andras e Tierney entrando no salão.

Os dois firmaram uma amizade improvável desde que conhecemos Es'tryl'lyan. Foi fácil o amor de Andras pelos cavalos se estender para os terríveis kelpies de Tierney, e os kelpies, por sua vez, tornaram-se cautelosamente amigáveis com Andras.

Fiquei surpresa ao ver os dois se darem bem tão rápido, já que Tierney geralmente reluta em confiar nas pessoas, mas a natureza serena de Andras parece ser a única coisa que a acalma nesses tempos.

Andras avista Ferrin e pisca em surpresa, e percebo que o lupino beta é provavelmente o único outro homem amaz que Andras já viu.

Ferrin se empertiga à medida que Andras e Tierney se aproximam.

– Eu sou Ferrin Sandulf – ele diz a Andras, estendendo a mão. – Beta da alcateia Gerwulf.

– Sou Andras Volya – ele se apresenta, apertando a mão de Ferrin –, filho de Astrid Volya.

Os olhos de Ferrin se arregalam.

– Você é o *Andras*?

Andras o olha com curiosidade, parecendo perplexo com a forte reação ao seu nome.

– Sim.

– Sorcha Xanthippe – Ferrin continua com o rosto sério. – Você se uniu a ela?

– Sim, como é nosso costume...

– Mas, Sorcha... há cerca de três anos... vocês ficaram juntos?

– Sim – Andras une as sobrancelhas, confuso.

O rosto de Ferrin fica estranhamente sério quando ele olha para o outro lado do refeitório.

– Soraya – ele chama. – Pode vir aqui?

Sua companheira acena com a cabeça e vem até nós, segurando o menininho nos braços. Seu sorriso agradável vacila quando ela vê a expressão séria de Ferrin.

– Este é Andras Volya – diz Ferrin, apontando para Andras. – Companheiro de Sorcha Xanthippe.

Os olhos vermelhos de Soraya assumem um tom de espanto, e seu olhar logo passa de Andras para a criança em seus braços e vice-versa. Por um momento, ela parece completamente estupefata.

– Andras Volya – Soraya diz por fim, com a voz cheia de emoção. – Este é Konnor. O seu filho.

Tierney e eu arquejamos, e a boca de Andras se abre, em choque, seus olhos se fixam no menino. O pequeno Konnor sorri timidamente para ele enquanto se agarra com firmeza a Soraya.

– Sorcha o trouxe até nós – explica Ferrin, ao colocar uma mão no ombro de Andras para firmá-lo. Meu amigo está congelado, atordoado ao ponto do silêncio.

– Você gostaria de segurá-lo? – pergunta Soraya, com gentileza. Quando ele não responde, ela se aproxima, oferecendo a criança para Andras.

Destemido, Konnor olha para ele enquanto Andras o pega em seus braços fortes. O menino estende os dedinhos para tocar o lado do rosto de Andras, traçando as linhas de suas tatuagens rúnicas.

Andras começa a chorar.

Ferrin e Soraya se movem para abraçá-lo, e os olhos de Konnor percorrem todos eles, como se estivesse confuso. Ele estende a ponta do dedo minúsculo para tocar as lágrimas silenciosas que caem dos olhos de Andras.

– Você faz parte da nossa família agora – Soraya diz a Andras, com os próprios olhos cheios de lágrimas.

– Nunca pensei que encontraria um lugar para mim nesse mundo – responde Andras, com a voz áspera. – Pensei que minha mãe e eu estaríamos sempre sozinhos.

– Há outros como você – explica Soraya. – Há quatro homens de ascendência amaz na alcateia do norte.

O pequeno Konnor, talvez desanimado com toda a forte emoção que o rodeia, inquieta-se e ergue os bracinhos para a mãe. Andras beija o topo da cabeça da criança e a entrega de volta a Soraya.

– Venha, Andras – diz Ferrin, ao colocar uma mão no braço dele. – Há muito para conversarmos.

Andras se vira para Tierney, seu rosto é um tumulto de emoções enquanto eles trocam um olhar carregado.

– Vá – diz ela, forçando um sorriso raro. – Estou tão feliz por você.

Andras acena com a cabeça, depois parte com os lupinos.

Meus olhos se encontram com os de Tierney. Em sua expressão conturbada, consigo ver tudo o que ela está sentindo: como esse amigo com o qual ela formou uma amizade tão rápida provavelmente será absorvido por um mundo lupino do qual ela está completamente excluída, porque Tierney não deseja ser outra coisa senão o que ela é.

Asrai feérico da água.

– Não posso falar sobre isso – diz ela, brusca, fazendo careta em resposta a uma pergunta que não expressei. – A menos que você queira que eu, inadvertidamente, invoque uma tempestade muito feroz. – Seus olhos brilham em direção ao teto. – Bem aqui. No meio deste maldito festival de Yule.

Antes mesmo de conseguir dizer alguma coisa para ela, Tierney dá meia-volta e sai do salão.

Naquela noite, depois de passar algumas horas com tio Edwin na sua hospedaria na cidade de Verpax, fui procurar Andras, ansiosa para saber o que aconteceu depois de ele ter saído com os lupinos.

Abro caminho através da floresta escura, com um lampião na mão, escolhendo meu caminho sobre o chão gelado em direção à caverna de Naga. A hostilidade das árvores é uma vibração no limiar da minha mente, mas estou conseguindo ignorá-la cada vez mais.

As chamas saltitantes de uma fogueira ficam à vista mais à frente, e a voz de Andras se filtra pela floresta.

– Então agora você está me seguindo, mãe?

Mãe?

Antes que eu possa compreender aquilo, Yvan aparece, caminhando silenciosamente na minha direção, obscurecido pela escuridão da floresta. Paro devagar e observo seu olhar de advertência, seu dedo está erguido sobre os lábios. A mão pega o meu braço enquanto ele gesticula para o fogo com um gesto da cabeça.

Com o cuidado de caminhar sem fazer barulho, avanço um pouco mais para perto da clareira até conseguir ver Andras e a mãe, a professora Volya, através dos ramos escuros.

Estou surpresa com a mudança dramática na aparência de Andras. Todos os seus pingentes rúnicos e joias amazes desapareceram, bem como a sua habitual túnica escarlate com marcas rúnicas, foi tudo substituído por um simples traje kéltico. A única parte dele inalterada são as tatuagens rúnicas pretas do rosto.

A professora Volya está olhando para o filho com uma expressão de completa confusão enquanto ele se senta perto do fogo, com as mãos firmemente cruzadas sobre os joelhos e a cabeça baixa.

– Por que você está vestido assim? – ela exige saber, preocupada. – Por que você deixou tudo... até o seu pendente da Deusa... na nossa casa?

Andras fica quieto por um longo momento.

– Eu conheci meu filho hoje, mãe – diz ele, por fim.

– Seu filho?

– Com Sorcha Xanthippe.

O semblante da professora Volya se enche de censura e alarme.

– A garota amaz que desrespeitou todas as regras dos ritos de fertilidade? Aquela por quem você desenvolveu um apego não natural?

Por um momento, Andras fica sem palavras, como se atordoado com o desdém da mãe.

–Você ouviu alguma coisa do que acabei de lhe dizer? Eu tenho um *filho*.

Remorso feroz lava o rosto de sua mãe.

– E assim os meus pecados se multiplicam. – Ela olha em volta, como se procurasse algo na floresta. – Onde está ele? Este seu filho?

Andras olha para ela, com a mandíbula cerrada.

– Os lupinos o acolheram. Ele é um deles agora. E vou me juntar a eles.

Ela congela, parecendo atordoada.

– Durante dois anos – diz Andras, com calma forçada –, eles criaram o meu filho como um dos seus. E agora me convidaram para me tornar um deles também. Eu poderia ser um pai para o meu filho. E, um dia, poderei ter uma companheira e uma família.

Sua mãe recua, como se tivesse sido golpeada.

–Você *tem* uma família – insiste ela, com a voz embargada.

– Eu sei que tenho – responde Andras, baixinho. – Eu te amo, mãe. E sei o que você sacrificou por mim. Mas não basta viver assim. Junte-se aos lupinos comigo. Já me disseram que, ao contrário do seu povo, também te aceitariam.

O fogo brilha nos olhos da professora.

– Não. *Nunca.*

– Por quê? – Andras exige saber, de repente enfurecido. – O que você sabe sobre eles?

– O suficiente! – ela rosna. – Os seus costumes são malditos. – Ela faz um gesto com o braço, como se cortasse o ar à sua frente com uma espada de lâmina larga. – Eles seguem servilmente seu alfa macho...

– Eles também tiveram alfas fêmeas.

– Faz tempo que isso não acontece, Andras, e é imperdoável. São tudo o que a Deusa despreza. E depois de morrerem, será como se nunca tivessem existido, ao passo que iremos para o Santuário da Deusa.

Andras balança a cabeça.

– Não acredito nisso. Já não acredito em nada disso.

– Como assim não acredita?

– Todas as raças... os feéricos, os lupinos, os elfos, os gardnerianos, as amazes... Todas têm crenças religiosas completamente diferentes, mas o que *todas* têm em comum é que acreditam que o seu costume é o único caminho, e todos os outros são menos dignos.

– Eles estão errados!

– Ah, eu sei – diz Andras, com amargura. – Só as amazes estão certas. Será que não percebe? Não tenho lugar com o seu povo. Todas as suas tradições dizem que, como homem, sou inferior, perigoso e inútil, exceto para ser usado para criar mais amazes mulheres. Eu não acredito nisso. Não sou vil e não sinto o desejo incontrolável de escravizar mulheres.

– Porque nós nos arrependemos!

– Não. Não porque nos arrependemos. Porque não é *verdade*!

– Você não sabe o que está fazendo! – exclama a professora Volya, com a voz assumindo um tom desesperado. – Você invocará o julgamento da Deusa sobre nós!

– Não, não vou – diz Andras, inflexível. – Porque não há Deusa.

Sua mãe parece tomada pelo choque. Ela olha para o céu como se esperasse que um raio os atingisse a qualquer minuto.

– Implore por perdão agora – clama ela, sua voz é um sussurro estrangulado.

– Não – diz Andras. – Não vou pedir perdão a ninguém por falar a verdade.

O rosto da professora se contrai de indignação.

– Se você continuar por este caminho amaldiçoado, não será mais meu filho.

A expressão de Andras se torna pétrea.

– Que conveniente para você, mãe. Agora pode voltar para o seu povo, para as pessoas que você realmente ama.

A determinação da professora Volya parece vacilar, seus olhos ficam torturados.

– Andras...

Ele de repente joga a mão para cima, seus dedos estão abertos.

– Olhe para a minha mão, mãe – ele exige. – Eu tenho tantos ossos nela quanto você. Contrariando as mentiras contadas na história da criação do seu povo.

– Você será condenado pela Deusa – exclama ela, com a voz falhando enquanto os olhos se tornam vítreos com as lágrimas. – Você morrerá um dia e não passará de um punhado de cinzas. E eu irei para o Santuário da Deusa sozinha. Antes, talvez houvesse alguma hipótese de a Deusa se apiedar de nós..., mas se fizer isso, meu filho... nunca mais te verei.

– Não, mãe – diz Andras, baixinho. – Quando morrermos, ambos nos tornaremos apenas cinzas, como todas as outras pessoas. Não importa quantas histórias sejam inventadas para tentar negar esse fato. E se esta é a única vida que tenho, quero mais dela. Quero uma companheira, e filhos, e aceitação. Algo que o seu povo nunca dará a nenhum de nós.

A professora Volya fica ali em silêncio, com lágrimas escorrendo pelo rosto.

– Estou deixando as amazes, mãe – diz Andras, e compaixão preenche o seu tom. – Mas não vou deixar *você*. Você será sempre uma família para mim. Vou viver nas florestas enquanto termino de cumprir o meu compromisso de ajudar a cuidar dos cavalos até a primavera. Depois disso, vou me juntar à alcateia dos lupinos do sul e me tornar um deles. E espero que, um dia, você vire as costas para as mentiras que o seu povo enfiou na sua cabeça e se junte a nós também.

Ela balança a cabeça, a angústia escorre pelo rosto.

– Andras, não...

– Eu já decidi, mãe – ele a interrompe, parecendo triste. – Se não pode aceitar isso, então é melhor você ir.

– Meu filho...

– *Não* – diz Andras, enfático. – Deixe-me em paz.

A professora Volya hesita, parecendo transtornada, depois se vira e abre caminho pela floresta enquanto Andras se inclina para a frente e apoia a cabeça nas mãos.

Yvan e eu esperamos até não conseguirmos mais ouvi-la, e vamos até ele, aproximando-nos com hesitação.

Andras não se mexe quando nos sentamos ao seu lado.

– Sinto muito... nós ouvimos – digo a ele, colocando minha mão de leve em suas costas largas. – E... lamento que seja tão difícil.

Andras olha para o fogo crepitante, sua expressão está devastada; as bochechas, banhadas em lágrimas.

– Eu queria poder arrancar as runas da minha pele – diz ele, por fim, com a voz embargada pela mágoa.

Afago suas costas, desesperada por encontrar algo para dizer que o anime.

– Sabe, você vai ter aqueles olhos lupinos incríveis em breve – digo, encorajadora. – Eles vão ofuscar as tatuagens, acredite em mim.

Andras dá uma risada e me abre um sorriso fraco.

Coloco a mão em seu ombro largo.

–Você notou que seu filho se parece com você?

O sorrisinho de Andras fica mais largo, mas logo vacila. Ele olha mais uma vez para o fogo, com os olhos tensos de conflito.

– Quero que a minha mãe vá com a gente. Não quero deixá-la. Mas ela tem que aceitar o meu filho, e receio que nunca o aceite.

Solto um longo suspiro.

– As pessoas podem mudar, Andras. Eu costumava morrer de medo de icarais. Agora eu roubo comida dos celeiros para os animais de estimação de Ariel. – Cuspo o rastro de uma risada e olho para as brasas cintilantes à beira do fogo. – Sua mãe pode acabar aceitando. Especialmente quando conhecer o seu filho.

Andras dá um aceno firme de cabeça, mas posso vê-lo lutar contra as lágrimas. Olho além dele e encontro Yvan me observando. Coro ao encontrar seus olhos me fitando com tanta intensidade, é inquietante encarar seus olhos verdes.

Inspiro profunda e hesitantemente e desvio o olhar.

DECISÃO DO CONSELHO DOS MAGOS

N. 211

Desfiguração ou difamação d'*O Livro dos Antigos* são ofensas puníveis com a morte.

CAPÍTULO DOZE
FORA DE CONTROLE

–Vai ser suficiente para tratar a asa da Naga? – sussurra Tierney enquanto eu olho para o pequeno pote de *Asterbane*.

A botica do mago Ernoff, que fica fora das vias principais, é uma desordem de tralhas iluminadas por lampiões, repleta de garrafas cheias de pós e folhas esmagadas e tinturas e tônicos. Lagartos secos pendem do teto em ganchos de ferro enferrujado, e garras de dragão preto enchem os recipientes grandes de vidro que revestem as prateleiras ao longo dos fundos da loja.

Eu encaro o pó de um vermelho profundo, medindo mentalmente a quantidade.

– Deve ser.

A asa esquerda de Naga tem sido obstinada na sua recusa de se curar, apesar dos esforços incansáveis de Andras e Ariel. O rasgo no tecido mole em torno da articulação do ombro é muito profundo, mas há uma pequena chance de que as propriedades cicatrizantes do *Asterbane* possam ajudar.

Tierney também segura um emaranhado avermelhado de sanguinária para que eu também a inspecione, transmitindo tudo o que ela precisa com um olhar ardente.

Aceno em silêncio. Sim, vamos precisar disso também, para fazer mais da caríssima tintura *Norfure* que Jules pediu para os refugiados sofrendo de um surto terrível de gripe vermelha.

A angústia se retorce dentro de mim quando me lembro da nossa visita ao esconderijo dos refugiados há algumas noites, quando entregamos o primeiro lote de tintura. Um Jules exausto tinha aberto uma fresta da porta, apenas larga o suficiente para pegar cada caixa dos frascos medicinais, e nos lançou um sorriso abatido. Por cima do ombro, tivemos apenas um breve vislumbre dos ocupantes do isolado celeiro circular.

O espaço estava cheio de refugiados smaragdalfar – principalmente crianças, com a pele esmeralda estampada brilhando à luz fraca de uma única lamparina, e cabelos verdes tão bagunçados quanto suas roupas eram esfarrapadas.

A maioria estava sentada ou desmaiada nos fardos de feno, com as páginas rasgadas d'*O Livro dos Antigos* espalhadas sob seus pés.

Choque e compaixão me percorreram quando os vi. Estavam todos muito magros, com os olhos injetados e marcados por uma agressiva erupção cutânea que formava bolhas em torno da boca: sintomas reveladores da gripe vermelha.

Iris, Fernyllia, Bleddyn e Yvan estavam lá com Jules, ajudando a cuidar das crianças assim como de algumas mulheres smaragdalfar de aparência sofrida e meu ex-professor de Metallurgia, Fyon Hawkkyn. Fiquei espantada ao ver Fyon lá, acreditava que ele havia fugido do Reino Ocidental semanas atrás.

A musculosa Bleddyn estava ajoelhada, consolando uma criança. Ela teve um vislumbre de mim e, no mesmo instante, seu rosto se contorceu em um brilho ameaçador com uma mensagem clara: *saia!*

Fui para fechar a porta bem quando Yvan olhou de onde estava sentado com uma criança prostrada, com a mão na testa da menina. Cruzamos olhares por um breve momento, e um lampejo de seu calor disparou por mim, antes que a porta se fechasse.

Quando Tierney e eu nos afastamos do celeiro e entramos na escuridão de uma noite sem estrelas, virei-me uma vez.

Três Sentinelas estavam empoleiradas no telhado do celeiro, como arautos fantasmagóricos. Permaneceram ali durante um piscar de olhos, depois desapareceram na noite fria e sombria.

Um puxão na manga me traz de volta ao presente.

– É melhor irmos – diz Tierney, em voz baixa.

Balançando ligeiramente a cabeça para clarear os pensamentos, pego a sanguinária da mão dela e, juntas, vamos para a frente da loja.

O boticário barbudo e desgrenhado está ocupado pulverizando, com a ajuda de um almofariz, uma garra de dragão, formando um pó negro, enquanto nos aproximamos com nervosismo, na esperança de que ele suponha que precisamos dos ingredientes para um projeto de classe. Ele mal parece perceber o que estamos comprando quando se vira para o livro-caixa, nem mesmo se dá o trabalho de nos olhar quando, cheio de impaciência, registra a nossa compra.

Agradecidas pelo ar distraído do mago e por sua falta de curiosidade, Tierney e eu guardamos os suprimentos em nossos sacos, amarramos a capa com força e saímos às pressas da loja. O frio espeta nossa pele exposta e nossa respiração embaça o ar assim que saímos para a noite fria. Nós nos encolhemos contra o vento frio e começamos a volta para a universidade.

– Por aquele beco – indica Tierney enquanto caminhamos, apontando além da rua de paralelepípedos de pedra-da-espinha. – É por ali que eu sempre volto.

Nós nos apressamos naquela direção e nos desviamos de uma carroça lenta, abastecida com barris de madeira e nos esquivamos de um grupo de elfos alfsigr. Aperto o passo para seguir Tierney enquanto ela anda até o beco, na expectativa de uma pausa abençoada daquele vento gélido.

Uma única lamparina está pendurada num pequeno gancho de ferro, iluminando o beco com um brilho dourado acolhedor. Mas quando entramos na passagem estreita, tanto Tierney como eu estancamos, horrorizadas.

Há palavras rabiscadas com tinta vermelha por todas as paredes de pedra, parecendo sangue pingando.

CEIFEM OS MALIGNOS
A THERRIA PARA OS GARDNERIANOS
RETOMEM O REINO OCIDENTAL

Ao lado das últimas palavras está rabiscada uma gigantesca estrela da benção, de cinco pontas, uma para cada uma das cinco afinidades gardnerianas: terra, fogo, água, ar e luz.

Tierney e eu encaramos, imóveis. Gelo estala pela minha espinha, e não é do frio invernal. Fito aquelas palavras vis, cada linha é um soco cruel e certeiro contra todas as pessoas de quem eu gosto.

– Ancião. – Exalo as palavras e olho para Tierney, que empalideceu para um verde-acinzentado doentio e cintilante.

Ela engole em seco, seus olhos vidrados no muro de palavras, o medo marca o seu semblante.

– Está tudo ficando completamente fora de controle. Mais rápido do que podíamos imaginar.

Ela tem razão. Atos como este estão cada vez mais comuns à medida que a nova maioria gardneriana no Conselho Verpaciano aprova políticas cada vez mais alarmantes. O fato teve um efeito horripilante na universidade, a segregação agora é formalmente permitida e até incentivada nos alojamentos e nas aulas, e os arquivos estão sendo expurgados de quaisquer textos que o Conselho julgue "hostis a Gardnéria ou Alfsigroth". De início, alguns boletins de notícias da universidade criticaram os novos decretos do Conselho Verpaciano, mas agora já foram fechados, e seus repórteres expulsos de lá.

E encorajados pelo cenário político em rápida mudança, os ataques noturnos de gangues começaram, tornando as ruas cada vez mais perigosas após o pôr do sol.

– Hoje, eles capturaram aquelas urisks que atacaram o fazendeiro gardneriano – Tierney me conta com os olhos fixos nas palavras ensanguentadas. – Aquelas quatro mulheres foram abusadas por aquele agricultor durante anos. Mas a coisa não parece boa para elas. O Conselho Verpaciano quer fazê-las de exemplo. Vão decidir o destino das quatro amanhã. Eu acho que isso está gerando um pouco dessas...

Há um estrondo à distância. O berro de uma mulher. Gritos incoerentes. Eu e Tierney nos olhamos, e meu coração dispara como um cavalo assustado.

Mais estrondos, dessa vez na extremidade do beco.

– Temos que sair daqui – diz Tierney, com a voz trêmula, mas sua advertência vem tarde demais.

Uma multidão de gardnerianos vestidos com capas e capuzes invade o beco, e eu inalo bruscamente quando vejo que suas varinhas estão em punho. As listras prateadas das capas escuras variam do nível dois ao nível quatro, e todos ostentam braçadeiras brancas que gritam seu apoio ao alto mago Marcus Vogel.

Por reflexo, nós duas recuamos. Estou mais perto da multidão que se aproxima, por isso agarro o braço de Tierney e a puxo para trás de mim, tirando-a de vista, com medo de que ela possa, inadvertidamente, revelar o seu poder feérico.

Os olhos raivosos dos homens se fixam em nós, como aves de rapina avistando a presa. Posso vê-los nos avaliando com pressa, identificando-nos como gardnerianas e vendo as nossas braçadeiras brancas pró-Vogel. Dois dos homens acenam para nós, como se nos poupassem de graves agressões. Então a multidão atravessa o beco e vai para a rua.

Mais gritos ecoam à distância. Estrondos. Gritaria de ambas as extremidades do beco. Em seguida, uma súbita onda de neve.

Olho para cima e encontro uma nuvem de tempestade escura e turbulenta, alguns metros acima de nós. Alarme explode através de mim quando dou meia-volta para encarar Tierney. Ela está encostada à parede, todo o seu corpo treme.

Coloco uma mão encorajadora em seu braço.

– Tierney. Preste atenção. – Eu olho para a nuvem. *Ah, Sagrado Ancião. Eles não podem descobrir que ela é uma feérica da água.* – Você *precisa* se controlar. Eu sei que é difícil, mas tente pensar em algo agradável. Está me ouvindo?

Ela acena bruscamente, com os olhos arregalados do tamanho de uma lua.

– Respire fundo. Pense em um belo lago nas terras Noi. – Luto para manter minha voz calma e tranquilizadora. – Ondas suaves marulhando. Sem problemas em lugar algum. Pode fazer isso por mim? Você consegue se concentrar *apenas* nisso?

Tierney acena mais uma vez, sua respiração agora controlada à força enquanto ela fecha os olhos. Logo a neve cessa, e a nuvem escura se dissipa em uma névoa esfumaçada rodopiante.

– Muito bem – eu a elogio, soltando um suspiro aliviado. Um grupo de jovens gardnerianos aos berros passa correndo pelo beco.

Eu me viro para Tierney.

– Precisamos voltar para a universidade o mais rápido possível.

Tierney acena com a cabeça, um desafio raivoso logo varre o seu semblante. Nós nos apressamos pelo beco, saindo para a rua, e paramos em uma derrapada brusca.

No centro da pracinha está uma estrela da bênção gardneriana, tão grande quanto uma roda de moleiro, feita inteiramente de chamas crepitantes. Forjada com fogo-mago, ela está suspensa no ar a alguns metros do solo, lançando faíscas nos ventos fortes e invernais.

Uma grande multidão de gardnerianos, a maioria homens jovens, está reunida em torno da estrela, todos usam braçadeiras brancas de Vogel e gritam ruidosamente. Riem. Alguns dos magos estão com a varinha em riste, fogo vermelho semelhante a uma tocha dispara da ponta delas, criando mais estrelas de fogo que pairam ao redor da praça e chamuscam as vitrines das lojas.

Horrorizada, noto as chamas se espalhando por várias construções, consumindo rapidamente as vidraças de várias lojas. Os alvos parecem pertencer a comerciantes não gardnerianos, todos sem bandeiras das guildas gardnerianas.

Com expressão soturna, eu e Tierney contornamos a multidão, mantendo a cabeça baixa com uma urgência ofegante enquanto nos atemos às sombras da praça. Olhares cruéis passam por nós à medida que avançamos, nos avaliando. Nos poupando. Descemos por uma rua lateral e encontramos outra multidão de gardnerianos barulhentos empurrando um comerciante kéltico idoso para o chão. Um dos magos empunha a varinha e desenha com fogo uma estrela da bênção na janela da livraria do idoso.

Em pânico, olho pela rua de paralelepípedos e vejo uma mulher urisk caída em um beco deserto. Mal consigo ver sua pele verde e o seu longo cabelo esmeralda. Arquejo ao reconhecer o bordado ondulado na barra da sua túnica cor de musgo.

– Tierney – sussurro, rouca –, acho que é Bleddyn ali!

Tierney estreita os olhos para o outro lado da rua.

– Pelos deuses. Ela não pode estar aqui agora.

Nossos olhos se cruzam em comum determinação, e nos apressamos em direção a ela, esquivando-nos dos gardnerianos e evitando cuidadosamente contato visual com a multidão raivosa.

Ao chegarmos ao beco, somos rapidamente envolvidas por suas sombras. Bleddyn está de lado, apoiada na parede. Sangue cobre o seu rosto, e um dos olhos está inchado e completamente fechado. Contenho a indignação nauseante enquanto Tierney e eu entramos no modo boticário, ficamos de joelhos e cada uma agarra um dos braços de Bleddyn.

Cutuco seu braço com cuidado, tentando despertá-la.

– Bleddyn...

Ela está apenas semiconsciente, o olho bom está desfocado. Eu a sacudo de novo, com um pouco mais de firmeza, e dessa vez ela se mexe de levinho. Uma clareza repentina lava seu rosto quando seu olhar se foca em mim. Com violência, ela empurra todo o corpo para longe, sua expressão se torce em um grunhido desesperado.

– Não toque em mim, sua *barata*! Fique longe de mim!

– Bleddyn, sou eu – eu imploro, segurando-a com teimosia. – É Elloren. Temos que te tirar daqui.

O grito de dor de um homem ecoa atrás de nós enquanto a multidão continua suas ameaças cheias de escárnio.

– Cretino de sangue feérico!

– Aqui é terra dos *magos*!

Aturdida, Bleddyn tenta nos afastar de novo, mas ela perde o equilíbrio e se inclina para a frente. Tierney e eu a seguramos com mais firmeza.

– Você vem com a gente – insiste Tierney, feroz. – Agora mesmo. Está me ouvindo, Bleddyn? *Agora. Mesmo.*

A cabeça de Bleddyn parece clarear mais uma vez quando ela se concentra em Tierney. Seu olhar oscila em minha direção de novo, depois de volta para Tierney, uma compreensão incisiva se acende em seu grande olho esmeralda, e ela para de lutar.

Aproveitamos sua hesitação.

– Vista isso. – Às pressas, tiro a minha capa.

Ajudamos Bleddyn a se levantar, e Tierney a apoia enquanto eu envolvo minha capa em torno de seus ombros, o frio cortante logo se infiltra em mim. Puxo o capuz da capa, cobrindo suas orelhas pontudas e empurro seus longos cabelos verdes lá para baixo, depois abotoo a capa de cima até embaixo. Eu me ajoelho e rasgo a bainha na parte inferior para alongá-la, escondendo, assim, o traje não gardneriano dela.

Volto a me levantar, e eu e Tierney entrelaçamos os braços com os de Bleddyn.

– Mantenha a cabeça *abaixada*! – ordena Tierney, frenética.

Bleddyn acena com a cabeça, parecendo atordoada. Nós nos apressamos pelas ruas da cidade, meus dentes tiritam com as lufadas de ar frio enquanto tentamos evitar a atenção dos gardnerianos de olhar ensandecido que passam por nós. Há estrelas flamejantes por toda a cidade. Pessoas correndo. Gritos à distância.

Um grupo de vu trin passa a cavalo, gritando com uma multidão em fuga. Soldados elfhollen correm em direção à loja de roupas da senhora Roslyn, onde uma enorme estrela da bênção queima ininterruptamente. O choque me atravessa como uma facada com a cena, as chamas consumem com rapidez a vitrine e se espalham para as roupas kélticas coloridas lá dentro.

Quando chegamos à entrada em arco da universidade, guiamos uma Bleddyn aos tropeços através dele e deslizamos para um bosque, escondendo-nos sob os galhos das árvores.

– As cozinhas – diz Tierney, ofegante. – Podemos levá-la para lá. Não é muito mais longe.

Aceno com a cabeça e envio uma oração para os céus enquanto avançamos, esperando desesperadamente que estejamos próximas de um lugar seguro.

CAPÍTULO TREZE
PESADELO

Nos esgueiramos pelas sombras escuras do bosque, em direção aos currais, e corremos para a entrada dos fundos da cozinha principal.

Tierney praticamente chuta a porta para abri-la.

Yvan e Fernyllia estão de pé ao lado da mesa larga, as mãos da governanta estão sobre um amontoado de massa. Ambos giram a cabeça em nossa direção enquanto o choque rapidamente os atinge.

Fernyllia grita em uriskal e abandona a massa que está sovando, ela e Yvan avançam para nós.

Yvan segura Bleddyn antes que ela desabe e a pega nos braços.

– Abram espaço na mesa – ele ordena.

Cumprimos a ordem imediatamente, tirando pilhas de massa crua da larga superfície de madeira. Yvan deita Bleddyn enquanto Fernyllia coloca um pano de prato dobrado às pressas sob sua cabeça. Tierney paira ao nosso lado, com o rosto pálido de preocupação.

– Há gangues de gardnerianos pela cidade – digo-lhes, sem fôlego, descrevendo tudo o que testemunhamos enquanto Yvan me orienta a conter as mãos frouxas de Bleddyn. Fecho minhas palmas com firmeza em torno dos pulsos dela.

Yvan leva as mãos ao rosto de Bleddyn e fecha os olhos como se estivesse lendo suas feridas, suas habilidades secretas de cura agora são um segredo escancarado. Um pensamento repentino me atravessa, disparando minha pulsação, e olho para Fernyllia, em pânico.

– Onde está a Fern?

– Dentro – responde Fernyllia. Ela faz uma pausa no ato de bombear água para uma panela de ferro e, preocupada, olha ao redor.

– Tem certeza? – insisto, minha voz está estridente. Um alarme dispara em minha mente. A pequena Fern não pode estar lá fora no meio disso. Ela *não pode* ser apanhada por aquela multidão.

– Vovó? – diz uma vozinha através de uma das portas laterais da cozinha. Fern está ali, abraçando com força sua boneca mole de pano. – Ouvi um barulho. O que está acontecendo?

– Ah, meu Ancião do céu – expiro. Um alívio impressionante se espalha através de mim ao ver a pequena Fern em sua camisola de mangas compridas, com as tranças cor-de-rosa caindo sobre seus ombros.

– Onde está a Olilly? – Fernyllia pergunta a Yvan, com urgência na voz.

Meus pulmões falham em um pânico súbito. Vejo o pequeno cesto de fios coloridos de Olilly no balcão, fios amarrados aos carris nas costas de uma cadeira de madeira e parcialmente entrelaçados numa pulseira. Durante toda a semana, a paciente e gentil Olilly tem ensinado Fern a tecê-las.

Antes que Yvan possa responder, Bleddyn respira fundo, depois puxa o ar em vários outros espasmos que vêm em rápida sucessão, e começa a lutar. Seguro suas mãos com mais força, abaixando-me enquanto Yvan murmura para ela, mantendo as mãos firmes no rosto dela, então, a direita se move sobre o olho ferido.

– Quando você viu Olilly pela última vez? – Tierney pergunta a Fernyllia, uma nuvem tempestuosa está surgindo ao seu redor, cuspindo pequenos fios de raios brancos.

A voz de Fernyllia está constrita pelo medo.

– Eu a mandei comprar noz-moscada. Antes do mercado das guildas fechar.

– O mercado fechou há mais de uma hora – diz Tierney, com uma preocupação feroz lhe enchendo os olhos.

Por um momento, Fernyllia parece estar congelada num pesadelo.

– Precisamos falar com Trystan – eu digo, pensando rapidamente. – Ele pode ir procurar Olilly.

– Eu faço isso – diz Tierney. Ela faz uma pausa para respirar fundo e a nuvem ao seu redor desaparece devagar. Ela parece ter puxado a tempestade para dentro dos seus olhos, pois seu olhar praticamente cospe raios. – Se eu não conseguir encontrá-lo, eu mesma vou atrás de Olilly.

Prendo seu olhar cintilante por um segundo, percebendo com clareza o risco que ela está correndo.

– Tome cuidado – digo, e minha voz falha.

Tierney acena com a cabeça e sai.

Bleddyn se agita, seus olhos se abrem e as mãos de Yvan se movem para os lados da cabeça dela. O inchaço em torno de seu olho desapareceu quase por completo, o nariz quebrado foi reparado e estava igual a como era antes. Solto os pulsos de Bleddyn enquanto Yvan a ajuda a se sentar. Com um pano quente e úmido e expressão tensa, Fernyllia limpa o sangue do rosto e do pescoço de Bleddyn.

Iris irrompe pelos fundos, a porta se fecha atrás dela, sua expressão está descontrolada.

– Eles estão queimando coisas! Atacando pessoas! – Ela para e vê o rosto ensanguentado de Bleddyn. Então seus olhos se voltam para mim, e seu rosto se torce em uma carranca cheia de ódio. – *Saia daqui*! – ela brada, avançando para mim com os punhos cerrados.

Dou um passo para trás, impedida de prosseguir pela mesa às minhas costas.

– Iris, pare! – diz Bleddyn, levantando-se sobre pés instáveis para bloquear o caminho da outra.

Os olhos de Iris se voltam para a amiga, selvagens de surpresa. Ela aponta para mim com a mão tremendo.

– Ela causou isso!

Yvan lança a Iris um olhar incrédulo.

– Não, Iris. Ela não fez *nada disso*.

– Fez, sim! Toda a família dela é responsável. Eles vão vir atrás de todos nós!

Fern começa a chorar. Eu me viro e a encontro encolhida no chão perto de mim, abraçando sua boneca. Meu coração se aperta e eu caio de joelhos ao lado dela.

– Docinho – digo, e apoio suavemente a mão em suas costas.

– Fique longe dela! – diz Iris, entre dentes.

Abalada, olho para cima e a vejo me olhando com tanto ódio que me pergunto se ela realmente me atacaria se estivéssemos sozinhas.

Iris desmorona, soluçando, e Yvan vai até ela. Ele tenta tocar o braço dela, mas ela empurra sua mão, uma acusação arde em seus olhos.

– Ela é a neta de um monstro! – Ela direciona seu ódio para ele. – Como você pode *olhar* para ela sem ter ânsia de vômito?

Um rubor ardente se espalha pelo meu pescoço. No mesmo instante, sinto que isso faz parte de uma discussão mais profunda entre os dois.

– *Eu* sou da sua espécie! – Iris se enfurece. – Não *ela*! Eles são todos *monstros*! *Todos* eles!

Um grito fraco soa lá fora.

– O que é isso? – pergunto, nervosa, e me levanto.

O grito fica mais alto. O grito de uma garota. Agonizante e penetrante. Então a porta se escancara e a cozinha se transforma em um caos imediato.

Rafe avança, salpicado de sangue, e carregando Olilly no colo. Há sangue no rosto, pescoço e nas mãos dele. Minha respiração para na garganta ao vê-los. Olilly grita sem parar, suas mãos encharcadas de sangue estão pressionadas com força sobre as orelhas.

Orelhas pontudas que costumavam ser grandes demais para serem cobertas por suas mãos delgadas.

Lágrimas horrorizadas me enchem os olhos quando percebo o que lhe fizeram. Os olhos cor de ametista de Olilly estão esbugalhados com terror absoluto enquanto ela geme incessantemente. O sangue cobre seu rosto violeta gracioso, e seu belo cabelo desapareceu, brutalmente arrancado.

Trystan entra correndo atrás de Rafe e Olilly, seu manto escuro flui às suas costas, a varinha está em punho; seu olhar, afiado como o de uma ave de rapina. Tierney chega por último, com o semblante aturdido. Uma nuvem negra turbulenta se forma e circula ao seu redor enquanto ela tranca a porta dos fundos da cozinha.

Yvan e Fernyllia avançam em direção a Olilly enquanto Iris a encara horrorizada. Com gentileza, Rafe coloca Olilly sobre uma mesa. Yvan se inclina para tentar avaliar os ferimentos. Bleddyn cambaleia em direção a Olilly, enquanto a pequena Fern chora de soluçar. Trystan começa a trancar portas e colocar feitiços nelas, a porta diante dele brilha por um momento em um azul profundo.

Olilly está completamente histérica, seu corpo rígido enquanto ela se senta na beira da mesa, com as mãos apertadas sobre as orelhas, os olhos anormalmente arregalados e vidrados.

– Olilly – chama Yvan com sua voz profunda e gentil –, você precisa abaixar as mãos.

– Não, não, não, não, *não*! – brada Olilly, balançando a cabeça, fechando os olhos com força, recuando para longe de Yvan.

Rafe se afasta deles, dando a Yvan espaço para tentar ajudar Olilly. Ele vem ficar ao meu lado, com os olhos cintilando de raiva.

– Eles deveriam ser presos – digo a ele, com a voz tremendo de fúria.

Todo o corpo de Rafe está rígido como um punho.

– Há muitos deles – ele diz, com a voz baixa. – Há bandos correndo a solta por toda a cidade. Não temos nem como saber quem fez isso.

Yvan finalmente afastou as mãos de Olilly das orelhas mutiladas e as substituiu pelas suas. O braço musculoso de Bleddyn está ao redor do ombro da amiga enquanto ela segura com firmeza uma de suas mãos, e Iris segura a outra mão, lágrimas escorrem por seu rosto. Fernyllia está de frente para Olilly e murmura um fluxo suave de consolação em uriskal.

Os soluços convulsivos de Olilly diminuem um pouco, seu olhar se fixa em Fernyllia, o peito arfa enquanto ela chora. A cabeça de Yvan permanece curvada por vários minutos, em concentração. Por fim, ele abaixa as mãos manchadas de sangue.

Olilly afasta as mãos de Bleddyn e Iris e as estende para cima, tateando o topo das orelhas, as pontas completamente desaparecidas. Sua expressão se contorce em desespero.

– Minhas *orelhas*!

Bleddyn se ajoelha em frente a Olilly.

– *Shush'onin.*

– Nãoolhepramiiiiim! Nãoolhepramiiiiim! – Olilly soluça em um lamento agudo, as palmas das mãos mais uma vez pressionadas sobre as orelhas.

– Olilly...

– Eu estou tão *feiaaa*!

– Não. Você não está – diz Bleddyn, com firmeza férrea.

– Minhas *orelhaaaaas*! Eles cortaram as minhas *orelhaaas*!

– Eu sei, *shush'onin*. Sei que cortaram. Mas você é *linda*. Eles *não podem* mudar isso. Eles *jamais* poderiam mudar isso.

Bleddyn a puxa para um abraço apertado, enquanto Olilly chora e se enfurece em seu ombro largo.

Trystan e Tierney estão ao lado da maior janela da cozinha, que fica sobre a pia da bomba d'água. Meu irmão pressiona a varinha na janela, e sua ponta emite um rápido clarão de luz azul. Ele conversa baixinho com Tierney, então acena com a cabeça quando ela levanta a palma da mão em direção à janela e uma forte geada branca se forma ao redor dos painéis.

Ambos recuam, avaliando o seu trabalho. Então Trystan caminha para Rafe e para mim enquanto Tierney sai pela porta dos fundos.

– Vou encontrar a Diana – Rafe nos informa com o tom carregado de fúria.

Soturno, Trystan acena com a cabeça, e Rafe se despede. Eu me viro para o meu irmão mais novo.

– O que você e Tierney estavam fazendo? Com as janelas e portas?

– Protegendo-as – diz ele, sério. – Se alguém tentar usar poder de mago para entrar, o feitiço vai revidar e abrir um buraco através da pessoa. E se alguém tentar forçar as janelas, as mãos da pessoa vão congelar.

Olho para ele, impressionada.

– Bem, isso é bom.

– Estou saindo para encontrar com a Tierney – Trystan me diz, com a expressão agitada. – Para ajudá-la a verificar os arredores.

A preocupação aperta o meu estômago.

– O que você vai fazer se alguma das gangues aparecer?

Ele me lança um olhar que nunca vi antes: perigo puro e genuíno.

– Vou atirar raios direto no peito deles.

Por uma fração de segundo, me pergunto o que aconteceu com o menino magro que tinha tanto medo de trovão. Que vinha correndo para o meu quarto, segurando seu ursinho de brinquedo, mergulhando debaixo das minhas cobertas para se esconder do estrondo. Agora ele está diante de mim, emanando poder e confiança, preparado para lançar raios para proteger a todos.

– Tenha cuidado – digo, com a voz áspera de emoção.

O tom de Trystan é lento e letal.

– Ah, Elló, acho que eles é que precisam tomar cuidado, não acha?

Trystan avança com um ar de propósito sombrio, a capa ondula às suas costas.

Mãos pequeninas puxam as minhas saias, e olho para baixo para encontrar a pequena Fern agarrada à sua boneca e a mim.

– Ah, docinho – eu digo, agachando-me e puxando-a para perto, desejando poder tirar a memória desse horror de sua mente.

– Eles vão cortar as orelhas dela. – Fern soluça com a boca pressionada na cabeça da boneca, as palavras saem abafadas.

Eu a abraço.

– A gente vai te proteger.

Ela balança a cabeça contra mim.

– Eles vão pegar ela e cortar as orelhas da Mee'na.

Ah, Ancião. A boneca de pano dela, Mee'na. Ela está com medo de que os gardnerianos venham mutilar o seu amado brinquedo.

A magnitude da crueldade do meu povo toma conta de mim com uma força tão espantosa que, por um momento, mal consigo respirar. E, de repente, anseio por poder como o de Trystan, para poder pegar na varinha escondida no cano da bota e acabar com todas aquelas pessoas, sem piedade nenhuma.

– Ninguém vai te machucar, nem a Mee'na, nem a qualquer outra pessoa – prometo a ela, feroz. – Todo mundo aqui vai te proteger.

Fernyllia vem à procura de Fern. Ela me lança um olhar sério e se abaixa ao nível da neta, murmurando baixinho enquanto pega a criança em seus braços robustos.

À medida que me levanto, meus olhos encontram os de Bleddyn do outro lado da sala, e um lampejo de solidariedade mórbida passa entre nós. Ela e Iris estão ajudando Olilly a se levantar, com os braços em torno dos ombros delgados da garota. Lideradas por Fernyllia, elas se movem em direção à porta lateral que leva ao alojamento dos trabalhadores ao lado da cozinha. Fernyllia entrega Fern a Yvan, e a menina envolve os bracinhos com firmeza em volta do pescoço dele, seus olhos medrosos me espreitam por cima do ombro de Yvan. Tento abrir um pequeno sorriso de encorajamento, mas meu coração está se partindo em vários pedaços.

Yvan se vira para mim antes de sair, seu olhar prende o meu com uma força intensa, sua mensagem silenciosa é clara:

Espere por mim.

A porta que dá para a cozinha brilha em azul, e Trystan entra novamente no cômodo. Seus olhos logo se voltam para os outros quando eles saem, e Bleddyn acena com a cabeça para ele antes de sair. Meu irmão abaixa a dele em resposta.

– Vou passar a noite aqui, Elló – Trystan me diz quando se aproxima, agarrando a varinha. – Junto com a Tierney. – Ele inclina a cabeça para o alojamento dos trabalhadores. – Do lado de fora dos quartos.

– Onde você vai dormir?

– No chão em frente às portas, se for preciso.

Aceno com a cabeça, olhando para os alojamentos.

– É uma boa ideia. – Eu me viro para o meu irmão, meus lábios tremem à medida que meu tom se torna selvagem. – Queria ter acesso à minha magia. Quero lutar contra isso.

Trystan fica quieto por um momento, seus olhos estão implacáveis.

–Vou encontrar uma maneira de chegar às terras Noi, Elló. E vou me juntar às vutrin, quer me queiram ou não. – Sua expressão se torna mais sombria. – E então vou voltar aqui com um exército e lutar contra os gardnerianos.

Sozinha, espero por Yvan, a noite profunda se fecha ao meu redor, a cozinha iluminada pelo brilho cintilante de uma única lamparina sobre a mesa diante de mim.

Fiz chá fresco de menta em uma tentativa inútil de me acalmar, e uma onda reconfortante de vapor emana da minha xícara e do bico do bule. Os cantos do ambiente estão mergulhados em sombras profundas, e Bin'gley, o gato cinza da cozinha, vagueia em silêncio ao longo das bordas escuras do cômodo.

Yvan entra com aquela graça silenciosa e ágil que nunca deixa de fazer meu coração disparar. Ele se inclina em um balcão, de frente para mim, seus olhos brilham dourados no escuro.

Só vi seus olhos em chamas assim duas vezes: quando ele me salvou de um ataque de dragão, eles brilharam verdes, e quando o kelpie veio atrás de mim, eles brilharam até se tornarem da cor do ouro.

– Seus olhos – digo, hesitante. – Estão dourados. Outra vez.

Ele agarra a beirada do balcão.

– Está ficando mais difícil controlar meu fogo – diz ele, e fico atônita com a admissão. Seu tom está rigidamente controlado, mas o fogo brilha tempestuoso em seu olhar. Ele faz uma pausa, como se estivesse procurando as palavras certas. – É ainda mais difícil quando estou irritado, com raiva, ou...

Seu olhar oscila pelo meu rosto. A chama nos seus olhos se intensifica e, dessa vez, sou eu que tenho de desviar o meu.

– Eu preciso lutar contra eles, Elloren.

Suas palavras têm o caráter definitivo de uma declaração. Um voto inquebrável. Há uma qualidade explosiva nele agora, como se seu fogo estivesse reprimido quase ao ponto de conflagração.

–Você vai atrás das gangues? – pergunto, com cuidado, e o coração acelerado.

Seus lábios se contorcem, ferozes.

– Não. Quero ir atrás das forças armadas gardnerianas e alfsigr. – Sua voz é baixa e ameaçadora. – Quando a guerra inevitável irromper.

–Você vai se juntar ao exército kéltico, então?

– Não. – O seu olhar ferve, cheio de significado. – Quero ir para o leste e me juntar à Guarda Wyvern das vu trin.

Nós dois ficamos quietos por um longo momento enquanto absorvemos as ramificações disso.

– Minha mãe não me quer nessa guerra – diz ele. – Ela quer que eu seja um curandeiro, e *apenas* um curandeiro. Está cansada de perder todos os que ama para a guerra.

– E o que você vai fazer?

O fogo em seus olhos se incandesce com mais intensidade, o ouro arde e vira um amarelo fulgurante.

–Vou falar com a minha mãe e dizer que vou para o leste.

Eu inspiro, trêmula. Jules deu a entender que as vu trin poderiam começar a permitir que alguns dos jovens feéricos escondidos se alistassem na academia militar Noi – a Guarda Wyvern. Vi Yvan matar um dragão com as próprias mãos. E senti a enormidade do seu poder de fogo. É claro que as vu trin o aceitariam. Claro, elas vão querer levá-lo para o leste com os outros feéricos poderosos.

Onde ele ficará a léguas de distância, além de um deserto intransponível.

Controle-se, Elloren. De uma forma ou de outra, ele tem de ir embora. Você já sabe disso há algum tempo.

Fito a mesa enquanto um tumulto de emoções colide dentro de mim, e meus olhos se embaçam com lágrimas. Quando finalmente falo, minha voz está tão baixa que é quase um sussurro.

– Eu sinto que... nunca tivemos a chance de... – Eu me interrompo, emocionada demais para falar.

Uma onda de calor emana de repente dele, inundando minhas linhas.

– Elloren.

Há tanta coisa não dita nessa única palavra apaixonada e no seu fogo surpreendentemente palpável. Tudo o que ele não se permite dizer.

E nessa única palavra, posso sentir que já estamos nos despedindo.

Naquela noite, sonho com as gangues. Um exército de gardnerianos perseguindo Tierney, Bleddyn, Olilly, Fern e eu. Todas nós correndo sem parar por um beco escuro após o outro enquanto os magos se aproximam, tantos que são como um enxame de sombras.

Corremos para a praça e paramos de supetão. Varinhas erguidas se acendem em tochas carmesim no que os magos se posicionam em torno de nós.

Esperneio quando eles me agarram, e seguro firme a mão da pequena Fern enquanto ela grita aterrorizada. E então a mão da menina é arrancada da minha quando ela é puxada para a turba sanguinária de magos, e eu a perco de vista. Mais magos me cercam enquanto um grito sai rasgando da minha garganta.

Eu me ergo na cama, suada, os cobertores enrolados nas minhas pernas e braços. Desorientada e lutando para controlar minha respiração em pânico, olho para a janela.

O primeiro sinal do alvorecer colore o céu de um azul profundo acima da Espinha saliente.

Em silêncio, amaldiçoo a manhã. Amaldiçoo todo o país da Verpácia e o terror que está a chover sobre tantos aqui.

Wynter está encolhida no parapeito da janela, dormindo profundamente, suas asas negras enroladas com firmeza em torno de seu corpo, apenas o topo de sua cabeça de cabelos brancos está visível. Ariel está desmaiada na diagonal em sua cama bagunçada, rocando baixinho, as galinhas estão empoleiradas ao seu lado; o corvo, na cabeceira da cama. Marina está debaixo d'água no banheiro, provavelmente enrolada no fundo da nossa banheira. Posso ouvi-la respirar através da porta aberta, borbulhando o ar pela água.

Uma proteção feroz irrompe em mim.

Minha família.

O pensamento traz uma margem de surpresa, e uma margem de verdade ainda maior. Todas se tornaram uma família para mim. Até Ariel. O pensamento de perder qualquer uma delas parece fazer o tecido da minha vida se rasgar.

Rafe, Diana, Jarod e Andras partirão em breve para o território lupino. Yvan, Trystan, Tierney, as icarais e todas nas cozinhas terão que fugir para as terras Noi.

Mas não posso deixar o tio Edwin aqui sozinho, e ele está frágil demais para viajar para qualquer lugar. Portanto vou ficar para trás, na infernal Gardnéria, presa em meio a pessoas monstruosas o suficiente para fazer o que fizeram ontem à noite, enquanto todos os que amo são espalhados por aí, exceto Aislinn e o meu tio.

Diana está deitada ao lado do fogo, me observando com seus olhos âmbar selvagens.

– Eles vão se safar dessa – digo a ela, com a voz carregada de angústia e asco. – Aqueles monstros que machucaram Bleddyn e Olilly. Não temos nem como saber quem são.

– Fui ver Bleddyn e Olilly, a garota da cozinha – conta Diana, com uma calma mortal. – Farejei seus agressores. E rastreei todos eles. São aprendizes militares da terceira divisão.

Meus olhos se arregalam de surpresa.

– O que você fez?

– Falei com o Rafe. – O tom dela é baixo e letal. – Parece que o assassinato de tantos soldados aprendizes pela filha de um alfa lupino seria considerado um ato de guerra. Por isso, vou esperar. – Seus olhos cintilam com um fogo brando, paciente e predatório. – Até que eu tenha a permissão do meu pai. Então vou caçá-los, arrancar suas orelhas e cortá-los em pedacinhos.

Prendo seu olhar intimidante por um longo momento.

– Que bom.

Diana franze a testa para mim.

– Os gardnerianos estão fazendo uma jogada pelo domínio, Elloren Gardner. Sinto o cheiro da ameaça de guerra no ar.

DECISÃO DO CONSELHO DOS MAGOS

N. 233

Todas as urisk devem desocupar a Gardnéria até o final do décimo segundo mês. Todas as permissões de trabalho estendidas após esse período estão revogadas, e qualquer urisk encontrada no Sagrado Reino Mago após essa data será enviada para as Ilhas Pyrran.

CAPÍTULO QUATORZE
REPERCUSSÃO

– Olilly merece justiça. – Coloco a caixa de tintura de *Norfure* sobre a mesa de Jules, causando um baque bem alto.

O professor olha para cima, com os óculos de arame um pouco tortos. Seu cabelo castanho está desgrenhado como de costume, a veste professoral verde está amassada e jogada por cima das roupas de lã escura. Lucretia está sentada em uma cadeira ao lado dele. Ambos me lançam um olhar levemente resguardado quando entro, e tenho a sensação de que acabei de interromper uma conversa privada.

Mas não me interessa. Estou transtornada demais.

Há uma pilha de papéis perto de Jules. Uma estranhamente arrumada e perfeitamente uniforme, não combinando em nada com a habitual confusão de seu escritório, que é um verdadeiro labirinto de livros espalhados e dispostos ao acaso nas prateleiras que revestem as paredes. Lucretia é o extremo oposto de Jules Kristian em suas sedas gardnerianas muito bem passadas, sem um único cabelo preto fora do lugar. O orbe prateado da Therria ao redor de seu pescoço brilha à luz do lampião.

Minha voz está áspera com a raiva que carreguei o dia todo comigo.

– Os monstros que atacaram Olilly precisam ser presos. Diana sabe *exatamente* quem são.

Jules e Lucretia trocam um olhar rápido e cheio de significados.

– Feche a porta, Elloren – diz Jules em voz baixa. – E tranque-a.

Quase vibrando de indignação, faço o que ele pede antes de me sentar em frente à mesa.

– Olilly está aqui ilegalmente – diz ele, com calma.

– Não me interessa – retruco, com voz trêmula. – Ela tem quatorze anos e não é nada além de doce e gentil com todo mundo. Eles a *mutilaram*. Os aprendizes militares que fizeram isso precisam ser *punidos*.

– Se ela procurasse as autoridades verpacianas – responde Jules, endurecendo a voz –, ela seria deportada para a Gardnéria.

Por dentro, grito com o que ele está dizendo.

– Ela não fala mais – exclamo, enfurecida. – Não sai da cozinha. Anda com um lenço enrolado na cabeça para esconder o cabelo raspado e as orelhas cortadas. – Agora meu corpo treme junto com minha voz.

– Compreendo a sua indignação, Elloren – diz Lucretia, com o olhar subitamente despido da arrogância gardneriana e cintilando de revolta. – Mas Verpácia já está em pé de guerra por causa das trabalhadoras urisks que atacaram aquele agricultor gardneriano aqui...

– Fernyllia disse que ele estava abusando delas! – eu a interrompo.

– E estava – responde Lucretia, com paciência. – Mas a maioria dos verpacianos não sabe disso. Tudo o que sabem é que as quatro jovens são urisks e estão ilegalmente no país. E que atacaram um gardneriano.

– As urisks foram consideradas culpadas de agressão e deportadas para a Gardnéria – acrescenta Jules, sombrio.

– E de lá provavelmente serão despachadas para as ilhas Pyrran – informa Lucretia, sem hesitar.

Os dois me atordoam com a calma que demonstram no momento, dispostos a olhar para tudo isso de frente, sem vacilar, sendo que só de pensar no assunto eu fico devastada, aterrorizada e de coração partido.

Luto para segurar a ardência das lágrimas furiosas.

– Então o Conselho Verpaciano não se importa que, na noite passada, gangues se espalharam por toda a cidade, atacando pessoas inocentes?

A resposta de Lucretia, quando chega, está cheia de desdém.

– O Conselho Verpaciano observou esta manhã que ocorreu certo vandalismo em resposta à captura das "urisks criminosas". Você percebe o que eles estão enfatizando com isso?

– Doze urisks foram podadas ontem à noite – diz Jules Kristian, com seriedade. – Dessas doze, nove estão ilegalmente em Verpácia. Incluindo Olilly.

– E as urisks que estão aqui legalmente? – clamo, enfurecida. – Elas não podem prestar queixa?

A linha da boca de Jules endurece e ele balança a cabeça.

– Se elas pedirem ajuda às autoridades verpacianas, vão atrair as gangues como falcões à caça. E, talvez, ter seus contratos rescindidos em retribuição.

– O que resultaria nelas sendo deportadas para a Gardnéria – diz Lucretia.

Tenho dificuldade para controlar a minha respiração.

– Então não há como lutar contra isso?

Jules pega alguns papéis do topo de sua pilha arrumada e me olha com intensidade.

– Existem alguns meios.

– Que são? – indago, desesperada por uma solução.

– Novos documentos de identidade para Olilly, Fern e Bleddyn – ele me responde. – Bons o suficiente para ter uma chance contra uma investigação completa de Verpácia ou da Gardnéria. É a única forma de reagirmos, por ora. Impedir que elas e outras sejam deportadas e encontrar uma maneira de tirá-las do Reino Ocidental.

Eu me afundo na cadeira, insuportavelmente desalentada, desejando poder pegar a varinha da minha bota e consertar tudo. Desejando poder controlar minha magia e trazer justiça à força.

– O que vai acontecer? – pergunto, trêmula. – Vocês acham que vai continuar piorando?

– A situação não é boa – diz Jules, que relanceia Lucretia. – Estamos surpresos com a rapidez com que os verpacianos cederam à influência gardneriana.

Ela dá um pequeno aceno em concordância.

– Tanto os gardnerianos quanto os elfos alfsigr têm muito poder, e ele está crescendo cada vez mais.

– O Reino Ocidental vai cair? – indago. A pergunta é quase terrível demais para ser dita em voz alta.

– Uma única coisa mantém os gardnerianos fora da Keltânia – informa Lucretia, com o semblante cansado. – A frágil coligação entre os lupinos, as amazes, as vu trin e os kélticos. – Ela faz uma pausa, e sua calma imperturbável vacila por um instante. – Se essa defesa falhar, os gardnerianos vão passar por cima do Reino Ocidental.

Dirijo-me a Jules, em súplica.

– Você acha que isso vai acontecer?

Ele mantém o meu olhar, todo o seu corpo fica rígido, como se ele lutasse para negar a própria resposta.

– Sim, Elloren – diz ele, por fim. – Creio que o Reino Ocidental cairá.

Ficamos todos em silêncio por um longo momento enquanto o granizo gelado golpeia a janela coberta por cortinas, batendo no vidro como se tentasse quebrá-lo. Meu pressentimento se assoma como uma maré negra, e de repente me lembro do meu pesadelo recorrente.

Um céu vermelho. Árvores mortas. A Varinha Branca.

E uma figura sombria procurando, procurando, procurando por mim.

– Há outro grupo que precisa fugir daqui – digo, inconscientemente abaixando a mão para tocar o punho da varinha através da saia, e um fogo sedicioso se acende em resposta a probabilidades tão insuperáveis. – As selkies.

Os lábios de Jules se erguem num pequeno sorriso.

– Você está ajudando selkies agora, Elloren?

– Talvez.

Uma expressão carinhosa lava seu rosto, como se estivesse vendo outra pessoa enquanto olha para mim.

– Você é muito parecida com... – Ele se interrompe abruptamente e desvia o olhar, limpando a garganta.

– Com quem? – pergunto, confusa.

Ele balança a cabeça, ainda sem me olhar, como se afastasse a questão. Vira-se para mim, recuperando a compostura.

–Você deve saber que é muito difícil conseguir apoio para as selkies – ele observa. – Há uma crença generalizada de que são apenas animais em forma humana…

– Elas não são animais – afirmo, enfática. – Elas ficam enfraquecidas sem suas peles, mas são *pessoas*.

– Isso pode ser verdade – ele aquiesce –, mas o fato de que não podem falar complica as coisas.

Penso nos murmúrios de flautim de Marina e na expressão de seus olhos cor de oceano quando tenta se comunicar conosco.

– Eu acho que elas podem falar. Mas não de uma forma que a gente consiga entender.

– O que acontece com as selkies é desprezível – objeta Lucretia, enojada, e um rubor sobe por seu rosto. – Tentei encorajar a simpatia por elas nos círculos da Resistência, mas não cheguei a lugar nenhum.

– É necessário um exército para libertar as selkies – acrescenta Jules. –Você estaria indo contra o mercado negro gardneriano.

Praguejo internamente por causa das barreiras desafiadoras.

– Elas precisam sair daqui antes que o Conselho dos Magos decida exterminar todas elas – afirmo apaixonadamente. – Minha tia e Vogel vão apoiar essa moção. Vocês sabem que sim. É só uma questão de tempo.

–Vou falar com algumas pessoas – diz Jules. – Não posso prometer nada, mas vou tentar.

– Obrigada. – Eu puxo uma respiração longa e trêmula.

Sem mais uma palavra, Jules serve um pouco de chá para cada um de nós. Bebemos por um momento em silêncio, arabescos de vapor sobem de nossas xícaras e do bico do bule pousado sobre a mesa do professor.

Olho de relance para a mão de Lucretia, seus longos dedos seguram com graciosidade a xícara de chá marrom lascada. Ela me lembra um pouco a tia Vyvian, com toda sua elegância refinada, mas a mulher exerce o seu poder de forma tão diferente. Ela parece estar na casa dos trinta, mas suas mãos estão livres de marcas do laço de varinha, o que é incomum para uma gardneriana da sua idade.

Ela parece ser mais nova que Jules, mas não muito.

Ao olhar para as mãos sem marcas de Lucretia, lembro-me descaradamente do que Diana me disse sobre ela e Jules: que eles têm uma das atrações mais fortes que ela já sentiu em qualquer casal.

Mas nenhum deles sabe dos sentimentos do outro.

Diana comentou sobre isso mais de uma vez, explicando que se Jules e Lucretia fossem lupinos, a alcateia insistiria que formassem um casal, pois o desejo febril de um pelo outro causaria tanta distração para o resto do grupo que seria difícil pensar perto deles.

E Jules, até onde eu saiba, nunca foi casado.

Eu os avalio disfarçadamente enquanto conversam. Em tom baixo, Jules lista quais selos do Conselho dos Magos ele precisa que ela roube na próxima vez em que estiver em Valgard, e ela descreve com naturalidade quais são possíveis. Não consigo encontrar nenhum indício externo do que sentem um pelo outro, mas fica claro que são amigos de longa data. Companheiros nesta guerra, cansados e endurecidos pela batalha.

No entanto, eles não expõem nada de seus corações.

– Você não fez o laço de varinha. – O comentário para Lucretia me escapa sem pensar, e minhas bochechas ardem de calor.

Sua cabeça balança quando ela solta uma risada cínica.

– Não. Consegui me desviar dessa flecha em particular. – Ela me lança um olhar cheio de significado. – Não foi pouco desafiador, pode ter certeza.

– O que você vai fazer quando chegar o quinto mês?

Lucretia solta um longo suspiro.

– Vou ter que ir embora antes que o laço obrigatório entre em vigor.

Jules a observa em silêncio, sua expressão é ilegível.

– Para onde você iria? – pergunto-lhe.

– Para as terras Noi – diz ela, segurando sua xícara. – Meu irmão Fain está lá. As minhas irmãs. A nossa filha adotiva, Zephyr.

Uma lembrança distante surge.

– Ouvi o tio Edwin mencionar alguém chamado Fain. O seu irmão o conhecia?

Lucretia e Jules trocam um olhar obscuramente particular.

Ele conhecia, percebo em um instante. *Por que eles estão sendo tão reticentes?*

– Eles se conheceram na Universidade – conta Lucretia, com palavras estranhamente cuidadosas.

– Ele também conhecia os meus pais? – pergunto, surpresa.

A boca de Lucretia se contrai.

– Sim.

Posso sentir que isso é tudo o que vou conseguir de qualquer um deles por enquanto, então deixo o assunto de lado.

– Você também vai embora para o Oriente? – pergunto a Jules.

– Em algum momento – diz ele. – Mas vou ficar o máximo que puder, ajudando os outros a escaparem.

Eu me desespero com a ideia de mais pessoas que amo indo embora. Não consigo pensar nisto por muito tempo: no quanto o Reino Ocidental ficará solitário sem a maioria deles aqui.

– O que você está pensando em fazer quanto ao laço obrigatório? – Lucretia me pergunta.

– Ainda não sei – digo, impotente. – Mas tenho que ficar e cuidar do meu tio. Alguém precisa fazer isso, e não posso deixá-lo sozinho em Valgard com a minha tia.

O olhar de Lucretia se estreita com uma pergunta silenciosa, e percebo que o assunto mudou sem que eu percebesse.

– Você descobriu mais alguma coisa sobre o posicionamento de Lukas Grey? –pergunta ela.

Sim, que ele é um enigma envolto em outro enigma.

– Sei que ele não se importa muito com as políticas de Vogel – digo a ela –, mas fora isso, ele é bastante evasivo.

– Há comentários sobre permitir que os gardnerianos façam parte das guardas das fronteiras verpaciana e vu trin, agindo ao longo das passagens orientais e ocidentais da Espinha – conta Jules.

– Se isso acontecer, esses guardas seriam retirados da base da quarta divisão – acrescenta Lucretia, não deixando margem para interpretação.

Os olhos ardentes de Yvan brilham em minha mente, desencadeando uma dor profunda dentro de mim.

Não. Deixe-o ir.

Porque percebo que há algo muito importante que posso fazer aqui, algo que será muito mais útil do que só fazer medicamentos.

Visito o viveiro antes do amanhecer.

Falcões rúnicos com penas brilhantes cor de ônix se agitam em poleiros de madeira ao redor do cômodo circular da torre. Pequenos anéis de ferro circundam a perna esquerda de cada ave, presos aos poleiros por correntes curtas e delicadas.

Entrego o meu bilhete, escrito no pergaminho leve, ao jovem passarinheiro gardneriano. Seus olhos se arregalam quando ele lê o nome do destinatário da mensagem, e seu olhar voa para encontrar o meu, trepidação é gritante em seu rosto.

Ah, Lukas, penso sombriamente. *Até que ponto o seu alcance se estende.*

Olho acima da cabeça do passarinheiro, para a vista panorâmica de Verpácia, que pode ser vislumbrada através das janelas arqueadas da torre. Coberta de neve, a Espinha do Norte está lavada em luz azul e nos observa com majestade fria.

Yvan partirá em breve. Não há futuro em que possamos estar juntos. Então preciso selar meu coração e deixá-lo esfriar.

E preciso aproveitar a minha influência onde ela se encontra. Enraizada aqui, no Reino Ocidental.

– Tem certeza, maga? – pergunta o passarinheiro magro. Nervoso, ele engole em seco e segura a minha pequena missiva como se ela estivesse prestes a explodir.

– Tenho certeza. – Estou pronta para usar essa atração que tenho com Lukas e combater os gardnerianos.

Inquietos, os olhos do passarinheiro disparam para mim quando o rapaz enfia a mensagem em um saquinho de pano e a amarra à perna de um dos falcões rúnicos. Prevendo a viagem, o falcão agita as penas e dá um pequeno salto em seu poleiro. Há runas verdes profundas nas argolas de ferro que envolvem ambas as pernas do falcão, restringindo-o a viajar entre a origem e o ponto de destino marcado com runas idênticas, cada metade do feitiço lançada pelo mesmo mago de luz gardneriano.

O padrão intrincado das pequenas runas brilham à luz fraca, hipnotizantes em sua beleza verdejante. A capacidade de fazer magia rúnica é uma raridade em todos os lugares, mas é mais rara entre os gardnerianos, pois requer uma forte linha de afinidade de luz. Há apenas um mago de luz conhecido por ser capaz de executar feitiços rúnicos em todo o Reino Mago, e fico fascinada por ver o seu trabalho de perto.

O passarinheiro abre a janela voltada para o norte, e uma rajada de ar gelado dispara para dentro, bagunçando meu cabelo. Ele solta a corrente da perna do falcão, o passarinheiro o libera de seu poleiro, mal contendo a ave excitada em seu pulso coberto pela manopla enquanto a leva para a janela.

Tenebrosamente resoluta, observo enquanto o passarinheiro estala a língua. O falcão abre as asas e se lança no ar, voando para noroeste, penetrando o amanhecer frio.

Indo para além da fronteira verpaciana e sobre a Espinha.

A caminho de Lukas Grey.

CAPÍTULO QUINZE
DRÍADES

Naquela noite, uma luxuosa carruagem preta envernizada para na base da colina da Torre Norte, com a insígnia do dragão de prata da base militar da quarta divisão gardneriana na lateral. Dois soldados de nível três a flanqueiam a cavalo e um soldado de nível quatro está sentado no assento da guarda de varinha.

Um dos soldados abre a porta para mim e fico surpresa ao encontrar o veículo vazio.

– Onde está Lukas? – pergunto, cautelosa.

– Temos instruções para levá-la até ele, maga Gardner. – Vem a resposta sucinta, o rosto bonito do soldado está rigidamente desprovido de emoção.

Não me mexo.

– Para onde?

Ele lança um rápido olhar para noroeste.

– Para a margem da Espinha, maga.

A minha insegurança aumenta. *Por que ali? Não há nada além de terras agrícolas e florestas.*

O soldado se mantém ereto, inexpressivo, esperando enquanto olho para os fragmentos brancos e salientes da Espinha do Norte, com seus picos cobertos de neve prateados ao luar.

Avalio a situação por uma fração de segundo, respiro fundo e subo na carruagem. A trava clica na fechadura, e tenho a inquietante sensação de que acabei de cruzar um limiar perigoso.

Atravessamos a movimentada Verpax e, por fim, saímos dela, as luzes da cidade vão recuando e logo se tornam um halo de luz à distância. As estrelas brilham frias sobre as fazendas e florestas do noroeste de Verpácia, a lua cheia suspensa logo acima da Espinha do Norte cintila como um espectro.

Depois de mais de uma hora de viagem, a carruagem para abruptamente perto de um campo deserto coberto de neve brilhante e incrustado de gelo. A floresta circunda o campo, indo em direção às colinas que levam à base da fantasmagórica Espinha branca.

A porta se abre e saio para o ar gélido. Olho ao redor, procurando por Lukas, a apreensão cortante toma conta. Não há nada além de natureza aqui. A base da quarta divisão de Lukas está bem do outro lado da Espinha.

– Onde ele está... – começo a perguntar, mas a carruagem já está em movimento, com os soldados cavalgando ao lado dela. – Esperem!

Corro para acompanhar o veículo, mas ele logo fica rápido demais para mim, e sou deixada sozinha, a léguas de qualquer coisa. Com nada além dos campos estéreis que me cercam e do matagal escuro além.

O medo me invade. E o frio. Minha respiração se enrosca, branca contra o ar.

Qual é o seu jogo, Lukas?

Um grito repentino e penetrante soa da direção da Espinha do Norte. Viro-me para ver uma criatura alada descendo sobre o ápice da Espinha, sua silhueta contrasta com a pedra cor de marfim e a neve. A coisa grita novamente, subindo para mais perto, e meu coração dispara com uma mistura de fascínio e apreensão.

Um dragão.

Dou um passo para trás quando percebo o que está acontecendo.

Lukas. Montado num dragão militar.

O dragão sobrevoa a floresta, roçando a copa das árvores. Lukas aparece nas costas da criatura quando ela mergulha em direção ao campo à minha frente. O dragão pousa com um guincho estridente e um baque surdo e pesado que reverbera sob meus pés.

Firme, Lukas exclama um comando, e o dragão desmorona na neve, com as asas espalhadas pelo chão como leques colossais.

Ele sorri e estende a mão para mim.

Meu coração dispara enquanto olho para o dragão monstruoso com suas penas semelhantes a facas afiadas, com garras enormes e olhos opacos e mortos. Tanto o medo como a piedade surgem dentro de mim.

Domado. Como tentaram fazer com Naga.

– Por que você está aqui em um dragão? – exclamo, atordoada.

– Voo de dragão é rápido. E privado – responde Lukas, com tranquilidade.

– Você quer que eu ande *nisso*? Sobre a Espinha?

Lukas arqueia uma sobrancelha preta. Ele olha por cima do ombro para a Espinha, depois se vira para mim, com a diversão lhe curvando a boca.

– Você imaginou que fôssemos viajar de carruagem através das montanhas?

– Se esse era o seu plano, por que não voou direto para a Torre Norte?

Seu tom se torna sarcástico.

– Porque fazer isso seria uma incursão imperdoável e proibida dos domínios aéreos das vu trin. Eu não estava muito a fim de ser abatido por uma bola de fogo rúnico. – Ele me lança um olhar ardente. – A não ser que fosse assim que você queria que a noite se desenrolasse.

Seu olhar sugestivo provoca um tremor de calor nas minhas linhas.

– Então as vu trin te deixaram vir aqui?

– Obtive permissão, sim – diz Lukas, com suavidade. – É por isso que no presente momento estou vivo e não em chamas.

Um medo nervoso se espalha através de mim enquanto o observo subir nas costas do dragão.

– Eu realmente não gosto de alturas, Lukas.

Ele parece surpreso com isso. Seu olhar se aguça em mim, agora sério.

– Eu vou te apoiar com as minhas linhas de terra e te atar a mim. Vai ajudar a atenuar o seu medo, Elloren.

Olho para a Espinha impossivelmente alta e irregular e me imagino sendo arremessada para a morte naquele serrilhado de picos que mais parecem facas. Ela se ergue mais alta que as nuvens, e imagino que levaria horas para cair por completo do seu topo até a base da gigantesca massa de terra.

Medo e frio me percorrem. Teimosa, ignoro ambos, me arrasto sobre a neve estaladiça e dou a volta na asa prostrada do dragão, então ergo um braço e pego a mão oferecida, apoio o pé no flanco escamado do animal enquanto Lukas me puxa para cima de maneira a ficar atrás mim.

Minha saia sobe inteira quando passo uma perna sobre o dragão e deslizo para trás, para o corpo de Lukas. Ruborizada, trato de puxar a peça para baixo o máximo que consigo, tendo o cuidado de manter oculta a varinha branca encaixada no cano da minha bota.

– Não estou exatamente vestida para a equitação draconiana – observo, na defensiva, com os nervos à flor da pele –, já que alguém não fez nenhuma menção a um dragão.

Lukas solta uma risada baixa, e sinto seu hálito quente no meu ouvido. Ele puxa a varinha e a sacode em um movimento casual. Videiras disparam da ponta e nos amarram um ao outro e ao dragão, prendendo-nos à besta. Tento controlar o medo claustrofóbico que subitamente toma conta de mim e ameaça me fazer entrar em pânico.

Lukas murmura outro feitiço e pressiona a varinha de leve na lateral da minha perna. Fios dourados diáfanos e cintilantes fluem da varinha e se lançam sobre mim e ele, que profere outro feitiço, e uma nuvem cintilante se funde à nossa pele, substituindo nosso brilho esmeralda gardneriano por um dourado. Minhas linhas de fogo se acendem, o calor surge através delas em resposta à magia de Lukas e, assim, o frio invernal desaparece.

O braço dele desliza ao redor da minha cintura e me puxa com firmeza para si. Então ele dá uma batidinha no flanco do dragão com a varinha.

O dragão se levanta, as asas se dobram para trás, e consigo sentir os músculos poderosos trabalhando debaixo de mim. Meu medo se eleva com o rugido irregular, minha pulsação martela nos ouvidos, e me remexo contra Lukas em um protesto silencioso e apavorado.

– Shhh. – Lukas traz os lábios suavemente para o meu pescoço, a mão espalma a minha cintura, segurando-me para si.

Arquejo quando ele murmura outro feitiço e ramos escuros da sua magia de terra se enrolam em mim, espalhando-se e alastrando-se através das minhas linhas de afinidade em um formigamento ondulante, entrelaçando, e espiralando, e prendendo.

Respiro fundo, e meu terror diminui até desaparecer.

– Aonde você quer ir, Elloren? – pergunta Lukas, sua voz é um assovio sedutor.

Engulo, tentando me controlar.

– Para algum lugar completamente reservado.

– Tenho vários cômodos bastante reservados. – Sua voz está muito sugestiva, e consigo sentir o seu sorriso.

– Não me importo se é o seu quarto, Lukas – digo, sucinta, desesperada para falar livremente com ele. – Preciso falar com você. *A sós*.

Sinto seu humor mudar quando ele acena. Lukas agarra um dos espigões no ombro do dragão e rosna um comando.

A criatura se move para a frente e começa a correr, o galope desloca os meus quadris. Um trinado de pânico me atravessa quando o dragão solta um grito estridente, levanta as asas e as abre até o limite de sua envergadura, depois as fecha para baixo com uma lufada vigorosa.

Alçamos voo, e o chão se afasta de nós, uma vertigem de revirar o estômago toma conta de mim. Nós ganhamos velocidade rapidamente, o vento chicoteia ao nosso redor, mas o escudo de Lukas mantém longe o frio mais cortante.

E logo estamos acima das árvores, meu coração vai parar na garganta enquanto o batimento rítmico e poderoso das asas do dragão nos ergue cada vez mais alto. Respiro fundo e admiro a vista vertiginosa enquanto nos alçamos em direção à grande muralha da Espinha do Norte, e olho brevemente para trás, em direção à cidade de Verpax, com seus halos de luz, e a Espinha do Sul lavada pela luz da lua enquanto tudo desaparece atrás de nós.

Espio a vasta extensão da floresta que flui lá embaixo, e minhas linhas de afinidade dão uma guinada repentina e cobiçosa. Minhas linhas de fogo ardem com força, meus ramos estremecem contra os de Lukas. Uma sensação inebriante de poder corre através de mim, e a floresta convulsiona de forma palpável: ondas de choque de consciência irradiam além, por léguas e léguas, e a vasta extensão de árvores de repente foca uma única coisa e nada mais.

O poder que corre pelo meu sangue.

Lukas me aperta contra si, seus ramos escuros se entrelaçam ainda mais em torno das minhas linhas numa carícia suave e sedutora.

– Suas linhas de afinidade ficaram mais fortes, não ficaram? – ele sussurra no meu ouvido.

Olho para ele, corada de calor e muito inquieta pelo lampejo de poder. O dragão se move bruscamente para cima, e eu caio para Lukas, minha respiração cinge os meus pulmões. O paredão da Espinha passa por baixo de mim e a vertigem toma conta. Agarro-me aos braços de Lukas, os meus ramos de afinidade se enrolam com firmeza em torno das suas linhas de terra.

E então o dragão volta a ficar na horizontal, e estamos voando direto sobre a Espinha, com as estrelas brilhando como joias enquanto nuvens iluminadas pela lua flutuam abaixo de nós.

Inspiro com força, acometida pela grandeza surpreendente.

Os picos irregulares e cobertos de neve da Espinha são de tirar o fôlego. E dessa altura consigo ver toda a extensão da Espinha do Norte, as pequenas aldeias elfhollen agarradas a alcovas na pedra recortada, com as casas talhadas na rocha cor de marfim.

À medida que subimos o pico mais alto e afiado como uma faca, a base militar da quarta divisão aparece, e meu estômago dá uma cambalhota com a visão.

É gigantesca. Muito maior do que era antes.

A base preenche o vale por inteiro com uma névoa turva de tochas, iluminando fileiras e mais fileiras de tendas e gaiolas de dragões. Novos edifícios foram esculpidos na pedra-da-Espinha, alguns no alto, mas a maioria na base da cordilheira. Muitos ainda estão em construção, meio finalizados. Percebo que uma dedicada magia de terra de nível cinco deve ter sido utilizada para reconstruir tantos edifícios tão rápido. E novos dragões devem ter sido trazidos de algum lugar.

Pavor se espalha pelas minhas veias.

Essa é apenas uma base, percebo. *De doze. E só ela já é maior que a cidade de Verpax.*

Sobrevoamos a base e voltamos a contorná-la. O dragão solta um grito sonoro e começa uma descida íngreme, mirando um buraco sombreado e cavernoso no paredão da Espinha. Vamos direto para lá, minha respiração fica presa na garganta enquanto as asas do dragão se movem abruptamente para cima, meu corpo é empurrado com força para o de Lukas enquanto nossa velocidade diminui com rapidez e voamos pela abertura, batendo com força no chão de pedra da caverna.

O dragão desaba no chão, as asas se espalham no que a criatura fica parada como a pedra. Uma tocha na parede ilumina Lukas e eu, o dragão e a gruta de calcário.

Sento-me ali, quase hiperventilando.

Lukas desembainha a varinha e remove rapidamente com um feitiço as videiras que fazem vez de cinto, as tiras pretas se dissolvem em névoa escura. Então ele puxa o escudo de ouro de volta para a varinha.

Um frio cortante me atinge em cheio, açoitando a gruta, cada respiração parece estilhaços de gelo. Meus cílios grudam, congelando rapidamente.

Lukas desliza do dragão e estende as mãos para mim. Deslizo às pressas pelo flanco do animal e para os braços dele, tremo descontroladamente enquanto ele me guia em direção a uma porta de madeira cravejada de metal e para a sala além dela.

No momento em que Lukas fecha a porta, somos envoltos por um casulo de calor. Pisco os olhos e limpo os cristais de gelo dos meus cílios, lutando para me recompor.

– Gostou do voo? – pergunta Lukas, com o olhar escuro me encarando sem reservas.

Lanço-lhe um olhar duro.

– Foi completamente aterrorizante e... – Eu paro, percebendo que uma parte de mim está acesa de uma maneira nova e inebriante por voar sobre a Espinha como uma ave de rapina. – Foi também... *incrível.*

– Humm. – Lukas sorri, me examinando com atenção, como se lesse algo novo em mim que ele aprova. Então estende a mão, como se me oferecesse o proibido.

Meu coração acelera quando a pego, seus dedos se fecham ao redor dos meus.

Deixo Lukas me conduzir por um longo corredor com painéis de pau-ferro, cada vez mais consciente da nossa solidão. Entramos em uma ampla biblioteca com um enorme fogão a lenha crepitando, os tubos de galhos de árvores de ferro se ramificam e se espalham pelo cômodo, folhas de ferro decoram as superfícies metálicas. Olho ao redor admirada, ciente dos olhos de Lukas fixados em mim.

Tudo é feito no estilo clássico gardneriano. As paredes, o teto e o chão são de madeira de pau-ferro escura, e todos os carpetes, tapeçarias e tapetes são trabalhados em preto e verde-floresta. Árvores esculpidas sustentam o telhado com galhos escuros e emaranhados, e tochas de parede queimam com uma chama quente e amarelo-amanteigado.

Se eu ignorar a vista da base para além das amplas portas de vidro da varanda, quase posso imaginar que estamos de novo em Valgard, em vez de envoltos em pedra perto do ápice da Espinha do Norte.

Lukas solta minha mão e abre outra porta perto do fogão a lenha. Ele abre um sorriso convidativo e gesticula graciosamente para que eu me junte a ele.

O quarto dele.

– Você falou que queria um lugar reservado – diz Lukas, com um sorriso divertido nos lábios quando um lampejo de sua afinidade de fogo pulsa através de mim, me pegando desprevenida.

– Consigo sentir suas linhas de fogo – digo a ele, de repente ruborizando.

– Ah, eu sei que sim – responde, com a voz rouca.

– Não, não é só quando nos tocamos – esclareço, profundamente atordoada. – Acabei de sentir seu fogo através da distância entre nós.

Os olhos de Lukas se estreitam em mim.

– Essa é uma habilidade rara, Elloren. Sentir afinidades à distância. Nunca ouvi falar de alguém abaixo do nível cinco ser capaz disso.

– Você consegue sentir as afinidades de outros magos? – indago.

Seu olhar me escrutina por inteiro, tornando-se um calor abafado.

– Só o seu. E só quando te toco.

– Ah. – Olho para a cama de Lukas através da porta aberta, e um tremor ardente corre através de mim. Sua colcha preta é bordada com a imagem de uma grande árvore estilizada em um preto mais profundo. Em frente à cama, uma lareira crepita. Duas poltronas de veludo preto e uma mesa bem equipada com comida e bebida estão posicionadas junto ao fogo.

Hesito.

– Não vou para aquela cama com você – digo, deixando as coisas claras.

O olhar predatório de Lukas não vacila.

– Eu não esperaria isso, Elloren. Não nesta ocasião. – Sua voz é uma carícia quando ele acrescenta: – Mas se mudar de ideia, sinta-se à vontade para me avisar.

Ah, Sagrado Ancião.

Mal consigo pensar em torno de sua atração. Mas mesmo com ele me provocando descaradamente, posso sentir que está mantendo sua magia de fogo e terra sob férreo controle. Encorajada, lanço um olhar atento e dou um passo para dentro.

As paredes do quarto são revestidas de estantes. Curiosa quanto a seus interesses, vou até uma delas e examino os títulos dos livros, passando a ponta do dedo sobre as lombadas de couro liso: história militar, dicionários de línguas estrangeiras, grimórios. Tudo impecavelmente organizado.

Viro-me e examino o resto do cômodo.

Há um piano, logo após a cama, feito de pau-ferro. Uma pequena floresta de árvores está esculpida lá, erguendo-se para apoiar a tampa do instrumento. Fico intrigada no mesmo instante. É a única área desarrumada de todo o alojamento de Lukas, com partituras jogadas em pilhas sobre o instrumento, no chão e no banco; a maior parte escrita em sua própria caligrafia, como se ele estivesse canalizando toda a sua paixão para esta área: liberto e incontido.

– Você deveria ter trazido seu violino – diz ele, seguindo o meu olhar.

– Humm – concordo, distraída, lembrando-me da alegria emocionante de tocar com um músico de seu calibre. A memória me preenche com a constatação desconfortável de que há aspectos da companhia de Lukas que me agradam profundamente.

Há outra varanda logo ao lado do seu quarto. Grandes cortinas pretas descem até o chão e são amarradas nas laterais das portas duplas de vidro, uma outra vista panorâmica da base da quarta divisão está logo ali.

Sento-me junto à lareira. Há um serviço completo de chá diante de mim, a elegante porcelana preta é atravessada por galhos dourados de árvores. Uma bandeja de sanduíches pequenos, doces e frutas exóticas está ao lado, junto com uma garrafa de vidro preto como ébano e taças cristalinas.

Há também um pequeno buquê de flores-de-ferro brilhantes colocadas em um vaso de laca preta. Fico estranhamente tocada pela visão delas, lembrando-me do olhar atordoado de Lukas quando viu meu vestido no baile de Yule, certa de que ele está citando aquela noite com o gesto.

Ele se senta à minha frente e se recosta com sua graça casual, seu olhar sombrio é inescrutável.

– Aceita um chá? – oferece.

Eu ergo uma sobrancelha.

– Você vai me servir chá, Lukas?

Ele ri e pega o bule para me servir uma xícara, seus olhos cintilam com travessura.

– Eu vou te servir o que você quiser, Elloren.

Seus dedos roçam os meus enquanto pego a xícara oferecida, traçando uma linha sedutora de calor.

– Está tentando me cortejar, Lukas? – pergunto ao me recostar, meio em tom de brincadeira.

Um som divertido lhe escapa dos lábios.

– Ah, eu faria melhor do que chá se você deixasse. – Ele me observa com atenção, e por um momento fico ciente demais de sua beleza devastadora.

Lutando por uma distração daquela perigosa linha de pensamento, olho pela janela próxima em direção à base militar abaixo.

– Você fez um bom trabalho na reconstrução – observo, incapaz de segurar o traço de ressentimento no meu tom.

A boca de Lukas treme enquanto ele me estuda, ficando sério de repente.

– Elloren, o que é que você quer?

Prendo seu olhar abruptamente formidável, nós dois agora sérios. Sobrepujada por uma tensão nervosa, abaixo a xícara, me levanto e vou até a lareira, desesperada para recompor meus pensamentos. Estudo a espada que paira sobre a cornija: um dragão primorosamente forjado em prata se enrola em volta do punho.

Respiro fundo e me viro para enfrentar Lukas.

– O que você acha de Vogel?

Pronto. Falei. E não podemos mentir um para o outro, então me responda dessa vez.

Os olhos de Lukas assumem o tom de uma tempestade, sua voz fica afiada como uma adaga.

– Vogel é desequilibrado.

Nós dois ficamos em silêncio por um longo momento enquanto tentamos ler um ao outro. O antagonismo descarado, quase violento, contra Vogel no olhar de Lukas me encoraja.

– Nosso povo está formando gangues e começou a atacar não gardnerianos na cidade de Verpax – conto a ele, que me lança um olhar profundamente cínico.

– Isso é lamentável, Elloren – diz ele, mordaz –, mas não inesperado. Lembra o que os kélticos e os urisk fizeram quando estavam no poder?

A raiva me preenche em resposta à sua lógica habitual, irritante e insensível. Uma imagem das orelhas mutiladas e dos cabelos tosquiados de Olilly surge na minha mente. O rosto espancado de Bleddyn.

– Os kélticos e os urisk formaram gangues – responde Lukas por mim, com um olhar potente. – E atormentaram os gardnerianos. Eles evoluíram rápido e começaram a matá-los. Primeiro individualmente, depois reunindo-os em celeiros e tacando fogo.

Eu o encaro, a tensão incendeia no ar entre nós.

– E pouco antes disso – continua, ácido –, os feéricos formaram gangues e atormentaram os kélticos. E antes *disso*, os urisk formaram gangues e atormentaram os feéricos.

– Eu sei de tudo isso, Lukas – retruco, cada vez mais inflamada. – Isso foi *eles* ficando fora de controle, e agora somos *nós* ficando fora de controle. Alguém precisa parar.

Seu sorriso é friamente desdenhoso.

– Você quer dizer parar o curso normal da história?

– Sim.

Seu rosto endurece.

– Não funciona assim, Elloren. Você pode escolher estar do lado poderoso ou não. Essa é a única escolha que se tem neste mundo.

– Não – eu o desafio. – Não é a única opção. Li bastante de história esse ano, Lukas. O equilíbrio de poder pode ser realinhado para incluir *todo mundo*. Não apenas um grupo atormentando todos os outros.

– Então me diga – retruca ele, com uma curva sarcástica nos lábios –, em seus eruditos estudos da história dos Reinos, quando exatamente o poder foi realinhado para incluir todo mundo, Elloren?

Eu me movo em direção a ele, ira se avoluma dentro de mim. Não me importo que ele seja um mago nível cinco. Não me importo que ele comande toda essa base militar. Não consigo lutar contra a compulsão de ser extremamente sincera com ele.

– Eu não me importo se isso nunca foi feito, Lukas. Nenhum de nós deveria estar se alinhando com esse pesadelo, incluindo você. Vogel precisa ser *detido*.

O rosto de Lukas se torna selvagem. Ele se levanta abruptamente, vem na minha direção e agarra meu braço.

– Venha comigo – diz ele, uma exigência.

Olho para sua mão, incrédula, obstinadamente parada no lugar.

– Para onde?

– Apenas venha.

Deixei-o me guiar para a varanda do quarto. Ele abre a porta de vidro e me leva para fora, me segurando forte, puxando-me até o parapeito. Há tochas encaixadas em postes de metal ao longo da varanda, salpicando o ar com chamas de fogo-mago carmesim, aquecendo todo o espaço. Galhos pretos feitos com arte maga se contorcem dentro da chama vermelho sangue.

– Olhe com atenção, Elloren. – Lukas fervilha, inclinando a cabeça em direção à extensa base militar diante de nós. – O que você vê?

Dou de ombros e o encaro em desafio.

– Poder.

– Sim, isso mesmo. Portanto, tenha cuidado. – Ele me envia um olhar penetrante e significativo. – Sei *exatamente* com o que você anda envolvida. Você está pisando em um terreno muito perigoso.

Consigo ver em seu rosto. Uma advertência. E percebo, com uma certeza terrível, que ele sabe. Ele sabe que estou envolvida com a Resistência. A fraca Resistência. A Resistência facilmente sufocada.

E ele provavelmente sabe sobre Naga.

– O que você sabe? – murmuro, mal conseguindo formar palavras.

A expressão de Lukas se enche de uma descrença que se aproxima da zombaria.

– Você acha que sou idiota? Eu sei de *tudo*.

Meu coração bate com força, minha respiração fica irregular, mas me forço a encontrar seu olhar desenfreado.

– Devo ter medo, Lukas?

– Sim, Elloren – ele retruca. – *Muito* medo. – Seu olhar de fúria desmorona, tornando-se conflituoso. – Mas não de mim.

A surpreendente compreensão toma conta de mim. *Ele sabe. Lukas sabe. Mas vai ignorar tudo.*

– Eu quero me laçar com você, Elloren – ele rosna, enfático –, mas minha proteção tem limites. Há forças muito maiores do que eu em ação. *Muito mais*. Então você precisa tomar *muito cuidado*.

Mantenho seu olhar firme enquanto uma força de aço floresce dentro de mim.

– Lukas. Você precisa romper com eles.

Ele recua, irritado.

– E ir para onde, Elloren? Com qual propósito?

– Para o leste.

Seus olhos se endurecem de fúria, e ele se vira, olhando para a base militar, parecendo descontroladamente perturbado. Esse não é um Lukas que já vi muitas vezes. Ele é como uma coisinha selvagem e enjaulada. Mesmo que tenha poder aqui, percebo, ele não está realmente no controle.

Ninguém controla essa coisa que Vogel desencadeou. Ninguém, exceto o próprio Vogel.

– O que é que Vogel planeja fazer, Lukas?

Ele me olha com escárnio.

– Leia os arquivos do Conselho dos Magos, Elloren. Ele é muito claro sobre o que planeja fazer. As narinas de Lukas se alargam, a mandíbula se move enquanto ele olha mais uma vez para a base.

– Elloren – diz de repente, quase parecendo hesitante. – Eu posso estar errado sobre Fallon Bane.

Sinto o choque me inundar.

– O que você quer dizer?

– Ela está se curando. E os seus poderes de ar e água estão acelerando. Ela está começando a ser capaz de acessar seus outros poderes elementais também. O que significa que Vogel pode ter sua Bruxa Negra. E o icaral da profecia é um bebê pequeno e indefeso. Então, temos Fallon. E *isto* – diz ele, apontando para a base militar. – Temos os elfos alfsigr como aliados e mais dragões do que jamais tivemos antes.

Ele olha para mim com uma seriedade fria.

– Vamos acabar com todos os reinos: ocidentais e orientais. Posso ir amanhã para o leste, Elloren. E eu *não poderia mudar* o que está por vir.

O horror se apossa de mim, mas luto contra suas garras.

– Lukas, você está realmente satisfeito em fazer parte desse pesadelo?

Ele volta os olhos para a base, as tochas em forma de árvores se fecham à nossa volta. Sua voz está baixa e cheia conflito quando ele responde:

– Não sei, Elloren.

Fico atordoada com a sua súbita franqueza. O desejo de ser igualmente franca surge em mim. Dizer-lhe o que não posso dizer a mais ninguém.

– Lukas... há muito poder crescendo nas minhas linhas de afinidade. Eu o senti quando voamos sobre as florestas. Nós dois sentimos. – Eu olho para a base, lembrando-me da emoção inebriante do poder, e fecho os dedos ao redor do pingente de carvalho de neve, minhas linhas de fogo despertam em resposta. – O poder... foi bom. Bom *demais*. E isso me assusta.

Viro-me para Lukas e solto o pingente, e o fogo diminui para uma brasa opaca.

– Não quero ser igual à minha avó.

Ele se vira para mim e estende a mão para acariciar minha bochecha, seu toque é leve como uma pluma.

– Faça o laço de varinha comigo. Eu entendo a sua luta. E não te julgo por isso.

Nós seguramos o olhar um do outro por um breve momento, nossos ramos se estendem de um para o outro.

Então ele se aproxima e me puxa para seus braços. Suave como gaze, ele beija a base do meu pescoço, seus lábios despertam minhas linhas de fogo com um desejo ardente que formiga diretamente através de mim.

– Faça o laço de varinha comigo, Elloren – murmura novamente, persuadindo-me a ceder ao seu apelo hipnótico. – O mundo está sempre em conflito. Poderíamos usar o nosso poder para nos garantir um lugar nele.

Nosso poder?

Uma pequena margem de confusão atravessa seu feitiço sensual.

– Como o meu poder poderia ser útil?

– Posso usar as forças dele. – Lukas traça uma linha de beijos ao longo da minha mandíbula, seu fogo acaricia minhas linhas.

– Você pode... usar o meu poder? – pergunto, sem fôlego.

– Um pouco. – Os dedos de Lukas deslizam pelas minhas costas, e um delicioso arrepio segue sua carícia.

Engulo em seco, minha mente de repente se torna um redemoinho.

– É por isso que você quer fazer o laço de varinha comigo?

– Não – responde enquanto os lábios roçam os meus, e seu fogo ondula através de mim. – Há um vínculo entre nós, Elloren. Sei que não sou o único que sente isso. – Ele me aproxima e traz os lábios aos meus, enviando seu calor através de mim em uma onda provocante.

Ofego quando uma deliciosa tensão se inflama dentro de mim e o beijo de Lukas se aprofunda.

– Lukas – digo, enquanto seus dedos de pianista se fecham no meu cabelo e ele beija ao longo do meu pescoço –, se pudermos combinar nosso poder... poderíamos usá-lo não apenas para nós mesmos... mas para lutar contra Vogel.

Ele recua um centímetro, seus olhos estão cheios de escuridão sedosa.

– Não sei se quero, Elloren.

Uma clareza repentina me atinge.

É isto, bem aqui. A sedução da escuridão.

Dou um passo para trás e, lentamente mas com firmeza, liberto-me de Lukas; liberto-me desse poder e do seu encanto sedutor. Isso não é algo em que se deve mergulhar. É algo contra o qual se luta. Tanto interna quanto externamente. Mesmo que a única alternativa seja ficar fraca.

– Leve-me de volta, Lukas – digo a ele, encerrando o assunto. – Acho que já vi o suficiente.

Lukas me leva de volta ao campo árido e coberto de neve sem dizer uma palavra.

Uma carruagem militar está à minha espera quando chegamos. Ele me ajuda a descer das costas do dragão e me lança um olhar reprovador. Em seguida, monta o animal sem dizer nada e voa para longe, na noite de inverno escura como breu.

Em silêncio, um soldado me acompanha até a carruagem. Entro, e partimos em direção às luzes da universidade, a floresta escura paira pela janela enquanto um ciclone de emoções perturbadas se embaralha dentro de mim.

CAPÍTULO DEZESSEIS
ASAS COR DE MARFIM

Já passa da meia-noite quando a carruagem finalmente volta à Torre Norte. Exausta, marcho pela colina em direção ao meu alojamento, passando pelos limites da floresta, bastante consciente das árvores se afastando de mim.

Bruxa Negra.

Paro de andar aos poucos, subitamente angustiada. Já aconteceram tantas coisas terríveis e, agora, o meu próprio sangue parece estar sendo atraído pela escuridão.

E sou impotente para impedir.

Arranco com força o colar de carvalho de neve, quebrando a corrente, e o atiro no chão, não querendo nenhuma parte desse poder deplorável. Eu me inclino e puxo a varinha da minha bota, imaginando que seja a verdadeira Varinha Branca do mito. Uma força pura em prol do bem, trazendo esperança a todos da Therria.

O desespero se avoluma dentro de mim.

Por que não nos ajuda? Eu me enfureço com a varinha, as estrelas, o céu. *Por que está deixando tudo isso acontecer? Por que está deixando a crueldade vencer? Se existe realmente uma força para o bem, onde você está?*

Mas a varinha está quieta na minha mão. No silêncio da noite, continua a ser uma vara branca e lisa, nada mais. Eu puxo o ar numa respiração longa e trêmula, uma lágrima quente escorre pela minha bochecha gelada.

Não adianta. Estamos sozinhos.

Apática, me viro para continuar a subir a colina, e o meu olhar é atraído para cima, instantaneamente paralisado.

Duas Sentinelas voam em círculos preguiçosos ao redor da Torre Norte.

Elas pairam no ar noturno invernal, os pássaros iridescentes espiralam como folhas que caem com suavidade.

E então simplesmente desaparecem.

Paro de andar aos poucos, tudo está escuro e parado e silencioso.

Ouça.

A palavra se cristaliza no fundo da minha mente, como um sussurro escondido.

Tomada por uma esperança amorfa e disparatada, corro pelas escadas em espiral até o último andar da Torre Norte. Esperança diante dos muros intransponíveis das trevas. Esperança carregada por asas da cor do marfim.

Abro a porta do nosso quarto e entro, atordoada com a expectativa. Examino o cômodo com cuidado, esperando ver *algo*.

Minha esperança murcha. Nosso alojamento é exatamente o mesmo que sempre foi. Marina está encolhida perto fogo como de costume, observando-me com uma expressão cansada.

Solto um longo suspiro ao olhá-la de volta, o reflexo da luz do fogo dança em seus longos cabelos prateados.

Ariel e Wynter não estão aqui, como se tornou o hábito, provavelmente cuidando de Naga com Andras. Diana deve estar estudando nos arquivos com Jarod ou saiu com Rafe para algum lugar, e as galinhas de Ariel estão silenciosamente empoleiradas na cama dela. O corvo está ausente, deve ter voado para ficar com ela.

Tiro a capa, caminho pelo quarto e caio na minha cadeira de estudos. Marina se aproxima para se sentar perto de mim no chão, apoiando a cabeça cintilante em mim.

Pelo menos tenho isso, considero com um longo suspiro. Uma selkie resgatada de um destino terrível. Pode parecer uma coisa pequena em face de uma montanha de trevas, mas a sua liberdade é um ponto brilhante de esperança.

Ah, Marina, agonizo, acariciando seu lindo cabelo. *O que você está pensando?* Eu a analiso por um longo momento, nunca me cansando de admirar seus cabelos de prata líquida. Desejando poder olhar dentro da mente dela.

Solto outro suspiro e volto os pensamentos para os meus estudos, sabendo que procrastinei por tempo suficiente. Abro o livro de Boticário numa página marcada e pego um pouco de papel para tomar notas durante o resto da noite se for preciso. Tenho prova daqui a dois dias e mal tenho conseguido as notas para passar na disciplina.

Não consigo acessar meu próprio poder, considero dolorosamente, *mas pelo menos posso fazer medicamentos*. Não é muito, e não vai impedir o que está por vir, mas assim posso proporcionar conforto temporário e cura a quem precisa.

E talvez Lukas esteja errado. Talvez as forças vu trin do Reino Oriental sejam mais fortes do que ele pensa. Talvez sejam mais fortes do que Vogel e todos os seus soldados e dragões domados juntos.

Encorajada pelo pensamento, começo a ler, parando de vez em quando para rabiscar anotações. Enquanto escrevo, Marina se levanta e começa a mexer em meu cabelo, seus longos dedos o acariciam ritmicamente, seu toque é relaxante. Sorrio e estendo a mão para apertar a sua com carinho. Ela me abre um sorriso fraco em troca e se inclina para acariciar sua bochecha contra a minha.

Ela estende um braço claro ao meu redor, seu dedo aponta para a pequena pintura dos meus pais que está apoiada na escrivaninha. Wynter a pintou para mim algumas semanas atrás, para substituir a que Ariel estragou, as imagens retiradas da leitura empática de Wynter das memórias escassas que eu e Rafe temos deles.

Marina começa a falar sozinha em seus sons de flautim, como ela costuma fazer, lutando com os sons, como se fosse preciso um grande esforço para fazê-los. Estou ouvindo só por alto, absorta na lição, então ela dá um tapinha no meu ombro e gesticula para a foto de novo, quase derrubando-a.

Distraída, paro o que estou fazendo e me viro um pouco para olhar por cima do ombro para ela. Marina inclina a cabeça para um lado e abre a boca em um círculo. Olhando significativamente para a imagem dos meus pais, ela sopra um pouco de ar e faz um zumbido metálico. Suas brânquias se abaixam, quase achatadas em seu pescoço, depois ficam frouxas e se abrem. Sua expressão se enche de frustração por um momento antes de repetir a ação.

Eu sorrio, tentando agradá-la. Não sei por que de repente ela ficou tão interessada com a pintura.

– Maaaahhirrrrr – ela sopra, o som fraturado em partes, como se estivesse respirando através de várias flautas. Eu olho para ela, intrigada com sua insistência.

Ela tenta de novo, e dessa vez as notas díspares se juntam.

Sinto o choque me inundar.

Deixo minha caneta cair na escrivaninha e me viro de frente para ela. Marina olha direto para mim, seus olhos cinza-tempestade estão determinados. Ela toca a imagem mais uma vez, com o dedo no rosto da minha mãe. Em seguida, pressiona as duas mãos com força sobre as brânquias nas laterais da garganta. Os músculos de seu pescoço se contraem, seu rosto tenso como se o esforço fosse grande demais.

– Maaanh Ehrrr – ela diz, dessa vez com mais clareza.

Meu coração dispara, sua capacidade de falar é inconfundível.

– Isso mesmo – digo, tão atordoada que mal consigo me expressar. – Minha mãe.

A expressão de Marina se transforma em uma surpresa chocada por eu finalmente conseguir compreendê-la. Ela agarra meu braço com tanta força que belisca, suas brânquias se abrem enquanto ela se lança em um discurso frenético, mais uma vez ininteligível.

Balanço a cabeça em confusão, tentando o meu melhor para distinguir palavras de verdade, mas seus tons de flautim estão de volta, os sons são caóticos.

Marina para, angustiada pela minha perplexidade, com a respiração pesada pelo esforço. Então uma luz animada enche seus olhos.

Ela me arrasta para o banheiro, em direção à grande banheira cheia de água gelada. Ela gira e se deixa cair na água, um de seus braços ainda segura o meu enquanto ela me puxa bruscamente em direção à superfície, todo o seu corpo agora submerso. Uma torrente de bolhas sobe enquanto suas brânquias se achatam contra seu pescoço.

– Você me ouve?

O choque explode através de mim.

As palavras são muito fracas e abafadas, mas completamente compreensíveis. Percebo que ela deve estar gritando na água para que as suas palavras sejam ouvidas.

Marina irrompe, borrifando gotas gelada em mim. Sua mão ainda está firme em torno do meu braço, seus olhos ardem com determinação.

– Sim – digo a ela, atônita. – Eu consigo te ouvir.

Ela se joga na água de novo, e eu pressiono o ouvido quase até a superfície.

– Minha irmã! Eles a levaram! A minha irmã! Ela é muito nova! Mais nova do que eu! Me ajude! Por favor, me ajude!

Ela tira a cabeça da água de novo, puxando-me com desespero. E então desmorona completamente. Suas brânquias se abrem quando ela fecha os olhos com força e solta um longo uivo em tom de flauta.

O horror do que ela está tentando me dizer me atinge de vez. A irmã dela. Presa por alguém como o caseiro que um dia a manteve prisioneira, ou talvez em algum lugar muito pior.

Atormentada, jogo meus braços em volta dela. Seu corpo esguio treme com violência, suas brânquias abrem e fecham freneticamente enquanto ela soluça.

– Nós vamos ajudá-la – prometo em prantos enquanto ela luta para recuperar o controle de sua respiração. – Eu juro, Marina – digo, sem saber como vamos lidar com isso, mas farta de me sentir impotente. – Vamos encontrar a sua irmã. Vamos conseguir ajuda e, de alguma forma, vamos tirar vocês daqui.

DECISÃO DO CONSELHO DOS MAGOS

N. 271

O contrabando de selkies ou de bebidas alcoólicas através da fronteira gardneriana será punido com a prisão.

CAPÍTULO DEZESSETE
GARETH KEELER

Algumas noites depois, encerro meu turno na cozinha e me aventuro no frio cortante, embrulhada com firmeza em meu manto. Passei o dia pensando em Marina, e estou ansiosa em voltar à Torre Norte.

Contei a todos no meu pequeno círculo a notícia da recente capacidade de comunicação dela. Jules e Lucretia estão redobrando os esforços para reunir com discrição apoio às selkies, e os meus irmãos tentaram visitar ontem à noite, na esperança de que ela pudesse partilhar mais informações sobre o local onde a irmã e as outras estão sendo mantidas. Marina regrediu a um protesto em pânico ao vê-los, aterrorizada com os homens, e eles saíram rapidamente para evitar causar mais sofrimento.

Mal comecei a percorrer a trilha perto da porta dos fundos da cozinha quando vejo um jovem alto e forte vindo na minha direção, desde a base da colina. Ele tem ombros largos e veste um manto gardneriano escuro e túnica militar com a faixa azul de um marinheiro da Gardnéria. As pontas de seu cabelo brilham prateadas à luz da única lanterna da passarela.

Meu coração salta no peito, e começo a correr colina abaixo.

– Gareth!

Ele me pega em seus braços musculosos, rindo enquanto eu praticamente me atiro a ele. Envolvemo-nos em um abraço caloroso e alegre, e por um momento toda a minha exaustão, tristeza e estresse desaparecem enquanto me seguro ao meu amigo de infância, e lágrimas vêm aos meus olhos. Me afasto dele, sorrindo, chorando e rindo, tudo ao mesmo tempo. Gareth aperta meu ombro e me abre um sorriso caloroso e me lança um olhar encorajador de solidariedade.

– Estou tão feliz por te ver – digo a ele, enxugando as lágrimas enquanto o alívio se espalha por mim. Um movimento no topo da colina chama a minha atenção.

Yvan.

Ele também está encerrando seu turno na cozinha, pegando o caminho mais alto que passa pelos celeiros, com a pesada bolsa de livros pendurada no ombro. Yvan faz uma pausa, observando Gareth e eu, e posso sentir um lampejo surpreendente do seu fogo instável através da colina. Ele tem se mantido afastado e fechado desde aquela noite horrível dos ataques das gangues, e acho que eu também tenho feito o mesmo. Nós dois nos segurando, sabendo que o momento de nos despedirmos está chegando, e que não há absolutamente nada a ser feito quanto a isso.

Por um breve instante, seguro o olhar de Yvan, minha consciência repentina e ardente dele acende através das minhas linhas de fogo.

Lembro-me do que Lukas me disse sobre a minha crescente capacidade de ler afinidades: uma habilidade rara.

Mesmo afinidades feéricas, percebo.

Viro-me para Gareth, ruborizada e muito ciente da figura sombria de Yvan desaparecendo na margem dos bosques.

Os olhos de Gareth se voltam para seguir a saída de Yvan.

– Alguém que você conhece?

Um som irônico me escapa e aceno com a cabeça.

– Ah, Gareth, tanta coisa aconteceu. – Sob a pouca luz, estudo seu rosto e percebo o quanto mudou: o queixo mais quadrado, a barba esparsa mais cheia. Noto que meu amigo de infância não é mais um menino. – Quando você chegou? – indago.

Gareth inclina a cabeça para trás, em direção aos edifícios centrais da universidade.

– Acabei de chegar com os outros aprendizes marítimos. A Passagem da Ilha do Sal finalmente congelou, então nos mandaram de volta para cá por algumas semanas para fazer aulas de astronomia e outras disciplinas.

A porta dos fundos da cozinha se abre e depois se fecha. Olho para cima e vejo Iris e Bleddyn descendo a colina juntas.

– Você já foi falar com Rafe e Trystan? – pergunto a Gareth. – Eles te contaram alguma coisa sobre o que está acontecendo aqui?

Gareth balança a cabeça, e o cabelo prateado brilha como se estivesse coberto de neve.

– Não, eu vim direto para cá. Lembrei que te fizeram trabalhar nas cozinhas.

Gareth e eu interrompemos a conversa quando Bleddyn e Iris passam. Consigo ver Bleddyn analisando o cabelo prateado de Gareth, seus grandes olhos esmeralda estreitados em avaliação. Ela olha para mim e sorri.

Iris percebe a troca, e me olha feio quando puxa Bleddyn para longe, decidida. Mas quando elas se aproximam da base da colina, Bleddyn levanta a mão para Gareth e para mim num boa noite silencioso.

Comovida pelo seu gesto, volto-me para Gareth.

– Você já comeu?

– Não, e estou morrendo de fome. – Ele encara a porta dos fundos da cozinha, com um olhar brincalhão. – Será que você saberia onde poderíamos arranjar comida?

Minutos depois, estamos abrigados em uma das despensas, rodeados por prateleiras de conservas e barris de cereais. Gareth e eu nos sentamos em caixotes de madeira virados, e o topo de um barril serve de mesa. O vapor flui do bule de chá de menta, e uma montanha de pasteizinhos de cogumelo quentes e recém-assados enche um prato.

– É muita comida, Elló – comenta Gareth, com uma risada.

Pego um pastelzinho e dou uma mordida generosa.

– É apenas comida suficiente – respondo, com a boca cheia, sorrindo para ele. Gareth é como um terceiro irmão para mim, e eu amo por não precisar ser nem um pouco civilizada perto dele. – Também estou morrendo de fome. E esses pastéis estão bons de verdade. – Por um momento, eu me perco na felicidade de cogumelos amanteigados, da massa folheada e das cebolas caramelizadas.

Gareth começa a comer também, seus olhos se iluminam.

– Santos deuses, estão bons *mesmo*.

Eu aceno com a cabeça, e um calor agradável me atravessa. Prefiro estar aqui sentada com o Gareth, comendo pastéis de cogumelos, a estar comendo um cisne assado numa bela propriedade de Valgard. Além disso, aposto que as habilidades culinárias de Fernyllia poderiam vencer qualquer um dos chefs sofisticados que trabalham para gardnerianos ricos.

Gareth toma um gole do seu chá.

– O que aconteceu enquanto estive fora?

Solto um longo suspiro, aliviada por estar com alguém com quem posso falar com liberdade. Alguém em quem posso confiar por completo.

– Acomode-se e coma – digo, acenando com a cabeça para o prato. – Essa história vai demorar um pouco para ser contada.

– Então, você resgatou uma selkie. – Gareth se maravilha, o chá há muito esfriou, os pastéis se transformaram em migalhas no prato. – Como ela é?

– Marina é maravilhosa. Doce e gentil – respondo enquanto acaricio o gato da cozinha que está enrolado no meu colo, ronronando. – Ela estava muito doente no início, mas sua saúde tem melhorado lentamente agora que sabemos que ela come peixe cru. E ela fala a língua comum com bastante fluência.

Informações sobre Marina chegaram em ondas espessas desde que ela encontrou uma maneira de se comunicar com a gente, cheia de revelações incríveis, e transmito a Gareth tudo o que ela me disse.

Selkies vivem em grandes cidades, em grutas oceânicas iluminadas por corais fluorescentes e, embora cheguem aos milhares, a convivência é baseada em comunidade e união.

– Demorou um pouco para ela entender a nossa língua – conto a Gareth. – Os sons terrestres são distorcidos para ela, e os tons estranhos que ela faz contra o ar são cliques e tons musicais abafados. Ela é uma musicista na sua terra natal, aprendiz de bardo, por isso acho que tem um ouvido bom para línguas.

– Que incrível – diz Gareth, com um olhar de espanto. – Fico feliz por saber que você foi capaz de ajudá-la.

– Precisamos fazer mais – respondo, franzindo a testa, pensativa, enquanto acaricio distraidamente o gato fofo. – A pele dela é a fonte do seu poder, mas não temos ideia de onde pode estar escondida. Ela está num estado profundamente enfraquecido sem a pele.

– E por que as selkies vêm para a terra? – pergunta Gareth, curioso. – É tão perigoso para elas aqui.

– A magia de mutação delas pode ser enroscada por um feitiço que foi lançado há muito tempo. Pode acontecer sempre que a lua está cheia e, inadvertidamente, as puxa para o nosso litoral. Eu realmente não entendi bem, mas é o que ela foi capaz de nos explicar. E... bem, você sabe o resto.

Gareth fica em silêncio por um bom tempo.

– Posso conhecê-la?

Balanço a cabeça.

– Não acho que seja uma boa ideia, Gareth. Tentamos apresentá-la a Trystan, Rafe e a alguns outros, mas ela tem pavor de homens.

– Você precisa tirá-la daqui, Elló – diz ele, com a voz suave mas firme. – Há uma conversa séria em Valgard sobre matar todas as selkies assim que chegarem à costa, e acho que alguém no conselho vai fazer uma moção oficial em breve.

Devolvo-lhe o seu olhar grave.

– Minha tia, eu sei. – Ergo uma mão para massagear a têmpora, uma forte dor de cabeça está florescendo. – Marina tem uma irmã que provavelmente está presa em uma dessas... *tavernas*. – Cuspo a palavra com enorme repulsa. – E há tantas outras. Temos que encontrar uma maneira de libertá-las antes que minha tia reúna o apoio de que precisa no Conselho.

– A Resistência pode ajudar?

– Precisaríamos de um pequeno exército para montar um resgate, ao qual a Resistência verpaciana não tem acesso. Estão sobrecarregados só tentando ajudar os refugiados que passam por aqui. – Balanço minha cabeça dolorida e encontro o olhar firme de Gareth.

Ele estende um braço para colocar a mão quente sobre a minha.

– Elló, sou um marinheiro. Me deixe conhecê-la.

Prendo seu olhar resoluto, a bondade sempre presente nele me comove. Talvez haja uma hipótese remota de que Marina não se sinta tão intimidada por ele.

– Tudo bem, Gareth. – Eu me recosto e solto um longo suspiro. – Venha amanhã à noite.

Gareth acena com a cabeça e também se recosta, um olhar perturbado passa por seu semblante.

– Elló – ele diz, parando –, você já encontrou um companheiro de laço?

De onde veio essa pergunta?

– Lukas Grey ainda quer se laçar a mim – digo a ele e vejo seus olhos azul-acinzentados se apertando com um vislumbre de desaprovação. Balanço a cabeça. – Mas... não posso.

– Imagino que sua tia não esteja muito entusiasmada com essa decisão.

– Ela ainda não sabe exatamente – admito.

Gareth considera o que eu disse.

– Eles vão nos obrigar a fazer o laço até o fim do quinto mês. Não estão blefando. Eles *vão* nos forçar.

– E você? Tem alguém?

Gareth dá uma risada amarga.

– Quem iria me querer na Gardnéria? Com o meu cabelo? – Ele hesita, sua expressão de repente sombria. – Se o Conselho dos Magos tiver que se envolver no meu laço, isso trará uma investigação sobre a pureza da minha linhagem.

– Mas, Gareth – protesto –, você é *gardneriano.*

A linha de sua boca aperta.

– É o que meus pais dizem, mas... – Ele me lança um olhar carregado. – A minha linhagem não é pura, Elló. Tenho certeza.

Preocupação ondula através de mim.

– Então o laço de varinha pode ser um perigo real para você.

– Somente tratando-se de um laço forçado – diz ele. – Se isso acontecer, terei que sair do Reino Ocidental.

Meus olhos se arregalam ao ouvir isso.

– Para onde você iria?

– Para as terras Noi.

Solto um suspiro duro, meu estômago se aperta em protesto ao pensar em outra pessoa que eu amo tentando chegar ao que parece ser o outro lado da Therria.

– Trystan também está tentando encontrar uma maneira de chegar às terras Noi – digo a ele, minha voz embarga com emoção.

Os olhos de Gareth se arregalam com um pouco de surpresa, que é logo seguida por compreensão.

– Se eu não conseguir fugir a tempo – diz ele –, e se você não encontrar um parceiro... – Gareth faz uma pausa, parecendo nervoso, então encontra sua coragem mais uma vez. – Deveríamos nos laçar, Elló. – Sua expressão determinada vacila momentaneamente quando minha boca se abre. – Como amigos – ele acrescenta, com rapidez.

Olho para ele por um bom tempo, chocada.

– Gareth, não podemos nos laçar só... como *amigos* – por fim falo as palavras. – Você sabe tão bem quanto eu que a próxima coisa que o Conselho dos Magos vai tornar obrigatória é a cerimônia de selamento para todos de uma certa idade.

E é esperado que a consumação da união de selamento seja na mesma noite, levando as linhas de laço a fluírem pelos pulsos de um casal como prova dessa consumação.

Deixo minha testa cair nas mãos, um rubor aquece meu rosto.

– Você poderia mesmo ficar comigo dessa maneira?

Não sou a única atordoada com essa conversa. Um rubor vermelho se forma no alto das bochechas de Gareth quando ele desvia o olhar, profundamente perturbado.

– Eu... nós nos conhecemos há tanto tempo. É estranho considerar... – Ele respira fundo, depois encontra meus olhos, sua expressão está cheia de sinceridade. – Elló, seria uma honra me laçar com você.

Fico tocada com suas palavras. Estamos todos sendo lançados numa situação impossível atrás da outra, mas seria tão ruim me laçar com um dos meus amigos mais próximos?

O rosto de Yvan preenche minha mente, e luto para afastar a bela imagem, bem como a dor aguda que sempre acompanha os pensamentos sobre ele.

Você não pode ter Yvan, lembro a mim mesma. Mas não posso me laçar com Lukas e não posso escapar ao mandato do Conselho se permanecer no Reino Ocidental.

Gareth tem razão: precisamos ajudar um ao outro.

– Se chegar a isso – digo, decidida –, eu me laço com você. Mas vamos tentar levá-lo para as terras Noi antes.

CAPÍTULO DEZOITO
A SELKIE

Na noite seguinte, Gareth vai à Torre Norte.

Ele faz uma pausa assim que atravessa a porta, e Diana e eu prendemos a respiração.

– Olá, Marina. Sou Gareth Keeler.

Nós a preparamos cuidadosamente para isso, e Marina quer superar seus medos, mas, ainda assim, nos preparamos para sua reação.

Marina olha para cima de onde está sentada encolhida perto da lareira, seus olhos de oceano se arregalam quando encontram os de Gareth. Suas narinas se abrem e as brânquias se espalham enquanto ela se levanta devagar, apoiando-se na cadeira da minha escrivaninha para se equilibrar, parecendo chocada e estranhamente encantada. Então, para nossa surpresa coletiva, ela solta um fluxo de gritos inflamados que aterrorizam as galinhas de Ariel e as fazem disparar sem rumo.

Confuso, Gareth olha para mim, e isso parece frustrar Marina, que fica com um vinco profundo na testa. Ela se aproxima dele com cautela. Quando Gareth não se move, ela se aventura ainda mais perto, chegando até ele, pressiona o nariz na base do seu pescoço. Gareth permanece completamente imóvel enquanto Marina inala fundo, depois estende a mão para apalpar com cuidado ao longo do pescoço dele, como se procurasse por algo.

Ela murmura algo em seus sons de flautim, agarra Gareth com firmeza pelo braço e o arrasta para o banheiro. Diana e eu trocamos um olhar rápido e indagador e os seguimos.

Marina se joga na grande banheira, espalhando água fria em todos nós enquanto Gareth se ajoelha ao seu lado. Ela estende a mão e desliza dedos encharcados para cima e para baixo nas laterais do pescoço de Gareth, a frustração em seus olhos cresce. Ele a observa com atenção, completamente sob o domínio de Marina, que traça sua pele diversas vezes com as pontas dos dedos hábeis, com um olhar de confusão selvagem no rosto.

A garganta de Gareth sobe e desce quando ele engole.

– Eu não tenho guelras – diz ele, com gentileza. – Sou um gardneriano.

Marina se joga sob a água, se enrola e olha para Gareth por debaixo da superfície.

–Você é um de nós. – Sua voz é fraca, seu grito subaquático está abafado. – Seu cabelo prateado é cabelo de selkie.

As palavras de Gareth saem entrecortadas quando ele fala:

– Eu não sou selkie. Não consigo respirar debaixo d'água...

–Você tem o nosso cheiro – ela insiste. – Não cheira mal como os outros. Você é selkie.

Gareth fica muito quieto, mas não como se espera de alguém que recebe notícias impensáveis. Estava mais para alguém que suspeita secretamente de algo e cuja desconfiança é confirmada além de qualquer sombra de dúvida.

– Seu pai tomou uma selkie para acasalar? – Diana pergunta a Gareth. Se o que Marina está dizendo é verdade, o pai de Gareth tinha uma amante selkie.

– Não pode ser... – gaguejo. Conheço o pai de Gareth. Sua mãe silenciosa. Suas duas irmãs. Mas nenhum deles tem prata no cabelo, apenas Gareth.

– Deve ter sido – declara Diana. – Ele deve ter sangue de selkie. – Suas narinas se alargam e ela nos lança um olhar cheio de significado. – Ele cheira a metamorfo.

Gareth está imóvel, a sua expressão fica tensa e pensativa.

–Tem algumas coisas das quais nunca falei – ele nos diz, hesitante. – Eu... Eu não preciso do meu sextante para navegar.

Eu o encaro, boquiaberta.

–Tipo *nunca*?

– Eu finjo que uso – ele admite. – Mas consigo navegar por instinto. E nunca preciso de uma bússola. Não consigo explicar. É como se houvesse uma bússola dentro da minha cabeça. – Ele olha para Marina. – E eu consigo prender a respiração debaixo d'água por uma boa hora. Às vezes mais.

Marina acena com a cabeça, olhando para ele de forma significativa enquanto massageia suas brânquias, como se elas a machucassem.

Gareth olha para as mãos.

– Não importa quanto tempo eu fique dentro d'água, minha pele nunca fica enrugada. – Ele olha de volta para Marina. – E eu consigo prever o tempo. Sinto a mudança de pressão. – De repente, sua abordagem hesitante dá lugar a uma confissão apressada. – Eu quero estar no oceano o tempo todo. Quando não estou lá, *anseio* por ele. Mesmo agora, sei exatamente para que lado está o mar e a que distância. É um puxão que não consigo tirar da cabeça. – Sua voz vacila com emoção, como se ele falasse de uma amante.

Os olhos de Marina se enchem de compaixão. Ela acena com a cabeça, sua boca está trêmula. Ela empurra as brânquias e tensiona o pescoço.

– Entre – ela diz, então segura os braços de Gareth e o puxa suavemente em direção à água.

Gareth resiste ao puxão, surpreso.

– Com você?

Marina acena com a cabeça, e ele cede, deixando-a puxá-lo para a banheira larga, água escorre pela borda enquanto os dois se afundam completamente sob a superfície, apertados um ao lado do outro. Gareth joga a cabeça para trás, fecha os olhos e solta um suspiro longo e borbulhante.

Depois do que parece ser um longo tempo, ele se empurra para cima, rompendo a superfície da água, e Marina segue. Gareth respira fundo enquanto a água escorre dele, o braço esguio de Marina está envolto em seu ombro. Então o rosto do meu amigo fica desesperado, e ele deixa cair a cabeça nas mãos.

–Você não está com frio, Gareth? – pergunto-lhe com gentileza. A água está congelando, arrepios irromperam por toda a minha pele só de sentir as gotículas sendo salpicadas.

Gareth balança a cabeça nas mãos.

– Não sinto o frio. E a água... não importa a temperatura, é sempre melhor que o ar. Mas não consigo respirar dentro dela. Não consigo viver nela.

– Meio-metamorfo – murmura Diana baixinho, com a compaixão evidente em suas palavras.

– Ah, Gareth. – Agonizo, meu coração se parte pelo meu amigo, meu amigo que carregou esse segredo sozinho por tanto tempo. – Por que você nunca nos contou?

– Meu cabelo me causa problemas suficientes. Nunca quis pensar muito nas minhas outras... esquisitices. E sempre percebi que era uma ferida para a minha mãe. – Ele levanta a cabeça e olha para Marina. Seus olhares se cruzam com firmeza em um pesar compartilhado.

Marina estende a mão para acariciar de leve a bochecha de Gareth, e seus olhos brilham com lágrimas.

–Você é um de nós – diz Marina, com grande esforço, quase ininteligível. – Mesmo que você não possa voltar para casa, para a água.

Todo o rosto de Gareth fica tenso.

– Não sou um de vocês. Não sei o que sou. Não me encaixo em lugar algum.

Uma afeição feroz por Gareth se avoluma dentro de mim.

–Você se encaixa conosco – insisto, com veemência. –Você é da família. Sempre será.

Marina está acariciando o cabelo de Gareth, e sua afeição casual por pessoas que ela aceitou parece criar rachaduras dentro de Gareth, tudo que ele conteve por anos escorre enquanto as lágrimas se misturam com a água em seu rosto.

– Já houve alguém como eu? – ele pergunta a Marina, e sua voz falha no que ela acaricia seu cabelo ritmicamente.

A testa de Marina se enruga com evidente confusão. Ela aperta as brânquias e fala com grande esforço.

– Nunca houve ninguém como qualquer um de nós.

– Quero dizer... alguém que é selkie, que não pode ir para casa? – Gareth se interrompe, choroso demais para continuar.

Marina o estuda por um longo momento, há dor em seus olhos.

– Não sei.

A cabeça de Gareth cai quando ele levanta a mão para cobrir os olhos. As brânquias de Marina se abrem, e ela canta um som esvoaçante enquanto o convence a abraçá-la. Ele chora baixinho contra o ombro esguio, com todo o rosto franzido.

Diana os observa com uma sobrancelha erguida, e a expressão iluminada com certa surpresa, e eu me pergunto o que ela está lendo neles.

Gareth por fim se acalma, e Marina recua um centímetro, suas mãos escorregadias sobem para acariciar as bochechas dele. Ela puxa as brânquias para baixo.

– Minha irmã e as outras – diz ela, lutando para emitir os sons –, elas precisam de ajuda. Vão saber que você é selkie. Eu preciso de você, Gareth Keeler... – Ela faz uma pausa, como se estivesse emocionada demais, suas brânquias se debatem. Ela puxa uma respiração longa e irregular e as força para baixo. – Por favor... nos ajude. Ajude o seu povo... – A voz dela se transforma em tons incompreensíveis, seu semblante fica desesperado.

Com gentileza, Gareth segura sua mão.

– Eu vou te ajudar – ele diz a ela com a força serena e silenciosa de uma promessa. – Encontraremos a sua irmã e as outras, assim como as peles de vocês. Vamos achar uma solução. Não sei como, mas vamos conseguir. E depois as levaremos de volta para o oceano.

Marina pratica suas novas habilidades linguísticas quase sem cessar, falando sozinha quando não está conversando com outras pessoas. Sua capacidade de falar sem mergulhar a cabeça debaixo d'água melhora com rapidez à medida que seu controle sobre suas brânquias aumenta, permitindo que seus tons formem palavras consistentemente coerentes.

Gareth passa todos os seus momentos livres com Marina, muitas vezes em nosso banheiro na Torre Norte, ambos completamente submersos na banheira fria para que ela possa falar sem esforço e às vezes cantar para ele em tons assustadores de flautim até tarde da noite.

CAPÍTULO DEZENOVE
MALIGNOS

Abro a caixa do meu violino com reverência, meus olhos logo são atraídos para o brilho carmesim do abeto alfsigr. Foi um presente de Lukas que eu tinha a intenção de devolver, mas não consigo encontrar a coragem para me desfazer dele.

Faz semanas que não toco, mas o pacote de partituras que chegou essa tarde me fez tirar o violino maelorino de sua cama de veludo verde e tocar o arco na corda. A composição é de Lukas, escrita com sua própria caligrafia. Discordante e fraturada, sua precisão habitual dá lugar a algo violento e turbulento, como se ele tivesse atirado as notas na página.

Quando tento tocar a peça, só consigo passar por cerca de metade de cada página antes de precisar parar. Deixa tudo muito à flor da pele, e lembra demais o mesmo conflito amorfo que cresce dentro de mim: uma luta contra uma corrente poderosa e sombria pela qual é muito fácil me deixar levar, uma parte essencial dele está presa ali.

Por fim desisto e deixo o instrumento de lado, mas a música perturbadora permanece na minha mente e me leva a uma confusão conturbada. É como se Lukas tivesse incorporado uma mensagem oculta para mim naquela notação musical, e no centro de sua peça mais turbulenta, escreveu uma única palavra em meio ao crescendo violento.

Elloren.

Sentindo-me subitamente inquieta e precisando andar, pego capa e lampião, minha varinha já está guardada na bota.

– Aonde você vai? – Marina me pergunta de onde está sentada perto da lareira.

– Para a caverna de Naga – digo a ela.

– Eu quero ir.

Levanto as sobrancelhas para ela.

– Tem certeza? Os meus irmãos podem estar lá. E outros homens.

– Gareth? – Há uma intensidade elevada nos seus olhos de oceano. Sei que Gareth se tornou um dos poucos portos seguros da sua vida.

– É possível.

Marina se levanta e se segura na cabeceira da cama.

–Você diz que seu povo quer ajudar a libertar minha irmã. – Suas brânquias franzem, e por um momento suas palavras se transformam em sons incoerentes. Ela tensiona a garganta e aperta as brânquias rente ao pescoço. – Eu preciso me encontrar com o resto deles. Me deixa ir junto.

– Tudo bem – cedo, inspirada por sua coragem. – Venha comigo.

Marina e eu atravessamos lentamente o campo da Torre Norte e mergulhamos na floresta escura. Ela é propensa a tropeçar, e eu tenho que segurá-la com firmeza enquanto caminhamento pela mata, em direção à caverna de Naga.

As árvores estão notavelmente submissas enquanto Marina e eu tecemos nosso caminho em torno delas, mas posso sentir a sua atenção desconcertante fixada em mim.

Como se estivessem à espreita.

Quando Marina e eu nos aproximamos da pequena clareira, a fogueira fica visível através das silhuetas dos troncos, o fogo lança no ar finos laços de chama dourada. Consigo ouvir as vozes familiares dos meus irmãos e o riso de Diana, e tenho vislumbres deles sentados em torno da fogueira, em camaradagem descontraída. Trystan equilibra uma bola de raios brancos compacta sobre a ponta da sua varinha.

Todos se viram quando entramos na clareira. Olho para além deles, em direção à caverna, e uma onda de choque passa por mim.

Naga está do lado de fora com Yvan curvado perto de seu flanco.

Aperto o braço de Marina quando Naga fixa seu olhar reptiliano em mim. A bola de raios de Trystan logo se extingue quando ele e Gareth se levantam.

– Marina – diz Gareth, com evidente espanto. As pontas prateadas de seus cabelos reluzem à luz do fogo.

Rafe tirou o braço do ombro de Diana, e Tierney e Jarod se sentam congelados ao lado deles, os olhos de todo mundo estão fixos em Marina. Andras e Ariel piscam para nós, a perna traseira de Naga, enfaixada numa tala, está ligeiramente suspensa entre os dois.

Apenas Wynter parece não se surpreender, seu olhar prateado está sereno, e o braço claro pende frouxo ao redor do pescoço musculoso de Naga.

Rafe se levanta e lança um sorriso caloroso para Marina.

– Bem-vinda. – Ele gesticula vagamente em direção aos assentos ao redor do fogo. – Por favor, juntem-se a nós.

As narinas de Marina se abrem e ela dá um passo trêmulo para trás.

– Você está bem? – pergunto-lhe.

Ela fecha os olhos com força e move a cabeça, como se tentasse arrancar da memória uma lembrança torturante.

– Os homens – ela sussurra, sua voz áspera. – O *cheiro* deles...

Diana se levanta, seu olhar âmbar está feroz.

– Não precisa ter medo – diz ela, enfática. – Ninguém aqui vai te fazer mal.

Olho inquieta para Naga, lembrando-me de como ela tentou me atacar poucos meses atrás, rápida como um raio, impedida apenas por Yvan e as barras de sua jaula.

O dragão ainda me encara através de olhos em fenda que brilham como ouro ardente, como se pegassem fogo. Sua boca se ergue com o que parece diversão irônica, uma resposta ao meu desconforto.

Olho para Marina e vejo suas brânquias se agitando, como costumam fazer quando ela está profundamente desconfortável. Ainda assim, ela força a cabeça para cima, um olhar de determinação tempestuosa surge em seu rosto.

Satisfeita com a óbvia demonstração de coragem de Marina, Diana se empertiga e aponta formalmente para o irmão.

– Marina, a selkie, este é o meu irmão, Jarod Ulrich. – Diana hesita, por um momento, parecendo engolir a própria língua, seus lábios se contraem quando ela engole visivelmente a apresentação mais longa da linhagem. Rafe a observa com atenção, com os olhos brilhando de alegria.

– É um prazer te conhecer, Marina – diz Jarod, com um aceno de cabeça. Percebo que o rosto dele está pálido e estressado, mas o alívio corre através de mim por tê-lo de volta em nosso círculo.

Diana apresenta Marina aos meus irmãos, depois estende a mão para Andras.

– E esse é o Andras. É o médico equino da universidade.

– Estou honrado em conhecê-la – Andras diz a Marina, com sua voz baixa, calorosa e gentil.

Naga ainda me observa com atenção, sua asa esquerda está presa em uma tala complexa, uma profusão de luzes da fogueira refletem em suas escamas e nos chifres cor de ônix. Estremeço ao vislumbrar a grande letra M marcada no peito dela: a marca do Conselho dos Magos.

Yvan está reclinado no ombro de Naga, com o braço pendurado casualmente sobre a perna da frente, observando-me sem dizer uma palavra. Eu nunca o vi tão à vontade, mas hesito em dar um passo para a frente, olhando para Naga com mais do que uma pequena quantidade de trepidação.

Um sorriso torto se forma nos lábios de Yvan.

– Relaxa, Elloren. Se ela quisesse te matar, você já estaria morta.

Faço careta para ele, atordoada por seu comportamento jovial perto do dragão.

– É verdade. Naga não quer te machucar, Elloren Gardner – diz Wynter, com a palma da mão apoiada nas escamas do pescoço do dragão, dando voz aos pensamentos da criatura. Então ela olha para Marina. – E ela também é sua amiga, Marina. E de todas as selkies. Naga é amiga de todos os que estão em cativeiro.

Duvidosa, encontro o olhar de Naga, que me olha com um humor ácido, então ergue o pescoço de serpente e sopra uma corrente de fogo dourado. Ofego quando uma chuva de faíscas chove em nosso círculo, Trystan apaga com rapidez uma que pousa no braço de sua túnica.

– Santo Ancião – ofego para Naga. – Você conseguiu recuperar seu fogo!

A expressão reptiliana se torna presunçosa. Yvan inclina a cabeça em direção a Naga, depois solta uma risadinha, seu olhar verde desliza de volta para mim, como se em resposta a um comentário mordaz dela.

Lanço-lhe um olhar de compreensão. *Sei que você está falando com ela com a sua mente. Todos nós sabemos.*

– Nós curamos a perna de Naga – Ariel cantarola para mim, seu sorriso triunfante enegrecido pelas bagas de nilantyr. O corvo está empoleirado em seu ombro. Sua boca se torce em um sorriso de escárnio. – Em breve ela vai conseguir te matar com todos os quatro conjuntos de garras.

– Você fez um bom trabalho, Ariel – diz Andras ao examinar a perna de Naga com profunda satisfação, ignorando a propensão de Ariel a alfinetar qualquer um. – As patas estão boas, e a pasta de *Asterbane* que você fez finalmente fechou as feridas dela. Naga deve ser capaz de apoiar o peso nas patas em breve.

O sorriso hostil de Ariel desaparece, e ela olha para Andras como se estivesse atordoada por seus elogios. Ela fica estranhamente reticente, suas asas puídas se agitam quando ela se levanta de supetão e se junta a Wynter perto da cabeça de Naga. Seu corvo voa para se empoleirar em um galho. O dragão esfrega sua bochecha escamosa no ombro de Ariel em um gesto muito felino de afeto. A icaral passa os braços em volta do pescoço de Naga, que fecha os olhos e solta um ronronar estrondoso.

A boca de Yvan se eleva em um meio-sorriso satisfeito, seu olhar sobre mim é quase sensual, e meu rosto se aquece em resposta a ele.

Ancião do Céu, você é lindo.

– Venha se sentar comigo – Gareth convida Marina, estendendo a mão para ela.

A selkie deixa que meu amigo a leve até um lugar entre ele e Tierney, e eu me sento ao lado deles, muito consciente dos olhos de Yvan me seguindo.

O braço de Gareth se enlaça ao ombro de Marina com uma facilidade que me chama a atenção. Distraída, ela levanta a cabeça e sente o cheiro do ar, com os olhos fixos em Rafe, como um animal que avalia um potencial predador.

– Aquele ali – Marina diz a Diana, inclinando o queixo para Rafe. – Ele é seu companheiro, não é?

– Ainda não – responde Diana, sorrindo. – Em breve.

Marina estuda Rafe com a testa enrugada. Ela dá uma fungada forte.

– Ele não é um metamorfo. – Ela se vira para Diana, parecendo profundamente perplexa. – Ele é tão forte quanto você?

Diana bufa um som indulgente.

– Ah, *por favor.* Eu poderia parti-lo ao meio feito um graveto.

Trystan se engasga com uma risada e se vira para Rafe, entretido.

– Já está intimidado pela sua namorada, irmão?

A boca de Rafe se contrai.

– Nem um pouco, irmão. – Ele sorri para Trystan e lhe lança um olhar travesso. – Acontece que gosto da companhia de mulheres fortes.

Marina se vira e se concentra em Yvan.

– Você estava lá. No dia que Elloren me libertou.

Yvan considera Marina com o mesmo olhar do dragão, sem piscar.

– Estava.

As narinas de Marina de repente se inflamam e ela se enrijece, recuando.

– O que você é?

Todo o comportamento de Yvan muda instantaneamente de uma tranquilidade lânguida para uma rigidez sombria e resguardada.

– Você é outro – sussurra Marina, curvando-se como se estivesse diante de uma ameaça potencial.

– Ele é um homem de mistérios – Rafe diz, sorrindo.

– Outro Maligno – afirma Trystan, de braços cruzados, enquanto forma uma bola rotativa de luz sobre a ponta de sua varinha. – Somos todos Malignos aqui.

– Malignos? – pergunta Marina com cautela, sem entender.

Olho feio para Trystan.

– Meus irmãos têm um senso de humor estranho.

– Bem, é verdade – diz Trystan, enquanto transforma a bola de luz em uma esfera turbulenta de fogo azul profundo. – Segundo o glorioso e santíssimo *Livro dos Antigos*, somos todos Malignos. Exceto, talvez, a Elló aqui.

Eu me irrito com Trystan me excluindo, mas o peito largo de Andras se sacode com uma risada profunda. Ele lança um olhar enviesado para o meu irmão.

– Sim, vocês gardnerianos têm uma definição muito ampla do que constitui um Maligno.

Trystan olha Andras de esguelha.

– Temos mesmo. É o nosso talento especial. – Ele lança a bola azul ardente na fogueira, as chamas queimam momentaneamente com uma variedade impressionante de azuis vívidos.

Gareth, Marina e Tierney começam a conversar baixinho com meus irmãos e Andras. Wynter se junta a Ariel, as duas recolhem suprimentos para talas e desaparecem na caverna.

Minha atenção é inexoravelmente atraída para Yvan, como sempre acontece quando ele está por perto. Ele está inclinado em Naga, não mais à vontade. Seus olhos estão voltados um para o outro com foco intenso, como se estivessem imersos em uma conversa silenciosa e inquietante, e Yvan acena com a cabeça de vez em quando.

Sem avisar, uma onda maliciosa de mal-estar flui das árvores como uma maré escura, e uma visão de galhos fantasmas enrolando minha garganta invade minha mente. A ira se eleva dentro de mim, e examino a escuridão da floresta; por instinto, minhas linhas de fogo se acendem mais rápido que nunca. Fecho os olhos e mentalmente as aqueço ainda mais, surpresa quando meu fogo interior se transforma em uma chama invisível e constante, depois em uma corrente quente de chamas. Animada com essa nova sensação de controle sobre minhas linhas, tensiono todo o corpo e exalo bruscamente, explodindo meu fogo de afinidade invisível para todos os lados e em direção à floresta em uma onda poderosa.

As árvores recuam, seu ódio impetuoso é forçado a se dissipar como se fosse atingido por um poder intenso. Respiro bem fundo, e o calor pulsa através de mim em uma tensão deliciosa.

Quando abro os olhos, encontro Yvan me observando atordoado, seus olhos cintilam dourados como fogo.

Sinto-me imediatamente exposta, como se tivesse tirado a roupa na frente dele. O medo me atravessa: medo de que ele tenha sentido toda a extensão da magia da minha avó nas minhas linhas.

E que sinta repulsa por isso.

Mas seu olhar é o oposto da repulsa. Ele parece... arrebatado.

Uma gavinha invisível do seu poder de fogo se estende para mim e se enrosca através das minhas linhas de fogo, aumentando a chama. Respiro trêmula, minhas linhas de afinidade lançam um forte clarão em resposta ao fogo de Yvan, e um calor inebriante desliza pelo meu corpo.

O olhar de Yvan permanece fixo em mim, discreto e obscuramente reservado. Como se ele cedesse a algo proibido. Encorajada por sua atração pelo meu poder e igualmente tentada a desconsiderar nossos limites traçados com muito cuidado, invoco mais fogo em minhas linhas e o deixo fluir descaradamente para ele.

O sorriso que ele me envia em troca é sutil, mas a chama em seus olhos se intensifica.

Desvio o olhar, muitíssimo ruborizada, e encontro Jarod e Naga nos observando com atenção. O olhar penetrante de Naga atrai o meu, e consigo entender pelo seu olhar astuto que ela sente o meu fogo. Jarod desvia os olhos, como se tivesse acabado de se intrometer em algo íntimo, e imagino que, como Naga, ele tenha percebido alguma sombra do que acabou de acontecer entre Yvan e mim.

Corando de vergonha, recuo meu fogo no mesmo instante, e luto para evitar o contato com o poder de Yvan; consigo senti-lo fazendo o mesmo.

– Em algum momento, quando você se sentir pronta – Rafe está dizendo a Marina, inclinando-se para a frente e me distraindo da minha névoa inflamada –, será que poderia nos contar o que aconteceu com você? Tudo de que se lembra? Queremos que sua irmã e as outras selkies fiquem em segurança, mas vamos precisar da sua ajuda.

Marina parece lutar com afinco contra seu mal-estar com o cheiro distintamente masculino de Rafe. Ela achata as brânquias contra o pescoço.

– Vou tentar.

– Temos uma boa ideia de onde elas podem estar, mas qualquer coisa que você puder nos dizer será útil – declara Rafe.

Marina acena com a cabeça. Ela abre ligeiramente a boca, como se estivesse prestes a dizer mais, depois para, suas brânquias se agitam. Ela balança a cabeça, sua expressão fica angustiada.

Tierney diz alguma coisa para ela, baixo demais para eu ouvir, mas parece acalmar Marina. Ela olha para Tierney com gratidão, e sua expressão se aguça de repente, seus olhos se iluminam em reconhecimento. Ela se inclina para cheirar o pescoço de Tierney, inalando bem fundo enquanto a minha amiga enrijece com o contato inesperado.

– Você tem um cheiro *bom*. – Marina se maravilha, recuando para encontrar os olhos de Tierney. – Como a água. Como chuva.

Tierney cospe uma risada jocosa.

– Sério mesmo? – diz ela, mas a camaradagem fica presa em sua garganta e seus olhos cintilam com lágrimas repentinas. Tierney se inclina para a frente e esconde o rosto nas mãos, todo seu corpo se retesa.

Andras vai até lá, fica de joelhos diante dela, e apoia a mão em seu braço magro.

– Tierney – ele chama com sua voz profunda e gentil –, olhe para mim.

Ela balança a cabeça com força, mas Andras espera em silêncio. Por fim, ela olha para ele, seu rosto está úmido de lágrimas.

– Você não vai ficar nesse glamour para sempre – garante Andras.

– Você está errado – responde Tierney, com a voz áspera. – Eu nunca vou me ver livre dele.

– Magia que pode ser feita também pode ser desfeita – acrescenta Trystan. – Sempre.

– Minha mãe me disse que as amazes estão trabalhando para quebrar os glamoures dos feéricos, para que os refugiados possam assumir suas verdadeiras formas de novo – Andras diz a ela com a mão suave ainda sobre o braço de Tierney, e fico feliz ao ouvir que ele e a mãe voltaram a se falar.

Tierney balança a cabeça, enfática.

– Eles combinaram vários glamoures para fazer esse aqui. Foi fundido a mim com magia asrai tão forte quanto o aço.

– As amazes combinam sistemas rúnicos – responde Andras. – Isso faz com que a feitiçaria rúnica delas seja muito poderosa. Elas vão dar um jeito.

– Não quero mais estar nessa jaula – Tierney diz a Andras, veemente. – Eu poderia me fundir com a água se pudesse recuperar minha verdadeira forma. Poderia respirar debaixo d'água. Eu quero ser quem realmente sou... – Ela para, sua boca treme enquanto Andras a puxa para um abraço caloroso. Marina a olha com uma expressão de devastação silenciosa.

Emocionada, arrisco olhar de volta para Yvan. Os olhos dele arrefeceram para o verde habitual, mas continuam me olhando com fervor. Talvez sentindo minhas emoções conturbadas, ele envia uma pequena gavinha de seu fogo e a faz brilhar direto em minhas linhas.

A varinha branca pulsa contra a minha perna, como se em resposta à súbita onda de calor, e, por reflexo, abaixo a mão para tocá-la através da bota. Consigo sentir minhas linhas de terra e fogo se entrelaçarem em direção à varinha, unindo-se intimamente a ela, e, do nada, sinto uma rajada de vento me atravessar, seguido por um traço fino e fluido de água.

Terra.

Fogo.

Ar.

Água.

Quatro afinidades agora despertam dentro de mim, espiralando firmemente ao redor da varinha.

PARTE 2

TEMPOS DE COLHEITA

Os olhos de Gwynnifer Croft estão cheios de emoção enquanto ela observa o mar de magos gardnerianos abarrotando a praça central da Catedral de Valgard. A pele de todos emana uma luz esmeralda fascinante na escuridão da noite, uma marca concedida aos magos pela própria mão do Ancião como prova inegável do status de abençoados do povo.

Gwynn olha para a beleza cintilante e verdejante da própria mão esguia, e um arrebatamento exultante a preenche. Como a maioria das jovens ali, linhas pretas do laço de varinha espiralam por sua pele luminosa, criando um lindo efeito de vitral em suas mãos e pulsos. Todas as mulheres usam túnicas escuras sobre saias longas, como Gwynn, e sua uniformidade sagrada a enche de um sentimento inebriante e reconfortante de pertencer a algo bom, poderoso e puro.

A noite de inverno deveria estar congelante, mas Gwynn nem sequer colocou o manto. Não precisa dele. Há enormes estrelas da bênção suspensas no ar ao redor da praça, maiores do que rodas de moinho, e feitas com chamas douradas. Gwynn se maravilha com a beleza incandescente e com a forma como infundem toda a praça com seu brilho opaco e calor envolvente.

Os soldados aparecem e ocupam a ampla escadaria da catedral, fileira por fileira. Toda a terceira divisão está ali, os ombros de suas túnicas estão marcados com a insígnia de flor-de-ferro da divisão. A expectativa vertiginosa se avoluma em Gwynn enquanto ela se esforça para ter um vislumbre de seu jovem companheiro de laço, Geoffrey.

O maravilhoso e bonito Geoffrey.

Ela olha por cima do ombro coberto de preto da jovem à sua frente, em seguida abre um sorriso apaixonado ao avistar seu companheiro alto e esguio. Geoffrey está perto do topo da escadaria, todos os soldados ao seu redor estão de pé, em posição de sentido, de frente para a multidão gigantesca.

Gwynn não pode deixar de sorrir quando Geoffrey encontra seu olhar. Seus olhos brilham e os cantos de sua boca se levantam enquanto ele a vislumbra em adoração. Geoffrey obriga o rosto a retomar o semblante de solenidade militar, mas ele não para de olhar para Gwynn, e o coração dela vibra cada vez que aqueles olhos encontram os seus.

Em vez do tradicional orbe prateado da Therria, há um pássaro branco bordado no peito da túnica militar preta de Geoffrey, marcando-o como membro da seita styviana, os adeptos mais devotos dos ensinamentos d'*O Livro dos Antigos*.

Os mais abençoados de todos os magos.

A túnica de Geoffrey é um reflexo da nova bandeira gardneriana pendurada na frente da catedral: um desenho proposto pelo alto mago Marcus Vogel, que substitui a esfera pagã da Therria pelo pássaro branco do Ancião em um fundo preto.

Uma aclamação arrebatadora se eleva da multidão quando Marcus Vogel em pessoa pisa em uma grande plataforma no amplo pináculo da escada. Gwynn é envolta pela excitação de seu povo, um raio de fervor formigante passa por ela quando a multidão enlouquece.

Vogel é todo graça e poder, a superfície afiada e elegante de seu rosto brilha com um fulgor esmeralda que eclipsa o de todos os outros gardnerianos, sua túnica sacerdotal está estampada com o pássaro branco do Ancião.

Vogel se ergue atrás do pódio de pau-ferro no centro da plataforma e olha para a multidão como se ela lhe pertencesse.

Gwynn estremece ao se deleitar com a presença dele. *O mais justo e abençoado entre nós.*

Uma fileira de magos de nível cinco faz um arco atrás de Vogel, junto com vários sacerdotes e membros do Conselho dos Magos. Quatro jovens emissários do Conselho dos Magos o flanqueiam, dois de cada lado. O rosto deles se enche de orgulho quando Vogel ergue os braços pedindo silêncio.

A multidão se acalma no mesmo instante, a excitação vibra no ar.

O velho mago da luz do Conselho pisa no palanque. Ele sacode a varinha e três runas verde-escuras, rodopiantes e brilhantes, aparecem no ar e pairam logo abaixo da cabeça de Vogel como pequenos planetas.

– Magos – diz Vogel, com uma voz estrondosa e sonora amplificada pelas runas. – Por *muito tempo* os Malignos foram autorizados a andar livremente sobre a Therria. – Seus olhos varrem a multidão extasiada, e o coração de Gwynn se inclina em direção a ele, como a maré ansiando pela lua. – Por *muito tempo* foi permitido que pagãos e os de sangue feéricos procriassem como animais selvagens nas terras dos magos e nas florestas amaldiçoadas.

Vogel se cala por um momento, e Gwynn se sente totalmente arrebatada pelo gesto.

Todos ficam à espera, a turba de milhares de pessoas penduradas como se por um fio fino.

O olhar penetrante de Vogel se enche de fogo zeloso.

– Eles pensaram que poderiam nos destruir. Os kélticos. Os urisks. Os feéricos. Eles nos escravizaram. Eles abusaram de nós. Zombaram de nós. Tentaram nos esmagar sob seus pés. – Seus olhos tremeluzem sobre a multidão como um raio negro. – Mas nós nos impregnamos tacitamente da vontade do Ancião. E agora o Reino Mago está pronto para passar sobre a Therria como um *grandioso rio de poder.*

A multidão vibra como uma tempestade, aplaudindo, gritando e clamando como uma força torrencial única.

O belo Reino Mago. Sagrado, forte e verdadeiro.

Envolvida no fervor, Gwynn solta um grito apaixonado, lágrimas ofuscam seus olhos, o sorriso tão largo que ela sente que a alegria vai explodir para fora dela e fluir sobre todos os outros.

A multidão enfim se acalma, e Vogel abre *O Livro dos Antigos* que está no pódio diante dele.

A multidão ouve, extasiada, quando ele começa a ler a antiga história da profetisa Galliana. Sua voz se avoluma quando ele descreve como ela resgatou o Abençoado Reino Mago de um exército de demônios, empunhando a Varinha Branca e as flores-de-ferro sagradas, capazes de matá-los.

Gwynn franze a testa enquanto examina a multidão, seu olhar se demora sobre as mulheres menos religiosas da seção não styviana. Suas túnicas são fechadas e bordadas com as cores proibidas dos feéricos: roxo, ouro, açafrão, rosa. Gwynn olha com orgulho para a própria túnica negra pura e casta. Quando o iminente expurgo pagão de Vogel sobre a Gardnéria foi anunciado, alguns desses magos não styvianos de fato exclamaram e protestaram contra a ideia de entregar seus trabalhadores e servos urisks. Agora esses mesmos magos são objetos de suspeita, profanos traidores *staen'ens*, formando laços com os pagãos que procuram ferir os magos.

Um arrepio de alívio passa por Gwynn, seguido de profunda gratidão por sua estrita educação styviana, sua família está acima de qualquer censura e fazendo negócios apenas com outros gardnerianos styvianos, evitando os pagãos e seus costumes impuros.

Geoffrey chama a atenção de Gwynn e lhe abre um meio-sorriso brincalhão. Faíscas formigam em suas costas enquanto ela se lembra de como ele se envolveu em torno dela a noite toda, e o amor se avoluma em seu peito.

Teremos filhos magos puros e abençoados, Geoffrey e eu. E eles crescerão num mundo livre de Malignos.

Vogel termina sua leitura e fica em silêncio, afastando a atenção de Gwynn de seus pensamentos bem-aventurados.

– O tempo da Profecia está sobre nós, magos – diz ele, com grande importância. – Os pagãos têm seu demônio icaral, mas ele não passa de um bebê pequeno, cheio de depravação e facilmente abatido.

Enquanto Vogel detalha como os magos da quinta divisão estão rastreando o bebê, a culpa aumenta e espirala dentro de Gwynn. Culpa que não pode partilhar com ninguém.

Ela conhece a mãe do demônio icaral.

Sage Gaffney já foi sua amiga. Elas se conheceram quando eram jovens de treze anos, cheias de animação durante o dia do laço de varinha e envolvidas na história fantasiosa e descontroladamente aventureira de Gwynn sobre a Varinha Branca.

Em que estava pensando? Gwynn agoniza. *Como pude roubar aquela varinha do arsenal de papai? E como pude dá-la a Sage?*

E, agora, Sage foi distorcida pelos Malignos. Ela fugiu com um kéltico e rompeu seu laço sagrado. Deu à luz uma criança abominável.

O icaral da Profecia.

Dor e profundo pesar cortam Gwynn por dentro. E advertência, a de que um perigo horrível espera por qualquer mago que se desvia do caminho estrito do Ancião.

– Agarrem-se à vossa fé, magos – exclama a voz estridente de Vogel. – Assim como uma ponta da Profecia se levanta – ele faz uma pausa, seus olhos estão em brasas –, a outra também o fará.

Há uma onda de movimento atrás dele quando uma jovem maga é apresentada, cuidadosamente amparada por dois jovens soldados. Gwynn reconhece a garota de imediato, a multidão murmura consternada ao seu redor.

Fallon Bane.

O coração de Gwynn cai como uma pedra quando ela percebe o estado enfraquecido da jovem. Fallon Bane deveria ser o ponto brilhante da Profecia. Uma nova Bruxa Negra, defensora da Gardnéria e destruidora de demônios icarais.

Mas ela foi atacada pelos Malignos.

Fallon está agora na frente da plataforma, apoiada pelos magos ao seu lado. Com grande esforço, ela puxa a varinha de sua bainha e a brande no ar.

De repente, uma nuvem giratória irrompe da ponta virada para cima, e Gwynn arqueja junto com a multidão, seus olhos se arregalam de surpresa. O ciclone logo ganha tamanho e velocidade, enviando um vento gelado através da praça, extinguindo com rapidez as flamejantes estrelas da bênção.

O frio ruge.

Gwynn envolve os braços em torno do corpo desprovida de capa, o frio repentino é cortante e severo.

Fallon ergue a varinha mais alto, e o ciclone dá lugar a uma espiral deslumbrante de gelo cristalino. Os cristais se libertam da espiral e da fonte e se elevam para o céu noturno, longos como lanças, espalhando-se sobre a praça como uma revoada de pássaros dispersos.

Os dentes de Gwynn tiritam, o ar frio agulha seus pulmões enquanto ela observa as incontáveis lanças de gelo começarem sua descida, assobiando quando caem. Toda a multidão murmura em crescente confusão, depois grita, com os braços erguidos em uma tentativa fútil de se proteger das lanças que se aproximam. O coração de Gwynn bate em suas costelas como um martelo, mas ela cerra os dentes e enfrenta os fragmentos de gelo irregulares com firmeza.

A vontade do Ancião será feita. A vontade do Ancião será feita.

Gwynn inspira com força quando a lança que se aproxima dela para a um palmo do seu rosto, vibrando no ar pouco antes de atingir sua testa. Antes que ela possa expirar, a lança explode, junto com todas as outras, em uma nuvem de gelo que chove sobre sua pele.

Gwynn olha em volta, atordoada e fria, mas cheia de um estranho júbilo. Em silêncio, os magos se levantam do chão, choque e medo estão gravados em seus rostos cobertos de gelo.

– Orem comigo, magos – clama Vogel, inclinando a cabeça enquanto Fallon é levada para longe a passos lentos. – Oh, Santíssimo Ancião – entoa Vogel. – Libertaste-nos em tempos primordiais das garras das forças demoníacas. Profetizastes os vindouros Tempos de Colheita.

Vogel ergue o olhar em oração, a fúria dos justos pulsa dele, algo que Gwynn pode sentir através de suas linhas de afinidade.

– Magos, é hora de colher os profanos. – A voz do alto mago está num tom baixo, cheia de determinação desenfreada. –Vamos expurgá-los de nossas cidades. Expurgá-los dos bosques e florestas. Expurgá-los deste Reino e dos próximos. Vamos expurgá-los com o poder absoluto do Ancião seguindo na nossa retaguarda.

Vogel brande sua varinha para cima e um fogo vermelho-sangue explode da ponta, cortando a multidão como um chicote gigante e flamejante. As ardentes estrelas da bênção voltam à vida com o fogo vermelho, e um gemido de gratidão escapa de Gwynn, ecoado pela multidão enquanto o calor corre de volta para a praça. Então Vogel dirige seu fogo para o céu, como uma tocha carmesim gigante, cada vez mais para o alto, até que a chama se eleva acima da Catedral de Valgard.

– Que se iniciem os tempos de colheita, magos! – urge ele.

A resposta estrondosa da multidão se consolida num único canto.

– Vogel! Vogel! Vogel! Vogel!

Lágrimas de pura alegria escorrem pelas bochechas de Gwynn enquanto ela grita o nome do alto mago. Mas sua alegria é abruptamente estrangulada quando uma árvore escura e retorcida estremece desperta no fundo de sua mente.

Atordoada pela visão repentina, Gwynn fica em silêncio em meio à multidão frenética. Seus olhos se voltam para a varinha escura na mão de Vogel. Ela tem uma sensação inquietante de seu poder desde o outro lado da praça, como se a varinha roçasse suas linhas de afinidade, dedilhando-as levemente com dedos esqueléticos.

Então há um forte puxão em suas linhas de afinidade na direção oposta, impedindo-a de ser puxada pela varinha de Vogel. Outra imagem se forma na mente de Gwynn: uma árvore feita de luz estelar, com pássaros cor de marfim aninhados em seus ramos. A luz incandescente da árvore de luz de estrelas serpenteia em torno da árvore escura, reduzindo-a a fumaça e sombra desvanecidas.

Um lampejo de lembrança toma sua mente e, de repente, ela tem treze anos de novo, e está entregando a Varinha Branca roubada a Sage Gaffney. Ajudando Sage a escapar para a longínqua Halfix com a Varinha a tiracolo, agora escondida e segura nas mãos da jovem maga de luz.

Gwynn havia descartado há muito tempo a ideia de que a varinha que ela roubou era a verdadeira Varinha Branca do mito. Com o tempo, relegou o pensamento à imaginação tola e infantil.

Mas agora, a crença pueril volta com força. O vínculo feroz da Varinha Branca. O conforto da árvore viva de luz das estrelas. As Sentinelas, tão similares aos pássaros retratados à sua volta...

Profundamente confusa, Gwynn olha para Vogel, e um grito ameaça rasgar de sua garganta.

Os quatro emissários que o cercam têm chifres de fumaça sombria espiralando de suas cabeças.

O terror a marca como ferro quente, mas todos ao seu redor estão alegres, chorando e aplaudindo, seus rostos beatíficos se fixam em Vogel.

Não conseguem ver os chifres.

O ar é arrancado de seus pulmões quando ela se lembra de tudo: os dois emissários que vieram à sua casa há tantos anos. Demônios glamourizados em busca da varinha.

Nada daquilo era brincadeira de criança. Nada daquilo foi imaginado.

A mente de Gwynn luta para se arrimar, para encontrar uma maneira de sair deste pesadelo crescente.

Se suas imaginações de outrora forem reais. Se aqueles emissários de tantos anos atrás forem demônios de verdade...

Então Sage Gaffney tem a verdadeira Varinha Branca de poder.

Apavorada, ela olha para Geoffrey. Seu companheiro de laço encontra seu olhar e sorri para ela, caloroso.

O alto mago Vogel precisa ser avisado, Gwynn percebe, em desespero. *Ele precisa ser salvo das coisas demoníacas que o rodeiam.*

O olhar frenético de Gwynn se lança em direção ao alto mago, agarrando-se à varinha na mão de Vogel. Uma fumaça sombria sobe da ponta dela, e a visão do objeto a faz cambalear para trás.

Meu Ancião do Céu, o que é isso? O que é aquilo nas mãos dele?

A resposta chega em uma onda de certeza enquanto sua mente gira e seu mundo desmorona por completo. É a ferramenta maligna mencionada n'*O Livro dos Antigos*. A força contrária à Varinha Branca.

O Ramo das Trevas. O Fragmento Amaldiçoado.

Marcus Vogel tem a Varinha das Sombras.

DECISÃO DO CONSELHO DOS MAGOS

Maga Vyvian Damon faz uma moção para que todas as selkies que chegarem à costa do Reino Ocidental sejam executadas imediatamente. A pena por ajudar ou encobrir selkies será a prisão.

CAPÍTULO UM
KELTÂNIA

O gelo açoita a janela da Torre Norte, o tamborilar rítmico quase abafa a batida silenciosa na porta. Surpresa com a visita a essa hora da noite, afasto-me da pilha de escritos de Boticário, Chímica e Matemática sobre a minha escrivaninha para ir atender.

– Quem é? – pergunto, com cautela.

– Yvan. – Vem a resposta hesitante.

Uma onda de surpresa me atravessa. Yvan quase nunca vem aqui, e as coisas entre nós ficaram estranhas desde que agarramos o fogo um do outro tão desavergonhadamente na caverna de Naga.

Abro a porta, meu coração está disparando. O brilho dourado da lamparina do corredor pisca sobre a superfície dura do belo rosto de Yvan. Ele engole em seco, e posso sentir seu fogo ficar mais ardente, como se minha simples presença o enervasse.

– Posso falar com você a sós? – ele pergunta com uma polidez medida que não combina com seu fogo caótico.

– Podemos falar aqui no corredor – sugiro, lutando para conter o calor que de repente se acende ao longo das minhas próprias linhas. Saio e fecho a porta.

Agitada, sento-me no banco de pedra e ele se acomoda ao meu lado enquanto, em vão, tento ignorar o efeito que a sua proximidade tem sobre mim.

– Conheço alguém que pode ajudar Marina e as outras selkies – diz ele, encontrando meu olhar.

– Quem? – pergunto, e a surpresa rompe minha inquietante névoa de atração por ele. – Isso envolveria uma milícia armada, e Jules me disse que apenas a Resistência Kéltica tem uma força organizada...

Yvan sorri ironicamente.

– Você se esqueceu de onde eu sou?

Eu coro e devolvo seu sorriso. É claro. Se alguém do nosso pequeno grupo tem uma ligação com a Resistência kéltica, seria Yvan.

– Um amigo da minha mãe é um dos líderes – ele me conta. – Eu o conheço desde criança. A Resistência kéltica estava disposta a ajudar os feéricos e os urisks durante a Guerra do Reino. Talvez ajudem as selkies também, quando ficarem sabendo como elas estão sendo tratadas. E... que estão correndo contra o tempo.

– Podemos enviar uma mensagem?

Yvan balança a cabeça.

– Não podemos enviar um falcão rúnico. É arriscado demais. São interceptados com frequência. Precisamos falar com ele pessoalmente. Ele mora em Lyndon, a minha vila natal.

Fico confusa com isso.

– O que você quer dizer com "nós"? Acha que devo ir com você?

O sorriso de resposta de Yvan faz um tremor de calor me percorrer.

– Não acho que ele vai acreditar na história se você não vier comigo. E... – seus olhos verdes brilham com humor – você é persuasiva.

Eu rio disso e o encaro de forma provocadora.

– Sou mesmo? Talvez esse seja o meu poder secreto.

– Eu acho que pode ser – diz Yvan, com o tom inesperadamente galanteador. Seu olhar se demora no meu, e tenho de lutar contra um súbito e inquieto desejo de me aproximar dele.

– Marina seria a melhor pessoa para ele conversar – digo, atordoada.

Yvan balança a cabeça.

– A viagem é cansativa, e Marina não está bem o suficiente para isso na forma em que está. E seria quase impossível disfarçá-la.

Eu me recosto na pedra fria, contemplando em silêncio. *Viajar para a Keltânia. Com Yvan.* É difícil absorver a ideia.

– Qual é o nome do seu amigo? – indago.

– Clive Soren. Ele é cirurgião. Trabalhou com o meu pai, anos atrás. Sou aprendiz dele durante as férias de verão.

– Eu poderia conseguir alguém para me substituir nas cozinhas – pondero, minha mente gira com a ideia ousada. – E temos alguns dias de folga das aulas por conta das férias de inverno.

Um pensamento preocupante passa pela minha cabeça.

– Yvan, não posso sair de Verpácia. Tem um icaral que me atacou em Valgard antes de eu vir para a universidade, e se eu cruzar a fronteira...

– Eu te protejo.

Sua declaração é tão firme que me calo.

– O posto da fronteira será um problema – advirto. – A Guarda Verpaciana está muito bem alinhada com a gardneriana. Vão querer a permissão da minha tia antes de me deixarem passar, e ela certamente não a dará.

– Não vamos atravessar pelo posto da fronteira.

Eu dou uma risada.

– Yvan, não tem outro jeito. A única outra maneira de entrar na Keltânia é cruzando as montanhas da Espinha do Sul.

Seus lábios se erguem, como se ele achasse graça no fato de que penso que isso seja um obstáculo.

– Podemos superar isso.

Olho-o com descrença e ironia.

– Está me dizendo que pode voar? Sem asas? Ou elas brotam magicamente de acordo com a sua vontade?

O rosto de Yvan fica tenso, seu sorriso desaparece.

– Eu consigo escalar.

– A *Espinha* Verpaciana? – balbucio, confusa com a mudança repentina de seu comportamento.

– Não seria a primeira vez que isso acontece. Algumas amazes também conseguem escalar a Espinha.

Eu o encaro com desconfiança, lembrando da imensa árvore que ele escalou na noite em que resgatamos Naga.

– Então habilidades avançadas de escalada estão entre seus muitos outros talentos sobrenaturais. Preciso voltar aos meus livros sobre feéricos e descobrir que tipo consegue escalar penhascos verticais.

Ele revira os olhos para mim, o divertimento repuxa o canto de sua boca. A curva sensual de seu lábio superior prende minha atenção por um momento e envia um rubor quente e ardente pelo meu pescoço.

– Talvez *você* consiga escalar a Espinha, Yvan – observo, lutando para ignorar o quanto ele é ridículo de bonito –, mas *eu*, não.

– Eu vou te ajudar. Sério, Elloren, vai ser fácil. Nunca vou para casa cruzando o posto da fronteira. Sempre viajo por cima das montanhas.

– Então você vai me carregar o caminho todo sobre a Espinha.

Ele acena devagar, com um leve sorriso nos lábios.

Olho-o com cautela.

– Não gosto de altura.

Yvan olha para mim com paciência, como se esperasse o fim dos meus protestos, já sabendo que a minha preocupação com Marina e as outras selkies venceria o meu medo. E há outra coisa que acho que ele sabe: que por baixo de todos os sentimentos tumultuados e a tensão ardente entre nós, eu confio nele.

– Quanto tempo dura a viagem? – pergunto, cedendo.

– Depois de ultrapassarmos a Espinha, algumas horas a cavalo. Andras vai exibir quatro éguas no mercado de inverno da Keltânia, então poderíamos encontrá-lo lá e pegar um cavalo. Depois podemos viajar até Lyndon, encontrar com Clive e passar a noite na minha casa. Estaríamos de volta no dia seguinte.

Encaro-o com ceticismo.

– Sua mãe aprova que eu durma lá?

Ele me lança um cauteloso olhar de soslaio.

– Não é como se ela soubesse.

Rio, com amargura.

– Ah, posso imaginar as boas-vindas que ela vai me dar.

– Ela é justa, a minha mãe. Vai te dar uma chance.

– Eu nunca saí da Gardnéria – digo a ele, nervosa e animada com a perspectiva. – Quer dizer, só para chegar até aqui.

– Bem – diz ele, inclinando a cabeça para o lado –, eis a sua chance.

Arqueio uma sobrancelha para ele.

– Ficar rodeada por um país inteiro de pessoas que me odeiam.

Ele sorri um pouco para isso e gesticula em direção à minha túnica.

– Você vai precisar se disfarçar um pouco, mas já se veste como uma kéltica na maior parte do tempo.

Olho para a túnica e a saia de lã castanha nada gardnerianas que costumo usar quando estou aqui à noite ou trabalhando nas cozinhas.

– Acho que sim. – Estendo a mão, deslizando a manga da túnica até o cotovelo. – Mas o que fazemos sobre isso?

Minha pele brilha esmeralda à luz fraca do corredor. Yvan desliza um dedo sobre minha mão brilhante, enviando um arrepio pela minha espinha e um pulso do seu fogo através das minhas linhas. Ele puxa a mão abruptamente e desvia o olhar, pigarreando. Depois de um momento, ele se volta para mim, olhando-me de lado e mantendo uma distância cuidadosa.

– Você é uma boticária, Elloren – diz ele, baixinho. – Tenho certeza de que pode encontrar uma maneira de disfarçar seu brilho.

Eu coro e puxo minha manga de volta para baixo, pensando em como eu conseguiria ir a qualquer lugar com Yvan e ainda me controlar. Mas precisamos encontrar uma forma de ajudar Marina e as outras selkies. Isso é tudo o que importa no momento.

– Quando você quer ir? – indago.

– No final da semana, quando começam as férias de inverno.

– Certo – digo, afastando-me da minha intensa atração por ele. – Eu vou com você.

Dias depois, Yvan e eu partimos para a Keltânia antes do amanhecer. Pegamos uma carruagem de passageiros em direção à Espinha sudoeste, desembarcamos em uma parada isolada e caminhamos para as florestas verpacianas enquanto o sol se arrasta no horizonte.

À medida que nos embrenhamos pela mata, manipulo silenciosamente minhas linhas de fogo para se manterem em uma chama constante e ameaçadora, a fim de manter a floresta afastada e lançar o fogo para fora. As costas de

Yvan estremecem diante de mim, a cabeça se arqueia para trás. Ele diminui a velocidade e se vira para me lançar um olhar feroz, seus olhos verdes piscando brevemente como ouro ardente.

O próprio ar está carregado e, por um momento, Yvan parece estar prestes a dizer alguma coisa. Então ele desvia o olhar, e posso senti-lo se segurando, lutando para reconstruir o muro entre nós.

– É melhor não pararmos – digo, consciente de que as palavras saem bastante ofegantes.

Yvan acena com a cabeça, e retomamos nossa caminhada através das árvores, ambos guardando nosso poder de fogo firmemente no fundo de nós. Contido.

Alcançamos a Espinha do Sul no meio da manhã, e minha garganta fica seca quando vislumbro a face grandiosa da montanha. Não é tão alta quanto a do Norte, mas ainda é impossivelmente íngreme, uma mistura de longos trechos de rocha vertical e gelo espalhados por pinheiros atarracados e arbustos baixos.

Voar sobre a Espinha do Norte com Lukas nas costas de um dragão já foi aterrorizante o suficiente, mas eu tinha a magia dele para me segurar e reprimir meu medo debilitante.

– Yvan – digo, incapaz de controlar a vertigem que me ataca quando olho para os picos nevados. – Eu não consigo. É alto demais.

Com as mãos nos quadris, ele estreita os olhos para o imponente relevo.

– Você vai estar segura – afirma ele, com a voz cheia de certeza.

Balanço a cabeça com veemência.

– É que eu não acho que consigo. Sinto muito...

– Eu vou carregar você – ele insiste. – Vou garantir que você não caia.

Ergo uma sobrancelha para ele, meu coração explode no meu peito só de *pensar* em escalar a Espinha.

– Agora seria um bom momento para você enfim explicar a natureza exata das suas habilidades de escalada – digo, nervosa. – Seria encorajador saber que não estou prestes a cair para a minha morte...

Tagarelo enquanto ele espera pacientemente que eu termine. Por fim, fico quieta e mais próxima de ceder. Ele emite uma aura tão calma de autoridade.

– Você não vai cair? – insisto.

– Não, Elloren – responde ele, inflexível. – Não vou.

– Certo – concordo, voltando a olhar para a Espinha. – Vou escalar. Por Marina.

Yvan acena em compreensão.

– Então, como você quer... – começo a dizer, e minha voz vai sumindo de um jeito estranho.

Ele olha para a montanha de novo, como se estivesse avaliando a dificuldade.

– Passe os braços... em volta do meu pescoço. – Ele gesticula em direção ao pescoço, sua voz fica ligeiramente empolada.

– Por... trás? – indago, e meu rosto esquenta. Os sonhos que tive com ele passam desconfortavelmente pela minha cabeça.

– Não – diz ele –, pela frente.

Hesito, depois respiro fundo e vou em sua direção, mantendo uma distância educada entre nós. Estendo os braços para a frente e apoio as mãos sobre seus ombros largos. Minhas bochechas aquecem, meu coração dispara.

Consigo perceber que Yvan também está atordoado. Tenho a sensação de que ele está controlando o seu fogo com afinco, mas gavinhas caóticas se rebelam.

– Aproxime-se o máximo possível de mim – ele instrui, com formalidade. – Fique colada em mim o máximo que puder.

Respiro fundo e me movo para ele, envolvendo meus braços com firmeza em torno de seus ombros, minhas bochechas queimam.

Seu corpo longo e esguio se enrijece contra o meu enquanto ele envolve os próprios braços ao redor das minhas costas.

Desesperada, tento não pensar em como seu corpo está quente, como ele cheira bem. Como uma fogueira à meia-noite.

– Agora envolva as pernas em torno da minha cintura – ele murmura, rígido.

Quê? Isso é demais. Não somos laçados. Isso é completamente proibido.

– Elloren – Yvan fala, com esforço –, sei que é... estranho. Mas não consigo te segurar se os seus pés ficarem pendurados. Preciso poder me mexer livremente. Sei que é... muito impróprio.

– Isso é dizer pouco – retruco, e solto uma risada nervosa, mas me mexo para fazer o que ele pede. Respiro fundo e puxo seu pescoço e ombros, e me iço ao mesmo tempo em que ele passa os braços por baixo de mim para suportar o meu peso. Envolvo as pernas ao redor dele, e minhas coxas descansam logo acima dos ossos do seu quadril.

Meu coração bate com força ardente no meu peito, e posso sentir o dele fazendo o mesmo.

– Agora, segure firme e fique o mais parada possível – ele me instrui. – E... acho que você vai querer fechar os olhos.

Assinto em silêncio contra o seu ombro esguio e fecho os olhos com força.

Seu aperto em mim se torna mais firme e seu fogo ondula através do meu corpo, quente e forte. A pele das minhas costas arde com um calor arrebatador que percorre as minhas linhas de fogo e me faz tremer.

Yvan começa a se mover, os músculos do seu pescoço e ombros ficam tensos sob o meu aperto enquanto ele pula, de forma constante e sem esforço. Posso sentir a sua força, a sua graça à medida que seus braços e pernas se movem à minha volta, e logo abandono toda a timidez para me agarrar firme a ele, como se minha vida dependesse disso.

Não me atrevo a abrir os olhos ou a pensar na quantidade de gelo escorregadio que cobre a Espinha enquanto subimos a uma velocidade vertiginosa. Em vez disso, tento recordar fórmulas complicadas de boticário. Recito silenciosamente os nomes das diferentes constelações. Penso nos passos necessários para se fazer um violino e tento visualizar cada um deles.

Depois de um tempo, o vento gelado aumenta e os sons ao nosso redor são diferentes, mais abertos e ásperos. Me dou conta de que devemos estar bem acima das árvores.

Então nossa orientação muda, e sinto as mãos de Yvan sob minhas coxas, me estabilizando.

– Você está bem? – ele pergunta, com gentileza, e eu aceno em seu ombro. – Estamos no topo – ele diz, mantendo-me firme enquanto o vento nos chicoteia. – A vista é linda.

Abro um pouco os olhos, vislumbrando o céu azul estonteante. Ele se vira e me levanta um pouco para que eu possa ver a vista por cima do ombro dele, e eu arquejo de admiração.

Estamos em um afloramento rochoso, as florestas além da Espinha do Sul se estendem diante de nós. As aldeias da Keltânia são pequenas e ainda distantes, a terra coberta de neve brilha à luz do sol. É espetacular, e eu deveria estar congelando, mas não sinto frio. Yvan é deliciosamente quente.

Fecho os olhos mais uma vez quando começamos a descida, uma queda quase vertical. Depois de um tempo, o cheiro forte dos pinheiros fica mais intenso, e antes que eu perceba, Yvan está pisando em terreno plano.

– Estamos no chão, Elloren. – Seus lábios roçam em meu pescoço quando ele diz isso, quentes e macios.

Abro os olhos e vejo uma densa floresta de pinheiros à nossa volta. Yvan afrouxa seu aperto e permito que meus pés pisem no chão. Desenrosco meus braços de seu pescoço e dou um passo para trás. No mesmo instante sinto falta de seu calor quando o frio se infiltra sob minha capa.

Mas, mais do que o calor, sinto falta de estar tão perto dele.

– Então, o que você é, Yvan? – pergunto, tentando manter o tom leve. – Feérico de cabra montanhesa?

Ele abre um leve sorriso para a minha piada, mas depois sua expressão fica dolorosa.

– Yvan, é tão ruim assim? – pergunto, com gentileza.

Ele não responde, mas o olhar angustiado que atravessa seu rosto me enche de preocupação. Seja o que for, é, de fato, tão ruim assim, e fica claro que ele não quer tocar no assunto.

Pelo menos não comigo.

Yvan desvia os olhos, o rosto tenso.

– Devemos nos apressar. Andras está nos esperando com os cavalos. E queremos chegar a Lyndon antes de escurecer.

Concordo com a cabeça e continuamos, lado a lado, costurando entre as árvores, com os braços se tocando de vez em quando. Cada vez que isso acontece, um feixe de calor escorre através das minhas linhas de fogo, trocamos um sorriso hesitante, e eu resisto ao impulso de segurar a sua mão.

Minha mente vagueia de volta para a noite em que libertamos Naga. Lembro-me de como Yvan tocou meu rosto; como parecia que ele queria me beijar. E naquela noite, junto à caverna, quando de forma imprudente deixamos que o nosso poder de fogo se aproximasse um do outro. Nesses raros momentos, era como se o verdadeiro eu de Yvan finalmente emergisse. E por um breve momento mais cedo, quando estávamos abraçados um ao outro escalando a Espinha, ele emergiu de novo.

Sentindo-me imprudente, deixo minha mão esbarrar de leve na dele e enrosco um dedo em volta do seu. Yvan respira fundo, e sinto o forte brilho do seu poder de fogo quando ele me lança um olhar ardente.

Então, sem dizer uma palavra, ele enrosca os dedos entre os meus.

Por fim, chegamos aos limites da floresta, e consigo ouvir o som de vozes masculinas misturadas com cavalos bufando e relinchando à frente.

– Não se esqueça de esconder o cabelo e puxar o capuz para baixo – Yvan me adverte, olhando pelas árvores e arbustos densos em direção ao mercado de cavalos, os dedos ainda estão entrelaçados aos meus.

Meu rosto já está camuflado por um corante que Tierney fez para mim, o tom é uma coloração kéltica avermelhada para esconder o brilho esmeralda da minha pele, e meu cabelo está quase completamente escondido por um longo lenço de linho branco enrolado em volta da minha cabeça.

Solto a mão de Yvan e empurro cada último fio de cabelo preto para baixo do lenço, puxando o capuz da capa sobre ele. Então pego meu lenço de lã e escondo a metade inferior do meu rosto.

– Ainda me pareço com a minha avó? – pergunto, e a lã do lenço arranha meus lábios quando falo.

– Não – diz Yvan com um sorriso carinhoso, enquanto me avalia. – Você parece kéltica. Acho que a sua avó não teria vestido roupas assim nem que a vida dela dependesse disso. – Ele oferece o braço, e entrelaço o meu com o dele. – Só fique perto de mim até encontrarmos o Andras.

À medida que entramos no mercado, a agitação não para ao nosso redor. Vários negociantes de cavalos exibem corcéis de todas as cores e raças. Homens kélticos se ajoelham ao lado dos animais, estudando-os, passando as mãos pelas pernas das criaturas para verificar se há defeitos, negociando para conseguir o melhor preço.

O cheiro quente de excremento de cavalos, peles e feno paira pesado no ar. O aroma pungente traz de volta boas lembranças de cuidar de nossos dois cavalos na casa de tio Edwin, e momentos felizes cavalgando com meus irmãos.

Os cavalos de Andras são de longe os mais saudáveis e bonitos de todos ali, e ele está rodeado por vários compradores interessados. Ele nos vê e acena, depois diz algo aos homens ao seu redor e avança até onde esperamos, perto do portão do pasto.

– Olá, Andras – diz Yvan.

Andras acena com a cabeça em saudação e olha para a Espinha do Sul.

– Eu não esperava ver vocês dois até muito mais tarde. Chegaram rápido.

– Foram minhas extraordinárias habilidades de escalada – brinco, nervosa. – Era como se eu fosse a dona da Espinha. Mas eu já estava ficando um pouco cansada de ter que continuar resgatando Yvan de cair para a morte. Ficou cansativo *bem* rápido.

Andras ergue uma sobrancelha preta para mim em surpresa enquanto a boca de Yvan se ergue em um sorriso irônico.

– Desculpa – murmuro. – Estou um pouquinho nervosa.

Andras ri e vai buscar a nossa montaria, voltando segundos depois com uma bela égua cor de ébano, para a evidente decepção do homem que a avaliava. A égua já está selada e pronta para partir, e me sinto grata pela consideração de Andras.

– Não precisam ter pressa – diz Andras. – Amanhã vou ficar aqui o dia todo. Espero por vocês.

Yvan toma alguns minutos para dar tapinhas no pescoço e na crina da égua a fim de acalmá-la antes de pular com facilidade para a sela. Andras me ajuda a subir atrás de Yvan antes de se voltar para seus potenciais compradores.

Enquanto vejo as costas largas de Andras recuarem, envolvo os braços em volta da cintura de Yvan e seguro firme nele. Os músculos do seu abdômen se retesam em resposta, mas depois ele relaxa. Parece íntimo segurá-lo dessa forma. E mais do que um pouco emocionante.

– Então – diz Yvan, virando a cabeça para olhar para mim, e seus lábios se erguem em um sorriso provocante. – Parece que posso contar com você para me ajudar no caminho de volta pela montanha amanhã.

– Só se você pedir com jeitinho – digo, provocadora, apertando-o com um pouco mais de força. – E disser "por favor".

Eu me arrependo das palavras excessivamente sedutoras assim que elas saem da minha boca, bem ciente de que estamos cruzando muitos limites um com o outro.

O fogo contido de Yvan dá um forte clarão, suas sobrancelhas sobem, um ponto de rubor ilumina sua bochecha.

– Desculpa – eu ratifico. – Só estou... nervosa.

– Está tudo bem – diz ele, sorrindo de leve, e sua mão se aproxima para acariciar a minha, minha respiração fica irregular.

Yvan enrijece, como se de repente recuperasse o juízo, e larga a minha mão. Ele solta um clique agudo com a boca, empurra os calcanhares em direção ao cavalo, e começamos nossa jornada.

CAPÍTULO DOIS

O CIRURGIÃO

Durante a hora seguinte, viajamos por pequenas aldeias e fazendas keltanianas, e um sentimento crescente de vergonha e consternação desce sobre mim.

Nunca tinha visto pobreza verdadeira e generalizada antes, e sei que o meu povo é em grande parte culpado pelas dificuldades que assolam a Keltânia. Enquanto os gardnerianos vivem em vilas e cidades ornamentadas, banqueteando-se com alimentos colhidos em campos exuberantes e férteis, este país é embrutecido e desgastado; seu povo, fraco e subjugado.

Lembro-me de ler sobre o que aconteceu durante a Guerra do Reino, de como as forças gardnerianas expulsaram os kélticos das terras cultiváveis mais férteis, reduzindo drasticamente as fronteiras do país e desterrando famílias que trabalhavam nos mesmos campos há gerações. Quase consigo ouvir a voz de Lukas na minha mente, lembrando-me presunçoso de que os kélticos trataram os feéricos da mesma forma. Mas, ao examinar o cenário ao meu redor, estou mais certa do que nunca de que já passou da hora de encontrar uma maneira melhor de fazer as coisas.

A tarde cai, o dia fica cada vez mais frio e nublado à medida que as nuvens escuras se acumulam no céu. Yvan e eu paramos brevemente do lado de fora de uma pequena taverna para cuidar do cavalo e comer. Andras embalou pão, queijo e frutas secas para a viagem, e, afoita, pesco a comida de um dos alforjes enquanto Yvan amarra as rédeas da égua a um poste.

As pessoas vêm e vão, cuidando de suas próprias vidas, seus cavalos resfolegam vapor quente ao passar.

Enquanto Yvan coloca comida para o cavalo, um homem musculoso e idoso o vê do outro lado da larga estrada de terra e grita seu nome. Sua barba branca como a neve aparece por debaixo do cachecol e os seus olhos castanhos e calorosos estão cheios de alegria.

Yvan se empertiga no que o homem se aproxima.

– Yvan, meu garoto – exclama ele, estendendo a mão para apertar o braço de Yvan. – Deixe-me dar uma olhada em você, rapaz. Faz muito, muito tempo mesmo. Está se transformando num rapaz bem alto, não é mesmo? – Ele olha para mim com um bom humor de bochechas rosadas. – E quem é essa que você trouxe junto? Uma amiga? – Seus olhos brilham para Yvan, cheios de travessura. – E não é a senhorita Iris, pelo que parece.

– Não – diz Yvan, com tom neutro. – Esta é Elló. Elló, este é Phinneas Tarrin, um amigo de longa data da minha família.

Fico surpresa com ele me chamando de Elló. Só meus irmãos e Gareth me chamam assim, mas percebo no mesmo instante o quanto a estratégia foi inteligente. Como um nome falso, mas do qual consigo me lembrar com facilidade.

– Ah, então é Elló agora, é? – Phinneas censura Yvan, seu tom está cheio de sugestões.

– Nunca foi Iris – responde Yvan, sério.

– Seria, se a decisão fosse dela, rapaz! – Phinneas gargalha, dando um tapinha nas costas de Yvan. – Você se faz de difícil o tempo todo! Pobre srta. Iris. Ah, bem, tal é a inconstância da juventude. Olhos bonitos, ela tem. – Ele se inclina para Yvan, como se estivesse prestes a lhe contar um segredo importante. – É melhor não deixar a srta. Elló aqui escapar.

– Não vou.

Sua promessa me surpreende ao mesmo tempo que me aquece.

– Você não quer acabar como um velho pateta e solitário como eu – brinca Phinneas, com os olhos brilhando de malícia. Então ele fica melancólico. – Faz exatamente dois anos e doze dias desde que a minha velha faleceu. Bem, vou me juntar a ela em breve, se a decisão estiver nas mãos dos gardnerianos. Todos nós vamos, sem dúvida. Não somos páreo para seus magos e dragões, a nossa gente. Mas não importa. É melhor morrer lutando, digo eu.

Phinneas pisca para Yvan, depois envolve um braço em volta do meu ombro.

– Tenha cuidado com este jovem, moça. Anda com um pessoal perigoso. Muitos revolucionários, cada um deles. Ultimamente, está longe de problemas, no entanto, naquela universidade dele. – Ele olha para Yvan com falsa desaprovação. – Todo esse estudo está te deixando menos belicoso. Ora, que assim seja. Não gostaria de assustar a sua senhora aqui. Parece bem quieta, ela.

– Ela evita problemas a todo custo – Yvan diz a ele, e é preciso todo o meu autocontrole para suprimir a risada.

– É melhor ela evitar você, então, rapaz – diz Phinneas, rindo consigo mesmo.

– É um bom conselho, na verdade – responde Yvan, agora com um pouco de seriedade no tom.

Phinneas olha para ele por um breve segundo, como se momentaneamente atordoado pelo comentário, então se inclina para me tranquilizar.

– Estou brincando, srta. Elló. O Yvan aqui é um bom rapaz. Eu o conheço a maior parte da sua vida. Seria difícil encontrar alguém melhor. – Ele dá um último aperto no meu ombro antes de me soltar e dar um tapinha no braço de Yvan. – É melhor eu deixar vocês dois seguirem seu caminho. Tome conta da srta. Elló aqui.

– Pode deixar – responde Yvan, com convicção.

– Tudo bem, então – devolve Phinneas, olhando-nos com carinho. – Estou indo. Dê minhas lembranças à sua bela mãe.

Depois que Phinneas vai embora, Yvan e eu comemos em silêncio. Pergunto-me, com certa tristeza, sobre sua longa história com Iris, e o que Phinneas teria dito se eu tivesse removido todos os meus panos para revelar que não sou apenas gardneriana, mas neta de Clarissa Gardner.

E também me pergunto, enquanto olho de soslaio para Yvan, o que ele quis dizer quando falou a Phinneas que não me deixaria escapar.

– Vou pegar um pouco de água para nós e a égua – diz Yvan, terminando de comer e limpando as migalhas da roupa. – Vou demorar só um minuto. Fique com a égua. Roubo de cavalos é bastante comum aqui.

Cautelosa, esquadrinho a multidão enquanto ele desaparece na taverna, e torço para que não haja problemas. A ameaça de roubo é desconcertante, mas compreendo como as pessoas pobres daqui poderiam ser levadas a atos desesperados para alimentarem a si e à própria família.

Yvan é rápido, mas quando retorna com um jarro de água, ele parece atordoado, como se tivesse acabado de ver um fantasma.

– Qual é o problema? – pergunto.

Ele dispensa minha pergunta com um gesto, seu rosto está abatido.

– Só mais notícias ruins sobre os gardnerianos. Às vezes tem coisas que são... difíceis de ouvir.

– Aconteceu alguma coisa? – pergunto, com tato.

Yvan hesita, seus olhos se afastam. Percebo que ele está mais pálido do que o habitual.

– É só... alguém que eu conheço – diz ele, e me entrega o jarro para guardar no alforje. – Alguém que foi contra os gardnerianos.

É evidente que Yvan não quer tocar no assunto e que está profundamente consternado, então não insisto. Ele monta a égua, depois estende a mão para me ajudar a subir na sela, e continuamos na estrada em direção a Lyndon.

Chegamos ao consultório cirúrgico de Clive Soren um pouco antes do crepúsculo, as sombras ao nosso redor se alongam. É uma construção robusta e caiada, com uma placa do lado de fora que diz *Clive Soren, Cirurgião Mestre.*

Yvan atravessa a porta destrancada, parecendo bastante em casa aqui. Sigo com cautela, olhando em volta com curiosidade. A sala da frente está cheia de estantes de madeira escura com inúmeros livros médicos, e uma fileira de cadeiras alinha o único ponto da parede que não está coberto de livros.

Yvan me diz para esperar, então me sento e tiro minhas roupas de inverno enquanto ele atravessa a sala para até outra porta, batendo antes de entrar. Tenho um vislumbre fugaz de outro cômodo muito parecido com este, mas, em vez de livros, as prateleiras estão cheias de fileiras de frascos de vidro abastecidos com uma variedade de ervas medicinais e tônicos.

Uma voz profunda atravessa a porta parcialmente aberta.

– Yvan Guriel! O que faz aqui?

Ouço, enquanto Yvan explica que ele trouxe alguém para Clive conhecer.

– Você parece um pouco cauteloso, Yvan – brinca Clive. – Você trouxe uma mulher, não é? Finalmente encontrou alguém na universidade, não foi? E aposto que não é a Iris. Imagino que ela não esteja muito feliz com isso.

Estou começando a detestar a Iris. Detesto que ela tenha uma história com Yvan, e eu, não. E detesto como todo mundo que conhecemos quer falar disso.

Yvan diz outra coisa que não consigo ouvir, e Clive ri com vontade. Uma cadeira é arrastada pelo chão de madeira, e passos pesados vêm em direção à porta.

Quando Clive entra na sala da frente, é evidente em sua expressão que ele está preparado para gostar de mim. É um homem robusto e bonito, alto e de ombros largos, o rosto liso sem barba, com cabelos castanhos-escuros e olhos castanhos que são tão intensos quanto os de Yvan. Ele também tem o ar de alguém acostumado a estar no comando, e que não gosta de ser desafiado.

– E você é...? – pergunta ele, e seu sorriso murcha um pouco quando ele nota meu cabelo preto, minha aparência infame.

Estendo a mão.

– Elloren Gardner.

O resto do seu sorriso escurece rapidamente, transformando-se em uma indignação atordoada. De repente, parece que ele está prendendo a respiração e lutando contra o desejo de me bater com ambos os punhos, que agora estão cerrados ao lado do seu corpo.

– Preciso falar com você, Yvan – diz Clive, brusco. Ele me encara, caminha de volta para a outra sala e bate a porta.

Magoada, me movo em direção à porta, a voz deles atravessa a madeira com facilidade.

– O que é que você está fazendo? Trazendo *ela* aqui?

– Precisamos da sua ajuda. – A voz de Yvan é firme.

– *Nós*? Você está se alinhando com pessoas interessantes esses tempos, Yvan.

– Ela não é o que você pensa.

– Ah, é mesmo? Então ela não é neta de Clarissa Gardner?

– Ela é.

– Eu nunca o considerei um completo idiota antes, Yvan.

– Não sou.

– Você está dormindo com ela? Essa... *gardneriana*? – Ele diz a palavra como se fosse o insulto mais vil que se possa imaginar.

– Não. – A voz de Yvan está constrita, como se ele estivesse ofendido.

– Então não abandonou todo o seu juízo.

– Eu *não* estou dormindo com ela – diz Yvan, com o tom duro.

Por um momento, eles ficam em silêncio.

– O que você disse a ela sobre mim, Yvan? – A voz de Clive é baixa e combativa.

– Que você é um amigo. Alguém que talvez possa nos ajudar. E que você está envolvido com a Resistência.

Clive rosna um xingamento.

– Você tem ideia de como é perigoso se envolver com essa garota?

– Sim.

– Ela fez a avaliação de varinha?

– Ela é nível um. Só se parece com a avó. Não tem acesso ao poder, e Elloren não é igual a ela.

Mais silêncio.

– Por que você veio aqui, Yvan?

– Elloren resgatou uma selkie.

Silêncio de novo, mas mais prolongado dessa vez.

– Uma selkie.

– Sim.

– Espera, eu *sei* que não te ouvi direito. Você disse que a sobrinha de Vyvian Damon resgatou... *uma selkie*?

– Sim.

– De quem?

– Do caseiro da Universidade de Verpax.

Por um longo momento, eles ficam enervantemente quietos mais uma vez. Então a porta se abre com tudo, e eu salto para trás, olhando para cima para encontrar Clive na porta, me encarando.

– Eu... desculpa... – começo a gaguejar.

– Entre – ele rosna.

Hesitante, entro na sala sem saber o que fazer.

– Sente-se – ele ordena, brusco, apontando para uma cadeira. Yvan está encostado ao parapeito da janela com os braços cruzados na frente do corpo, observando Clive com uma expressão intensa.

Clive me encara por um longo momento enquanto me sento, como se me avaliasse.

– Você roubou uma selkie.

– *Libertei* uma selkie, sim – respondo, empertigando-me para enfrentar sua mirada opressiva.

– Santo Ancião, você se parece com a sua avó.

– Já me disseram – respondo, mordaz.

Ele parece momentaneamente atordoado.

– É aconselhável manter seu rosto escondido ao viajar pela Keltânia – adverte Clive. – Sua avó não era exatamente benquista por aqui.

– Estou bem ciente disso.

– Então, *Elloren Gardner* – fala Clive, incapaz de dizer meu nome sem desprezo –, o que quer de mim?

– As selkies não são o que todos pensam que são – explico, com nervosismo. – Marina... a selkie que resgatamos... ela consegue falar.

Clive parece surpreso por um momento.

– Você tem certeza?

– Sim, bastante.

Sua expressão se torna suspeita.

– As selkies estão por aí há anos. O segredinho sujo dos gardnerianos. Por que não se incomodaram em falar durante todo esse tempo, já que conseguem?

– Porque é incrivelmente difícil – explico. – A fala através do ar é estranha a elas, e os sons das nossas línguas terrestres são difíceis de entender. Elas falam contra a resistência da água, não do ar.

– Então por que a sua selkie é tão talentosa?

– Marina é talentosa com línguas. E teve a oportunidade de conviver com pessoas que foram gentis com ela – digo a ele. – O que deu a ela tempo para aprender a língua comum, que consegue falar fluentemente agora. Até aprendeu um pouco de alto élfico.

– Alto élfico?

– Minha colega de quarto. Ela é uma elfa.

Clive recorre a Yvan para verificar a informação.

– Uma élfica icaral – Yvan esclarece.

As sobrancelhas do médico voam para cima, e Yvan conta a ele sobre Ariel também. Clive se volta para mim, claramente confuso.

– Então... essa sua selkie consegue falar.

– Nós poderíamos deixar você conhecê-la, provar a existência dela – sugiro.

– Por que é tão importante para você provar isso para mim?

Isso me faz parar. Olho para Yvan, confusa, então ele intervém para explicar.

– Marina tem uma irmã – diz ele. – Que também foi capturada. Queremos resgatar a ela e às outras. Todas elas.

– Você quer resgatar todas as selkies – repete Clive, incrédulo.

– Sim – diz Yvan, com expressão inflexível. – Antes que Vyvian Damon convença o Conselho dos Magos a matar todas.

– E você quer que a Resistência ajude vocês.

– Sim.

– Você quer que a Resistência lance mão de seus escassos recursos, com os gardnerianos se reunindo na fronteira da Keltânia, para libertar *selkies*?

– Não todos os seus recursos – rebate Yvan, com teimosia. – Só alguns.

– Os gardnerianos podem invadir a qualquer momento.

– Eles estão espancando as selkies – interrompo, enfurecida. – *Estuprando*-as!

– Estou bem ciente do que se passa com as selkies – rosna Clive.

– Elas não são animais – continuo falando, destemida. – São pessoas, assim como nós...

– Assim como o povo da Keltânia! – retruca ele, expondo os dentes. – Mas se não entregarmos todo o nosso país para a Gardnéria, o seu povo está se preparando para nos *exterminar*!

– A Resistência ajudou os feéricos no passado – eu o desafio. – Ajudaram os urisks. As selkies são pessoas. Assim como eles.

– Durante anos – diz Clive, com os olhos em chamas –, pensei que o comércio de selkies era uma das coisas mais repugnantes e desprezíveis que já vi em toda a minha vida. – Ele esfrega o rosto, parecendo furioso. – Mas o seu governo está prestes a marchar para cá e escravizar todo o meu país! Então lamento por não poder largar tudo para resgatar algumas mulheres focas, mas a menos que as selkies possam nos ajudar a lutar contra os gardnerianos, são *inúteis* para mim.

– Yvan disse que você estava interessado em justiça! – disparo.

– E estou. Justiça para o *meu* povo.

– E mais ninguém?

Por um momento, ele parece pronto para me atacar, e talvez a mesma preocupação entre na mente de Yvan quando ele vem na minha direção, todo protetor.

– Estou tentando te tratar como a princesinha gardneriana ingênua e protegida que você, sem dúvida, é – diz Clive, com frieza –, mas se pressionar pela verdade, vai ouvi-la.

– Muito bem – rebato.

– Temos algo muito parecido aqui, só que são as meninas urisks, além de algumas selkies. E um bom número dos nossos homens frequentam esses... *estabelecimentos*. – Ele diz a palavra com repugnância. – A maioria dos homens que trabalha para a Resistência não vai se importar com um bando de prostitutas selkies. Também não se importam com as meninas urisks.

– E você é um desses homens? – exijo, enojada e desiludida. – Sai por aí estuprando garotas urisks e selkies em seu tempo livre?

Yvan parece visivelmente abalado.

– Não – diz Clive, com o olhar cheio de advertência. – Eu disse que acho desprezível. Mas sou realista, Elloren Gardner.

– Não existe ninguém, então – sussurro, destroçada pela injustiça de tudo. – Ninguém que as ajude. Só nós.

Clive me considera por um momento. Yvan olha pela janela, para nada em particular, com o rosto cheio de tensão furiosa.

– Talvez haja alguém que possa ajudar vocês – diz Clive, parecendo hesitante.

Yvan e eu nos voltamos para ele.

– Quem? – perguntamos quase em uníssono.

– As amazes.

Yvan e eu trocamos um olhar de surpresa.

– Vá fazer uma petição à rainha delas – sugere Clive. – Não leve nenhum homem, é claro, a menos que queira vê-los decapitados por machados rúnicos. Procure por Freyja. Diga a ela que eu te enviei. Diga-lhe *em segredo*. Não mencione o meu nome para as outras.

– Quem é Freyja? – pondero.

Clive desvia o olhar, com um sorriso amargo e melancólico nos lábios.

– Uma velha amiga.

Ela é mais que uma amiga. Fica claro pela expressão que domina o rosto do homem quando ele diz o nome dela.

– Elas vão te ajudar – ele afirma, fitando a janela, em direção à floresta, com um olhar distante. – Elas não suportam ver mulheres sendo abusadas de forma alguma. Isso as deixa *muito* irritadas, e se há um grupo que você não quer irritar, confie em mim, é o das amazes.

Clive volta a me encarar e vejo algo novo em seus olhos. Ele acredita em Yvan, acredita que eu sou diferente do que ele pensava.

– Se vai fazer uma petição às amazes – ele diz –, deve ter muito cuidado para observar o protocolo delas ao abordar a rainha. Não há margem para erros nisso. Conhece alguém que possa te ajudar a aprender os costumes delas?

Yvan conta a ele sobre Andras, e Diana e Jarod também.

– Sua mãe sabe disso? – Clive pergunta a Yvan, e um sorriso toca os seus lábios. – Da última vez que soube, ela estava aliviada por você estar escondido na universidade, estudando quietinho, ficando longe de problemas, trabalhando nas cozinhas e enviando fielmente para ela cada último centavo extra que ganha.

– A maior parte disso é verdade – diz Yvan, cauteloso.

– Exceto pela parte de ficar longe dos problemas.

Yvan não responde.

Clive balança a cabeça e o olha de soslaio.

– Eu não me importaria de ser uma mosquinha quando você a apresentar à sua mãe. Vai vê-la agora?

– Vamos dormir lá – diz Yvan.

– Bem, então. Boa sorte. – Clive olha para mim, avaliativo. – Não deve ser... fácil. Para ela aceitar.

– Minha mãe é justa – insiste Yvan.

A mandíbula de Clive se aperta, como se ele quisesse argumentar, mas ele se contém. Fico um pouco magoada pelas suas dúvidas. Sei que vai ser difícil para a mãe de Yvan me conhecer. Mas também foi difícil para Clive, e ele mudou sua opinião sobre mim bem rápido.

Vai ficar tudo bem.

– Yvan – chama Clive, como se tivesse acabado de se lembrar de algo. – Um dragão foi roubado de uma base militar gardneriana perto daquela sua universidade. Você e os seus amigos não teriam nada a ver com isso, teriam?

Meus pulmões param de funcionar por um momento, e os músculos do pescoço de Yvan se contraem.

– Porque um dragão imaculado seria uma arma muito útil – acrescenta ele. – Eu certamente gostaria de colocar minhas mãos em um desses.

– Caberia ao dragão decidir – diz Yvan, com calma, sem encontrar o olhar penetrante de Clive.

– Bem, então – diz Clive –, eu respeitosamente perguntaria ao dragão se ele gosta da ideia dos gardnerianos assumirem a totalidade da Therria, matando ou domando todos os dragões que existem.

Distraído, Yvan olha para as prateleiras de medicamentos.

– Se eu encontrar algum dragão, vou transmitir a mensagem.

Clive avança e agarra o braço de Yvan.

– Tenha cuidado, Yvan. Os gardnerianos são mais espertos do que pensa. Você não sabe com quem está lidando. Eu não seria amigo da sua mãe se não te avisasse disso.

Yvan encara a mão de Clive em seu braço e, devagar, o fita, sem se deixar intimidar. Lembro-me de quando Rafe agarrou Diana e de como ela pensou em lhe arrancar o braço. Estou impressionada com a certeza de que, se Yvan realmente quisesse, seria capaz de fazer o mesmo.

– Vamos ter cuidado – Yvan garante.

Clive solta o braço dele.

– Que bom. – Sua testa se enruga enquanto ele olha para mim. – Foi interessante conhecê-la, Elloren Gardner. Espero que não acabe morrendo. – Ele se volta para Yvan. – Cuide-se, Yvan. E boa sorte com a sua mãe. Você vai precisar.

CAPÍTULO TRÊS

MAGIA DAS TREVAS

A casa de Yvan aparece no momento em que a última luz do dia desliza abaixo do horizonte. O brilho caloroso que emana do chalé aconchegante e bem cuidado contrasta fortemente com o frio escuro do lado de fora.

Yvan sinaliza para nossa égua, e ela desacelera para um trote lento enquanto passamos pelos amplos jardins de sua mãe, cobertos para o inverno.

Desmontamos e entramos em um celeiro pequeno e arrumado, deixando a égua ao lado de um cavalo cinza manchado que relincha alegremente quando avista Yvan. Enquanto tiro a sela da égua e preparo a ração para ela, Yvan faz questão de passar alguns minutos com o castrado cinzento, um animal, ele me diz, com o qual cresceu e foi criado desde potro.

Em seguida, vamos para a casa dele, com meu coração disparado de expectativa.

As coisas vão ficar bem, digo a mim mesma. *Yvan disse que sua mãe é justa.*

Conforme nos aproximamos do chalé, Yvan parece hesitar. Nervosa, eu me abraço e puxo a capa de lã para mais perto. O ar está frio e úmido, e só vai ficar mais frio agora que o sol se pôs. Fito as janelas iluminadas pela lareira, ansiando entrar e me aquecer.

Yvan se vira para mim, parecendo inseguro.

– Talvez você devesse esperar aqui, Elloren. Vou falar com ela por um instante, antes de te apresentar.

– Tudo bem – concordo, sentindo-me cada vez mais apreensiva.

Yvan caminha até a porta e bate, e eu permaneço à sombra de um grande carvalho, como uma coisa indesejada, fora de vista. Uma mulher que é obviamente a mãe de Yvan abre a porta. Ela é igual a ele, só que mais velha e mulher. Eles têm o mesmo rosto anguloso bonito, os mesmos olhos verdes fascinantes e o mesmo corpo longo esguio. Apenas o cabelo deles é diferente: o dela é um vermelho rico e chocantemente vibrante, e o dele é castanho.

Pergunto-me por que é que Yvan me disse que se parecia com o pai. É evidente que ele é a cara da mãe.

A mãe de Yvan dá um sobressalto quando o vê, suas duas mãos esbeltas e graciosas voam para o alto, em êxtase. Ela atira os braços em volta dele em um abraço caloroso.

Empurro o capuz da minha capa para trás e começo a desenrolar o cachecol enquanto assisto ao alegre reencontro. Libero o cabelo enquanto me preparo para me apresentar adequadamente: minha voz está livre das camadas de tecido, e minhas feições, expostas. Apenas o brilho verde da minha pele ainda está disfarçado. A mãe de Yvan pode muito bem ver quem eu sou de primeira. É melhor já começar pelo choque.

Sinto um desejo desesperado de causar uma boa impressão nessa mulher, bem mais do que queria quando conheci a família de Diana, e o meu estômago se revira e se retorce enquanto espero.

Yvan diz algo para a mãe que não consigo entender com clareza, mas o ouço mencionar meu nome. O sorriso dela desaparece, substituído por um olhar de confusão. Ela vira a cabeça em minha direção, como se se esforçasse para espiar dentro da escuridão.

Interpretando aquilo como uma deixa para me aproximar, surjo das sombras, meu coração bate forte no peito. Conforme me aproximo, a luz do interior da casa se derrama sobre mim.

A expressão da mãe de Yvan se transforma em uma de horror estupefato, e ela dá um passo para trás, quase perdendo o equilíbrio.

– Yvan – ofega ela, uma mão encontra sua garganta, seus olhos estão fixos em mim. – O que você está fazendo? Por que é que... essa *coisa* está aqui com você?

Confuso, Yvan olha para mim, como se para verificar se ele e a mãe estão vendo a mesma pessoa, tão violenta é a reação dela.

– Ela não é uma *coisa* – retruca ele, ao colocar uma mão firme no braço da mãe. – Ela é minha amiga.

A mãe de Yvan vira a cabeça para encará-lo.

– Sua *amiga*?

– Ela tem um nome, mãe. É Elloren.

– Yvan, preciso falar com você – diz ela, com uma veemência frenética, seus olhos correm na minha direção como se eu fosse uma aparição maligna, algo aterrorizante que voltou dos mortos. – A sós. *Agora.*

A testa de Yvan está enrugada quando ele me lança um olhar de preocupação.

– Só nos dê um momento, Elloren – diz ele, com gentileza, antes de seguir a mãe para dentro de casa.

A porta se fecha com firmeza atrás deles, cortando a maior parte da luz e me lançando mais uma vez em sombras geladas. É como aconteceu com Clive Soren.

Mas Clive logo mudou de ideia quanto a mim, tento me consolar.

Espero por um momento, sentindo-me fria e abatida, antes de invocar a coragem de pisar no alpendre da casa e ficar perto da porta fechada. Ouvir a conversa dos outros pela segunda vez hoje me deixa desconfortável, mas isso não está indo nada bem, e quero saber o quanto é provável que piore.

– Você perdeu o juízo? – a mãe de Yvan sibila. – Você sabe o que ela é?

– Sei – responde ele, com a voz firme.

– Você percebe o quanto ela é perigosa? O quanto *todos* eles são perigosos? Por que ela está com você? – Sua voz está cheia de suspeitas sombrias.

– Sei em que você está pensando. Está enganada.

– Por favor, Yvan, por favor me diga que ela não é sua amante.

Yvan hesita por um momento antes de responder.

– Não, ela não é.

– Você está apaixonado por ela?

Mais uma vez, ele hesita.

– Ela é minha amiga.

– Eu te criei para ser tão tolo? Faz ideia do tipo de magia das trevas que corre nas veias daquela garota?

Estremeço, muito consciente do poder sombrio que sinto sempre que estou perto de Lukas, mas Yvan solta uma risada incrédula.

– Ela foi testada, mãe. Elloren é uma maga nível um.

– Você não pode ser amigo daquela garota, Yvan – insiste ela, com tom urgente, como se isso a estivesse abalando profundamente.

– Entendo sua preocupação… – Yvan começa a argumentar, tentando tranquilizá-la.

– Você não entende *nada*! – exclama ela, com uma ferocidade espantosa. Suas palavras me açoitam como um chicote. – Eles são monstros, Yvan! *Monstros!* Farão *qualquer coisa* por poder! Por controle! Você não faz ideia do que eles são capazes! Você era apenas uma criança…

– Ela não é nada do que você pensa que ela é!

– Como você pode trazer essa criatura repulsiva para a nossa *casa*?

– Ela não é uma *criatura*! Se você a conhecesse…

– O que, acha que *você* a conhece? Acha que ela é de confiança? – Ela faz uma pausa por um momento, e quando volta a falar, sua voz está cheia de medo: – O que você disse a ela, Yvan? O quanto ela sabe?

– Nada. Não disse nada.

Sou jogada numa confusão ainda mais profunda.

– Você não tem *nenhum* respeito pela memória do seu pai? – brada a mãe de Yvan.

– Ela não escolheu a família em que nasceu! – rebate ele, veemente. – Pensei que você, de todas as pessoas, veria além das aparências e daria uma chance a ela.

– Ela é a *neta* de Clarissa Gardner!

– Ela não tem controle sobre quem ela é! Não mais do que eu!

– Mesmo que, por alguma aberração improvável da natureza, ela não seja tão monstruosa quanto seus familiares, a tia dela tem uma cadeira no Conselho dos Magos! Ela não pode ficar aqui, Yvan. Não posso ter essa garota dentro da minha casa!

– Não temos *nenhum outro lugar* para ficar.

– *Você* tem um lugar para ficar, Yvan. Sempre há lugar para você aqui. Mas não para aquele monstro que você trouxe para a nossa casa. Ela *nunca* vai pôr os pés debaixo deste teto.

– Então encontraremos outro lugar para ficar. – A voz dele ficou dura como uma pederneira.

– Yvan, mande-a embora – implora a mãe dele. – Tenho certeza de que ela tem dinheiro mais do que suficiente...

– Não, ela não tem. Trabalha comigo nas cozinhas.

A mãe de Yvan faz um som desdenhoso.

– Acho *difícil* de acreditar.

– Eu nunca menti para você.

– De todas as jovens da universidade, você escolhe a neta de Clarissa Gardner para ser sua amante...

Yvan solta uma risada amarga ao ouvir o comentário.

– *Amante?* Já disse que não é esse o caso. E por favor, me diga, mãe, como é que eu teria uma amante?

Isso a faz ficar em silêncio.

– Yvan... Eu nunca...

– Não sou mais criança – diz ele, com firmeza. – E você não me criou para ser um tolo.

– Não posso recebê-la aqui, Yvan. Você precisa entender. A garota é um perigo para todos nós.

– Então eu vou embora. Elloren está me esperando lá fora no frio, e é perigoso para ela viajar sozinha.

– Perigoso, como?

Yvan hesita por um momento antes de responder.

– Tem um icaral atrás dela.

– Um icaral. – Há um tom de sarcasmo amargo na sua voz. – Bem, Yvan – diz ela, com acidez –, espero que esse icaral a encontre.

Ouço o som de mobília arranhando o chão e passos se aproximando da porta.

A mãe dele grita:

– Espere... Yvan!

Dou um pulo para trás quando Yvan sai da casa e bate a porta ao passar. Seus olhos ardem de raiva. Ele caminha rapidamente na minha direção e pega meu braço, levando-me para longe da casa, de volta ao estábulo. Ele anda tão depressa que é quase impossível acompanhá-lo.

Uma vez dentro do celeiro, assisto em silêncio enquanto ele desamarra a égua, sua mandíbula e pescoço estão rígidos de tensão; seus movimentos, bruscos. Os cavalos, respondendo ao seu humor agitado, ficam inquietos.

Nós nos afastamos da casa a pé, e Yvan guia o cavalo ao nosso lado.

– O que vamos fazer? – pergunto, preocupada enquanto sua casa desaparece atrás de nós. Agora está escuro e muito frio. Tenho muito pouco dinheiro comigo e, com base no que Clive disse sobre Yvan enviar a maior parte da sua renda para casa, suspeito que ele também esteja com pouca reserva. – Onde vamos ficar?

Ele não me responde de imediato, e eu mal consigo ver seu maxilar se contrair enquanto ele olha para a frente. Por fim, Yvan para, leva a mão livre ao quadril e, frustrado, olha para o chão antes de me fitar.

– Sinto muito, Elloren.

– A culpa não é sua.

– Eu não pensei... – Suas palavras são substituídas por um suspiro pesaroso. Yvan gesticula para a frente com a mão. – Há uma estalagem a cerca de meia hora a cavalo, para o leste. Não é o lugar mais luxuoso do mundo, mas podemos passar a noite lá.

CAPÍTULO QUATRO

ALOJAMENTO PARA A NOITE

– Quanto custa dois quartos? – pergunta Yvan ao estalajadeiro.

Nervosa, inspeciono o entorno. Yvan tinha razão quando disse que o lugar não era o mais luxuoso do mundo. É absolutamente decadente. Uma multidão de homens kélticos faz hora na pequena taverna, vários deles bastante bêbados, alguns olharam descaradamente para mim quando entramos, como se tentassem distinguir minha silhueta sob as roupas de inverno.

Logo fico consciente de que sou a única mulher jovem no lugar. Há uma outra mulher aqui, mas é uma velha carrancuda e antipática que me lança um olhar feio antes de voltar a servir bebidas com raiva e arrumar a bagunça deixada pelos clientes indisciplinados.

Por instinto, me aproximo de Yvan, entrelaçando o braço no dele, e ele puxa meu braço de maneira protetora em direção ao corpo. O cheiro rançoso de fumo de cachimbo velho misturado com os destilados paira pesado no ar e faz meus pulmões arderem.

O estalajadeiro, um velho de aparência ranzinza, olha para Yvan de forma especulativa.

– Quarenta florins por uma noite.

– Quarenta florins – repete Yvan, incrédulo.

Ele está se aproveitando de nós. Mas é tarde, e está frio, e não há outra estalagem por perto.

– Isso mesmo – responde o homem, desviando o olhar de nós para folhear alguns papéis bagunçados. Yvan o olha por um momento prolongado antes de se voltar para mim.

– Não temos o suficiente. – Aperto o braço de Yvan de levinho. Meu olhar oscila em direção ao estalajadeiro, que agora me encara com os olhos estreitados. Volto para Yvan, tentando ignorar o olhar do homem. – Podemos dividir um quarto. – Sinto o rubor se espalhar pelo meu rosto, mesmo enquanto luto para me manter impassível.

– Bem, bem – murmura o estalajadeiro, de maneira sugestiva. – Acho que você deveria seguir o conselho da jovem, rapaz. Já que ela está tão *disposta*.

Os intensos olhos verdes de Yvan se voltam para o estalajadeiro, obviamente furioso com o insulto implícito. O homem faz uma pequena pausa e olha para os papéis.

– Tudo bem. – Yvan empurra vinte florins em direção ao homem.

– Você terá que acender seu próprio fogo – o estalajadeiro nos informa enquanto pega as moedas. – São mais dez florins para madeira seca.

Um olhar ganancioso enche seus olhos.

– Dez florins para *madeira* – repete Yvan, categoricamente, seus músculos do pescoço ficam mais tensos a cada minuto.

– Noite terrivelmente fria esta – o estalajadeiro comenta, presunçoso, fica óbvio que ele está gostando de ter a vantagem.

Yvan olha para mim, e eu dou de ombros, impotente. Entre nós dois, não temos mais dinheiro sobrando.

– Teremos que dar um jeito sem isso – diz Yvan a ele, com frieza.

– Não importa. – O estalajadeiro me fita antes de voltar os olhos miúdos e redondos para Yvan com alguma inveja. – Essa coisinha bonita vai te manter aquecido o suficiente, sem dúvida.

Achando graça do que disse, o estalajadeiro começa a rir e tossir ao mesmo tempo, seus dentes irregulares bastante manchados de tabaco.

Rápido como um raio, Yvan atravessa o bar, agarra o homem pela frente da camisa e o puxa para o outro lado do balcão. Recuo, assustada, e o ambiente atrás de nós fica em silêncio.

– Peça desculpas agora – diz Yvan, com tranquilidade.

– Desculpe, senhorita – balbucia o estalajadeiro, tossindo.

Yvan o solta com um empurrão rude, e o homem cambaleia para trás. Fitando Yvan com cautela, ele estende uma chave.

– O quarto fica no fim do corredor – diz ele, as palavras soam estranguladas –, à esquerda.

Yvan pega a chave com o homem, segura a minha mão e partimos para o quarto.

O quarto é pequeno e frio, com uma cama suja com um cobertor de lã surrado por cima. Há uma lamparina fraca em uma pequena mesa perto da janela com corrente de ar, e cinzas velhas transbordam da lareira escura e apagada.

Enrolo os braços em volta de mim, o frio me envolve. Yvan fecha a porta atrás de nós e faz uma pausa, olhando desconfortavelmente ao redor, como se não soubesse o que fazer.

– Está frio aqui – digo, afirmando o óbvio apenas para pôr fim ao silêncio.

Yvan acena com a cabeça, concordando, e observa a lareira.

–Vou sair para pegar um pouco de madeira – sugere. Ele se vira e começa a ir para a porta.

– Vai estar encharcada – pontuo. Neve molhada começou a cair lá fora, oscilando à beira de se tornar uma chuva gelada.

Yvan para e olha para mim, sua mão segura a maçaneta de ferro forjado da porta, o lábio se curva sarcasticamente.

– Sou muito bom acendendo fogo.

Lanço-lhe um olhar de compreensão.

– Estou bem ciente.

Sua expressão fica inquieta.

– Volto já – ele me diz, e sai para o corredor escuro. Ele para quando se vira para fechar a porta. – Elloren – diz, com uma nota de advertência na voz –, tranque a porta enquanto eu estiver fora.

– Eu sei. Pode deixar.

Ele assente, satisfeito, e fecha a porta.

Eu passo o ferrolho.

Não demora muito para Yvan voltar. Estou deitada na cama, com o cobertor de lã marrom enrolado em torno de mim, gelada até os ossos e meio adormecida. Ao ouvir a batida, eu me levanto, deixo-o entrar e depois volto a afundar na cama, exausta.

Yvan se ajoelha junto à lareira e arranja os gravetos e toras que recolheu. Em questão de minutos, um fogo arde na lareira, mas o seu calor não é capaz de afastar totalmente o frio do quarto cheio de correntes de ar. Yvan se levanta, esfrega as mãos na calça e olha em volta sem jeito.

–Você pode dormir na cama esta noite – ele oferece. –Vou dormir no chão.

Olho para ele, incrédula.

– Yvan, o chão é de pedra e está coberto de lama.

– Não tem problema – ele me garante, olhando para baixo, incerto.

– Se você quiser... – começo a falar, hesitante –, pode dividir a cama comigo esta noite...

– Não! – diz ele, com surpreendente veemência.

Um ardor aquece o meu rosto.

– Eu... Eu não quis dizer...

– Eu sei – diz ele rapidamente, olhando ao redor do quarto. Para tudo, menos para mim.

– Eu só quis dizer...

– Está tudo bem – insiste ele, encarando os pés. Talvez percebendo o quanto soou severo, Yvan suspira e parece se esforçar para suavizar a expressão e o tom.

– Obrigado – diz ele. – Sei o que você quis dizer, Elloren. Mas vou mesmo ficar bem no chão.

– Sei que dormir na mesma cama é... impróprio – murmuro, tremendo de frio e nervoso. – Mas ninguém precisaria saber. E... você está sempre tão quente.

Ele olha para mim, parecendo arrependido ao notar como estou tremendo.

– Claro. Eu devia ter reparado que você está com frio. Eu não sinto o frio, então... – Ele se interrompe e me olha de esguelha.

Mantenho seu olhar, surpreendida pela admissão. De repente, Yvan parece tão tenso e desgastado quanto eu. Ele olha para a cama com avidez.

– *Seria* bom me deitar na cama, mesmo que apenas por um momento – admite.

Deito-me na cama e abro espaço para ele, meu coração bate mais forte. Yvan se senta na beira do colchão e me abre um sorrisinho desajeitado por cima do ombro, inclinando-se para a frente para tirar as botas. Então, com um suspiro, ele se deita ao meu lado e estica o longo corpo no colchão.

Seu braço roça o meu, e está deliciosamente morno. Quase quente. Respiro fundo, meu tremor logo diminui quando ele libera um pouco de seu fogo, seu calor irradia através das minhas linhas em uma carícia ondulante. É estranho e atrevido, ficar ali deitada numa cama ao lado dele, mas tão maravilhoso.

– Não precisa conter o seu fogo – digo a ele, o cansaço me deixando ousada. – Posso sentir você se segurando quase o tempo todo agora, e... eu sinto que é cansativo.

Seus lábios se curvam em um sorriso esgotado, e seu olhar escurece.

– Confie em mim, Elloren, eu tenho que me segurar. – Seu sorriso desaparece, e seu fogo aumenta de maneira turbulenta.

Pergunto-me o que ele quer dizer com isso, mas Yvan não parece disposto a elaborar mais, por isso não pergunto.

A corrente de ar gelado do quarto formou uma leve brisa, e as teias de aranha penduradas nas vigas acima balançam preguiçosamente de um lado para o outro.

– Yvan? – pergunto, incerta.

Ele vira a cabeça para olhar para mim.

– Humm?

É difícil dizer as palavras.

– Quando seu pai morreu?

– Quando eu tinha três anos – ele me diz.

– Sinto muito – digo, minha voz mal chegando a um sussurro. – Lamento que tenha acontecido.

Ele dá um leve balanço de cabeça e olha para mim, a superfície normalmente afiada do seu rosto é suavizada pela luz da lâmpada.

– A culpa não é sua. – Ele me observa por um momento. – Quando seus pais morreram?

– Quando eu também tinha três anos. – *O ano em que a minha avó também morreu.* – Você se lembra do seu pai?

Yvan exala bruscamente, com os olhos tensos de tristeza.

– Sim. – Ele se vira para mim, e uma onda do seu calor me inunda. De repente, anseio por entrar nessa calidez e deixá-la me dominar por completo. Por ser envolvida por seus braços e seu fogo.

– Também me lembro dos meus pais – digo, aquecendo-me no seu calor. – Especialmente da minha mãe. Ela costumava me embrulhar na manta que fez para mim...

– A que Ariel queimou – diz ele, baixinho, com arrependimento nos olhos.

– Sim.

– Elloren... – diz ele, então hesita. – Fui muito duro com você quando nos conhecemos.

Lembro-me dele zombando da minha dor por ter perdido a minha colcha. Eu o odiei naquele momento, mas parece que aconteceu há muito tempo. Ainda mais considerando o quanto meus sentimentos por ele mudaram desde então.

– Está tudo bem – eu digo. – Eu entendo por que você agiu daquela maneira.

– Não – responde ele, com um meneio da cabeça –, não está tudo bem. Sinto muito.

Aceno com a cabeça, sentindo-me dominada pela emoção, meus olhos traiçoeiros se enchem de lágrimas.

– E sinto muito que a minha mãe tenha te tratado daquela forma – acrescenta. – Foi um erro te levar para lá. Eu pensei... – Ele solta uma respiração frustrada. – Eu pensei que ela te daria uma chance.

Solto um longo suspiro, segurando as lágrimas.

– Imagino que me ver trouxe de volta memórias horríveis. Eu me pareço tanto com a minha avó...

– Mas você não é ela – insiste ele, ao me fitar. – Eu esperava que ela pudesse ver isso.

Minha respiração fica presa na garganta.

– Te ouvir dizer isso é muito importante para mim.

Ele me abre um sorrisinho triste, e sinto meus lábios se curvarem para cima.

– Sabe, é engraçado – penso em voz alta, tão cansada que é fácil simplesmente falar o que estou pensando.

– O quê?

– Essa situação, neste momento. É tão inapropriado que chega a ser engraçado.

As sobrancelhas de Yvan se erguem em confusão.

– Aqui estamos nós, duas pessoas solteiras, não seladas, você um kéltico, eu uma gardneriana, sozinhos em um quarto nesta taverna decadente, deitados juntos na cama... – Paro de falar por um momento. – É só... engraçado, você não acha?

Yvan sorri ligeiramente.

– É.

– Meu povo nos ensina que os homens não podem se controlar perto das mulheres, e é por isso que precisamos nos vestir de forma tão conservadora e ir acompanhadas a todos os lugares que vamos. Laçadas cada vez mais jovens. No entanto, aqui estamos nós, eu e você, sozinhos...

– A ideia de que os homens não podem se controlar é ridícula – diz ele, inflexível. – É só uma desculpa.

– Foi o que sempre pensei. Quero dizer, eu não tenho nenhuma experiência com, você sabe... – Penso na impaciência de Diana comigo quando deixo esse assunto em particular ambiguamente no ar. Mas Yvan parece entender – sua cultura também é muitíssimo rigorosa. – Mas eu cresci com dois irmãos – continuo –, e sei que eles nunca forçariam ninguém a fazer algo assim.

Eu coro, sentindo-me constrangida.

– Nunca falei dessas coisas com ninguém . Imagino que não devia estar falando com você sobre isso.

– Não me importo de falar com você sobre isso – diz Yvan, com a expressão aberta e sem reservas.

De repente, sinto-me muito próxima dele, nossos olhos se fixam um no outro, em compreensão. O lado da mão dele toca a minha e, sem pensar, deslizo-a na dele.

Yvan vira a cabeça para olhar para o teto, sua respiração de repente se aprofunda. Então ele vira a mão e entrelaça os dedos longos nos meus.

Minha respiração vacila, calor queima dentro de mim. Eu também me concentro nas vigas acima de nós, muito envolta pela sensação de seus dedos fechados em torno dos meus para olhar diretamente para ele.

Permanecemos de mãos dadas por um longo momento.

É celestial; mil vezes melhor do que beijar Lukas. E, por mais estranho que pareça, mais íntimo. Porque parece que, neste momento, ele está me deixando conhecê-lo pela primeira vez.

Tanto o seu poder de fogo como as minhas linhas de fogo se acendem ao mesmo tempo, procurando-se. Entrelaçando-se nas bordas, como a mão dele em volta da minha.

Por fim, atrevo-me a olhar para ele, que continua encarando o teto, imóvel como pedra, exceto pelo sobe e desce do seu peito.

– Yvan – eu expiro, sua chama acaricia levemente minhas linhas –, o fogo...

– Você gosta, Elloren? – pergunta ele, com tom gutural ao se virar para mim com os olhos brilhando em ouro.

Aceno com a cabeça, aquecida por ele.

– Sim.

Seus lábios carnudos se contraem em um sorriso, o ouro em seus olhos se intensifica.

Volto a fitar o teto, saboreando a sensação sensual de seu fogo estremecendo através do meu.

– Eles vão te fazer se laçar? – pergunta ele, e sua voz fica um tom mais forte.

– Se eu ficar no Reino Ocidental, sim. – Encontro seus olhos, e uma dor se avoluma no meu peito. – Mas eu não quero.

Os dedos de Yvan se fecham ao redor dos meus, seu olhar repentinamente apaixonado.

– Não quero que você faça isso.

Os pensamentos fluem através de mim, espontaneamente. *Não quero me laçar a Lukas. Também não quero me laçar a Gareth. Ou a qualquer pessoa no registro do Conselho. Não quero nenhum deles.*

– Você se vê casado algum dia? – pondero, e dor infunde a pergunta.

Uma sombra cai em seu rosto e seus olhos esfriam para o verde.

– Não, não me vejo.

Quero insistir, saber por que ele diz isso com tanta certeza, mas de repente há tanto conflito em sua expressão que eu hesito. Aquele olhar familiar está de volta: como se ele quisesse me dizer algo, mas não pudesse.

– Queria que você pudesse me contar tudo – digo, acariciando seu polegar com o meu.

– Eu também – murmura ele.

Penso em como ele curou Bleddyn e Olilly. Em como ele gasta cada momento livre ajudando os refugiados que fogem para o leste. Como se ofereceu prontamente para ajudar Marina.

No quanto ele é gentil e corajoso

Eu queria poder me laçar com você, penso enquanto ficamos ali deitados, com seus olhos fixos nos meus.

Mas não posso dizer isso em voz alta. Então deixo o pensamento se aglutinar na minha cabeça, ansiando para ser libertado enquanto ficamos deitados, com mãos e magia do fogo entrelaçadas.

Tomada pela fadiga, tento sufocar um bocejo e falho.

– Só quando me deitei que percebi o quanto estava cansada – digo a ele, baixinho.

– Vá em frente, durma um pouco – encoraja ele.

Mal consigo manter os olhos abertos, sinto-os pesados.

– Boa noite, Yvan – sussurro, saboreando sua presença, querendo que ele fique aqui a noite toda, mas tímida demais para pedir.

– Boa noite, Elloren – ele sussurra de volta, com o olhar cheio de anseio.

Adormeço, mas sou despertada logo depois por um ligeiro movimento ao meu lado. Observo através dos cílios, meus olhos mal estão abertos quando Yvan se levanta sem fazer barulho e vai se sentar perto da lareira. Logo fico ciente do frio que sua partida cria, de sentir sua falta e de querê-lo de volta.

Puxo o cobertor de lã para cima, abraçando-o com firmeza ao redor do meu corpo, antes de adormecer mais uma vez.

Estou profundamente adormecida quando sinto a cama se mexer de novo. Abro os olhos devagar, minha mente está enevoada pelo sono.

Yvan está sentado na cama, olhando para mim. O quarto está suavemente iluminado pelo fogo que ele fez ficar mais alto, as chamas lançam uma luz dançante nas paredes. Está muito mais quente agora, com apenas um ligeiro frio da corrente de ar que entra pela janela. Mal consigo ver a figura esguia de Yvan, com a cabeça inclinada para baixo em minha direção. Seus belos olhos brilham com uma chama dourada vívida.

–Yvan – digo, surpresa por sua expressão abrasadora, o fogo arde em seus olhos. Eu me ergo sobre um cotovelo e o encaro, questionadora.

– Posso me deitar com você outra vez? – pergunta ele, sua voz embargada pela emoção.

Meu coração saltita no peito, e eu levanto a ponta do cobertor, como um convite. A cama se afunda quando Yvan desliza o comprimento de seu corpo magro para debaixo do cobertor em um movimento suave. Ele se aconchega languidamente em mim, e sua mão encontra minha cintura quando ele me puxa para perto. Pressiono a mão em seu peito, traçando seus músculos rígidos através da camisa de lã. Seu batimento cardíaco está forte e constante sob meus dedos, seu fogo corre em um fluxo quente.

Ele está tão perto que posso sentir o seu hálito quente na minha bochecha. Yvan cheira a fogueiras bem alimentadas e algo distintamente masculino que me faz querer enterrar a cabeça sob sua mandíbula e inalar seu aroma a noite toda. O brilho de seus olhos aumenta, fixos nos meus, ardendo de um jeito que posso sentir através das minhas linhas de fogo. Deslizo as pontas dos dedos ao longo da gola de sua camisa, traçando a pele logo acima dela, ao longo de seu pescoço gracioso. Sua respiração se aprofunda quando o toco como ansiava fazer há tanto tempo.

– Elloren – diz ele, sua voz falha com intensidade. – Acho que estou me apaixonando por você.

Suas palavras me incendeiam, como fogo sobre arbustos secos, seu calor varre através de mim.

Yvan se inclina para a frente e traz os lábios aos meus, sua boca macia e de curvas sensuais está em total desacordo com os ângulos marcados de seu rosto.

Nós nos beijamos lentamente no início, seu beijo é fervoroso e persistente. E então se aprofunda, minha boca se abre sob a dele enquanto o ato se torna áspero de desejo, seu fogo ferve pelas minhas linhas. Nós nos beijamos com sofreguidão, como duas pessoas famintas por ar que enfim conseguem respirar.

Eu me pressiono em seu corpo duro, querendo estar o mais próximo possível dele, e Yvan corresponde com avidez.

– Estou me apaixonando por você também – digo, sem fôlego, recuando uma fração, olhando dentro de seus olhos.

Ele leva os lábios de volta aos meus e me beija com paixão, a língua encontra a minha enquanto seu fogo corre através do meu corpo. Minhas linhas de afinidade explodem em um clarão forte enquanto minha respiração acelera, meu corpo arqueia em direção ao seu.

O fogo de Yvan pulsa através de mim enquanto ele me guia suavemente para ficar de costas, seus longos dedos acariciam meu cabelo enquanto ele rola para cima de mim, a sensação dele ali me eletriza por inteiro. Eu o envolvo com as pernas, seu corpo está colado ao meu e se movendo contra mim em um ritmo provocante. Devagar, ele empurra minha túnica para cima, seus dedos deslizam sob a bainha para explorar minha pele.

Em algum lugar ao fundo, a voz grave de um homem canta alto e desafinado, arrastando as palavras de alguma canção de taverna. Meu mundo encantado se estilhaça abruptamente ao redor do som, como vidro se partindo em um milhão de pedaços e se dissolvendo no ar.

Santo Ancião, estou sonhando!

Começo a deslizar daquele estado onírico, tentando, com desespero, reconstruir a imagem com pura força de vontade, um quebra-cabeça incrivelmente intrincado cujas peças estão desabando, e em breve será perdido para sempre.

Em seu lugar está Yvan, sentado em uma cadeira de madeira ao lado da cama, me encarando. Seu rosto está sério e profundamente perturbado, seu braço está apoiado na moldura da janela que dá para a rua. No fundo, a voz horrível continua a arrotar fragmentos de uma melodia.

Eu me ergo sobre um cotovelo, atordoada, forçando-me a me ajustar a uma realidade diminuída, a intimidade que acabei de compartilhar com Yvan era uma ilusão completa. Uma torrente de emoções flui através de mim, como tinta preta encontrando um pano branco: humilhação total, solidão e um desejo ardente por ele.

– Ouvi um homem cantando. – Minha voz sai tímida e grogue de sono. – Ele me acordou. – Rezo para que Yvan não consiga decifrar nada do meu sonho por meio da minha voz ou da minha postura.

Seu rosto fica tenso e ele olha para a janela.

– Ele está bêbado. Mas parece que está se aquietando. – Yvan olha para mim, com a testa bem franzida.

– Ele também te acordou? – A minha voz é quase um sussurro.

– Não. – Yvan olha para baixo e balança a cabeça. Então me encara. – Você me acordou.

Engulo em seco.

– Eu te acordei? – As palavras saem fracas e tensas. – Eu estava roncando?

– Você fala enquanto dorme.

Ambos ficamos desconfortavelmente quietos por um longo momento.

– O que eu disse? – sussurro, mortificada.

Ele desvia o olhar.

– Você disse o meu nome algumas vezes.

Meu estômago dá uma cambalhota, o sangue some do meu rosto.

– Ah. – Mal consigo respirar. – Eu disse mais alguma coisa?

Ele está olhando para qualquer lugar, menos para mim.

– Eu não quero te envergonhar.

– Tarde demais.

Ele se vira para mim.

– Você disse "estou me apaixonando por você".

Viro de costas e cubro o rosto com as mãos, querendo desaparecer.

– Sinto muito.

– Não sinta. – Sua voz é firme, mas gentil.

– Não consigo controlar o que sonho. – Deixo as mãos caírem do meu rosto e repousarem no meu abdômen. Encaro as teias de aranha balançando quando uma única lágrima cai do meu olho, estendo a mão para enxugá-la.

– Eu me sinto sozinha às vezes – digo. Outra lágrima cai, fria em meu rosto.

– Eu entendo – diz ele, com a voz baixa e densa de emoção.

– Quando te vi naquela noite com a Iris... – Ele estremece ligeiramente com a dor no meu tom, e me arrependo de falar no mesmo segundo, sentindo-me mesquinha e vulnerável. – Você tem uma longa história com ela, não é?

Yvan solta um suspiro profundo, sua mandíbula fica tensa.

– Iris tem sido uma boa amiga para mim, Elloren. Mas não há nada de mais entre a gente.

Mas aposto que ela conhece todos os seus segredos. Já que ela também é feérica.

E ela não é igualzinha à *Clarissa Gardner.*

Eu me sento e abraço os joelhos junto ao peito, desejando poder parecer qualquer coisa, menos o que sou.

– Ela é muito bonita – digo, conforme mais lágrimas rolam pelo meu rosto.

– Você também é.

Paro de respirar por um momento, confusa com sua admissão.

– Mas... você me disse uma vez que me achava repulsiva.

Ele estremece de novo.

– Isso foi antes de eu te conhecer. Foi errado da minha parte ser tão cruel. Sinto muito. Não justifica o meu comportamento, mas, na época, estava pensando mais no que a sua aparência representava.

– Minha avó?

– Ela... todos eles.

Enxugo as lágrimas.

– E agora? O que você vê?

Ele solta um longo suspiro e me estuda, seus olhos verdes ardem em ouro nas bordas.

– Eu acho que você é a mulher mais bonita que eu já vi. – Ele respira bem fundo e desvia o olhar, sua boca se aperta em uma linha fina, como se tivesse dito demais e quisesse evitar que voltasse a cometer o mesmo erro.

Quando ele finalmente olha para mim, posso ver refletido nos seus olhos minha própria solidão, meu próprio desejo por ele. Abraço os joelhos com força, meu coração está acelerado, não acredito que o ouvi direito.

– Está tarde – diz ele, soando tenso e triste. – Deveríamos dormir um pouco.

Não, eu quero dizer. *Venha aqui e fique comigo. Eu quero você. Só você.*

Em vez disso, falo:

– Tudo bem. – Minha voz sai igualmente tensa, igualmente triste, trôpega com a reserva repentina dele.

Eu o observo se mover rigidamente de volta para perto da lareira, então se deita no chão com as costas voltadas para mim. Seu corpo parece tenso e desconfortável, com a cabeça apoiada no braço. Uma solidão dolorida paira no ar e esfria o cômodo.

– Elloren – ele chama, e se mantém deitado e imóvel.

– Sim?

– Você sabe o que aconteceu com a família do kéltico com quem Sage Gaffney fugiu? – Quando não respondo, ele diz: – Encontrei algumas pessoas que conheço naquela taverna onde paramos hoje cedo. Eles me contaram.

– O que aconteceu? – pergunto, hesitante, quase sem querer saber.

– Eles os encontraram há alguns dias. Foram todos assassinados. Por soldados gardnerianos.

– Não – sussurro, chocada.

– Os pais dele, o irmão, até mesmo os animais. – Yvan hesita por um momento antes de continuar: – O Conselho dos Magos sancionou o ato, Elloren. A pedido dos Gaffney. Foi um ataque de pureza maga.

A náusea me percorre e, de repente, compreendo a razão da distância de Yvan. Porque ele está no chão agora em vez de nos meus braços. Está escrito em nosso livro sagrado que a perda da pureza de uma mulher gardneriana por um homem de outra raça *deve* ser vingada. E atos horríveis como este estão se tornando mais comuns no Reino Ocidental, os elfos alfsigr também estão impondo pureza dessa maneira.

– Você acha que se envolver comigo pode ser igualmente perigoso – digo, com a voz entorpecida.

– Eu *sei* que será.

– Por causa da minha família.

– Sim. E porque algumas pessoas muito poderosas querem você laçada a Lukas Grey. Qualquer um que se interponha nesse caminho estará em perigo, especialmente se não for gardneriano.

– Qualquer um... ou seja, você e sua mãe.

– Sim. Não consigo pensar numa forma de contornar isso. E acredite em mim, eu tentei.

As lágrimas fazem os meus olhos arderem.

– O que eu disse no meu sonho era verdade – confesso. Já não escondendo mais nada. Expondo meus sentimentos para ele.

– Há muitas maneiras de gostar das pessoas – diz ele, com a voz constrita. – Como amigos. Aliados.

– E se não for suficiente?

– Acho que, no nosso caso, *precisa* ser suficiente, por mais razões do que você imagina.

– Podemos manter tudo em segredo.

Seu tom tem um ar cansado.

– Essas coisas nunca permanecem em segredo.

– O que eu sou para você, Yvan? – pergunto, agarrando-me ao cobertor.

Ele se ergue do chão e se vira para mim.

– Acho que nos tornamos bons amigos.

– Mas isso é tudo.

– Tem de ser tudo, Elloren. Para a segurança da minha mãe. E para a sua segurança. E a da sua família.

Minha linha de fogo se aquece, desafiadora, e luto contra o desejo de lançar uma série de chamas rebeldes em direção a ele. Consigo senti-lo segurando seu fogo também, ouro brilha em seus olhos.

Estou perdida. Presa numa jaula sem saída, barras de aço me separam de Yvan. Mas não posso pedir a ele que faça um sacrifício tão perigoso. Não por mim. Não vou arriscar a vida dele nem a da nossa família.

Eu me viro de costas para Yvan e me deito, puxando o cobertor surrado sobre mim e me enrolando com força. Fecho os olhos, seguro as lágrimas e desejo poder desaparecer em outro belo sonho e nunca mais acordar.

Yvan está quieto durante a viagem de volta, e eu também, ambos lutando com nossos próprios pensamentos. Sento-me atrás dele na égua negra, com os braços em torno de sua cintura, pressionada em suas costas quentes, mas ainda me sentindo a um milhão de quilômetros de distância dele: nós dois forçados pelo nascimento a permanecermos em mundos separados.

Mas não há o que possa ser feito. Ele tem razão. Se fugíssemos juntos, colocaríamos todos os que amamos em perigo.

Horas mais tarde, depois de termos deixado o cavalo com Andras e percorrido as florestas nevadas pelo que pareceu uma eternidade, estamos mais uma vez na base da assustadora Espinha do Sul.

Yvan faz uma pausa para olhar para o pináculo coberto de neve enquanto ficamos parados ali, sem jeito. Ele não precisa explicar seu desconforto, eu entendo completamente. É difícil estar fisicamente perto e negar o que sentimos um pelo outro, sabendo que nada pode sair disso.

– Yvan – digo, pondo fim ao silêncio –, eu só quero que você saiba que pensei muito em tudo o que você disse e... eu entendo. O perigo para a sua mãe, quero dizer. E porque não podemos... ficar juntos. Foi imprudente até mesmo considerar a ideia.

Yvan acena com a cabeça, sua mandíbula fica rígida quando ele me olha de relance e depois encara o chão, como se tentasse se recompor. Tentando controlar seu fogo e alguma outra emoção poderosa.

– Elloren – começa ele, com a voz carregada de sentimentos –, se as coisas fossem diferentes...

As palavras pairam no ar frio entre nós.

– Eu sei – digo baixinho.

– Eu *queria* que as coisas fossem diferentes.

– Eu também. – Engulo em seco, minha garganta de repente apertada e em carne viva. – É estranho – digo a ele. – Não te conheço tão bem assim, e sei que você tem tantos segredos... mas sinto que se tornou meu amigo mais próximo.

Seu olhar fica ardente.

– Eu sinto o mesmo quanto a você.

– Amigos, então? – sugiro. – E aliados?

Ele assente com firmeza, tão arrasado quanto eu por causa dos limites intransponíveis entre nós. Engulo a dor e luto contra as lágrimas. Mas tenho de dizer. Tenho de saber. Porque se nunca pudermos ficar juntos...

– Iris? – Eu olho para o chão, incapaz de encará-lo, me preparando.

– Não estou interessado em Iris – diz ele, categoricamente.

O alívio toma conta de mim. Sei que é injusto querer que ele seja exclusivamente meu sendo que nunca poderemos ficar juntos, mas não estou com vontade de ser justa.

– E Lukas? – pergunta ele de repente, obviamente pouco interessado em ser justo também.

Eu o fito e fico atordoada com o olhar severo que ele está me lançando.

– Ele não é o que eu quero. – *Você é.*

Ele acena com a cabeça, e parte da tensão se dissolve do seu rosto, restando apenas uma resignação conturbada. Yvan olha para o cume da montanha, depois estende a mão para mim.

– Vamos?

Vou até ele e pego sua mão enquanto envolvo um braço, depois dois, depois todo o meu corpo ao seu redor. Fecho os olhos quando começamos a subida, e me perco na sensação do seu calor e do seu coração batendo forte contra o meu.

DECISÃO DO CONSELHO DOS MAGOS

N. 319

Todas as relações diplomáticas com as alcateias lupinas do o Norte e do Sul estão suspensas e sanções comerciais serão vigorosamente aplicadas. As sanções não serão suspensas e as relações diplomáticas não serão retomadas até que os lupinos cedam as terras disputadas ao longo da fronteira norte e sul do Santo Reino Mago.

CAPÍTULO CINCO

NILANTYR

No dia seguinte ao nosso regresso da Keltânia, uma forte tempestade chega do nordeste. Os ventos fortes e a neve cortam toda a visibilidade e tornam a viagem às terras amazes uma impossibilidade.

À medida que o sol começa a se pôr e a tempestade faz uma curva acentuada para a pior, Ariel irrompe no nosso quarto na Torre Norte, coberta de neve, os olhos selvagens, o corvo bate as asas atrás dela e gralha abrasivamente.

Confusas, Diana, Marina, Wynter e eu olhamos para ela, assustadas ao vê-la em tal estado de pânico.

Ariel marcha até a sua cama e puxa o colchão de lá. Ela apalpa freneticamente ao redor das bordas, procurando desesperadamente por algo, nem mesmo percebendo suas amadas galinhas que correm aos seus pés e tentam em vão chamar sua atenção. Ela está mortalmente pálida e suando, apesar do ar frio.

– Ariel – chamo, com cuidado, quando ela abre uma gaveta da cômoda e joga o conteúdo no chão, movendo-se agitadamente de uma para a outra, mal me notando. – O que aconteceu?

Ela arremessa uma das gavetas para longe da cômoda e solta um fluxo de palavrões. Então gira para mim, seu olhar está descontrolado.

– Naga ateou fogo! Ela planejou isso! Ela esperou… esperou pela tempestade!

Estou ainda mais perplexa.

– Do que você está falando?

– Meu nilantyr! – Ela volta a atirar coisas pelo quarto, desesperada.

Diana se levanta devagar.

– Pare com isso agora mesmo – exige ela, tensionando os músculos com autoridade.

Wynter abandonou o desenho em que estava trabalhando e agora se aproxima lentamente de Ariel. Consigo entender pela expressão intensa da nossa colega de quarto que a situação é ainda pior do que parece.

– Ariel – diz Wynter, aproximando-se dela com extrema cautela –, você levou todo o nilantyr com você. Eu te vi colocar tudo na bolsa.

– Não... *não* – protesta Ariel, com veemência, balançando a cabeça enquanto rasga freneticamente seu travesseiro, penas voam por toda a parte.

– Não está aqui – reforça Wynter, com tranquilidade.

Ariel continua a balançar a cabeça de um lado para o outro enquanto caminha pelo quarto, olhando dentro de qualquer coisa que possa encontrar, empurrando os braços sob os móveis. Percebo, com alarme crescente, que ela está começando a tremer.

Meu Ancião do Céu, ela foi completamente cortada do nilantyr.

– O que acontece se ela parar de tomar o nilantyr tão repentinamente? – Wynter me pergunta, há medo em seus olhos prateados.

Lanço um olhar preocupado para ela, minha mente passa por todas as minhas lições de boticário, tentando pensar em uma maneira de ajudar Ariel. Para compensar o que está por vir.

– Se o nilantyr acabou por completo – digo a Wynter –, ela vai ficar muito doente...

– *Cala a boca!* – Ariel grita comigo, seu rosto torcido em uma máscara de ódio. – Não acabou! Eu sei que tem mais! Eu tinha mais! Por precaução! Eu sei que eu tinha mais! – Ela começa a vasculhar a minha cômoda agora, atirando as minhas roupas para fora das gavetas. – Você escondeu de mim, gardneriana! Você roubou!

Diana dá um passo à frente.

– Ninguém roubou você.

Os olhos de Ariel ardem de violência e ela dá um passo ameaçador em direção a Diana. Mas então suas pernas cedem, e ela joga um braço em direção à minha cômoda para não cair, seu tremor aumenta a ponto de eu temer que ela desmaie.

Wynter e eu corremos para Ariel enquanto seu rosto fica mortalmente cinzento, e o estremecimento piora para um tremor de corpo todo. Nós seguramos os seus braços bem quando ela se curva para a frente e vomita sobre a roupa que tirou das minhas gavetas. Wynter e eu recuamos por instinto, e Ariel cai de joelhos, ainda vomitando. Nós a seguimos até o chão, Wynter passa os braços em volta dela para firmá-la.

– Precisamos encontrar um médico – digo a Wynter com a voz cheia de urgência. – *Agora.*

– Nós *não* podemos – adverte Wynter, enfática. – O nilantyr é ilegal. Se descobrirem que ela tem...

– Então temos que ir buscar o Yvan! – insisto.

– Você não pode buscar ninguém agora – interrompe Diana, firme. – Você vai se perder assim que colocar o pé para fora. Nem eu conseguiria andar por aí.

Nós nos voltamos para a janela e vemos que o mundo lá fora é uma parede sólida e impenetrável de branco.

★

As vinte e quatro horas seguintes são um pesadelo.

Ariel permanece deitada na cama vomitando até não haver mais nada em seu estômago, ela se contorce de dor e grita pela droga. De alguma forma, Diana consegue impedir que Ariel nos ataque e arranhe os próprios braços e rosto enquanto seu corpo queima de febre. Wynter e eu limpamos o vômito e tentamos fazer com que ela beba um pouco de água, mas ela a vomita, e Marina busca água fresca e sabão para nós e ajuda o melhor que pode com a roupa suja.

Então, depois de horas de esforço, ela não consegue mais lutar. Ariel desaba, inconsciente, sua respiração está sôfrega, sua pele cerosa e encharcada de suor. Nós quatro nos revezamos com seus cuidados enquanto as outras descansam, molhando sua testa com água fria para tentar manter a febre baixa.

No segundo dia, assim que a tempestade de neve diminui um pouco, Yvan aparece trazendo remédios para ajudar a diminuir a fissura de Ariel pela droga.

Ele me ajuda a sustentar uma Ariel semiconsciente para que ela possa tomar a medicação. Nenhuma de nós pergunta como ele sabia que precisava vir. A essa altura, é de conhecimento tácito e comum que Yvan pode falar com Naga, assim como Wynter e Ariel.

– Não posso fazer mais nada por ela – Yvan me diz ao se ajoelhar ao lado da cama dela, com a mão na testa encharcada de suor da icaral, cujo corpo inconsciente ainda treme por causa da febre e dos calafrios.

– Pare de fingir – digo, áspera, a privação de sono e desespero por Ariel me tornando grosseira. – Você foi capaz de ajudar Fern e Bleddyn e Olilly. E inúmeros refugiados. Agora ajude *ela*. – As lágrimas fazem meus olhos arder. Ele precisa salvá-la. Ela não pode morrer. Ela *não pode*.

– Elloren – ele responde, com compaixão na voz –, estou dizendo a verdade. Não há *nada* que eu possa fazer, a não ser lhe dar conforto com o tônico de *Itteliano*. Ela tem que superar a dependência do nilantyr por conta própria. Não há outra maneira.

Uma lágrima escorre pela minha bochecha e eu a limpo de qualquer jeito.

– Ela vai sobreviver? Me diz que ela vai sobreviver, Yvan.

Ele coloca a mão, com a palma para baixo, sobre o coração de Ariel.

– Eu acho que sim.

Mais tarde naquela noite, eu me sento com Yvan no banco de pedra do corredor, abatida de exaustão, mas cheia de uma tênue esperança. Ariel está aguentando firme e mostra sinais de melhora; seu batimento cardíaco se fortalece, sua respiração não é mais fraca e dificultosa.

Eu olho para mim mesma. Não tomo banho há dois dias e fedo de suor. Há manchas de vômito esfregadas às pressas na frente da minha túnica, e posso sentir meu cabelo grudado na minha cabeça. Encosto-me na parede de pedra às minhas costas.

– Estou imunda – observo, com um longo suspiro.

Yvan me relanceia.

– Eu nunca tive que cuidar de alguém tão terrivelmente doente – digo a ele. – Meus irmãos e meu tio tiveram uma infecção intestinal terrível uma vez, mas eu não peguei, e tive que cuidar de todo mundo. Aquilo foi bem ruim, mas isso... isso é muito pior. É terrível vê-la sofrer assim.

–Vai ficar mais fácil – ele me assegura. – Ela está passando pelo pior agora.

Levanto um braço para esfregar a testa.

–Você sabia que colocaram Ariel em uma jaula quando ela tinha apenas dois anos? –Aperto os olhos para tentar combater a dor na minha cabeça. – É por isso que ela ataca jaulas. Eles a alimentaram com nilantyr para a impedir de ser violenta. Que criança de dois anos não se tornaria violenta depois de atirada em uma jaula?

Yvan não diz nada. Simplesmente encara a tapeçaria de pássaros brancos, feita por Wynter, em frente a nós, seu rosto está tenso.

Caio e solto um suspiro longo e trêmulo, profundamente perturbada. Olho para Yvan, de repente querendo ser sincera. Sobre tudo.

– Sabe – digo a ele –, eu não falei com ela por muito tempo... depois que ela te contou... sobre os meus sonhos. – Minhas bochechas coram quando digo isso, mas não me importo. As lágrimas ardem nos meus olhos. – Eu deveria ter deixado para lá. Não deveria ter ignorado a Ariel. É só que eu estava tão... chateada.

Ele se inclina para a frente e considera o que eu disse.

– Ela vai conseguir, Elloren – ele me tranquiliza, com a voz baixa e segura. –Você terá a chance de fazer as pazes.

Aceno firmemente com a cabeça, lágrimas escorrem pelo meu rosto.

– E você não é a única que tem sonhos vívidos – diz ele, quase em um sussurro. –Você só tem o infeliz hábito de falar dormindo. – Ele se vira para olhar para mim, seus olhos ardem. – Eu já sonhei com você.

O calor se espalha por mim, e é seguido de perto pelo desespero.

– Não devíamos falar dessas coisas – sussurro. – Só piora tudo.

– Desculpa. – Sua mandíbula se aperta e ele desvia o olhar. –Você tem razão.

Ficamos em silêncio por um momento.

–Yvan – arrisco a perguntar –, o que Naga disse sobre Ariel e o nilantyr?

Ele me olha evasivo, seus lábios formam uma linha apertada.

– Deve ter sido Naga que te contou o que aconteceu – pressiono, com tato. – Não teria como você ficar sabendo de outra forma. Você foi ver Naga durante a tempestade de neve, não foi? Para ter certeza de que ela estava bem.

– Sim – ele admite, rígido.

– O que ela disse?

Mais uma vez, silêncio.

– Eu sei que você consegue falar com ela – insisto. – Assim como eu sei que você é anormalmente forte... e rápido. E que você pode curar pessoas e escalar montanhas como se a gravidade não existisse. Pode ser sincero comigo, Yvan. O que é que ela te disse?

Todo o seu corpo está tenso, tanto os seus olhos como o seu fogo refletem as fortes emoções e os pensamentos conflitantes que assolam seu âmago. Por fim, ele respira fundo e olha direto para mim.

– Naga disse... que o nilantyr destruiria Ariel. Então ela decidiu destruí-lo primeiro. Ela falou que a droga roubou a força de Ariel, que tornou suas asas inúteis e tomou o fogo dela. Ela contou que em breve o nilantyr também roubaria Ariel da própria alma, e que ela seria como os dragões domados, que no início eram ferozes e belos, mas que foram destruídos. – Yvan faz uma pausa, sua respiração está trêmula. – Ela disse que os gardnerianos colocaram Ariel no caminho da destruição, mas se ela continuar tomando o veneno, será o mesmo que cavar o próprio túmulo. E então eles ganhariam. Ela disse que Ariel lhe devolveu suas asas, e que essa era a sua única chance de devolver as dela também.

Um olhar de dor cruza seu rosto.

– E então ela foi embora.

O choque explode através de mim.

– Ela foi *embora*?

Yvan assente.

– Ela pode caçar agora que tem o fogo de volta. Vai poder voar em breve, e o frio não é um problema para a raça dos dragões. Então ela foi embora.

– Ah, Yvan...

– Ela vai voltar – ele me garante. – Ela nunca saberá se pode voar novamente se não fosse embora e testasse as asas. Mas ela me disse que ia voltar para nos ajudar.

Considero tudo por um longo momento enquanto Yvan analisa o meu semblante.

– Naga estava errada ao forçar Ariel a parar com o nilantyr de maneira tão abrupta – digo, por fim, cheia de certeza. – Ela poderia ter morrido.

Yvan acena com a cabeça.

– É diferente para os dragões. Acho que ela subestimou o quanto o lado humano de Ariel é fraco.

– Mas Naga está certa sobre tudo o que disse – concordo sombriamente. – O nilantyr *estava* destruindo Ariel aos pouquinhos. Eu a assisti ficar cada vez mais fraca nos últimos meses. Ela já nem consegue lançar fogo. E as asas dela… ficaram mais finas, mais frágeis.

Paro por um momento enquanto a vergonha toma conta de mim.

– No início, quando ela tomava o nilantyr, era quase um alívio. Ela parava de me xingar. Quando tomava, ela simplesmente não se importava com nada, e não ficava tão zangada o tempo todo. Mas depois de descobrir pelo que ela passou… sinto que Ariel tem boas razões para estar zangada. Ela *deve* ficar zangada. – A indignação brota dentro de mim. – Os gardnerianos não tinham o direito de forçar esse veneno nela. E eles não tinham o direito de tentar lhe tirar a raiva.

O olhar intenso de Yvan, que costumava me enervar tanto, agora tem o efeito contrário. Lá, posso ver que ele entende, de um jeito feroz e verdadeiro, o que estou dizendo. E é bom ser compreendida, especialmente sobre isso.

Pondero sobre como ele pode falar com Naga, e também considero a beleza absurda de seu rosto. Vasculhei livros sobre feéricos, tentando descobrir o que ele poderia ser, e minha mente exausta se lembra de um detalhe: féricos lasair são incrivelmente belos, e têm o rosto perfeitamente simétrico.

Como o dele.

– Quem é feérico na sua família, Yvan? – indago.

Ele permanece imóvel, retendo a resposta.

– Você pode me contar – eu o encorajo, mais gentil dessa vez.

Por um momento, o único som é o vento gelado chacoalhando as vidraças. Yvan respira fundo e, para minha surpresa, me responde:

– Minha mãe.

Minha respiração fica presa na garganta, meu coração acelera. Ficamos quietos por um longo momento.

– Então, a família da sua mãe…

Seus olhos verdes cintilam.

– Foi assassinada pelos gardnerianos durante a Guerra do Reino. Todos eles.

Ah, misericordioso Ancião. Não foi só o pai dele. Também mataram a família de sua mãe. Vergonha e tristeza tomam conta de mim como uma maré implacável.

Não admira que a mãe dele me despreze tanto.

– Obrigada por me contar – digo, e minha voz falha quando as razões para os muros entre nós são lançadas sob uma luz ainda mais clara. – Seus segredos estão seguros comigo. Espero que saiba disso.

A mão de Yvan desliza sobre a minha, e seu toque envia um suave rastro ondulante de faíscas pelo meu braço. Puxo um ar trêmulo e entrelaço meus dedos nos dele. Ele se reclina e olha para a parede em frente a nós, observando o fogo das lamparinas dançar sobre a tapeçaria de Wynter.

– O que você faria se tudo fosse mais simples? – pergunto. – Se nós dois fôssemos kélticos e o mundo não estivesse prestes a entrar em guerra?

Ele dá um sorriso melancólico com a ideia.

– Eu seria médico, como meu pai. – E dá de ombros. – Eu estudaria... e dormiria muito mais do que agora.

Assinto, entendendo bem o que ele quer dizer. Estamos os dois sobrevivendo com muito pouco sono.

A sua expressão se torna séria à medida que ele observa a minha mão na sua, seu tom fica ardente.

– E... você e eu... poderíamos ficar juntos.

Nossos olhos se encontram, e sou tomada por um desejo tão avassalador por ele, um que consigo ver claramente refletido na forma como ele me fita.

O meu coração se aperta. *Por que tem de ser tão impossível?*

Rebeldia se inflama dentro de mim, e descanso a cabeça em seu ombro quente, nossas mãos ainda firmemente entrelaçadas. A cabeça dele se inclina sobre a minha, sua bochecha quente descansa no meu cabelo.

– O que você fazia para se divertir quando era pequeno? – pergunto, querendo encontrar um caminho de volta para um terreno mais seguro.

A pergunta parece pegá-lo desprevenido, mas não de uma maneira desagradável.

– Para me divertir?

– Eu só me pergunto se houve um momento na sua vida em que as coisas não eram tão... difíceis.

Ele respira fundo, considerando a questão.

– Eu era filho único, então minha infância foi tranquila. Minha mãe e eu não éramos de socializar. Eu lia muito e a ajudava no jardim e com os animais. – Ele faz uma pausa, cada vez mais pensativo. – Eu gosto de cozinhar.

– Gosta? – pergunto, surpreendida.

– Minha mãe é uma cozinheira muito boa. Ela me ensinou.

Parece tão prosaico que é quase engraçado: Yvan, com todos os seus poderes sobrenaturais, gosta de cozinhar. E é surpreendente. Ele raramente faz comida na cozinha, em vez disso, foca no trabalho mais árduo, como transportar lenha para os fogões.

– Vou ter que cozinhar para você algum dia – ele oferece, sorrindo.

Sorrio de volta para ele, animada.

– Eu adoraria.

– Fernyllia é muito rigorosa com as pessoas mexendo em sua cozinha, mas talvez possamos nos esgueirar para lá uma noite dessas.

Rio com a ideia, com a perspectiva de fazer algo só por diversão. Já faz tanto tempo desde que fiz isso. Estamos todos tão ocupados com trabalhos acadêmicos e nas cozinhas, e também fazendo o possível para ajudar a Resistência.

– Eu também gosto de dançar – ele me diz.

– É mesmo? – Tento imaginar um Yvan sério girando em uma pista de dança, e sorrio de prazer com o pensamento improvável. – Outra coisa que minha mãe me ensinou – ele diz. – Danças lasair. As danças do povo dela.

O povo dela. Os feéricos lasair. Ele está fechado há tanto tempo que é uma revelação vê-lo finalmente falando tão sem amarras sobre ser parte feérico de fogo.

– Como são as danças lasair? – pergunto, imaginando um grupo de pessoas bonitas, todas com olhos verdes vívidos e cabelos ruivos brilhantes, vestidas com roupas escarlates e dançando dentro de um anel de chamas.

– Elas são complicadas – ele explica. – Com muitos passos. As danças feéricas são difíceis de aprender, mas depois de dominá-las, elas são... divertidas.

– São como as danças gardnerianas?

– Não – diz ele, com um tremor de cabeça e um leve sorriso. – Seu povo é um pouco... travado.

Franzo a testa para ele em falsa ofensa. Olha quem está falando, tão incrivelmente fechado o tempo todo. Mas é verdade, devo admitir: os gardnerianos ganham o prêmio em rigidez, assim como o da crueldade, talvez.

– Você acha que eu poderia aprender a dançar assim? – pergunto, hesitante.

Ele me olha como se visse algo novo, algo agradável, depois aperta minha mão com carinho.

– Eu poderia te ensinar. Precisaríamos ir a algum lugar muito isolado, com um grande espaço aberto. – Seus olhos se iluminam de surpresa. – Talvez o celeiro circular.

Considero isso, o celeiro deserto tantas vezes usado como estação de passagem para refugiados em fuga, o chão cheio de páginas que Yvan arrancou com raiva d'*O Livro dos Antigos*.

– Poderíamos dançar sobre as páginas d'*O Livro* – sugiro com um sorriso irônico. – Um gesto apropriado de desafio.

Yvan ri.

– É uma ideia tentadora, na verdade.

– Eu provavelmente pisaria nos seus pés mais do que nas páginas d'*O Livro*.

A diversão brilha nos olhos de Yvan.

– Pisei bastante nos pés da minha mãe enquanto ela me ensinava.

Olho para os meus pés envoltos em meia e os levanto um pouco do chão antes de assentá-los novamente.

– Yvan – começo a perguntar. – Se você é feérico, por que é que o ferro nunca te incomoda?

– Incomoda, sim.

– Mas eu te observo na cozinha. Você lida com ferro o tempo todo.

Ele estreita os olhos para mim, divertido.

– Há quanto tempo você está me observando?

Engulo em seco, encurralada.

– Há um tempo.

– O ferro me irrita, só isso – diz ele, com um pequeno encolher de ombros. – Se eu tocar por muito tempo, termino com uma erupção cutânea.

Mas sou só um quarto feérico, Elloren. Meu pai é de origem kéltica, e minha avó materna também era.

– Então o pai da sua mãe…

– Era um feérico de sangue puro, sim.

– Sua mãe te ensinou muito sobre o povo dela?

Ele acena com a cabeça.

– A sua história, histórias, costumes… a língua.

Uma surpresa intrigada se avoluma dentro de mim.

– Você sabe falar outra língua?

– Eu não falo com frequência. É muito perigoso falar qualquer dialeto feérico hoje em dia.

– Você diria algo para mim nesse idioma? – pergunto, com timidez.

Yvan sorri, há um quê de sensualidade no gesto que faz um calor deslizar pela minha espinha.

– O que você quer que eu diga? – pergunta ele, com um tom sedoso.

– Qualquer coisa. Só quero ouvir como ela soa.

Pensativo, ele olha para mim e começa a falar. Fico em transe no mesmo instante, as palavras da língua lasair são fluidas e cheias de sons elegantes. Ela soa como o que imagino que a dança feérica seja: incrivelmente complicada, mas bonita quando dominada.

– O que você disse? – pergunto, hipnotizada por ele.

– Eu disse… que os seus olhos são lindos.

– Ah – sussurro, minhas bochechas coram.

O rosto de Yvan fica sério de repente, e ele solta um longo suspiro, e se inclina na minha direção. Seu polegar traça suavemente a parte de trás do meu dedo.

– Não estamos fazendo um trabalho muito bom ficando longe um do outro, estamos?

– Não – concordo, e deixo a cabeça cair de volta em seu ombro.

Uma gavinha do seu calor se estende para mim, e eu fico ofegante enquanto a chama delgada se enrola em torno das minhas linhas de fogo. Uma emoção quente e decadente cintila pelo meu corpo.

– Como é? – ele me pergunta. – Ter linhas de afinidade?

Solto uma respiração firme.

– É… como árvores ramificadas dentro de mim. Se me concentrar numa afinidade, posso sentir a linha de ramificação. E consigo puxar o poder que flui através dela. – Olho para ele, imaginando como seria puxar seu fogo enquanto o beijo. – Seu fogo – indago, agitada –, é como uma linha de mago?

– Não é uma linha – explica ele, e um fio de amargura lhe curva os lábios carnudos. – Está dentro de mim, em *todos* os lugares.

Santo Ancião.

Sinto um desejo repentino de enviar minha magia de fogo direto para ele. Para sentir o que está lá dentro. Um calor baixo floresce no meu centro, e eu luto para mantê-lo sob controle.

– Você tem cinco linhas de afinidade? – ele pergunta, curioso.

– Eu tenho fortes linhas de terra e de fogo – conto. – Estou começando a ter uma sensação de pequenas linhas de ar e de água também, mas não consigo sentir minhas linhas de luz. A maioria dos magos não consegue; magos de luz são muito raros. – Olho para ele, hesitante. – Você consegue sentir minhas linhas?

– Só as de fogo – responde.

– Somos semelhantes nisso – pondero. – Nós dois temos uma forte afinidade com o fogo.

– Eu sei – diz ele, e seu polegar acaricia de leve as costas da minha mão, um calor delicioso desliza de seu toque.

– Estranho, não é? – digo, querendo que ele deslize esse toque por todo o meu corpo.

Seu queixo se move em meu cabelo enquanto ele assente com a cabeça. Posso sentir o canto de sua boca se erguer em um sorriso.

Não quero me mexer. Quero ficar aqui com a minha mão na dele e a minha cabeça no seu ombro para sempre.

– Seus irmãos – começa ele – me disseram que você queria fazer violinos antes de decidir se tornar boticária.

Abro um sorriso melancólico.

– Em um mundo perfeito onde uma mulher poderia se juntar às Guildas dos Artesãos? – pondero. – Talvez. Talvez eu fizesse as duas coisas. E estaríamos juntos.

Viro a cabeça para olhar para ele, a ideia feliz se dispersa como fumaça.

– Mas não é provável que tenhamos a vida tranquila que a gente quer, não é?

Yvan emite um som curto e sombrio, como se eu nem soubesse a metade da história.

– Nunca terei a vida que quero – diz ele, com a voz baixa e cansada. – Não há nada a se fazer quanto a isso. E o Conselho dos Magos nunca toleraria que a neta de Clarissa Gardner ficasse com alguém com sangue feérico. E se alguma coisa acontecesse com você… por minha causa… – Sua voz morre, e ele desvia o olhar, sua mão fica rígida ao redor da minha, como se desafiasse o mundo inteiro.

Mas isso não pode ser ignorado. Qualquer futuro feliz para nós… nunca poderá se tornar realidade. *Nós* nunca poderemos ficar juntos. Nosso relacionamento seria um perigo para nós mesmos e para todos que amamos.

E portanto, faço a única coisa que posso: afasto a cabeça do refúgio do seu ombro, solto sua mão e me levanto.

– Preciso voltar – digo, constrangida, e aponto para a porta do meu quarto. – Estou atrasada com os meus estudos e elas precisam da minha ajuda com Ariel.

Yvan acena com a cabeça e fica de pé. Por um momento, ele fica lá em silêncio constrangedor, o ar entre nós está carregado de frustração. Há tanta coisa a ser dita e que precisa permanecer silenciada.

Mas é hora de nós dois nos afastarmos.

Yvan tem razão.

Ariel sobrevive à privação do nilantyr, e as coisas ficam mais fáceis, todas nos unimos para ajudar Ariel à própria maneira.

Wynter, sempre fiel, fica perto dela sempre que pode. Todas as noites, envolve Ariel em um abraço suave e alado e canta para ela em alto élfico, sussurrando com amor, mesmo quando Ariel solta murmúrios incoerentes e acorda apenas de vez em quando, encarando-nos com olhos desfocados e injetados enquanto seu corvo se empoleira acima da sua cabeça.

Diana, por quem Ariel nunca teve muita afeição, permanece distante, mas se assegura de manter as roupas e lençóis de Ariel limpos, murmurando sombriamente para si mesma o tempo todo sobre os gardnerianos desumanos e suas crenças religiosas bizarras que ameaçam crianças nascidas com asas, e como você não flagraria lupinos sendo tão horrível e imperdoavelmente cruéis. Por incrível que pareça, Diana também cuida das galinhas, embora elas fujam em pânico sempre que ela se aproxima.

Marina ajuda Diana na limpeza, mas tem ficado cada vez mais atormentada com mais essa prova do comportamento bárbaro dos gardnerianos. Seu medo pela irmã cresce exponencialmente a cada dia que passa, mas as florestas são impenetráveis com tanta neve no chão. Não há como contornar o problema: precisamos esperar até que o tempo melhore antes de podermos visitar as amazes e implorar que ajudem o povo de Marina.

Rafe e Yvan se revezam trazendo comida para Ariel, e Tierney e eu preparamos medicamentos para ajudar a restaurar a sua energia. O irmão de Wynter, Cael, e seu acólito silencioso, Rhys, trazem um amuleto rúnico élfico para ela usar, dizendo que a incrustação de pedra vermelha serve para endurecer a pele e talvez também funcione nas asas.

Talvez, pela primeira vez em sua vida, Ariel esteja cercada por pessoas que a apoiam, que cuidam dela, que querem que ela se cure e seja forte; forte como era antes de os gardnerianos a forçarem a consumir nilantyr. Antes de a atirarem em uma jaula.

Naquela noite, sento-me à luz crepitante do fogo ao lado da cama de Ariel, enxugando suavemente sua testa febril com um pano limpo e fresco.

O pior parece ter passado.

O pesadelo que se agarrou a ela por quase uma semana inteira enfim a liberta de suas garras impiedosas, embora ela ainda esteja pálida e esquálida. Suas asas estão tão esfarrapadas que se pode ver através delas, e o corpo está tão murcho e fraco que ela não consegue comer por conta própria e temos que alimentá-la.

Mas o fedor do veneno se foi, e ela dorme profundamente, como se uma paz frágil se instalasse sobre ela.

Como tantas outras coisas na sua vida, ela sobreviveu a isso.

Enquanto seco de levinho o suor da testa de Ariel, seus olhos se abrem. Minhas sobrancelhas se erguem em espanto quando ela me olha de um jeito diferente, novo: totalmente alerta e presente. E completamente consciente pela primeira vez em dias.

– Por que você está fazendo isso? – ela indaga com uma voz áspera e desprovida de emoção.

Afasto a mão, repreendida pela pergunta direta.

– Porque o que eles fizeram com você é errado. – Hesitante, levo o pano de volta à sua testa e espero que ela me impeça, mas não é o que acontece. – E eu quero que você melhore.

Ariel me considera por um momento antes de responder:

– Eu sempre vou te odiar – diz ela, mas não há malícia em seu tom, apenas exaustão e confusão com minha presença teimosa.

Dou de ombros para a dor que suas palavras me causam enquanto continuo a cuidar dela.

– E eu quero que você melhore.

– Por quê?

– Porque não quero que eles vençam.

Paro de limpar a sua testa e me sento, olhamos uma para a outra por um momento. Por fim, suas pálpebras ficam pesadas, e ela se deixa levar pelo sono.

Meus olhos vagam para além de Ariel até onde Marina está em frente ao fogo, olhando para mim, seus olhos oceânicos estão alertas. Ela tem estado em uma vigília constante na janela, à espera de que o tempo mude, à espera do momento em que possamos viajar para nos encontrar com as amazes e pedir ajuda.

Quando o degelo chega dias depois, puxando a neve de volta para a terra, Marina, Diana e eu fazemos planos para deixar Ariel sob os cuidados de Wynter.

E então partimos para o território amaz.

PARTE 3

DECISÃO DO CONSELHO DOS MAGOS

N. 326

Todas as relações diplomáticas com o Povo Livre Amazakaran das montanhas da Caledônia estão suspensas, e sanções comerciais serão rigorosamente aplicadas até que os amazakarans entreguem os urisks, elfos smaragdalfar e aqueles de sangue feérico que residem em seu território em flagrante violação da Lei do Reino.

CAPÍTULO UM
FRONTEIRA

– Realmente, nenhum homem – comenta Diana enquanto atravessa ao meu lado a floresta invernal e coberta de neve. – E, por favor, poderia me explicar o que as amazes fariam se todos os homens sumissem de repente e elas fossem as Rainhas da Therria? Por acaso cultivariam árvores das quais brotariam novas filhas amazes?

Diana está nessa ladainha há uma boa meia hora, falando das falhas no pensamento amaz e como elas se atrevem a se considerar superiores aos lupinos e por que os lupinos são, de fato, superiores a elas. Minha cabeça está começando a latejar de preocupação só de ouvi-la. Está começando a parecer uma loucura ter trazido Diana, que é absolutamente incapaz de ser diplomática, para uma missão diplomática com a intenção de implorar às amazes ajuda para as selkies.

Mas vamos precisar da proteção dela. Aventurar-se em terras amazes sem um convite é mais do que perigoso.

De ambos os lados, paredes de pedra-da-espinha se assomam acima da copa das árvores enquanto caminhamos através da longa e delgada trilha de floresta que corta a única quebra na Espinha do Norte.

Em direção à fronteira amaz.

Com seu habitual bom humor irônico, Rafe segue Diana de perto, ouvindo seu discurso apaixonado e indignado. Trystan, Andras e Jarod caminham em silêncio atrás deles, todos os três parecendo perdidos nos próprios pensamentos.

Yvan caminha ao meu lado conforme nos desviamos de pinheiros que lançam sombras de fim de tarde. Seu poder de fogo fervilha com uma tensão quase vibratória, as pontas piscam aleatoriamente, irrequietas. Posso senti-lo lutando para mantê-lo sob controle, mas há uma aura de calor se acumulando, perigosamente perto de se libertar.

Marina precisa sair daqui, considero, preocupada, *mas você também. Antes que a pessoa errada descubra o que você é.*

Olho para Marina, que está andando de mãos dadas com Gareth, os dois desenvolveram uma amizade intensa, e possivelmente algo além. Acostumei--me a adormecer ao som da voz baixa e gentil de Gareth e das inflexões de flautim de Marina que emanam do corredor da Torre Norte enquanto conversam até tarde da noite.

A voz incisivamente crítica de Diana me afasta dos meus pensamentos.

– ... e se o meu pai tiver que ouvir mais uma vez que roubamos os filhos homens delas, filhos que elas deixaram para *morrer* na floresta, acho que ele teria todo o direito de apontar o quanto elas são hipócritas...

– Diana – interrompo, talvez muito ríspida. Ela se vira para mim, com a expressão irritada. – Você vai *ter* que se esforçar para manter sua opinião para si mesma quando chegarmos lá.

– Ou o quê? – rebate Diana, com desdém. – Elas vão me ameaçar com uma de suas armas rúnicas? Elas não são páreo para mim.

– Aí está – anuncia Andras, quando chegamos ao fim da floresta e saímos para um campo coberto de neve. Ele aponta para onde uma parede escura de árvores está pronta para nos encontrar. – Essa é a fronteira, logo à frente.

Todos abrandamos o passo.

Os homens da nossa comitiva podem atravessar o campo, mas não mais além. E sob nenhuma circunstância podem nos seguir por aquela fronteira de árvores. Todos os homens encontrados em terras amazes são mortos. Não há negociações ou exceções à regra. Todo mundo já ouviu histórias de viajantes infelizes que cruzaram a fronteira por acidente, apenas para ter a cabeça partida ao meio por um machado rúnico afiado.

Marina, Diana e eu vamos entrar sozinhas naquela floresta.

– Como encontraremos as amazes? – pergunto a Andras.

Ele sorri ligeiramente para o que eu disse.

– Você não vai precisar encontrá-las. Assim que cruzarem para o território, elas encontrarão vocês. – Sua expressão fica séria. – Lembrem-se de se curvarem diante da rainha. Não façam contato visual até que ela se dirija a vocês. E não pisem na soleira quando entrarem em suas habitações.

Diana ouve com impaciência e os braços cruzados com força, enquanto Andras revisita os pontos mais importantes da etiqueta. Yvan me olha em silêncio, com o seu fogo a arder sem descanso, já Rafe e Andras tentam convencer uma teimosa Diana da importância da diplomacia aqui. Trystan está com a varinha em punho e, sombrio, analisa a linha de árvores enquanto troca cochichos com Jarod.

Sigo o olhar de Trystan através do campo e em direção à floresta, relutante em me separar dos homens do nosso grupo. De tudo o que li sobre as amazes, elas não são gentis com estranhos vagando por suas terras, até mesmo com mulheres estranhas.

E aqui estou eu, a cópia da maior inimiga que elas já tiveram.

– Você está pronta, Elloren? – pergunta Yvan, e uma gavinha de sua magia de fogo se liberta e me alcança.

Aceno, apreensiva, e olho para a floresta mais uma vez.

– Você consegue – me encoraja ele, e uma borda fina de ouro envolve seus olhos verdes.

Olho para Marina, que abraça Gareth, despedindo-se.

– Precisamos conseguir – digo a Yvan, soturnamente resoluta. – Não resta muito tempo. O Conselho dos Magos vai votar a proposta da minha tia em breve.

Ele acena com a cabeça, o ouro em seus olhos se intensifica por um breve momento, seu fogo açoita em minha direção. Ele olha inquieto para a fronteira, mantendo-se rígido, mas seu fogo me envolve, protetor.

Ambos hesitamos, tentando nos manter afastados um do outro ao passo que o fogo de cada um de nós se expande e as fronteiras entre nós rapidamente se desfazem.

Yvan se aproxima e me puxa para um abraço acalorado. Eu me agarro a ele, enterro o rosto em seu ombro enquanto nossos poderes de fogo se libertam para se misturarem.

– Tenha cuidado, Elloren – sussurra ele, com o fôlego quente no meu ouvido. – Isso é perigoso. Me promete que você vai tomar cuidado.

– Eu vou – prometo, comovida por sua preocupação apaixonada.

Eu me afasto dele, e um rubor inunda minhas bochechas. Seu calor ferve pelas minhas linhas.

– Prontas? – pergunta Diana ao parar ao meu lado, com Marina logo atrás.

Aceno com a cabeça, acalmada pelo fogo de Yvan.

– Vamos esperar por vocês aqui amanhã – avisa Andras. – Peçam *respeitosamente* para que elas as acompanhem de volta. – Ele lança um olhar significativo para Diana, mas sua atenção já se voltou para a floresta diante de nós.

Está na hora.

É hora de caminhar pelo campo ladeado pela Espinha e atravessar a fronteira da floresta escura antes de perder a coragem.

Ajeito sobre o ombro o meu saco de viagem e me despeço dos meus irmãos, de Andras, Jarod e Gareth. Depois, lanço um último olhar para Yvan antes de começar a atravessar o campo com Diana e Marina.

Estamos a meio caminho da fronteira quando uma linha de runas vermelhas brilhantes de repente irrompe à vista, e todas recuamos em surpresa e congelamos. As runas são do tamanho de rodas de carroça e pairam em uma linha logo acima da fronteira.

Diana ergue a cabeça, então se vira, suas narinas dilatam. Seus olhos âmbar de repente se arregalam e, em um borrão, ela agarra meu braço e me puxa de lado.

Grito quando minhas costas atingem o chão gelado, e um pequeno clarão prateado passa zunindo sobre minha cabeça, depois outro, imediatamente seguido por uma saraivada de flechas vermelhas brilhantes vindas da direção oposta.

De repente, Yvan está lançando todo o seu corpo sobre mim, suas mãos seguram os lados da minha cabeça, sua testa pressiona firmemente a minha.

– Fique quieta – ele sibila, seu fogo alastrado invade minhas linhas.

O medo me atinge com uma força devastadora.

Há um zumbido, e o ar fica carregado, como se uma tempestade intensa estivesse prestes a cair.

Com o coração trovejando, viro a cabeça e vejo Marina no chão, encolhida em posição fetal. Gareth, Andras e meus irmãos nos rodeiam. Trystan está empunhando sua varinha, uma cúpula dourada translúcida emana da ponta e envolve todos nós, exceto os lupinos. Diana está agachada bem ao lado do escudo-mago de Trystan, mas não vejo Jarod em lugar nenhum.

Então percebo que não estamos sozinhos no campo.

Duas feiticeiras vu trin montadas em cavalos pretos apareceram à minha direita. As mulheres me encaram, com os olhos impiedosos, os braços levantados e prontos para lançar mais estrelas prateadas.

O traje delas é diferente do da maioria das outras. Lenços pretos estão enrolados com firmeza em torno de suas cabeças, e suas roupas são de um cinza profundo em vez do preto usual, marcado com runas Noi azul-brilhante. Espadas cruzadas estão amarradas às suas costas e linhas de estrelas assassinas reluzentes estão presas diagonalmente em seu peito.

Sou arremessada em um pânico atordoante.

Por que as feiticeiras vu trin estão disparando estrelas contra nós? E quem está tentando nos matar com flechas brilhantes?

– Abaixem-se! – uma voz feminina dominante grita da direção da floresta de onde viemos.

Levanto a cabeça e giro para ver a comandante Kam Vin cavalgando para o campo, chegando como uma tempestade enquanto ela clama com veemência uma série de ordens na língua Noi.

Ela está vestindo seu uniforme militar: túnica preta e calça marcada com runas azul-brilhante, espadas curvas no flanco e uma fileira de estrelas prateadas amarradas diagonalmente em seu peito. Sua irmã, Ni Vin, cavalga atrás dela, também vestida com seu traje de soldado.

Ni Vin encontra meu olhar, seu rosto está inexpressivo, mas então seus olhos se arregalam quando ela vê Marina. Uma memória passa pela minha mente: Ni Vin nos ajudando a esconder a presença da selkie na Torre Norte, salvando-a de ser recapturada.

– Todos estão protegidos, Yvan – diz Trystan, com calma. – Você pode soltar a Elló.

– Belo escudo, irmão – elogia Rafe, com grata admiração.

– Eu tenho praticado – responde Trystan, indiferente.

Yvan relaxa seu aperto em mim, olha em volta, e se afasta devagar. Ele paira perto de mim, tenso e engatilhado, seu calor é um frenesi violento.

Eu me forço a sentar e finalmente vejo Jarod, parado atrás de uma das mulheres que nos atacaram com estrelas, todo o seu corpo tenso e pronto para saltar sobre elas.

– Você se esquece do nosso acordo, Kam Vin – diz a mais alta das duas feiticeiras vestidas de cinza, com os olhos fixados implacavelmente em mim. – A garota está indo em direção às terras amazes.

O medo escorre pela minha espinha.

Do que ela está falando?

–Você vai deixar minha irmã em paz – brada a voz autoritária de Rafe. – Ou terá que lidar com cada um de nós.

– Silêncio! – comando uma voz profunda logo após a fronteira.

Arquejo enquanto uma linha de soldados amazes a cavalo, cheias de tatuagens rúnicas, emerge da fronteira da floresta escura e se move diretamente através das runas de fronteira suspensas, como se elas fossem tão insubstanciais quanto fumaça. Todas elas, exceto uma, estão fortemente armadas com armas rúnicas e vestidas com túnicas militares carmesim estampadas com runas escarlates brilhantes, capas escuras de inverno forradas com peles pretas presas sobre os ombros. Todas têm runas negras tatuadas no rosto.

Mas as semelhanças terminam aí.

Algumas possuem os tons de pedra preciosa dos urisks, enquanto outras têm a pele castanha profunda dos ishkartanos do sul. Algumas são pálidas e loiras como os issani do norte, e uma das soldados amazes tem a pele estampada em cor esmeralda e o cabelo verde dos smaragdalfar. Outra tem o cabelo de marfim e os olhos prateados dos elfos alfsigr.

As arqueiras amazes aparecem no alto dos galhos das árvores logo atrás da fronteira, há runas entalhadas em seus arcos, e algumas das mulheres a cavalo empunham lanças rúnicas.

Todas as armas estão apontadas para mim.

Meu coração bate tão forte que dói, e ouço Diana do lado de fora do escudo começar a rosnar quando uma jovem de pele castanha com cabelos pretos e orelhas pontudas cavalga à frente do resto, com um machado rúnico na mão. Parece ser ela que está no comando, os olhos das outras amazes agora estão fixos nela.

A mulher de pele castanha aponta um dedo acusador para mim e dirige os olhos severos para a comandante Vin.

– A neta da Bruxa Negra está pronta para atravessar para a terra amaz. Você vai se explicar *agora*, Kam Vin.

– A garota está atrás de um escudo. – A comandante Vin aponta bruscamente enquanto enfrenta a amaz e as feiticeiras vestidas de cinza. – Abaixem as armas, todas vocês, e vamos discutir a situação.

– Ordene que os lupinos abaixem as armas primeiro – responde friamente a feiticeira mais alta. – Especialmente o que está ameaçando nos atacar por trás.

Jarod não se mexe. Seus olhos âmbar brilham, e seus lábios estão repuxados para trás para expor dentes formidáveis.

– Ninguém nos diz para recuar – rosna Diana para a feiticeira. – Nosso pai é um alfa. Apenas *ele* nos comanda.

– Então pedimos respeitosamente aos filhos de Gunther Ulrich que se afastem – acrescenta a feiticeira, com calma diplomacia. – Não temos disputas com os lupinos. Queremos apenas matar a garota.

O terror salta no meu peito enquanto Yvan agarra o meu braço, o seu poder de fogo aumenta. Diana dá um passo ameaçador em direção às vu trin vestidas de cinza, seus lábios se arregaçam em um rosnado.

– Faça um movimento na direção de Elloren Gardner, e eu rasgo a sua garganta!

É nesse momento, no meio do meu próprio medo debilitante, que encontro a minha voz.

– Precisamos falar com Freyja! – ponho para fora, levantando-me.

Todos se viram para olhar para mim com surpresa.

A mulher magra de pele castanha abaixa um pouco o machado rúnico e estreita os olhos para mim.

– Eu sou Freyja.

– Nos disseram para te procurar – explico, ofegante. – Marina... a selkie... ela precisa da sua ajuda.

– A *selkie*?

Devagar, Marina se levanta do chão, oscilando um pouco enquanto luta para se equilibrar. Ela estende a mão e puxa o capuz para baixo, liberando seu cabelo prateado brilhante.

Uma arfada coletiva se eleva.

– Esta é a selkie do caseiro? – pergunta a comandante Vin, incrédula.

Diana solta um rosnado profundo e estrondoso.

– Ela não *pertence* a ele!

A comandante Vin se volta para a irmã.

– Você sabia disso, Ni?

O rosto de Ni Vin permanece impassível.

– Optei por ignorar.

– Você *optou* por ignorar? – A voz da comandante Vin é firme, mas mantém um fio de raiva. – Existe *mais* alguma coisa que você pode ter optado por ignorar?

– Quem te enviou para me procurar? – Freyja exige de mim.

Hesito em responder. Clive me disse para mencionar o nome dele *apenas* em particular, mas me recusar a responder a verdade parece uma má ideia no momento. Então respiro fundo e digo:

– Clive Soren.

O lado da boca de Freyja se contrai e sua postura fica abruptamente mais altiva, sua arma mais alta, como se minhas palavras fossem um desafio.

A amaz de aparência urisk perto Freyja lhe atira um olhar assassino. Aquela mulher é facilmente o maior soldado aqui, larga e musculosa, sua coloração é rosa-claro como a de Fernyllia e Fern, seu cabelo rosa curto e espetado, suas orelhas pontudas. Seu rosto é densamente tatuado com pequenas runas circulares, dando à sua pele uma aparência escamosa.

Engulo com nervosismo.

– Fomos à Keltânia para pedir a ajuda dele para libertar as selkies.

– Você foram à Keltânia? Se encontrar com *Clive Soren*? – A comandante Vin parece furiosa. Ela atira à irmã um olhar beligerante.

– Sim – digo a ela, e me volto para Freyja. – Ele nos disse que as amazes podem estar dispostas a nos ajudar. O Conselho dos Magos está prestes a matar todos as selkies do Reino Ocidental. Precisamos de ajuda armada para resgatar todas elas.

A voz musical de Marina ressoa:

– Elloren Gardner fala a verdade.

Outro arquejo coletivo.

– Pela Deusa Vingadora – murmura Freyja. – Ela fala.

– Explique isso, Kam Vin – exige a feiticeira vestida de cinza, parecendo atordoada.

A comandante Vin a ignora, focando-se apenas em mim.

– Elloren Gardner, explique-se.

– *Me* explicar? – exclamo. – Eu acabei de fazer isso! Por que é que *vocês* não se explicam? Por que estão todas tentando *me matar*?

– Não podemos permitir que a Bruxa Negra entre em terras amazes – declara a feiticeira vestida de cinza, aborrecida.

– Eu não *sou* a Bruxa Negra! – insisto com veemência. – Fiz o teste de varinha. Sou uma maga nível um.

– Ela não tem poder – afirma a comandante Vin. – Eu mesma a avaliei.

– Há uma mulher chamada Fallon Bane – conta Diana, com o tom quase casual. – Ela provavelmente será a próxima Bruxa Negra, e você deveria atacá-la agora mesmo.

– Nós sabemos disso – acrescenta Freyja, sombriamente, com os olhos se voltando com agilidade para Diana. – Ela não é a Bruxa Negra.

– Dizem que a magia dela fica mais forte a cada dia – responde Diana –, enquanto Elloren Gardner não tem nenhuma.

As feiticeiras vestidas de cinza abaixam suas estrelas ao mesmo tempo, e as amazes se olham perplexas, como se tentassem descobrir o que fazer.

– Qual é a sua missão, Elloren Gardner? – Freyja me pergunta num tom confuso.

– Falar com a sua rainha – respondo. – Solicitar ajuda para libertar as selkies.

Freyja gesticula em direção a Marina.

– E... como, exatamente, você encontrou essa selkie?

– Eu a libertei.

– Com magia? – pergunta a feiticeira vestida de cinza, desconfiada.

Eu a encaro.

– Acabei de dizer que não tenho magia.

– Então como? – insiste Freyja.

Dou de ombros.

– Nós a soltamos e só... saímos correndo.

– Saíram correndo – repete Freyja.

O meu temperamento se inflama.

– Porque eu *não tenho* magia. Posso me parecer com a minha avó, mas não tenho o poder dela.

– Ela era desprezada por muitos – Freyja me informa, com seriedade.

Uma incredulidade ousada passa por mim.

– É mesmo? Eu não sabia.

A mão de Yvan encontra meu braço, como se estivesse me advertindo, seu fogo mais estável agora, consolidado.

A soldado musculosa de pele rosada avança ameaçadoramente, projetando seu queixo forte e quadrado para a nossa comitiva.

– Se os seus homens colocarem um pé sobre a nossa fronteira, vamos matá-los. Especialmente *aquele ali.* – Ela aponta o enorme machado rúnico para Rafe. – *Sua* energia masculina é particularmente forte.

A boca de Rafe se abre, e ele a encara, com os olhos arregalados, como se não soubesse se devia se sentir ofendido ou lisonjeado.

– Apenas Diana Ulrich, Marina, a selkie, e eu procuramos atravessar a sua fronteira – esclareço às pressas.

– Eu sou a guarda deles – informa Diana, com um mostrar de dentes.

A comandante Vin me olha com cuidado antes de se dirigir à sua irmã.

– Ni, você vai acompanhá-las. E me informará se houver mais *surpresas.*

Ni Vin inclina a cabeça em assentimento.

– Sim, comandante.

– E você vai alvejá-la se ela tentar fazer mal ao que é nosso – acrescenta a feiticeira vestida de cinza.

Estou completamente confusa. *A que elas temem que eu faça mal?*

Diana cai em um agachamento protetor.

– Alveje-a se quiser ter o seu rosto rasgado em pedaços, feiticeira.

– Você esquece, Kam Vin – interrompe Freyja –, que este é o *nosso* território, e *nós* decidimos quem pode atravessar as nossas fronteiras.

– Nós imploramos a você – Marina diz a Freyja, e todos ficam imóveis com os olhos postos na selkie. Ela abre as palmas das mãos em súplica, seus tons de flautim inundam o ar. – Por favor, deixe-nos entrar em suas terras para uma audiência com a sua rainha.

A hostilidade de Freyja se dissipa quando ela olha para Marina, sua expressão agora é conflitante. Seus olhos voam para mim, depois de volta para Marina enquanto ela delibera. A mulher levanta o queixo, como se decidida.

– Vou lhes conceder licença para atravessar – diz ela, por fim. – Diana Ulrich e Ni Vin podem cruzar com você.

Freyja atira um olhar enviesado para mim.

– Você também pode acompanhá-las, Elloren Gardner. Mas apenas sob guarda. – Ela gesticula em direção à comandante Vin e às duas feiticeiras vestidas de cinza com seu machado rúnico. – Quanto a você, as vu trin nos encontrarão aqui dentro de duas semanas para coletar o que é seu. O seu tempo está quase acabando. A dívida está paga.

Estou ainda mais confusa. *Que dívida?*

– A varinha, Elloren Gardner – indaga a feiticeira de vestes cinza, com os olhos fixos em mim. – Ainda está em sua posse?

Engulo em seco, minha cabeça gira enquanto os olhos de todos se voltam para mim. *Elas sabem sobre a varinha de Sage. Como é que elas sabem?*

– Sim – resmungo, ciente da varinha branca acomodada dentro do cano da minha bota.

A feiticeira relaxa visivelmente e olha para Ni Vin.

– Observe a gardneriana de perto, Ni Vin – ela adverte, e seus olhos se voltam para mim. – A varinha pode tê-la procurado, mas não se esqueça do sangue escuro que corre em suas veias.

– Não me esqueço de nada – responde Ni Vin.

– Certifique-se de que seja o caso.

Com isso, as feiticeiras vu trin vestidas de cinza incitam os cavalos negros e cavalgam para a floresta. Com calma, Jarod se afasta para deixá-las passar. Freyja as assiste ir antes de se voltar e nos considerar. Ela aponta seu machado rúnico para a amaz de pele de marfim dos alfsigr.

– A selkie pode cavalgar com Thraso. – Então olha para mim. – Você, Elloren Gardner, vai cavalgar com Valasca.

Uma jovem de olhos escuros usando uma túnica índigo marcada por runas avança. Ela parece ter mais ou menos a minha idade, ou talvez seja apenas alguns anos mais velha. Uma pequena faca rúnica está embainhada em seu cinto e ela se porta com uma bravata magnética. Suas feições parecem noi, mas as orelhas são pontudas, a pele é azul-celeste e o cabelo preto curto e espetado é riscado com reflexos azuis vívidos. Seu rosto é marcado com tatuagens rúnicas amazes, e uma capa preta forrada de pele está pendurada sobre seus ombros.

Valasca olha para mim através do escudo de Trystan e sorri.

– Ni Vin – continua Freyja, falando para todos –, você vai cavalgar com Euryleia. E Diana Ulrich...

– Eu não cavalgo com ninguém – retorque Diana. – Vou correr ao lado de Elloren Gardner.

– Nós viajamos rápido, lupina.

Diana sorri.

– Então você pode ter uma chance de me acompanhar, amaz.

As outras soldados ficam muito quietas, como se estivessem maravilhadas com sua ousadia, mas Freyja abre um sorriso largo e abaixa a cabeça para Diana.

– É uma honra conhecê-la, Diana Ulrich.

Diana retribui o sorriso, não com um amigável, é claro, mas com um sorriso selvagem que faz os pelos da minha nuca se arrepiarem.

A enorme soldado amaz com escamas rúnicas ainda me encara de maneira ameaçadora enquanto segura seu gigantesco machado. Sua postura agressiva me faz reconsiderar tudo com seriedade.

O que estamos fazendo aqui? Essas pessoas acabaram de tentar me matar. Este é um penhasco, e estamos prestes a pular dele.

Mas então vejo outra feição: a de Marina. Parecendo sentir a minha hesitação, a sua expressão se transformou em uma de puro desespero.

– Pode desfazer o escudo – digo a Trystan, trêmula. Hesitante, ele segura o meu olhar por um longo momento, então murmura um feitiço e o escudo se evanesce no ar, a coloração âmbar sobre o resto do mundo desaparece.

A mão de Yvan cai do meu braço enquanto eu dou um passo à frente, em direção à jovem amaz, Valasca.

– Estou pronta – digo-lhe.

Valasca sorri e se abaixa para ajudar a me puxar para cima de seu cavalo com um braço surpreendentemente forte. Eu me acomodo atrás dela e envolvo meus braços em torno da sua cintura.

– Amizades interessantes que você tem, gardneriana – ela observa, virando a cabeça para me lançar um sorriso largo e travesso. Ela olha de relance para Diana, que está ao nosso lado e me observa de perto. – A filha de Gunther Ulrich. Uma escolha *excelente* de guarda-costas.

Um tremor nervoso sobe dentro de mim, e tento em vão acalmá-lo.

– Relaxe, Elloren Gardner – ela me diz, há um toque de seriedade em seu tom. – Vou te proteger também.

Olho-a com desconfiança.

– Você acabou de me conhecer.

Valasca dá de ombros.

– Estou disposta a te dar o benefício da dúvida, gardneriana, mas apenas porque você libertou a selkie. Há mais de um ano que tento convencer o meu povo de que devemos fazer algo para ajudá-las. Vi uma selkie uma vez, quando viajava perto da fronteira gardneriana. – O sotaque forte de Valasca quando fala a língua comum fica mais carregado com sua indignação. – Eles a tinham colocado dentro de uma jaula. Seus movimentos, sua voz... era tudo muito parecido com os de uma foca. Mas os olhos dela... eu só precisava olhar nos olhos dela, e eu soube.

Valasca olha para o seu cavalo e lhe acaricia o pescoço com afeição, sua expressão se suaviza. Ela me lança um sorriso mordaz.

– Acredito que se deve olhar além da superfície das coisas para chegar à verdade da questão. Não concorda, Elloren Gardner?

Ela não espera pela minha resposta, em vez disso, avança através das runas e além da fronteira até passarmos por suas companheiras amazes. Ela levanta o braço para o céu e olha em volta enquanto as outras ficam para trás.

– Segure firme – ela me adverte antes de gritar algo em outro idioma.

Então Valasca desliza o braço para baixo, e partimos como um raio. Rapidamente, olho por cima do ombro, esforçando-me para captar um último vislumbre de Yvan e dos outros. Só consigo relancear brevemente seus olhos ferozes, e uma forte onda de fogo, antes que a densa floresta de pinheiros se cerre ao nosso redor, como uma enorme porta verde se fechando.

CAPÍTULO DOIS
O AMAZAKARAN

Não estou preparada para a velocidade com que nos movemos, o som estrondoso de cascos levanta terra e neve à nossa volta. Às vezes, é como se as árvores se atirassem na nossa direção, como se estivéssemos prestes a colidir. Mas sempre nos desviamos na hora certa, como corredeiras que serpenteiam pela floresta. É ao mesmo tempo emocionante e aterrorizante, e eu me seguro à forma encapuzada de Valasca como se minha vida dependesse disso.

Atravessamos a longa quebra na Espinha do Norte à medida que as sombras se prolongam, e perco a noção do tempo. Não demora muita e uma lua brilhante paira sobre nós, nuvens prateadas se dispersam para revelar estrelas brilhantes. A imensa Espinha se ergue de cada lado, assomando-se acima das copas das árvores de galhos pretos, e eu olho para a montanha, admirada.

Lembro-me de passar sobre esses mesmos picos irregulares com Lukas, da Espinha incrivelmente bela lá de cima. Mas aqui, no chão, tenho uma noção mais clara do seu volume avassalador, e isso me tira o fôlego.

O frio me dói até os ossos, a nossa velocidade faz o ar gelado cortar pelo meu corpo. Meus dedos estão ficando rígidos e difíceis de dobrar, e começo a ficar preocupada com a queda da temperatura, me perguntando se todas ficaremos com queimaduras de gelo.

Um caminho mais amplo se abre diante de nós e, de repente, a floresta dá lugar a uma estrada de pedra que corta pilhas aleatórias de pedregulhos brancos gigantescos. Há uma linha de runas carmesim suspensas logo à frente.

Valasca se vira para sorrir para mim, então grita uma ordem calorosa em outra língua. Os cavalos de todas as outras disparam em uma corrida mais apressada, os cascos dos animais martelam na pedra abaixo de nós.

O terror se agarra a mim com uma força espantosa.

Estamos cavalgando a uma velocidade cada vez mais rápida em direção ao que parece ser a beira de um penhasco. Logo depois dele, estendidas diante de nós, estão as luzes de uma imensa cidade em um vale em forma de bacia, com as montanhas caledonianas cobertas de neve logo além.

A cidade fronteiriça de Cyme: a maior das seis cidades amazes situadas ao longo da cordilheira da Caledônia.

Minha mente apavorada absorve todos os detalhes da cena de uma só vez: inúmeras construções cobrindo densamente o vale central, com telhados riscados por linhas vermelhas iluminadas.

E há o verde. Ao longo de todo o vale. *Verde* no auge do inverno.

E vamos nos arremessar diretamente de um penhasco de pedra-da-Espinha e cair nele.

Suplicante, olho para Diana, que corre ao nosso lado, com o cabelo fluindo atrás dela como uma flâmula. Diana encontra meus olhos e mostra os dentes em um sorriso revigorado.

– Precisamos parar – protesto, frenética, o pânico se avoluma. – Pare o cavalo, Valasca!

Ela olha para mim com um sorriso desenvolto.

– Aguente firme, gardneriana. – Ela agarra as rédeas e incita o cavalo a ir ainda mais rápido.

Um grito toma forma na minha garganta enquanto o penhasco se aproxima de nós.

Em uníssono, todas as amazes lançam os braços para a frente, com as palmas das mãos estendidas, os dedos abertos. Runas carmesim brilhantes ganham vida nas costas de suas mãos enquanto corremos em direção à linha de runas maiores e à queda vertiginosa. A palma da mão de Valasca bate em uma enorme runa e raios de luz vermelha ofuscante saem de sua mão. Uma enorme cúpula translúcida envolvendo todo o vale surge brevemente acima e ao nosso redor, ar quente nos abraça.

– Aaaahhhhh! – grito, enquanto galopamos direto para a beira do precipício.

Assim que chegamos ao penhasco, runas planas e circulares surgem do nada na beirada e se multiplicam como um enxame de insetos para formar uma estrada carmesim suspensa no ar. Aperto os braços em torno de Valasca enquanto nosso cavalo cavalga tranquilamente para fora do caminho de pedra e avança pela estrada rúnica.

Varrida por uma vertigem estonteante e um alívio desesperado, admiro a visão surpreendente. A estrada rúnica continua a se formar à nossa frente enquanto percorremos a cidade abaixo, elas vão se multiplicando a uma velocidade incrível.

Valasca levanta um braço, e todas diminuem a velocidade para um galope, depois para um trote.

Com o coração acelerado e a respiração cambaleante, solto meu aperto mortal da cintura de Valasca, e ela dá uma risada baixa. Constato, com puro espanto, que aqui é verão, o frio cortante nas minhas bochechas dá lugar a um calor corado e formigante. Árvores de folhagem verde, jardins e quintas estão espalhados por todo o vale, muitas das fazendas situadas sob cúpulas de vidro geométricas estão marcadas com enormes runas escarlates.

– Como é verão aqui? – pergunto a Valasca, tomada por admiração.

– Feitiçaria rúnica avançada – diz ela, com um sorriso, depois aponta para cima. – Você deve ter notado a cúpula.

Olho para cima, mas não há nada visível, apenas o céu noturno repleto de estrelas.

– O que aconteceria se alguém tentasse voar com um dragão através dessa cúpula? – pondero.

O peito de Valasca se sacode de tanto rir.

– Uma explosão bastante grande. Membros voando pelo ar. Um céu cheio de sangue. Diria que não é aconselhável.

Levanto as sobrancelhas para isso. *Muito bom*, penso. Pelo menos as amazes podem ter uma chance de resistir a um ataque militar gardneriano.

Abaixo de nós, edifícios em estilo élfico estão esculpidos na face norte da Espinha, curvando-se como conchas e dando lugar a uma floresta cheia de árvores estranhas coberta por uma cúpula.

– Essa é a nossa universidade – diz Valasca.

– Eu nunca vi árvores assim antes. – Fico maravilhada.

– Esses são os jardins de pesquisa da universidade – declara Valasca, com orgulho. – Temos plantas de toda a Therria.

A estrada rúnica serpenteia diante de nós em direção a um mastro vermelho brilhante que se ergue do centro da cidade. Há um grande disco no topo, e a nossa estrada rúnica colide nele com uma rajada de luz vermelha.

Conforme cavalgamos para o enorme disco, a estrada rúnica desaparece atrás de nós, encolhendo de volta em direção à Espinha tão rapidamente quanto se formou, e depois pisca e some.

– Meu Ancião do Céu – murmuro, soltando um longo e estremecido suspiro quando observo a estrada desaparecer.

Valasca dá uma risada calorosa.

– Sempre é divertido ver as pessoas experimentarem isso pela primeira vez.

Diana está olhando em volta, para a vista panorâmica, com uma curiosidade amena, completamente inabalada. Ni Vin também parece não estar afetada pela nossa chegada por um caminho mortal. Apenas Marina encontra o meu olhar com o semblante estampado de susto.

– Você não ficou nem um pouquinho assustada? – pergunto a Diana de forma bastante estridente.

Ela me fita como se eu estivesse sendo um pouco exagerada.

– Não senti o cheiro de medo de ninguém da comitiva delas. Ficou claro que alguma feitiçaria criaria o nosso caminho.

Vacilo quando o disco em que estamos pisando começa a descer pelo mastro central como uma roda sobre um eixo, os cavalos ficam inquietos. O mastro, de perto, é tão grosso quanto um tronco de uma sequoia gigante, e formado por uma longa linha de runas escarlates brilhantes e rotativas.

– Como o seu povo construiu uma estrada como esta? – pergunto a Valasca, atônita. Ela me lança um olhar astuto.

– As feiticeiras rúnicas reúnem sistemas rúnicos de todas as nossas culturas de origem. Quando as combinamos, podemos fazer mais coisas com elas. – Seu sorriso se alarga. – Isso nos dá uma vantagem incrível.

– Eu achava que a feitiçaria rúnica era rara.

– E é. Temos apenas doze feiticeiras rúnicas – ela me diz. – Mas elas abrangem quase todas as tradições do mundo conhecido. O que lhes falta em números, compensam em diversidade. O que leva ao aumento do poder.

Olho em volta, espantada com o que elas conseguiram com a sua feitiçaria rúnica. A magia de varinha gardneriana não é nada em comparação com algumas coisas que elas criaram aqui.

Inúmeros edifícios cobrem densamente o vale central. Meus olhos pulam de um lado para o outro, e me esforço para absorver tudo desta altura. Há tantos estilos de arquitetura aqui, ao contrário dos estilos repetitivos como os de pedra-da-Espinha de Verpácia ou dos modelos imutáveis de florestas de pau-ferro da Gardnéria. É tudo variado e misto: como se todos os tipos de arquitetura na Therria fossem atirados ao vale e misturados com uma colher de bolo.

Longas linhas de vermelho brilhante traçam os ângulos de cada telhado, lançando toda a cidade em um brilho escarlate sobrenatural. Aponto as linhas vermelhas brilhantes para Valasca à medida que descemos, e pergunto o que são.

– Linhas de runas – ela diz. – Elas alimentam luzes, fogões e essas coisas. Quando os diferentes sistemas rúnicos são fundidos, elas ficam vermelhas. Daí o nosso esquema de cores bastante monolítico.

O piso de pedra de uma enorme praça circular está gradualmente subindo para nos encontrar, seus azulejos moldados em um estilo multicolorido composto de runas interligadas. O som das vozes femininas ecoa por toda a parte, espalhando-se pela praça e para além dela: mulheres gritando, falando e rindo ruidosamente, mulheres cantando ao som melódico dos instrumentos de cordas. Todas mulheres. Nenhum homem.

Uma multidão está se reunindo abaixo de nós, a praça iluminada pela luz de calhas de inúmeras tochas que lançam chamas escarlates no ar.

Uma imensa escultura em pedra-da-Espinha está colocada no centro da praça abaixo, uma reminiscência da estátua da minha avó em Valgard. A diferença é que este monumento retrata a deusa amaz em roupas esvoaçantes, com seu cinto de serpente entrelaçada. Há uma pomba branca no ombro da Deusa, e as três Primeiras Irmãs se sentam aos seus pés, olhando-a com adoração. Abaixo das Primeiras Irmãs, um círculo de pequenos veados com chifres saltitantes.

Além da escultura da Deusa encontra-se a maior estrutura do vale: uma enorme cúpula geodésica com uma série de cúpulas menores presas à sua base, como ramificações.

– Aquele é o Pavilhão da Rainha, lar do Conselho da Rainha Alkaia – diz Valasca com orgulho. – É para lá que estamos indo.

A estátua da Deusa se ergue sobre nós conforme terminamos a nossa descida. Nós nos conectamos suavemente com o solo, as runas abaixo de nós piscam e desaparecem, e um círculo de soldados de face pétrea, fortemente armadas e trajando túnicas escarlates marcadas com runas se posiciona para nos cercar, há uma multidão de curiosas logo além delas.

As amazes por toda a praça são tão variadas quanto a nossa própria comitiva. Urisks de todas as classes. Elfas alfsigr e smaragdalfar. Elfhollens, ishkartanas, kélticas, nois – e até mesmo algumas gardnerianas com a pele tingida de um brilho verde como o meu, algumas delas com as mãos marcadas pelo laço da varinha. Muitas das mulheres parecem ser de ancestralidade mista, como Andras e a professora Volya, e as suas roupas são tão variadas quanto as pessoas.

Apenas as tatuagens rúnicas negras no rosto de cada uma as marcam como uniformemente amaz.

Cada amaz, salvo as crianças pequenas, está fortemente armada com facas rúnicas, espadas ou machados amarrados ao corpo, com muitas armas reluzentes que nunca vi antes. Mesmo as mulheres muito velhas usam facas curvas e furtivas penduradas em cintos intrincadamente tecidos e pequenas machadinhas de dois gumes presas aos braços.

Penso no ótimo domínio de Andras no uso de tantas armas e me lembro do que ele me disse sobre as amazes treinarem todas as crianças numa grande variedade de armas e artes marciais.

Freyja aponta para mim e dá o que soa ser uma ordem firme para Valasca em outra língua. Valasca acena com a cabeça, depois sorri e diz algo com alegria em resposta. Entendo que a resposta de Valasca foi um tanto atrevida quando Freyja lhe lança um olhar severo antes de se dirigir às soldados que rodeiam nossa comitiva.

Freyja conversa com as soldados, depois parte com nove delas em direção ao Pavilhão da Rainha, separando oficialmente os nossos números pela metade. O resto de nós vai também na mesma direção, mas devagar o suficiente para que Diana possa agora andar sem pressa ao meu lado.

O Pavilhão da Rainha é coberto com um desenho impressionante de mosaicos feitos em diversos tons de escarlate e roxo profundo, sua superfície geométrica gravada com linhas de runas escarlates brilhantes. Entalhada na frente da cúpula está uma gigantesca entrada em arco emoldurada por uma cobra de marfim esculpida, com a cauda ondulando para a praça. Além do arco, há uma série de cortinas multicoloridas, cada camada recuada cobre um pouco mais que a anterior, dando à entrada a aparência de um túnel de tecido exuberante.

Tochas rúnicas afixadas em postes pretos aspiralados ladeiam a entrada do Pavilhão da Rainha e a colorem com um brilho carmesim.

Uma multidão considerável está se reunindo perto do Pavilhão, espalhando-se por metade da praça. O grupo denso se abre à medida que nos aproximamos, e algumas das mulheres ofegam quando me avistam, seus olhos se estreitam, os das mais velhas em particular. Por instinto, suas mãos alcançam espadas ou machados enquanto as crianças são logo escondidas de vista ou totalmente afastadas.

Conforme nos aproximamos da entrada, Valasca se inclina para pressionar o rosto no nosso cavalo, seus olhos fechados, o que me remete ao trato runicamente aperfeiçoado de Andras com os animais. Lembro-me de que algumas das tatuagens rúnicas das amazes conferem a capacidade de falar com cavalos com a mente, entre muitas outras habilidades.

O nosso cavalo desacelera, depois para, e Valasca desmonta. Ela me ajuda a descer, depois dá um tapinha na égua e a incita a trotar com os outros cavalos.

A multidão está ficando mais densa à nossa volta, seu comportamento está cada vez mais ameaçador. Ela fica ainda mais intimidante à luz das tochas carmesim, o mundo da praça é uma paisagem ameaçadora de luz vermelha cintilante e sombras.

Diana desliza para mais perto de mim, em uma posição protetora, seus olhos selvagens deslizam pelo lugar, e a mão de Valasca vem descansar nas minhas costas.

– Fique perto de mim – sussurra ela em meu ouvido, seu olhar examina cuidadosamente as mulheres ao nosso redor.

Olho por cima do meu ombro para Marina, que me lança um olhar ansioso, seus olhos oceânicos estão redondos de preocupação, seu braço entrelaçado com o de Ni Vin, que parece ter tomado o posto de guarda-costas de Marina. Sua mão sem cicatrizes está levemente apoiada no punho da espada curva pendurada em seu flanco; o rosto, inexpressivo enquanto examina a multidão.

À medida que nos aproximamos do Pavilhão da Rainha, vejo que a enorme soldado de pele rosa e escamas rúnicas se posicionou entre nós e a porta com cortinas, sua estrutura gigantesca bloqueia nosso caminho. Ela segura seu machado rúnico ameaçadoramente com ambos os punhos. Abrandamos a caminhada até parar a poucos metros de distância dela, e o murmúrio beligerante da multidão morre.

– Abra caminho, Alcippe – ordena Valasca, com um gesto casual da mão. – A gardneriana está aqui para falar com a rainha Alkaia. Você sabe disso. E Freyja ordenou que assim seja feito.

– Não – rosna Alcippe, apertando o machado.

– Alcippe, o que você está fazendo? – pergunta Valasca, parecendo genuinamente confusa. – Esta é a decisão de Freyja.

O rosto de Alcippe assume um olhar de profundo desdém, e ela cospe uma risada zombeteira.

– Freyja esqueceu quem ela é. Estou anulando sua decisão.

Valasca e Alcippe iniciam uma intensa conversa em outra língua. Então, sem aviso prévio, e para meu imenso horror, a mulher gigantesca rosna algo para a minha escolta e marcha na minha direção, levantando seu machado rúnico.

O medo dispara dentro de mim quando Diana me puxa bruscamente para trás dela e Valasca empunha uma faca, apontando-a para Alcippe.

A guerreira congela a meio passo, olhando para a pequena lâmina cintilante.

Uma lâmina *muito* pequena, observo, com o coração martelando, em comparação à arma terrivelmente enorme de Alcippe.

Valasca levanta a palma da mão.

– Afaste-se, Alcippe. Você está em menor número.

Alcippe ri com desprezo e olha em volta para as mulheres que nos rodeiam, a multidão espelha sua hostilidade.

– Acho que não – responde ela, dando mais um passo ameaçador.

– A rainha Alkaia *deve* dar a palavra final! – insiste Valasca, mantendo-se firme. Ela é muito mais baixa do que Alcippe, esbelta e vigorosa em sua constituição. Pergunto-me se a mulher perdeu completamente o juízo ao enfrentar essa guerreira monstruosa.

Os olhos de Alcippe cortam para os meus, ardendo de ferocidade.

– Eu não permitirei que essa *criatura maligna* contamine o ar que a rainha Alkaia respira! Afaste-se, Valasca!

– Alcippe, *por favor* – insiste Valasca, com a lâmina rúnica ainda em punho, recusando-se a ceder um centímetro sequer. Os olhos de Alcippe se viram em direção à faca novamente e ela hesita, parecendo ao mesmo tempo louca para assassinar alguém e em um conflito profundo.

Então, para minha esmagadora e abençoada surpresa, ela abaixa o machado rúnico e se afasta com uma relutância furiosa.

Diana, que sempre me surpreende com a sua capacidade de dizer exatamente a coisa errada na hora errada, gesticula com arrogância para a arma pesada de Alcippe, com expressão desdenhosa.

– Você acha que pode nos subjugar com esse seu brinquedo?

– *Brinquedo*? – Alcippe se joga para a frente e rosna entre dentes cerrados. – Você não vai achar que é um brinquedo quando eu abrir a sua cabeça no meio, lupina!

Num instante, Diana está agachada, os olhos brilhantes e selvagens, os lábios repuxados para trás para expor os dentes. As garras se formam e o pelo se espalha sobre a mão que ela agora ergueu sobre a cabeça.

– Dê mais um passo, amaz – Diana diz muito devagar, flexionando as garras perversamente curvadas –, e vou acrescentar *a sua* cabeça à minha coleção de pescoço dos meus antigos inimigos.

Exatamente quando as coisas parecem que vão sair do controle, Marina se lança entre Diana e Alcippe, suas brânquias se abrem. Ela abre a boca e solta um de seus tons sobrenaturais de flautim. Todas se viram para olhar para ela, pegas de surpresa pelo barulho lúgubre.

Marina joga o capuz para trás e a multidão arqueja de surpresa. Ela olha em volta, preocupada, depois tensiona o pescoço e achata as brânquias.

– Estamos aqui para implorar pela sua ajuda. Para salvar o meu povo.

Murmúrios de "a selkie fala!" podem ser ouvidos por toda a parte, bem como gritos de espanto numa multiplicidade de línguas.

– Precisamos da sua ajuda. – Marina olha para Alcippe, rogando. – Por favor. Eu imploro.

Alcippe fica imóvel, então se vira para olhar para Diana por um longo momento, há uma tempestade de raiva em seus olhos rosados. Diana, que nunca recuou de uma luta, está mais do que feliz em encontrar o olhar da guerreira, seus lábios estão repuxados em um sorriso assustador.

A boca de Alcippe fica tensa, as mãos tão apertadas na arma que os nós dos dedos empalideceram, mas ela recua e se afasta.

– Por respeito à selkie – anuncia ela, com os olhos estreitados em Diana –, e *apenas* por causa dela, não vou te matar agora, lupina.

Valasca, Marina e eu soltamos um suspiro coletivo de alívio.

Diana dá uma risada desdenhosa.

– E eu vou deixar você ficar com a sua cabeça por mais um dia, amaz.

A postura de Alcippe endurece e Valasca lança a Diana um olhar de censura feroz.

– Obrigada – diz Marina a Alcippe. Ela envia a Diana um olhar desesperado, como se implorasse para ela ficar em silêncio, antes de se voltar para Alcippe mais uma vez. – Obrigada pela sua compaixão.

A demonstração de respeito parece apaziguar a guerreira de cabelos rosados. Ela acena com a cabeça para Marina e marcha para o Pavilhão da Rainha, as outras na multidão caminhando devagar atrás dela.

Viro-me para Diana.

– Você *realmente* coleciona "cabeças dos seus antigos inimigos"?

Diana acena com uma mão desdenhosa.

– Isso é irrelevante.

– *Irrelevante?*

– Sim, irrelevante.

– Diana, ela é a maior e mais assustadora soldado aqui. E você ameaça arrancar a cabeça dela?

Diana joga os longos cabelos loiros por cima do ombro e leva a mão ao quadril.

– *Ela. Foi. Grossa.*

– Você *prometeu* ser diplomática!

Diana endireita a postura e me olha imperiosamente.

– Sou filha de Gunther Ulrich. Há um limite para o que estou disposta a suportar.

– Bem, então – retruco –, pelo menos me deixe falar enquanto estamos na frente da rainha!

– Tudo bem – responde ela, entre dentes.

Valasca está olhando para Diana e para mim como se tivessem nos brotado chifres. Ela se vira para Marina.

– Elas são sempre assim?

Marina acena com a cabeça, seu rosto está solene enquanto NiVin a segue em silêncio, ignorando o resto de nós.

Valasca olha para os céus e murmura um juramento baixo para si mesma antes de embainhar sua lâmina rúnica.

– Vamos. – Ela gesticula para que a sigamos. – Vocês vieram até aqui para falar com a nossa rainha. Bem, aqui está a sua oportunidade.

Antes de entrarmos, Valasca faz uma pausa para nos alertar.

– Não pisem na soleira. E se lembrem de se curvarem diante da rainha...

– A gente já sabe – diz Diana, impaciente, passando por ela através da parede de cortinas, forçando o resto de nós a seguir seus passos.

CAPÍTULO TRÊS

RAINHA ALKAIA

Atravessamos a série de cortinas escarlates e roxo-escuras e entramos num grande átrio forrado com tapetes e tapeçarias grená bordados em cores vívidas. Inúmeros pares de sapatos estão alinhados de um lado do cômodo, capas e outras peças de roupas dobradas em prateleiras de madeira seccionadas do outro.

Valasca nos instrui a retirar os sapatos e mantos, depois levanta a ponta de uma cortina pesada e passa pela soleira esmaltada que tem um belo desenho de cobra multicolorida. Ela se vira e nos pede que a sigamos pelo saguão.

As paredes curvas e o teto do Pavilhão da Rainha são enormes e luxuosamente revestidos com mais tapeçarias grená. Os desenhos bordados retratam várias imagens da história religiosa das amazes: as três Primeiras Mulheres caminhando em um belo jardim com a Grande Deusa; o assassinato do marido cruel pela única filha fiel; a Deusa recompensando essa filha fiel, nomeando-a Amaz enquanto ela coloca em sua mão um buril rúnico feito de luz estelar.

Na ponta do Pavilhão da Rainha, há uma enorme tapeçaria tremulando no teto, mostrando a grande Deusa cercada por pássaros brancos. Centenas deles esvoaçando em direção ao teto até atingirem seu ápice, onde se misturam para formar um único pássaro de cor marfim gigantesco.

Fico momentaneamente paralisada pelos pássaros da Deusa, que são tão parecidos com o pássaro do Ancião que estão nos vitrais da nossa catedral em Valgard. Muito parecidos com os pássaros brancos das esculturas de Wynter e tecidos em suas tapeçarias. Os pássaros que me levaram a Marina.

Sentinelas.

Um arrepio ondula através de mim, e fico ciente da varinha branca escondida na minha bota e sou tomada pelo desejo de fechar os dedos em torno do seu cabo espiralado.

O interior longo e oval do Pavilhão da Rainha é ainda maior do que a Catedral de Valgard e sustentado por várias colunas de runas rotativas empilhadas. Uma passarela central ricamente acarpetada leva a um estrado elevado na extremidade do saguão, e dezenas de mulheres enchem o resto do espaço, comendo, conversando e rindo juntas.

Meu olhar saltita para todos os lados quando começamos a caminhar pela passarela. Um círculo de elfas smaragdalfar de olhos prateados e escamas verdes sentadas à nossa esquerda chama a minha atenção, as jovens tomam chá e conversam. Todas elas vestem túnicas de um verde profundo e calças dos elfos das subterras, com bordados pretos espiralados na barra de suas roupas, mas suas bochechas são marcadas com as tatuagens rúnicas típicas das amazes.

Outra mulher se aproxima do grupo. Ela tem as orelhas pontudas, pele branca e olhos prateados dos elfos alfsigr, mas seu cabelo é de um violeta berrante. Ela nota a minha atenção e seus olhos se estreitam. Um rubor arde em minhas bochechas, e logo desvio o olhar, envergonhada por ter sido pega encarando.

Algumas das amazes estão ocupadas servindo comida por todo o salão, os aromas de especiarias ricas e desconhecidas e pão fresco flutuam no ar. Vejo as mulheres aceitando tigelas de comida e percebo que parece ser costume se curvar ligeiramente em agradecimento.

Meus olhos se arregalam quando vejo uma urisk dourada que está nua da cintura para cima. Ela ri e conversa com duas outras mulheres enquanto um bebê mama contente em seu peito. Nunca vi uma mulher amamentar tão descaradamente, e isso me choca e fascina. Isso é completamente proibido na Gardnéria; e na Keltânia e em Verpácia também. Em todos esses lugares, as mulheres amamentam em um lugar reservado, e mesmo assim, com o bebê escondido debaixo de túnicas frouxas.

De repente, percebo que estamos atraindo um pouco de atenção. Mulheres em todo o Pavilhão da Rainha se voltam para nos olhar, e uma cacofonia de conversas angustiadas aumenta, logo abrangendo toda a sala. Nervosa, olho ao redor quando nos aproximamos do estrado elevado da rainha no final do enorme salão.

No centro, reclinada em almofadas exuberantes, está uma mulher muito idosa. Sua pele é de um verde profundo, suas orelhas agudamente pontudas e seus cabelos brancos estão arrumados em laços rígidos e esculpidos que enfeitam sua cabeça como uma coroa ondulada. Ela está bastante adornada com piercings metálicos pretos e tatuagens que espiralam por todo o rosto muitíssimo enrugado.

Percebo, com surpresa, que essa senhora frágil deve ser a poderosa rainha Alkaia.

Ela está flanqueada por uma comitiva de guerreiras formidáveis. As mulheres ferozes também estão sentadas em almofadas, com armas afixadas nas costas ou apoiadas na base da enorme tapeçaria da Deusa. Alcippe está entre elas, sentada à esquerda da rainha, com seu machado rúnico atrás dela, ao alcance do braço. Ela nos observa quando avançamos, encarando-nos com evidente hostilidade.

Engulo com força enquanto observo o olhar letal de Alcippe, meu coração bate forte enquanto respiro fundo para não me deixar abalar.

Quando chegamos ao estrado, Valasca abranda o passo até parar, e estancamos atrás dela. O olhar penetrante da rainha Alkaia se concentra em mim. Ela levanta uma mão trêmula e retorcida, e os sons das conversas angustiadas em todo o saguão diminuem, depois desaparecem por completo.

– Aproximem-se, viajantes – diz a rainha Alkaia, chamando-nos para a frente.

Nós nos aproximamos um pouco mais e sigo o exemplo de Valasca, ajoelhando-me e me curvando profundamente. Ao meu lado, Marina faz o mesmo, e vejo seu olhar tenso enquanto pressionamos a testa no chão acarpetado.

Diana e Ni Vin permanecem de pé.

– Ora, ora – diz a rainha, sua voz profunda é seca e tem um sotaque carregado. – Esta é uma noite de surpresas. Acaso será verdade? A neta de Clarissa Gardner veio pedir ajuda à rainha das amazes?

– É verdade, rainha Alkaia – digo, com o rosto ainda no tapete vermelho. – Sou Elloren Gardner, e viemos pedir a sua ajuda.

Sons raivosos irrompem, enchendo a cúpula, e me enrijeço em resposta. Por fim, os ruídos furiosos diminuem, e percebo que a rainha deve ter feito um sinal de silêncio. Arrisco-me a olhar para ela.

– Ergam-se, viajantes – instrui a rainha Alkaia, com uma nota irônica no tom. Marina, Valasca e eu nos endireitamos, mas permanecemos de joelhos.

– Valasca – diz a rainha Alkaia, com diversão, seus olhos se voltam para a nossa companheira –, foi gentil da sua parte concordar em fazer as vezes de guarda para essas viajantes.

Valasca se levanta, abrindo um sorriso largo, então se curva com graciosidade para a rainha com um floreio dramático.

– A seu serviço, rainha Alkaia, e feliz por ser a escolta da nossa convidada gardneriana.

A rainha Alkaia abre um sorrisinho.

– Humm. Cuidado para você não a escoltar *muito* de perto, Valasca. Não preciso de todo o exército gardneriano reunido na nossa fronteira com a intenção de roubar de volta a neta da Bruxa Negra.

Roubar de volta? Do que é que ela está falando?

– Elloren Gardner – diz a rainha Alkaia, ficando séria –, há muitas aqui que se lembram do que sua avó fez ao nosso povo. Fala-se que você deveria ser executada, como devia ter sido feito à sua avó, antes que os poderes dela atingissem o seu apogeu.

Murmúrios de assentimento se assomam, e eu me encolho, alarmada.

– Não tenho poderes – insisto, com voz trêmula. – Não sou uma ameaça para nenhuma de vocês.

– E, no entanto, você trouxe uma guarda muito perigosa. – A rainha olha para Diana, que está na sua habitual postura confiante, completamente à vontade e sem se sentir intimidada.

– Sou Diana Ulrich da Alcateia de Gerwulf. – Espero ouvir toda a sua árvore genealógica, até ao último primo, e fico espantada quando ela para por aí. Diana me lança um olhar presunçoso antes de se voltar para a rainha Alkaia. – Elloren Gardner está prestes a ser uma irmã para mim, e vim aqui como sua guarda-costas. Ela resgatou Marina, a selkie, de um homem vil que deveria ser morto imediatamente, e ela deseja reunir um exército para libertar as outras mulheres selkies.

O salão irrompe em completa confusão. Marina, talvez vendo isso como sua chance, levanta-se, hesitante, seus cabelos prateados brilham sob a luz rúnica.

– Fale, selkie – ordena a rainha Alkaia, e o silêncio mais uma vez cai sobre a sala. – Se é, de fato, verdade que consegue falar.

Marina achata suas brânquias contra o pescoço, seu rosto está determinado.

– Precisamos da sua ajuda, rainha Alkaia – diz ela, com voz trêmula. – Meu povo está sendo mantido prisioneiro pelos gardnerianos, e o Conselho dos Magos deles está prestes a decretar nossa morte.

Sussurros chocados enchem o saguão.

– Então é verdade – observa a rainha Alkaia, admirada. – A selkie fala.

Depois de estudar Marina por um longo momento, a rainha se volta para mim com os olhos estreitados.

– Elloren Gardner. Compreende por que é que a feiticeira Ni Vin foi enviada para proteger você?

– Há o temor de que eu seja a Bruxa Negra da profecia – respondo. – Já que me pareço com a minha avó.

–Você é uma cópia *exata* da sua avó – retoque a rainha Alkaia, bruscamente.

Sou tomada pela aflição.

– Isso pode ser verdade, mas sou diferente dela em muitos aspectos. E não tenho absolutamente nenhum acesso à magia. – Lanço uma breve olhada para Ni Vin. – Para dizer a verdade, não entendo por que a senhora sente que preciso de uma guarda vu trin.

Mais uma onda murmurante se ergue do meio da multidão. A rainha Alkaia se volta à estática Ni Vin e a considera com interesse.

– E você, feiticeira? Acredita que os objetivos desta gardneriana são o que ela diz que são?

Ni Vin me considera, pensativa.

– Sim – afirma, por fim. – Ela foi corajosa ao libertar a selkie. Acredito que seja igual à avó apenas na aparência.

O salão irrompe em outra onda de protestos furiosos. A rainha Alkaia espera com paciência, como se avaliasse cuidadosamente a situação.

– E onde você conseguiu essas feridas, feiticeira? – a rainha Alkaia pergunta a Ni Vin quando a multidão finalmente se acalma.

A vu trin endurece.

– Pelas mãos de Clarissa Gardner. – Há uma nova erupção de vozes furiosas, e Ni Vin espera que os protestos exaustados diminuam antes de continuar: – Foi durante a Guerra do Reino – explica ela, desprovida de emoção. – A Bruxa Negra fez chover fogo contra o meu povo enquanto avançava para o leste, e a casa da minha irmã foi atingida por uma das suas bolas de fogo. Perdi toda a minha família naquele dia, salvo a minha irmã. Fui amaldiçoada a viver.

Uma onda de vergonha passa por mim. Suspeitava que Ni Vin tinha sido ferida durante a Guerra do Reino, mas ouvi-la contar isso tão claramente é devastador.

– No entanto, você está disposta a dar uma chance a essa garota? – pergunta a rainha Alkaia.

– Estou, mas só por causa da selkie.

A rainha se recosta e relaxa a postura.

– Então, talvez – ela sugere às presentes –, possamos seguir o seu exemplo e, pelo menos, dar à gardneriana a oportunidade de contar a sua história. Eu, por minha vez, estou curiosa sobre como a neta da Bruxa Negra não só resgatou uma selkie, mas fez amizade com a filha de um alfa lupino. A cabeça de todas se volta em uníssono para olhar para mim, nenhuma das miradas é amigável. Está silencioso como a morte, exceto pelos gritos inquietos de alguns bebês e crianças pequenas.

– Levante-se, então, Elloren Gardner – diz a rainha, há uma nota de desafio em seu tom. – Parece que é a sua vez de falar.

Engulo em seco, sentindo-me ligeiramente fraca enquanto meu coração troveja dentro do peito. Respiro fundo e fico de pé, amparada pelo olhar de Marina, cravado encorajadoramente em mim.

Com voz trêmula, inicio o meu conto. Quase toda a história, exceto pelas partes sobre Naga, a varinha branca e a destruição da base militar. Meus nervos vão se acalmando aos poucos, e minha voz se estabiliza à medida que continuo a falar.

Quando termino, me mantenho de pé, com Diana, Marina, Valasca e Ni Vin ao meu lado.

– Então eu devo acreditar – diz a rainha Alkaia – que a neta de Clarissa Gardner, uma menina que é a cópia *exata* dela, fez amizade com duas icarais e os filhos de um alfa lupino, libertou uma selkie e tem um irmão que está prestes a se tornar lupino? Tudo isso é verdade?

– Sim, rainha Alkaia.

A rainha me estuda por um longo momento, e depois faz algo que ninguém parece esperar.

Ela começa a rir.

Por fim, ela recupera a compostura, se volta para a guerreira com escamas rúnicas que está ao seu lado.

– Posso sugerir, Alcippe – diz ela –, que, se você deseja se vingar da família dessa garota, a melhor maneira de fazer isso seria deixando-a *viver.*

Ela se volta para mim e abre um sorriso largo.

– Você é uma encrenqueira, Elloren Gardner. E só por essa razão, você já é *mais* do que bem-vinda aqui. Venha, junte-se a nós. – Ela olha para a multidão, com benevolência. – Abram espaço para a gardneriana e suas companheiras. - Ela olha para mim mais uma vez. – Coma. Amanhã de manhã estabeleceremos um horário formal para a sua petição, depois de todas terem sido bem alimentadas e descansarem. Esperemos que, a essa altura, prevaleçam as cabeças mais frias.

Sinto a mão cautelosa de Valasca em meu braço enquanto a rainha Alkaia volta sua atenção para outro lugar, e conversas e movimentos surgem no grande salão. Os olhares dirigidos a mim ainda são hostis, mas agora amortecidos, como um fogo que a rainha aspergiu com água com suas mãos antigas e experientes.

CAPÍTULO QUATRO
ALCIPPE

Valasca nos conduz a uma parte do salão que fica bem longe de Alcippe.

À nossa volta, amazes são servidas por mulheres sorridentes que conversam umas com as outras enquanto passam tigelas fumegantes de ensopado aromático e grandes bandejas douradas com pão ázimo.

Diana e eu nos sentamos em almofadas bordadas enquanto uma Valasca alegre chama uma mulher servindo comida por ali, dando-lhe um sorriso amigável e um aceno respeitoso. A mulher loira de feições kélticas retorna o gesto e vem até nós, e eu noto que ela tem tatuagens de cobra intercaladas entre as rúnicas, pulseiras de serpente com olhos de joias estão entrelaçadas em torno de seus pulsos e braços. Sua expressão fica fria quando ela avista Diana e eu.

Ela entrega a Valasca uma porção de ensopado, uma xícara de algo leitoso e um pedaço de pão ázimo dourado, então faz uma careta hostil para Diana e praticamente joga em sua direção uma tigela de comida, que a lupina pega com habilidade. Em seguida a mulher enfia bruscamente outra tigela em minhas mãos, e eu me atrapalho ao aceitá-la, a tigela cai no chão, o ensopado se derramando no tapete.

Valasca lança à mulher um olhar exasperado e exclama algo em outra língua, mas a outra apenas retruca e olha para mim antes de marchar para longe.

Marina, por outro lado, está sendo cuidadosamente atendida por um grande grupo de mulheres que a estão entupindo com pratos de peixe enquanto a inundam com perguntas, o rosto delas está cheio de preocupação. Meu olhar cruza com o de Marina por um momento, sua expressão parece aflita, e aceno com a cabeça, encorajadora, tentando ignorar a comida derramada na barra das minhas saias escuras.

Estamos aqui por Marina, reforço para mim mesma, observando os olhares beligerantes enviados por algumas das que estão ao redor dela. A forma como se sentem em relação a mim não importa, desde que ajudem as selkies, e a reação delas a Marina até agora é muito animadora.

Ni Vin está sentada logo atrás dela, sua presença silenciosa e próxima e o perfil afiado irradia poder latente enquanto examina as simpatizantes de Marina.

Diana remexe seu ensopado, cheirando os pedaços de carne cozida com desdém antes de se dignar a comê-lo enquanto olha feio para Alcippe do outro lado do salão, totalmente imersa em seu rancor recém-descoberto. Do estrado da rainha, ela encara Diana, como um carvão em brasa, aparentemente inconsciente da bela e sorridente jovem com pele verde-primavera que não para de tocar seu braço, tentando chamar sua atenção. A companheira de Alcippe tem rígidas tranças verde-escuras que emolduram seu rosto em forma de asas de borboleta e são adornadas com orbes de luzes multicoloridas, e seu traje esvoaçante é composto de lenços de seda de todas as cores imagináveis.

Suspiro e vou limpar o ensopado derramado, mas Valasca saiu na minha frente. Ela murmura para si mesma enquanto limpa, então chama a atenção de uma urisk de cabelos grisalhos pairando por perto, com uma bandeja de comida nas mãos. Essa mulher mais velha tem a pele rosada da classe mais baixa dos urisks, os uuril, como Fern, Fernyllia e Alcippe. Ao contrário da maioria das mulheres aqui, ela não é marcada por tatuagens e veste uma túnica e calças marrons simples. Quando Valasca acena para ela com um sorriso gentil, ela se aproxima de nós submissamente, com a cabeça baixa, os olhos no chão.

Ela se ajoelha e estende a bandeja de comida e bebida para mim como se eu fosse da realeza, e como se eu fosse agredi-la se ela me desagradasse. Pego uma tigela de ensopado, uma xícara de leite e um pão ázimo da bandeja, minha mente fica confusa com o comportamento dela.

Ela age como se fosse uma escrava.

Mas Clive Soren disse que as amazes não suportam mulheres sendo abusadas. Como poderiam ter uma escrava uuril?

A mulher de cabelos grisalhos ainda está ajoelhada diante de mim, sua cabeça está baixa, como se aguardasse o meu veredicto. Valasca bate no meu ombro.

– Toque no braço dela e diga isso... – ela diz algumas palavras em uriskal.

Eu faço como Valasca instrui, e a mulher olha para cima, alívio passa por seus olhos cor de quartzo rosa. Ela está sorrindo para mim como uma criança que acabou de ser poupada de uma surra.

A raiva começa a queimar lentamente na base do meu pescoço enquanto a mulher se inclina para mim repetidas vezes enquanto se afasta. Há cicatrizes de açoite no seu pescoço, no rosto e nos braços, e há algo de errado com ela, como se tivesse sofrido golpes demais na cabeça.

Volto-me para Valasca, com o rosto rígido de nojo.

– Então. Vocês têm escravas uuril aqui?

Valasca só parece estar me ouvindo por alto enquanto pega o seu ensopado com um pedaço de pão.

– Sala não é escrava – diz, sem esboçar reação.

Que tipo de idiota ela pensa que eu sou?

A minha raiva aumenta.

– Ela está andando por aí servindo e fazendo mesuras como se fosse ser agredida se desagradar a alguma de vocês. É óbvio que foi espancada muitas vezes... E ela não tem as marcas do seu povo.

– Ela é a mãe de Alcippe.

– O quê?

Meus olhos voam para o estrado da rainha, procurando o rosto com tatuagens de escamas de Alcippe. A enorme guerreira observa a mulher uuril servindo, o ódio da sua expressão anterior substituído por uma de dor profunda.

Eu olho para Sala.

– Mas ela não se parece em nada com Alcippe – argumento, balançando a cabeça em descrença. Alcippe é mais alta que Rafe e quase tão musculosa quanto Andras. Essa mulher uuril é frágil e pequena; o completo oposto da filha. – Alcippe se parece com o pai – explica Valasca enquanto mastiga. – Já ouviu falar de Farg Kyul?

Farg Kyul. Um dos comandantes urisks mais fortes e implacáveis durante a Guerra do Reino, e um dos poucos urisks de classe baixa a receber o status de senhor de dragões.

– Ele era o pai de Alcippe? – pergunto, incrédula. – Como foi que ela acabou aqui?

Valasca engole e limpa a boca com as costas da mão.

– Ela veio para cá com a mãe, quando tinha doze anos. Seu pai era monstruosamente cruel e elas fugiram dele.

Tento imaginar uma Sala fraca e maltratada carregando Alcippe para longe de uma vida com Farg Kyul.

– Impossível – protesto, com um aceno enfático da cabeça. – Não tem como essa mulher ter resgatado a filha de um senhor de dragões.

Valasca me fita com um olhar sério.

– Sala não resgatou a filha. Alcippe resgatou a *ela*.

Eu a encaro, boquiaberta, e Valasca coloca a tigela na mesa, apoiando as mãos nas pernas cruzadas.

– É uma longa história – adverte.

– Eu não vou a lugar nenhum por um tempo.

Valasca me considera com atenção antes de ceder.

– Sala era uma das quatro esposas de Farg Kyul. Ela nunca lhe deu um filho, e perdeu a beleza que tinha logo após dar à luz a Alcippe, sua única filha. Por causa disso, Sala foi desprezada e muitas vezes espancada pelo senhor de dragões. Ela também era muito maltratada pelas outras esposas.

Os olhos de Valasca voam na direção de Alcippe.

– Mas Sala amava muito a filha e fez o possível para protegê-la dos abusos que a menina também sofria. Alcippe cresceu rápido, e quando tinha dez anos, estava corajosamente se jogando entre a mãe e o pai para tentar protegê-la dos golpes raivosos dele, alguns tão fortes que a mãe já estava surda de um ouvido.

Valasca franze a testa, e seus olhos se voltam brevemente para Sala, que está de joelhos outra vez, oferecendo comida a um grupo de mulheres do outro lado do saguão.

– Quando tinha doze anos, Alcippe voltou do curral e encontrou a mãe inconsciente no chão. Escorria sangue do nariz e da orelha de Sala, e seus olhos estavam inchados e fechados. Com rapidez, ela pegou um pouco de comida, juntou roupas e os pertences das duas, depois esperou até escurecer e saiu, carregando a mãe nos ombros.

– Ela viajou a pé por dois meses seguidos até chegar às nossas terras, mãe e filha já quase morrendo de fome. Alcippe usou suas últimas forças para colocar a mãe suavemente no chão diante de nós. E fez um pedido antes de ela mesma desmaiar de exaustão.

– O que foi?

– Ela disse: "transforme minha mãe em uma guerreira".

Volto a olhar para a mãe de Alcippe, trabalhando arduamente, servindo e fazendo mesuras. Assisto enquanto ela coloca uma tigela nas mãos de uma mulher smaragdalfar que tem o cabelo grisalho riscado de verde, a pele esmeralda estampada cintilando à luz das lâmpadas rúnicas. A mulher segura carinhosamente o braço de Sala, sorri para ela e murmura algo com gentileza. Em seguida, segura com carinho o queixo submissamente inclinado de Sala, levanta a cabeça dela e faz uma mesura respeitosa para a urisk. Sala sorri com timidez e trata de fugir dali.

– Mas a mãe dela nunca se tornou uma guerreira, não é? – pergunto, abalada pelo espírito obviamente destruído de Sala.

Valasca balança a cabeça com severidade.

– Sala nunca se recuperou completamente após a última surra. Nossas médicas tentaram dizer isso a Alcippe, mas ela se recusou a acreditar, insistindo que a mãe melhoraria com o tempo. Ela investiu toda a sua energia em aprender os nossos costumes e se tornar ela mesma uma guerreira. E continuou tentando ensinar à mãe o que aprendeu, guiando as mãos dela em torno de um arco, persuadindo-a a segurar uma lança. Mas a mãe sempre ficava com medo e corria de volta para as cozinhas, de volta para as tarefas que ela tinha sido obrigada a fazer para a família Kyul.

Aparece um vinco em sua testa enquanto ela observa Sala.

– O tempo passou e Alcippe se tornou uma das soldados mais ferozes e poderosas que já tivemos. Quando tinha dezoito anos, ela recebeu da rainha suas marcas de guerreira e seu novo nome. Então subiu em seu cavalo e partiu com um machado rúnico nas mãos.

– Para onde ela foi?

Valasca estreita os olhos para mim.

– Fazer uma visita ao pai.

– Ah. – Um frio gelado corre pela minha espinha. – O que aconteceu depois?

– Semanas depois, ela voltou com a cabeça de Farg Kyul balançando atrás dela, amarrada com uma tira de couro. Ela marchou por este mesmo salão e pelo corredor, à vista da rainha. Ela jogou a cabeça do pai no chão, aos pés da mãe. Acho que ela sempre acreditou que a mãe estava sob a influência de algum feitiço, e que *isso* era o que finalmente o quebraria, libertando a mãe para se curar e ficar forte e, finalmente, ser capaz de se tornar uma guerreira.

– Mas isso não aconteceu – eu digo, em voz baixa.

– Não – responde Valasca, com um balançar soturno de cabeça. – Sala fez algo que Alcippe nunca esperou. Ela caiu de joelhos diante da cabeça do marido morto e lamentou por ele.

Sinto o choque me inundar.

– O que Alcippe fez?

– Naquele dia, algo se quebrou dentro dela. Ela desmoronou por completo. Na verdade, tentou enfiar uma faca no própria rosto, para cortar a semelhança com o pai.

– Mas ela não fez isso.

Valasca balança a cabeça.

– Não. Skyleia conseguiu convencê-la do contrário.

– Quem é Skyleia? – indago.

– Sua parceira. A neta da rainha. A mulher à direita de Alcippe.

A bela mulher com o vestido de lenços e o cabelo brilhante e decorado está sentada ao lado de Alcippe, rindo e se inclinando de vez em quando para tocá-la no ombro ou na mão. Toda vez que ela faz isso, a expressão de Alcippe suaviza momentaneamente.

– Skyleia – continua Valasca –ficou com Alcippe dia e noite, nunca vacilando em sua devoção. Elas eram amigas desde sua chegada, mas depois disso tornaram-se amantes inseparáveis. Skyleia foi quem a convenceu a tatuar o rosto de forma tão dramática em vez de desfigurá-lo. A própria Skyleia aplicou as marcas rúnicas.

Penso em Ariel e nas suas dificuldades terríveis, e na compreensão de Wynter. Ariel muitas vezes parece completamente desagradável, mas a amizade e devoção de Wynter nunca esmorece.

– Posso imaginar o que você está pensando – diz Valasca, sorrindo levemente. – Como pode duas pessoas tão distintas estarem juntas? Muitas vezes me pergunto a mesma coisa. Mas Skyleia vê algo diferente do que você ou eu vemos quando ela olha para Alcippe. Ela vê a criança de doze anos que carregou a própria mãe por quilômetros até ficarem em segurança. Ela vê a guerreira com o coração de um puma, e que passaria pelo fogo por seu povo adotivo. Ela vê a pessoa que, apesar do fato de eu nunca ter visto o seu sorriso, é uma das favoritas das crianças aqui.

Dou uma risada descrente.

– Isso é uma surpresa. Eu teria pensado que fugiriam de medo dela.

Valasca sorri e balança a cabeça.

– As crianças brincam de luta com ela, agarram-se aos seus braços. Elas trazem presentes, e Alcippe é uma professora de armas paciente com todas. É como eu disse antes, às vezes você tem que olhar abaixo da superfície. – Ela me abre um sorriso astuto.

Percebo que tenho algo em comum com essa enorme guerreira que me odiou à primeira vista. Alcippe e eu parecemos ser aquele membro cruel da família, que causa estrago e destruição.

– O que aconteceu quando os urisks descobriram que Alcippe matou um dos seus líderes? – pondero.

Valasca dá de ombros, pegando sua tigela de comida novamente.

– Eles enviaram mais do que alguns soldados atrás de nós, mas matamos todos eles. E os seus dragões também.

Estremeço, pensando em Naga. Mas aqueles dragões militares não eram como Naga. Não eram mais inteiros.

Mas eles já foram como ela.

– Eu não consigo acreditar que agora estou sentindo simpatia por Alcippe – admito.

Valasca tosse uma risada e me lança um olhar de cautela.

– Não deixe que a simpatia te leve a baixar a guarda perto dela – adverte. – Alcippe quer ver você morta.

O medo se finca dentro de mim.

– Mas... a rainha me aceitou...

Valasca dá de ombros enquanto come.

– Isso não vai impedi-la. – Vendo minha expressão horrorizada, acrescenta: – Você realmente achou que seria *seguro* para você aqui?

Devo ter ficado um pouco mais pálida, porque Valasca ergue uma sobrancelha enquanto me estuda.

– Não se preocupe – diz ela, tranquilizadora. – Se ficar perto de mim, ela vai te deixar em paz.

– O que exatamente você faz aqui? – pergunto, buscando por alguma razão remota para que eu pudesse me consolar com isso.

– Em geral, pastoreio de cabras – diz ela, pegando mais comida.

Olho-a duvidosa, lembrando-me de como ela encarou Alcippe com firmeza.

– Pastoreio de cabras.

Valasca abre um sorrisinho enquanto toma um longo gole de sua caneca de barro.

– Eu gosto de cabras.

– E Alcippe. O que ela faz?

Valasca gesticula com a caneca em direção à mulher, como se brindasse.

– Ela é membro da Guarda da Rainha.

– A Guarda da Rainha?

– Nossa força de combate de elite.

– E *você* acha que pode me proteger *dela*?

Sorrindo, Valasca acena com a cabeça e toma outro gole de sua bebida, como se estivesse gostando do meu desconforto.

– Não quero te ofender – digo, gesticulando com o queixo voltado para Alcippe –, mas ela parece muito mais forte que você.

– Ela é.

– Então como você poderia me proteger dela? – O lado da boca de Valasca se curva, seus olhos escuros cintilam de malícia.

– Você vai descobrir, gardneriana, que eu tenho um grande número de talentos ocultos. – Ela ri e olha para a taça cheia que está à minha frente. – Você devia comer alguma coisa. Vai precisar de toda a força que conseguir.

Olho para a comida, como se a notasse pela primeira vez, e pego timidamente um pedaço do pão ázimo salpicado de ervas. A comida é rica em especiarias e vegetais desconhecidos, mas muito boa – algum tipo de guisado de frango num molho rico e avermelhado misturado com frutas secas cobertas com abóbora assada e queijo de cabra, com uma xícara de leite de égua quente e temperado, que é mais doce do que o leite de vaca e de cabra a que estou acostumada.

Olho ao redor do saguão enquanto como, e meus olhos caem sobre um grupo de adolescentes uuril, todas agrupadas contra a parede oposta. Ao contrário da maioria das mulheres aqui, elas não são marcadas por tatuagens, e estão curvadas, com a expressão preocupada. Três mulheres urisks mais velhas com tatuagens rúnicas no rosto pairam maternalmente perto delas.

– Chegaram há pouco – diz Valasca, percebendo meu olhar. – Refugiadas. Mais a cada dia.

– Estou surpresa que não haja uma enxurrada de mulheres urisks aqui – digo, olhando ao redor e encontrando apenas uma ou outra urisk sem tatuagem, que parecem recém-chegadas.

– Bem, a rainha Alkaia só permite a entrada de um certo número de refugiadas por mês – explica Valasca. – E as urisks não estão autorizadas a trazer os filhos meninos. – Ela franze a testa. – Eu acho que haveria mais delas se fosse o caso.

Algo na forma como ela diz isso me leva a acreditar que ela talvez não aprove essa rigidez.

Imagino que deve ser uma situação impossível para qualquer mulher urisk com um filho menino no Reino Ocidental: os gardnerianos e alfsigr determinados a matar todos os meninos por causa da sua potencialmente poderosa geofeitiçaria.

Uma mulher de cabelos pretos e olhos verdes, vestida com roupas de lã turquesa, chama minha atenção. Seu rosto está marcado com tatuagens amazes, e a pele brilha esmeralda, como uma gardneriana. Ela gesticula enquanto fala com outra mulher, e suas mãos estão cobertas de marcas sangrentas de cortes.

– Aquela mulher ali – digo. – Ela deve ter quebrado o laço. – Volto-me para Valasca. – Minha amiga, Sage Gaffney... as mãos dela são assim.

Valasca me olha com atenção.

– Aquela mulher – ela me diz, olhando-a – sente dor o tempo todo, mas diz que não é nada comparado à dor que precisou suportar ao ficar com o homem com o qual a laçaram; os abusos, os insultos, vendo seus três filhos sendo espancados. Ela deixou seu filho bebê na Gardnéria e escapou com as filhas. Elas estão ali.

Valasca aponta o queixo para o outro lado da sala, e eu sigo seu olhar em direção a duas meninas de cabelos pretos com pele que brilha esmeralda e tatuagens amazes no rostos. Parecem ter cerca de seis e catorze anos. A mais nova está sentada no colo de uma idosa com longos cabelos brancos como a neve, rindo enquanto a mulher a sacode sobre os joelhos, há um grande machado rúnico amarrado às suas costas. A menina mais velha tem uma postura confiante e está no meio de uma conversa intensa com três outras meninas da sua idade, todas vestidas com o traje escarlate marcado por runas das soldados amazes, arcos e aljavas amarrados às costas.

– Quando chegaram aqui – Valasca me diz –, a mais nova nem sequer falava. Elas não faziam contato visual. Apenas se encolhiam e tremiam, esperando os golpes. Agora olhe para elas. A mais velha é uma arqueira talentosa e tem todo o necessário para ser uma boa soldado. E a mais nova é cheia de vida e alegria.

– E o filho? – indago.

Valasca fecha a cara e ela dá de ombros, observando as duas meninas.

– A mãe delas fez um sacrifício.

Minha mente é logo lançada em conflito. Não permitir que a mulher traga seu bebê... é muito cruel. E se Trystan ou Rafe se encontrassem numa situação dessas e fossem deixados para trás com um monstro violento? É impensável.

– E você acha que isso está certo? – contesto. – Não deixar o filho vir com elas?

Valasca hesita antes de responder.

– Sinceramente, não sei.

– Meu amigo Andras – digo a ela –, ele é um dos seus raros bebês meninos que cresceram.

– Ele estava com você hoje – diz ela, lembrando-se. – Eu sei sobre ele. Ele foi amante de Sorcha por um tempo. É ela ali. – Valasca aponta para duas jovens que estão afastadas em um canto, envolvidas em uma conversa. – A que tem cabelo azul. É Sorcha.

Eu vejo Sorcha rir de algo que a companheira diz. Ela está usando o uniforme escarlate das soldados amazes, seu rosto tem tatuagens rúnicas, e há aros metálicos pretos ao longo de suas orelhas pontudas. Sua pele é de um tom de lago azul profundo, e o cabelo de um safira ainda mais profundo e ondulante, mas seus olhos brilham dourados como a luz do sol. Lembro-me de como Andras descreveu a sua beleza, perdido na memória dela.

–Você acha que ela falaria comigo? – pondero.

Valasca solta uma risada cansada.

–Vá em frente, gardneriana. Por que não descobre?

Não consigo decidir se Valasca está falando sério ou não.

– Ela deveria saber o que aconteceu com o filho dela – insisto.

Valasca sorri e vai terminando sua tigela de ensopado. Olho de relance para Sorcha e tomo a decisão de ser imprudente em uma fração de segundo. Levanto-me e passo pelos agrupamentos de mulheres, a conversa delas esvanece à medida que passo, o som é rapidamente substituído por olhares contenciosos e murmúrios.

Sorcha endurece visivelmente com a minha chegada, assim como a soldado loira com quem está falando. As duas se empertigam ao máximo em suas alturas intimidantes.

– Sorcha Xanthippe – saúdo-a, abaixando a cabeça em respeito –, sou Elloren Gardner...

– Eu sei quem você é – retruca ela.

Hesito por um momento.

– Queria saber se poderíamos conversar.

Ela me encara, com os olhos dourados em chamas, então diz algo em outra língua para sua companheira, e a mulher solta um som desdenhoso ao olhar para mim. Sorcha caminha alguns passos em direção à ponta do saguão e então faz um sinal brusco para que eu a siga.

Ela me leva para a ponta do salão, até uma alcova semiprivada e cheia de cortinas, e se vira para mim com uma expressão impaciente e hostil.

–Tenho notícias do seu filho – digo-lhe.

Agora ela me olha com a mesma expressão que estava no rosto de Alcippe: como se quisesse me matar.

– Eu não tenho filho – ela range entredentes.

– Não, você tem...

– Os *lupinos* – ela cospe, venenosa – têm um filho. Não tenho utilidade para ele.

– Andras Volya é um amigo meu – explico, pensando que se eu usar as palavras certas, ela vai amolecer um pouco. – Ele acabou de conhecer o menino, que nem sabia que existia até algumas semanas atrás. E agora ele vai se juntar aos lupinos nesse verão e...

– *Eu. Não. Me. Importo.* – Seus olhos dourados estão querendo me assassinar.

Confusão toma conta de mim, e eu insisto em nome de Andras.

– Andras ainda gosta de você, sabe.

– Então ele é um tolo – ela zomba. – Eu fui até ele por uma razão, e apenas uma. Conceber uma filha. E ele *falhou* comigo.

– Não é certa – deixo escapar, ficando rapidamente indignada – a maneira como vocês tratam os meninos aqui.

O rosto de Sorcha se enche de incredulidade quando ela olha para o meu traje preto.

– O que *você*, uma gardneriana, saberia sobre o que é certo? Vocês com seus costumes bárbaros que escravizam as mulheres.

Afasto-me, percebendo que cometi um erro ao tentar argumentar com ela. A mulher tem razão em relação aos gardnerianos, mas definitivamente não tem razão em relação a Konnor e Andras.

– Ele é um menino lindo – digo-lhe, sombriamente. – Só pensei que você poderia querer saber que ele está bem.

Seus olhos se iluminam com fúria.

– Eu não me importo se ele vive ou morre – rosna ela. – Ele é uma mancha sobre a Therria, assim como todos os homens. E como todos os gardnerianos. – Ela passa por mim e se afasta.

Eu observo enquanto Sorcha se afasta, furiosa. Como Andras poderia amar alguém como ela? Onde está a mulher das suas histórias? A mulher que gostava de falar com ele sobre cavalos e estrelas? Que o preferiu a todos os outros?

Quando volto ao meu lugar ao lado de Valasca, ela está roendo uma coxa de frango. Ela ergue uma sobrancelha na minha direção.

– Correu tudo bem, então?

– Ela é abominável – irrompo, olhando para Sorcha, mas o som ameaçador do rosnado baixo de Diana distrai Valasca e eu. Em silêncio, a amaz avalia a situação, seus olhos seguem os de Diana até Alcippe.

Ela solta a comida e se levanta, leve como um gato.

– Vamos – diz ela, gesticulando para que eu a siga. – Vamos levar a sua amiga lupina para o mais longe possível de Alcippe antes que haja uma briga.

CAPÍTULO CINCO

AVES BRANCAS

Vários cervos pequenos e ágeis nos seguem timidamente enquanto Diana, Marina, Ni Vin e eu seguimos Valasca pela cidade. Olho em volta com fascínio, absorvendo a vista dos jardinzinhos em plena floração no auge do inverno, casas iluminadas por lanternas e mercados fechados. As mulheres fazem comida em alcovas semelhantes a tavernas, em fogões que brilham com calor, enquanto outras se sentam com tranquilidade conversando, comendo, tocando música e rindo. Eu respiro o ar ameno, tudo ao meu redor lançado em um brilho avermelhado pelas tochas rúnicas que iluminam as ruas.

Há uma batida insistente e provocativa de tambores logo à frente, junto com o som de mulheres cantando poderosamente em uníssono com aplausos intercalados. Os edifícios ao nosso redor se abrem para revelar um amplo teatro ao ar livre cercado por tochas flamejantes em todas as cores. Mulheres vestidas com lenços multicoloridos e cabelos enfeitados com orbes brilhantes, como Skyleia, giram no palco, com os lenços esvoaçantes pintando o ar com um arco-íris ondulante de tecido. Elas seguram longos panos vermelhos e os movem tão rápido que as listras escarlates se tornam círculos, e espirais, e linhas ondulantes.

Eu paro, hipnotizada pela pura arte daquilo, envolvida pelo ritmo sedutor e pulsante, apenas meio consciente das mulheres começando a me encarar, tão estranha em minhas roupas pretas gardnerianas, com meu rosto de Bruxa Negra. Algo frio faz cócegas na minha mão e afasta a minha atenção do murmúrio hostil do outro lado da multidão do teatro. Olho para baixo e encontro um dos cervos aninhando o focinho curioso na palma da minha mão, seus chifres pretos torcidos enfeitados com fitas escarlates e flores.

Dou tapinhas no pelo grosso do animal, encantada com a sua delicadeza, o seu nariz farejante e os seus olhos de cílios longos. Valasca para também, sorrindo para o pequeno cervo com prazer. Ela se volta para mim enquanto Diana, Marina e Ni Vin esperam pacientemente à frente. Lembro-me da afeição de Valasca pelo seu cavalo e percebo que ela é apaixonada por animais em geral.

Os olhos âmbar de Diana se fixam no cervo com óbvio interesse predatório, suas narinas dilatam. Eu lhe atiro um olhar de censura – *Você não pode comer o cervo!* – e ela bufa, lançando a mim e ao pequeno animal um olhar de supremo aborrecimento. Valasca se inclina para dar tapinhas no cervo e murmura carinhosamente, pescando no bolso da túnica uma pequena fruta alaranjada que o cervo devora com avidez.

A batida do tambor no teatro se intensifica à medida que um novo grupo de dançarinas sobe ao palco, todas vestidas com lenços de cor carmesim. Outras dançarinas preenchem o espaço atrás delas, içando enormes fantoches em estacas de madeira enfeitadas com fitas – em um, uma cobra de prata se torcendo; em outro, um cervo com chifres; e um último com um pássaro branco. Duas dançarinas seguram estacas adicionais presas às asas do pássaro para que elas possam se abrir no palco.

– Eu vejo esses pequenos cervos em todos os lugares – digo a Valasca.

– Cervos *Visay'Ihne* – ela me diz, ajoelhando-se para coçar o pescoço do animalzinho e murmurar coisas doces enquanto ele come a fruta. Ela abre um sorriso. – Amados pela Deusa. São um dos seus animais sagrados, com a serpente *Visay'ithere* e o *Visay'un*.

– *Visay'un*?

Valasca inclina a cabeça em direção ao enorme boneco de pássaro que agora esvoaça pela multidão para o imenso deleite das meninas na plateia.

– Os pássaros mensageiros da Deusa – diz ela, reverente. – Feitos da Sua luz.

Uma jovem elfhollen de tons cinzentos se lança das sombras do pequeno bosque ao nosso lado. Ela tem tatuagens amazes, mas usa a tradicional túnica e calça cor de pedra do povo Elfhollen. A garota me lança um olhar ansioso e agarra a corda de fita que está frouxamente amarrada ao redor do pescoço do cervo, levando o pequeno animal para longe. Quando ela volta para o seu grupo de amigos nas árvores, posso ouvi-la sussurrar algo com medo – duas palavras que ouvi murmuradas no Pavilhão da Rainha e por algumas das mulheres aqui nas ruas.

Ghuul Raith.

Valasca e eu nos juntamos ao resto do grupo e continuamos a nossa caminhada, serpenteando pelas ruas de Cyme iluminadas por tochas.

Curiosa, eu me viro para Valasca enquanto caminhamos.

– O que significa *Ghuul Raith*?

Valasca me olha de lado.

– Bruxa Negra.

Solto um suspiro longo e resignado, e Valasca dá de ombros, como se não fosse uma surpresa.

Saímos da cidade propriamente dita, as pequenas residências agora mais espalhadas, com jardins e depois pequenas fazendas intercaladas entre si. A estrada se inclina aos poucos, e passeamos por plantações cobertas por estruturas geométricas de vidro abobadado, linhas de runas correndo ao longo de cada borda e zumbindo laboriosamente. O aroma argiloso do solo é rico no ar.

Chegamos a um prado relvado iluminado pela lua, delimitado pela floresta logo além. Há um coro de balidos e o som abafado de cascos retumbando no prado escuro enquanto uma pequena manada de cabras pula em direção a Valasca. Eles param diante de uma cerca feita de pequenas runas escarlates que ficam suspensas no ar na altura dos nossos joelhos, as runas zumbem e emitem um brilho leve.

Valasca abre bem os braços, um olhar apaixonado aparece em seu rosto enquanto ela olha para as cabras que balem e saltitam, querendo sua atenção. Ela deixa escapar o que soa como uma série de palavras carinhosas em seu idioma, o que só aumenta a demonstração afetuosa das cabras.

– Podemos passar – diz Valasca alegremente, apontando para as runas baixas. – Mas as minhas cabras não conseguem.

Valasca pressiona a palma da mão em uma das runas, e um fio de luz vermelha irradia para fora. Ela me abre um sorriso rápido, depois pula a cerca, passando por várias runas como se fossem feitas de fumaça. Então gesticula para nós a seguirmos, e vamos em frente, também passando pelas runas. As cabras se alinham ao lado e atrás de Valasca enquanto ela murmura carinhosamente para elas.

Volto-me para olhar para Cyme, um brilho suave e escarlate está pendurado como uma névoa suave sobre a cidade, a Espinha lavada pela lua logo além.

A Espinha.

Lukas deve estar em algum lugar bem acima do cume ocidental, considero. Soturna. Sua base da Quarta Divisão se preparando para lançar o caos sobre o mundo.

Boa sorte tentando isso aqui, penso, com ironia. *Os escudos rúnicos das amazes vão explodir seus dragões e soldados em pedacinhos.*

Deixamos as cabras para trás enquanto passamos por outra linha de cerca rúnica e entramos na densa floresta, seguindo os passos de Valasca. Por um momento, tenho uma sensação sutil da animosidade crescente da floresta, e logo transformo minhas linhas de fogo em um incêndio, atiçando meu poder contra as árvores. Elas recuam e ficam em silêncio, e eu respiro aliviada.

Os bosques escuros logo se abrem para revelar uma pequena clareira. No centro, ergue-se uma habitação circular com telhado geométrico e runas nas beiras. Uma plataforma de madeira afasta a construção do chão da floresta, e as paredes de pedra são esmaltadas com mosaicos intrincados que retratam a Deusa em uma floresta com uma variedade de animais. Uma única lanterna vermelha que segura uma runa suspensa e brilhante está pendurada perto da porta.

Esse lugar é distante de tudo, reminiscente da isolada Torre Norte. Um lugar para trazer pessoas que você deseja manter separadas de todos os outros.

Eu me viro para encontrar Valasca girando uma caneta rúnica brilhante no ar, e vacilo quando um círculo de grandes runas carmesim irrompe ao nosso redor, circulando todo o perímetro da clareira.

Ela é uma feiticeira rúnica, fico maravilhada. *Uma das doze*.

A apreensão cria raízes à medida que examino as runas com mais cuidado. Elas se assemelham a uma versão maior das runas do cercado das cabras. Eu me movo para tocar a mais próxima e fico surpresa ao sentir minha mão fazendo contato com uma barreira sólida, quase invisível.

Viro-me para Valasca.

– Não somos cabras. Por que é que você acabou de nos fechar num cercado?

Um rosnado baixo começa na base da garganta de Diana, e Valasca troca um olhar sombrio com Ni Vin, cuja mão se move para o punho da espada.

Dou um passo em direção a elas.

– O que elas têm medo que eu faça? – exijo, alarmada por ser subitamente presa. – O que há aqui que vocês não querem que eu encontre? Não quero fazer *mal algum* a ninguém aqui.

– Eu acredito em você – diz Valasca, inflexível, mantendo-se firme. Com cautela, ela olha de relance para Diana, seu aperto firme na caneta rúnica. Então olha para mim e solta um suspiro forte. – Fui instruída a erguer uma barreira, apenas até que você se encontrasse com a rainha. Para sua própria proteção, bem como para a proteção dos *nossos* interesses. É temporário, eu te garanto.

– Eu já estive em uma jaula antes – diz Marina, com os olhos arregalados e assustados, a voz falhando. Ela estende a mão trêmula para pressionar as brânquias. – Por que vocês fariam isso conosco?

A neutralidade cuidadosa e sempre presente de Ni Vin se rompe, seu rosto se contorce, sua expressão fica conflituosa.

– Você não é uma prisioneira – insiste ela para Marina, firme. – Você tem o meu *nhivhor*. A minha palavra. – Ni Vin faz um gesto complicado sobre o peito. – E vocês têm o meu juramento de proteção.

Marina acena com a cabeça, mas seu rosto continua perturbado.

– Venham – diz Valasca, apaziguadora, enquanto caminha até a habitação e desliza a porta cheia de desenhos de estrelas. – Meu único desejo é que vocês estejam confortáveis esta noite, como convidadas das amazakaran. Vou retirar a barreira rúnica pela manhã.

Olho para Diana interrogativamente, perguntando-me se ela identificou algo perturbador no cheiro das amazes. A lupina encara Valasca com singularidade letal, como se deliberasse sobre a maneira mais rápida de derrubá-la, e Valasca prende seu olhar com uma calma surpreendente. Diana franze os lábios e me lança um olhar que diz *vou deixá-la viver por enquanto*, então me dá um breve aceno de cabeça.

Valasca sorri para Diana, segura a porta e dá um passo para o lado, recebendo-nos com um floreio elegante, e eu sigo Marina e Diana pela entrada.

★

Está quente e confortável lá dentro. Tapeçarias escarlates revestem as paredes e o teto, e tapetes marrons ricamente estampados cobrem o chão. Há um pequeno fogão no centro do cômodo, bombeando calor, um bule de latão fumegante colocado nele. Uma mesa baixa com uma toalha de mesa roxa exibe um serviço de chá dourado e um prato de frutas. Almofadas cobrem os cantos da habitação, e sacos de dormir de feltro já foram dispostos para nós.

As tapeçarias mostram mais cenas da Grande Deusa realizando vários feitos: derrotando demônios e exércitos de homens, cuidando de crianças. E, novamente, o escopo dos pequenos pássaros brancos girando acima da Deusa, subindo em direção ao teto para se juntar a um grande pássaro.

Valasca fica perto da porta e nos observa enquanto Marina se senta em um dos sacos de dormir, com calma, Ni Vin se acomoda ao lado dela, cruzando as pernas e fechando os olhos. Diana segue sua rotina habitual de tirar toda a roupa para dormir, em seguida, enrola-se em cima de um dos sacos perto de Marina.

Valasca está olhando para Ni Vin, com uma expressão estranhamente intensa. Por fim, ela afasta o olhar e se senta à mesa baixa, pegando algumas uvas. Ela parece profundamente perdida em pensamento enquanto olha para a tapeçaria do teto, com os olhos seguindo o redemoinho de pássaros brancos entrelaçados na estampa.

Não estou pronta para dormir. Sinto-me muito inquieta e confinada, e também bastante agitada por estar num lugar tão desconhecido e fascinante.

– Eu gostaria de sair um pouco – digo a Valasca, com o tom tingido de ressentimento pela necessidade de pedir permissão.

– Vá em frente – ela responde, cansada, com um movimento da mão em direção à porta.

Os olhos de Ni Vin se abrem. Ela e Valasca trocam algumas palavras tensas entre si numa língua que soa como a noi.

– É uma barricada fortificada, Ni – diz Valasca por fim, mudando para a língua comum, com tom desdenhoso.

– Espera aí – digo, identificando a fácil familiaridade que uma tem com a outra. – Vocês duas se conhecem?

Tanto Valasca quanto Ni Vin me lançam um olhar de censura.

– Vá – Ni Vin finalmente me instrui, com a atenção mais focada em Valasca do que em mim, as duas presas no que parece uma troca intensa e vagamente íntima.

Eu me movo para a porta, sentindo que de repente estou me intrometendo em algo pessoal, e saio para a noite.

Fico do lado de fora, irritada com a barreira, mas saboreando o cheiro do verão no auge do inverno. Respiro bem fundo, deleitando-me com os cheiros frondosos improváveis, o som de insetos cantando. Levanto a cabeça para contemplar o céu estrelado, imaginando o que Yvan está fazendo agora.

Será que ele está olhando para as mesmas estrelas?

Um calor instável estremece através das minhas linhas ao pensar no belo Yvan, com o desejo de tê-lo aqui comigo, agora mesmo...

Um lampejo de branco nas árvores chama minha atenção, e todo o meu corpo fica rígido de surpresa.

Uma Sentinela. Empoleirada em um galho de árvore, logo além da barreira rúnica.

Meu coração acelera quando a varinha na minha bota começa a emitir um zumbido insistente. Eu me atrapalho sem fôlego para pegá-la sob as saias, meus olhos correm para a habitação para ter certeza de que estou sozinha.

Puxo a varinha para fora, minha respiração fica presa quando vejo que ela está emitindo um brilho branco e pulsando com energia. Por instinto, com outra olhadela rápida para trás de mim, ergo a varinha e a toco na barreira rúnica.

A enorme runa diante de mim desaparece no ar.

Com o coração disparado no peito, estendo a mão em direção à parede invisível e percebo que uma grande parte dela desapareceu. Fitando o observador, deslizo através da barreira e, sem fôlego, sigo o pássaro branco enquanto ele se lança de árvore em árvore.

Vou atrás da Sentinela através da floresta e para outra clareira cercada por runas, esta barricada formada por runas esmeraldas de um desenho completamente diferente das runas escarlates amazes – menos ondulações e espirais, e formas geométricas mais duras se projetando de seu centro. Há uma habitação redonda semelhante à nossa no meio dessa clareira, com inúmeras pequenas runas verdes suspensas acima e em torno dela como gotas de chuva presas, tudo lavado em seu brilho verdejante.

A Sentinela voa direto para a barreira rúnica, uma pequena explosão de raios esmeralda pisca quando o pássaro branco passa. Ele pousa num beiral acima da porta da habitação e põe os seus olhos serenos, sem pestanejar, sobre mim.

Tonta de expectativa, pressiono a varinha branca contra a runa da barricada à minha frente, e ela some no ar.

Eu passo pelo buraco e ando pela chuva de runas em direção à habitação.

Estou no meio do caminho da pequena clareira quando a porta começa a se abrir. Congelo quando uma figura aparece à porta, iluminada por uma lâmpada dourada.

No início, acho que estou olhando para uma jovem urisk, a sua pele violeta e o cabelo uma profusão de púrpura. Mas a pele tem uma quê de ametista brilhante, muito parecida com o brilho verde da pele gardneriana, e suas orelhas são redondas, não pontiagudas. Eu olho atentamente para suas feições, e uma súbita e vertiginosa onda de reconhecimento passa por mim, meu choque quase faz meus joelhos se dobrarem.

É Sage Gaffney de pé à porta, com seu bebê icaral nos braços.

CAPÍTULO SEIS
O ICARAL

– *Sage?* – murmuro.

Ela também está congelada, a sua expressão é uma de espanto boquiaberto.

– Elloren? Elloren Gardner?

É *realmente* Sage. Minha amiga de infância.

Suas feridas da marca de laço ainda estão horrivelmente presentes, mas ela não parece sofrer tanto com elas como sofria da última vez em que a vi. Há pequenas correntes de ouro afixadas nas mãos dela agora, entrelaçando-se nos seus dedos, palmas das mãos e pulsos. As correntes são adornadas com uma série de pequenas runas amazes escarlates que brilham como frutinhas iridescentes.

O traje preto gardneriano de Sage desapareceu, substituído por uma túnica e calça – *calça!* – violeta frouxamente tecidas e decoradas com pedras roxas e bordados dourados. Há também uma varinha embainhada em seu quadril direito, e uma adaga rúnica embainhada à esquerda, uma runa dourada fluindo do punho da arma.

O bebê nos seus braços me observa com olhos arregalados, verde-prateados, cheios de uma inocência de quase partir o coração. Ele parece ter cerca de seis meses, sua pele tem uma padronagem semelhante a pedras preciosas que reluzem tantos tons de violeta quanto o cabelo de Sage. Orelhas delicadamente pontudas espreitam por baixo de pequenos tufos de cabelo preto gardneriano, e um par de asas de ébano estão dobradas atrás dele como leques macios.

Lindas asas opalescentes. Como as de Naga.

Os olhos cor de ameixa de Sage se fixam na varinha branca brilhante na minha mão.

– Ela trouxe você de volta para mim.

Tento controlar meus pensamentos vertiginosos. Sage está tão drasticamente mudada.

– Hum, não – digo, confusa, piscando para as runas, para a Sentinela, para a inesperada figura roxa de Sage. – Eu libertei uma selkie – digo, distraída, tudo aquilo era surreal. – Estou aqui para pedir à rainha que resgate todas elas.

– Uma selkie – ecoa Sage, mais uma declaração do que uma pergunta.

– Sim.

Ela olha para mim por um longo momento, claramente espantada. Então o riso borbulha de dentro dela, primeiro como uma tosse involuntária, depois como um ataque aberto de alegria incrédula, sua boca se alarga em um sorriso irreprimível.

– É por causa da varinha. Tudo isso.

Aceno com a cabeça, ainda me adaptando à sua metamorfose completa.

– Salvar todas as selkies. – Sage se maravilha, balançando a cabeça, e um brilho de rebelião atravessa em seus olhos. – Esse é o tipo de coisa ultrajante que a varinha leva você a fazer.

– Por que você está roxa? – deixo escapar.

– Eu sou uma maga de luz, Elloren – diz ela, ficando séria. – Uma maga de luz nível quatro. Minhas linhas de afinidade de luz são fortemente orientadas para o roxo, então quando comecei a lançar feitiços de luz... – Sage olha para suas mãos violetas e dá de ombros. – A cor ficou.

Meu lábio se contrai.

– Então agora você é uma gardneriana roxa?

Ela endurece ligeiramente com a palavra e se empertiga mais.

– Eu sou uma maga de luz roxa.

– E... esse é o seu bebê? – Eu movo a cabeça para seu filho incrivelmente único.

A boca de Sage se eleva em um sorriso cheio de orgulho.

– Sim. Este é Fyn'ir.

Então, este é ele. Esse bebê fofo, roxo e alado. O icaral caçado da Profecia.

– Pare onde você está!

Eu me viro ao som da voz aguda de Ni Vin enquanto ela, Diana e Valasca irrompem na clareira. Valasca e Ni Vin param repentinamente pouco antes da barreira rúnica, seus olhos logo se fixam na Sentinela translúcida pairando sobre a porta de Sage, e a varinha branca brilhante em minha mão. Ao lado delas, Diana relaxa de imediato sua postura enquanto examina toda a cena com calma.

De repente, tudo se encaixa: exatamente do que as amazes e as vu trin têm tanto medo.

Você vai alvejá-la se ela tentar fazer mal ao que é nosso.

Uma raiva incrédula brota dentro de mim.

– Vocês não acharam que eu realmente faria mal ao bebê dela, não é? – pergunto a Valasca e Ni Vin, sentindo-me atordoada e mais do que um pouco indignada. – Foi por isso que me atacaram, não foi? Elas acham que sou a Bruxa Negra, e que vim aqui para cumprir a Profecia.

– Você tem uma arma – aponta Ni Vin, fracamente, com os olhos fixos na Sentinela em maravilhamento reverente.

Olho para a varinha cintilante na minha mão. A Varinha Branca.

A Varinha Branca.

Santo Ancião.

Ofereço a varinha para Sage e logo sinto a falta dela enquanto minha amiga a tira sombriamente de mim. Lanço um olhar de desafio para Ni Vin.

– Pronto. Agora ela tem duas varinhas. *E* uma adaga rúnica. Estou completamente desarmada.

– Deixem-nos – diz Sage às três, com o olhar fixo sobre mim.

– Somos encarregadas de proteger o icaral – insiste Ni Vin, com a voz tingida de confusão, como se seu mundo tivesse subitamente virado de cabeça para baixo.

A expressão de Sage endurece quando ela fixa os olhos ferozes na feiticeira vu trin.

– Ele é *meu* filho, e pedi que vocês nos deixassem. Somos ambas portadoras da Varinha, e gostaria de falar com Elloren. *A sós.*

Olho para Sage, admirada. O que aconteceu à minha vizinha tímida e obediente?

Valasca coloca suavemente a mão no braço de Ni Vin.

– Você vê, Ni? – Seus olhos se voltam em direção à Sentinela.

– Eu vejo – admite Ni Vin, trêmula. – Ninguém mais vai acreditar, mas eu vejo.

Valasca diz algo a ela, baixinho demais para eu ouvir, e Ni Vin acena com a cabeça. A amaz olha para Sage e para mim.

– Vão – diz ela respeitosamente. – Conversem. – Ela olha para a Sentinela uma última vez, então junto com Ni Vin, elas voltam para a floresta.

Diana me abre um sorriso largo e reluzente e as segue para a escuridão das árvores.

Eu me viro para Sage, sentindo-me como se tivesse caído num sonho enquanto, em silêncio, ela me devolve a Varinha. Pego-a e a coloco de volta na minha bota, animada por sua demonstração de confiança.

O meu olhar se dirige ao seu filho.

– Fyn'ir? Não é um nome gardneriano nem kéltico.

– O pai de Fyn'ir é smaragdalfar. – Há uma nota de desafio ousado em seu tom.

Smaragdalfar? O pai do bebê dela é um elfo das subterras?

– Mas me disseram...

– Ra'Ven foi glamourizado – Sage me interrompe bruscamente. – Para parecer um kéltico.

– Ra'Ven? – Minha cabeça está girando com confusão.

– O nome kéltico dele era Ciaran. O seu verdadeiro nome é Ra'Ven.

O meu espanto aumenta ainda mais.

– Mas... todo mundo acha que o pai do seu filho vem de uma família kéltica... e eles... – Eu paro, perturbada e confusa com a lembrança do que Yvan me disse. – Sage... eles foram mortos pelos gardnerianos.

Seu rosto se contrai de dor.

– Eu sei. Me contaram. Era a família que acolheu Ra'Ven quando ele escapou das subterras.

As terríveis ramificações de tudo isso se espalham dentro de mim. E o fato de que Sage e eu fomos irremediável e completamente mudadas para sempre.

– Ah, Sage – digo, e minha voz falha.

Também consigo ver como tudo aquilo se espalha por dentro dela. A improbabilidade desse momento que pode mudar o mundo. Nós duas. Aqui, de pé. Em terras amazes. Com o icaral da Profecia em seus braços.

Com lágrimas que lhe enchem os olhos, Sage vem em minha direção, e nós nos envolvemos em um abraço, com Fyn'ir entre nós, um bebê que se mexe irrequieto e olha para mim com uma expressão de indignação tão adorável que uma risada afetuosa me escapa.

– Estou tão feliz em te ver – diz Sage em meio às lágrimas.

Continuo abraçada a ela, sem nunca mais querer soltá-la.

– Temos tanto para conversar.

Uma risada escapa dela.

– Pode-se dizer que sim. – Ela inclina a cabeça em direção à sua casa. – Entre. Vou fazer um chá.

Sage serve xícaras de chá fumegante de um bule de cobalto com um desenho de filigrana dourada, as xícaras de vidro transparente estão postas sobre pires dourados e cravejados. O interior da sua acolhedora morada é semelhante à em que estamos, com ricas tapeçarias em tons escarlates, um tapete exuberante, uma mesa circular baixa e almofadas ao redor. Saboreio o meu chá, que tem gosto de baunilha e especiarias.

– Posso ver a Varinha de novo? – pergunta Sage, enquanto ela embala Fyn'Ir, com os olhos se iluminando de interesse.

Abaixo a xícara, puxo a Varinha do cano da bota e a coloco no centro da mesa.

Por um momento, o brilho ambiente das lâmpadas rúnicas circundantes parece diminuir diante dela. Há uma presença nessa varinha. Como se fosse outra entidade ali presente.

– Você acha mesmo que ela é a verdadeira Varinha Branca? – pergunto.

– Acho.

Então eu noto seu colar: um pequeno pássaro branco pendurado em uma delicada corrente de prata. Inspiro bruscamente, e meus olhos se erguem para encontrar os de Sage.

– Eu vejo as Sentinelas – confesso, num sussurro. – De vez em quando. Como a que acabou de me trazer até você. E, às vezes, quando toco na Varinha, vejo uma árvore feita de luz estelar.

– Todas as religiões na Therria têm algo como as Sentinelas, Elló – ela me diz, séria. – Todas elas, sem exceção. E a árvore de luz. E a Varinha, de uma forma ou de outra. Está tudo lá, nítido em todos os livros sagrados de ambos os Reinos.

Surpreende-me ouvir Sage falar assim, vinda de uma família tão piamente religiosa como a dela.

– Você ainda acredita que é uma Primeira Filha? – indago.

– Não. – Ela balança a cabeça enquanto desliza um Fyn'ir irrequieto sob a sua túnica para que ele possa mamar. – Mas acho que acredito nessas coincidências e verdadeiras. E eu acredito na Varinha.

Meus olhos se voltam rapidamente para as suas malditas marcas de laço.

– Suas mãos... como estão?

Sage puxa uma respiração profunda e resignada, sua expressão se fecha.

– Elas são dolorosas. Mas agora não é tão ruim. As runas diminuem a dor. – Há um brilho de determinação férrea em seus olhos. – Vou destruir esse feitiço, Elloren. Meu plano é viajar para as terras Noi, para me juntar à Guarda Wyvern e estudar a magia de luz lá.

– Você acha que os noi vão te aceitar?

Ela acena com a cabeça.

– Os Magos de Luz podem interligar a magia de diferentes sistemas rúnicos, e podemos fabricar todos os diferentes tipos de runas. Então, sim, acho que me aceitarão na Guarda. – Seu olhar fica ainda mais determinado. – E juro para você, Elloren, eu vou encontrar uma maneira de quebrar o feitiço do laço de varinha.

– Não consigo acreditar que você conhece feitiços de luz de verdade – digo, maravilhada. – Quem poderia ter imaginado?

Os olhos roxos de Sage brilham, um sorriso torto se forma em seus lábios violeta.

– Você gostaria de ver um pouco de magia de luz?

Eu a encaro, boquiaberta.

– Sim!

Sage puxa a varinha com um movimento praticado e a pressiona levemente no tecido da minha manga.

– Que cor você quer que sua túnica seja? – pergunta ela, travessa.

O pensamento de alterar o meu sagrado traje preto envia uma inesperada onda de prazer rebelde através de mim. Penso na cor mais blasfema imaginável, rindo quando percebo qual é.

– Roxo!

Sage dá uma risada baixa. Ela respira fundo, fecha os olhos e solta o ar.

Uma cor ametista viva flui da ponta de sua varinha, como líquido correndo pelo pano, até que toda a minha túnica está banhada na cor.

Levanto uma parte da minha saia longa.

– A saia também – peço, transgressora.

A cabeça de Sage balança com outra risada, e ela envia mais cor ametista para a saia.

Eu me levanto e dou uma voltinha para ela, vestida com trajes que poderiam me fazer ser presa na Gardnéria.

– Como estou?

– Gloriosamente desobediente – confirma ela, com uma luz firme e subversiva nos olhos.

– O que mais você pode fazer? – pergunto, louca para ver mais.

Sage pressiona a varinha no ombro e desaparece de repente. Alarmada, eu me sobressalto por um momento, mas então vejo seus olhos piscando, suspensos no ar e camuflados nas cores da tapeçaria atrás dela. Ela se remexe um pouco, e eu posso distinguir com alguma dificuldade os contornos de seu corpo. Então ela fica imóvel, fechando os olhos, e desaparece novamente.

– Santo Ancião – digo, espantada e assustada. – Para com isso. É de dar arrepios.

Sage ri e ressurge na minha frente. Ela gira a varinha no ar.

– Posso direcionar a luz e cortar as coisas com ela – ela explica com um sorriso. – Até pedra.

– Isso é incrível. – Aceno com a cabeça, impressionada e animada com o seu poder. – E pode vir a calhar.

– Verdade – concorda, e percebo como ela se comporta com um novo senso de seu próprio poder desabrochante. Foi-se a Sage mansa que eu conhecia, retraída em si mesma de forma protetora, como se estivesse sempre se preparando para ser repreendida.

Essa diante de mim é uma nova Sage. Sagellyn, a Maga de Luz.

– O que aconteceu com suas irmãs? – pergunto, lembrando que elas escaparam juntas depois que Sage me deu a Varinha.

– Elas também estão aqui – explica. – Clover está apaixonada por este lugar. Já fez um monte de amigas entre as soldados e está aprendendo a manipular armas. – Ela abre um sorriso triste. – Não sei como vou fazer pra tirá-la daqui depois.

Não me surpreende. Clover sempre foi uma criança combativa e facilmente estressada. Posso imaginá-la empunhando uma arma com facilidade. Ou várias.

– E Retta?

Sua testa se enruga de tensão ao considerar sua irmã mais gentil.

– Ela sente falta da mãe Eliss. Mas as tecelãs a acolheram e a tratam como uma filha, por isso acho que ela está bem na medida do possível. – Sage solta um suspiro profundo e me envia um olhar sério. – De qualquer forma, não havia como deixá-las na Gardnéria para serem laçadas com aquela família de monstros.

Fyn'ir se remexe sob a túnica, e, gentilmente, ela o puxa para fora, beijando-o em ambas as bochechas antes de embalá-lo em seus braços.

Ele é lindo. Rechonchudo, sonolento e doce. Não consigo deixar de me perguntar se Ariel era fofa desse jeito antes de a atirarem dentro de uma jaula.

– Não posso acreditar que as vu trin realmente acharam que eu fosse a Bruxa Negra, vindo aqui para matar o seu bebê.

Sage franze a testa para mim enquanto Fyn'ir se aconchega nela.

– É completamente apavorante.

Olho para ela com preocupação.

– Você acha que a Profecia pode ter algum fundo de verdade?

– Eu não sei – murmura ela, com a expressão afiada em um medo ansioso. – Todo mundo parece acreditar nisso, porque muitos videntes profetizaram a mesma coisa. – Sage fica em silêncio por um momento. – Isso me preocupa. O fato de não chamarem Fyn'ir pelo nome. Elas o chamam de "o icaral da Profecia" e o discutem como se ele não passasse de uma arma.

– Os gardnerianos estão olhando para ele como uma arma também – digo a ela. – E tem uma maga... O nome dela é Fallon Bane. Ela é cruel e está cada vez mais poderosa. Os gardnerianos acham que ela é o outro ponto da Profecia.

Sage encontra o meu olhar preocupante.

– A próxima Bruxa Negra.

Aceno com a cabeça.

– Pode ser ela.

Sage está tentando ser forte, e consigo ver isso em sua postura teimosamente empertigada. Mas depois de ouvir o que eu disse, um canto de sua boca treme e seus braços se apertam ao redor de Fyn'ir.

Ancião, que situação horrível.

– Ele é um bebê lindo – digo a ela, baixinho. – Fofo demais. Parece que está coberto de pedras preciosas.

Seu rosto suaviza.

– Você gostaria de segurá-lo?

Aceno com um sorriso e estendo os braços para Fyn'ir. Ele está molinho de sono, e suas asas vibram nervosamente enquanto eu o pego com gentileza de sua mãe. Ele olha para Sage em busca de conforto, e posso sentir sua atração por ela, como uma pequena lua querendo orbitar sua Therria. Mas Sage sorri para ele e murmura baixinho, e ele relaxa em meus braços, olhando para mim com curiosidade sonolenta.

– Fyn'ir é um nome lindo – digo a ela.

– Significa "liberdade" em smaragdalfar. – Seu sorriso se dissipa, seus olhos de repente cheios de dor.

Abraço o pequeno Fyn'ir e lanço a Sage um sorriso encorajador enquanto uma das mãozinhas miúdas envolve meu dedo.

– Estou espantada que as amazes o deixaram entrar aqui. Ele é um menino.

– Alguns dos costumes das amazes são incompreensíveis para mim – diz ela. Fyn'ir começa a se agitar, estendendo os bracinhos para Sage, então eu o entrego de volta para ela. – Elas têm sido boas para mim, Elloren, mas eu simplesmente não consigo entendê-las. Como podem abandonar os filhos meninos na floresta?

Dou de ombros, também achando difícil de entender.

– Religião e cultura são coisas poderosas.

– Mais poderosas que o amor?

– Se você deixar que sejam, acho que sim.

Fyn'ir começa a choramingar e Sage o puxa de volta para baixo de sua túnica. Ele gorgoleja feliz e faz um som reconfortante.

– Elas o deixaram entrar para pagar uma dívida de guerra – explica Sage. – As vu trin lutaram ao lado das amazes durante a Guerra do Reino e sofreram graves perdas como consequência. Por isso, agora as feiticeiras estão cobrando a dívida ao fazer com que as amazes nos escondam temporariamente aqui. É... sem precedentes.

– Quanto tempo você vai ficar aqui? – indago.

Ela balança a cabeça.

– Não muito tempo. Depois de sairmos daqui, talvez passemos algum tempo com os lupinos, embora isso ainda esteja sendo negociado. As vu trin estão construindo um portal rúnico para nos levar às terras Noi, contornando o deserto, mas leva tempo para criar um portal que cruza uma distância tão vasta. Quando terminarem, viajaremos para o leste através dele.

E assim, ela irá embora.

Uma pontada de perda me atravessa. Parece que praticamente todos que amo estão se preparando para se dirigirem para o Reino Oriental.

– Trystan também quer se juntar à Guarda Wyvern – digo a ela. – Mas acho que eles nunca vão aceitá-lo, com a nossa avó sendo quem era.

– Diga para ele procurar por Ra'Ven quando for para o leste – ela instrui, decidida. – Ele está planejando criar uma subterra no Reino Oriental para o seu povo. Nós o aceitaríamos lá.

Viver debaixo da terra? Com os elfos das subterras?

Parece uma ilusão da parte dela.

– Os smaragdalfar realmente aceitariam um gardneriano da linhagem da Bruxa Negra? – pergunto, duvidosa. *Ou qualquer gardneriano?*

Sage endurece.

– Sim. Vão aceitar.

Posso sentir sua apreensão quanto ao assunto, então não insisto.

– Como Ra'Ven é? – pergunto, mudando de assunto.

Um fantasma de sorriso brinca em seus lábios, e uma timidez repentina se apossa dela.

– Ele é maravilhoso. – Ela infunde tanta paixão nas palavras que o calor arde no meu pescoço. – Ele é gentil, atencioso e inteligente. E poderoso. – Ela faz uma pausa, como se invadida por muitos sentimentos fortes para controlá-los de uma vez. – Ra'Ven é tudo o que eu sempre quis.

Há uma faísca ardente em seus olhos quando ela diz o nome dele, e isso provoca um toque de inveja melancólica dentro de mim, lá no fundo. A vida da minha amiga está repleta de problemas e perigos, mas pelo menos ela e Ra'Ven têm um ao outro, apesar dos pesares.

– Lembra de quando a gente era criança? – pergunto, ficando nostálgica. – Da gente passando as manhãs no prado atrás do chalé do meu tio, fazendo colares de flores e guirlandas para o cabelo?

Sage acena com um sorriso melancólico.

– Eram tempos mais simples.

– Eu não me importaria de ter um dia simples como esse mais uma vez. – Lanço um olhar sério para ela. – As coisas estão ficando muito ruins, e muito mais rápido do que qualquer um de nós achou que seria possível.

– Eu sei. – Ela considera a Varinha Branca na mesa diante de nós. – Acho que estamos sendo chamadas pela Varinha para sermos mais do que jamais imaginamos que poderíamos ser. Para fazer mais. Arriscar mais coisas pelo bem. Elloren, nunca imaginei que eu pudesse empunhar uma varinha. Que eu pudesse escapar de um laço e resgatar minhas irmãs. Se alguém me dissesse quando eu tinha treze anos que tudo isso aconteceria...

Sage tosse um som de descrença e balança a cabeça.

– E mesmo assim, aqui estou eu. Aqui estamos *nós*. – Ela estende um braço sobre a mesa para colocar a mão machucada na minha, suas correntes rúnicas frias e irregulares enquanto roçam a minha pele. – O mundo é muito sombrio, Elloren. E está ficando cada vez mais. Mas tenho Fyn'ir. E Ra'Ven. E as minhas irmãs. E bons amigos. – Ela me olha de forma significativa. – Contra *todas* as probabilidades. Você precisa manter sua fé no bem.

De repente, lágrimas ardem nos meus olhos, e estou toda revirada por dentro.

– Às vezes é tão difícil. – Mal consigo dizer as palavras.

A mão de Sage aperta a minha.

– Vai ficar muito mais difícil. Mas mantenha a fé do mesmo jeito. – Seus olhos saltam para a Varinha e depois voltam para mim. – Vogel, os gardnerianos e os elfos alfsigr não são as únicas forças em ação nesse mundo.

Também olho para a Varinha: um fragmento de madeira em face de uma tempestade de escuridão.

– Não sei, Sage. Se você visse o que está acontecendo em Verpácia... – Eu gesticulo em direção à Varinha. – Se essa é realmente a Varinha Branca, então a força do bem parece muito, muito fraca.

– Então nós a fortalecemos – afirma ela, com muita determinação. – Acho que ela precisa de nós dessa forma. – Sua expressão se fecha e ela parece hesitante por um momento. – Elloren, há forças sombrias atrás dessa Varinha.

A trepidação estremece através de mim.

– O que você quer dizer?

– Demônios das sombras – diz ela, agourenta. – Eu os vi em meus sonhos. Estão crescendo em números. Guardei a Varinha quando era muito menina, mas eu deveria te proteger também.

O medo me enche por dentro.

– Não vejo nada disso nos meus sonhos – protesto. – Nem nos meus pesadelos. Não deveria ser eu a ter sonhos com demônios, se essa é realmente a Varinha, e se os demônios estão atrás de mim?

– Você só está com a Varinha há alguns meses – contrapõe ela. – Eu a tive por *anos*. Ela se liga ao portador ao longo do tempo. É como se ela estivesse dormindo, e você estivesse dormindo, e vocês começam a acordar juntas. Mas uma vez que acorda, mesmo que a Varinha te deixe, você continua desperta. – Sage olha atentamente para a Varinha. – Ela ainda me envia sonhos. Ainda vejo as Sentinelas e a árvore. E, por vezes, sinto a varinha me chamar. Hoje à noite, senti a Sentinela lá fora, no fundo da minha mente. Foi por isso que abri a porta.

Sage me abre um sorrisinho, levanta-se e coloca um Fyn'ir adormecido em seu berço trançado, aquecendo-o com um cobertor de um verde profundo bordado com intrincadas runas esmeralda. Então ela se senta e pega a própria varinha.

– Me dê o seu braço – ela instrui.

Confusa, mas confiando na minha amiga, estendo o braço para ela.

Sage puxa a manga da minha túnica, vira a base do meu antebraço para cima e rabisca uma pequena runa circular na minha pele com a ponta da varinha. Demora um pouco para ela desenhá-la, o delineado esmeralda brilhante semelhante ao estilo geométrico complexo das runas ao redor da sua habitação.

– Essas runas esmeralda não são runas amazes, não é? – pergunto, com curiosidade.

– Não – diz Sage enquanto se concentra na fabricação da runa. – São runas smaragdalfar. – Ela toca a ponta de sua varinha no centro da runa, e o brilho esmeralda é sugado de volta para ela, deixando-me com uma tatuagem de runa preta no centro do antebraço.

– O que ela faz?

– Essa é uma runa de proteção a escudos. Agora você pode passar por uma barreira rúnica. *Qualquer* barreira rúnica. Sem se machucar. – Ela indica o teto com um movimento da mão. – Eu preciso que você se levante. – Eu me mexo, obediente, imaginando o que vem a seguir.

– Puxe um pouco a túnica – ela instrui, e a nova urgência em seu olhar faz um fio de mal-estar rodopiar através de mim. – Vou colocar uma guarda em você que desviará a maioria dos feitiços demoníacos de busca.

– Feitiços *demoníacos*? – As palavras explodem de mim com alarme.

Sage espera, com a expressão séria e impassível, e minha preocupação aumenta. Trêmula, cedo e puxo a túnica e o chemise, a pele do meu abdômen se arrepia enquanto ela traça levemente uma runa elaborada na minha barriga. As linhas rúnicas fluem da varinha em uma cor esmeralda profunda e cintilante, enquanto seus traços hábeis e ágeis formam uma série de padrões interligados dentro de um círculo.

Sage bate de leve a ponta da varinha no centro da runa, e seu brilho cintila, ofuscante. Arquejo quando a luz afunda na minha pele com uma picada crepitante e se transforma em linhas pretas sólidas.

Sage recua e examina seu trabalho rúnico, parecendo terrivelmente satisfeita.

– Se acender, e você vai sentir uma ardência se isso acontecer, tenha cuidado com quem estiver ao seu redor, mesmo que pareça inofensivo. Lembre-se: os demônios são capazes de se disfarçarem com glamour. – Ela aponta para a runa na minha barriga. – Isso vai permitir que você olhe os demônios nos olhos sem que eles percebam a presença da Varinha Branca.

Estou lutando para entender a enormidade de suas palavras.

– Mantenha a Varinha escondida – diz ela. – Não fale mais dela.

Com o coração acelerado, abaixo a túnica. Sage pressiona sua varinha na minha manga, e o violeta desaparece da minha túnica e saia enquanto ela as transforma de volta no preto gardneriano.

Para me parecer com um deles novamente, lamento. *Para me parecer com a própria Bruxa Negra.*

Pavor ondula através de mim.

Sage, estou com medo. O poder da minha avó corre nas minhas veias. E está ficando mais forte.

– E se eu for a pessoa errada para isso? – Lanço um olhar ansioso para ela.

Sage pega a Varinha Branca, agarrando-a com firmeza. Sua testa se enruga, e ela parece subitamente atordoada, como se hesitasse em entregá-la para mim mais uma vez. Em seguida, ela respira fundo e, resoluta, a estende para mim.

– É sua – diz. – Pegue-a. É evidente que ela quer ir para você.

Pego a Varinha da mão de Sage, sentindo-me ainda mais em conflito do que da primeira vez que ela a entregou a mim, e deslizo-a de volta para o cano da bota.

Escondida.

Nós dizemos adeus, e Sage me dá um abraço de despedida. À medida que nos abraçamos, quase perco o controle e confesso a ela sobre o poder que cresce dentro de mim. Sobre a reação perturbadora da floresta. Mas não consigo encontrar as palavras; elas estão amarradas demais a um medo crescente. E é hora de partir.

A minha mão está na maçaneta, e estou prestes a sair quando a voz de Sage soa atrás de mim.

– Elloren.

Viro-me. Seu rosto violeta cintila um púrpura profundo sob a luz escarlate da lâmpada, sua expressão carregada com augúrio.

– A Varinha sabe que você tem o poder dela em seu sangue – diz. – E ela te escolheu mesmo assim.

CAPÍTULO SETE
TIRAG

Diana está à minha espera lá fora quando chego à nossa clareira.

– Você está bem? – ela me pergunta, com os olhos iluminados pelo luar.

Não, na verdade não, quase digo. *Estou em posse do que pode ser a verdadeira Varinha Branca. E talvez nunca mais volte a ver Sage. E os gardnerianos estão enviando rastreadores e em breve Fallon Bane atrás de um bebezinho inocente.*

Esfrego a testa dolorida, a enormidade de tudo me atinge com força.

– Eu só quero ficar sozinha por um momento – digo a ela. – Vou ficar por perto. – Aponto para os nossos aposentos, a barreira rúnica agora visivelmente ausente. – Você vai ouvir se houver algum problema.

Diana me analisa, depois olha para a floresta ali perto, como se estivesse avaliando todas as ameaças potenciais. Então ela acena com a cabeça e me deixa sozinha com meus pensamentos.

Quando ela entra por fim, caminho pela floresta tranquila e para além dela, olhando para a cidade de Cyme. As nuvens prateadas desapareceram, deixando apenas estrelas frias e distantes. O ar paira à beira do frio, como se o inverno circundante estivesse tentando abrir caminho através da cúpula invisível que protege a cidade.

Apoio as costas em uma árvore abençoadamente morta, a casca áspera roça o meu ombro, e fito o céu estrelado. O universo parece tão imenso, me lembrando do quanto eu sou pequena e insignificante diante de tudo.

O bebê de Sage, o temido icaral, não é maligno de forma alguma. Ele não é o pesadelo dos meus sonhos de tantos meses atrás. E não é uma arma a ser empunhada. É apenas um bebê. Um bebê inocente.

E eu tenho uma varinha de poder. A Varinha Branca.

Mas essa Varinha está se revelando tão fraca quanto o icaral da Profecia, enviando apenas visões fantasmagóricas de Sentinelas e escolhendo um portador sem acesso à magia.

Por quê?

De repente, anseio por Yvan aqui, agora mesmo, sob as estrelas comigo. Quero contar tudo enquanto ele ouve com intensidade, segurando a minha mão e acariciando o meu fogo.

Uma dor se avoluma dentro de mim.

Yvan, que vai embora para o Reino Oriental.

Yvan, a quem nunca poderei ter.

Eu me assusto com uma pequena cabra vagando por um trecho de pinheiros. O animalzinho para bem na minha frente e, curioso, inclina a cabeça com chifres. Ela é logo seguida por várias outras cabras, e estico um braço para baixo para deixar a mais próxima cheirar a minha mão.

– Olá, Elloren.

Eu me viro e encontro Valasca encostada em uma árvore, olhando para mim.

Eu me endireito.

– Olá, Valasca.

Ela dispara o olhar para cima, vasculhando os galhos das árvores. Sei que ela está à procura de Sentinelas.

– Elas se foram – digo a ela. – Costumam fazer isso.

Um vinco surge em sua testa.

– Você já tinha visto os *Visay'un* antes?

Aceno com a cabeça.

– Ni tem razão – diz ela. – Ninguém acreditaria nisso.

Ela se aproxima, uma pequena cabra mordisca a bainha de sua túnica. Ela se inclina e dá um tapinha no traseiro do animal, fazendo-o se juntar aos outros.

– Você estava pensando em um amante? – pergunta ela, inclinando a cabeça rapidamente em direção ao céu. – Pouco antes. Quando olhava para as estrelas. – Ela me dirige um leve sorriso. – Havia algo em seus olhos que me fez pensar que você estava ansiando por alguém.

Um amante. A palavra não se encaixa bem no que Yvan e eu somos. Dá para chamar de amante alguém que você nunca sequer beijou? De quem não poderia ser nada além de amiga? Uma pessoa que vai partir para um reino a léguas de distância?

Dou de ombros em resposta, não ousando falar, temendo revelar demais.

– Sagellyn te devolveu a Varinha? – pergunta Valasca.

Eu olho para ela de soslaio e aceno com a cabeça.

Os olhos da amaz me relanceiam.

– Onde está?

– Escondida. E não tenho ideia do que vou fazer com ela – admito.

Valasca sorri.

– Você não *faz* algo com ela. Você a ouve. – Ela olha em volta, e seu sorriso se alarga. – E aqui está você. Porque ouviu a Varinha.

Dou uma risada breve e incrédula.

– E aqui estou eu. – Eu me largo contra a árvore, a imensidão de tudo se assoma sobre mim. Estremeço quando uma dor de cabeça aumenta na minha têmpora e ergo uma mão para massagear a súbita explosão de dor.

– Você está bem? – pergunta Valasca, parecendo preocupada.

Aceno com a cabeça, cansada.

– Costumo ter dores de cabeça.

Ela me estuda por um momento, depois tira um frasco achatado do bolso da túnica, desenrosca-o e o entrega para mim.

– Aqui – ela oferece. – Vai ajudar. Mas beba só um pouquinho.

– O que é? – pergunto, ao pegar o frasco.

– Tirag – responde. – Leite de égua fermentado. É uma bebida típica daqui.

Levo o frasco até ao nariz. Tem um cheiro amargo e estranhamente medicinal, e lanço um olhar cauteloso para Valasca.

– Tem álcool nisso?

– Ah, eu esqueci – diz Valasca, com uma risada. – Vocês, gardnerianos, não consomem bebidas alcoólicas, não é?

Devolvo o frasco para ela.

– Não é permitido. É ilegal.

Ela não faz menção de que vai pegar o recipiente.

– Até onde sei, resgatar selkies também é.

Paro para considerar o que ela disse. Valasca tem razão. Pressiono o frasco nos lábios e tomo um golinho. É estranho e agridoce, com pequenas bolhinhas estranhas que fazem cócegas nas minhas bochechas e língua. Desce quente e suave. Quente até demais, pois o calor se espalha devagar pelo meu âmago, como o fogo de Yvan.

Minha dor de cabeça começa a se dissipar, então tomo outro gole enquanto Valasca e eu nos encostamos nas árvores e observamos as estrelas.

Saboreio a sensação de calor quando ela surge, a maneira como meus músculos começam a relaxar, como meus problemas flutuam lentamente com pequenas asas.

– Isso é muito bom – digo, inclinando o frasco de um lado para o outro.

– Calma, gardneriana. – Ela ri. – É bastante forte. É melhor você parar de beber.

Faço uma cara feia e zombeteira para ela e, rebelde, bebo com mais vontade, afundando cada vez mais no delicioso calor. Meus olhos se voltam para a caneta rúnica embainhada no cinto de Valasca.

– Então você é uma feiticeira rúnica.

– Sou. – Ela confirma com um aceno de cabeça.

Meus pensamentos voam para o problema de Tierney.

– O meu amigo Andras me disse que as amazes estão quase conseguindo remover glamoures feéricos. Você consegue mesmo fazer isso?

Ela sorri.

–Você conhece algum feérico glamourado, Elloren?

Atiro-lhe um olhar cauteloso.

– Talvez.

Valasca ri.

– Nós descobrimos como remover glamoures lasair.

– E o asrai?

Ela balança a cabeça.

– Ainda não. Mas em breve vamos conseguir, creio eu. São mais complicados. Os feéricos asrai criam várias camadas de glamoures, um em cima do outro, então desbloqueá-los é um pouco como montar um quebra-cabeça, mas chegaremos lá com o tempo.

A esperança se acende em mim, e também a ânsia de dar a notícia a Tierney. Perscruto a cidade, capaz de ver apenas o gigantesco Pavilhão da Rainha e a estátua da Deusa erguendo-se do centro da praça.

– Seu povo me deixa confusa – penso em voz alta, a bebida liberta minha língua e torna mais fácil dizer o que vem à mente. – Vocês estão fazendo tantas coisas admiráveis, ajudando os feéricos a remover glamour, desafiando os gardnerianos e acolhendo refugiados. Mas... a forma como tratam os homens... Eu conheci o filho de Sorcha, já te disse isso? Contei a ela sobre ele. Sabe o que ela disse?

Valasca ergue uma sobrancelha.

– Ela disse que não se importa nem um pouco com ele. E meu amigo Andras... ele a ama. Mas ele não significa *nada* para ela. Como pode o seu povo ser tão frio?

O olhar de Valasca é firme.

– Nem tudo é o que aparenta ser.

Cuspo um som de escárnio e desvio o olhar.

As coisas começam a ficar líquidas e nebulosas, como um sonho. O brilho escarlate da cidade amaz, a Espinha banhada pela lua além. Está tudo se misturando como listras de tinta.

– Depois que Sorcha levou o bebê para os lupinos – conta –, por cerca de duas semanas, passei todas as noites com ela enquanto ela chorava até dormir. Estava arrasada por entregar o filho aos lupinos. E ela também ficou de coração partido por conta de Andras.

Eu a encaro, perplexa.

– Mas... parecia mesmo que ela o *odiava*. E a Konnor também.

Valasca exala um som de descrença.

–Você esperava mesmo que Sorcha desabasse e chorasse por Andras e seu filho dentro de um salão cheio de soldados amazes? As coisas *nunca* são tão simples quanto parecem. Há muitas aqui que amam homens, que agonizam pelos filhos que perderam, que visitam ambos secretamente. Você conheceu Clive Soren. Deve saber da relação dele com Freyja. Todo mundo sabe.

– Eu meio que entendi – admito.

– Ela vai vê-lo várias vezes por ano. Ela diz que está saindo para caçar. Sozinha. Ninguém faz perguntas, e ela não diz a ninguém a verdade, por isso a deixam em paz.

– E se ela dissesse?

– Seria expulsa das terras amazes.

– Para sempre?

Valasca acena com a cabeça, parecendo resignada com os costumes implacáveis.

– E você concorda com isso?

Um olhar profundamente perturbado passa por seu rosto.

– Não tenho certeza, Elloren. – Sua voz fica baixa e ela desvia o olhar, seus olhos cheios de conflito. – Não acho que as pessoas devam ser valorizadas apenas porque podem gerar bebês. E é assim que tratamos os homens. – Ela se volta para mim. – Então, não. Não concordo com isso.

– E o que você vai fazer quanto a isso?

Valasca olha para a cidade enquanto uma de suas cabras dá uma cabeçada brincalhona na sua coxa. Ela se abaixa para acariciar o animal.

– Não sei. É um dilema.

Tomo outro gole, a bebida me deixa ousada.

– E você tem um amante secreto?

Seus lábios se curvam em um sorriso lento e irônico.

– Eu tive alguns.

Tomo outro gole do tirag e lhe devolvo o frasco. Valasca olha para ele como se estivesse pensando. Então ela solta um suspiro e toma um longo gole, apoiando-se languidamente na árvore.

– E quem é o seu homem secreto? – pergunto.

Uma risada rouca lhe escapa, e ela sorri torto para mim.

– Não há homens. Só mulheres.

Sou tomada pela surpresa.

– É possível ser abertamente assim aqui?

Valasca me olha de maneira avaliativa, ficando séria.

– Claro.

Isso me deixa sóbria por um momento. Sei que essas coisas são proibidas na Gardnéria, e em muitos outros lugares no Reino Ocidental, mas depois penso na fácil aceitação dos lupinos de pessoas que amam quem querem amar, e de repente fico feliz que Valasca possa ser aberta quanto a quem ela é aqui, em terras amazes, sem ter medo.

E me pergunto se as terras Noi serão assim para Trystan. Por mais que pensar no meu irmão indo embora me faça sentir como se meu coração estivesse sendo torcido em um nó apertado, quero isso para ele. Quero que ele encontre um lugar onde possa ser quem é de fato, livre e abertamente.

Os olhos de Valasca ficaram semicerrados. Ela está começando a parecer como eu me sinto: líquida e relaxada, com a postura frouxa, como se estivesse derretendo na árvore às suas costas. A amaz toma outro gole e espreita a cidade, sorrindo consigo mesma.

Pego o frasco mais uma vez, e ela franze os lábios, sua cabeça balança na minha direção enquanto, relutante, ela o entrega de volta.

– Elloren, você realmente não deveria beber mais. – Seus olhos se fixam nos meus, e mantemos o olhar da outra por um longo momento flutuante. – Você é linda, sabia disso? – diz ela, uma observação despreocupada, sem nenhum tom de flerte.

Bufo um som de escárnio.

– Não sou. Sou igualzinha à minha *avó*.

Ela dá uma breve risada.

– Isso eu não sei dizer – diz ela. – Eu era só uma criança na época. Não me lembro dela como as outras. Mas... vocês, gardnerianos... a forma como a pele de vocês brilha nessa cor esmeralda. É tão bonito.

– É a nossa magia. Mas... não tenho poderes. – Por alguma razão, isso me parece muito engraçado, e começo a rir. Essa bebida faz tudo parecer tão divertido. Pergunto-me se é assim que o meu irreverente irmão Rafe se sente praticamente o tempo todo. Sempre de bom humor. De bom humor por conta do álcool. Mais risadas irrompem de mim. A ideia é tão... *engraçada*.

– Eu acho que você já bebeu o suficiente – afirma Valasca, sorrindo. Desajeitada, ela se inclina para tentar pegar o frasco de mim.

– Por quê? – digo, provocadora, segurando-o fora de seu alcance. – Gosto da forma como o tirag me faz sentir.

Minhas palavras soam estranhas aos meus ouvidos, derretendo em um único som, arrastadas e leves. Tudo está quente e leve ao meu redor.

– Acredite em mim, você vai se arrepender de manhã. – Ela faz um movimento para pegar o frasco, e tropeça quando me afasto desajeitadamente, tropeçando também. Caímos uma contra a outra, risos descontrolados e contagiantes borbulham de nós duas enquanto o frasco cai no chão. Agarro-lhe o braço em busca de apoio ao mesmo tempo que ela agarra o meu, e paramos de rir por um momento, quando nossos olhos se encontram. Então nós explodimos em histeria novamente.

Valasca apoia as costas na árvore, alternando entre rir e recuperar o fôlego. Por fim, nós duas nos acalmamos, as costas de Valasca apoiadas no tronco largo da árvore, e eu apoiada nele, com um braço instável.

– Você já beijou o garoto kéltico sério? – ela pergunta. – Eu vi a maneira como ele olhava para você hoje cedo.

– Não – digo, e meu sorriso diminui quando uma melancolia repentina toma conta de mim. – Eu pensei que uma vez... nós quase nos beijamos. Mas não. Nunca o beijei.

– Você acha que um dia vai beijá-lo?

Eu balanço a cabeça preguiçosamente de um lado para o outro.

– Não. Nunca. – A dor é um pouco abafada pela bebida, mas ainda dói em mim.

– Você o ama?

A questão paira no ar entre nós, toda a emoção reprimida dentro de mim de repente ameaça se revelar. O belo Yvan, seu olhar intenso segurando o meu. Tão profundamente inatingível.

As lágrimas fazem meus olhos arder.

– Acho que estou me apaixonando por ele. Mas nunca o terei. Nunca.

E então estou dizendo a Valasca tudo o que sinto por Yvan em um turbilhão de palavras. Absolutamente tudo.

Ela olha para as estrelas e ouve com atenção enquanto eu derramo meu coração para ela. Então, completamente exausta, eu me calo e enxugo as lágrimas.

– Eu sei o que é ter um amor impossível – murmura Valasca baixinho, com a voz subitamente rouca de emoção. – Estou apaixonada por Ni.

Ni? A nossa guarda, Ni Vin? Meus olhos se arregalam de surpresa, e olho para Valasca, sentindo minha cabeça estranhamente solta no pescoço.

– Ela também gosta de mulheres?

Valasca acena com a cabeça, pesarosa.

– Ela sente algo por mim, mas... ela quer que eu vá para o leste com ela, e... – Valasca olha para a cidade e acena em direção às luzes. – Eu não posso sair *daqui*. Amo o meu povo e não posso abandoná-lo. Não agora. Não com as coisas como estão.

Por causa do que o meu povo está fazendo, concluo com consternação. *Porque estamos empenhados em trazer o caos para todos no Reino Ocidental.*

– Toda vez que olho para Ni – conta Valasca, com a voz apaixonada –, é como uma flecha no meu coração. – Ela bate o punho sobre o peito dramaticamente. – Ela é corajosa e gentil; a coisa mais linda que eu já vi *na vida*. Mas ela não enxerga isso. Tudo o que ela vê são as cicatrizes. Ela não vê como é *perfeita*.

Penso na orelha e mão destroçadas de Ni Vin, nas queimaduras que atravessam metade do seu corpo e a vergonha atravessa a minha névoa de embriaguez.

A minha avó lhe infligiu aquelas cicatrizes.

Ela parece tão reservada, Ni Vin. Tão fechada. Lembro-me da sua calma inabalável, da expressão ilegível quando salvou Marina, ignorando propositadamente a presença da selkie na Torre Norte quando devia estar conduzindo uma investigação.

Ela salvou a vida de Marina naquele dia.

– Eu daria tudo para ficar com ela – confessa Valasca, com um anseio sincero. Lágrimas enchem seus olhos escuros enquanto ela se concentra nas estrelas.

– Então, aqui estamos nós – digo, melancólica. – Nós duas. Presas no Reino Ocidental.

– Pois é – concorda Valasca, com um aceno exagerado da cabeça.

– O comandante da base da Quarta Divisão quer se laçar comigo – confesso, sem absolutamente nenhum preâmbulo.

A cabeça de Valasca gira na minha direção, suas sobrancelhas se arqueiam.

– Lukas Grey?

– Sim.

Sua expressão se torna desconfiada.

– Você o conhece muito bem, então?

– Eu o beijei.

– Você beijou *Lukas Grey*?

– Bastante.

A expressão de Valasca se torna obscuramente cautelosa.

– Doce Deusa, Elloren. Fique longe dele. Ele é perigoso. E imprevisível.

Eu olho para o pico ocidental da Espinha, coberto de neve e logo atrás da cidade amaz. *Ele está ali, em algum lugar além desses picos.*

Lembro-me do olhar ressentido que Lukas me lançou quando nos separamos da última vez. Como tudo pareceu tão derradeiro. E me pergunto se alguma vez houve qualquer possibilidade real de Lukas romper com os gardnerianos.

– Não se preocupe. Vou ficar longe dele – digo a Valasca, com uma amargura sombria brotando em minha voz.

– O seu kéltico sabe sobre ele?

Aceno com a cabeça, repentinamente infeliz.

– Minha vida é um caos.

Valasca solta um longo assobio baixo.

– Tem razão. É mesmo.

Franzo a testa para ela, que me lança um olhar triste de solidariedade.

– Bem, de qualquer forma, você está em boa companhia. – Valasca balança a cabeça e olha para as estrelas cintilantes. – Nós duas com amores verdadeiros que *nunca* vão ficar conosco.

Ela respira fundo e fecha os olhos por um momento, depois se curva para a frente e, desajeitada, pega o frasco no chão.

– Essa bebida está nos deixando sentimentais. – Ela arrolha o frasco.

Deixo cair a testa nas mãos.

– Minha cabeça está começando a doer.

– Você bebeu demais. – Quando olho para ela, sua sobrancelha está arqueada, mas não de maneira zombeteira. – Eu avisei.

– Eu sei – admito pateticamente enquanto minha cabeça é martelada cada vez mais. Tudo é um turbilhão conturbado dentro de mim: Yvan, Lukas, a Varinha, o bebê de Sage, a Profecia... meu poder. – Eu me sinto tão confusa – digo a ela. – Quanto a *tudo*.

– Tudo bem – responde ela, com a voz baixa e compreensiva. – Não tem nada de errado em ficar confusa.

Uma risada irrompe de mim, e seguro o olhar firme de Valasca enquanto o mundo gira vertiginosamente ao meu redor.

– Você me lembra de um professor na Universidade. Ele está sempre falando que a confusão é uma coisa boa. Ele me deu um monte de livros de história para ler. Cada um de diferentes perspectivas. – Eu arrasto terrivelmente a última palavra e faço uma pausa para tentar recuperar o controle da minha língua.

– Eu faço isso – diz Valasca, cada vez mais pensativa. – Leio tudo o que chega nas minhas mãos, de todos os pontos de vista possíveis. – Ela me lança um sorriso malicioso. – Mesmo que eu tenha que contrabandear alguns dos livros para cá. Faço questão de me confundir com frequência.

As sobrancelhas de Valasca se juntam, como se seus pensamentos de repente a incomodassem.

– Mas faz ser difícil julgar alguém. Acho que é por isso que me tornei a confidente perfeita. Sou a guardiã não oficial dos segredos da cidade. Confidente de muitas, e o amor verdadeiro de ninguém.

Ela diz a última parte com falso cavalheirismo, mas há certa dor por trás de seu tom alegre. Sua boca se ergue no fantasma de um sorriso.

– Tenho muitas amigas. – Valasca faz uma pausa e inclina a cabeça, me considerando. – Sabe, se as coisas não derem certo com o kéltico, você pode vir e se juntar a nós. Antes que te obriguem a se laçar. Podíamos fazer de você uma guerreira. Te ensinar a lutar. Você nunca mais se sentiria impotente.

A ideia é tão bizarra que me faz rir. Eu. Uma guerreira amaz.

Mas o pensamento também é surpreendentemente atraente.

– Eu *poderia* mesmo te ensinar – insiste ela.

– Pastoreio de cabras também? – pergunto, irônica.

Valasca sorri.

– Claro.

Eu sorrio em resposta.

– Vou tentar não me esquecer disso.

Uma onda de náusea me arrebata e, de repente, não quero nada além do que ficar deitada para que o mundo pare de se inclinar de forma tão desconcertante.

Valasca solta um longo suspiro e me segura antes que eu caia.

– Vamos, gardneriana – diz ela, envolvendo o braço ao redor dos meus ombros para me firmar. – Vou te ajudar a voltar. Nós duas precisamos dormir para passar a bebedeira.

★

– Seu cheiro está péssimo – comenta Diana enquanto eu rastejo – literalmente rastejo, já que não consigo andar em linha reta – até o meu leito. Marina e Ni Vin estão dormindo, ou pelo menos fingem estar, e Valasca regressou ao próprio alojamento.

Caio de costas no feltro do saco de dormir, o cômodo gira.

– Valasca me deu álcool para beber. – Levo uma mão à testa, que lateja desconfortavelmente. – A gente bebeu demais. Ela tentou me avisar para não beber tanto.

– Você deveria ter dado ouvidos a ela.

Eu a encaro.

– Ah, não me diga. Vocês, lupinos, perfeitos como são, nunca ingerem bebida alcoólica.

Ela me lança um olhar perplexo, como se fosse óbvio.

– Claro que não. Maiya desaprova qualquer coisa que entorpeça os sentidos.

– Bem, não me julgue. A minha situação está bastante complicada no momento.

Diana arqueia uma sobrancelha para mim.

– A minha também. Estou apaixonada por um gardneriano.

– Que nunca quis ser gardneriano – rebato, com irritação. – Que passa todo o tempo livre correndo na floresta, caçando.

O olhar âmbar de Diana é calmo e inabalável, o que me faz sentir uma bagunça em comparação. Suspiro e me viro de frente para ela, o quarto se inclina vertiginosamente quando me mexo.

– Diana?

– Sim?

Hesito por um momento.

– Acho que tenho a Varinha Branca. A Varinha Branca *verdadeira*. Acho que é de verdade. Não só uma história. – Para minha surpresa, sua expressão imperturbável não vacila. – O seu povo acredita em algo assim?

Diana acena com a cabeça.

– O Ramo de Maiya; o último ramo sobrevivente das três Árvores Originárias.

– O que o seu povo pensa sobre esse... Ramo?

– É um instrumento de bondade e esperança. Como os outros dois Ramos eram. Ajuda os oprimidos.

Considero isso.

– Na minha religião, ele também faz isso, mas só ajuda os Primeiros Filhos.

Ela balança a cabeça, enfática.

– Não na nossa. Maiya envia o Ramo a qualquer um que esteja sendo oprimido. Lupino ou não.

– Então... talvez a Varinha queira ajudar as selkies.

Ela nem faz uma pausa para considerar o que eu disse.

– Sim.

– Mas se a minha Varinha é realmente esse Ramo... então por que viria a *mim*, Diana? Não tenho poder. E... a Varinha também não. Pelo menos não no momento. Trystan acha que morreu. Ou, pelo menos, que está adormecida.

– Talvez esteja conservando seu poder. Talvez ainda haja uma luta maior por vir. – Ela me olha significativamente. – Ou talvez a esperança tenha poder em si mesma.

Lanço um olhar cansado para Diana.

– Então, aqui estamos nós, esperando que as amazes ajudem as selkies.

Ela acena com a cabeça, sua calma de repente abalada, as sobrancelhas loiras tensas. Sei que Diana quer que seja o seu povo a salvar as selkies. Mas também sei que Gunther Ulrich está relutante em inflamar uma relação já turbulenta com os gardnerianos.

– Talvez as amazes as ajudem – digo, olhando para Marina, desesperada para que isso seja verdade. A selkie está enrolada em seu leito, dormindo profundamente, com o cabelo cintilante espalhado no travesseiro. Ela parece tão frágil. Tão abatida e vulnerável.

– Talvez ajudem – declara Diana, também olhando para Marina, mas há uma nota desconfortável de dúvida em seu tom. Esse indício de descrença é inquietante e inflama a náusea que já se espalha dentro de mim.

– Não estou me sentindo muito bem – digo a ela, tremendo ligeiramente com a pequena corrente de ar que entra por baixo da porta.

Diana me examina.

– Você está com frio? – pergunta. – Você parece estar com frio.

Eu olho para ela, sentindo-me patética.

– Estou.

Diana desliza sob o cobertor, levanta a ponta e gesticula para mim com impaciência.

– Venha. Deite-se comigo.

Sentindo-me morosa, deslizo desajeitadamente para me encolher contra ela. Deitada ali, segura e aquecida ao lado da minha amiga perigosa, meu estômago agitado começa a se acalmar. Eu me aconchego mais perto de Diana, e ela dá um tapinha nas minhas costas para me confortar. Ela é sempre tão diferente à noite, seu ar arrogante e dolorosamente contundente dá lugar a essa presença forte e tranquilizadora.

– Diana? – indago.

– Humm?

– O que aconteceu com os outros Ramos de Maiya? Você disse que eram três.

Ela fica quieta por um momento.

– Eles foram destruídos pela escuridão.

O silêncio paira sobre o cômodo.

– O que aconteceu com as pessoas que tinham esses outros Ramos?

Mais uma vez, ela hesita.

– Eles também foram destruídos.

– Então há apenas mais um ramo.

– Apenas um.

O silêncio se assoma e se solidifica.

NiVin está quieta, me observando de onde está deitada, e seu rosto inquieto é a última coisa que vejo antes de eu fechar os olhos e adormecer.

CAPÍTULO OITO
CONSELHO DA RAINHA

Na manhã seguinte, nós nos reunimos na câmara do Conselho da Rainha, uma cúpula lateral ao lado do Pavilhão.

Diana, Marina, Ni Vin e eu estamos perante o Conselho, todas elas mulheres mais velhas de cabelos grisalhos e brancos. Estão sentadas em semicírculo, conversando em tons baixos entre si enquanto esperamos pacientemente a chegada da rainha Alkaia. Atrás do Conselho, um contingente considerável de soldados fortemente armadas da Guarda da Rainha também está presente.

Valasca está perto de nós, mas mais para o canto. Ela chegou de madrugada para nos levar até ali, seu comportamento está indiferente e profissional. Ela evita olhar na minha direção, mas por mim tudo bem. Estou um pouco envergonhada por estar perto dela depois de lhe contar todos os segredos românticos da minha vida, e imagino que ela sinta o mesmo nesse momento. Especialmente com Ni Vin de pé aqui conosco.

Parece que o ferreiro da aldeia está martelando minha cabeça para ficar com um formato diferente, e estou cheia de uma apreensão ruidosa, esperando, contra todas as probabilidades, que a rainha Alkaia concorde em ajudar as selkies antes que seja tarde demais.

Ela precisa nos ajudar. Como poderia recusar?

Valasca se endireita abruptamente, depois se ajoelha quando a rainha é conduzida para dentro, seu corpo frágil apoiado por duas jovens soldados. Sigo o exemplo de Valasca e me ajoelho, curvando-me até o chão, Marina nos imita. Diana e Ni Vin permanecem ambas teimosamente eretas.

Demora um momento para a rainha Alkaia se instalar, mas, quando enfim se senta, pede que nos ajoelhemos e volta o olhar inteligente e penetrante para mim.

– Elloren Gardner – diz ela. – O Conselho se reuniu essa manhã para discutir o seu pedido.

Algo em sua expressão, na forma como seus lábios estão curvados no menor dos sorrisos, me faz sentir esperançosa. Meu coração se eleva. *Ela vai dizer sim.*

– Tomamos a decisão unânime de negar o seu pedido.

As palavras me atingem como uma avalanche.

Marina solta uma exclamação chocada, suas mãos voam para as brânquias. Valasca, Ni Vin e Diana parecem atordoadas.

Uma ira justificada se avoluma dentro de mim como um fogo ofuscante. Ponho-me de pé.

– Mas *por quê*? – gaguejo, furiosa. – Como vocês podem negar ajuda?

– A decisão do Conselho é definitiva. – Ela soa quase entediada e, de repente, quero atirar alguma coisa na sua cara para arrancar aquela expressão indiferente dela. Ela não percebe o que está em jogo?

– Clive Soren me disse que as amazes *se importavam* – rosno, devastada. – Ele disse que vocês ajudariam mulheres que estavam sendo maltratadas. Ele não me disse que vocês são um bando de hipócritas *covardes*!

– Elloren! – Diana me adverte de maneira incisiva assim que vários soldados na sala saltam de seus assentos, desembainhando as armas em um borrão de movimento.

Eu não vacilo, minhas mãos se fecham em punhos apertados. Sei que acabei de dirigir um grave insulto à rainha. Andras me disse que chamar alguém de covarde é terrível tanto na sociedade amaz quanto lupina. Pior do que qualquer xingamento. Mas, nesse momento, eu não me importo.

A rainha Alkaia coloca a mão no braço da soldado mais próxima a ela, em um comando silencioso, e, devagar, as armas ao redor são baixadas e embainhadas. As soldados voltam a se sentar com relutância, olhando-me de forma assassina.

– O resgate das selkies é um esforço inútil no momento – diz a rainha, com calma.

– Então, de acordo com a senhora – desafio, lutando para conter as lágrimas –, eu deveria ter deixado minha amiga Marina onde a encontrei.

A rainha Alkaia se inclina para mim, com um olhar de aço.

– Você está me pedindo para enviar soldados, provavelmente correndo grande risco, contra os gardnerianos. Para resgatar todas as selkies. Um feito que pode fazer com que a Gardnéria declare guerra contra nós. Isso seria visto como um ataque imperdoável à soberania do território deles.

– Mas é a coisa certa a fazer!

– Suponhamos por um momento, Elloren Gardner, que façamos aquilo que vocês nos pedem. Suponhamos que salvemos todas as selkies, mas os gardnerianos continuam em posse de suas peles. O que pensa que vai acontecer?

Ah, Santo Ancião. Ela tem razão. Destruir a pele de uma selkie a torna uma morta-viva, como os dragões sem alma, os icarais quebrados.

– Você está pronta para condenar todas as selkies a um destino muito pior do que a morte? – a rainha Alkaia me desafia.

Estou vencida, isso está fora do meu alcance. Sou uma tola.

– Então não há esperança – digo, e meu fogo se apaga, minha voz enfraquece.

O rosto da rainha Alkaia suaviza e ela sorri de forma maternal.

– Enquanto a Deusa Vingadora governar este mundo, há sempre esperança.

– Onde? – pergunto, derrotada. – Onde há esperança para as selkies?

A rainha se reclina.

– Encontre a pele delas – ela me diz. – Sem as peles, o resgate é inútil. Os gardnerianos têm nas mãos a arma definitiva contra as selkies. Poderíamos levá-las para o outro lado da Therria, e tudo seria em vão. Não, você deve encontrar as peles.

– Como vamos encontrá-las?

Ela estreita os olhos para mim.

– Peça aos seus homens que as encontrem. Não há dúvida de que são familiarizados com os locais onde as selkies são mantidas em cativeiro.

– Não, isso não é verdade – digo, balançando a cabeça. – Eles nunca foram para...

– Estão mentindo para você – ela me interrompe, resoluta.

– Não, tenho certeza...

Ela me corta com um aceno da mão.

– Eles são mentirosos e enganadores – diz a rainha. – *Todos* eles. Sem exceção. Tem sido assim desde o início dos tempos. Mas vocês podem utilizar a natureza vil deles para descobrir o que precisamos saber.

Eu me irrito, porque ela está errada. Errada sobre Rafe e Trystan. Errada sobre todos os meus outros amigos e familiares homens. Mas eu seguro a língua, porque sei que não haverá como convencê-la do contrário.

– E depois? – indago. – Se encontrarmos as peles, de que serve? Como podemos libertá-las por conta própria?

O olhar da rainha Alkaia me penetra.

– Quem aqui – ela pergunta à câmara – concordaria com a criação de um exército de nossas melhores guerreiras com o único propósito de invadir a Gardnéria para libertar todas as selkies se suas peles forem encontradas?

Cada guerreira na sala, assim como todo o Conselho da rainha, se levanta. Nenhuma delas, exceto a rainha, permanece sentada.

– Encontre as peles, Elloren Gardner – diz a rainha Alkaia –, e libertaremos as suas selkies.

O dia ainda é uma criança quando chegamos à fronteira, a floresta coberta de neve se dilui abruptamente para revelar o pequeno campo onde as feiticeiras vu trin e as amazes nos atacaram.

Yvan, Rafe, Trystan, Jarod, Andras e Gareth estão todos lá, tal como disseram que estariam, e o meu coração salta ao vê-los.

Mas eles também estão estranhos aos meus olhos.

Homens.

São como seres estranhos, uma raça totalmente diferente, depois de estar cercada por tantas amazes. Tantas mulheres.

E sua masculinidade não é a única coisa esquisita neles. Suas expressões estão estranhamente sérias, e o mal-estar surge dentro de mim enquanto observo cada rosto.

As amazes param pouco antes da linha de runas de fronteira e encaram os nossos homens com frieza, exceto Valasca, que simplesmente os estuda com ar de curiosidade. Sem dizer palavra alguma, nossas companheiras nos ajudam a desmontar e a recolher nossos pertences.

Eu olho para Yvan com ansiedade, seu fogo brilha em minha direção.

– O que aconteceu? – pergunto a Yvan enquanto passo pelas runas de fronteira e me aproximo dele.

– Algo bom, Elloren. – Yvan olha para Gareth, que está focado em Marina.

– Marina – diz Gareth, com gentileza –, ontem decidimos revistar a área ao redor da cabana do caseiro novamente. Agora que houve um degelo.

– O que você encontrou? – pergunta Marina, com cuidado, a boca tremendo nos cantos.

Gareth estende a mão para o saco de couro amarrado por cima do ombro e tira uma pele de foca prateada e cintilante. Marina solta um grito assustado, com as mãos voando sobre as brânquias.

– Estava enterrado perto da parte de trás da cabana – Gareth diz a ela. – Numa caixa de aço élfico. O degelo expôs a borda. Ouvi as asas de um pássaro batendo, um enorme pássaro branco. Aquilo me assustou e, quando olhei para baixo, lá estava a caixa, meio desenterrada. Eu simplesmente soube. No momento em que vi, soube.

Marina olha para a pele em suas mãos como se estivesse hipnotizada. Ela lança a Gareth um olhar cheio de significado, algo particular e carregado se passa entre eles.

– Eu serei completamente transformada – ela o prepara.

– Você ainda será você.

Marina balança a cabeça como se ele fosse incrivelmente ingênuo.

– Não. Serei muito mais forte do que você. Poder muda *tudo*.

Gareth estende a pele para ela pegar.

– Eu *quero* que você seja poderosa. E quero que seja livre.

As amazes parecem atordoadas. Percebo que as ações de Gareth se opõem a todos os mitos, lendas e suposições que elas têm sobre homens. Marina deixa cair o saco de viagem e tira as botas, depois todas as roupas, imperturbável pelo frio invernal.

Com os olhos fixos nos de Gareth, ela alcança a pele prateada.

No minuto em que fazem contato, lampejos de raios safira estalam em seu braço. O relâmpago brilha sobre toda a sua pele, e uma aura azul brilhante se aglutina em torno dela, a forma de Marina começa a borrar à medida que se funde com a luz azul. Então ela e sua pele desaparecem até não restar nada além de uma névoa de iluminação ofuscante.

Em seguida, a luz azul começa a diminuir, os detalhes se aguçam até que Marina reaparece.

Em forma de foca.

Uma foca magnífica e predatória com os olhos oceânicos de Marina e pele prateada deslumbrante.

Assim que estamos nos ajustando à ideia de vê-la dessa forma, Marina rola de costas e fecha os olhos. O raio safira reaparece, riscando-se em uma linha crepitante pela barriga da foca. Mais uma vez, sua forma se embaça, depois se divide, e Marina emerge da pele prateada, humana mais uma vez.

Ela se ajoelha no chão, respirando com dificuldade, os olhos fechados enquanto se sustenta com os braços trêmulos. Ela ainda é reconhecível como Marina: o cabelo prateado, o mesmo semblante; mas ela perdeu a aparência abatida e esguia. Reunida com sua pele de foca, ela agora é de um azul profundo da cabeça aos pés. Sempre havia um brilho de azul logo abaixo de sua pele, mas agora está na superfície. E ela parece forte, seus músculos magros e retesados muito parecidos com os de Diana.

– Você está bem? – Gareth se move na direção dela enquanto Marina luta para recuperar o fôlego. Ela mexe a cabeça para cima e para baixo, aparentemente com grande esforço.

Por fim, sua respiração se ajusta e ela fica de pé, seus movimentos mais como os de uma guerreira amaz do que a fraca silhueta da garota que ela já foi. Ela pega as roupas e as veste, depois joga a pele de foca por cima de um ombro.

Ela caminha até Gareth e estende a mão para acariciar sua bochecha. Ele sorri para ela com um olhar de cumplicidade feroz. Mas posso ver nas rugas em torno dos olhos do meu amigo: este é o começo do adeus para eles.

Marina se afasta de Gareth, uma mão em seu ombro, a outra na pele prateada.

– Agora – diz ela, voltando-se para todos nós e expondo dentes predadores –, precisamos salvar o meu povo.

CAPÍTULO NOVE

EQUINÓCIO

–Você não tem que tirar o atraso nos estudos?

O tom severo de Diana corta minha névoa de preocupação, e eu olho para ela de onde me sento na cama, segurando uma caneca de chá quente. Não sei como é que ela consegue se concentrar num momento como este. Minha mente é um turbilhão de preocupações. Tentei ler, mas as fórmulas medicinais continuam a voar da minha cabeça, como pássaros que se recusam a ficar dentro da gaiola.

Rafe, Trystan e Gareth estão investigando as três tavernas selkies gardnerianas situadas nas florestas isoladas ao longo da fronteira verpaciana. E, em uma reviravolta inesperada, Clive Soren está viajando com Yvan para a única taverna com selkies que fica na Keltânia.

Eles partiram ontem antes do amanhecer, cada um carregando uma generosa quantia de florins nos bolsos, cortesia da rainha Alkaia. Todos estão armados com pilhas de imagens que Wynter desenhou: de Marina, sua irmã e todos os rostos que nossa amiga selkie conseguiu se lembrar da noite em que ela e a irmã foram levadas. Há também imagens das amazes resgatando as selkies, levando-as de volta ao oceano; um mapa visual da fuga planejada para mostrar a qualquer selkie que possam encontrar.

Ariel paira perto da lareira crepitante, chamas finas saem da palma de sua mão. Ela está ficando mais forte a cada dia que passa. Ainda me evita e quase não fala comigo, mas não parece mais tão zangada. Está mais... composta. E suas asas sofreram uma transformação maravilhosa: estão mais lisas e brilhantes, e seus olhos mais vivos e estáveis. Eu me encho de uma satisfação tranquila por vê-la melhorando assim.

Marina se senta pacientemente ao lado de Wynter enquanto todas esperamos, sua pele de foca está amarrada por cima do ombro e brilhando à luz do fogo junto com seus cabelos prateados. Seu rosto está tenso, e acho que não comeu nada o dia todo.

Assim que o fraco brilho do amanhecer faz sua primeira aparição incerta no horizonte oriental, Gareth retorna.

Marina e eu pulamos para cumprimentá-lo enquanto ele tira a capa, montinhos de neve caem dela, transformando-se instantaneamente em pequenas poças no chão. Nós enfiamos uma xícara de chá quente em suas mãos e o sentamos perto do fogo, o que ele aceita com gratidão.

Gareth vai direto ao assunto.

– Sua irmã não estava lá, Marina. Mas havia uma mulher lá que a reconheceu.

O rosto de Marina se enche de angústia, e ele coloca uma mão firme em seu braço.

– Como foi? – pergunto baixinho. – O que aconteceu?

Gareth engole em seco antes de responder.

– Foi horrível. Tinham algumas mulheres... meninas, na verdade... não pareciam ter mais de dezesseis anos... Eles as obrigavam a dançar para os homens. – Ele para e balança a cabeça, como se tentasse afastar um pensamento repulsivo.

– Elas estavam dançando? – pergunta Marina, devagar.

Gareth lhe atira um olhar preocupado.

– Elas estavam... despidas.

Marina acena firmemente em compreensão, enojada. Uma indignação de revirar o estômago me assalta.

– Eles não paravam de trazer filas de meninas e mulheres jovens – Gareth conta. – Estavam vestidas, mesmo que pouco. Eles as colocavam em fila para os homens olharem. Como gado numa feira. A maioria delas parecia assustada. Algumas, especialmente as mais novas, pareciam completamente traumatizadas.

Ele para para respirar, claramente perturbado.

– O taverneiro... me levou até elas. Me disse quanto custavam. Escolhi uma mulher mais velha. Ela parecia ter um olhar forte e inteligente; pensei que havia uma boa chance de ela entender. Também escolhi uma menina muito jovem que parecia profundamente perturbada. Presumi que ela não pudesse nos ajudar, mas achei que poderia pelo menos comprar para ela algumas horas de paz.

Gareth faz uma pausa para esfregar a ponte do nariz. Marina ficou muito quieta, com o rosto ficando em um tom de azul mais pálido.

– Assim que fomos levados para uma sala privada – Gareth continua a contar –, a mulher mais velha começou a tirar a roupa. Acho que ela estava tentando desviar a minha atenção da menina mais nova, protegê-la da única maneira que podia. A garota ficou encolhida num canto, olhando para o nada, na verdade, só tremendo, apavorada. A mulher foi tentar tirar minha roupa, mas assim que se aproximou de mim, parou e congelou.

Ele olha para Marina.

– Dava para perceber que ela estava me cheirando e descobrindo que eu era de alguma forma... diferente. Peguei as imagens e ela ficou muito surpresa. Levou alguns minutos para se orientar. Mostrei todos os desenhos e, a princípio, ela estava completamente confusa, mas parecia entender rápido. Ela entendeu que eu estava lá para ajudar, e que eu era... um aliado.

– Ela sabia que você é selkie – afirma Marina, e ele acena com a cabeça.

– O que aconteceu depois? – pergunta Diana.

Gareth franze a testa.

– A mulher começou a chorar. Ela pegou a imagem do mar e continuou apontando para ela, parecendo desesperada. Então foi até a menina e tentou mostrar os desenhos, especialmente o do mar, mas a outra estava muito aterrorizada para registrar qualquer coisa. Examinamos várias vezes cada imagem da fuga planejada na ordem certa, e acho que ela compreendeu. Quando o nosso tempo estava perto de acabar, ela fez questão de bagunçar a cama, de desabotoar a minha camisa e se despir. Dois segundos depois, o taverneiro chegou e me disse que eu tinha que ir embora.

– Mas as peles – interrompe Marina, sua voz quebrando em tons discordantes enquanto, por um momento, ela perde o controle das brânquias. Ela joga as palmas das mãos sobre os lados do pescoço. – E as peles?

– Conversei com o taverneiro por um tempo quando cheguei lá. Disse que estava preocupado com a minha própria segurança. Ele me disse que guardam as peles num baú trancado num depósito. Todas as tavernas com selkie têm o mesmo sistema; ao que parece, eles simplificaram as coisas depois que uma selkie encontrou a própria pele e assassinou várias pessoas. As amazes não devem ter problemas para recuperar as peles dos depósitos.

Gareth faz uma pausa, como se se lembrasse de algo perturbador.

– O Conselho dos Magos está investigando as pessoas de posse de selkies, então a maioria delas foi vendida discretamente para as tavernas. – Gareth se vira para Marina. – Se você ainda estivesse com ele... acabaria em um desses lugares, mais cedo ou mais tarde.

Marina estremece, em seguida Gareth abaixa a xícara e pega a mão dela.

– Você precisa deixar Wynter ver as suas memórias – Marina diz a ele, mantendo apenas o controle parcial de sua voz, seus tons partindo como acontece quando ela está triste. – Mostre-as a ela enquanto estão frescas em sua mente para que possamos dar essas imagens às amazes.

Gareth acena com a cabeça, então se levanta e vai para Wynter, sentando-se de frente para ela na cama. Wynter respira fundo, como se estivesse se preparando, depois coloca as mãos nas laterais do rosto de Gareth e fecha os olhos. Ela se sobressalta abruptamente e se afasta dele por um momento, então endurece e se prepara como um soldado indo para a batalha. Depois de se sentar com ele assim por um bom tempo, Wynter começa a desenhar, parando de vez em quando para tocar a mão de Gareth.

Eu saio para o corredor, sentindo-me claustrofóbica no quarto lotado, e frustrada com toda a espera; e também profundamente incomodada com o que Gareth nos contou.

Sento-me no parapeito da janela, perturbada e melancólica, olhando para o contorno azul do amanhecer. Algumas estrelas frias ainda pairam no céu, e vejo o contorno do amanhecer subir mais alto por uma boa meia hora.

– Elloren.

Viro a cabeça ao som da voz de Yvan e deslizo do meu poleiro.

– Eu estava esperando por você.

O meu cansaço faz com que seja fácil afastar toda a hesitação. Eu o abraço, e as mãos dele se estendem para me segurar com leveza. Consigo sentir sua angústia na maneira como ele se porta, tão rígido e retesado. Varrido por estresse e emoções conturbadas, o fogo dentro dele sobe em chamas aleatórias. Consigo ver que, assim como Gareth, a experiência o afetou.

– Você está com um cheiro estranho – digo, afastando-me ligeiramente. É como álcool misturado com fumo e outra coisa... como suor.

– Estou com um cheiro rançoso – responde ele, brusco. – Aquele lugar era horrendo.

– Gareth também já voltou – digo a ele. – Mas Rafe e Trystan, não. Ainda não.

– Vi lá homens que conheço, Elloren. Combatentes da Resistência. Pessoas que eu pensava que se preocupavam com a justiça e a liberdade. Mas não para o povo de Marina, ao que parece.

Suas sobrancelhas se unem.

– Vários deles são casados. Conheço a esposa de alguns, e me pergunto o que elas fariam se soubessem. Quando os homens me viram... eles me deram as boas-vindas, como se eu fosse um parente que não viam há muito tempo... algum iniciado nesse clube deles... como se eu fosse finalmente um homem de verdade, como eles. Foi repugnante. Tive que fazer muita força para não ir embora. Não sou um bom ator, Elloren. Você sabe disso.

Eu sabia mesmo. A sua falta de traquejo, tão difícil de aceitar quando o conheci, é agora uma das coisas de que mais gosto nele.

– Mas Clive – ele continua –, você devia ter visto ele. A alma da festa. No final da noite, ele tinha feito todo mundo lá, incluindo o taverneiro, ficar completamente bêbado. Mas não antes de conseguir que o homem nos levasse por uma visita guiada pelo local e ter um vislumbre de cada selkie lá. Nós dois pagamos por tempo com várias mulheres... uma após a outra. Tentamos escolher as que pareciam mais espertas, as que não pareciam... destruídas.

– Gareth disse que a mulher com quem esteve... – Hesito por um momento. – Ela tentou tirar a roupa dele.

– Aconteceu um pouco disso – admite Yvan, desconfortável –, mas os desenhos de Wynter... uma vez que viram, a maioria das mulheres pareceu entender.

– Wynter vai querer ler seus pensamentos – digo a ele. – Para poder desenhar mais imagens para as amazes.

– Claro – concorda ele, olhando para a porta do meu quarto, depois de volta para mim, hesitando.

Aquela dor familiar que sinto quando estou perto dele dá as caras. Um desejo de estar mais perto. De escapar do mundo nos braços um do outro.

– É o equinócio – diz ele, por fim.

É mesmo. Tinha esquecido completamente. Hora de colher a doce seiva das árvores para o festival do bordo, um dos poucos feriados celebrados por todos nesta parte da Therria. Hora de fazer açúcar e se preparar para a próxima primavera.

Tudo parece tão tenebroso. É difícil acreditar que em breve as árvores brotarão e os pintarroxos voltarão.

– Feliz Equinócio – digo a ele, segurando sua mão. Ele fecha os dedos em volta dos meus.

– Hoje também faço dezenove anos.

– É o seu aniversário?

Ele acena com a cabeça.

– Minha mãe acreditava que eu estaria seguro e que seria afortunado, porque é um dia auspicioso para se nascer. – Ele sorri com cansaço para isso, como se fosse terrivelmente irônico. – Acho que foi uma ilusão da parte dela. Uma rebeldia diante de uma realidade bastante desagradável.

– Ah, eu não sei – digo a ele, balançando nossas mãos um pouco. – Talvez você *seja* afortunado. Não teríamos salvado Marina se eu não tivesse seguido você naquele dia... e Naga está livre por sua causa...

E... eu te amo.

As palavras estão bem na ponta da minha língua, e eu gostaria de poder dizê-las em voz alta. Porque o amor não é sempre afortunado? Mesmo que nada possa resultar dele?

Ele tinha que ser.

Yvan está olhando para mim com tanta intensidade que me vejo ruborizar. Tomo sua expressão ardente como um convite e o envolvo novamente com os meus braços, os dele deslizam pela minha cintura, e me puxam para perto. Seu fogo ignora os limites e faísca através das minhas linhas numa febre decadente que me faz estremecer.

Beijo sua bochecha quente e sussurro em seu ouvido.

– Feliz aniversário, Yvan.

Ele inclina a cabeça e olha para mim, seus olhos de repente brilhando como ouro. O fogo dele se eleva como uma onda, e eu sei.

Ele quer me beijar.

Tudo para, exceto o ritmo insistente do meu coração. Então Yvan controla seu fogo à força, os olhos ardem com uma frustração repentina enquanto os desvia, sua boca fica tensa e o momento se estilhaça. Uma decepção esmagadora toma conta de mim.

– É melhor eu ir falar com a Wynter – diz ele, com os braços ainda envoltos de modo frouxo ao meu redor.

Não digo nada. Sinto-me desequilibrada e repentinamente infeliz. Ele deve sentir, já que seu rosto se contrai em preocupação.

– Elloren... Eu...

– Não, pare – digo a ele, saindo com gentileza do seu abraço. – Não precisa se explicar. É que às vezes é tão fácil... esquecer tudo.

Ele estende a mão para acariciar a lateral do meu rosto, e eu posso ver em seus olhos ardentes que ele está tentado a ignorar todos os perigos nisso. Assim como eu.

– Vá ver a Wynter – insisto, ignorando a dor amuada dentro de mim. – Pense nas selkies. Não em nós.

Ele dá um breve aceno de cabeça e vai até ela.

Trystan retorna em seguida. Ele está com sua expressão ilegível de sempre, mas posso ver pela tensão ao redor de seus olhos que está profundamente perturbado. Com muita naturalidade, ele ecoa uma história semelhante, e toma o lugar de Yvan diante de Wynter.

Marina está olhando pela janela, de pé entre Diana e Gareth, os três tendo uma conversa sussurrada. A voz da selkie se decompõe em notas tristes, e os braços de Gareth e Diana sobem para abraçá-la e confortá-la.

Yvan se instala ao meu lado em frente à lareira e ele olha para as chamas por um longo momento. As imagens horríveis que todos eles descreveram passam pela minha mente, e estou achando difícil conter a raiva e a tristeza. Quando uma lágrima quente escorre pela minha bochecha, o braço de Yvan desliza pelos meus ombros e minha respiração vacila. Eu fungo e deixo a cabeça descansar em seu ombro quente. Em silêncio, nós assistimos enquanto Ariel faz pequenas bolas de fogo e as atira na lareira.

Mais uma hora se passa, e Rafe finalmente retorna.

No momento em que vejo o meu irmão mais velho, sei que algo está muito errado. Até mesmo a maneira como ele sacode a capa é estranha, seus movimentos estão rígidos e desconfortáveis. Diana também pode sentir. Ela está estranhamente alerta enquanto se move em direção a ele, estudando-o com atenção, quase farejando o ar ao seu redor.

– Rafe, aconteceu alguma coisa? – indago. O braço de Yvan ainda está em volta do meu ombro, a outra mão acaricia distraidamente uma das galinhas adormecidas de Ariel.

Rafe balança a cabeça em resposta, recusando-se a encontrar os meus olhos. Ele agarra uma cadeira, arrasta-a para a lareira e se senta, ainda sem olhar para nenhum de nós.

– O que aconteceu? – Trystan pergunta a ele.

Rafe pressiona a ponte do nariz entre os dedos e dá de ombros.

– Eles têm cerca de quarenta delas. Passei um tempo com duas, e elas pareceram entender a mensagem. O taverneiro sabe que não são animais. Ele *sabe*, e as mantém lá mesmo assim.

– Como você sabe? – indago.

– Ele me disse que não deixa as selkies terem recipientes de água maiores do que uma tigela pequena porque podem se comunicar se ficarem debaixo d'água juntas. – Uma fúria intensa ilumina os olhos de Rafe. – Então eu disse a ele: "se elas podem falar entre si, isso não significa que são humanas?". E ele respondeu: "Eu não dou a mínima para o que elas são. Elas são boas para fazer dinheiro".

Ele olha para Marina.

– Marina, sua irmã está lá.

Marina parece ter parado de respirar. Gareth rapidamente segura o braço dela para firmá-la.

– Eu não a vi com meus olhos – Rafe fala –, mas algumas das outras selkies reconheceram o retrato, e deixaram claro que ela está lá.

Marina dá um aceno de cabeça rígido, emocionada demais para falar. Gareth a puxa para perto, murmurando baixinho enquanto acaricia seu cabelo, e ela se agarra a ele.

– Damion Bane também estava lá – continua Rafe.

Yvan se retesa ao som do nome de Damion, e meu próprio estômago se revira de repulsa.

– Muito cara de pau, aquele lá – conta Rafe. – Agiu quase feliz em me ver. Até levantou o copo em saudação. Eu o vi de novo mais tarde, quando a porta do quarto dele estava fechando. Vi as duas selkies no quarto com ele. Elas estavam... horrivelmente alteradas. – Rafe para, como se não conseguisse descobrir como falar a próxima parte. – Eles destruíram as peles delas.

Uma arfada coletiva sobe de todos nós. As brânquias de Marina se abrem e sua mão voa para a boca. O aperto de Gareth nela fica mais forte.

O rosto de Rafe assume uma expressão distante e assombrada enquanto ele encara o fogo.

– Os olhos delas... estavam opacos... como se fossem mortas-vivas. Era com elas que Damion estava. Aquelas duas selkies. Ele até sorriu para mim enquanto fechava a porta.

Marina começa a chorar. Rafe desvia o olhar e ficamos todos em silêncio por um momento, lutando com esse novo horror.

Por fim, meu irmão se volta para Wynter.

– Eu sei que precisamos dar às amazes o maior número possível de detalhes, mas... se você não quiser ver...

O rosto de Wynter está abatido, mas ela está determinada quando responde.

– Vou ficar bem. – Ela dá tapinhas ao seu lado na cama. – Aqui, venha se sentar perto de mim.

Diana, Marina, Wynter e eu viajamos para as terras amazes depois de todos termos dormido um pouco.

Não há necessidade de Andras nos guiar desta vez. Como uma ave migratória, Diana só precisa ver um caminho através da floresta uma única vez para se lembrar para sempre.

Dessa vez, somos recebidas na fronteira por Freyja e duas outras soldados que nos escoltam para Cyme de forma rápida e eficiente, levando-nos diretamente para o Pavilhão da Rainha.

Quando chegamos, a rainha Alkaia se demora examinando cada uma das ilustrações de Wynter, depois as passa para os outros membros de seu Conselho. Todas as mulheres ouvem atentamente as descrições vívidas de Wynter das tavernas com selkies.

Alcippe está à esquerda da rainha, fazendo cara feia para Diana e para mim, mas parece também profundamente interessada no que Wynter e Marina têm a dizer. Valasca também está lá, vestida tão casualmente e sem adornos quanto da última vez em que a vi, observando tudo em silêncio.

Nossos olhos se cruzam uma vez em solidariedade tácita.

Depois de examinar tudo com cuidado, a rainha se reclina na cadeira e, então, encontra o olhar de cada uma de suas conselheiras. As outras acenam com a cabeça para ela em acordo silencioso.

– Está decidido – anuncia a rainha, com as mãos cruzadas diante do corpo. – Vamos libertar as selkies logo após a lua cheia.

– É perigoso esperar muito mais tempo – eu aviso. – É apenas questão de tempo até o Conselho dos Magos votar para que todas sejam executadas.

– A lua cheia é alguns dias antes da próxima reunião deles – ela me diz. – Na noite dessa lua cheia, mais selkies podem ser retiradas do mar e capturadas. Se esperarmos até depois da lua, poderemos libertar essas selkies junto com as outras e devolver *todas elas* para o oceano.

CAPÍTULO DEZ
VALASCA E ALDER

Três dias antes das amazes estarem prontas para fazer o que certamente será visto como uma declaração de guerra contra os gardnerianos, Diana, Tierney e eu estamos acomodadas na Torre Norte, olhando para os nossos livros e tentando freneticamente acompanhar os trabalhos de classe.

Olho pela grande janela do nosso alojamento. É tarde, mas a borda ocidental do céu noturno ainda é azul, os dias se prolongam à medida que a primavera começa a tocar hesitante a terra, a neve está cada vez mais escassa no chão. Em breve, o famoso clima tempestuoso da primavera no Reino Ocidental vai se assentar.

Luto para me concentrar na página diante de mim. É difícil estudar sabendo o que está por vir, ainda mais com Marina ausente. Ela ficou em Cyme, preparando-se para o resgate, e todas nós sentimos muito a sua falta.

Diana afasta os olhos do seu espesso texto médico, a cabeça inclinada, as narinas se dilatando.

– Alguém está vindo – diz ela, cheirando o ar. – Amazes. Duas delas.

Abruptamente vigilantes, Tierney e eu nos movemos até a grande janela circular e olhamos para baixo. Há dois cavalos amarrados ao antigo poste de apear na parte traseira da Torre Norte. Reconheço o cavalo preto com a crina avermelhada.

Pertence a Valasca.

Passos pesados sobem pelas escadas de pedra, seguidos por uma batida firme na porta. Tierney e eu trocamos um olhar curioso.

Diana abre a porta.

Valasca está no corredor, e completamente diferente de como estava da última vez que a vimos. Seu cabelo preto azulado ainda tem as mesmas pontas curtas, mas ela está vestida com o aparato de batalha amaz: armadura preta fina coberta com runas escarlates sobre túnica e calça escura, com uma variedade de lâminas amarradas por todo o corpo. Vários anéis metálicos pretos adornam seu rosto e orelhas, e um pigmento escuro e espesso reveste seus olhos. Runas brilhantes marcam os punhos de suas armas e as bainhas.

A sua postura está militarmente ereta, tal como a da sua acompanhante. A companheira alta de Valasca puxa para trás o capuz da capa, e uma onda de espanto jorra através de mim.

A coloração da jovem é de um profundo verde-floresta, mas o cabelo é de ébano e os olhos são de um verde-escuro gardneriano. Ela tem orelhas longas e graciosamente pontudas, e sua pele brilha esmeralda – semelhante à pele gardneriana, mas o brilho é muito mais intenso.

Como Valasca, ela está fortemente armada, mas de uma maneira estranha. Um longo arco esculpido em bordo do rio contorcido está amarrado nas suas costas, junto com uma aljava cheia de uma variedade de flechas que se parecem mais com galhos de árvores afiados do que com flechas tradicionais. Mais alguns ramos estão amarrados ao cinto dela, e eu identifico os veios de cada casca só de olhar para eles. *Acer nigrum, carvalho vermelho, nogueira preta.*

– Esta é Alder Xanthos – diz Valasca, com fria formalidade. – Ela é amiga das selkies, e viemos discutir o resgate.

– Você é feérica. – Tierney se maravilha enquanto ela encara a estranha alta, mal percebendo quando um de seus livros desliza da pilha confusa de textos e cai no chão com um estrondo retumbante.

– Eu sou parte dríade – confirma Alder. A cadência de sua voz é serena e sobrenatural; seu sotaque, melódico. Ela gira lentamente a cabeça para olhar para mim. Há uma quietude palpável nela enquanto me estuda por um longo momento. – Minha floresta me falou muito sobre você, Elloren Gardner.

Eu franzo a testa para Alder Xanthos.

– A floresta me confunde com a Bruxa Negra – informo-a, seca. – O que eu não sou.

Seu olhar sisudo não vacila.

– As árvores dizem o contrário.

Solto um suspiro forte.

– Se eu fosse, de fato, a Bruxa Negra, isso tornaria o resgate das selkies um pouco mais fácil, não acha?

Ela fica imóvel como um pedaço de pau, nem sequer pisca.

Valasca pragueja baixinho e lança um olhar impaciente para sua companheira.

– Xan, a menos que as árvores estejam marchando para salvar as selkies em breve, talvez possamos ignorar a opinião delas por enquanto. – Ela se volta para mim, com os olhos ardendo com o que parece ser um súbito surto de desafio. – Desejo me encontrar com os seus homens.

Diana, Tierney e eu olhamos uma para a outra com claro espanto.

– Nossos *homens*? – esclareço, inclinando a cabeça para o lado.

Um olhar de aborrecimento passa pelo rosto de Valasca.

– Sim – retruca ela, bruscamente. – Os que visitaram as tavernas com selkies.

– Mas eu pensei...

– Sim, eu sei – ela me interrompe. – Mas acho que seria útil falar com eles antes de invadirmos.

Estudo Valasca. Ela está praticamente vibrando de mal-estar, e percebo que está atravessando linhas firmemente proibidas. Alder também. E esse encontro com homens tem o potencial de causar sérios problemas para elas.

Talvez até mesmo serem expulsas da sociedade amaz.

– Nós vamos chamá-los para vocês – digo a ela. – Eles dirão tudo de que precisam saber.

Nós nos reunimos na nova morada de Andras, uma cúpula geométrica de estilo amaz alojada nas profundezas da floresta, não muito longe da caverna de Naga. Um pequeno fogão de ferro no centro de sua casa faz o ar quente circular.

Alder olha os homens e as toras fumegantes no fogão de ferro com cautela, enquanto Valasca cumprimenta Gareth, Yvan e meus irmãos, um atrás do outro. A rebelião se acende em seus olhos escuros. Estou chocada ao vê-la apertar a mão deles, pelo que a amaz nos disse, é terminantemente proibido que elas toquem nos homens, a menos que participem de ritos de fertilidade, e elas não devem fazer contato visual com eles se puderem evitar. Tenho um lampejo de lembrança incômoda, da minha turma de matemática majoritariamente gardneriana, e o professor se recusando a se poluir ao olhar para Ariel. Dos acadêmicos alfsigr e gardnerianos desviando os olhos de Wynter sempre que ela passa.

Isso é igual, percebo. E é bom que Valasca esteja deixando o costume de lado.

Ela aborda Andras por último. A amaz olha para ele, e todos nós ficamos imóveis, uma tensão momentânea toma o ar. Estou perfeitamente consciente, assim como tenho certeza de que todos nós estamos, do fato de Valasca ser uma ponte para as pessoas que ostracizaram Andras durante toda a sua vida.

Ela estende a mão para ele.

– Prazer em te conhecer, Andras Volya – diz ela, com a voz carregada de importância.

Andras pega sua mão. Ele murmura algo em outra língua, formal em sua cadência. A cabeça de Valasca balança o que parece ser um reconhecimento respeitoso ao repetir a frase de volta para ele.

Meu olhar cruza com o de Yvan, e um lampejo de admiração mútua passa entre nós por causa dessa notável reviravolta. Seus lábios se abrem em um sorriso sutil que me aquece.

Andras convida todos a se sentarem, e Diana se acomoda em um canto, estudando Alder da maneira calma e inescrutável dela, como faz com as pessoas que avalia silenciosamente. Tierney se senta ao lado de Andras. Seus olhos estão fixos em Alder com uma intensidade palpável, claramente atordoada por sua presença aqui: uma feérica sem glamour no Reino Ocidental.

Uma coisa muito perigosa de se ser.

Imagino que Valasca e Alder tenham tomado um caminho bastante isolado até aqui para evitar que a feérica fosse presa, mas também sei que a única guarda de fronteira que poderiam ter encontrado as duas seria a das vu trin. E as que estão destacadas em Verpácia se mostram cada vez mais alinhadas com os feéricos, embora o seu governo lhes tenha ordenado que não provocassem a ira gardneriana e que reforçassem rigidamente as implacáveis regras fronteiriças da região.

Yvan atravessa a pequena sala circular e se senta ao meu lado, no mesmo instante, fico atordoada pela decisão do gesto, meu coração acelera. Ele se vira, e nossos olhos se encontram, uma rápida onda de calor corre por mim. Ele está tão perto, seu ombro quase toca o meu: posso sentir seu calor e aquele cheiro ardente e sedutor dele. Eu me remexo ligeiramente, e a ponta do meu dedo bate de leve em sua mão.

Uma centelha de calor corre através das minhas linhas de afinidade à medida que nossos mindinhos se enroscam, iniciando o contato físico. Ambos somos cúmplices dessa pequena rebelião.

– Muito bem. Eis a situação – diz Valasca, e eu reoriento parte do meu foco para ela, mesmo que permaneça calorosamente ciente do toque de Yvan.

Ela suspira e passa os dedos agitadamente pelo cabelo espetado.

– A rainha Alkaia não sabe que estou aqui, e eu ficaria grata se continuasse assim. – Ela faz careta para o chão e balança a cabeça como se estivesse tendo algum debate interno. – Eu amo o meu povo, mas elas têm alguns costumes que beiram a estupidez absoluta. Se vou liderar uma expedição militar para resgatar as selkies, faz sentido *falar* com as pessoas que *foram* aos locais onde estão os nossos alvos. Mesmo que sejam homens.

Ela faz uma pausa para olhar para o teto e solta uma série de juramentos dirigidos a ninguém em particular. Então olha com veemência para todos nós.

– Esse tipo de tolice é o motivo pelo qual os gardnerianos aumentaram dez vezes o tamanho de seu território durante a guerra do Reino.

Fico momentaneamente pasma, e minha mão se afasta da de Yvan.

– Você disse que vai *liderar* a expedição?

Ela me fixa com o olhar.

– Sim. Tenho alta patente na Guarda da Rainha.

Olho para ela, espantada.

– Quão alta?

Ela me considera por um breve segundo antes de responder, e arqueia uma sobrancelha preta.

– Eu a comando.

Santo Ancião nos céus acima.

– É por isso que Alcippe recuou naquela noite? Na noite em que queria nos matar?

Valasca solta um rápido suspiro.

– Alcippe pode ser mais forte que eu, mas sou bem habilidosa com uma lâmina rúnica. Ela estava em séria desvantagem.

–Você poderia tê-la derrubado com apenas aquela lâmina rúnica? – pergunto, com a voz estridente.

Os olhos marcados com kajal se estreitam em mim, brilhando de diversão.

– Eu provavelmente poderia derrubar todos nesta sala com apenas uma lâmina rúnica. – Ela faz um gesto vago em direção a Diana com o polegar. – Exceto talvez a lupina.

– Eu sou um mago nível cinco –Trystan interrompe, batendo levemente em sua varinha. – Eu poderia te dar algum trabalho.

– Sou particularmente boa em desviar magia com uma lâmina – informa Valasca, como se não tivesse falado nada de mais. – Até mesmo feitiços elementais combinados.

– Bem, tudo bem então – diz Trystan, parecendo impressionado.

A confusão fervilha dentro de mim.

– Mas... você me disse que era pastora de cabras.

– Eu *sou* pastora de cabras – afirma Valasca, com tom irritado. – *E* a comandante da Guarda da Rainha.

Tudo se encaixa: por que Freyja escolheu Valasca para ser minha guarda. Porque Valasca estava vestida tão discretamente em terras amazes. Elas *queriam* que eu a subestimasse.

Franzo a testa para ela.

– Elas realmente pensaram que eu era uma ameaça tão grande?

Ela me encara por um longo momento, como se estivesse deliberando.

– Sim, Elloren – diz ela, por fim. Há uma ponta de arrependimento em seu tom. – Elas pensaram. Devia ter te falado da minha posição assim que percebi, sem sombra de dúvida, que você não era uma ameaça. Lamento por isso.

Sim, devia ter me dito mesmo. Antes de bebermos todo aquele tirag. E contarmos uma para a outra tantas coisas pessoais.

Mas nada disso importa, eu sei. Ela está aqui. Rompendo com os costumes do seu povo. Tudo para ajudar Marina e as outras selkies.

– Não precisa se desculpar – digo a ela. – Sou grata pelo que você está fazendo. Obrigada por se esforçar tanto para ajudar as selkies.

Valasca levanta ligeiramente uma sobrancelha e fica séria.

–Você não precisa me agradecer, Elloren Gardner. – Sua voz se tornou baixa e calma. – Ter a chance de se erguer e lutar contra a injustiça... É o maior presente que a Deusa pode conceder a qualquer uma de nós.

Dou-lhe um leve sorriso e aceno com a cabeça, concordando. Valasca o devolve.

– Você quer uma cobertura de mago quando for libertar as selkies? – Trystan pergunta com leveza, mas seu olhar é duro como aço. – Eu ficaria feliz em acompanhar. Considero bastante atrativa a ideia de transformar uma dessas tavernas em cinzas.

Os olhos astutos de Valasca tremeluzem sobre as cinco faixas do uniforme de aprendiz militar do meu irmão.

– Agradeço sua oferta, Trystan Gardner – diz ela, com um respeitoso meneio de cabeça. – Mas as amazes não permitirão que homens acompanhem nossas forças militares.

Trystan segura o olhar de Valasca.

– Bem, me avise se mudar de ideia.

– No entanto, preciso da sua ajuda de outra maneira – ela lhe diz. – Preciso saber a disposição aproximada de cada taverna: onde as peles são mantidas, quantos guardas existem, que tipos de armas eles têm.

– As peles estão em baús de aço élfico – informa Yvan.

– Que estão trancados – Gareth acrescenta. – E armazenados em salas fechadas.

Valasca exala um som de desprezo.

– Podemos passar por tudo isso.

– Cada taverna tem dois ou três magos nível quatro guardando o local – informa Rafe.

Valasca acena com a cabeça, pensativa.

– Podemos lançar uma rede rúnica para diminuir o seu poder. Provavelmente será a primeira coisa que faremos. Me digam onde os guardas ficam destacados.

Trystan, Rafe, Gareth e Yvan passam a próxima hora detalhando onde estão as salas de armazenamento, os horários e dias da semana em que o menor número de clientes e guardas provavelmente estará nas tavernas, assim como uma série de outros detalhes logísticos.

– Como está Marina? – pergunta Gareth a Valasca, quando a discussão chega ao fim, há uma nota de dor íntima em sua voz. Sei que é muito difícil para ele perder a única pessoa que realmente entende quem ele é.

– Ela está bem – garante Valasca. – Nossas melhores feiticeiras rúnicas estão trabalhando com ela. Tentando criar runas que as selkies possam usar para quebrar o feitiço que as arrasta para a costa. Esse resgate precisa acabar com o abuso das selkies de uma vez por todas.

– Eu quero lutar com vocês – Diana diz a Valasca, seu corpo tenso com uma ânsia predatória, frustração brilha em seus olhos âmbar.

– Eu sei que você quer, Diana Ulrich – responde Valasca. – Mas esse é um movimento perigoso para o meu povo. Você é filha de um alfa. O seu envolvimento teria ramificações políticas de grande alcance. Seu pai, pelo que entendi, está tentando evitar uma guerra aberta por território.

– Não há como evitar a luta que está por vir – afirma, em algo que é quase um rosnado. – E essa terra que o Conselho dos Magos quer é lupina. A Bruxa Negra deles roubou a área durante a Guerra do Reino, e nós a recuperamos. *Nunca* foi deles.

É tenebroso ouvir Diana pronunciar as palavras "Bruxa Negra", e me sinto repreendida e entristecida por esse lembrete das ameaças injustas levantadas contra o seu povo pelo meu.

– Alder Xanthos – Tierney inesperadamente deixa escapar, o desespero está gritante em seu rosto –, eu imploro por sua ajuda.

Alder inclina a cabeça ligeiramente para o lado, seu olhar de coruja se fixa em Tierney enquanto todos na sala ficam imóveis.

– Você é *feérica* – diz Tierney, com a voz áspera com emoção. – Você entende o que está acontecendo com todos nós. Se pode ajudar as selkies, ajude a minha família. Sou uma asrai sob glamour. O meu irmão também. Estamos presos aqui, correndo grande perigo. Por favor... *nos ajude.*

Andras coloca uma mão forte no ombro de Tierney e a preocupação enruga a testa lisa de Alder.

– Quantos anos você tinha quando foi colocada sob o glamour? – pergunta ela.

– Três anos – Tierney se força a dizer, uma lágrima escorre por sua bochecha.

A compaixão suaviza a expressão de Valasca.

– A rainha Alkaia declarou anistia para muitos dos feéricos – ela diz a Tierney. – Podemos fazer um apelo em seu nome a ela.

– Mas meu pai – Tierney insiste. – Meu irmão...

– Meu pai vai ajudá-los – Diana acrescenta, com teimosia.

Valasca suspira, olhando para ela.

– Talvez ajude. Temos de esperar para ver.

– E as vu trin? – pergunto, frustrada. – Por que elas não podem ter um papel mais ativo em tirar os feéricos daqui?

Valasca balança a cabeça.

– As vu trin, assim como os lupinos, simpatizam com a situação dos feéricos, mas não podem desafiar o comando do Reino Oriental. – Ela pragueja baixinho, então se concentra de novo em Tierney. – Diga-me. Você tem algum controle sobre sua magia da água?

Tierney acena com a cabeça, rígida.

– Um pouco. E posso convocar kelpies.

– Kelpies? – Valasca arqueia uma sobrancelha. – Isso é definitivamente um ponto a seu favor. – Ela se vira para Alder, as duas conversam por um momento em uma língua desconhecida. Alder acena com a cabeça, e Valasca olha para Tierney, resoluta.

– Damos nossa palavra, Tierney Calix. Assim que libertarmos as selkies, Alder Xanthos e eu faremos tudo o que estiver ao nosso alcance para ajudar você e seu povo, tanto homens como mulheres.

CAPÍTULO ONZE
FEÉRICO DE FOGO

As rãs primaveris emitem seu chilrear noturno enquanto nos dispersamos em várias direções pela floresta: Valasca e Alder de volta a Cyme, e o resto de nós retornando aos estudos e trabalhos.

Estou prestes a emergir das árvores, indo em direção à cozinha principal. As luzes da universidade brilham do outro lado do amplo campo da Torre Norte.

– Elloren, espera. – A mão de Yvan segura meu braço, e eu paro, virando-me para encará-lo. – Eu estava esperando para falar com você a sós.

Espero, examinando a floresta e o campo que nos rodeiam enquanto ele organiza seus pensamentos, cada um dos meus sentidos se intensificam por sua proximidade.

– A maneira como você falou com Valasca no começo – diz ele –, parecia que você tinha dúvidas sobre a capacidade dela de fazer isso.

– Não – digo, balançando a cabeça. – Não duvido. Ela só me surpreendeu.

Ele hesita, como se estivesse correndo o risco de revelar parte de um segredo.

– Mas... sinto uma tensão entre vocês duas.

– Não é nada.

Ele não se mexe, obviamente em conflito e nem um pouco convencido.

Desembucha, Elloren. Só diz logo e acaba com isso.

– Aconteceu... uma coisa – digo a ele, relutante. – Valasca era minha guarda enquanto estávamos em Cyme, e ela viu que eu estava me sentindo mal, então... me ofereceu álcool. Eu nunca tinha bebido antes, e bebi demais, apesar de ela ter me avisado para não exagerar. E... contamos uma à outra muitas coisas pessoais. – *E eu contei a ela o quanto quero te beijar.* Uma ardência desconfortável começa a se espalhar pelo meu pescoço. – Eu contei a ela... sobre o que sinto por você.

O fogo de Yvan se eleva bruscamente, e ele desvia o olhar, como se estivesse em guerra com suas emoções.

– Yvan – arrisco-me, preocupada com o seu mal-estar.

Ele balança a cabeça com força, os olhos se fixam na floresta.

Eu me aproximo dele enquanto o vejo lutar para manter seu foco para além de mim e seu fogo firmemente contido.

– Sinto muito – digo a ele. – Eu nunca tive a intenção de compartilhar pensamentos tão pessoais com ela.

– Não é isso – diz ele, e posso sentir o quanto o autocontrole está lhe custando, seu fogo se esforça para vir em minha direção, como um garanhão indomado.

Uma rebelião apaixonada se ergue dentro de mim e me atrevo a pôr uma mão no seu braço. Ele engole em seco, os músculos de seu pescoço tensionam enquanto eu luto internamente contra a nossa situação, contra todo o Reino Ocidental. *Por que é que as coisas têm de ser tão difíceis entre nós?*

Procurando confortá-lo, deslizo os braços em torno de sua cintura e apoio a cabeça com leveza em seu ombro, lágrimas ardem em meus olhos.

A postura rígida de Yvan relaxa abruptamente, e ele envolve os braços ao meu redor em uma carícia, seu fogo estremece em minhas linhas.

– Elloren – ele murmura baixinho.

Yvan se inclina para cheirar o aroma do meu cabelo, e eu roço a bochecha em seu pescoço elegante, sua pele é tão quente ao toque. Incapaz de resistir, inclino a cabeça e pressiono os lábios de leve em seu pescoço.

Ele puxa o ar com força, e seu fogo queima sobre e através do meu, seu toque lento e cuidadoso dá lugar a uma urgência endurecida quando ele me puxa para perto, suas mãos seguram minhas costas, seus lábios vão para o meu cabelo.

Eu o beijo logo abaixo da mandíbula, e sua respiração fica mais intensa, seu fogo queima tão desenfreadamente quente que acende uma linha formigante de calor direto na minha coluna.

Então trago os meus lábios para os seus.

As mãos de Yvan vêm abruptamente para os meus braços, os músculos tensos, segurando-me longe.

– Não podemos fazer isso. – A voz dele está rouca.

Eu pisco para ele, magoada e confusa e sem ter noção do que fazer.

– *Por quê?*

Ele engole em seco, seu olhar está escaldante.

– Se eu te beijar – diz ele, com um sussurro rouco –, não vou *nunca mais* conseguir te deixar.

– Então não me deixe – digo, feroz, seu fogo se agarra ao meu em um calor ardente.

– Um beijo... não é uma coisa simples para mim – diz, hesitante. – Há... *poder* nisso.

Sou varrida para uma confusão ainda maior.

– É uma característica de feéricos de fogo?

– Ah, não – diz ele, com amargura. – É algo exclusivamente meu.

– Yvan...

– Se eu te beijar – começa ele, lutando para encontrar as palavras certas –, isso vai... *nos atar.*

– O que isso quer dizer? Vai nos atar como? – Aquela dor secreta novamente, posso vê-la em seus olhos. – Yvan, por favor. Você precisa ser sincero comigo.

– Não posso – ele agoniza com as mãos rígidas nos meus braços. – Não há final feliz para nós, Elloren. Há coisas... coisas de que você não sabe... que você *nunca* vai poder saber. Eu sou um perigo para todo mundo que você ama... para todo mundo que eu amo também.

– Eu não me importo que você seja feérico! – exclamo, tentando libertar meus braços de seu aperto firme, mas ele segura com força.

– Eu não sou *só feérico*! – ele rosna.

Sou arrastada por um súbito vórtice de perplexidade.

– O que quer dizer?

Yvan me solta abruptamente e dá um passo para trás, seu fogo é uma tempestade incandescente.

– Elloren – diz ele, por fim, com a voz engrossada pela finalidade. – Se por nada mais do que a segurança de nossa família, nós *não podemos* ceder a isso. Sei que queremos, mas não podemos. E sinto muito por continuar a te atrair para isso. – Um fogo dourado ilumina seus olhos, sua expressão está descontroladamente perturbada. – Eu queria que as coisas fossem diferentes, mas não há como mudá-las. Encontre outra pessoa. Quem você quiser. *Qualquer um*, menos eu.

E então ele se afasta depressa, seu fogo arde para trás, em minha direção, em gavinhas violentamente discordantes.

Minha garganta se aperta de tristeza enquanto o vejo se afastar de mim, lágrimas rebeldes brotam em meus olhos.

Eu só quero você, quero gritar enfurecida para ele do outro lado do campo escuro no meio da noite. *Conte-me contra o que você está lutando, Yvan. Aceite a minha ajuda. Seja para o que for.*

Conte-me o que esconde de todos nós.

CAPÍTULO DOZE
CÉU FERIDO

Três dias depois, Diana e eu nos sentamos no centro da Base Militar das amazes, perto de uma fogueira cuspindo faíscas que se erguem em arco para o céu. Soldados vestidas em aparatos de batalha completos enchem a clareira, preparando cavalos e trocando diretivas entre si no dialeto urisk, que é comum aqui.

A base iluminada por tochas fica no mesmo vale que Cyme, mas nos arredores da cidade, com uma barreira rúnica fortemente reforçada, mantendo as civis afastadas da área. Esta missão não é algo que as amazes anunciarão para que todas possam ouvir – elas estão mantendo tudo em segredo até mesmo de seu próprio povo. A rainha Alkaia está apostando que os gardnerianos não se preocuparão em retaliar após o resgate das selkies, já que o Conselho dos Magos já está se preparando para acabar com o comércio de selkies de sua própria e horrenda maneira.

Rezo para que ela tenha razão.

Uma das soldados dá um comando em voz alta, e todas as outras ficam em silêncio e imóveis, uma tensão crepitante vibra no ar. Diana e eu nos levantamos para encontrar o foco da atenção de todas elas.

As soldados na ponta direita abrem caminho silenciosamente enquanto Valasca avança vestindo uma armadura escura. Seus movimentos controlados irradiam uma graça audaciosa e dominante. As soldados erguem as palmas das mãos marcadas com runas para ela, em um tributo silencioso.

Marina e Alder entram na clareira atrás de Valasca, ambas vestidas com armaduras de batalha marcadas com runas, como o resto delas. Estou espantada com o quanto Marina mudou no pouco tempo que passou com as amazes. Ela mantém a cabeça erguida, irradiando poder e confiança. Lâminas rúnicas estão amarradas em seus braços e pernas, e seu cabelo prateado lança um brilho escarlate à luz das tochas de cor rubi.

O olhar de Marina se cruza com o meu, e uma união feroz passa entre nós enquanto ela toma o seu lugar à esquerda de Valasca, com Alder flanqueando a comandante à direita.

Então a rainha Alkaia entra no acampamento, escoltada por Alcippe, que tem o enorme machado rúnico amarrado às costas. Marina, Alder e Valasca se ajoelham diante da rainha, e cada soldado segue o exemplo. Também caio de joelhos, tomada de gratidão pelas amazes aqui reunidas, e também grata pela rainha ter permitido que Diana e eu estivéssemos presentes para a partida e o retorno delas.

A rainha coloca as mãos na cabeça abaixada de Valasca e entoa a bênção da Deusa, depois pede que todas se levantem. Ela puxa Marina ligeiramente para baixo e a beija nas duas bochechas.

As soldados montam seus cavalos, e quando Valasca levanta a mão, o mundo inteiro faz uma pausa, minha respiração fica presa na garganta. Em seguida ela abaixa a mão e elas partem, retumbando como um trovão. Eu vislumbro uma estrada rúnica aparecendo à distância, cortando em linha reta a base da Espinha. Elas cavalgam sobre o caminho e desaparecem para dentro da pedra.

Diana e eu somos rodeadas pelo silêncio, e sinto como se uma grande onda tivesse nos varrido. Restam apenas algumas soldados, zelando silenciosamente pela manutenção da base. Os cavalos amazes são marcados com runas para velocidade, mas ainda assim, levará horas até elas retornarem. Diana e eu trocamos um olhar cheio de significado, e eu me sento perto do fogo mais uma vez, acomodando-me para a longa espera.

As horas passam, Diana anda incansavelmente de um lado para o outro enquanto eu cutuco o fogo com uma vara longa. Tento conversar com ela algumas vezes, mas ela simplesmente grunhe para mim e continua andando, então eu deixo de tentar. Sei que Diana não quer ficar parada aqui comigo; ela quer resgatar as selkies com as amazes, e essa espera é pura tortura para ela.

E assim passamos o tempo, Diana marchando e eu mexendo no fogo com minha vara, unidas em nosso silêncio atormentado durante toda a longa noite.

O amanhecer enfim chega, claro e frio, as cores como uma ferida recente deixada pelo céu noturno em fuga. O frio úmido da manhã envolve gavinhas gélidas ao meu redor, abrindo caminho sob minha capa. A fogueira há muito tinha sido reduzida a meras brasas.

Marina e as amazes finalmente retornam quando o sol começa a subir mais alto no céu. Todas parecem estoicas e exaustas, a violência da noite anterior ainda ecoa em suas roupas manchadas de sangue e nos olhares cansados. Muitas das soldados estão a pé e conduzindo seus cavalos, a maioria dos animais carrega duas ou mais selkies.

Um dos animais carrega dois corpos imóveis envoltos firmemente em pano. Horrorizada, percebo que devem ser as selkies definhadas, aquelas cujas peles foram destruídas. Marina havia instruído as amazes a pôr um fim ao seu sofrimento, que não havia como salvá-las agora, e que a morte era sua única esperança.

Uma coisa era ouvir isso, mas outra bem diferente era ser confrontada com a realidade da situação, e a barbárie de tudo me atinge com uma força incapacitante.

Alcippe me lança um olhar de cólera pura e fulminante à medida que passa, agarrando o seu machado rúnico, e seu olhar me esvazia, deixando-me indefesa e despreparada para a desgraça que está prestes a se derramar como a ressaca do mar.

Inesperadamente, Alcippe se lança para mim, com os dentes cerrados e à mostra.

– Olhe para elas, gardneriana – ela rosna. – *Olhe!*

E eu olho, uma devastação cresce dentro de mim à medida que as mulheres de cabelos prateados se arrastam para a clareira. A dor dos abusos está profundamente gravada em seus rostos de muitas maneiras diferentes. Em algumas, parece que a raiva pode dominá-las a qualquer momento, a cabeça delas gira como se procurassem onde atacar primeiro. Muitas parecem horrivelmente derrotadas, a vida arrancada de seus olhos, as cabeças baixas, os pés se arrastando. Outras parecem aterrorizadas, seus movimentos são frenéticos e nervosos, como se qualquer som alto pudesse fazê-las correr para se esconder. E algumas parecem estar em choque absoluto, como a menina bem novinha guiada por duas selkies mais velhas, com os olhos vazios e traumatizados fixos no nada.

A menina cai no chão, abraça os joelhos junto ao peito e se balança, recusando-se a se levantar. Uma soldado alta se ajoelha à sua frente e fala com ela baixinho, com a mão forte nas costas da pequena selkie. As duas mais velhas também se ajoelham até a altura da menina, todas tentando em vão confortá-la enquanto a criança olha para o nada, para além das mulheres à sua volta.

– Olhe para *ela*! – Alcippe rosna para mim, apontando para a menina. Abro a boca para responder, mas não consigo dizer nada. É horrível demais para expressar em palavras. – Quantos anos ela parece ter? – Alcippe exige. Tento falar, sem sucesso. – *Quantos anos*, gardneriana?

– Doze – consigo grasnar.

– Você não acreditaria onde a encontramos, o que os homens da sua espécie estavam fazendo com ela!

Alcippe não precisa me atingir com seu machado rúnico. O peso disso me atinge impiedosamente por si só. A vergonha me comprime, ameaçando me sufocar.

– Eu te digo isto, gardneriana – grunhe Alcippe, com os olhos descontrolados de ódio –, se *algum dia* eu chegar a ficar cara a cara com qualquer um dos seus homens, mesmo aqueles que você chama de amigos, aqueles que chama de irmãos, vou parti-los ao meio. É por *isso* que a Deusa nos diz para renegá-los ao nascerem. Para vivermos longe deles. Para sermos mais fortes do que eles são. Porque mesmo o bebê menino mais inofensivo... é *isso* que ele vai se tornar quando crescer! *Olhe* para ela!

Obrigo-me a olhar de novo. A amaz e as duas selkies tentam gentilmente persuadir a menina agora trêmula a ficar em pé. Alcippe avança para onde ela está sentada e, sem hesitar, pega a criança em seus braços fortes e musculosos e a carrega em direção ao abrigo de uma tenda militar circular coberta por runas.

Quero chamar Alcippe, quero dizer que nem todos os homens são assim, mas neste momento, rodeada por tanto tormento, as palavras parecem vazias e falsas na minha garganta. Em seguida, Marina entra na clareira com o braço envolto com firmeza em torno de uma jovem que se agarra a ela enquanto caminham. A irmã: a garota dos desenhos de Wynter.

A cabeça de Marina se vira para mim, sua expressão é de indignação gritante. Nossos olhos se cruzam em uma devastação silenciosa antes que ela e a irmã desapareçam em uma enorme tenda com as outras.

As amazes cuidam das selkies ao longo do dia e muito depois que a noite cai, e eu tropeço de lá para cá, tentando ajudar o melhor que posso.

Trabalho até tarde da noite trazendo comida, lavando pratos e panelas. Quase à beira do desmaio, sinto a mão gentil de Diana no meu braço e a deixo me levar para a tenda-dormitório. Lá, ela me conduz até uma cama e me cobre com um cobertor bem grosso. Então se enrodilha ao meu lado e me envolve em seus braços quentes.

Soluço em seu peito, afogando-me na profunda e visceral repugnância pelo que vi e pelas histórias que ouvi, sentindo que nunca mais quero ver outro homem.

– Elas deviam entregar as peles delas – eu choramingo. – Não as fazer esperar até que sejam levadas de volta ao oceano. Elas deveriam devolver as peles e deixá-las massacrarem o maior número possível de gardnerianos.

– Shhh – Diana me diz, acariciando meu cabelo. Eu choro sem parar, meus olhos ficam tão inchados que parece natural fechá-los por inteiro. E continuo a chorar até que o sono me leva.

– Elloren.

Sinto uma mão no meu ombro, me sacudindo.

Marina.

Sento-me em um sobressalto.

– Estamos indo embora – declara, agachada ao meu lado. E observa meus olhos inchados, sua testa se franze enquanto ela olha brevemente para uma Diana solene.

– É uma despedida? – Meu coração se contorce ao pensar que nunca mais a verei. Ela abre um sorrisinho e triste e faz que sim. Eu me lanço em seus braços, e minha mão acaricia seu cabelo tão parecido com água. –Vou sentir saudade, mas estou feliz que você finalmente vai poder ir para casa. Espero que encontre uma forma de acabar de vez com tudo isso.

– As amazes nos deram runas – ela me diz enquanto se senta e tira uma pedra rúnica do bolso.A superfície de ébano é marcada por uma runa escarlate em espiral. – Elas acreditam que seremos capazes de usá-las para quebrar o feitiço que nos atrai para a costa.

– Que bom – concordo, vendo sua forma ondulada pelas minhas lágrimas.

Diana e eu acompanhamos Marina para fora da tenda. É final de tarde e está nublado, um chuvisco leve cai, provavelmente carregando um frio cortante do lado de fora do vale aquecido pelas runas.Valasca está a cavalo dando ordens enquanto Alcippe, Freyja e uma série de outras mulheres ajudam mais de cem selkies a montar na frente das amazes armadas, suas protetoras. Grandes sacos cheios com o que presumo ser as peles das selkies estão amarrados a vários cavalos, essas montarias e suas amazonas estão cercadas por guardas fortemente armadas.

Vejo a rainha Alkaia se aproximar da multidão.Valasca cavalga até ela e se inclina em sua montaria, ouvindo com atenção e acenando com a cabeça várias vezes enquanto a rainha fala baixinho com ela.

– Marina – Alder chama ao vir em nossa direção. Ela está vestindo seu aparato de batalha, a postura reta como uma vara, puxando dois cavalos. Uma selkie jovem e magra caminha ao seu lado, segurando-lhe firmemente o braço.

A irmã de Marina.

Por instinto, tento sorrir para a garota que Marina batizou de Coral na língua comum, mas o meu sorriso vacila. Há trauma nos olhos de Coral, que parecem quase congelados em apreensão.

Marina pede a Alder para lhe dar um momento. Então se vira para mim, e meus olhos se enchem de lágrimas, minha garganta se fecha, apertada. Eu a abraço mais uma vez, e ela beija minha testa, minhas lágrimas escorrem pelas bochechas. Ela prende o meu olhar por um longo momento, depois se volta para Diana e a abraça também.

– Adeus, Diana Ulrich.

– Adeus, Marina, a selkie – diz Diana, recuando e segurando os braços de Marina. – Foi uma honra conhecê-la.

Os olhos de Marina assumem um tom de saudade quando são atraídos para o oeste.

– Será bom encontrar com o mar depois de todo esse tempo. Voltar para casa.

– Eu entendo – afirma Diana. – É assim para nós. Com a floresta.

Marina acena com a cabeça.

– Adeus, minhas amigas. – Ela lanço um longo olhar derradeiro para nós. – Nunca vou esquecer vocês.

Com Diana ao meu lado, sinto a tristeza me esvaziar por dentro enquanto as vejo ir embora, e sou dominada por um desejo feroz de ir com elas. Para encontrar o mar e ser puxada para baixo em sua escuridão gelada, e desaparecer do Reino Ocidental para sempre.

Uma depressão sombria se apossa de mim quando regresso à Torre Norte, e eu me deixo levar. Fico na cama, recusando-me a comer ou beber, evitando as outras. Só quero ficar deitada e chorar.

– Qual é o problema da gardneriana? – Ariel pergunta a Diana, com as asas irrequietas.

– Ela está triste pelo que foi feito com as selkies – conta Diana –, pelas mãos do seu próprio povo.

Ariel bufa em resposta.

– Não devia ser nenhuma surpresa.

– Você não estava lá – retruca Diana. – Foi bem ruim.

– Eu não precisava estar lá para saber que foi – rebate Ariel.

– Você estava certa – eu digo a Ariel, com a voz sem emoção. – Os gardnerianos são malignos. E tenho a magia maligna deles pulsando pelas minhas linhas. *Eu* sou maligna. Você estava certa quando tentou me expulsar daqui na minha primeira noite.

A minha declaração é recebida com silêncio e continuo a chorar até tarde da noite.

Estou pensando em formas de os gardnerianos serem completamente eliminados da face da Therria quando sinto algo quente sendo gentilmente colocado ao meu lado.

Uma das galinhas de Ariel.

– Deixe-a se empoleirar perto de você – diz Ariel, com a voz afiada e hostil. – É... reconfortante.

O pequeno pássaro é quente, e faz um som suave que é estranhamente acolhedor.

Viro-me e encontro Ariel sentada ao meu lado, com a testa profundamente franzida e as asas negras batendo ritmicamente em agitação.

– Por que você está sendo gentil comigo? – pergunto a ela, com voz rouca e nariz entupido.

Ariel olha para mim por um longo momento, lutando com a resposta.

– Não estou – retruca, por fim. Ela se levanta e volta para o seu lado do quarto, sentando-se na cama com as asas apertadas em torno de si. – Eu só quero que você cale a boca para que eu possa dormir um pouco. – E se deita e vira as costas para mim, com raiva.

Mas estou atordoada demais para continuar chorando.

Reflito por um momento sobre como o conforto, por vezes, vem dos lugares mais estranhos, das pessoas menos prováveis, como de uma icaral que, mesmo contra a própria vontade, escolhe oferecer conforto à neta de Clarissa Gardner.

A vida é verdadeiramente estranha. E muito confusa.

Coloco o braço em volta da galinha macia, seu calor e respiração rítmica acabam por ultrapassar minha infelicidade e me embalam em um sono profundo.

PARTE 4

DECISÃO DO CONSELHO DOS MAGOS

N. 336

Todas as selkies que chegarem à costa no Reino Ocidental devem ser executadas imediatamente.

A pena por ajudar ou ser cúmplice de selkies será a prisão.

CAPÍTULO UM

FERRO

Três dias se passam e, surpreendentemente, o mundo permanece em uma paz cautelosa. Estamos todos preparados para que as forças militares gardnerianas retaliem de alguma forma o resgate das selkies.

Então esperamos. E esperamos. E esperamos.

Mas... nada acontece.

E então o Conselho dos Magos realiza uma reunião de emergência.

No dia seguinte, Tierney e eu observamos enquanto um soldado verpaciano prega um cartaz de procura-se num poste de luz, as bordas do pergaminho se agitam quando são atingidas pelo vento forte. Trovões ressoam ao longe, e eu olho para as nuvens revoltas: um arauto sombrio do clima tempestuoso que precisaremos viver antes de termos qualquer chance de ver a verdadeira primavera.

Quando o soldado sai para pendurar outro do outro lado da rua, Tierney e eu nos aproximamos hesitantes do poste. Meu coração bate com força enquanto leio o aviso gritante de que as selkies estão à solta no Reino Ocidental, as cruéis criaturas marinhas à espreita para matar gardnerianos e verpacianos.

Tierney empalidece ao examinar o pergaminho.

– As selkies estão todas em segurança – lembro a ela, baixinho. – Isso não importa.

Ela se vira para mim, com a expressão rígida.

– Isso importa – insiste ela, em um sussurro instável. – Pois dá aos conselhos gardneriano e verpaciano mais uma justificativa para se empenharem ainda mais e irem atrás de qualquer um que queiram atacar.

Trovões mais insistentes retumbam acima de nossas cabeças. Do canto do olho, vejo o jovem soldado verpaciano pregar um cartaz após o outro na rua, a maioria dos pedestres entrou em lojas ou restaurantes para esperar a tempestade iminente passar.

★

Rafe e Trystan ficam chocados com a resposta morna da força militar gardneriana ao resgate das selkies.

– Vogel deve saber que as amazes estavam envolvidas – afirma Rafe com objetividade naquela noite, enquanto me encosto na sua escrivaninha. Meus irmãos estão sentados em suas respectivas camas, amontoados de livros e trabalhos de classe espalhados ao redor deles enquanto a chuva ataca as janelas e os relâmpagos brilham lá fora.

– Como ele poderia saber? – indago, duvidosa.

– Bem, para começar – diz Trystan –, as amazes devem ter usado explosivos rúnicos para destruir as tavernas. Era isso que Valasca estava planejando. O que deixa um raio de destruição bastante singular.

– E as amazes provavelmente apagaram seus rastros até as tavernas, para evitar que fossem seguidas – acrescenta Rafe. – As selkies não teriam acesso às runas amazes que repelem rastreadores se escapassem por conta própria. Portanto, os gardnerianos devem saber que feitiçaria rúnica foi usada.

– E a coisa toda foi coordenada demais. – Trystan lança um olhar incisivo a Rafe. – Militarmente eficiente.

– O que significa – continua Rafe, e um tom sinistro surge em sua voz – que pode haver outra razão para Vogel não estar ameaçando as amazes.

Por um longo momento, ficamos todos calados, em um silêncio estridente.

– Que razão? – pergunto, nervosa.

O olhar sombrio de Rafe é inabalável.

– Talvez Vogel esteja conservando seu poder para outra coisa.

Inquieta com o pressentimento amorfo dos meus irmãos, atiro-me à rotina agitada da minha vida. Todos estão igualmente ocupados, pois as últimas semanas nos atrasaram muito mais nos estudos. Ansiosos com a possibilidade de que os conselhos da Gardnéria e da Verpácia estejam investigando secretamente o resgate das selkies, temos o cuidado de nos manter dentro dos limites do que se espera, de nos misturarmos e passarmos despercebidos.

Agora que chegou a primavera, Gareth parte com os outros aprendizes marítimos para as docas de Valgard, e sinto falta da sua presença reconfortante, assim como da de Marina.

Yvan e eu mal nos falamos durante esse tempo, e é difícil vê-lo. Uma dor se retorce dentro de mim sempre que passamos um pelo outro na aula de matemática ou quando estamos trabalhando no mesmo turno na cozinha, mas, dessa vez, ele parece determinado a manter distância e não ceder.

Mas, ainda assim, há uma centelha de luz.

Ariel agora é, de fato, educada comigo. Quase caí da cama na primeira vez que ela encontrou algo interessante em um de seus livros de criação de animais e queria ler para mim. E Jarod começou a vir da floresta cada vez mais, aparecendo na Torre Norte em horários estranhos para se sentar conosco enquanto estuda.

É quase como se uma nova paz estivesse se espalhando, e uma esperança crescente de que talvez seja possível que as coisas melhorem um pouco em vez de sempre piorarem.

Uma noite, enquanto estou mexendo uma grande panela de sopa na cozinha, Yvan entra para pôr lenha nos fogões.

Noto que ele bate com o pé na alavanca de ferro do fogão, enfia a lenha com rapidez e depois, estranhamente, fecha-a também com o pé, embora agora as mãos estejam livres. Ele está se virando para sair quando Fernyllia o chama.

– Yvan, seja um bom rapaz e raspe a ferrugem daqueles potes, por favor. Vão ficar bons para uso de novo quando estiverem sem ferrugem e for feita uma boa cura.

Yvan se vira para olhar a pilha de panelas de ferro em uma mesa próxima. Estão cobertas por manchas marrons de ferrugem, com as ferramentas de raspagem ao lado.

Noto sua hesitação, mas Fernyllia, não. Ela voltou a amassar grandes montes de massa com Bleddyn e uma Olilly desanimada, cuja cabeça está sempre envolvida com um lenço para esconder as orelhas cortadas.

– Yvan? – chamo, baixinho.

Ele me lança um olhar sufocante e, para enfatizar, seus olhos disparam para os outros trabalhadores da cozinha, antes de se lançar à tarefa. Com um suspiro, volto a mexer a sopa, o som do metal raspa com força em meus ouvidos, me fazendo trincar os dentes.

Um retinido súbito ressoa.

Viro-me e vejo Yvan pegar a ferramenta que deixou cair, o que me surpreende. Nunca o vi deixar nada cair. Ele é sempre tão gracioso e hábil, sempre tão no controle de qualquer tarefa que esteja fazendo.

Ninguém mais parece particularmente preocupado com o ruído, perdidos na agitação de conversas e nos movimentos do trabalho. E ninguém mais percebe quando ele se levanta abruptamente, a tarefa ainda incompleta, e sai da cozinha pela porta dos fundos.

Movo a panela de sopa para uma área mais fria do fogão e digo a Fernyllia que vou levar os baldes de lavagem para o celeiro. Distraída, ela acena com a cabeça, e eu saio para encontrar Yvan.

Uma vez lá fora, vejo-o encostado em uma árvore grande, olhando para as mãos e respirando com dificuldade. Preocupada, abaixo os baldes e vou até ele.

– O que aconteceu?

Ele olha em volta rapidamente, e então, ao se certificar de que estamos sozinhos, estende as palmas das mãos para que eu veja.

Mesmo sob a luz nublada da noite, posso ver como estão vermelhas e machucadas, com grandes vergões raivosos borbulhando por toda parte.

– Santo Ancião. Isso é do ferro? – pergunto, e minha preocupação aumenta.

Ele acena com a cabeça.

– Nunca me incomodou assim antes. Está... está doendo *muito*.

Eu seguro o braço dele. *Os limites que se danem.*

– Venha comigo – digo a ele.

– Para onde?

– Para a sala de preparação dos boticários. Para pegar um remédio.

Minutos depois, estamos na sala deserta, sentados um de frente para o outro em um silêncio tenso enquanto esfrego gel de *Arnicium* em suas mãos. Consigo sentir a explosão turbulenta de seu fogo, suas defesas abaladas, mas, obstinada, mantenho minhas linhas de fogo sob controle, mesmo quando elas se esforçam para alcançá-lo.

Yvan estremece bruscamente enquanto espalho a medicação nas feridas, minhas emoções são um emaranhado confuso enquanto o toco.

– Nunca tive uma queimadura – diz ele, com os dentes cerrados. E ergue rapidamente o olhar para encontrar o meu –, mas imagino que seja assim que deve ser.

– Como assim você nunca sofreu uma queimadura? – pergunto, surpreendida.

– Não sou capaz de me queimar.

– Não é capaz?

Ele meneia a cabeça, com os olhos fixos nos meus.

– O que aconteceria se você colocasse as mãos no fogo? – pergunto, sem acreditar na afirmação.

– Nada.

– Uau.

Ele dá de ombros, como se não fosse grande coisa.

– Está funcionando – digo, depois de um tempo, percebendo que as bolhas estão diminuindo, a vermelhidão começando a desaparecer, um calor inquietante acende em mim conforme passo o remédio em seus longos dedos.

– A dor está passando – diz ele. Yvan está respirando mais normalmente agora, não mais a puxada de ar rápida e tensa de antes. – Isso não é bom – afirma, olhando para as mãos.

– Não, não é mesmo. – Eu franzo a testa. – Talvez tenha sido muito ferro.

– Não, já fiz esse trabalho antes. Nunca me incomodou assim... só me deu uma irritação na pele. – Ele olha para mim, com a expressão grave. – Está piorando. Muito.

– Você contou para a sua mãe?

– Não.

– Talvez devesse. Talvez ela possa ajudar.

Ele olha para as palmas das mãos e faz careta enquanto continuo passando gel em seus dedos.

– Não vou conseguir esconder o que sou por muito mais tempo. Não sei o que fazer.

– Talvez os lupinos deem anistia aos feéricos – sugiro, esperançosa. – Jules acha que há uma chance...

Yvan solta uma risada amarga.

– Vogel exigiu que os lupinos cedessem metade do seu território à Gardnéria. Está ameaçando iniciar uma ação militar se não cumprirem.

– Eu sei, mas eles já ameaçaram os lupinos antes...

Ele balança a cabeça, seu tom endurece.

– Os lupinos não vão ceder seu território, o que significa que não podem se dar ao luxo de fazer qualquer outra coisa que inflame as tensões com a Gardnéria. Não vão deixar os feéricos entrarem. Seria uma provocação imensa. – Yvan tenta flexionar as mãos, e uma sombra cai sobre sua expressão. – Não é só o ferro que é um perigo. Está ficando mais difícil conter o meu fogo. – Ele olha para mim, inusitadamente abalado. – Estou com muitos problemas, Elloren.

O medo se apossa de mim, mas eu o deixo de lado.

– Resgatar Naga parecia um tiro no escuro há um tempo atrás, se bem me lembro – observo, enquanto me concentro em suas mãos. Consigo sentir seus olhos voltados para mim. – O mesmo aconteceu com o resgate das selkies. Quais eram as chances *de isso* dar certo? Acho que Gunther Ulrich pode surpreender a todos nós. – Estudo as palmas das suas mãos. – Uau, está ajudando mesmo, não é?

As bolhas desapareceram. Agora suas palmas só estão vermelhas e manchadas.

– Não dói mais nada. – Sua voz profunda envia um estrondo direto através das minhas linhas de fogo. – Obrigado.

– De nada – eu digo, e minhas bochechas se aquecem. Tiro mais gel da longa folha de arnici ao meu lado e continuo esfregando ao longo dos seus dedos, entre eles, descendo a palma da mão até o pulso, nós dois ficamos quietos por um longo momento.

– Yvan – começo a falar, lutando com a pergunta que está na ponta da minha língua há algum tempo. – Quando nos encontramos com Valasca... bem, eu estava pensando...

Ele levanta as sobrancelhas para mim, como se me incentivasse a falar.

– Você consegue saber o que estou sentindo só pela sensação que tem do meu fogo?

Ele hesita, e sua boca se aperta do jeito que faz quando está retendo informação.

– É outro segredo? – insisto um pouco. – Você acabou de me dizer que pode enfiar as mãos no fogo.

Ele sorri ligeiramente e abaixa a cabeça, reconhecendo que tenho razão.

Espero.

Por fim, ele cede, e diz, com voz baixa.

– Um pouco. Mas, sobretudo, consigo cheirar as suas emoções.

Sou tomada pela surpresa.

– É algo que os feéricos de fogo conseguem fazer?

Ele desvia o olhar com cautela.

– É algo que *eu* consigo fazer.

– *Todas* as minhas emoções?

– Todas.

Uau.

– O que estou sentindo agora? – eu o desafio, mas um pouco hesitante.

Ele inclina a cabeça para um lado e me considera com atenção.

– Você está um pouco chateada, eu acho. Mas, no geral, está gostando de tocar nas minhas mãos.

Paro de esfregar os dedos dele, o meu rosto fica ruborizado.

– Está tudo bem – diz ele, e seus lábios se curvam para cima e o olhar fica sensual. – Eu também gosto, especialmente agora que não dói.

O calor queima nas minhas bochechas.

– Você é um mistério para mim, sabia?

Ele solta uma risada constrita.

– Sou um mistério para *mim mesmo*.

– Você não vai explicar o que quer dizer com isso, vai?

– Prefiro não fazer isso.

– Tudo bem, então – digo, com um suspiro resignado. – Você está ferido, por isso não vou te pressionar a contar mais. E vou voltar a esfregar as suas mãos, mesmo que seja uma tarefa tão cansativa para mim.

Trocamos um sorriso paquerador que faz florescer um ardor dentro de mim. Calorosamente consciente dele, volto a atenção para espalhar o remédio nas mãos dele, e consigo sentir seu fogo arder.

Depois de alguns instantes, olho para Yvan, inquieta pela minha crescente consciência do seu fogo, parece um riacho turbulento correndo em brasa logo abaixo de sua pele.

– Você é ainda mais perigoso do que eu sei, não é?

– Sim – responde ele, observando meus dedos. – Mas, ao que parece, não sou invencível.

Ele encontra os meus olhos, nós dois estamos sérios, e eu tenho aquela sensação já conhecida de que ele está se contendo com todas as forças para longe de mim.

– Por que você continua me afastando, Yvan? – Dessa vez, não há mágoa na pergunta, apenas preocupação.

Silêncio.

– Não vou contar o seu segredo.

Tenso, ela afasta as mãos das minhas e as ergue para inspecionar, sua expressão fica sombria.

Ainda estão vermelhas.

Seu olhar assume um ar severo.

– Infelizmente, Elloren, acho que o meu segredo vai acabar revelando a si mesmo.

DECISÃO DO CONSELHO DOS MAGOS

N. 338

As alcateias lupinas do Norte e do Sul devem ceder as terras disputadas que fazem fronteira com a Gardnéria.

Elas têm um mês para cumprir a ordem.
A negação resultará em ação militar.

CAPÍTULO DOIS

CENTO E DUAS SELKIES

– Ah, Elloren Gardner.

Jules afasta o olhar do livro que está lendo quando entro de forma hesitante em seu escritório bagunçado, há pilhas de livros e papéis em todos os lugares. Coloco os livros-texto de história que carrego no único espaço livre em sua mesa desordenada.

– Pensei em devolver os seus livros – digo. – Estou com eles há um bom tempo.

– Eles te deixaram confusa? – pergunta, sentado em sua cadeira e ajustando os óculos no rosto.

– Completamente.

– Que bom. Feche a porta, sim? Tenho mais alguns para você.

Fecho a porta do seu escritório e me sento junto à sua escrivaninha enquanto ele se levanta e examina as estantes. O professor pega um volume após o outro, empurra alguns de volta no lugar e adiciona outros a uma torre crescente em sua cadeira.

– Parece que você está colocando sua completa e absoluta impotência em bom uso, hein? – Ele faz uma pausa para olhar para mim, intrigado.

– Sim, senhor – concordo, erguendo uma sobrancelha. – Parece que o senhor também tem estado muito ocupado.

Jules dá uma risada curta, então levanta um dedo de advertência e o balança para mim.

– Você está ganhando, no entanto. Dezesseis crianças feéricas tiradas da Gardnéria este mês contra suas cento e duas selkies de volta ao mar. Terei de me esforçar mais para te alcançar.

Eu sorrio, corando ligeiramente.

– Não posso levar o crédito por isso, para ser sincera. Tenho amigos poderosos.

Ele ri.

– Assim como eu, Elloren Gardner. Assim como eu. – Ele pisca para mim. – E ainda bem por isso, hein? – Ele coloca outro livro na pilha, sua expressão fica séria. – Fernyllia, Lucretia e eu temos tentado convencer a Resistência a se interessar pela situação das selkies há muito tempo. Mas as nossas preocupações nunca foram levadas a sério. Mas você finalmente conseguiu, e na hora certa, eu diria. Muito bem, Elloren.

– Mas não fui eu quem as resgatou – protesto.

Jules me lança um olhar cheio de significado.

– Às vezes, fazer as rodas da mudança girarem é o grosso da batalha.

Considero isso por um momento, enquanto ele volta a examinar seus livros.

– Jules – arrisco dizer, encorajada pelas suas palavras –, Tierney... e o irmão...

– Eu sei – diz ele, interrompendo-me, e de repente fica sério. – Estou fazendo tudo o que posso. Temo que está nas mãos de Gunther Ulrich. As amazes não vão ceder; não vão deixar os refugiados homens entrarem em suas fronteiras.

Meus pensamentos voam para as mãos de Yvan, devastadas pelo ferro.

– Yvan me disse que você é um velho amigo da família dele.

Ele olha para mim interrogativamente.

– Eu o conheço desde que ele era pequeno.

– E a mãe dele?

– Também.

– Então, você... sabe *tudo* sobre ele? – *Até o que ele não está me contando?*

Os olhos de Jules se estreitam ligeiramente.

– Sim.

Um certo alívio estremece através de mim. É um fardo grande demais para carregar sozinha.

– Eu... estou com medo por ele.

Jules chega à frente da mesa e empurra um pouco as pilhas de livros e papéis para trás. Ele se empoleira na borda e coloca uma mão encorajadora no meu ombro.

– Eu sei que eles são parte feérico – diz ele, em um sussurro baixo, olhando em direção à porta. – Sei disso há muito tempo. Yvan me contou o que está acontecendo com ele em relação ao ferro. Se Gunther decidir dar anistia aos feéricos, tenho certeza de que ele também deixará Yvan e a mãe se abrigarem lá. Seria um lugar seguro para eles, e um benefício para os lupinos, na verdade. Ao expulsar os feéricos escondidos, os gardnerianos poderiam estar involuntariamente enviando aos lupinos um grande número de jovens com uma vasta gama de talentos mágicos desconhecidos. Talentos que poderiam se revelar bastante úteis na defesa do território deles.

– Você acha que Gunther vai aceitar por interesse próprio?

– Acho que ele vai aceitar porque é um homem profundamente decente, mas a ideia de toda essa magia feérica à disposição dos lupinos... Não pode prejudicar a nossa causa agora, pode?

A esperança se avoluma no meu coração.

– Você acha mesmo que ele vai aceitar?

– Eu acho que sim.

Hesito antes de continuar.

– Yvan e eu... somos... nos tornamos amigos bem próximos.

– Ele me contou – diz Jules, com gentileza. Ele sorri com tristeza para mim e balança a cabeça. – Se alguma vez houve uma... *amizade* impossível, seria a de vocês. – Ele me lança um olhar comovido, cheio de compaixão e suspiros. – Bem, talvez, com um pouco de sorte, até isso pode acabar bem no final. Nunca se pode dizer o que o futuro reserva, mesmo em tempos tão sombrios como estes.

Jules se levanta, rindo para si mesmo.

– Bem quando você pensa que algo é impossível, mais de cem selkies estão subitamente livres e nadando no oceano. – Ele se vira e pega a pilha de livros em sua cadeira, levanta-os e os entrega a mim.

Pego os livros e os coloco no colo. *Mitologia comparada dos reinos Ocidental e Oriental. Uma história da religião.* E traduções dos livros sagrados dos alfsigr, dos smaragdalfar, dos ishkartanos do Sul e dos noi.

– Religião dessa vez? – pergunto, surpreendida.

– Leitura essencial – afirma ele.

Eu arqueio uma sobrancelha e abro um sorriso irônico.

– Então... mais confusão? Nisso também?

Ele sorri.

– *Especialmente* nisso. – Ele faz um gesto vago em direção à pilha de livros. – Dê uma olhada. Reflita sobre eles. – E abre um sorriso caloroso. – Me diga o que acha.

Eu olho para os livros.

– Sabe – começo –, nunca pensei que eu fosse gostar tanto de ler sobre esse tipo de coisa. – Folheio o livro no topo, intrigada por um desenho de uma deusa dragão noi estrelada que se ergue do oceano, uma espiral de pássaros de marfim envolve seu pescoço. – Tudo o que eu queria fazer quando cheguei aqui era aprender a função de boticário, como minha mãe.

Olho para ele e sorrio.

– Isso é muito mais interessante do que o que estou estudando no momento. A minha professora de Boticarium nos faz memorizar os diferentes usos da essência destilada de flor-de-ferro em antídotos para picadas venenosas, principalmente de répteis do deserto. É bem provável que eu *nunca* visite um deserto.

Jules retorna à sua cadeira. Seus olhos brilham de diversão enquanto ele se senta.

– O conhecimento nunca é desperdiçado, minha querida. Não importa o quanto seja obscuro ou difícil... ou confuso. Serve sempre para enriquecer a nossa vida, se permitirmos, e de formas que raramente podemos imaginar.

Franzo a testa dramaticamente para ele.

– Então... você acha que remédios para o veneno da rara víbora ishkartana enriquecerão profundamente minha vida?

Ele sorri para isso.

– Sabe, quando eu era um jovem acadêmico como você, a universidade tinha caligrafia como parte do trivium necessário aqui. *Caligrafia*, de todas as coisas. Ah, como eu odiava... Ter que segurar minha mão em ângulos tão estranhos, as letras tendo que ser todas iguais, inclinação implacável. Não me interessava por caligrafia. Eu só queria estudar história e boa literatura. Olhe à sua volta.

Eu examino o escritório bagunçado: livros encravados em todas as fendas concebíveis, pilhas confusas de papel sobre a mesa.

– É bastante óbvio que não sou alguém que fica muito confortável dentro de linhas perfeitamente retas e rígidas – diz ele.

– Então – pergunto com sarcasmo –, a caligrafia enriqueceu a sua vida no final?

Jules começa a rir e empurra seus óculos para cima.

– Proporcionou muitas horas de pura frustração e, muitas vezes, desespero total.

Bufo.

– Só conversa, então, isso de o conhecimento valer a pena.

Ele se inclina para trás, reflexivo.

– No entanto, revelou-se bastante útil quando surgiu a necessidade de falsificar documentos. Acontece que sou especialmente talentoso na criação de certidões de nascimento falsas.

Minhas sobrancelhas se erguem com essa informação.

– Então, as crianças feéricas escondidas – digo, entretida pela ironia de tudo isso –, foram salvas por... *caligrafia*?

Ele ri, balançando a cabeça.

– Pois foram. E talvez mais algumas sejam. Caligrafia, entre todas as coisas ingratas desse mundo. – Seu rosto fica sério. – Aprenda tudo o que puder, Elloren, sobre tudo o que puder. Você vai descobrir que, quando se é tão sem poderes quanto nós, ser inteligente ajuda muito.

Eu me encolho na cadeira.

– Seria melhor ser poderoso *e* inteligente.

Jules ri outra vez.

– Bastante.

E por mais que eu queira manter o meu olhar descontente, não posso deixar de sorrir de volta para ele, e para o pequeno lampejo de esperança que agora parece pairar ao nosso redor.

CAPÍTULO TRÊS
ANISTIA

Duas noites depois, estou do lado de fora da casa circular de Andras, nas profundezas da floresta e cercada por familiares e amigos, estamos sentados ao redor de uma grande fogueira perto da caverna de Naga. Meus irmãos, Yvan, os lupinos, Tierney e Andras, Wynter, Ariel e até mesmo Valasca e Alder: estamos todos aqui. Cael e Rhys chegam por último, os dois elfos são de um branco etéreo contra a floresta escura.

Diana insistiu para que todos a encontrássemos ali, recusando-se a dizer a razão. Ela está diante de nós agora com Rafe ao seu lado, seu sorriso largo desperta a curiosidade de todos nós.

– Recebi notícias essa manhã – diz ela, radiante, como se mal conseguisse conter a alegria. – Meu pai concordou em conceder anistia aos feéricos e às famílias que os abrigaram.

Tierney solta um suspiro audível, junto com quase todos os outros. Minha própria mão se ergue reflexivamente para cobrir a boca.

Rafe sorri para Diana.

– Parece que eles estavam indecisos – diz meu irmão –, mas então uma certa filha do alfa da alcateia de Gerwulf exerceu alguma influência.

– Diana – começa Tierney, emocionada, quase incapaz de dizer as palavras. – Eu nunca vou ser capaz de te agradecer o suficiente. *Nunca*.

Diana acena com impaciência, dispensando os agradecimentos.

– Eu só ofereci um incentivo, nada mais.

Yvan parece completamente atônito.

Tierney começa a chorar, e Andras passa o braço em volta dela. Todos se lançam em uma conversa alegre, abraçando-se, indo na direção de Tierney.

– E isso não é tudo – comunica Rafe, e seu sorriso se alarga. – Os lupinos estão oferecendo anistia a todos os imigrantes e outros refugiados em perigo imediato. E não estão exigindo que ninguém se torne lupino.

Wynter fica muito imóvel, depois fecha os olhos e leva a mão ao coração. Cael cobre o rosto com as mãos, como se estivesse inundado de alívio, e o rosto de Rhys irradia uma súbita alegria serena. Ariel está congelada, olhando para Rafe.

– Rafe. – Trystan ficou muito quieto, sua voz está baixa. – Isso significa...

Lágrimas inundam meus olhos. *Anistia. Haverá segurança para o meu amado irmão.*

Diana olha para Trystan com carinho.

– Você será da família. Claro que será bem-vindo.

Trystan não se move, mas seus olhos transparecem uma forte torrente de emoção.

– Tio Edwin? – pergunto a Rafe e Diana, e minha voz falha.

– Todos vocês – afirma Diana, sorrindo.

– Rafe – chama Yvan. O rosto dele ficou pálido.

Rafe se vira para olhá-lo.

– Isso significa que eles vão aceitar *todos* os feéricos? – pergunta, com voz constrita.

– Sim, Yvan. Foi o que eu entendi.

– E tem mais – acrescenta Valasca, seus olhos vão de Yvan para Tierney. – As amazes concordaram em permitir que tanto refugiados homens quanto mulheres viajem pelo perímetro de nossas terras sob proteção rúnica para chegar aos territórios lupinos do Norte.

– Os lupinos do Norte também vão nos aceitar lá? – Tierney consegue perguntar a Diana através das lágrimas.

– Sim – explica Diana, com alegria. – O meu pai também garantiu que as amazes protejam os refugiados.

Valasca olha para mim, e nos abrimos sorrisos de intensa alegria enquanto lágrimas deslizam pelo meu rosto.

Todas as pessoas que amo e que estavam em perigo já não estão mais.

– Obrigada – eu digo a Diana, minha voz embarga de emoção. – *Obrigada.*

– Sou apenas a mensageira. – Diana refuta com um aceno da mão, mas sei que não é verdade. Sei que ela trabalhou arduamente para garantir isso.

Yvan continua sentado ali, sem saber o que dizer. E então ele olha para mim, há uma nova clareza lá.

– Você pode contar para eles – eu o encorajo. – Não precisa mais manter nada em segredo.

A conversa morre e todos olham para Yvan.

Ele solta um longo suspiro e olha para os outros.

– Eu sou parte feérico.

– Feérico de fogo? – pergunta Rafe.

Uma risada irônica irrompe de Trystan.

– Ora, como você adivinhou?

Rafe sorri.

– Eu o vi brincando com fogo em mais de uma ocasião.

Os olhos de Yvan se arregalam.

– Relaxe, Yvan – diz Rafe. – Sou muito mais observador que a maioria.

Diana e Jarod não parecem nem um pouco surpreendidos.

– Você sabia? – pergunto a Diana.

Ela dá de ombros, casual.

– Consigo sentir o cheiro nele. Parece fumaça.

– Minha mãe também é parte feérica – avisa Yvan. – Você acha que eles vão aceitar receber nós dois?

– Sem dúvida – assegura Diana. – Eu vou garantir que sim.

Yvan encara a fogueira, ficando completamente rígido. Quando olha para nós, há lágrimas escorrendo pelo seu rosto. Coloco um braço em volta dele, bem quando Tierney se aproxima para abraçá-lo, todos nós sufocados pela reviravolta inesperada.

– Então – eu digo a Yvan, com um sorriso provocador –, você brinca com fogo?

– De vez em quando – responde ele, sorrindo para mim, fios de lágrimas felizes brilham em suas bochechas. Ele olha para Rafe e ri. – Eu *achava* que brincava discretamente.

– Quero ver o que isso significa – encorajo-o, brincalhona.

Yvan hesita enquanto todos o cercam em um encorajamento amigável.

– Tudo bem. – Ele cede, sorrindo para nós. – É melhor vocês recuarem; com exceção das icarais, claro.

Ariel sorri perversamente e se aproxima do fogo.

Ficamos em silêncio enquanto ele ergue a mão, com a palma virada para a frente, o braço estendido. Ele curva os dedos para dentro, como se convocasse o fogo, e as chamas começam a dançar, depois se inclinam para ele, como se estivessem ouvindo. Yvan estende a outra mão atrás da mais próxima e a move lentamente para trás, como se puxasse uma corda invisível. O fogo se inclina um pouco mais, então uma longa corda ardente voa para a mão de Yvan em um fluxo deslumbrante e é atraída para a palma da sua mão.

Ele fecha os olhos e inclina a cabeça para cima, a respiração se aprofunda enquanto atrai o fogo para dentro de si, como se fosse uma experiência sensual para ele. A luz da fogueira diminui e o frio da noite se infiltra à medida que mais e mais fogo flui para ele. E então o fogo se foi, abruptamente apagado.

Yvan abaixa as mãos, com um sorriso satisfeito no rosto. Quando ele abre os olhos e se vira para mim, há um brilho dourado neles, como se iluminados por uma tocha acesa em seu interior. Brilham mais do que nunca. Isso me assusta e me encanta ao mesmo tempo.

– Como você está se sentindo? – pergunto, fascinada.

– É... bom – ele diz, sorrindo ainda mais. – Como poder.

Ele me percebe estremecer, e sua testa se enruga de preocupação. Ele se vira e sacode a mão para a fogueira. O fogo brota da palma, a madeira explode em chamas, calor e luz envolvem todos nós mais uma vez.

Yvan ergue a mão. As pontas de seus dedos ardem como velas. Ele franze os lábios e sopra quatro delas, depois hesita, seus olhos tremeluzem para os meus. Ele leva o polegar aos lábios, apaga a chama colocando o dedo na boca.

Seus olhos se viram para os meus, ainda brilhantes e ardentes.

– Qual é o gosto? – pergunto, sem fôlego, completamente enfeitiçada por ele.

Seu sorriso se alarga, sua voz é uma carícia sensual.

– É igual a melado.

Ah, Santo Ancião nos Céus.

– Ah. – É tudo o que consigo dizer.

– Eu trouxe algo para você, Elló. – Atordoada, eu me viro enquanto Rafe deixa a caixa do meu violino ao meu lado.

O violino que Lukas me deu. Eu me recuso a pensar nele; Lukas é a última pessoa em que quero pensar esta noite.

– Finalmente temos motivos reais para celebrar – comenta Rafe. – E qualquer celebração precisa de música e dança.

– Mas eles não conhecem as nossas danças – protesto.

– Ah, *me poupe* – zomba Diana, lançando o cabelo por cima do ombro. – Leva cerca de dois segundos para aprender uma de suas danças. – Ela faz uma mesura zombeteira para Rafe, e ele faz o mesmo. Os dois imitam uma das nossas danças muito formais e rígidas, exageradamente separados e excessivamente duros. Todos riem, e então Rafe puxa Diana para perto, mergulhando-a e beijando ao longo de seu pescoço enquanto ela grita de tanto rir.

Os outros se voltam para mim, com olhares esperançosos.

– Ah, tudo bem então – cedo, sorrindo.

Pego o violino carmesim, pego o arco e passo resina nele, enquanto o resto do grupo afasta alguns dos bancos de toras para criar espaço. Então eu me lanço à música mais feliz que conheço: uma velha dança folclórica gardneriana. A melodia é logo acompanhada por palmas animadas e o batucar em tocos de madeira, meus amigos riem e comemoram.

Rafe rapidamente ensina a Diana a dança que acompanha a música. Ela só precisa vê-lo fazer uma vez para aprender, e os dois começam a rodopiar, com passos perfeitamente executados. Diana logo fica entediada com isso, e começa a embelezar a dança, adicionando um movimento sensual enquanto pressiona os quadris em Rafe, com os braços bem acima da cabeça, serpenteando-os. Andras oferece a mão a Tierney e logo eles também estão dançando, Valasca se juntando a eles com Alder.

Toco mais algumas músicas, todos aprendem as danças folclóricas com facilidade, mudando os passos, se exibindo. Depois de terminar a sexta música,

Rafe vai até Wynter e estende a mão, mesmo sabendo que ela inadvertidamente lerá seus pensamentos quando tocá-lo. Ela parece surpresa, mas feliz, e pega a mão de Rafe. Eu toco uma valsa formal, e eles giram em torno do fogo, acompanhados por Jarod e Valasca, Trystan e Alder.

Diana se aproxima de Yvan enquanto eu termino a música e estende a mão para ele.

– Vamos lá, feérico de fogo. O seu povo não é famoso pela dança?

Yvan olha para o chão, sorri e depois se levanta. Todos recuam para abrir espaço, ansiosos para assistir.

Eu toco uma das músicas folclóricas de antes, e eles começam com os passos básicos, sorrindo um para o outro, como se achassem a simplicidade disso engraçada. Então Yvan começa a se desviar da dança, seus movimentos fluidos, quase serpentinos, enquanto ele lentamente adiciona passos mais complicados, esperando para ver se Diana consegue acompanhá-lo. Logo eles estão enroscados um no outro, os olhos de Diana brilhantes, o rosto corado. Um pico de ciúme brota em mim, mas também de alívio. Ciúme da sensualidade fácil de Diana, de sua habilidade de dançar, de ela estar tão perto do *meu* Yvan, mas alívio por eu ser a musicista e não precisar fazer papel de boba tentando dançar com ele. Eu nunca poderia dançar assim, e não quero que ele saiba.

Termino a música, Diana ri com prazer quando Yvan a mergulha, e Rafe dá um passo para reivindicá-la.

– Muito bem, Diana – brinca ele. – Afaste-se do feérico de fogo. – E lança um olhar feio fingido para Yvan.

Yvan solta Diana e ela recua, estranhamente agitada.

– Obrigado por me envergonhar, Yvan. – Rafe faz uma careta alegre enquanto desliza um braço em volta da cintura de Diana.

Yvan se curva para o meu irmão, sorrindo.

– Eu só tive mais prática.

– Claro que sim. – Rafe se vira para mim. – Fique longe dele, Elloren. O rapaz é problemático.

– Já me disseram isso em mais de uma ocasião – digo, com uma risada.

– Solte o violino, Elloren – diz Jarod, gesticulando em direção a Yvan. – Dance com ele.

Há murmúrios de encorajamento por toda a parte.

– Vá em frente, gardneriana – diz Ariel, sorrindo. – Dance com o feérico de fogo.

Balanço a cabeça, sorrindo.

– Não, eu não sou tão boa quanto vocês.

– Não se preocupe, Elloren – diz Diana, ainda corada. – Ele é um ótimo guia na dança.

Rafe levanta as sobrancelhas para ela, do que ela ri.

Yvan estende a mão para mim.

– Deixe o violino, Elloren.

– Eu posso assumir por você – Trystan se prontifica com um leve sorriso.

Hesito, depois passo o instrumento para o meu irmão mais novo e me levanto, pegando a mão de Yvan.

– É sério – digo, enquanto ele me leva ao espaço aberto –, acho que não consigo seguir os passos.

– Você conhece os passos da primeira dança que tocou? – pergunta Yvan, ignorando minha hesitação.

– Sim.

– Então dance.

– Certo – digo, nada convencida, enquanto colocamos mãos e braços um ao redor do outro.

Trystan começa a tocar uma melodia folclórica gardneriana, e Jarod e Valasca batucam. Começamos da maneira tradicional, todos batendo palmas junto com o ritmo e bradando palavras de encorajamento para mim, e eu acompanho com facilidade, nós dois em um ritmo perfeito, em perfeita sincronia. E então Yvan começa a mudar a dança, aproximando-se aos poucos, envolvendo um braço em volta de mim e, inesperadamente, puxando-me com força.

Eu tropeço nele e piso em seu pé, meu rosto corado fica mais quente.

– Desculpa...

Yvan apenas sorri enquanto os outros continuam a bater palmas para nós. Começamos de novo e, dessa vez, ele facilita as mudanças de forma mais gradual, um passo extra aqui, um mover de braços diferente ali. Pouco a pouco, meu corpo se solta, o ritmo me reivindica. Ele começa a me puxar para mais perto, até que estou pressionada nele, seu fogo lambe deliciosamente em minha direção, mas, dessa vez, eu não tropeço. Logo esqueço que há outras pessoas por perto, consciente apenas dele, fascinada por ele: na forma como ele tece o ritmo, como ele se tece ao meu redor, seus olhos fixos nos meus, a sensação de suas mãos, seu corpo e seu fogo se movendo junto aos meus.

Então a batida para, e todos começam a aplaudir enquanto eu fico sem fôlego, cercada pelos seus braços. Claro, ele não está nada ofegante.

– Está vendo – diz ele –, você é uma boa dançarina.

Eu rio.

– Foi *você* que fez tudo.

O sorriso de Yvan é calorosamente sedutor.

– Sou um bom guia.

Estou muito consciente do meu coração martelando no peito, e não apenas por conta do exercício.

– Você é perigoso, isso sim.

É sua vez de rir.

– É, mas você já sabia disso.

Volto ao meu violino enquanto os outros se levantam; até Ariel, que cede e deixa Valasca e Alder lhe ensinarem uma simples dança folclórica amaz.

Tocamos música e dançamos durante toda a noite, todos aprendendo partes das danças uns dos outros: danças amazes, danças feéricas, danças folclóricas kélticas, gardnerianas, até mesmo a dança élfica primorosa e graciosa, em que os parceiros se encaram, mas nunca se tocam.

E depois que a dança acaba, toco minha peça favorita para violino, a que toquei há tantos meses em Valgard: *Escuridão de inverno*. Mas, dessa vez, brinco com uma profundidade que nunca fui capaz de alcançar antes. Quem diria que uma música tão comovente poderia surgir de tantas dificuldades e tumultos?

No final, Wynter canta para nós, e eu me sento e ouço, com o braço de Yvan envolvendo meus ombros. As palavras são estranhas para mim, mas a beleza da voz de Wynter parece atingir as estrelas.

Como pode ser possível? Como pode ter acontecido? Todos os meus sonhos de repente alcançáveis?

Eu me inclino para Yvan, e seu braço se aperta ao meu redor. Minha vida não é como eu imaginava que poderia ser há um ano, mas é melhor. Muito melhor.

Os outros começam a ir embora, deixando Yvan e eu sozinhos perto da fogueira, e as estrelas cintilantes acima de nós.

– Elloren – diz ele, com a voz baixa, a mão acariciando meu ombro. – Se minha mãe e eu... Se os lupinos nos concederem anistia... Se nos juntarmos a eles... você viria com a gente?

Meu rosto se aquece com algo que parece pura alegria. Sei o que ele está pedindo; ele não precisa elaborar. A essa altura, consigo ler os seus sentimentos quase tão bem quanto os meus.

Você viria com a gente? Para um lugar onde possamos finalmente ficar juntos?

– Sabe – respondo, com humor –, acho muito provável que os lupinos precisem de uma boa boticário.

Yvan se vira e sorri para mim, parecendo mal conter sua felicidade.

– É tão difícil de acreditar – diz ele, balançando a cabeça. – Que pode ser possível...

Ele solta uma respiração profunda, como se há muito tempo esperasse para finalmente expirar. Toda a vida, talvez.

– Talvez – diz ele, sorrindo de orelha a orelha para mim –, haja alguma esperança, afinal.

CAPÍTULO QUATRO
SENTINELAS

Acordo na manhã seguinte com um sorriso no rosto, música e felicidade ainda ecoam dentro de mim.

Há um fulgor estranho no quarto, como um sonho azul profundo que continua reverberando mesmo depois de terminar. Pisco, sonolenta, tentando determinar a fonte da luz estranha e me levanto abruptamente da cama.

Sentinelas.

Estão por todos os lados. Dezenas delas, empoleiradas e imóveis nas vigas que sustentam o teto de pedra da Torre Norte, com as asas fechadas sobre si, escondendo os olhos. Como se estivessem de luto.

Eu as encaro, paralisada, enquanto um mau agouro se avoluma dentro de mim.

A linha de Sentinelas se desfoca, depois desaparece, e o cômodo escurece de repente.

Ariel ainda dorme, mas Wynter está sentada na cama com os olhos arregalados e fixos nas vigas.

– O que significa isso? – sussurro para ela.

Sua calma glacial é desconcertante.

– Não sei.

Um clarão de asas brancas aparece na janela.

Wynter e eu saltamos da cama e corremos para olhar. Juntas, assistimos o amanhecer frio e cinzento.

O medo salta no meu peito.

Sentinelas pontilham o topo das árvores até onde a vista alcança. Estão imóveis como estátuas, com as asas bem fechadas, olhos escondidos como se a realidade nascente desse dia fosse demais para suportarem.

Um arrepio mórbido me atravessa, algo que consigo sentir chegando no fundo da minha alma.

Algo se aproxima.

O mar de Sentinelas desaparece. Como um lampejo de grave advertência.

Viro a cabeça para Wynter.

– Preciso encontrar os meus irmãos. E Diana. *Todo mundo.*

Wynter dá um aceno quase imperceptível com a cabeça, os olhos do tamanho de duas luas.

Me visto o mais rápido que consigo. Então pego a Varinha Branca debaixo do travesseiro, enfio-a no cano da bota, corro pelo corredor e desço as escadas em espiral.

Trovões retumbam a oeste quando disparo da Torre Norte. Corro pelo campo em direção à universidade, examinando, desesperada, as árvores ali perto, procurando por mais Sentinelas enquanto nuvens escuras de tempestade fervilham e se assomam no alto.

Com o passo apertado, entro na agitação matinal das ruas da universidade, me desvio com habilidade de grupos de acadêmicos e professores. Descontrolados, meus olhos disparam para todos os lados no que passo por edifícios de pedra-da-Espinha e corro por baixo de passarelas, à procura de perigo. De alguma pista sobre o que aconteceu.

É provável que todos estejam lá no refeitório, eu me consolo. *Tomando o desjejum. Ou trabalhando nas cozinhas.*

Tento ignorar a dor na lateral do corpo quando começo a caminhada pela trilha longa e íngreme que leva à cozinha, bem rente à borda da floresta, os celeiros logo aparecem. Quase cheguei à porta dos fundos quando vejo uma figura solitária emergindo do mato. Ele está usando uma capa pesada, o capuz lhe cai sobre o rosto.

O homem ergue a cabeça, e eu encontro seu olhar âmbar selvagem.

Reconheço-o de imediato. O amigo de infância de Diana, Brendan. Um dos membros da Guarda do pai dela, jovial e de cabelos vermelhos, que conheci no Dia do Fundador.

Ele está sem fôlego, arrastando os pés, o que é estranho para um lupino. E carrega uma criança nos braços. Sei que ele deve ter corrido muito tempo e muito rápido para ficar tão ofegante, e há um olhar assombrado em seus olhos que faz uma onda de pavor sombrio me percorrer.

Sua expressão é prenúncio de desastre.

Conforme ele se aproxima, percebo, num lampejo de confusão, que ele carrega o filho de Andras nos braços: o pequeno Konnor.

As orelhas pontudas do menino se destacam por entre o cabelo roxo e azul bagunçado. Seu rosto está enlameado e lavado em lágrimas, os olhos vermelhos estão abertos demais, como se estivesse em choque.

– O que aconteceu? – pergunto, minha voz estremece de medo quando Brendan tropeça e se detém diante de mim. Por um momento, ele parece prestes a vomitar.

– A Alcateia do Sul... eles foram... assassinados...

Suas palavras são um soco atordoante na boca do meu estômago.

– Não!

– *Todo mundo*. Homens... mulheres... crianças. Estão todos mortos. – Ele luta para respirar e parece perto demais de desabar. Eu o agarro por ambos os braços, para firmá-lo.

Brendan ergue a cabeça, seu rosto é uma máscara de dor.

– Os pais de Jarod e Diana... Kendra... minha bela Iliana. – Ele se engasga com um soluço reprimido. – Todos eles.

– *Não* – murmuro, exalando o ar, o horror se apodera de mim.

Brendan olha em volta, às cegas, seus olhos estão vidrados e desfocados.

– O Conselho dos Magos... Eles exigiram que cedêssemos nosso território à Gardnéria. – Ele se engasga com as palavras. – Não cedemos e ameaçaram acabar conosco. Não... demos ouvidos a isso. Já nos ameaçaram tantas vezes antes.

Seu peito se ergue como se ele estivesse prestes a vomitar, e eu mantenho um aperto forte em seus braços.

– Saí para caçar... e quando voltei, encontrei-os... todos eles... *mortos*... nossas casas viraram cinzas pretas.

Meus olhos se enchem de lágrimas quando o meu olhar se volta para o filho de Andras.

– Como Konnor sobreviveu?

– Os pais... eu o encontrei... debaixo... debaixo dos corpos deles. – Brendan começa a chorar, os olhos apertados enquanto o pequeno Konnor esconde a cabeça em seu peito.

– Os gardnerianos também atacaram os lupinos do norte? – pergunto, frenética.

Brendan balança a cabeça.

– Não sei. Mas se atacaram, então... Jarod, Diana, Konnor e eu... podemos ser os únicos lupinos que restam. Eles mataram *todo mundo*, até os bebês. – Ele olha em volta, descontrolado. – Tenho que encontrar Jarod e Diana. E Andras. – Seus olhos estão me implorando. – Onde estão eles?

A minha mente é uma tempestade. Luto para pensar enquanto um pânico vertiginoso me atravessa.

– Andras deve estar com os cavalos.

– Leve-o – ele implora, segurando Konnor para mim. A criança endurece, como se estivesse se preparando para um golpe, os olhos estão arregalados, cheios de horrores inimagináveis. – Leve-o para Andras – diz Brendan, com o olhar desesperado.

– Ah, meu doce – sussurro para Konnor, e meu coração se rasga em dois. Ele pressiona a cabecinha no meu peito enquanto eu o abraço, protetora, bem perto de mim. Ferozmente perto.

Aponto para a porta da cozinha, minha voz está embargada.

– Diana e Jarod... eles podem estar no refeitório. Através das cozinhas. Ali.

Brendan se dirige para a porta, e eu corro atrás dele, segurando Konnor. Todos desviam o olhar de seus afazeres quando irrompemos pela entrada, os olhos voam arregalados para ver Brendan se apressando, seguido por mim, abraçando uma criança lupina em meus braços. Os olhos de Yvan se fixam em mim quando ele puxa uma pá de pão do forno. Rafe fecha a porta de um fogão com um estrondo e se levanta, registrando imediatamente meu alarme. Trystan está com ele, como se estivessem conversando. Meu irmão mais novo esquadrinha o meu rosto, sua mão desliza reflexivamente para agarrar a varinha.

– Elloren – diz Bleddyn, bruscamente, a mão congelada no ato de mexer uma grande panela de mingau. – O que aconteceu? – E abandona a tarefa enquanto ela, Yvan, os meus irmãos e Fernyllia correm para mim, o resto dos trabalhadores entram em alerta imediato.

Eu paro, um tremor toma conta de mim. Desvio o olhar para as costas de Brendan enquanto ele desaparece pela entrada do refeitório, a porta se fecha assim que ele passa.

Olilly recuou de onde ela e Iris enchiam latas de muffin, há terror em seus olhos violetas. Iris envolve um braço em volta dela, seu olhar está cheio de medo e confusão.

– O que está acontecendo, Elló? – pergunta Rafe, e sua mão forte aperta meu braço. Seu rosto empalidece quando ele vê um Konnor traumatizado. – Por que você está com o filho de Andras?

– A alcateia de Jarod e Diana. – Mal consigo dizer as palavras. – Eles foram assassinados. Pelos gardnerianos.

Os olhos de Rafe se arregalam.

– *O quê?!*

Um grito alto e estridente irrompe da direção do refeitório e logo se transforma em um lamento torturado de dor.

Rafe, Trystan, Yvan e eu corremos pela porta ao mesmo tempo. Diana está no canto mais distante do refeitório, tentando se afastar de Brendan, as mãos dele estão nos ombros dela. Jarod está de pé ao lado deles, com o rosto branco como giz.

– Não! Não! – grita Diana, sem parar. Ela se liberta de Brendan, quase perdendo o equilíbrio ao fazê-lo. Rafe, Trystan e Yvan correm em direção a eles, e eu sigo logo atrás em um pesadelo atordoado enquanto aperto Konnor junto ao peito e desvio em torno do que parece ser um mar de pessoas, todas viradas na direção dos gritos, trocando murmúrios confusos.

Passo por um grupo de aprendizes militares gardnerianos que observam Diana com interesse chocado, esticando o pescoço para ver.

Eles não sabem, percebo enquanto passo. *Eles não sabem o que aconteceu.*

À minha frente, Rafe chegou a Diana, que soluça descontroladamente. Rafe a agarra e a puxa para um abraço feroz enquanto Yvan e Trystan se aproximam de Jarod e Brendan. Diana se afasta de Rafe e começa a se transformar, cabelos grossos brotam por toda a pele, seu corpo se alonga em alguns lugares, contrai em outros, suas roupas se rasgam.

Eu os alcanço quando ela termina a transformação, suas patas dianteiras atingem o chão com um baque surdo. Eu derrapo e paro ao lado de Yvan, chocada ao testemunhar a transformação da lupina. Ela é a maior loba que já vi, de pelos dourados e magnífica com olhos âmbar selvagens.

Diana lança a Rafe um olhar devastado e começa a correr. Ela atravessa o salão, rápida como um raio, acadêmicos gritam de medo em seu rastro.

– Eu vou atrás dela – Brendan olha para onde Diana correu, com uma expressão atordoada.

– Eu também – Rafe oferece por sua vez, abalado.

– Não – diz Brendan a ele, com os olhos deslizando pelo comprimento da figura de Rafe em avaliação sombria. – Você nunca vai alcançá-la nessa forma. E não pode sentir o cheiro dela como eu. Vou trazê-la de volta.

– Tem uma torre – Rafe diz a Brendan, com grande urgência. – No extremo norte dos terrenos da universidade... além dos estábulos e de um amplo campo. Leve-a para lá.

Brendan acena com a cabeça e dispara, tão rápido que sua forma vira um borrão.

Com a dor me chicoteando por dentro, meus olhos encontram os de Yvan, o seu fogo avança na minha direção.

– Vou ajudar a encontrá-la – ele me diz, com a voz baixa. Aceno com a cabeça, e ele olha para Jarod e meus irmãos por um momento antes de começar a correr pelo refeitório em uma velocidade que sei que é apenas uma fração da que ele é capaz de alcançar.

Jarod está dobrado para a frente e parece não conseguir respirar direito. Seus olhos estão arregalados e atônitos, como se de repente ele estivesse preso em um pesadelo do qual não há escapatória.

– Os meus pais... – ele se engasga falando –, a minha irmã... minha alcateia inteira. Seus joelhos falham.

Rafe e Trystan o pegam antes que ele caia no chão, segurando-o de ambos os lados.

– Acho que vou vomitar – diz Jarod, com a voz constrita.

Rafe olha para o outro lado do salão, para o grande grupo de aprendizes militares gardnerianos com uma fúria evidente.

– Vamos – ele diz a Jarod. – Vamos sair daqui.

Jarod recupera um pouco da força, seu rosto assume uma expressão aturdida enquanto o conduzimos pelo refeitório, somos o centro das atenções enquanto uma conversa confusa e embaraçosa vibra por toda parte.

Ao passarmos pela mesa dos aprendizes militares, um deles sorri e grita:

– Ei, Rafe! – Então solta um uivo de lobo, os outros aprendizes caem na gargalhada.

Abruptamente, Rafe solta Jarod e ataca o jovem, puxa-o para fora da cadeira e lhe dá um soco com tanta força que um som horrível de osso se quebrando reverbera pelo salão. Em seguida, ele joga o aprendiz na mesa de jantar, o sangue jorra do nariz do jovem enquanto pratos, copos e talheres voam por toda parte. Os outros aprendizes saltam para trás para evitar a borrifada de comida e bebida e o corpo sendo arremessado.

Os companheiros do garoto se movem para empunhar a varinha, mas Trystan é mais rápido, e a dele já apontada para o grupo.

– Afastem-se – adverte Trystan, as listras de mago nível cinco expostas em seu uniforme militar numa ameaça silenciosa. Os outros aprendizes vacilam e o olham com extrema trepidação, com a mão na varinha e na espada desembainhadas.

Com os punhos cerrados, Rafe paira sobre o jovem sangrando. Há uma fúria fria em seu semblante.

– Se eu te ouvir zombando assim dela mais uma única vez – ele rosna –, eu *mato* você.

Rafe se volta para Jarod e pega seu braço mais uma vez.

Saímos do refeitório, com Trystan meio virado com a varinha apontada para trás. A multidão fica quieta enquanto nos observa partir.

Assim que saímos, Rafe se vira para mim.

– Vá falar com Andras. Diga a ele para preparar cinco cavalos para uma longa viagem. Vá *logo*!

CAPÍTULO CINCO
METAMORFOS

Corro para os longos estábulos onde a maioria dos cavalos dos acadêmicos da universidade é mantida. Andras está no campo, examinando a pata traseira de uma égua rajada de branco enquanto relâmpagos piscam sobre o bosque ao longe.

– Andras! – chamo, ofegante, meu flanco dói enquanto manco em direção a ele, com Konnor nos braços. Andras olha para cima e se levanta, seus olhos logo se fixam no filho. Ele começa a correr na minha direção.

– Os lupinos – ofego quando ele me alcança e pega Konnor em seus braços fortes. – Eles estão *mortos*. Os gardnerianos. Podem ter matado todos eles. Todos menos Brendan e Diana e Jarod e Konnor...

Andras olha para mim com horror enquanto abraça o filho com força. Por um momento, ele murmura para um Konnor traumatizado, beijando a cabeça suja da criança antes de devolvê-la gentilmente para mim.

Trovões ressoam acima de nós.

– Venha, Elloren – diz Andras, mais um comando urgente do que um pedido. Eu o sigo enquanto ele corre em direção aos estábulos, dizendo-lhe, ofegante, tudo que sei.

Uma vez lá dentro, Andras agarra suas armas rúnicas e as prende com habilidade pelo corpo. Então ele para, fecha os olhos e inclina a cabeça para cima. Seu garanhão preto galopa em nossa direção de um ponto distante do campo. Andras sai ao encontro do cavalo e pula na montaria, depois estende os braços para o filho.

– Rafe disse para trazer cavalos – digo, enquanto lhe entrego o pequeno Konnor.

– Não – responde ele, puxando Konnor para um abraço apertado e de um braço só. – Precisamos de um exército. Precisamos das vu trin.

– Por quê?

– Os gardnerianos estão matando lupinos, Elloren. O que significa que virão atrás de Diana e Jarod.

Ah, Santo Ancião.

–Volte para a Torre Norte. Vou levar as vu trin.

Assim que chego à Torre Norte, vejo Brendan e Yvan à distância. Ambos emergem da floresta, Brendan carregando o corpo flácido de Diana envolto em uma capa. Rafe e Trystan saem correndo da Torre, e eu disparo em uma corrida pelo campo, Yvan é o primeiro a ver a minha aproximação.

– O que aconteceu com ela? – pergunto, temerosa. Há um grande talho ensanguentado na lateral de sua cabeça.

– Ela se jogou de um penhasco – diz Brendan, a dor clara entalhada em seu rosto. – Mas ela está viva.

– Leve-a lá para cima – digo a eles, controlando meus nervos. – Andras foi buscar as vu trin.

Rafe me lança um olhar sombrio, e percebo que ele está chegando rapidamente à mesma conclusão que Andras chegou. Temos de encontrar uma forma de manter Jarod e Diana em segurança, e as vu trin podem ser as únicas capazes de ajudá-los a escapar.

Sigo-os até as escadas e para o corredor iluminado por lanternas da Torre Norte. Um choque atordoado toma conta de mim novamente ao ver Jarod sentado no banco de pedra do corredor, com os olhos embaçados, e o corpo caído contra a parede atrás dele.

Brendan traz Diana para o nosso alojamento e a deita na minha cama. Rafe se posiciona ao lado dela, sua mão acaricia a bochecha da lupina enquanto murmura para ela com uma ternura de partir o coração.

Meu olhar cruza com o de Wynter, o desespero me faz oscilar.

– Ela se atirou de um penhasco. – Começo a chorar enquanto falo, mas luto contra as lágrimas. – Não sabemos a gravidade...

Os olhos prateados de Wynter escurecem de tristeza e ela acena com a cabeça. Ariel está de pé ao lado dela, seu olhar dispara ansiosamente para cada um de nós, suas asas batem de forma errática.

Wynter vai até Diana e se ajoelha ao seu lado. Ela coloca as mãos com gentileza no rosto dela, fecha os olhos prateados e respira longa e lentamente.

– Ela está bem – Wynter garante com os olhos ainda cerrados. – Ela quer ficar inconsciente.

Tusso um soluço aliviado enquanto Wynter cuida de Diana e arranja roupas para ela. Olho pela porta aberta em direção a Jarod, que ainda está sentado lá com aquela expressão assustadoramente vaga. Trystan está agora ajoelhado diante dele, movendo sua varinha para a frente e para trás na frente dos olhos de Jarod, sem resposta.

– Ele está em choque – diz Trystan.

Encaro Yvan parado na soleira da porta, seu rosto tenso com a mesma angústia que sinto, seu fogo frenético e volátil.

Saltos de botas soam nas escadas e Trystan se levanta, puxando a varinha. Yvan e eu saímos do quarto quando Aislinn irrompe no corredor, com o rosto perturbado.

– Aislinn! – exclamo, atordoada.

Ela vê Jarod e seu rosto se contorce de dor. Corre até ele e cai de joelhos à sua frente, segurando seus braços e desabando num choro ao vê-lo.

– Meu Ancião, o que fizeram com você?

– Aislinn – digo, com a voz áspera pelas lágrimas. – Ele pode não responder.

– Acabei de saber o que aconteceu – ela diz a Jarod, sua atenção apenas para ele. – Jarod, eu sinto tanto. Estou aqui e te amo. Eu *sempre* te amei. Jarod, por favor, olha para mim.

Trystan coloca uma mão gentil no ombro de Aislinn.

– Aislinn.

Ela olha para Trystan, com lágrimas escorrendo pelo rosto.

– Por que ele não olha para mim?

– Ele está em choque – repete Trystan, com a voz embargada pela emoção.

– É tudo culpa minha – soluça Aislinn, balançando a cabeça. – Meu pai continuava aludindo a algo assim... eu devia ter descoberto o que eles planejavam fazer.

– A culpa não é sua, Aislinn – insiste Trystan. – Todo mundo sabia das ameaças.

Aislinn continua a balançar a cabeça de um lado para o outro.

– Eu sabia que o Conselho dos Magos estava planejando alguma coisa... mas nunca imaginei... como eles puderam fazer *isso*? – Aislinn cai sobre Jarod, abraçando-o com força, tentando em vão romper a névoa dele. – Jarod, por favor, sou eu. É Aislinn.

Uma Ariel frenética sai do nosso alojamento, asas batendo, com o corvo no ombro, as duas galinhas a seguem em pânico enquanto ela caminha pelo corredor. Ela espreita pela janela, em direção ao campo.

Ariel se vira, seus olhos verde-claros estão arregalados.

– Eles estão aqui.

Yvan, Trystan e eu corremos para ver.

Andras cavalga campo acima com um grande contingente de feiticeiras vu trin, as túnicas militares pretas marcadas com runas azuis brilhantes, com estrelas prateadas amarradas diagonalmente sobre o peito e espadas rúnicas curvas nos flancos. A comandante Vin cavalga ao lado de Andras, Ni Vin vem logo atrás. E, para meu espanto, a mãe de Andras, a professor Volya, cavalga do outro lado, segurando o pequeno Konnor no braço.

Assim que as vu trin chegam à base da torre, a comandante Vin salta do cavalo e começa a gritar ordens na língua noi. As outras feiticeiras logo apeiam e se espalham ao redor da Torre Norte.

Um Andras fortemente armado corre para dentro, seus passos pesados ecoam pelas escadas. Trystan abre a porta do corredor, e ele entra quando Rafe e Wynter se juntam a nós no corredor.

– Os gardnerianos dizimaram as duas alcateias, do norte e do sul – ele diz, sem preâmbulo, com expressão dura como aço. – Estão todos mortos. As vu trin acabaram de receber um falcão rúnico do Conselho dos Magos. O Conselho enviou falcões ao Conselho Verpaciano e também às forças militares; estão exigindo que Verpácia ceda suas terras. – Andras olha para Rafe. – Vogel está vindo para cá. Os militares gardnerianos estão vindo atrás de Diana e Jarod; querem os filhos de Gunther Ulrich. Já estão nos limites da cidade.

Os olhos de Rafe se enchem de determinação enquanto ele se vira abruptamente e caminha de volta para o nosso alojamento. Andras e o resto de nós o seguimos para dentro enquanto meu irmão pega Diana no colo.

– Vamos tirá-los daqui *agora* – Rafe diz a Andras. – Os cavalos estão prontos?

– Não. – Vem a resposta sucinta de Andras.

Raiva atravessa o rosto do meu irmão.

– Não vamos levar Diana e Jarod a lado nenhum – diz Andras, firme. – Seria suicídio.

Ignorando-o, Rafe caminha em direção ao corredor, carregando uma Diana inconsciente, mas Andras se recusa a se mover de onde está, na frente da porta. Meu irmão estreita os olhos sombriamente para ele.

– Saia da frente, Andras.

– Não, Rafe. Normalmente, respeitaria o seu julgamento, mas nesse momento, ele está comprometido.

– Não está *não*.

– Está – brada Andras –, está *sim*. – Ele inclina a cabeça em direção a Diana. – Porque você está apaixonado por ela. Não está pensando com clareza. Para onde você iria, Rafe? *Pense*. Os gardnerianos têm algum tipo de arma que pode eliminar um grande número de lupinos, apesar da sua imunidade à magia. Eles massacraram duas alcateias inteiras em uma noite. E só *olhe* para eles. – Andras gesticula para Diana e Jarod. – Uma está inconsciente, e o outro, em choque. Não estão em condições de escapar, muito menos de lutar.

– Eles poderiam nos transformar – Rafe insiste. – *Nós* podemos lutar.

– A lua cheia está a mais de uma semana de distância – rebate Andras. – Os gardnerianos vão nos encontrar muito antes disso. Estão convergindo para a cidade *neste momento*. Vão te capturar antes do dia acabar.

– Então você quer que os deixemos aqui para os gardnerianos levar? – rosna Rafe.

– Não – retruca Andras. – Quero que você os deixe aqui para que as vu trin *os protejam*. Elas chegaram primeiro, então podem aproveitar o terreno mais alto e a vantagem desse campo.

Rafe encara Andras, furioso. Em seguida, ele volta para a minha cama e deita Diana com uma delicadeza primorosa. Depois, vai até a minha cadeira vazia e a chuta com tanta violência que a madeira racha. Ele xinga alto, fazendo Wynter e eu nos sobressaltarmos. Meu coração troveja no peito.

Rafe faz uma pausa para passar os dedos pelos cabelos.

– Eles deveriam ter nos transformado. – Ele se enfurece com Andras. – Quando tivemos a chance.

– Eles não podiam – diz Andras. – Não sem a aprovação da alcateia.

– Jarod poderia ter feito isso.

– Ninguém sabia que chegaria a isso.

O rosto de Rafe se enche de angústia.

– Eu *não posso* perdê-la!

– Então me escute com muita atenção – diz Andras, com firmeza. – Haverá um momento certo para sentirmos o luto, mas *não* é agora. Devemos todos pensar e *rápido*.

– Você tem que sair daqui – digo a Rafe, a urgência aumenta dentro de mim. – Trystan também. Você atacou um aprendiz militar, e Trystan apontou a varinha para eles. Vão prender vocês dois.

Rafe pisca para mim, seus olhos são uma tempestade.

– Você não vai poder fazer nada por ela na prisão – insisto, obstinada, meu medo se avoluma. – Vá procurar Jules. E Lucretia e Fernyllia.

Rafe mantém meu olhar por um longo momento, sua mandíbula está rígida.

– Estou indo.

– As icarais também precisam ir – digo, com a voz tremendo. Dirijo-me a Yvan. – Ariel e Wynter têm que sair daqui antes que os gardnerianos cheguem.

Yvan acena com a cabeça, seu olhar se acende.

– Eu vou levá-las. Podemos ir para a caverna de Naga. – Ele olha para Wynter. – Precisamos encontrar seu irmão e Rhys.

– Vou encontrá-los – Trystan se propõe, com a varinha em punho. – Eu tenho uma ideia de onde eles podem estar. Vou levá-los para a caverna. Você tira Ariel e Wynter daqui, Yvan.

Wynter e Ariel começam a juntar alguns de seus pertences enquanto Trystan sai para procurar Cael e Rhys. As galinhas de Ariel correm freneticamente ao redor de suas pernas enquanto ela joga livros e roupas em sua bolsa de viagem rota.

Andras atravessa o cômodo para ficar diante de Brendan, que está caído contra a parede.

– Você precisa vir comigo – diz Andras, sua voz profunda tem um tom imperativo enquanto ele estende a mão para o lupino. Parecendo abatido, Brendan se agarra a ele e se deixa puxar para cima. – Os gardnerianos não sabem que você e Konnor sobreviveram – explica Andras. – As vu trin vão levar meu filho, minha mãe e eu para o leste. Elas também estão dispostas a levá-lo conosco.

Toda a magnitude disso me atravessa. Andras, Brendan e Konnor vão embora, e provavelmente nunca mais os verei. A professora Volya também.

Andras olha para Diana.

– Tudo depende dela – ele diz para Rafe, com expressão sombria. – Tudo repousa sobre os ombros dela. Quando Diana acordar, ela precisa manter o controle de si mesma.

– Eu sei – concorda Rafe.

– Rafe – continua Andras. – Autocontrole nunca foi o ponto forte dela. Se Jarod e Diana vão sobreviver, ela vai precisar controlar a raiva e dar tempo às vu trin para formular um plano para tirá-los daqui.

Rafe o encara.

– Ela é filha de um alfa, Andras.

Andras não se abala.

– Que acabou de se atirar de um penhasco.

– Diana sabia que isso não a mataria – Brendan intervém com a voz abatida. – Ela sabia que isso lhe daria apenas algumas horas de paz. Que a impediria de ficar completamente selvagem e matar todos os gardnerianos em que pudesse pôr as mãos.

– Vá com Andras, Brendan – diz Rafe. – Não há mais tempo. – Ele olha para Andras e faz uma pausa, como se sua garganta estivesse momentaneamente fechada. – Fique em segurança, meu amigo.

Andras prende o olhar de Rafe.

– Você também. Que nos encontremos novamente em terras Noi.

Andras e Brendan partem, e a dor me agarra o peito enquanto os vejo ir embora. Wynter os segue, chamando minha atenção com seu olhar triste antes de sumir de vista. Ariel pega suas galinhas em ambos os braços e me lança um olhar conflituoso enquanto se afasta, seu corvo agita as asas atrás dela.

Yvan faz uma pausa diante de mim, um milhão de coisas não ditas ardem em seu olhar. Ergo um braço ao mesmo tempo em que ele faz o mesmo e seguramos firmemente as mãos um do outro.

– Mantenha as duas em segurança – digo, em um fiapo de voz, seu fogo atravessa minhas linhas. – E se mantenha seguro também.

– Pode deixar – ele promete.

Minhas linhas de fogo clamam para segurá-lo enquanto ele se afasta de mim e sai pela porta. Estou momentaneamente perdida, assolada por uma sensação de vertigem e sentindo como se o chão estivesse se mexendo sob meus pés. Puxo o ar em um fôlego longo e trêmulo e saio para o corredor, e disparo por ele para espiar pela janela.

Meu coração acelera.

Mais de cem feiticeiras vu trin cercam a Torre Norte. Mais estão chegando a cada minuto, e atrás delas marcha um contingente de arqueiros elfhollen com os uniformes cinza-claro da Guarda Verpaciana.

E na extremidade mais distante do campo, um regimento de soldados gardnerianos a cavalo acaba de chegar à base do longo terreno e está parado lá, como se examinassem calmamente a situação.

– Aislinn – arquejo, e ela me encara com os olhos arregalados de medo. – Eles estão aqui – digo a ela. – Os gardnerianos estão aqui.

Sua expressão de terror cede, seus olhos subitamente ardem de coragem imprudente.

– Rafe! – chamo, correndo para o quarto. Uma vez lá dentro, derrapo até parar. A cabeça de Diana se move preguiçosamente de um lado para o outro enquanto ela solta um gemido baixo, as mãos de Rafe estão apertadas em torno de seus braços.

– Rafe – digo novamente. – Os gardnerianos estão aqui.

O semblante dele se volta para mim. Meu irmão abre a boca para responder, mas então Diana grita e abre os olhos. Ele se vira para ela, que o encara em silêncio por um longo momento.

Então ela começa a gritar.

– Oh, Diana – Rafe murmura, de coração partido, tentando segurá-la enquanto ela se contorce em agonia.

– Minha *alcateia*! – grita Diana. – Eles os *mataram*! Eu vou matar *todos* eles! – Sua voz se rompe em um lamento longo e torturado que despedaça meu coração. – Meu *pai*! Minha *mãe*! Minha *irmã*! Ah, Kendra! *Kendra!* – Ela soluça incontrolavelmente. – Estamos sozinhos! Jarod e eu estamos *sozinhos*!

Saltos de botas soam no corredor, e então Ni Vin aparece na porta trajando o uniforme completo, com armas presas por todo o corpo.

– Todos, exceto os lupinos, devem sair – ela ordena. – Os gardnerianos estão chegando.

Rafe segura a cabeça de Diana com firmeza nas duas mãos.

– Vocês *não estão* sozinhos, Diana.

– Sim, *estamos*! – ela chora com os olhos bem fechados.

– Diana, olhe para mim! – pede Rafe, com a voz embargada. – Você não está sozinha. Eu te amo. *Eu te amo.* Vou te amar *para sempre.* Você está entendendo?

Ela abre os olhos para fitá-lo, soluçando violentamente enquanto meu irmão se agarra ao seu olhar.

– Eu sei que agora você quer acabar com eles – continua Rafe. – Que você quer matar o maior número possível de soldados gardnerianos antes que eles te derrubem. Mas preciso que você *viva*, Diana. E se você for viver por apenas uma coisa... viva por *mim*. Consegue fazer isso, Diana? Consegue ficar viva por mim?

– Meu *povo*! – ela se lamuria.

– O que seu pai gostaria que você fizesse, Diana?

– Ele está *morto*! – rosna ela.

– Eu sei, amor. Mas o que é que ele iria querer?

Diana faz uma pausa, olhando para ele.

– Que eu vivesse! – exclama ela.

– E sua mãe e sua irmã? E o resto da sua alcateia?

– Que eu vivesse!

– O que eles fariam, Diana? O que o seu pai faria?

Ela está respirando com dificuldade, olhando fixamente nos olhos de Rafe como se estivesse agarrando uma luz na escuridão.

– Ele esperaria – ela consegue falar.

– E depois?

– Ele esperaria e os enganaria.

– O que mais?

– Ele fugiria. De alguma forma, ele fugiria.

– E depois?

– Ele formaria uma nova alcateia. E quando eles fossem fortes o suficiente… – Seu rosto se torce em uma máscara de ódio. – Ele iria atrás deles.

As mãos de Rafe lhe agarram os ombros.

– Isso mesmo, Diana. Era o que ele faria. E você é filha dele. Você é forte, como ele. – Sua voz falha. – E eu te amo.

– Os gardnerianos estão *aqui* – Ni Vin diz com urgência. – Vocês têm que ir embora. *Agora*. – Ela se vira, distraída pelo som de mais botas subindo as escadas.

Diana está chorando, gritando como se estivesse mortalmente ferida. Rafe beija o lado do rosto dela e se agarra a ela, sua expressão está cheia de conflito.

– Rafe – incito, o pânico cresce rapidamente dentro de mim. – Você precisa ir. Vá procurar por Jules, Lucretia e Fernyllia. Conte a eles o que aconteceu. – Quando ele não se mexe, eu acrescento: – Eles vão te *prender*. E os gardnerianos sabem o que você e Diana são um para o outro, especialmente depois do que você fez no refeitório. Eles vão te executar como um traidor se você ficar, e você não vai conseguir ajudá-la se estiver *morto*.

Rafe fica imóvel, então se inclina para beijar a testa de Diana.

– Você precisa ser forte – ele diz a ela, com a voz em frangalhos. – Por mais que queira, *não* mate ninguém… ainda. Faça o papel do prisioneiro dócil e não se esqueça do quanto eu te amo. Eu *vou* voltar para você. Não se esqueça disso. Não importa o que aconteça, lembre-se que eu vou voltar para você.

Rafe se levanta e olha para mim enquanto Diana se enrola em um emaranhado de sofrimento.

– Vá, Rafe – insisto, firme. – Vá buscar a Resistência.

Rafe hesita, depois acena, com uma tempestade de emoção em seu semblante. Ele dá uma última olhada torturada para Diana e vai embora.

CAPÍTULO SEIS
EQUILÍBRIO DE PODER

Momentos depois de Rafe partir, ouço uma voz forte e autoritária do lado de fora do quarto.

– Quem é *essa*? – A voz exige enquanto corro para a porta. A comandante Vin está parada no corredor com a irmã, seu olhar penetrante está fixo em Aislinn. Mais quatro feiticeiras vu trin estão reunidas atrás delas.

– Sou Aislinn Greer – rebate Aislinn, com a mão apertada na de Jarod. – E eu vou ficar *exatamente onde estou*.

A comandante Vin olha para a irmã com fúria ardendo em seu semblante.

– Por favor, me diga que esta não é a filha do embaixador do Conselho dos Magos na terra dos lupinos.

Ni Vin dá de ombros, impotente, e a comandante Vin deixa escapar o que só pode ser uma série de xingamentos na língua noi.

– Devemos arrastá-la daqui, comandante? – pergunta uma feiticeira de cabelos espetados.

A comandante Vin parece querer matar alguma coisa.

– Não, não há tempo.

Botas soam nas escadas e um soldado elfhollen de pele cinza corre para o corredor, há pequenas marcas de estrelas brancas de maior patente em seu uniforme de ardósia, seu arco e aljava presos às costas. Percebo, com uma onda de surpresa, que este é o jovem soldado elfhollen de quem Lukas era amigo na fronteira, quando me trouxe para Verpácia no início das aulas.

– Kamitra – ele diz à comandante Vin, com a expressão abalada até o âmago. – O que você está fazendo?

– Estamos colocando os lupinos sob nossa proteção, Orin – responde ela, dura como gelo.

Mais botas soam subindo as escadas. Mais três arqueiros elfhollen surgem atrás de Orin, parecendo atordoados.

– Eles massacraram as alcateias do norte e do sul – diz Orin à comandante Vin, ligeiramente sem fôlego. – Acabamos de receber a notícia. São mais poderosos do que poderíamos imaginar, e estão vindo atrás dos gêmeos Ulrich. Ordenaram que viéssemos à frente para pegá-los.

– Bem, eles não os terão – responde a comandante Vin. – E você também não. – Seu olhar aguçado se estreita sobre ele. – Você poderia nos ajudar, Orin.

Orin balança a cabeça, a indecisão evidente em seus olhos arregalados.

– Como podemos ir contra eles, Kamitra? Fazemos parte da Guarda Verpaciana.

– Rompa com eles.

Suas palavras vibram no ar.

Orin olha ao redor, como se procurasse uma saída. Os outros soldados elfhollen parecem prender a respiração enquanto esperam.

– Minha família... Eu não posso...

A expressão da comandante Vin é inflexível.

– A Verpácia vai cair nas mãos dos gardnerianos. Que tipo de vida terão os elfhollen sob o domínio da Gardnéria, Orin? Tanto os alfsigr quanto os gardnerianos insultam vocês como elfos mestiços com sangue feérico. Como acha que sua família vai se sair?

Ela espera que suas palavras sejam absorvidas por ele.

– Junte-se a nós, Orin. Vamos dar refúgio à família de vocês se lutarem ao nosso lado. Deixaremos os elfhollen atravessarem a passagem hoje mesmo e lhes daremos salvo-conduto para as terras Noi se todos os seus arqueiros se juntarem a nós. – Ela estreita o olhar. – Ou você espera que os elfos alfsigr lhes deem refúgio?

A expressão de Orin muda do medo para a determinação selvagem. Ele se vira para dar ordens aos arqueiros atrás dele na língua elfhollen.

Os elfhollen acenam com a cabeça, todos os olhares se tornando igualmente ferozes. Eles içam um jovem soldado em direção ao alçapão no teto do corredor. O rapaz empurra a escotilha e sobe. Um momento depois, uma escada de corda esfarrapada desce até o chão. Os outros dois arqueiros elfhollen sobem a escada para a torre de vigia acima, Orin vai logo atrás.

– O comandante Lachlan Grey está aqui, comandante Vin – diz uma nova feiticeira quando coloca a cabeça pela porta da escada.

A comandante pragueja. Ela se vira e seu semblante se fixa em mim.

– Fique aqui por enquanto – ordena ela, depois segue as outras feiticeiras.

Corro para a janela. Há agora ainda mais vu trins da região circundando a torre, os elfhollen estão intercalados entre elas, com flechas retesadas nos arcos. Um fluxo constante de novos arqueiros élficos sobem as escadas para o corredor e vão até o telhado. Cerca de vinte vu trins estão em linhas apertadas junto à porta da Torre Norte.

E de frente para elas, a uma curta distância, está um contingente considerável de soldados gardnerianos, liderados pelo pai de Lukas, Lachlan Grey, alto comandante das forças gardnerianas. Procuro qualquer sinal de Lukas, desesperada por encontrar um soldado gardneriano que eu possa influenciar. Mas Lukas não está em lugar algum.

O comandante Grey desmonta de seu cavalo e caminha em direção à torre. Ele está flanqueado por dois homens cujas vestes pretas ostentam o selo do Conselho dos Magos: a insígnia M dourada nos ombros da capa. Meu estômago revira quando reconheço o pai de Aislinn, Pascal Greer.

– Aislinn – chamo, com o coração disparado. – O seu pai está aqui.

O olhar de desafio de Aislinn só se torna mais arraigado. Abalada, empurro a janela até abri-la um pouco e conseguir espiar. Soldados verpacianos de uniforme cinzento estão ao lado do comandante Grey, todos eles homens mais velhos que parecem ser oficiais, um com as grandes marcas de estrelas brancas de um comandante verpaciano. E todos esses militares verpacianos são gardnerianos de cabelos negros e olhos verdes.

Eu me esforço para ouvir enquanto o comandante Grey avança até a comandante vu trin.

– Saudações, comandante Vin – ele a cumprimenta, com tom cheio de triunfo. – Viemos assumir a custódia dos lupinos.

A comandante Vin permanece imóvel como uma pedra em frente à porta, com as mãos nos punhos de ambas as espadas curvas em seus flancos.

– Eles são acadêmicos da universidade, comandante Grey, e como tal estão sob a nossa jurisdição.

O pai de Lukas segura um pedaço de pergaminho de aparência oficial afixado com um selo de ouro.

– Tenho ordens da Guarda Verpaciana autorizando-a a liberá-los para nós.

– Tenente Morlyr – chama o comandante das forças verpacianas, olhando para o telhado da torre. – Retire a guarda elfhollen.

– Não. – Eu ouço a voz de Orin soar através da abertura do telhado, seu tom tão rígido quanto ferro. – Estamos rompendo com vocês.

A expressão do comandante verpaciano fica surpresa, depois emana repugnância. O pai de Aislinn se inclina para ele.

– Eu avisei, Coram. Isso é o que acontece quando se deixa mestiços entrarem para o exército.

Os lábios de Coram se apertam quando ele olha para Orin, furioso.

– Tenente Morlyr, você e todos esses soldados renegados estão expulsos da Guarda Verpaciana a partir de agora, devido à sua flagrante violação das leis da nossa terra.

O comandante Grey olha para Coram, sua expressão calma e controlada, como se tivesse todo o tempo do mundo.

– Nós lhe enviaremos soldados para substituí-los, Coram.

– Agradeço, comandante Grey – diz Coram, olhando Orin com desprezo.

– Onde estão os lupinos? – o pai de Lukas pergunta à comandante Vin, parecendo quase entediado.

Ela move o queixo para cima, para onde eu estou.

– Na torre.

O comandante Grey faz um pequeno gesto para os soldados atrás dele, e eles começam a avançar. A comandante Vin bate uma mão no punho de sua espada em resposta. Em uníssono, e com um clamor metálico, cada vu trin circundando a torre puxa uma espada rúnica curva da bainha. Através da abertura no telhado, consigo ver os elfhollen preparando os arcos, com as flechas em posição.

Os soldados gardnerianos param abruptamente.

O comandante Grey estreita os olhos para a comandante Vin, claramente pego desprevenido pela resistência que encontra. Ele logo se recompõe, relaxa a postura e sorri com frieza.

– Não temos nenhum problema com a senhora, comandante Vin, nem com o seu povo. A nossa preocupação recai unicamente sobre os lupinos. Recebemos ontem a notícia de que estavam planejando um ataque ao nosso território soberano e fomos forçados a tomar as medidas infelizes para proteger a nossa população. Entregue os lupinos e partiremos em paz.

A comandante Vin se coloca em posição de combate e desembainha a espada, um zumbido enche o ar enquanto a luz azul cintila das runas na lâmina.

– Nós não vamos deixar que você os leve, Lachlan.

– Tenha cuidado, comandante – ele adverte. – Você é uma força convidada em território soberano. Território que está alinhado com o Sagrado Reino Mago.

– Alinhado, talvez. Mas não houve nenhum decreto do Conselho Verpaciano sobre quem deve assumir a custódia dos lupinos.

– Uma burocracia que em breve será resolvida.

– Mas ainda não foi.

– Kamitra – contesta ele, com uma simpatia de revirar o estômago –, o que você está fazendo pode ser visto como uma descarada declaração de guerra.

A comandante Vin permanece impassível.

– Veja como achar melhor, Lachlan. Não permitiremos que os levem.

O sorriso do comandante se alarga.

– Se há uma coisa que nunca considerei que você fosse, Kamitra, é tola. As coisas mudaram. Acho que sabe disso. O equilíbrio de poder mudou. Seria melhor para você e para o seu povo se nos entregassem os lupinos e começassem a se adaptar à nova realidade em que se encontram.

– Você nunca hesitou em pressionar sua vantagem, Lachlan – ela calmamente acrescenta. – Se o equilíbrio de poder está tão alterado como diz, você não estaria *pedindo* a minha cooperação.

Ele ri.

– Ah, vamos lá. A cortesia do bom senso tem que morrer junto com aqueles que se opõem a nós?

A comandante Vin balança a cabeça devagar.

– Não. Você aproveitou qualquer vantagem que tinha ontem à noite, quando atacou os lupinos, e não pode se permitir uma guerra aberta contra nós nesse momento. Ainda mais quando se considera o fato de sermos aliadas das amazes, que, da última vez que verifiquei, não se sentiam particularmente amistosas para com vocês.

O sorriso do comandante Grey desaparece. Ele agora está olhando para ela com fúria mal disfarçada.

– Acha que somos tolos? – ele rosna. – Acha mesmo que vamos permitir que a custódia dos lupinos fique com vocês? Para criar um exército de metamorfos que possa usar contra nós?

A comandante Vin aperta o punho da espada.

– E entraremos em guerra com vocês antes de deixarmos que façam o mesmo – ela rebate.

O pai de Lukas se enfurece silenciosamente por um momento.

– Parece, então, que chegamos a um impasse.

– De fato.

Ele a considera por um longo momento, com um brilho calculista no olhar.

– Proponho então a única solução possível.

– Que seria?

– Custódia conjunta dos lupinos sob uma guarda combinada: parte gardneriana e verpaciana, e parte vu trin, com duplicação da guarda durante a lua cheia, para evitar que eles sejam usados para criar mais metamorfos. E para evitar que... desapareçam convenientemente.

– Eles são acadêmicos, Lachlan, não prisioneiros.

– Eles são *armas*, Kamitra. E armas muito perigosas, diga-se de passagem. Armas das quais não vamos nos afastar.

– Armas que não permitiremos que tenham.

Com um gesto da mão, ele afasta a preocupação dela.

– Podemos nos sentar e elaborar os detalhes, mas, primeiro, precisamos ver os lupinos. Para verificar por nós mesmos que estão realmente aqui.

– Eles estão bastante perturbados no momento.

– Isso não é um problema meu.

O ar ao redor da comandante Vin de repente parece vibrar com a luz azul.

– Eles acabaram de descobrir que toda a família foi chacinada. – O tom dela é venenoso.

O comandante Grey avança, furioso por sua vez.

– Talvez toda essa infelicidade não teria se passado se os lupinos tivessem simplesmente cedido a terra que é nossa por direito. Eles tiveram todas as chances de evitar esse destino. – Ele balança a cabeça para ela. – Francamente, Kamitra, minha paciência está se esgotando. Mostre-me os lupinos, ou você vai me forçar a agir.

Ele dá um pequeno aceno de cabeça, e uma guarda de seis magos nível cinco atrás dele saca a varinha. As vu trin, por sua vez, sacam estrelas de prata, prontas para serem lançadas, suas espadas em riste a postos para desviar toda a magia.

Os dois comandantes ficam em silêncio, avaliando a situação.

A comandante Vin recua, sua postura relaxa.

– Abaixe as armas, Lachlan – diz ela –, e faremos o mesmo. Vou deixar que veja os lupinos, e depois podemos nos reunir para conversar.

O comandante Grey dá um pequeno aceno aos seus soldados, e eles embainham as varinhas. Em resposta, as vu trin abaixam suas lâminas de estrelas e as espadas, embora eu perceba que as mãos delas se mantêm firmes nos punhos de suas espadas rúnicas.

CAPÍTULO SETE
REBELIÃO

Eu observo e ouço através da janela aberta enquanto o pai de Aislinn se oferece para verificar a presença dos lupinos. Ambos os comandantes assentem distraidamente, depois voltam a conversar sobre os termos.

Em pânico, me giro para encarar Aislinn. Ela está de joelhos diante de um Jarod de rosto vazio, tentando persuadi-lo a responder alguma coisa, sem sucesso.

– Seu pai – eu a advirto – está subindo.

Aislinn me atira um olhar furioso de desafio.

– Elloren – diz ela, endurecendo a voz –, se eles me forçarem a sair, não interfira, porque você não será capaz de detê-los. Quero que me prometa que vai ficar o máximo que puder e tentar tirar o Jarod daqui.

Eu nunca a vi assim. De repente, ela é uma força a ser respeitada.

– Eu juro – prometo a ela.

Pares de bota apressados ressoam nos degraus de pedra. Aislinn se senta ao lado de Jarod e segura com firmeza a mão frouxa dele, há ferocidade em seu olhar.

A porta se abre e o pai de Aislinn entra no corredor, seguido por Ni Vin e um soldado gardneriano de barba negra.

Os olhos do mago Greer se fixam em Aislinn e Jarod, arregalando-se de horror.

– Santo Ancião! – exclama ele. – Aislinn! Afaste-se do lupino!

Aislinn olha para o pai com rebeldia.

– Eu não vou embora – professa ela, com a voz baixa e decidida. – Vou ficar com Jarod.

Os olhos dele pegam fogo.

– Que malignidade é esta? Afaste-se dele, Aislinn. *Agora.*

Aislinn não se mexe.

Mago Greer olha para Ni Vin com o rosto contorcido de fúria. Ele aponta um dedo implacável para Jarod.

– Ele a hipnotizou de alguma forma. Vou retirar a minha filha. Pela força, se necessário, o que está dentro dos meus direitos!

Quero me jogar entre Aislinn e o pai dela. Quero poder mágico para sacar a Varinha Branca e explodi-lo pela janela.

Em vez disso, olho em súplica para Ni Vin, mas ela me ignora. Ela dá ao mago Greer um breve aceno de permissão, enquanto outro soldado gardneriano e outra feiticeira vu trin entram no corredor atrás de todos.

– Esperem! – exclamo, jogando as mãos para cima enquanto o pai de Aislinn avança em nossa direção.

– Elloren Gardner – adverte Ni Vin, fazendo-me parar onde estou, com um olhar feroz que é espelhado por Aislinn. A feiticeira olha com intensidade para mim, como se tentasse transmitir extrema cautela.

Minha mente é uma tempestade angustiada. *Você não pode intervir. Não pode salvar Aislinn disso. Não agora. E você prometeu que ficaria e ajudaria Jarod.*

– Aislinn, venha comigo *agora* – seu pai ordena, pairando sobre ela.

– *Não* – rosna ela em resposta, recusando-se a olhar para ele, olhando apenas para Jarod, que encara fixamente a parede. – Eu não vou sair de perto dele!

– Eu disse para se *levantar*!

Aislinn não faz menção de obedecê-lo.

Irado, seu pai recua e gesticula bruscamente para os guardas.

É preciso toda a minha força de vontade para não correr em sua defesa enquanto os dois soldados gardnerianos avançam na direção da minha amiga e a agarram pelos braços, arrancando-a de Jarod.

– Me larguem! – Aislinn se enfurece enquanto luta e se retorce contra o aperto deles, seus olhos verdes estão descontrolados.

Jarod estremece e pisca repetidamente, como se quase puxado de volta à realidade quando Aislinn é forçada a se levantar. Então ele deixa cair a cabeça nas mãos, como se estivesse tentando bloquear tudo.

– Não! – Aislinn grita com os soldados, chutando-os. – Me *soltem*! Eu *odeio* você! Eu odeio *todos* vocês! Vocês são *assassinos*!

– Você enlouqueceu? – exclama seu pai, enquanto os guardas tentam contê-la.

Aislinn para de lutar, recua e cospe na cara dele.

O mago Greer limpa a saliva, sua expressão atordoada se transforma em uma de fúria pura e genuína. Ele ergue a mão e dá um tapa forte no rosto de Aislinn.

Estremeço com o som do golpe, puxando uma respiração assustada.

– Você é uma *gardneriana*! – rosna o mago Greer. – Não uma *cadela* de um lupino qualquer!

– Como você *pôde*? – grita Aislinn. – Como pôde *matar* todos eles? Até as *crianças*! Eu *odeio* você! Vou odiar para sempre! Vocês são *assassinos*!

O pai de Aislinn se recompõe rapidamente e se volta para os soldados, instruindo-os, com os dentes cerrados.

– Tirem-na daqui. Não me interessa se for preciso amarrá-la e amordaçá-la para isso. Coloquem-na numa carruagem para Valgard. *Agora.*

Observo pela janela do corredor enquanto arrastam Aislinn, com o pai seguindo-a de perto. Tudo em mim se enfurece para fazer algo para impedir isso, mas estou atada à promessa que acabei de fazer a ela.

A comandante Vin gesticula para que o comandante Grey entre na torre com ela. Os dois são seguidos pelo comandante verpaciano e um mago do Conselho de barba branca, com vários soldados gardnerianos e vu trin.

Com o coração batendo forte, eu me viro e me mantenho firme contra o parapeito da janela enquanto o comandante Grey sobe as escadas.

– Elloren Gardner – diz ele, ao entrar no corredor, com aquele olhar frio e penetrante.

– Comandante Grey – respondo, com a voz estrangulada. A comandante Vin e os outros também aparecem.

– O que a neta de Clarissa Gardner está fazendo aqui? – questiona o mago barbudo do Conselho, contorcendo o rosto em choque.

– Vyvian a está punindo por dar ouvidos ao tio idiota – responde o pai de Lukas. – Não é verdade, maga Gardner?

– Isso mesmo – respondo, incapaz de ocultar o desafio da minha voz.

O comandante Grey me olha com desprezo e volta sua atenção para Jarod.

– Atenção, garoto! Identifique-se! Você é Jarod Ulrich, filho de Gunther Ulrich?

– Ele não consegue responder – diz a comandante Vin, com aversão evidente.

– Por que não? – pergunta o comandante Grey. – Ele é parvo?

O olhar enviesado dela é tão afiado quanto suas espadas curvas.

– Ele está em choque, Lachlan.

– Não acredite nem por um segundo, Lachlan – diz o mago do Conselho. – Eles são cheios de truques.

– Jarod Ulrich! – O comandante Grey tenta de novo, dessa vez a sua voz soa tão forte que eu me sobressalto, assim como Jarod.

As mãos de Jarod caem de seu rosto, e ele olha ao redor do ambiente em estado de estupor, incapaz de se concentrar em qualquer coisa, perdido no pesadelo que seu mundo se tornou.

Lembro-me da menina selkie que as amazes resgataram, a que estava em estado de choque, que não parecia ter mais de doze anos. Sua expressão traumatizada era a mesma de Jarod agora.

– É ele – afirma o mago do Conselho. – Lembro-me dele, da minha visita à alcateia.

– Excelente – responde o comandante Grey, olhando em volta. Os seus olhos verdes e gelados se fixam em mim.

– E a irmã? Onde está a garota?

Luto para não olhar para ele com um ódio impetuoso. Meus olhos disparam em direção à porta do alojamento.

– Vá em frente – ele me ordena, com tom frio. – Vá buscá-la.

Nauseada, cautelosamente me movo para a porta. O comandante Grey e o mago do Conselho esperam de braços cruzados enquanto olho para o nosso quarto e procuro por Diana.

Ela não está lá.

Hesitante, cruzo a soleira e entro. Meus olhos disparam para todos os lados enquanto o comandante Grey e seu companheiro do Conselho dos Magos me seguem de perto, colados em meus calcanhares, meu coração bate violentamente no peito.

Santo Ancião, onde está Diana?

Examino o cômodo. Ela não está em lugar algum. Eu me viro para olhar atrás, e é quando a vejo.

Estremeço ao vê-la e dou um passo para trás.

Ela está na cama de Wynter, escondida nas sombras logo atrás da porta aberta, imóvel como a morte, com os olhos alertas e mais selvagens do que já os vi antes.

Cheios de um ódio assustador.

Suas mãos estão transformadas dos pulsos para baixo, e agora são armas com garras cravadas na beira da cama com tanta força que suas unhas estão afundadas profundamente na madeira. Eu nunca a vi tão aterrorizante, como se ela estive usando cada grama de autocontrole que possui para evitar matar qualquer um em que pudesse cravar garras e dentes.

– Lá está ela – diz o mago, apontando.

O comandante Grey a analisa.

– Coisa de aparência selvagem, não é?

– Sei que ela é a filha – afirma o conselheiro. – Se parece um pouco com o pai.

As garras de Diana se fincam na madeira um pouco mais, o pelo em seus pulsos sobe pelo braço.

Não, Diana. Pelo Ancião, não faça isso. Eles são muitos...

– Diana Ulrich – diz o comandante Grey, com tom formal e autoritário –, você está sob a guarda conjunta do comando gardneriano e vu trin, junto com seu irmão, Jarod Ulrich. Está entendendo?

Ah, Diana, por favor. Por favor, não os mate. Eles vão acabar com você.

Não consigo respirar. Não consigo me mexer. Tudo o que posso fazer é esperar e rogar enquanto ela os examina como uma cobra pronta para dar o bote.

E então seu pelo começa a desaparecer, primeiro dos antebraços, depois dos pulsos, até as mãos ficarem humanas mais uma vez. Há buracos profundos sob seus dedos, onde as garras fincaram na cama.

A violência selvagem em seus olhos é a única coisa que permanece.

– Estou preparada para cooperar plenamente com o senhor – diz ela, com a voz tão gelada e alterada que envia um arrepio pela minha espinha.

– Uma decisão sábia, Diana Ulrich – o comandante a felicita.

– As fêmeas são mais dóceis que os machos, Lachlan – diz o conselheiro. – A mãe dessa era bastante submissa.

– Não é uma surpresa – responde o comandante Grey. – As fêmeas geralmente são mais fáceis de lidar.

O mago do Conselho franze os lábios finos.

– Eu ficaria de olho no irmão, no entanto. Os machos são muito agressivos.

Um dos soldados gardnerianos entra no cômodo.

– Comandante, parece que o lugar mais fácil para manter os lupinos, nesse momento, é aqui nessa torre mesmo. É afastado do resto da universidade e facilmente protegido por ambas as forças.

– Muito bem – concorda Lachlan, com um aceno desdenhoso da mão. – Elloren Gardner, você virá conosco agora. – Ele me olha com frieza. – Sua tia tem um alojamento mais seguro e mais adequado reservado para você há algum tempo.

Jarod é levado para o nosso quarto por dois soldados gardnerianos e empurrado para a minha cama. Ele se deita e vira as costas para nós.

Quando sou levada, eu me viro uma vez para olhar para trás.

Diana se move de maneira sobre-humanamente rápida.

Ela agora está empoleirada no parapeito da janela que fica do outro lado da porta, perfeitamente imóvel, com os violentos olhos âmbar fixos em Lachlan Grey.

Os gardnerianos parecem alheios, conversando entre si no corredor, ignorando-a por completo, sem perceber o movimento rápido e predatório. Seu olhar encontra o meu por apenas um momento antes que o comandante Grey feche a porta.

– Kamitra, quero uma fechadura nesta porta – exige ele.

Como se isso pudesse mantê-la lá dentro.

– E guardas no corredor.

Como se pudessem combatê-la.

– Muito bem, Lachlan – cede a comandante Vin. – Vamos postar uma guarda conjunta.

Estou entorpecida e atordoada e quero gritar, tudo ao mesmo tempo.

Mas eu não grito. Em vez disso, sigo-os porta afora, através das multidões de soldados gardnerianos, verpacianos, vu trins e elfhollens.

O número de soldados da Gardnéria e de feiticeiras vu trin mais do que triplicou em tamanho, e cobrem todo o campo.

Os guardas elfhollen recém-chegados trouxeram consigo as famílias, e meu olhar cruza com o de uma menina elfhollen de olhos prateados no fluxo agora constante de refugiados élficos que passam, muitos com corujas nos ombros ou sobrevoando a área. A menina e a mãe parecem estressadas, como se tivessem reunido o maior número possível de suas posses o mais rápido que puderam, cada uma usa vários suéteres e capas. Elas desaparecem rapidamente em uma multidão protetora de soldados elfhollen e vu trin.

Trovões retumbam e relâmpagos lampejam no céu.

Ambos os lados erguem tendas por todo o campo: tendas de lona escura e angulares de um lado, para os gardnerianos; e tendas circulares marcadas com runas do outro, para as vu trin. E no meio fica a Torre Norte, onde meus amigos...

Não.

Onde a minha irmã e o meu irmão agora são mantidos prisioneiros. Onde já não são mais vistos como pessoas, mas como armas perigosas.

Dois peões no meio de uma guerra.

Sigo o comandante Grey pelo centro do campo enquanto uma dor avassaladora se avoluma no meu peito e lágrimas enchem meus olhos.

Mortos. Quase todos os lupinos estão mortos, e as esperanças e sonhos de todos estão mortos com eles. Meu irmão nunca tomará Diana como companheira na frente de toda a família e amigos dela. Ele nunca se juntará à alcateia dela, ao seu verdadeiro povo. E Andras nunca fará parte de uma comunidade que o aceite como família.

Todas as crianças feéricas e as famílias gardnerianas que as resgataram serão descobertas e assassinadas pelos gardnerianos. E Yvan e a mãe não terão refúgio. Como os outros feéricos, não haverá segurança para eles, não haverá para onde fugir.

Aislinn será laçada com Randall e forçada a ficar em Valgard. E, sem dúvida, serei arrastada para a Gardnéria e laçada contra a minha vontade com alguém que nunca poderei amar.

Não. Agora não é o momento de pensar nessas coisas.

Enxugo as lágrimas com raiva.

Andras tinha razão.

Não há tempo para se lamentar. Isso vai ter que ficar para outra hora.

Precisamos tirá-los daqui.

CAPÍTULO OITO
DORMITÓRIOS BATHE

Sou recebida por dois soldados gardnerianos à beira do campo da Torre Norte. Um é barbudo e musculoso e me encara com severidade através de olhos cruéis. O outro é jovem, de rosto liso e aquilino, com olhos verde-claros e um olhar predatório e sério.

– Fomos enviados para acompanhá-la ao seu novo alojamento, maga Gardner – o soldado barbudo me diz, com sua postura autoritária. – Seremos a sua guarda pessoal, sob a orientação de sua tia.

O meu pulso acelera. Tudo nisso grita confinamento e controle.

– Eu preciso encontrar meus irmãos – eu os informo, forçando-me a ficar calma.

– Eles foram presos, maga – informa o soldado barbudo, com expressão dura como pedra. – Um por agredir um colega mago. O outro por apontar a varinha contra um mago.

Todo o sangue se esvai do meu rosto.

De boca fechada, ele me entrega um bloco retangular de pergaminho ainda dobrado de seu voo via falcão rúnico. Um raio corta o céu enquanto desdobro a carta com as mãos trêmulas.

Minha querida sobrinha,

Recebi a notícia, via falcão rúnico, da situação perigosa que se desenrolava na Torre Norte da universidade. Como sabe, há algum tempo que mantenho um alojamento reservado para você nos dormitórios Bathe, por isso vou mandar levá-la de imediato para lá.

Também estive em contato com Lukas Grey. Ele concordou em colocá-la sob sua proteção pessoal assim que chegar. Até lá, arranjei para que ficasse sob a vigilância minuciosa de dois guardas. Eles a acompanharão por toda parte até que você se reúna em segurança com Lukas.

Sua tia devotada,

Vyvian

Volto a dobrar o papel. Minha mente é uma cacofonia de turbulenta.

– Você precisa vir conosco agora, maga Gardner – comanda o guarda barbudo, com mais vigor dessa vez.

Desolada e claramente sem opções, sigo meus novos guardas pelas ruas sinuosas da universidade, em direção ao extremo sul da cidade.

Para longe da Torre Norte.

Meu novo alojamento é suntuoso, fica na recém-segregada seção gardneriana da universidade.

Sigo os guardas até o luxuoso salão de madeira de pau-ferro construído no estilo tradicional dos magos: sem pedra-de-Espinha branca, apenas madeira e árvores lixadas e decoração de floresta.

O salão do alojamento está praticamente deserto; meus guardas e eu passamos por apenas alguns acadêmicos gardnerianos atormentados que estão agasalhados e carregando baús de viagem.

– O que está acontecendo? – pergunto ao guarda barbudo.

– Eles fecharam a universidade, maga. – Vem a resposta severa.

Os guardas destrancam a porta do meu alojamento e se posicionam de cada lado dela. Com a mão tremendo, abro a porta larga, que tem a madeira escura primorosamente esculpida com videiras esvoaçantes, e entro em um vestíbulo.

Bancos acolchoados de veludo estão dispostos ao longo das paredes de madeira de pau-ferro de cada lado, e há uma fileira de capas novas, cada uma mais elegante que a seguinte, pendurada em ganchos de ferro. Uma delas é forrada com pele de raposa preta. Outra é feita inteiramente de visom preto como ébano. Uma fileira de botas novas estão debaixo de um banco, quatro pares de sapatos novos debaixo do outro.

Passo por baixo de um arco de ramos escuros e entro numa sala circular com uma lareira acesa. A lenha estala e cospe faíscas pequenas e brilhantes. Mais árvores de pau-ferro lixadas estão dispostas nas paredes, com estantes de livros colocadas entre os troncos vastos, já abastecidas com novos tomos de couro com letras douradas na lombada.

Uma biblioteca boticária inteira, uma que rivaliza com a seleção do Ateneu Gardneriano.

Cadeiras acolchoadas de veludo esmeralda e um divã estão perto da lareira, bem como uma mesa com um serviço de chá fumegante, uma pilha de doces e um vaso de rosas vermelhas como sangue.

A flor de assinatura da minha tia.

Em uma névoa confusa, perambulo pela varanda envidraçada adjacente, cada vitral talhado com um desenho de flor-de-ferro. A varanda tem vista para os jardins centrais do salão de alojamentos, com um bosque de árvores de pau-ferro no centro.

Vasos pretos envernizados alinham os peitoris do espaço, cheios de flores-de-ferro vivas. As flores brilhantes enchem a varanda envidraçada escurecida pela tempestade com um brilho de safira, e até mesmo o tapete sob meus pés é ilustrado com uma torrente de flores-de-ferro desabrochando.

Testo a tranca das janelas, sacudindo-as o mais forte que posso enquanto a sensação de estar sob cerco me atinge.

Não cede.

Dois soldados gardnerianos desconhecidos aparecem de repente no caminho do jardim lá embaixo, através do bosque de árvores de pau-ferro. Um deles olha para mim, e, pelo olhar rude e vigilante que ele me dá, vejo que tenho mais guardas do que apenas os dois do lado de fora da minha porta.

O meu pânico claustrofóbico aumenta. Sentindo-me terrivelmente exposta, fujo do cômodo de vidro e passo pela sala para o quarto sem janelas. Ao atravessar a soleira, fico paralisada de espanto.

Na cama de dossel, sobre a colcha de um verde profundo, há uma série de novos conjuntos de túnicas e saias, cada um mais luxuoso que o outro.

A seda negra de um é escandalosamente inundada de estrelas escarlates da bênção bordadas em fios brilhantes. Elas estão espalhadas sobre o tecido como uma constelação avermelhada, rubis cintilam em torno delas.

O próximo conjunto é coberto por espirais de esmeraldas, as gemas engrossam perto da bainha da roupa e emanam um brilho espetacular. O seguinte é delicadamente bordado com folhas verde-escuras, o decote da túnica é escandalosamente baixo.

E há outro vestido de flores-de-ferro.

Ela sabe, percebo. *De alguma forma, ela deve saber o quanto Lukas amou o descarado vestido de flores-de-ferro que usei no baile de Yule.*

Porque esse vestido é tão escandaloso quanto o que usei na ocasião, em seu desrespeito por todas as convenções gardnerianas. A elegante túnica e saia de veludo preto são bordadas com árvores de pau-ferro escuro que se enraízam na barra da saia e explodem em uma profusão de flores-de-ferro na túnica, cada flor costurada com fio de safira fosforescente.

Tia Vyvian está me mantendo aqui na cidade de Verpax por uma razão, percebo, atordoada e chocada. *Para me manter no caminho de Lukas Grey.*

Estremeço ao ouvir uma batida forte na porta.

– Mensagem via falcão rúnico para você, maga. – A voz áspera do guarda barbudo retumba pela porta fechada.

Com pernas instáveis, vou até o vestíbulo e a abro. Seus olhos impiedosos se fixam sobre mim, e eu me forço a encarar seu semblante frio. Ele me entrega com dureza outra carta dobrada, essa marcada com o selo do dragão da base da Quarta Divisão. Pego-a e fecho a porta. Em seguida, volto para o quarto isolado, desdobro-a e leio.

Elloren,
Estarei em Verpácia esta noite. Vou mandar te chamar quando chegar.
Lukas

Trovões rimbombam no céu.

Uma raiva impetuosa que mal consigo conter se avoluma e se espalha dentro de mim com uma força devastadora.

Os lupinos estão *mortos*. Quase todos foram *assassinados*. E, agora, Lukas e tia Vyvian estão usando o massacre de todo um povo, de toda a família de Diana e Jarod, para acelerar meu laço de varinha com um militar que cometeu esse crime hediondo.

De repente, não consigo pensar. Não consigo respirar. Minha cabeça lateja no ritmo da minha pulsação, e luzes brilhantes estalam na minha visão. Meus joelhos se dobram, e eu deslizo para o chão, batendo na borda da cama enquanto caio de maneira desajeitada no tapete exuberante abaixo de mim. Minha respiração sai em picos descontrolados e sem ritmo enquanto eu jogo a cabeça para trás e choro.

Estou toda encolhida no chão, soluçando em posição fetal quando ouço uma porta estalar e se abrir e o som de passos leves no vestíbulo, depois na sala de estar.

Alarmada, levanto a cabeça quando o rosto severo de Tierney aparece e a emoção explode através de mim.

– Tierney – resmungo. – Eles deixaram você entrar?

Ela cai de joelhos diante de mim enquanto sua expressão estoica e firme desmorona. Agarramo-nos uma à outra, com as testas pressionadas juntas enquanto lágrimas caem entre nós e se misturam em nossas saias escuras.

Depois de um momento, Tierney se senta e enxuga as lágrimas, sua expressão muda de profunda tristeza para uma máscara de resistência sombria. Nós nos encaramos, o silêncio no cômodo é pesado de devastação.

– Como você passou pelos meus guardas? – pergunto, perplexa.

A testa de Tierney franze ainda mais e ela olha distraidamente para sua braçadeira branca de Vogel.

– Meu pai é ativo na Guilda dos Artesãos. Eu citei alguns nomes.

– Meus irmãos foram presos – digo a ela, e minha voz falha.

Seu olhar grave não vacila.

– Eu sei. Foram levados sob custódia militar. Provavelmente serão julgados por atacar aqueles aprendizes militares.

– Meu Ancião. – Deixo a cabeça cair em minhas mãos enquanto o pânico gira através de mim.

– O acadêmico que Rafe atacou… é filho do mago Nochol Tarkiln, chefe da Guilda dos Mercadores.

A fúria se assoma dentro de mim, abrasadora, atravessando o meu pânico.

– Fico feliz que Rafe o tenha atacado – digo, em um rosnado. – Queria que ele tivesse arrancado a cabeça dele.

Minha raiva logo se evapora em um medo sufocante pelos meus irmãos. Forço uma respiração longa e trêmula.

– Eu tenho que ajudá-los, Tierney. Para onde eles foram levados?

– Para a base da Quarta Divisão. – O olhar dela está pesado de significado. – O comando de Lukas. – Ela deixa a nova informação se infiltrar em mim, e um olhar de entendimento cúmplice passa entre nós.

– Lukas vai me convocar mais tarde – digo a ela, que me dá um aceno tenso.

– Elloren, tudo mudou lá fora. Toda a estrutura de poder do Reino Ocidental mudou da noite para o dia.

Eu também posso sentir esse novo e aterrorizante mundo pesando sobre nós.

– Eu sei.

– Descobri tanto quanto pude – diz ela. – Os gardnerianos deram ao Conselho Verpaciano duas opções: anexação pacífica ou ação militar.

Ficamos em silêncio por um momento tenso.

– Os verpacianos vão ceder – digo, dando-lhe um olhar sombrio. – Não há como lutar contra os gardnerianos agora.

Tierney retorna minha expressão cansada, seu corpo endurece como se ela se preparasse para um golpe.

– O Conselho Verpaciano convocou uma sessão de emergência. Estão se reunindo agora.

Minha pele se arrepia. Sei o que isso significa para Tierney e sua família. O que vai significar para todos os que amo.

– Você acha que eles têm a Bruxa Negra? – sussurro. – Fallon poderia ter feito isso de alguma forma? Lukas me disse que podia estar errado sobre ela e o seu nível de poder.

As sobrancelhas de Tierney se unem.

– Dizem que as habilidades de Fallon estão cada vez mais fortes, mas esse é um nível impressionante de poder em ação. E lupinos são imunes à magia de varinha. – Ela balança a cabeça. – Isso vai além de tudo o que o reino já viu, Elloren.

A inquietação se espalha através de mim enquanto retorno seu olhar sombrio.

– Fiquei sabendo que Vogel está vindo para cá – diz Tierney.

Encolho-me interiormente diante do nome, lembrando-me da árvore escura que estremece em minha visão sempre que estou perto dele, dominada pela sensação de algo sombrio prestes a envolver todos nós.

– Ele vai se encontrar com as vu trin – informa ela. – Para negociar o que vai acontecer com Jarod e Diana. Ambos os lados os querem...

– Para criar um exército de metamorfos – termino por ela. – Foi disso que Lachlan Grey e Kam Vin acusaram um ao outro de querer.

Tierney acena com a cabeça, mordendo o lábio com nervosismo.

– Sim. Acho que os gardnerianos não querem matá-los.

– Não – concordo, mordaz. – Só querem escravizá-los.

– Vogel está levando os soldados da Quarta Divisão para proteger a Torre Norte – ela me diz. – Vão chegar aqui ao anoitecer. – Ela me lança um olhar carregado. – Você vai precisar usar sua vantagem com Lukas quando ele chegar. E não só para ajudar Diana e Jarod ou para tirar seus irmãos da prisão. Se a Verpácia cair nas mãos dos gardnerianos, Lukas se tornará uma grande potência aqui.

Obstinada, ela prende o meu olhar, o não dito paira entre nós.

Não, protesto interiormente. *Não posso me laçar com ele. Ainda mais agora. Não depois do que os gardnerianos fizeram.*

– Você viu o Yvan? – pergunto, com uma ponta de desafio tímido no meu tom.

O olhar de Tierney se estreita, como se ela lesse o conflito que de repente me assola.

– Está protegendo os trabalhadores da cozinha.

– Ele conseguiu deixar Ariel e Wynter em segurança? Elas não podem ficar aqui, Tierney. Se os gardnerianos assumirem a Verpácia, vão reunir todos os icarais e atirá-los na prisão.

– Elas estão seguras – ela me garante. – Yvan as levou para Cael e Rhys, e eles foram embora da Verpácia. Cael tem uma propriedade ancestral no extremo norte das terras alfsigr. Vai levá-las para lá.

Alívio estremece através de mim. *Graças ao Ancião. Pelo menos elas fugiram.*

Tierney me olha de soslaio.

– Yvan está um pouco desesperado para encontrar com você. Ele veio me procurar. Perguntou onde você estava. Mas não é seguro que ele te procure agora.

– Não – digo, amarga. – Não com a minha nova guarda.

O olhar de Tierney não vacila.

– Eu acho que ele está apaixonado por você.

O desejo por Yvan passa por mim.

– Eu sei – digo a ela, dolorida. *E também me apaixonei por ele.*

– Você precisa abrir mão dele, Elloren. – Sua voz é firme, mas não sem compaixão. – Ele precisa ir para o leste. E você tem que ficar aqui e garantir uma aliança com Lukas Grey. – Ela estuda meu olhar ferido e fala com mais suavidade. – Sinto muito, Elloren. Mas eles vão te laçar de qualquer maneira...

– Eu não posso me laçar com ele – eu a interrompo, com a voz de repente áspera de desafio. – Tierney, as forças gardnerianas *assassinaram* os lupinos. E nem sei de que lado Lukas está.

– Então descubra – diz ela, severa, mas seus olhos estão em conflito. – Elloren...

– Eu sei – digo, lutando contra o ardor das lágrimas. – Sei que tudo mudou. E sei que a minha linhagem me coloca numa posição com algum poder.

E tenho que tirar meus irmãos da prisão e ajudar Jarod e Diana a escaparem da Torre Norte.

A boca de Tierney fica tensa, formando uma linha sombria. Ela olha a esmo ao redor e resmunga um xingamento.

– Precisamos daquele maldito dragão. Espero que ela esteja se divertindo passeando pelo deserto.

– Naga disse que voltaria.

Tierney faz careta.

– Sim, bem, o senso de oportunidade dela poderia ser melhor.

Ela se levanta e estremece enquanto se estica contra a dor constante nas costas. Com um olhar determinado, ela me estende a mão e me faz me mexer.

Pego sua mão e me levanto, enterrando a tristeza bem fundo.

Enterrando os pensamentos sobre Yvan.

Os olhos de Tierney se voltam em direção à elegante fileira de vestidos na cama.

– Limpe-se – diz ela. – E coloque um desses vestidos obscenamente luxuosos. Então vamos te arrumar para se encontrar com o comandante Lukas Grey.

Respiro fundo enquanto Tierney amarra minha túnica opulenta e olho para o espelho oval de corpo inteiro diante de mim.

– É realmente mais azul do que preto – comento, chocada com minha imagem refletida. As flores-de-ferro densas e brilhantes dominam o veludo preto de uma forma que não se limita apenas a desafiar os limites da respeitabilidade gardneriana.

Esse vestido os atravessa por completo.

– Fico espantada que a sua tia consiga escapar impune ao desafiar as convenções dessa maneira – comenta Tierney enquanto procura dentro de uma caixa de joias de pau-ferro as peças certas. – Nossas regras sobre vestuário estão ficando mais rígidas. Isso é arriscado.

Tia Vyvian não se importa, considero, com amargura. *Ela pode atirar a cautela diretamente de um penhasco para atrair Lukas Grey.*

– Ah, esse é perfeito – Tierney canta enquanto levanta um colar reluzente. Os ramos de obsidiana estão ligados a uma fina corrente de prata, com flores-de-ferro de safira exuberantes nos ramos. Há um par de brincos com o mesmo modelo ramificado, brilhando azul à luz da lamparina.

Ela prende o colar em volta do meu pescoço enquanto coloco os brincos. Em seguida, aplica minha maquiagem com cuidado, avermelhando meus lábios e bochechas e pintando meus olhos com kajal. Examinando-me no espelho, ela pega uma escova dourada e arruma meu cabelo com detalhes trançados.

Quando por fim recua, ela franze a testa para o espelho, insatisfeita.

– Espere um momento – ela me diz. E desaparece pela porta e entra na varanda envidraçada, retornando um momento depois com uma mão cheia de flores-de-ferro. Ela tira partes dos caules e tece as flores brilhantes no meu cabelo.

Então pega sua xícara de chá, dá um passo para trás e a sorve, analisando-me friamente.

– Sim, agora sim. – Sua expressão se endurece, fortalecida e implacável. – Vá tirar os seus irmãos da prisão, Elloren.

CAPÍTULO NOVE

PAUSA

A indignação me come por dentro e relâmpagos cintilam no céu enquanto examino o campo diante de mim. Tanto as forças gardnerianas à direita quanto as vu trin à esquerda parecem ainda mais firmemente entrincheiradas, um amplo corredor corta o centro, expondo a Torre Norte no ápice da colina.

A minha casa.

Quero correr para a Torre Norte. Quero puxar a minha varinha, dominar o meu poder, subir as escadas e tirar Jarod e Diana de lá.

– Maga, o comandante Grey está à sua espera. – Meu guarda barbudo me toca com firmeza, mal escondendo seu mau humor por eu estar arrastando os pés.

Há uma tenda preta de tamanho considerável no lado gardneriano do campo que agora está com a nossa nova bandeira, o pássaro branco em fundo preto, tremulando acima dela. Uma grande tenda circular recém-levantada está no lado vu trin, o tecido preto está coberto por runas azuis brilhantes, a bandeira do povo Noi voa acima dela: um dragão branco estampado em azul. Dois grandes círculos abertos estão no centro de ambos os campos, cercados por soldados.

A intimidação me toma de assalto.

Controle-se, sou firme comigo mesma. *Você precisa agir como se fosse Clarissa Gardner.*

Eu me endireito e forço um passo mais decidido até o meio do campo. À medida que caminho, soldados gardnerianos de um lado do corredor ficam em posição de sentido, seus olhos passam pelo meu vestido ousado, e eles registram minha aparência de Bruxa Negra com evidente apreciação. As vu trin de pé à esquerda ficam rígidas enquanto caminho, com semblantes atentos e cautelosos.

Vejo Ni Vin a cavalo, logo atrás da linha delas, e seu olhar se ilumina em mim por um breve instante, sua expressão está cuidadosamente neutra.

Um guinchado rompe o ar.

Meu coração acelera e meus olhos se erguem, mas não consigo perceber nada no crepúsculo escurecido pela tempestade.

Ordens bruscas são gritadas enquanto soldados vu trin e gardnerianos se aglomeram no corredor diante de mim, bloqueando minha subida.

Um grande silêncio recai sobre o campo enquanto todos os soldados, incluindo os meus guardas, olham para o céu.

Raios pulsam em linhas finas de nuvem em nuvem, iluminando-os com sopros de luz enevoada. Encaro o céu intermitente aceso pela tempestade, tentando entender o que todos estão procurando.

Outro guinchado rasga o ar e, em seguida, um rugido encorpado ressoa através de mim. Dessa vez vindo do leste.

Relâmpagos voltam a piscar e, de repente, vejo uma silhueta escura e alada que se move do leste e outra do oeste, os dragões que se aproximam ficam cada vez maiores à medida que todos olham para o céu.

O dragão vu trin voa para a terra, batendo suas asas expansivas. Ele voa para o círculo aberto no lado vu trin do campo e atinge o chão com uma força que reverbera sob meus pés, o dragão imaculado brilha como safira, seus olhos cintilam prateados.

A feiticeira vu trin em suas costas está equipada com uma armadura negra marcada por runas. Há um diadema de prata em sua testa, dois chifres de dragão curvados se erguendo dele. Ela desmonta da criatura quando o dragão negro de olhos opacos de Marcus Vogel pousa no meio do lado gardneriano, com outro baque de tremer o solo.

Todos os olhos se voltam para Vogel, o novo governante do Reino.

O novo centro de poder.

A raiva se acende em mim, e luto para contê-la enquanto um poder instável aumenta em minhas linhas de afinidade, queimando aos trancos e barrancos.

Assassino. Seu assassino perverso.

Vogel apeia de seu dragão domado enquanto a feiticeira vu trin com chifres cruza o corredor central e se aproxima dele pelo lado gardneriano. Ela é flanqueada pela comandante Vin, bem como uma guarda considerável vu trin trajando o uniforme cinza marcado com runas.

Soldados do lado gardneriano abrem caminho, e o alto comandante Lachlan Grey se coloca ao lado de Vogel, com vários outros magos de alto nível.

E logo atrás deles vem Lukas Grey.

A raiva se espalha por mim ao ver Lukas ali em cima, aliado a tal crueldade.

Como você pode participar disso, Lukas? Como?

Luto para esconder a indignação ardente enquanto meus olhos deslizam de volta para Vogel, e a Varinha Branca no cano da minha bota começa a vibrar, quente contra minha panturrilha.

Vogel para e levanta a cabeça, como se cheirasse o ar. Ele faz uma volta lenta e olha para o campo em minha direção.

A árvore escura das sombras brilha no fundo da minha mente, e de repente eu fico presa sob o olhar desfocado de Vogel, que me deixa imóvel. O pânico logo toma conta de mim.

A Varinha Branca zumbe contra a minha pele, e tenho uma sensação de ramos prateados emanando dela, fluindo através das minhas linhas de afinidade e se entrelaçando em torno da árvore escura de Vogel. A árvore das sombras explode em fumaça rodopiante e enegrecida.

Meu corpo se inclina, capaz de se mover de novo.

Vogel se afasta abruptamente, como se uma conexão tivesse sido quebrada. Ele avança e desaparece dentro de sua tenda com a feiticeira vu trin com chifres.

Puxo o ar com dificuldade, atordoada e aterrorizada pelo palpável aumento de poder de Vogel.

De repente, meus olhos colidem com os de Lukas.

Ele caminha rápido pelo corredor, focado em mim como uma ave de rapina de olho em sua presa, minhas linhas de fogo dão um pinote quando ele se aproxima, seu rosto é uma tempestade letal.

Lukas mal faz uma pausa quando me alcança. Ele estende o cotovelo, e eu, sem dizer nada, pego seu braço. Um fogo enfurecido chicoteia pelas minhas linhas.

– Vocês estão dispensados – diz Lukas aos meus guardas, sem olhar para eles, com a voz tensa de raiva.

Quero gritar com Lukas e atacá-lo. Quero acabar com todos os soldados gardnerianos com as minhas próprias mãos. Em vez disso, aperto o passo para acompanhá-lo.

Na base do campo, nós nos desviamos para a floresta, o silêncio entre nós crepita com uma tensão quase insuportável. A mão de Lukas desliza para baixo para agarrar o meu braço enquanto ele me puxa pela floresta escura, as luzes dos acampamentos militares e da universidade desaparecem rapidamente à medida que avançamos.

O ódio das árvores nos ataca de todos os lados, e Lukas explode suas linhas de fogo ao mesmo tempo que eu, e a floresta se retrai abruptamente.

Chegamos a uma pequena clareira, e ele me solta e se vira, nosso olhar se cruza com emoção selvagem. Todos os artifícios sociais se rompem no mesmo instante, o repuxar dríade parece uma onda avassaladora, apossando-se de mim.

– Como você pode fazer parte disso? – rosno para ele, com os dentes cerrados. – Você sabia que os gardnerianos estavam prestes a *exterminar* os lupinos?

– Eu não sabia. – Seus olhos são incendiários.

– Eu não acredito em você!

– Eu posso mentir para você? – pergunta ele, com a voz ficando afiada.

– Não. Você não pode. – Disparo de volta. – Então me diga, Lukas. Agora que todos vocês *sabem*, toda a sua divisão está *comemorando*?

– Sim – diz ele. – Eles estão comemorando.

– E você, Lukas? Também está comemorando?

Um fogo combativo ilumina seu olhar.

– Não, Elloren. Não estou. Vogel acabou de desestabilizar todo o Reino Ocidental.

– É com isso que você se preocupa? – rebato, minha raiva se assoma e ebule. – Que o reino está *desestabilizado*? Não que um grande número de pessoas inocentes tenha sido *assassinado*?

Percebo um súbito conflito feroz cortar as linhas dele.

– Ainda é só o ciclo normal da história, Lukas? – exijo. – As coisas como são?

Ele permanece injuriantemente calado, mas consigo sentir algo se assomar dentro dele: fogo explodindo em todas as suas linhas de afinidade da terra. Quero aproveitar esse fogo e atirá-lo contra ele. Para vê-lo se consumir em chamas.

Marcho para perto de Lukas, com punhos cerrados e o fogo se agitando.

– Era para *isso* que tudo estava indo, Lukas. A Therria para os gardnerianos. A ideia de que somos os Primeiros Filhos e todos os outros são Malignos. As gangues. As estrelas da bênção ardentes. *Isso* é o que resulta dessa coisa toda. Não é nenhum paraíso gardneriano brilhante e abençoado. *Crianças* mortas. *Famílias* mortas. E gardnerianos *comemorando* porque o nosso livro amaldiçoado nos diz que está tudo *muito bem*.

Fico bem perto da cara dele.

– Eu não me importo se este é o ciclo natural da história. Se repetindo infinitamente. Isso precisa ser combatido *agora*. Isso tem que acabar *agora*.

– Vogel precisaria ser deposto.

O mundo dá uma cambalhota.

– O que você disse?

O lábio de Lukas se curva em um esgar.

– Você me ouviu, Elloren.

Minha garganta se fecha, minha voz é reduzida a um sussurro áspero.

– O que você está me dizendo, Lukas?

– A verdade. – Ele me encara, veemente. – Porque você e eu somos incapazes de qualquer outra coisa. – Seu olhar firme vacila. – Eu queria poder mentir para você, Elloren, mas não consigo.

– Então me diga a verdade – falo, e meus pensamentos se embaralham.

– Vogel é muito poderoso, assim como nossas forças militares. Ele não pode ser combatido de fora; teria que ser derrubado por dentro.

– Como?

– Pelos militares gardnerianos.

Relâmpagos riscam o céu. Eu puxo o ar, atordoada.

Busco o olhar de Lukas, mas ele não revela nada. Nada, exceto o fogo turbulento que consigo sentir rugindo através de suas linhas.

– Você acha que há militares suficientes dispostos a se revoltar contra ele? – Mal consigo respirar.

– Não – ele diz, com terrível finalidade.

Prendemos o olhar um do outro em uma compreensão repentina e sombria.

– Meus irmãos foram levados sob custódia militar – digo a ele.

– Eu sei.

– Preciso que você os tire de lá.

Ele acena com a cabeça, e o fogo ruge através de suas linhas.

– E eu não quero uma guarda – pressiono, obstinada. – Minha tia os designou para mim. Quero que os dispense de uma vez por todas.

Ele acena novamente.

– O que eles vão fazer com Jarod e Diana?

– Não sei. – Sua mandíbula enrijece. – Vogel vai partir esta noite para voar até a base das vu trin, perto da Passagem Oriental. E vai chegar a um acordo com Vang Troi.

Franzo a testa em dúvida.

– A mulher que chegou montada no dragão – esclarece Lukas. – Ela comanda todas as forças vu trin. Seja como for, devo acompanhá-los.

Nós dois ficamos quietos, a escuridão pressiona ao nosso redor.

– Foi a Bruxa Negra, Lukas? O poder de Fallon acelerou a um patamar tão devastador assim?

Lukas balança a cabeça.

– Não. Foi outra coisa. Algo pior. – Ele me olha sombriamente. – Mas, em breve, Fallon será uma arma que Vogel pode ativar também.

Procuro por algo, minha mente é uma tempestade, buscando algo que me faça recuperar o prumo.

– Se lace comigo, Elloren – diz ele.

Seu tom é tão brutalmente insistente que sou lançada numa confusão ainda mais profunda.

– Por quê, Lukas? Para você poder se aproveitar do meu poder?

Seu olhar escaldante só se intensifica.

– Em parte. Sim. – Ele segura minha mão de varinha na dele, e eu deixo. Seus olhos verdes estão fixos em mim, ele vira minha mão e desliza a palma da sua firmemente nela. Um arrepio corre pela minha pele, e sinto seus ramos se entrelaçando em mim, espalhando-se por minhas linhas de terra em uma corrida inebriante.

Engulo em seco, meu coração acelera. Lukas agarra a minha mão com mais força, e eu tremo quando uma onda de chamas escuras escorre pelos ramos e por todas as minhas linhas.

– Quando nos beijamos no baile de Yule – ele me diz –, minhas linhas de fogo foram reforçadas por uma boa semana. Minhas linhas de terra por um mês inteiro.

Eu me esforço para pensar com clareza enquanto seu calor esmagador atravessa meu corpo.

Ele se inclina para perto.

– Se eu pude acessar seu poder quando nos beijamos – diz ele –, então imagino que o vínculo do laço me permitiria acessar ainda mais. – O movimento do seu fogo diminui para uma carícia sedutora, deslizando pelas minhas linhas. – Deixe-me desfrutar do seu poder, Elloren – ele murmura. – Você não consegue usá-lo. Mas eu, sim.

Inquietação toma conta de mim, cortando abruptamente o seu feitiço febril. Arranco a mão da de Lukas e dou um passo para trás, ofegando enquanto massageio os dedos. Um eco de seu poder negro pulsa através de mim no que me forço a voltar a pensar com coerência. Olho para ele, e a rebeldia de repente se inflama dentro de mim.

– Rompa com Vogel por completo. – Encaro-o, em duro desafio. – Me dê sua palavra de que vai lutar para depô-lo. Não importam as probabilidades.

O rosto de Lukas se torna uma tempestade, todo o seu corpo fica tenso enquanto uma discussão silenciosa se inflama entre nós. Trovões ressoam acima, e nenhum de nós cede.

– Quero mentir para você, Elloren – ele rebate, frustrado. – Eu daria qualquer coisa para conseguir mentir para você agora.

Uma raiva cáustica se assoma, e eu olho para ele com um desprezo impetuoso.

– Essas faixas de nível cinco são um *desperdício* em você. Se eu tivesse acesso ao meu poder, lutaria contra Vogel. Com *todas* as minhas forças.

O fogo de Lukas emite um violento espasmo de calor e ele se aproxima.

– Você está fazendo uma escolha que vai acabar de um jeito *horrível.*

Impassível, mantenho seu olhar enquanto minha raiva implode, e a desolação me atravessa.

– Lukas. *Você também.*

Seguramos o olhar implacável um do outro por um longo e torturado momento enquanto nosso fogo corre pelas linhas um do outro. E então desaparece abruptamente: todos os vestígios do fogo negro de Lukas. Como uma parede sendo derrubada.

Afasto-me dele, e uma constatação endurece nas profundezas do meu ser, com uma convicção irrevogável. Por mais que eu precise da ajuda dele agora, não posso me alinhar a ele e correr o risco de me tornar parte dessa *coisa.*

– Adeus, Lukas – digo-lhe grosseiramente, mesmo quando minhas linhas de afinidade se estendem em direção às dele. Mesmo quando toda a esperança pela liberdade dos meus irmãos se transforma em pó. Mesmo quando toda a esperança para o futuro se desfaz.

Dou as costas e vou embora.

★

Marcho para longe da Torre Norte, em direção às ruas de paralelepípedos da universidade, enquanto o vento aumenta e a tempestade enfim cede, relâmpagos cortam o ar e uma chuva forte começa a cair.

Ando enquanto os trabalhadores urisks correm em direção ao campo da Torre Norte, trazendo bandejas de comida para ambos os lados.

Ando sozinha e sem escolta, sentindo cada vez mais frio, até estar do outro lado da universidade, e depois além dela. Atravesso um campo lateral e me dirijo para a floresta limítrofe.

Registro, entorpecida, a hostilidade dela, mas a forço a recuar com habilidade. As árvores são tão densas que mal consigo sentir a chuva sob o dossel de ramos grossos.

Encharcada e indiferente, abrando o passo até parar, minha respiração está ofegante enquanto uma desolação avassaladora me varre.

Diana e Jarod. Rafe e Trystan. Tierney e Yvan. E todos os outros por quem vim a me importar.

Não há ninguém que possa salvá-los.

Uma onda de raiva e tristeza me atinge, e sou arrastada por sua correnteza. Minhas pernas fraquejam, e eu caio sobre mãos e joelhos, vomitando toda a bile do meu estômago.

Estou respirando com dificuldade, cuspe pende da minha boca enquanto olho para a terra molhada e escura. Relâmpagos caem, e meu olhar se agarra a uma pequena haste em forma de arco abrindo caminho através da cama de folhas.

Eu me forço a ficar de pé e agarro uma árvore próxima, em busca de apoio.

Um raio cai em um estrondo de doer os ouvidos, iluminando a árvore.

Pau-ferro.

Encosto-me nela, ignorando seu grito silencioso de protesto quando apoio a cabeça. Ela é fria e áspera, e mesmo que eu tenha que lutar contra sua repulsa, posso sentir a vida vibrando dentro dela. Primavera se esforçando para ser vista.

Outro estrondo de relâmpago e eu olho para cima a tempo de ter um vislumbre momentâneo de um pássaro translúcido estremecendo enquanto acorda entre as árvores, mas ele desaparece tão rápido que não tenho certeza se posso confiar na minha visão.

Subitamente em alerta, olho ao redor, percebendo que estou cercada por um bosque inteiro de árvores de pau-ferro, e os ganchos de hastes em arco estão brotando para cima entre as folhas apodrecidas por todo o bosque.

Flores-de-ferro.

A única árvore que começa como flor, a delicada flor-de-ferro se abre e se torna as árvores do ano seguinte, árvores cujos ramos florescem com uma versão menor da flor original.

As engrenagens de boticário da minha mente começam a girar quando uma ideia se inflama como uma explosão.

Para isso funcionar, precisaremos de flores-de-ferro. Muitas delas.

Faltam muitos dias para as flores-de-ferro cintilantes brotarem no chão da floresta.

Onde eu poderia conseguir flores suficientes…

Em um ímpeto repentino e vertiginoso, tudo se encaixa na minha cabeça.

E sei exatamente como é que Tierney e eu vamos tirá-los de lá.

CAPÍTULO DEZ
CHÍMICA

Na noite seguinte, a base da Quarta Divisão me envia uma carta via falcão rúnico.

– O que diz? – pergunta Tierney de onde está sentada no chão da varanda envidraçada do meu alojamento. Delicadas tesouras de arremate estão suspensas em sua mão, minha túnica de flores-de-ferro quase solidamente azul espalhada sobre seu colo. Meu vestido de flores-de-ferro do baile de Yule está numa pilha amassada ao seu lado.

A chuva bate nas janelas escurecidas à nossa volta, trovões ressoam através das paredes do alojamento enquanto relâmpagos rasgam o céu. Com a unha, rompo o selo de dragão de cera, desdobro o pergaminho e leio.

Eu arquejo, espantada.

– Meus irmãos – digo a Tierney. – Estão sendo libertados.

Sua boca se abre em um sorriso calculista. Os olhos voam para o vestido de flores-de-ferro em seu colo.

– Então fez bom uso desse vestido, não é mesmo?

A carta é escrita por um dos subordinados de Lukas em uma caligrafia formal; um tenente chamado Thierren. Sinto uma pontada de inquietação, desconfortavelmente consciente do conflito que se desenrola entre mim e Lukas, o que é bastante evidente no fato de ele ter designado outra pessoa para escrever a carta.

Continuo a ler.

– O aprendiz em que Rafe deu o soco – digo a Tierney, enquanto leio – retirou as queixas contra os meus irmãos. – Encontro o olhar dela quando sou atravessada pela compreensão do papel que Lukas teve nisso. – Em troca, o aprendiz está sendo promovido de aprendiz para o cargo de segundo-tenente sob o comando de Lukas Grey.

– Bem, então essa parte está resolvida – diz Tierney, com a voz resoluta. – O resto depende de nós.

*

Tierney e eu esvaziamos os sacos de fios de flores-de-ferro na mesa de boticário, a pilha de linhas emaranhadas envoltas num suave brilho de safira no laboratório escuro.

– Você trancou as portas e as janelas? – indago.

Distraída, ela anui enquanto faz anotações com um olhar de intensa concentração, papéis cheios de cálculos estão espalhados pela mesa. As sombras se agarram às paredes à nossa volta, a escuridão da noite penetra a sala de boticário fria e deserta.

Um livro-texto de boticário com capa de couro surrada está aberto diante de Tierney. Sua caneta faz um rápido som de rabisco enquanto ela termina de anotar o ponto de ebulição dos componentes da nossa complicada fórmula.

Satisfeita com sua lista, Tierney se levanta e começa a montar rapidamente o aparato de refluxo de vidro. Ela acena para mim, e eu posiciono um funil na abertura de um frasco de destilação e despejo as cinzas de bordo do rio que preparei. Tierney paira a mão sobre a abertura e faz fluir água para o interior bulboso do recipiente, enchendo-o. As cinzas de madeira giram em torno da água em uma espiral confusa antes de se assentar. Em seguida, enfiamos as bolas brilhante de fio de flor-de-ferro na abertura do recipiente.

Tierney pressiona um longo condensador de vidro na boca cristalina do frasco de destilação e estabiliza o tubo com grampos metálicos. Em seguida, envolve a mão em torno do condensador e faz fluir água através dele.

Deslizo uma grande lamparina a óleo por baixo da base do contentor e depois olho para Tierney.

– Acenda – ela diz.

Risco uma pederneira e acendo a chama.

Tierney segura a palma da mão em direção à solução e a leva a uma fervura rápida, mas suave e ondulante. Linhas de safira oscilantes de essência de flores-de-ferro se soltam dos fios para a água, enrolando-se no líquido numa dança intrincada. Logo, a água adquire um brilho ligeiramente azul.

Tierney e eu esperamos enquanto o brilho azul se intensifica e fica incandescente, cobrindo-nos em sua luz cor de safira.

– Está pronto – anuncia Tierney assim que os fios e as cinzas se assentam numa massa negra na base do contentor de vidro. Ela levanta as mãos para o frasco e cria uma nuvem de resfriamento que gira em torno dele.

Depois de alguns instantes, desmonto o aparelho de refluxo e filtro as cinzas e os fios. Tierney prepara os vidros para destilação e despejo cuidadosamente o líquido azul brilhante numa nova retorta. Com elegância proveniente de muita prática, ela gesticula sobre o frasco receptor e cria outra nuvem de resfriamento para pairar em torno dele.

Posiciono uma chama sob a retorta, depois coloco as mãos ao redor do balão de aquecimento, persuadindo minhas linhas de terra a se ativarem. Ramos finos e pretos fluem através de mim, enrolando-se em direção às minhas mãos.

– Pronto – eu digo a ela.

Ela põe as próprias mãos em cima das minhas, e eu sinto o meu poder fluir de mim numa força controlada, ramos se entrelaçam em direção ao frasco, fogo chia através deles.

O vapor dispara através da destilaria, o vidro trepida enquanto puxamos as mãos para longe. Por um segundo, receio que o recipiente se quebre ou talvez exploda. Tierney empurra uma mão em direção ao frasco e a trepidação para, então vapor coalesce em um fluxo suave.

O líquido começa a se acumular no fundo do frasco receptor: um azul vivo e fosforescente, profundo como o crepúsculo.

Inspiro o aroma de flor-de-ferro do vapor.

– Consigo sentir o cheiro da essência se purificando. – Uma imagem de flores-de-ferro azuis se desenrola no fundo da minha mente.

Tierney sorri para mim.

– Está funcionando, então.

Retribuo seu olhar, repleta de determinação sombria.

Ela sorri, e um brilho perverso ilumina seus olhos.

– Vamos envenenar todos eles.

A comandante Vin entra na cozinha, disfarçada com uma capa pesada. Ela joga o capuz para trás, examinando atentamente o aposento.

– A cozinha está segura? – ela pergunta a Fernyllia.

Fernyllia acena com a cabeça de onde se senta à mesa ao meu lado, com Tierney do meu outro lado.

– Todas as portas e janelas estão trancadas – informa Fernyllia. – E eu tenho um vigia.

A comandante Vin dá um aceno curto de cabeça e se senta à mesa entre Jules e Lucretia Quillen, bem na minha frente. Yvan está atrás deles, encostado no balcão da cozinha, com Iris e Bleddyn ao seu lado.

Luto para não olhar para ele, para não estar tão consciente da sua presença. Posso sentir o fogo de Yvan afrouxado de suas amarras, vindo em minha direção, mas seguro com firmeza o meu e abafo a dor feroz no meu peito.

– Conte-me sobre esse seu plano – a comandante Vin pede a Tierney e a mim.

Trocamos um olhar rápido e a comandante faz movimentos impacientes com a mão.

– Falem logo – ordena bruscamente. – Temos pouco tempo. Estamos a poucos dias da lua cheia e, possivelmente, da deflagração da guerra.

– Nós criamos um veneno – comunica Tierney, as palavras soam sombrias em sua língua.

A comandante Vin recua um pouco.

– Para uma distração?

– Para envenenar todos eles – digo, forçando um tom neutro. – Toda a força gardneriana. E a maior parte da universidade.

A comandante fica quieta por um longo momento, os olhos disparam censura.

– Você mataria todos em Verpax, então? – Ela se volta para Fernyllia. – *Esse* é o plano que você queria que eu ouvisse?

– Ouça o que elas têm a dizer – diz Fernyllia, paciente, com as mãos cobertas de farinha apoiadas na mesa de madeira.

Tierney se inclina, tira um grande jarro de seu saco de viagem e o coloca firmemente sobre a mesa. O pó dentro dele brilha com um azul-flor-de-ferro vibrante.

– Não matar – afirma Tierney, com veemência. – Para deixar temporariamente inconsciente. Durante uma noite inteira; e bastante incapacitado durante todo o dia seguinte. E depois uma recuperação completa.

Aponto para o frasco azul brilhante.

– Há o suficiente aqui para envenenar toda a comida em todas as cozinhas de toda a cidade universitária. E a alimentação dos soldados sai quase toda delas. Isso te daria umas boas seis horas para tirar os lupinos daqui.

– É tempo suficiente para atravessar a passagem da Caledônia na Espinha – acrescenta Fernyllia, com um brilho calculista nos olhos.

Tierney se recosta, com um olhar tenaz fixo na comandante.

Kam Vin balança a cabeça com desdém.

– Os gardnerianos têm feitiços para detectar veneno, assim como nós. Todos os alimentos são testados. Sempre.

– Nós forçamos magia elemental em essência de flor-de-ferro e a combinamos com o veneno – explica Tierney. – Então agora ele pode suprimir a magia. Não há um único feitiço que *pode* detectá-lo, seja de varinha ou rúnico.

Pensativo, Jules pega o frasco. Ele olha para mim, seus lábios se curvam em um sorriso impressionado.

– Parece que encontrou a sua caligrafia, Elloren Gardner.

Solto um suspiro resignado e aceno com a cabeça.

– Encontrei.

– É como conversamos. – Seu tom é divertido, mas seus olhos estão sérios. – Se não se pode ser poderoso, vale a pena ser inteligente.

A comandante Vin está encarando o jarro, assentindo, e vejo as engrenagens de sua mente funcionando. Ela olha para Tierney e para mim.

– Quais são os termos de vocês?

Respiro fundo para tomar coragem.

– Você precisa levar meus irmãos para as terras Noi junto com os lupinos.

– Um mago nível cinco e um rastreador – diz ela, interrompendo-me com impaciência. – Certo. Podemos fazer bom uso deles.

– E também todos os trabalhadores da cozinha que queiram ir embora – diz Tierney, com tom resoluto. – E as famílias deles também, incluindo Fern, Iris, Bleddyn e a mãe, além de Olilly e a irmã.

O queixo de Bleddyn cai e o rosto de Iris assume um ar de confusão atordoada.

– Você está pedindo demais – diz a comandante Vin friamente.

– Não – retruca Tierney. – Pedimos pouco. Estamos entregando os lupinos à sua força militar e mantendo-os longe das garras dos gardnerianos. A guerra está chegando, e você sabe. Um exército de lupinos poderia mudar a maré em qualquer direção.

A comandante Vin fica completamente quieta enquanto examina Tierney.

– Prossiga – ela incita.

– A família gardneriana inteira de Tierney precisa ir com você – digo. – E um jovem marinheiro chamado Gareth Keeler deve estar atracado no porto de Saltisle; você precisa encontrá-lo e levá-lo também.

Respiro fundo, e uma onda repentina de emoção me atinge, mas me enrijeço contra ela.

– Yvan Guriel e a mãe também precisam ser levados para o leste.

Consigo sentir a explosão caótica e avassaladora do fogo de Yvan vindo em minha direção desde o outro lado da sala. Não consigo olhar para ele. Não posso.

– Todas as pessoas na lista de Fernyllia precisam ser retiradas daqui – insiste Tierney. Fernyllia enuncia sua longa lista, e a comandante Vin concorda com a cabeça.

– E Fernyllia também – diz Bleddyn, enfática, olhando para a governanta da cozinha. – Você esqueceu de se colocar nessa lista.

Fernyllia faz uma pausa e fica muito quieta, a voz de Bleddyn parece sufocada de inquietação.

– Fernyllia. Por que você não consta nessa lista?

Viro a cabeça para ela, todos nós a olhamos com surpresa. Ela fica quieta por um longo momento, mas sua expressão ficou dura como pedra.

– Eu serei a envenenadora.

O choque corre através de mim enquanto Bleddyn balança a cabeça com veemência, a indignação faz seus olhos arderem.

– Não! De jeito nenhum. Fernyllia, você não pode. – Ela cai no que soa como uma súplica agressiva em uriskal, sua mão corta o ar, como se defendesse a vida de Fernyllia neste exato momento. Iris começa a chorar, suas lágrimas logo se transformam em soluços sentidos.

– Bleddyn Arterra e Iris Morgaine – diz Fernyllia, com a voz baixa e endurecida. – *Parem.*

Bleddyn se aquieta, seu rosto é uma máscara torturada, os músculos de seu pescoço ficam tensos. Iris vira a cabeça para o outro lado, com os olhos fechados enquanto continua a chorar.

– Eu sou velha – continua Fernyllia, com a voz mais suave dessa vez, mas sólida e implacável. – Dor nos joelhos. Dor nas costas. Ruim de saúde. Eu não poderia sobreviver à viagem para as terras Noi. Mas todos vocês *podem*. E podem levar a minha neta para o leste, onde ela pode ter uma vida boa. *Não há* vida para ela aqui. Se vocês me amam, vão parar de se lamentar e levarão a minha Fern para um lugar seguro.

Bleddyn assente resoluta agora, lágrimas escorrem por seu rosto. Iris chora, cobrindo o rosto com as mãos.

Não faço menção de enxugar as lágrimas que rolam pelo meu próprio rosto.

– Não faça isso – imploro a Fernyllia. Olho para a comandante Vin. – Deve haver outro caminho, tenho certeza. Tem que haver uma maneira de ela ir também. Uma em que não pensamos ainda.

Fernyllia põe a mão calejada sobre a minha. Seus olhos repousam suavemente sobre mim com tristeza materna.

– Criança, você não sabe com o que está lidando. Precisa confiar em mim. Estou nessa luta há muito mais tempo do que todos vocês.

Balanço a cabeça, chorando, e Fernyllia passa o braço em volta de mim.

– É isso que eu quero – ela diz com mais insistência agora. – Você entende?

Aceno com a cabeça, dominada pela tristeza.

– E as icarais? – pergunta Lucretia, forçando nossa atenção de volta ao planejamento apressado. – Agora que a Verpácia caiu, é perigoso elas ficarem aqui.

– Elas já foram embora – Tierney diz a ela. – Com o irmão de Wynter, Cael. Ele é dono de uma propriedade em Alfsigroth, e vai levá-las para lá.

Vão todos embora. Em breve, todos partirão – mais dia menos dia, apenas Aislinn e tio Edwin ficarão para trás comigo na Gardnéria. Meu peito se aperta de tristeza com a ideia de tanta perda.

– E vocês? – pergunta-me a comandante Vin.

Eu olho para cima e a encontro me fitando.

– Preciso ficar para cuidar do meu tio – digo a ela, enxugando minhas lágrimas. – Não tenho magia nem habilidades além das medicinais, e minha tia deixou claro que não vai cuidar dele para sempre. A minha família não pode abandoná-lo, e meus irmãos vão correr muito perigo se ficarem aqui. Então... faz sentido que eu seja a sobrinha que fica.

A comandante fixa o olhar implacável em Tierney.

– E você?

Tierney encontra seu olhar intimidador sem vacilar.

– Vou ficar por enquanto. Há uma chance de que as amazes possam remover o meu glamour e, depois disso, há uma rota fluvial que posso usar para fugir para leste.

– Os gardnerianos estão planejando espigar todos os corpos de água do Reino Ocidental com ferro – adverte Ni Vin.

– Eles podem tentar – retruca Tierney, com os olhos lampejando. – A floresta desviou parte da água.

A comandante Vin considera o que ela disse, e um brilho astuto afia o seu olhar. Ela se empertiga, ereta como a militar que é, e encara nós duas.

– Elloren Gardner e Tierney Calix – diz, gravemente –, eu lhes dou a minha palavra. Se nos fornecerem este veneno, levarei o seu povo para as terras Noi.

Bleddyn solta um suspiro emocionado. O fogo de Yvan me atinge novamente, uma explosão intencional dessa vez, mas não consigo olhar para ele. Em vez disso, encaro a mesa e engulo as lágrimas.

Estou com os meus irmãos no corredor da Torre Norte. Rafe parece ter envelhecido vários anos desde a última vez que o vi, um vinco duro de tensão está gravado entre suas sobrancelhas.

– Vamos voltar para te buscar – ele insiste, com a voz determinada. – Nós vamos te encontrar.

Aceno com a cabeça, tentando ser forte enquanto me volto para o meu irmão mais novo. Trystan está vestido como de costume: com o uniforme de aprendiz militar perfeitamente passado. Sombrio e de aparência importante, com a varinha embainhada no flanco.

– Você ficou tão alto – digo a ele com um sorriso trêmulo. E estendo a mão para agarrar o seu ombro.

Seus olhos se fecham e ele balança a cabeça, como se lutasse desesperadamente para se controlar. A imagem do poderoso mago gardneriano se dissolve em meu irmãozinho; o menino magricela para quem eu costumava esculpir animais de madeira.

Os lábios de Trystan estão tremendo, lágrimas brotam de seus olhos. Eu o puxo para um abraço quando minhas próprias lágrimas caem, e os braços de Rafe se erguem ao nosso redor enquanto nos despedimos.

Os olhos de Yvan brilham de emoção quando nos encaramos no celeiro circular, uma única lanterna lança um brilho cintilante pelo espaço vazio.

Posso sentir o poder de fogo irradiando dele em explosões de calor lancinantes.

As páginas arrancadas d'*O Livro dos Antigos* estão agora há muito desgastadas e rasgadas sob os nossos pés. Mas *O Livro* ganhou. Não haverá dança sobre suas páginas.

– Não quero te deixar aqui – diz Yvan, com a voz rouca de paixão.

Minhas palavras saem duras, minha dor foi abafada.

– Você não pode ficar. Você e a sua mãe precisam ir para um lugar seguro.

A ferocidade o domina.

– Estamos adiando o inevitável, Elloren. Em algum momento, teremos que combatê-los.

– Não podemos combatê-los aqui. Acabou, Yvan. O Reino Ocidental caiu.

Os cantos de seus olhos se inflamam, como as vezes em que ele é puxado pelo fogo. Desesperado, Yvan olha em volta, como se procurasse uma saída, uma maneira de revidar. Seus olhos se fixam na capa de couro maltratada d'*O Livro dos Antigos* perto de seus pés, cerca de um terço das páginas do livro sagrado ainda se agarra à lombada. Sua expressão endurece em selvageria. Ele agarra *O Livro* e fecha o punho em volta do couro grosso.

Eu me sobressalto quando *O Livro* pega fogo e as chamas se espalham rapidamente para a bainha da manga dele.

– Yvan!

Como se desperto de um feitiço, ele pisca com força e olha para a manga em chamas, depois para mim, agonia lampeja em seu rosto. Ele fecha os olhos e respira fundo. As chamas lentamente são sugadas para dentro dele e desaparecem, e quando ele abre os olhos, eles brilham um ouro fervoroso.

Sua beleza excruciante me tira o fôlego. Tento memorizar todos os seus traços para poder guardá-lo no fundo do meu coração. Para sempre.

– Quando você vai usar o veneno? – ele pergunta, o fogo em seus olhos aumenta.

Levanto-me para secar uma lágrima.

– Fernyllia vai cuidar disso esta noite. Tierney e eu também vamos comer um pouco da refeição envenenada. – Quando ele abre a boca para protestar, acrescento: – Nós precisamos. Ou então os gardnerianos podem suspeitar do nosso envolvimento.

Prendo seu olhar ardente, e o silêncio entre nós se aprofunda, enchendo-se de saudade não declarada.

– Sua mãe está a caminho – lembro a ele, e a dor se acumula na minha garganta. – Você precisa tirá-la daqui. Não há mais tempo.

Ele acena com a cabeça, firme, com os olhos desfocados pelas lágrimas. Quando ele fala, sua voz falha.

– Adeus, Elloren.

Por uma fração de segundo, paramos, com os olhos fechados, e então ele vem até mim. Caio em seu calor enquanto ele envolve seus braços e seu fogo com força em torno de mim, então beija meu cabelo e murmura na ardente língua lasair algo que não entendo nem preciso entender.

CAPÍTULO ONZE
ENVENENAMENTO

Quando o dia seguinte chega, sinto como se estivesse debaixo d'água e não pudesse emergir.

Ouço vozes, mas é como se estivessem num litoral distante: abafadas, estranhas e remotas. O meu corpo está dormente e a minha boca parece estar cheia de algodão. Ouvindo as vozes ininteligíveis à minha volta, pergunto-me, grogue, se era assim que soávamos para Marina no começo.

Tento abrir os olhos, mas estão com crostas e colados. Depois de algumas falsas tentativas, enfim consigo separar as pálpebras. A luz ofuscante esfaqueia meus olhos.

Há pessoas no cômodo, ou pelo menos as formas sombrias delas. Estão falando de uma maneira onírica e lenta, palavras soltas flutuam em minha direção, como bolhas de sabão.

Lupinos. Fuga. Lua cheia.

Eu me esforço para unir as palavras em um pensamento coerente com meu cérebro entorpecido. O mundo desaba quando movo a cabeça de um lado para o outro, mas as pessoas começam a entrar em foco para mim.

Vários soldados gardnerianos.

Um gardneriano mais velho de barba branca.

Tia Vyvian.

Pisco repetidamente à medida que os contornos difusos se tornam mais nítidos, as vozes mais claras, mas sou perturbadoramente incapaz de me conectar com o meu próprio corpo. Tenho dificuldade de abrir a boca, que não se mexe.

– Eles a deixaram para trás – diz minha tia ao gardneriano de barba branca, um homem de rosto severo com o brasão da Guilda dos Médicos em sua túnica. – Ela pode não ter tido parte nisso. Elloren, *acorde*!

Eu tento falar novamente, mas meus lábios estão pesados como pedra.

Minha tia se inclina para olhar para mim de perto.

– Para onde foram seus irmãos, Elloren?

– Ela não pode responder – observa o médico de barba branca. – O veneno ainda não passou. Precisamos esperar.

– Não há *tempo*! – retruca tia Vyvian. O médico murcha sob sua feroz censura.

Devagar, os acontecimentos da noite anterior voltam à minha mente, cada novo pensamento como uma ferida que se abre.

– Para onde eles foram, Elloren? – exige minha tia. – *Para onde*?

De novo e de novo ela me interroga, não se preocupando em esconder o tom ameaçador em sua voz. Meu coração começa a bater mais forte e um medo lancinante toma conta de mim. *Perigo. Há perigo aqui.*

De uma só vez, a realidade me atinge com a força de uma ventania.

Minha cabeça começa a latejar como se tivesse sido atingida por um martelo. Grito em agonia, minhas mãos voam para minhas têmporas. Eu me forço a levantar, desesperada por uma posição que faça a dor diminuir, a vertigem se apossa de mim enquanto a sala se inclina. Deixo cair a cabeça entre os joelhos e gemo, atordoada.

– Para onde seus irmãos foram? – insiste tia Vyvian.

Na minha cabeça só sinto o latejar como um *tuc, tuc, tuc.* Tento ouvir acima da dor, tento responder, mas ela está em todo lugar.

– Minha *cabeça*! – exclamo, chorosa, agarrando meu cabelo encharcado de suor, enfiando as unhas no meu couro cabeludo.

Tudo vem à tona; tudo o que aconteceu. E me lembro de que preciso me concentrar. Preciso mentir para ela.

– O que *aconteceu* comigo? – choramingo.

– Você foi envenenada – afirma o médico, em um tom cuidadosamente calmo.

– *Envenenada?* – pergunto, fingindo grande descrença.

– Sim – afirma ele, sério.

– Por quem? Aaghh! *Ah, Ancião!* – Caio de lado, segurando a cabeça. Eles tentam falar comigo, me interrogar, mas novamente tudo se desvanece em um ruído de fundo que luta para ser ouvido através da dor.

Entendo trechos do que eles estão tentando me dizer enquanto aperto o couro cabeludo: Fernyllia Hawthorne responsável, veneno na comida, todos adoecidos: soldados gardnerianos e verpacianos, acadêmicos, trabalhadores. Os lupinos se foram. Rafe e Trystan se foram. Feiticeiras vu trin, os elfhollen e alguns urisks também. O cuidador de cavalos amaz e a mãe professora se foram com cavalos roubados, todo o resto dos cavalos militares e da universidade estão espalhados pelas florestas. Foram-se. Todos se foram.

Quinze soldados gardnerianos estão mortos. O caseiro da universidade está morto, foi violentamente decapitado. Um grupo de aprendizes militares gardnerianos da Terceira Divisão teve as orelhas arrancadas. Todo esse caos causado pela selvagem lupina.

Fernyllia, executada esta manhã. A Passagem Oriental foi fechada. Rafe e Trystan foram banidos. Nunca teria acontecido se tivessem se laçado e sido criados pela tia Vyvian em vez do tio Edwin.

– *Onde eles estão? Onde eles estão? Onde estão, Elloren?*

– Não sei! Não sei!

E, então, silêncio, enquanto me contorço de dor.

Ah, Ancião! Fernyllia! Você salvou a todos e eles te mataram por isso...

– Por que você está chorando? – rosna minha tia.

– A *dor*! – minto, atormentada pela perda devastadora de Fernyllia, cada mentira rasga meu coração como vidro estilhaçado.

– Acho que ela não sabe onde estão os irmãos – o médico diz à tia Vyvian.

– Claro que não – retorque minha tia. – Rafe e Trystan não lhe disseram nada. Estavam sob o encanto dos lupinos. É por isso que deixaram a *própria irmã* ser envenenada.

Eles me interrogam pelo que parece ser uma eternidade, enquanto a minha cabeça se parte em duas, assim como o meu coração. E então me deixam sozinha para lutar com a dor.

Finalmente, desisto e desmaio.

Horas depois, ainda estou tremendo com os efeitos secundários do veneno, minha pele está pegajosa e estou sem equilíbrio. Relâmpagos piscam no céu noturno visível através das janelas do meu aposento nos dormitórios Bathe.

Tia Vyvian está sentada diante de mim em outra poltrona de veludo, o fogo crepita na lareira ao nosso lado. Agarro-me ao cálice do amargo tônico *Borsythian* que tia Vyvian encomendou do boticário, sentindo-me esvaziada, em frangalhos.

– Nunca imaginei que seus irmãos dariam tão terrivelmente errado – ela se enfurece, seus olhos esmeralda ardem.

Trystan. Rafe. Onde vocês estão agora?

Suas palavras cruéis penetram meu coração. Já sinto tanta falta deles que não sei como vou suportar esse novo Reino sem eles.

– Rafe estava se revelando bastante ruim – ela fervilha –, correndo por aí com aquela cadela lupina. Mas Trystan. – Um olhar de traição magoada brilha em seu semblante. – Eu *nunca* imaginei.

Ela me encara estranhamente perturbada, como se meu olhar pudesse revelar pistas sobre como as coisas saíram tão terrivelmente erradas.

Eles se foram. Quase todo mundo que eu amo; todos se foram.

É demais para eu suportar, não estou preparada para a força da minha dor. Começo a chorar, deixando as lágrimas caírem livremente, sabendo que ela vai presumir que estou chorando pela traição dos meus irmãos.

O rosto de tia Vyvian se contorce em uma careta odiosa.

– É o sangue da sua mãe. Foi o que causou isso.

Olho para ela, assustada, sua menção à minha mãe interrompe momentaneamente o fluxo de lágrimas. Tia Vyvian balança a cabeça e olha para longe, como se um entendimento terrível e perfeito tivesse lhe acometido.

– *Tessla Harrow* – ela sibila o nome da minha mãe com uma aversão tão venenosa que me atordoa. – Aquela moleca do *Baixo Rio*. Criada ao redor de keltas... de urisks. Você não *acreditaria* no quanto ela era kéltica quando veio para Valgard. E ela *nunca* abandonou seus modos de classe baixa.

Ela cospe as palavras.

– E Rafe é *igualzinho* a ela. Trystan... Ele se parece um pouco mais com o seu pai, mas o sangue do Baixo Rio o arruinou no final. – Ela olha para mim, sua expressão de ódio se abranda, seus olhos estão fixos em mim. – Mas não você, Elloren. Você se parece tanto com Vale. E *igualzinha* à minha mãe.

Ela acena para si mesma, como se afirmasse seu próprio argumento.

– Você tem o sangue da nossa linhagem, não da sua mãe. É por isso que é boa e pura, e os seus irmãos são tão ruins. – Sua expressão fica amargamente triste. – Se ao menos você tivesse o nosso legado de poder. Mas está em você e vai se manifestar nos seus filhos. – Ela acena consigo mesma de novo, como se nossa salvação estivesse assegurada. – Você vai se laçar com Lukas e vai resgatar o nome da nossa família.

Por dentro, eu me afasto dela, atordoada e indignada, uma memória do rosto sorridente da minha mãe me enche a mente, a presença bondosa do meu pai.

Sua bruxa, praguejo silenciosamente. *Sua bruxa cruel e elitista.*

– Você sabia que seu pai se laçou com aquela moleca do Baixo Rio por *pena*? – ela alfineta, uma fúria vulcânica ferve em seus olhos.

– Não – forço a resposta com uma voz vacilante.

– Ah, e foi. Ela estava tentando se prostituir para um kelta. Ninguém mais a queria. Então meu irmão tolamente interveio e se laçou a ela. *Esse* é o sangue que seus irmãos têm nas veias.

– O que... o que você quer dizer? – Estou praticamente tonta de confusão.

– Sua mãe queria fugir com um kelta – Tia Vyvian cospe as palavras. – Na mesma época em que os keltas aprisionavam gardnerianos para o abate.

O quê? Não. Você está errada. Ela amava o meu pai.

– Ele é professor aqui, aquele kelta – ela fala, entre dentes. – Ou era. – Tia Vyvian solta uma risadinha odiosa. – Mas não mais.

– Qual professor? – indago.

O lábio dela treme.

– Jules Kristian.

O choque explode através de mim. *Não. Isso não pode ser verdade.*

– Nenhum desses pagãos devia estar autorizado a ensinar em uma universidade – ela fervilha. – Você não acreditaria no que nossos soldados encontraram no escritório de Jules Kristian; provas de uma rede de atividades ilegais que se estende por todo o Reino.

– Onde ele está? – pergunto, sem fôlego. – O que aconteceu com ele?

– Ainda não o encontraram – ela responde, com o rosto turvo de frustração. – Mas quando encontrarem, ele será preso. E eu supervisionarei pessoalmente a sua sentença.

A vertigem me atinge. *Onde você está, Jules? Alguma coisa disso poderia ser verdade? Por que você nunca me contou?*

– Nunca esquecerei o nome daquele homem – diz tia Vyvian, colérica. – E nunca esquecerei a noite em que Vale se laçou àquela mulher. Esse é o tipo de lixo que o seu pai trouxe para esta família. E agora olhe o que aconteceu. Simplesmente *olhe* o resultado.

Uma raiva crescente toma conta de mim.

Minha mãe não era lixo, sua criatura perversa.

Tia Vyvian se levanta e pega as luvas pretas de pele de bezerro da mesinha ao lado dela, os olhos cheios de fúria reprimida, o olhar focado sobre mim enquanto eu luto para manter o rosto impassível.

– Preciso partir para Valgard para tentar desfazer alguns dos danos horríveis que seus irmãos causaram – ela me diz com a voz firme que mal consegue controlar. – Depende de você agora, Elloren, salvar o legado da nossa família. Você vai ficar aqui. E deve passar o máximo de tempo possível com Lukas Grey. Volto daqui a duas semanas, e você terá garantida uma data de enlace e a autorização do seu tio. Não há mais o que esperar. Chega dos jogos de Edwyn. – Seu olhar endurece com uma malícia que faz um arrepio deslizar pela minha espinha. – Pode informá-lo de que, se você não se laçar a Lukas dentro de três semanas, vou parar de sustentar vocês dois. O pouco dinheiro que ele já teve não existe mais. Ambos acabarão na rua se não me obedecerem. Você está entendendo?

Vou desafiá-la em tudo, sua bruxa monstruosa.

Eu forço minha expressão a uma máscara de obediência sombria.

– Sim, tia Vyvian.

Ela estuda meu rosto, como se procurasse uma fenda na minha deferência. Aparentemente não encontrando nenhuma, ela me olha de cima a baixo, sem dúvida absorvendo minha coloração doentia, cabelos desgrenhados e expressão infeliz. Um traço de simpatia ilumina seu olhar.

– Lamento que seus irmãos tenham feito isso com você, Elloren. Eles foram banidos da Gardnéria e dessa família. Não falaremos mais deles.

Ela sai do cômodo, e eu me sobressalto ao som da porta batendo às suas costas.

Espero por um longo momento, agarrando os cantos do assento enquanto faíscas de fogo cintilam ao longo das minhas linhas. Espero até não poder mais ouvir os seus passos confiantes. Espero até imaginar que ela está em sua carruagem e se afastando, minha respiração irregular e laboriosa, a raiva se revira dentro de mim. Ela logo se apossa de todo o meu corpo frágil e envenenado, avançando como uma avalanche prestes a desabar.

Numa adrenalina acalorada, ponho-me de pé, pego o vaso de rosas ao meu lado e o atiro na lareira com um grito rosnado. O vaso explode em estilhaços cristalinos, vidro e flores voam por toda a parte, alguns dos botões explodem em chamas na lareira.

Fico ali, com os punhos cerrados, sem me importar com a rosa ardendo perto demais da ponta do tapete.

O que vou fazer? Agonizo, lágrimas escorrem pelo meu rosto.

Gareth se foi, meu plano reserva de enlace se foi com ele, e o prazo de laço obrigatório está a meras semanas de distância. Mas não posso fugir enquanto o tio Edwin estiver doente e precisar dos meus cuidados.

Minha mente dá voltas, procurando uma solução.

Vou pesquisar no registro de enlaces, considero desesperada. *Vou encontrar um jovem que não esteja nas forças armadas. Então vou conseguir a aprovação do tio Edwin, e esconder isso de tia Vyvian de alguma forma...*

Como?, argumento comigo mesma. *Ela saberia imediatamente. Os gabinetes do Conselho dos Magos estão abarrotados de bajuladores seus.*

De repente, parece que as paredes estão se fechando ao meu redor e mal consigo respirar. Não posso mais ficar aqui, nesse lugar gardneriano sufocante. Quero a Torre Norte. Quero estar cercada pelas familiares paredes de pedra.

Mesmo que apenas a presença fantasmagórica dos meus amigos e familiares permaneça.

CAPÍTULO DOZE
EALAIONTORA

Tropeço pelas ruas escuras da universidade, indo em direção à Torre Norte, a bigorna latejante de veneno na minha cabeça reduzida a um desconforto difuso e rítmico que acompanha o meu batimento cardíaco.

Aos pés do longo campo inclinado, desacelero até parar enquanto relâmpagos caem em rajadas abafadas pelas nuvens, mas ainda nenhuma chuva.

O campo está vazio.

As vu trin partiram da Verpácia, e os soldados gardnerianos foram alocados em outros lugares, seus detritos estão espalhados pela terra lamacenta.

A silhueta fria e escura da Torre Norte é maciça contra o céu noturno: vazia e esquecida. Em sua porta está pintada uma estrela da bênção gardneriana em vermelho sangue.

A tristeza passa por mim ao vê-la. E também uma sensação afiada de violação.

Já vi a marca antes. Em lugares que os gardnerianos marcaram como espiritualmente poluídos. Lugares a se evitar por causa da mácula dos Malignos.

A indignação penetra em mim enquanto marcho pela trilha rochosa. O vento frio fica mais forte, penetrando meus ossos. Chego à base da Torre Norte e empurro a porta, que está ligeiramente entreaberta. As dobradiças rangem em protesto contra a minha intrusão.

Entro, o corredor está escuro como breu, com apenas os lampejos ocasionais de relâmpagos para iluminar a escada em espiral. Percorrendo o caminho de memória, estou na metade dos degraus quando o som de murmúrios vindos do andar de cima me chama a atenção.

Congelo quando o medo se arrasta pelo meu sangue.

Quem poderia estar aqui?

Ouço novamente a voz abafada. Uma voz masculina. Consigo perceber a alta inflexão da língua alfsigr.

O meu coração salta no peito. *Cael?*

Em silêncio, subo as escadas e atravesso o corredor do andar de cima, acelerando ao me aproximar do nosso alojamento, tendo cada vez mais certeza de que é o irmão de Wynter que estou ouvindo.

Espio dentro do cômodo e o choque me atravessa.

Wynter está encolhida em um canto, com os olhos vazios e as asas bem enroladas em torno de si. O corvo de Ariel está empoleirado na viga acima dela, e Ariel está agachada protetoramente na frente de Wynter, sibilando para Cael, que está diante delas. Um Rhys esguio paira nas proximidades, seu olhar desolado me surpreende.

Todos se viram para me olhar enquanto um turbilhão de emoções conflitantes explode dentro de mim. A alegria avassaladora de vê-los novamente logo dá lugar a um medo assombroso.

Eles não podem estar aqui. A Verpácia caiu, e em breve assumirão as leis da Gardnéria: leis que agora determinam a prisão de icarais.

– O que aconteceu? – pergunto a Cael, com o coração martelando no peito. – Por que, em nome do Ancião, vocês estão *aqui*? Cael, não é seguro.

A expressão de Cael está sinistramente sombria.

– Minha irmã – diz ele – foi banida de Alfsigroth. Todos os icarais foram.

Respiro com dificuldade quando suas palavras me atingem. Sei o que isso significa. Se Wynter foi banida de terras alfsigr, ela será assassinada se puser os pés dentro das suas fronteiras.

– Nossos governantes estão pregando uma adesão mais estrita aos textos sagrados – Cael me conta. – E os nossos ensinamentos sagrados pedem pela morte de todos os *deargdul*; os alados. A nossa Alta Sacerdotisa sempre ressoou o apelo à expulsão da minha irmã, só que isso nunca foi posto em prática até agora. Mas com uma verdadeira guerra no horizonte do Reino, nosso povo fica supersticioso. Não só baniram minha irmã, também ameaçaram banir todos os alfsigr que a ajudassem. Meus pais e o resto dos nossos parentes a renegaram. É como o banimento do seu povo. Temo que haja uma ordem para que ela seja caçada.

Eu me sinto empalidecer.

– Meu Ancião... Cael...

– Se houver um pedido formal pela morte dela – diz Cael – , vão enviar os marfoir.

– Os marfoir? – pergunto, hesitante.

– Assassinos alfsigr – diz Cael, com dureza.

Meu estômago se revira enquanto um silêncio permeado de medo cai sobre o cômodo. Cael olha ao redor, perdido, depois volta o olhar prateado para mim.

– Este é o único lugar em que conseguimos pensar para um icaral ficar em segurança. – Um vinco surge na testa de Cael, suas palavras estão tingidas de repugnância. – Sei que o seu povo vai evitar este lugar "poluído".

Ariel atira para Cael um olhar eviscerador, perdendo completamente o sarcasmo amargo em seu tom.

– Você e Rhys também foram banidos? – Olho para o acólito pálido e silencioso de Cael.

– Ainda não – diz ele. – Mas pode chegar a isso.

Olho para Wynter, que parece em estado de choque, olhando para o nada.

– Wynter, eu sinto muito mesmo – digo, mas ela não responde. – Nunca a vi assim – digo a Cael e Rhys.

– Ela ama nosso povo – conta Cael, e sua voz elegante falha. – A ponto, acredito eu, de dar a vida por eles. – A tristeza atravessa sua expressão. – Ela deveria ser uma *Ealaiontora*. Mas os alfsigr viraram as costas para ela.

Lanço um olhar interrogativo para ele.

– É difícil traduzir – Cael explica. – Uma *Ealaiontora* é... um grande artista. E, no entanto... é ainda mais que isso.

– Um *Ealaiontora* é um profeta – murmura Rhys, pegando-me desprevenida. Ele sempre se manteve tão silencioso, tão vigilante. Sua voz é suave e seu sotaque é carregado, todos os tons afiados do seu discurso são arredondados, como se tivessem sido suavizados pela água corrente.

– Não como em seus textos sagrados – Rhys explica gentilmente. – Um *Ealaiontora* é um profeta não através de palavras, mas através de sua arte e de sua própria vida. São um reflexo da Alma do Povo.

– Se minha irmã tivesse nascido sem asas – diz Cael –, seria reverenciada por todos os povos élficos. Não vemos alguém como ela... o *talento* que ela possui... há gerações. Sua arte devia decorar os corredores dos monarcas alfsigr e os degraus do *Ardeaglais*.

– Eu não sou uma *Ealaiontora* – rebate Wynter de onde ela está encolhida contra a parede, com a voz embotada. – Eu sou uma dos Fétidos. Deixe-me e volte para o nosso povo. Aceito o meu destino.

Ariel se põe de pé, suas asas negras se desenrolam, um pequeno anel de fogo explode em torno de Wynter e dela mesma enquanto ela nos encara.

– Saiam – Ariel fervilha para nós. – Saiam *agora*. *Todos* vocês. Vocês estão *envenenando* a mente dela.

– Ariel, eles estão tentando ajudá-la – insisto.

– *Saiam*! – ela rosna para nós três. – *Deixem. Ela. Em paz.* – E se ajoelha na frente de Wynter. – Não precisamos deles – ela diz a Wynter enquanto acaricia o cabelo da outra desajeitadamente, lágrimas silenciosas escorrem por seu rosto furioso. – Não precisamos de *nenhum* deles. Só querem nos machucar. *Eles* são os Fétidos. Você não pode deixar que eles te *destruam*.

– O que você vai fazer? – pergunto a Cael, cheia de angústia.

– Vamos tentar uma audiência com minha tia, a rainha. Implorar para que ela não envie os marfoir. E para revogar esse decreto contra os icarais.

– E se ela negar?

Cael assente gravemente, como se já estivesse preparado para essa possibilidade.

–Vamos romper com o meu povo. De alguma forma, conseguiremos que a minha irmã viaje pela Passagem Oriental. Vamos para as terras Noi, onde Rhys e eu nos juntaremos à Guarda Wyvern. – O rosto refinado de Cael fica duro como pedra. – E então vamos pegar em armas contra os gardnerianos e os elfos alfsigr.

✶

PARTE 5

✶

DECISÃO DO CONSELHO DOS MAGOS

N. 340

A anexação pacífica dos territórios anterior e ilegalmente ocupados pelos lupinos do Norte e do Sul começará de imediato, colocando o território do Norte sob a proteção do Alfsigroth e o território do Sul sob a proteção do Sagrado Reino Mago da Gardnéria.

DECISÃO DO CONSELHO VERPACIANO

N. 73

Por decisão unânime, o Conselho Verpaciano votou a favor de colocar a Verpácia sob proteção da Gardnéria. A transição pacífica do poder terá efeito imediato, começando com a fusão das forças militares gardnerianas com as forças armadas da Verpácia. O Conselho Verpaciano funcionará agora sob jurisdição do Conselho dos Magos da Gardnéria.

DECISÃO DO CONSELHO DOS MAGOS

N. 341

A anexação pacífica das terras verpacianas terá efeito imediato, colocando o país anteriormente independente da Verpácia sob a proteção do Santo Reino Mago da Gardnéria.

DECISÃO DO CONSELHO DOS MAGOS

N. 342

Todas as relações diplomáticas com o povo noi estão cessadas em resposta às ações atrozes e gratuitas contra as forças militares gardnerianas e verpacianas. As forças vu trin estão agora, por meio desta, impedidas de entrar na recém-anexada província verpaciana da Gardnéria, e o Santo Reino Mago apropriou-se das bases militares vu trin na Verpácia oriental e ocidental.

Uma nova agressão ou invasão ao território soberano da Gardnéria será considerada ato de guerra.

PRÓLOGO

Damion e Fallon Bane espreitam pelas janelas da varanda envidraçada, além do mar de gardnerianos vestidos de preto na praça abaixo, a multidão cativada pela comoção no ápice da imensa escadaria da catedral.

Um icaral macho está sendo arrastado para execução, dois soldados seguram os braços da criatura, os tocos de suas asas se debatem em pânico.

Do quarto andar da propriedade mais palaciana dos Banes, Damion saboreia a vista panorâmica da cena. Seu olhar varre a multidão, em direção à gigantesca estátua de Clarissa Gardner que domina o centro da praça: a Bruxa Negra esplendorosa erguendo sua varinha para o maligno demônio icaral prostrado a seus pés.

Um movimento atrai o foco de Damion para a cena que se desenrola em frente às enormes portas da catedral. Marcus Vogel, Vyvian Damon e o resto do Conselho dos Magos estão em um semicírculo ao redor do icaral ajoelhado e amarrado enquanto três soldados magos de nível cinco avançam.

Impassível, Damion observa enquanto eles sacam a varinha e a apontam para a cabeça do demônio. Os tocos das asas da criatura continuam a bater agitadamente, sua cabeça está baixa. Trovões ressoam à distância, as nuvens escuras estão congregadas e baixas enquanto raios riscam o céu.

–Você sabia que a mãe foi atacada por um icaral? – pergunta Fallon, de sua cadeira colocada ao vidro, com os olhos presos no icaral. – Durante a Guerra do Reino. Na noite em que os keltas encurralaram toda a família dela. – Os olhos de Fallon brilham de indignação.

Damion Bane considera a irmã com cuidado. Ela está sentada em uma poltrona de veludo, com a cabeça apoiada em um travesseiro de seda que tem galhos bordados ao longo da barra do tecido preto em um tom fosco e mais profundo da mesma cor. Seu torso ainda está envolto em bandagens largas, e uma colcha cor de esmeralda com um desenho de árvore foi cuidadosamente colocada em seu colo por sua serva gardneriana do Baixo Rio.

Ela ainda está se recuperando, mas a garota é uma maravilha. Suas poderosas linhas de afinidade a salvaram.

E sua magia está crescendo.

– A mãe me contou sobre o ataque do icaral – diz ele. O olhar dos irmãos se cruza e se sustenta, uma feroz solidariedade se passa entre eles. A mãe, Genna Bane, raramente fala do que aconteceu naquela noite há mais de vinte anos. Quando os pagãos tinham poder e matavam aldeias inteiras de homens, mulheres e crianças gardnerianas.

Quando os keltas e os urisks e os demônios e icarais vieram buscar a mãe deles e toda sua família.

Com ódio renovado e satisfação ardente, Damion olha para o icaral vencido. Os tempos de colheita só começaram. O flagelo dos Malignos está prestes a ser varrido do Reino Ocidental, e depois do Reino Oriental também.

O trabalho da Bruxa Negra retomado e concluído, de uma vez por todas, por sua poderosa irmã.

A boca de Fallon se torce de aversão enquanto ela observa a cena.

– O icaral jogou bolas de fogo na família da mãe enquanto eles eram levados para um massacre no celeiro. E a coisa *riu*. *Riu* de verdade, enquanto queimava os pés das crianças e ateava fogo nas saias das meninas.

A raiva lampeja nos olhos de Fallon, seus dedos se fecham firmemente ao redor da varinha de madeira pau-ferro em seu colo. A sala inteira esfria, e Damion sente o frio se infiltrando em seus ossos conforme gelo se forma nas janelas.

– Eu sei, irmã – murmura Damion.

– Se deixarmos *um* Maligno sequer sobre a face da Therria, o que aconteceu antes acontecerá novamente – adverte Fallon. – A palavra *Mago* vai se tornar mais uma vez um insulto. O nosso povo, os nossos filhos, serão ridicularizados como "corvos" e "baratas". Escravizados... espancados. E depois encurralados e assassinados. – Ela firma seu olhar formidável sobre o irmão. – *Isso* é onde vamos terminar se não levarmos toda a força dos Tempos de Colheita sobre suas cabeças.

Damion segura o olhar da irmã, ignorando o frio alarmante. Ele sabe bem que não deve reagir a ela com medo.

– Os demônios icarais precisam ser colhidos, com certeza – ele concorda friamente, gesticulando em direção à criatura lá embaixo enquanto Marcus Vogel se dirige à multidão. – Mas esse frenesi de execuções é apenas um movimento político da parte de Vyvian.

Parte do frio diminui.

– É claro que é – diz Fallon, parecendo aplacada quando ele concordou com facilidade. – Para garantir seu lugar no Conselho dos Magos. – Ela encara o irmão. – Eu *realmente* acredito que Vyvian Damon está ao lado do Reino Mago, de verdade. Independentemente do quanto ela e a mãe se odeiem. – Seu belo rosto endurece. – Mas Vyvian prejudica o Reino ao não se afastar e aceitar onde está agora o poder da Bruxa Negra. Com a *nossa* linhagem.

– A linhagem da Bruxa Negra está com Elloren Gardner – Damion lembra gentilmente à irmã. – Agora que os irmãos Gardner foram banidos.

O frio sobe e o sufoca, a geada escorre pelas janelas.

– Elloren Gardner não é diferente dos irmãos. – Fallon lança um olhar enfurecido a Damion. – Ela é *staen'en*. Se envolve com todo tipo de Maligno.

– Fallon – ele diz, com fria racionalidade –, é bem sabido que os Malignos estão vindo atrás da linha de Clarissa Gardner porque eles ainda são a *linhagem verdadeira*. Você vai ter dificuldade em convencer o Conselho dos Magos a marcar a própria neta da Bruxa Negra como *staen'en*.

– E é por isso que Elloren Gardner precisa ser disciplinada. Por nós.

Damion está bem ciente de uma das razões para Fallon odiar a garota Gardner.

Lukas Grey.

– Discipline-a, então – responde ele, indiferente. – Você fica mais forte a cada dia. Em breve, ninguém duvidará de que você é a Bruxa Negra da Profecia.

– Não há tempo. – Os olhos de Fallon se estreitam. – Precisamos colocar toda essa família *firmemente* sob nosso comando, a começar por Elloren Gardner, e precisamos fazer isso logo.

Antes que ela seja laçada com Lukas Grey.

– Como você quer que eu lide com os irmãos? – pergunta Damion, cético. – Eles já devem estar sob a proteção das vu trin e a caminho das terras Noi.

– Eu mesma cuidarei dos irmãos.

Damion arqueia uma sobrancelha preta.

– O mais novo é um mago nível cinco.

Fallon estreita os olhos. Uma geada se forma em todas as superfícies da sala, parecendo cachos de agulhas cristalinas, tudo agora está revestido de branco, a vista da praça completamente coberta por gelo. A temperatura dá outro mergulho alarmante, e o frio atravessa o corpo de Damion.

Frio que dói.

– Você duvida de mim, irmão? – pergunta Fallon, com voz baixa.

Damion dá uma risada curta e flexiona os dedos que ardem de frio.

– Não, querida irmã – diz ele, olhando em volta com apreço. – Geada lindamente feita. Como chegou a dominar esse movimento?

– Fiz bom uso do meu repouso. – Os lábios de Fallon se torcem no traço de um sorriso. – E sei como podemos esmagar Elloren Gardner; uma maneira de destruir a vagabundinha *staen'en* e absorver a linhagem de poder de Clarissa Gardner.

Damion sorri para a irmã enquanto fica tenso contra o arrepio doloroso que percorre seu corpo inteiro.

– Se você me congelar até a morte, Fallon, não serei muito útil para você.

Fallon considera o que ele diz.

Todo o frio no cômodo se esvai abruptamente, e a geada some à medida que o espaço se aquece mais uma vez. O sangue corre de volta para os braços e pés de Damion em uma dolorosa onda de formigamento, a vista sobre a praça restaurada.

Damion olha para baixo bem a tempo de ver a luz azul explodindo de três pontas de varinha, engolindo o demônio icaral em uma torrente de fogo da mesma cor. Os Magos recuam enquanto a criatura desmorona em uma pilha de carne fumegante e carbonizada.

Damion se volta para a irmã e lhe devolve o olhar de determinação sombria.

– Então, diga-me, irmã. Como quer que eu destrua Elloren Gardner?

CAPÍTULO UM

ASAS

Espio pela enorme janela circular da Torre Norte, empoleirada como Wynter tantas vezes fica ali em cima. Meus olhos examinam o campo escurecido pela noite e o breu da floresta além, procurando por qualquer sinal de Cael e Rhys. A lua cavalga logo acima da irregular Espinha do Norte.

Um silêncio sombrio caiu pesadamente sobre Ariel e Wynter, a espera pelo retorno de Cael e Rhys é uma agonia. Ariel usa uma máscara sombria de resistência que é nova. Sua hostilidade passada mudou para uma proteção feroz para com Wynter, e há uma força crescente nela. As asas estão mais cheias, as penas mais brilhantes. Seu fogo regressando lentamente.

É a única coisa animadora num reino cada vez mais desanimador.

Ao contrário de Ariel, Wynter parece destruída, enrolada apaticamente em sua cama por horas a fio, como se seu espírito estivesse irremediavelmente combalido. Eu olho para onde Ariel está inutilmente tentando persuadi-la a comer alguma coisa, mas Wynter não se mexe. Meus olhos encontram os de Ariel, e posso ver nela a mesma grave preocupação que cresce dentro de mim.

Nos últimos dias, a universidade foi se reabrindo sob a nova liderança gardneriana. Lucretia e Jules fugiram, o cargo deles foi assumido por professores leais a Vogel e ao Santo Reino Mago.

Todas as noites, Tierney e eu visitamos os Arquivos Gardnerianos recentemente reabertos e nos debruçamos sobre o *Moções & Decisões do Conselho dos Magos* sob a luz tremeluzente das lamparinas.

– O Conselho jogou na prisão de Valgard todos os icarais que estavam no Sanatorium – Tierney sussurra com o dedo deslizando ao longo das linhas do texto. – E parece que sua tia está fazendo bom uso do fervor anti-icaral que Marcus Vogel instigou.

Lemos, com horror crescente, sobre como minha tia tem tirado icarais das celas da prisão de Valgard e os feito marchar pelas ruas da cidade, com as multidões se agitando em um frenesi de linchamento. Ela arrasta os icarais, um por um, para as reuniões do Conselho dos Magos, exigindo que os "demônios" sejam cortados.

Até o momento, conseguiu realizar a execução pública de quatro icarais nos degraus da catedral de Valgard.

– Ela está tentando recuperar a boa fama – murmuro para Tierney, com uma repulsa mordaz. – Ela baniu meus irmãos da família, e com isso está garantindo seu assento no Conselho dos Magos.

– Ariel e Wynter *precisam* sair daqui – diz Tierney, em um sussurro baixo e tenso. – Alguém vai entrar na Torre Norte em algum momento.

– Eu sei. Mas Cael e Rhys voltarão a qualquer momento. – Não gosto da insegurança na minha própria voz quando digo isso.

A expressão de Tierney se torna estranhamente hesitante.

– Elloren – ela sussurra, hesitante, como se tivesse dificuldade em dar voz aos pensamentos.

A ansiedade se assoma dentro de mim.

– O que é?

Ela engole e luta para encontrar os meus olhos.

– Valasca mandou mensagem... – ela examina a sala ampla, aproximando-se e abaixando a voz até que seja tão leve quanto o sussurro de uma pena. – As amazes descobriram como remover glamoures asrai. Elas vão... – Ela gesticula em direção ao seu corpo. – Arrancar essa *coisa* de mim.

Meus olhos se arregalam.

– Tierney... isso é incrível.

– Elas descobriram como retirar até mesmo glamoures em camadas e prendê-los em pedras rúnicas. Dessa forma, podem usá-los de novo para enfeitiçar outra pessoa, se necessário.

Olho para ela com espanto.

– Essa é uma habilidade poderosa.

O semblante de Tierney fica sombrio, e ela olha em volta cautelosa.

– É, bem, as amazes vão precisar de todas as vantagens que puderem garantir neste novo reino.

– Então elas vão tirar o seu glamour... permanentemente?

Tierney acena, e as ramificações dessa revelação me tomam de assalto. Como ela será quando for libertada do glamour que a aprisionou por quase toda a vida? Quais poderes vai conseguir finalmente acessar?

– Elloren – ela sussurra, vacilante –, Valasca e Alder vão tirar o glamour de mim dentro de seis dias. Uma vez removido, vou poder me transformar em água na minha verdadeira forma. Então... vou embora para o Reino Oriental.

Me atordoa o quanto a notícia me impacta. Eu já sabia há algum tempo que Tierney acabaria indo embora, que ela *deveria* ir embora. Mas nunca percebi o quanto a perda iminente da minha amiga irascível e intelectualmente feroz seria catastrófica.

Pisco várias vezes, de repente lutando contra as lágrimas, abruptamente engasgada. Limpo uma lágrima perdida com aspereza.

– Desculpa, mas... vou sentir sua falta.

Tierney tenta me lançar um olhar sarcástico, mas seu lábio treme nos cantos.

– Mesmo que eu reclame o tempo todo?

Uma risada irrompe de mim, e sorrio vacilante para ela através de uma cortina de lágrimas.

– Fico feliz que você esteja indo embora – sussurro, enfática. *Vou sentir a sua falta desesperadamente. Ficarei tão sozinha.* – Eu quero que você vá. Vou ficar muito feliz só de saber que você está a salvo.

Ver todos vocês indo embora vai partir meu coração.

Na noite seguinte, estou de volta à Torre Norte, com a testa pressionada no vidro frio da janela, a noite está limpa; o campo diante de mim, prateado pelo luar.

Pergunto-me onde Yvan está neste momento, e se está olhando para a mesma lua. Uma tristeza desamparada toma conta de mim quando deixo meus olhos deslizarem pelos picos acinzentados da Espinha, em direção às selvas abaixo.

Uma sombra irrompe das árvores e eu recuo. A princípio, penso que deve ser Cael, e aperto os olhos para entender exatamente o que estou vendo: uma figura escura a cavalo, correndo em direção à Torre Norte. Mas então percebo que o cavalo tem um cavalgar estranho e fluido, seu corpo escuro reflete o luar em linhas prateadas onduladas.

Meu coração dispara.

O que, em nome do Ancião, Tierney está fazendo? Ela está arriscando tudo, montando um kelpie a céu aberto.

O nome dela irrompe dos meus lábios.

– Tierney!

Pulo do parapeito, encontrando os olhares de surpresa de Ariel e Wynter, minha explosão parece ter trazido Wynter à atenção repentina.

– Ela está em um kelpie – digo-lhes apressadamente enquanto corro para a porta. – Tem alguma coisa errada.

Disparo para fora do quarto, corro pelo corredor e desço as escadas em espiral, os passos de Ariel e Wynter trepidam logo atrás de mim, o corvo de Ariel voa atrás de nós.

Abro a porta da Torre Norte enquanto Tierney se aproxima, com olhos arregalados. Recuo, resistindo ao desejo de fechar a porta contra a criatura perigosa, mas quando Tierney salta da garupa do kelpie, ele logo se dissolve em uma poça de água enegrecida.

– Eles estão aqui – diz Tierney, com voz áspera e terror gritante em seu rosto. – Os marfoir. Na floresta. Eu e Es'tryl'lyan os vimos a norte daqui. Dois elfos, como nunca vi antes. Eles estão... *fortemente* armados. Wynter, estão vindo atrás de você. Vocês precisam ir embora. *Agora!*

Não. Não pode ser. O que aconteceu com Cael e Rhys?

Tierney corre para dentro do vestíbulo circular da Torre Norte e fecha a porta.

– Você consegue lutar contra eles? – pergunto, temerosa. – Com magia da água?

Tierney balança a cabeça enfaticamente.

– Não. A magia deles é... distorcida, de alguma forma. Eles têm feitiçaria rúnica de água; posso sentir isso neles. Mas é toda *errada*. Não está ligada à floresta. Está funcionando *contra* ela. Eles têm essas runas das sombras. Não as runas prateadas normais dos elfos alfsigr. – Ela se vira para Wynter, descontroladamente decidida. – Você precisa vir comigo *agora*! Eu e Es'tryl'lyan vamos te tirar daqui.

Por um breve segundo, Ariel, Wynter e eu ficamos congeladas enquanto a terrível situação nos atinge em cheio. E então Ariel se empertiga, seu rosto fica calmo e estável de um jeito que nunca vi. Ela coloca uma mão firme ao redor do pulso de Wynter, sua voz está baixa e implacável.

– Me dê as suas roupas.

Wynter recua enquanto lê os pensamentos de Ariel. Seus olhos se arregalam de horror e ela balança a cabeça violentamente de um lado para o outro.

– Não. *Não!*

– Me dê as suas roupas – insiste Ariel. – Eu vou te dar as minhas. Vou atraí-los para longe.

– Não! – Wynter começa a chorar.

– Eles vão te *matar* – insiste Ariel, com os dentes cerrados, sua calma cedendo.

– Mas eles vão levar *você* – exclama Wynter, lutando para se afastar enquanto Ariel a segura com firmeza. – Eles vão te jogar na prisão de Valgard e cortar as suas *asas*!

– Se você não for embora com Tierney e me deixar te salvar – retruca Ariel, duramente –, eu vou resistir com tanto afinco que eles não vão ter escolha a não ser me matar. – Ela encara Wynter enquanto a deixa absorver seu ultimato.

Lágrimas escorrem por suas bochechas, e Wynter enfim acena com a cabeça, cedendo. Com mãos trêmulas, ela começa a se despir, e Tierney salta para ajudá-la.

– Não – protesto, olhando para Ariel. – Tem que haver outra maneira.

– Não há – diz Ariel. – Se eu não os despistar, não vai haver tempo suficiente para ela fugir. – Ela vira as costas para mim, com a voz firme e segura. – Desamarre minha túnica, Elloren.

Lágrimas ardem nos meus olhos quando a ouço usar o meu nome. Minhas mãos tremem quando solto os cordões da roupa e Ariel sacode os ombros para deixar a longa túnica preta cair.

Wynter entrega peça por peça seu traje élfico a Ariel, então Tierney a ajuda a vestir as roupas pretas de Ariel enquanto meu coração se aperta a ponto de partir.

Um pulsar forte ao longo das minhas linhas de afinidade rompe a angústia que me domina. A Varinha Branca vibra, despertando contra meu tornozelo, e tenho uma súbita consciência de um quê de poder sombrio no ar, movendo-se com rapidez em nossa direção.

Eu me empertigo, instantaneamente alerta.

– Eles estão quase aqui – digo, sentindo um torpor. – Consigo senti-los. Estão vindo do norte.

– Leve Wynter para as amazes – diz Ariel a Tierney enquanto se apressa para terminar de vestir o resto das roupas élficas, pegando o cachecol branco de Wynter em um gancho na parede.

Tierney abre a porta com os ombros e nos reunimos às pressas do lado de fora da Torre Norte. É uma noite quente, as estrelas brilham no céu.

Ariel agora está vestida da cabeça aos pés de branco, o lenço de Wynter enrolado em sua cabeça para esconder seus cabelos escuros. Wynter veste a túnica de Ariel e as calças pretas, um manto escuro preso em torno de seu corpo esguio com o capuz puxado para baixo, escondendo tanto o cabelo branco-neve quanto as asas.

Wynter chora silenciosamente; seu rosto está tão perturbado que é como se ela estivesse carregando toda a dor do mundo. Ariel olha para o norte, em direção ao caminho de onde os marfoir estão vindo, depois se volta para Wynter.

– Eu te amo – ela diz categoricamente, como se declarasse um fato irrefutável.

– Eu também te amo, minha irmã – responde Wynter com a voz se rompendo em lágrimas.

– Não – diz Ariel, enfática. – Não como irmã. Eu te *amo*.

Wynter acena com a cabeça em compreensão, os olhos cheios de dor.

– Eu sei.

– Adeus – diz Ariel a todas nós, e então ela se vira, sem hesitar, e caminha direto para as florestas ao norte; direto para o caminho dos marfoir. Ela abana as asas, que se abrem em sua envergadura completa, banhadas em prata pelo luar.

Enquanto as lágrimas caem dos meus olhos, percebo que Ariel é a pessoa mais heroica que já conheci.

– Volte para dentro! – Tierney sibila para mim enquanto puxa Wynter na frente dela. O kelpie se ergue debaixo delas, e Tierney me lança um último olhar desesperado antes de ela e Wynter dispararem como uma flecha em direção às selvas a noroeste.

Não. Não. Não.

Meu coração se contrai quando as vejo desaparecer na floresta escura como breu.

Uma dor aguda se espalha pela minha barriga, como fileiras de insetos me mordendo, e eu puxo uma respiração dolorosa, dobrando os braços sobre o torso.

A runa de Sage, percebo com um medo crescente.

Duas figuras espectrais em cavalos alvos emergem da floresta ao norte, ficando visíveis. Ariel para diante deles enquanto um terror paralisante me domina.

Os marfoir são mais altos do que os elfos costumam ser, seus membros estranhamente esticados, os olhos muito grandes. Têm uma natureza insectoide e sombria. Uma maldade ancestral e rastejante toma conta de mim enquanto Ariel se vira e corre de volta para a Torre Norte, com os olhos bem abertos e fixos aos meus.

– Ariel! – O grito irrompe de mim quando me ponho a correr em direção a ela.

Os dois marfoir levantam as mãos em sincronia, as palmas marcadas por runas negras. Linhas de sombra ceifam o ar em direção a Ariel e se torcem em torno de seus braços, pernas e boca.

Ariel solta um grito estrangulado enquanto é puxada para o chão.

Uma inundação negra de indignação surge através de mim.

– Afastem-se dela!

Os olhos dos marfoir se voltam para mim. Eles movem as palmas das mãos na minha direção, e uma massa sólida invisível bate no meu corpo, arrancando o ar dos meus pulmões e me lançando vários metros para trás, fazendo-me pousar com um baque sofrido de lado, meu quadril e cotovelo dolorosamente machucados.

Eu me movo para me levantar e percebo que estou presa ao chão por uma teia de sombras, como um inseto nas patas de uma aranha. Ariel também está presa; sua boca, amordaçada.

Os marfoir cavalgam para mais perto, seus olhos frios e malignos de um preto sólido em rostos brancos, focados em Ariel com intenção mortal. E é aí que eu percebo: chifres feitos de sombras emergem de suas cabeças, a fumaça escura espirala até desaparecer em uma névoa rodopiante nas pontas.

Eles apeiam de seus corcéis em um movimento sincronizado, como se fossem uma imagem espelhada do mesmo ser. Juntos, esticam as mãos de dedos longos e facas curvas se manifestam das palmas, brilhantes ao luar.

Eles marcham em direção a Ariel, inclinando as facas em direção ao pescoço dela.

– Deixem-na em paz! – exclamo. – Ela não é Wynter Eirllyn!

Os marfoir param. Um deles segura a palma da mão para mim, e amarras de sombra chicoteiam em minha direção, batendo em minha boca e cabeça, amordaçando-me.

O outro arranca o lenço branco da cabeça de Ariel e empurra a cabeça dela para trás enquanto Ariel sibila e luta. A boca da coisa se contorce em uma carranca repentina e horrível quando o cabelo preto espetado de Ariel é revelado. Mais linhas de sombra voam das suas mãos, envolvendo Ariel em um casulo de escuridão, deixando apenas seus olhos selvagens e rebeldes expostos.

O marfoir levanta Ariel para o cavalo como se ela não pesasse nada, e a arremessa sobre a garupa do animal enquanto eu luto contra minhas amarras. O outro lança linhas de sombra para prender Ariel ao cavalo.

Eu grito contra a mordaça de sombra enquanto eles cavalgam para longe com ela. Quando estão do outro lado do campo, indo em direção ao limite oeste da floresta escura, todas as minhas amarras de repente cedem, se esvoaçando em gavinhas de fumaça negra.

Fico de pé e corro atrás deles enquanto o corvo de Ariel voa em direção a eles como uma pequena flecha preta.

– Ariel! – grito.

Mas eles já desapareceram, assim como o corvo.

Desacelero, depois paro quando o desespero me atinge com uma força incapacitante. Sei o que vão fazer com ela.

Vão entregá-la aos gardnerianos. E assim que a tiverem, vão atirá-la na prisão de Valgard.

E quando ela estiver lá, vão cortar suas asas.

O céu antes do amanhecer está nublado e derramando chuva enquanto vejo o jovem passarinheiro gardneriano amarrar minha carta na perna de um falcão rúnico.

A Espinha do Norte é pouco visível através das janelas panorâmicas do aviário, envolta na névoa da manhã. Assisto quando o falcão rúnico é lançado na escuridão úmida, alçando voo para o norte, mas, desta vez, não para Lukas.

Para Valasca, Alder e Tierney.

Sinto que estou me transformando numa espada temperada e pronta para a batalha enquanto vejo o pássaro desaparecer na névoa.

Caminho de volta para a Torre Norte, meu manto apertado contra a chuva agora forte. Um vento fustigante se levantou, e meus passos são apressados contra a rápida mudança do clima.

Caminho pelo campo encharcado de chuva para a Torre Norte, meus calcanhares afundam ligeiramente no chão enlameado.

– Elloren.

Viro-me ao som do meu nome, a voz abafada pela chuva forte. Um jovem corre na minha direção, vindo da cidade universitária. Aperto os olhos para tentar distinguir seu rosto na manhã escura enquanto uma sensação de fogo poderoso corre através de minhas linhas de afinidade.

O reconhecimento caloroso toma conta de mim e disparo em direção a Yvan. Seus olhos brilham, dourados, enquanto eu jogo os braços em volta dele, a emoção corre através de mim em uma onda poderosa.

– Elloren – ele murmura, seu calor flameja através das minhas linhas. A chuva cai sobre nós dois enquanto nos agarramos um ao outro.

O que ele fez mexe comigo por dentro em uma espiral avassaladora, e eu me afasto bruscamente dele.

– O que você está fazendo aqui? – exclamo. – Você não pode estar aqui. Isso é a *Gardnéria* agora.

– Eu *precisava* voltar. – Sua voz é baixa e urgente enquanto ele se agarra a mim. – Wynter e Ariel estão correndo um grande perigo. Cael e Rhys também. Falei com um diplomata alfsigr fugitivo. A monarquia deles decidiu matar os icarais. *Todos* eles, Elloren. Eles vão enviar os marfoir...

– Eles já vieram – digo-lhe, estremecendo com a memória daquelas... *coisas*.

Yvan congela, com o olhar ardente chocado. Seu rosto se contorce de angústia enquanto ele recua, os músculos tensos no que ele cospe o que soa como um xingamento frustrado na língua lasair, e a chuva continua caindo sobre nós.

– Wynter fugiu – digo-lhe, sem fôlego. – Ela está com Tierney, indo para terras amazes. Mas Ariel... – Eu paro, minha voz se parte de tristeza. – Yvan, os gardnerianos devem estar com ela.

– Não.

Eu conto a ele sobre o sacrifício de Ariel. Como ela se fez passar por Wynter para salvá-la.

– Eu vou atrás dela – digo a ele.

Os olhos de Yvan brilham.

– Você sabe para onde a levaram?

Aceno com a cabeça, meus lábios encharcados de chuva se contraem de indignação.

– O Conselho dos Magos ordenou que todos os icarais fossem levados para a prisão de Valgard, então tenho certeza de que é onde ela está. Mas tenho uma ideia de como posso tirá-la de lá.

Os olhos de Yvan ardem de solidariedade.

– Eu vou te ajudar.

– Vai ser perigoso – digo-lhe. – Mas eu não me importo. Não me interessa o preço. Nós *não podemos* deixar que tirem as asas dela.

CAPÍTULO DOIS
GLAMOUR

– Você está pronta? – Valasca pergunta a Tierney, que treme diante de nós, seus olhos são uma tempestade de emoção.

– Não vejo o meu verdadeiro eu desde os três anos. – As palavras dela saem em um sussurro constrito. – Eu não... eu nem me lembro de como eu era.

Yvan, Tierney, Valasca, Alder e eu estamos reunidos no celeiro circular isolado. Luzes fracas de lamparinas se espalham pelo espaço, iluminando o corvo de Ariel que voltou para nós esta manhã, o pássaro astuto está empoleirado no alto das vigas. As páginas desbotadas d'*O Livro dos Antigos* estão espalhadas aos nossos pés.

Alder agarra um disco de pedra preta marcado com uma runa escarlate brilhante. Ela segura um galho esguio e de linhas elegantes em sua outra mão verde cintilante.

Bordo estrelado.

Tierney aponta para a pedra rúnica.

– Então meu glamour vai fluir para isso?

– Isso mesmo – afirma Alder, com postura serena e alta, a voz uma calmaria melódica. Ela põe os olhos verde-floresta sobre mim e Yvan. – Então vamos transferir o glamour para vocês dois.

Yvan encontra o olhar desconcertantemente plácido de Alder naquela maneira inabalável e intensa dele.

– Muito bem, então – diz Tierney, com o rosto rígido de determinação, mesmo enquanto ela treme. – Vamos acabar com isso.

Valasca olha para o teto e eu sigo o seu olhar.

Nuvens fortes e escuras se formam bem acima de Tierney, espalhando-se rapidamente para preencher o teto do celeiro, obscurecendo as vigas cruzadas. Raios pulsam de nuvem em nuvem, provocando um crocitar indignado do corvo de Ariel.

Valasca olha para Tierney com preocupação.

– Estaremos bem aqui – diz ela, com firme segurança. – Vamos te ajudar com isso.

– Só anda logo – diz Tierney, com aspereza.

Alder dá um passo em direção a ela, o movimento suave e comedido, como se estivesse deslizando pelo chão. Ela abaixa gentilmente o galho até o ombro trêmulo de Tierney, enquanto as nuvens se tornam densas e irregulares, tão grossas que não consigo mais ver as vigas. Névoa envolve a todos, com um orvalho fresco que faz minha pele formigar.

Meus olhos encontram os de Yvan através da névoa quando Alder entoa um canto baixo na fluida língua dríade, e sinto um tremor de surpresa. Soa muito com a nossa língua antiga, a língua sagrada usada durante as nossas cerimônias sagradas.

Uma energia estática oscila no espaço. Os relâmpagos de Tierney aumentam, pulsando pela névoa com lampejos de branco.

O corpo dela estremece abruptamente, e Alder recua quando a forma vacilante da minha amiga escurece. Meus olhos se arregalam enquanto ela incha e se estica, a massa escura avançando para fora, ondulando como se ela fosse um inseto trocando a casca.

Um rosto se forma na massa escura, contorcido de dor: seus olhos estão fechados, e a boca aberta em um círculo torturado e silencioso.

O grito de Tierney de repente rasga o cômodo, e o glamour salta para longe dela e para a pedra marcada por runas com um estalo alto que reverbera pela minha espinha.

Por uma fração de segundo, fico ciente de várias coisas ao mesmo tempo, e Tierney desmorona. As nuvens e os relâmpagos piscam e desaparecem de súbito, a névoa clareia abruptamente. A superfície do disco na mão de Alder agora rodopia em cinza e preto, como se tomado por uma tempestade.

Tierney grita em agonia, com o pescoço esticado para trás, cabelos azuis se espalham ao seu redor, longos pedaços de pano envolvem seu corpo de forma impiedosamente apertada.

Valasca pragueja e puxa uma faca rúnica. Ela se joga em Tierney, sua lâmina é um borrão, e corta o que eu percebo ser a roupa de infância de Tierney, agora muito pequena para seu corpo adulto.

Todo o corpo da minha amiga se solta quando ela é libertada das amarras de pano, seu peito arfa enquanto ela engole grandes goles de ar.

Valasca a ajuda a se sentar enquanto ela ofega e luta para segurar os restos esfarrapados do vestido de uma criança sobre si mesma. Desabotoo meu manto, balanço-o e rapidamente o envolvo em torno dela.

A calma florestal quase sobrenatural de Alder foi violada. Ela encara Tierney, com olhos verdes arregalados, a pedra rúnica apertada frouxamente em sua mão, como se estivesse um pouco atordoada com o que realizou.

Aturdida, pego um dos restos de pano descartados, percebendo que este é o vestido que Tierney devia estar usando quando lançaram o glamour nela – quando tinha três anos.

A peça foi reduzida a brilhantes farrapos viridianos, o tecido decorado com redemoinhos de pequenos seixos alisados pelo rio.

Bordado à mão com amor.

A pele de Tierney está marcada por retalhos vermelhos brilhantes, onde a roupa muito pequena rasgou sua pele.

Pele azul-lago que não é de cor estática.

O cabelo e a pele dela ondulam em azul-escuro, a cor é um reflexo perfeito de águas profundas. Ela olha para mim, seus olhos de um azul tão escuro que quase parecem pretos, com a mesma qualidade aquosa da pele. Minha capa escorrega de seus ombros enquanto ela a agarra com firmeza na frente do corpo.

Seu corpo, apertado por tanto tempo pela pele gardneriana, parece solto e libertado. E suas feições não são mais marcadas e duras, mas curvas encantadoras: seu nariz se alargou, seus lábios são cheios e azul-profundos, suas orelhas são duas longas e graciosas pontas curvas e as costas fluem como um riacho suavemente sinuoso.

– Como eu sou? – Tierney me pergunta, sem fôlego.

Lágrimas me enchem os olhos.

– Você é linda. Você é *muito* linda.

Tierney estende um braço e o fita com admiração. Suas unhas são de um azul opalescente e reluzente. Uma risada irrompe dela.

– Eu consigo respirar – diz ela, olhando em volta para nós. Sua voz falha. – Finalmente consigo respirar de verdade. – Ela faz uma pausa e respira fundo. – É tão… *bom*. – Ela movimenta os ombros. – Eu consigo me *mexer*.

O olhar de Valasca se fixa num balde de metal nas proximidades. Ela o pega, lustra a superfície reluzente com a borda de sua túnica, então, solene, o traz para Tierney, que pega o balde, engolindo com nervosismo. Seus olhos marejam e desviam com teimosia da superfície espelhada do balde. Ela toma um longo fôlego, estremecendo, seus olhos encontram os meus.

Uma lágrima quente rola pela minha bochecha, uma risada irrompe.

– Vá em frente. Dê uma olhada.

Tierney olha para seu reflexo e ofega com força, sua mão voa para cobrir a boca.

– Eu me pareço com *ela* – afirma, sufocada. Seu rosto se retorce quando ela começa a chorar, seus olhos se fecham. – Eu me pareço com a minha *mãe*.

Ela se encolhe, os braços em volta dos joelhos, o balde bate no chão com estrépito e rola sobre as páginas d'*O Livro*.

Os olhos de Valasca se enchem de lágrimas, o rosto apertado enquanto desvia o olhar. Yvan se ajoelha na frente de Tierney, a mão vai ao braço dela.

– Me deixa te ajudar. Posso te curar onde a roupa rasgou sua pele.

Tierney acena com a cabeça, soluçando, e, com gentileza, Yvan coloca as mãos sobre as marcas irritadas e avermelhadas de seu corpo. Uma a uma, as feridas desaparecem sob seu toque lasair. Quando ele termina, Valasca entrega a Tierney uma túnica marrom simples e uma calça preta, todos desviam os olhos enquanto ela se levanta e veste a roupa.

Quando volto a olhar para Tierney, surpreende-me ver o quanto ela é alta. Minha amiga se balança de um lado para o outro e olha para os pés, como se testasse as pernas novas, seu cabelo ondulado, de cor azul meia-noite, cai em cascata sobre seus ombros. Então ela olha para nós, seu sorriso irradia uma alegria pura e desenfreada. Ela salta sobre os calcanhares, parecendo finalmente, *finalmente* confortável na própria pele.

– Prontos? – ela pergunta a Yvan e a mim, um desafio ousado agora em seu tom.

Um arrepio ansioso ondula pelo meu corpo enquanto Alder me oferece a pedra rúnica tempestuosa. Ela é quente e espalha uma ardência estática pela palma da minha mão quando a pego. Nuvenzinhas cinzentas e pretas flutuam sobre a superfície, a runa escarlate central suave e luminescente através da névoa inconstante.

– Imagine a forma que você quer – Alder me instrui. – Em detalhes.

Fecho os olhos e me lembro do rosto de tia Vyvian. Sua figura graciosa. Uma túnica preta, saia de montaria e capa. Eu construo a imagem, pintando-a na minha mente, detalhe por detalhe.

O penteado trançado de tia Vyvian, brincos delicados de flores-de-ferro, as marcas de enlace rodopiantes, olhos esmeralda vívidos...

Quando estou confiante de que minha imagem dela é clara, abro os olhos e me surpreendo. Tia Vyvian olha para mim do disco, as nuvens de tempestade pairam ao seu redor; tão clara que é como se alguém a tivesse encolhido e a amarrado ali.

– É isso mesmo? – Alder me pergunta, tocando o disco com seu longo dedo de brilho esmeralda. – É ela?

Analiso a imagem. Insegura, concentro-me mais plenamente na linha exata da mandíbula de tia Vyvian, na curva das suas orelhas. O rosto dela fica mais nítido, pouco a pouco, até que a imagem é finalmente um reflexo perfeito da minha tia poderosa.

Satisfeita, eu olho para Alder.

– É ela.

Alder acena com a cabeça e, com leveza, coloca seu galho no meu ombro.

– Segure a pedra rúnica com firmeza – ela me diz.

Fecho-a com força na mão e cerro os olhos enquanto Alder canta um feitiço fluido.

Um zumbido de energia instável passa através de mim, vindo da varinha de Alder. Minha pele aperta dolorosamente, e solto um gritinho, meus olhos se abrem bruscamente. Sou logo atirada em uma crise de pânico.

Não há nada além de preto diante de mim, e meu corpo está coberto por uma substância oleosa, meus dedos escorregadios um contra o outro. O óleo se solidifica de repente, comprimindo o meu corpo, o ar é arrancado dos meus pulmões. Ofego sem fôlego e quase perco o equilíbrio. Então a nuvem escura se rompe abruptamente e desaparece, e sou capaz de respirar fundo.

O rosto polvilhado de esmeralda de Alder está à minha frente. Ela levanta o queixo, parecendo satisfeita. Yvan, Tierney e Valasca olham espantados para mim, com os olhos arregalados.

– Eu me pareço com ela, então? – indago, minha pulsação acelera.

– De uma maneira assustadora – diz Tierney, seu tom sardônico habitual se infiltra de volta na sua voz.

Flexiono os dedos das mãos e dos pés. Remexo e tensiono os músculos. É perturbadoramente claustrofóbico estar na pele de outra pessoa enquanto tenho uma noção do meu próprio corpo preso logo abaixo dela. Estendo o braço e me maravilho com a visão do braço cintilante da minha tia, das suas mãos marcadas pelo laço de varinha, das suas unhas bem cuidadas. Levanto uma mão para tocar o meu rosto. Sinto as linhas suaves, os ossos afiados das minhas bochechas drasticamente alterados.

– Agora segure a pedra para a frente e imagine o guarda da sua tia – instrui Alder com a varinha de volta no meu ombro.

Embalo frouxamente a pedra rúnica na palma da mão enquanto repito o processo mais uma vez, invocando uma imagem do guarda de tia Vyvian, Isan. Cabelo preto, mandíbula quadrada, peito largo, olhos verde-musgo ranzinzas. Quando a imagem visualizada na pedra parece correta, entrego o disco a Yvan.

Ele fica completamente imóvel e fecha os olhos, como se imperturbado e estranhamente familiarizado com isso. Alder coloca seu ramo no ombro dele e envia o glamour.

Observo, paralisada, enquanto o cabelo de Yvan lampeja de marrom para vermelho brilhante, e, em seguida, sua forma borra e fica escura e indefinida, voltando à sua nitidez e, em seguida, transformando-se em… Isan.

Como Tierney e eu, Yvan está completamente alterado: atarracado e parecendo ter uns dez anos a mais, vestido com trajes militares gardnerianos.

Ele solta um longo suspiro e olha para as mãos abertas com aparente curiosidade. Nossos olhares se cruzam, seus olhos agora são de um tom escuro de verde, enquanto ele me lança um olhar penetrante, quase desconfiado.

Dirijo-me a Alder:

– Quanto tempo temos?

– Um dia, talvez – ela responde, séria. – Provavelmente menos que isso. – Ela aponta o seu ramo para a pedra rúnica na minha mão. – Esse glamour é muito forte, mas vai se esforçar para voltar à pedra rúnica cada vez mais com o passar das horas. Vocês vão precisar ser rápidos.

Saímos para a escuridão antes do amanhecer, Yvan e eu montamos os cavalos que Valasca providenciou para nossa viagem. O corvo de Ariel voa do celeiro para o céu.

– Vão – Tierney me incita, sua aparência alucinantemente alterada, mas sua voz inalterada e endurecida, cheia de propósito. – Vão salvar Ariel desses monstros.

CAPÍTULO TRÊS

ARIEL

– Abram os portões! Abram caminho para a maga Vyvian Damon! – grita um soldado de rosto de granito com dois guardas que estão posicionados dentro dos portões altos e com barras de ferro da prisão.

Meu cavalo recua em resposta ao guincho de ferro quando as fechaduras do portão são abertas.

A prisão surge diante de nós, construída no estilo de boa parte da arquitetura gardneriana: árvores gigantescas e esculpidas formando as paredes, com galhos se unindo para sustentar o amplo telhado. Mas, em vez de ser feito da sagrada madeira de pau-ferro, o edifício foi construído com pedra de obsidiana.

Uma muralha hexagonal rodeia a imensa prisão, delineada por fileiras de pontas de ferro voltadas para os céus. Cada canto dela tem uma torre de guarda que abriga um único arqueiro. É uma verdadeira fortaleza; não sei como teríamos entrado sem o glamour.

O soldado rude me ajuda a desmontar enquanto Yvan apeia do cavalo com habilidade, entregando as rédeas dos dois animais a um dos guardas e dando ordens bruscas sobre o cuidado com eles.

O outro guarda faz uma pequena mesura, abre o portão e gesticula, fazendo sinal para eu avançar. Olho para trás e encontro Yvan no meu encalço, e partilhamos um olhar rápido e resoluto. Volto-me mais uma vez para a frente, respiro fundo e atravesso os portões de ferro da prisão, que se fecham às nossas costas. Estremeço interiormente quando a fechadura estridente é acoplada no lugar.

Nervosa, olho para a prisão imponente e engulo em seco. O tamanho do edifício em si é assustador, assim como o número esmagador de guardas.

E há ferro por todo lado.

Flechas com pontas de ferro. Espadas de ferro encostadas às paredes. E pranchas grossas de ferro listram a parede circunvizinha de cima a baixo.

Como se a prisão tivesse sido construída para resistir a um ataque feérico.

Luto contra o desejo de agarrar Yvan e fugir desse lugar maléfico.

O jovem guarda de queixo quadrado nos acompanha em silêncio até a entrada principal da prisão, um imponente par de portas de madeira gravadas com uma árvore gigante e frondosa. Esperamos enquanto ele desliza para dentro das portas para anunciar a nossa chegada.

Momentos depois, a porta é aberta novamente pelo guarda, e um homem mais velho e esguio aparece à soleira. Os olhos verdes do mago idoso nos consideram com calma através dos óculos prateados, seu comportamento é friamente intelectual. As vestes negras ostentam a crista da Guilda dos Cirurgiões gardnerianos: uma árvore feita de ferramentas de cirurgia. Uma varinha está embainhada ao seu lado, e seu traje é marcado com listras de um mago nível três.

– Maga Damon – bajula o cirurgião murmura, curvando-se ligeiramente. – Mais uma visita surpresa. Mas certamente não indesejável.

– Leve-me até os icarais – digo, tentando imitar o tom suavemente dominador da minha tia. – Eu vim para buscar uma chamada Ariel Haven.

Ele acena com a cabeça em deferência, recua e, com um aceno refinado de sua mão esguia, sinaliza para que entremos.

Com o coração disparado, adentro pela porta da prisão.

O saguão circular se assemelha a uma floresta à meia-noite, as árvores esculpidas de obsidiana são densas e inclinadas. Ramos de pedra estão emaranhados acima, os troncos das árvores emolduram vários corredores sombrios. Lamparinas de lumepedras estão posicionadas ao longo do espaço e revestem os vários corredores, banhando tudo com um brilho pantanoso. Olho de relance para a minha mão com marcas do laço, o brilho esmeralda da minha pele é potencializado pela luz sinistra.

– Conseguiu uma ordem de execução desta vez? – indaga o cirurgião, com tom leve, como se pisasse em ovos.

Eu sufoco um tremor de pânico.

– Não. Sem ordem. Vou obtê-la do Conselho e a enviarei para o senhor. Vamos nos reunir em menos de uma hora, portanto não tenho tempo para questões técnicas.

O cirurgião mergulha a cabeça, ficando complacente.

– Certamente, maga Damon.

Nós o seguimos por uma série de corredores de obsidiana, as solas dos meus sapatos estalando nos azulejos geométricos pretos do piso perfeitamente polido, os passos de Yvan ecoam atrás de mim. No final de um corredor escuro, o cirurgião tira um anel de chaves do cinto e destranca uma pesada porta de madeira. Seguimos pela porta e descemos uma escada de pedra em espiral, o ar ao nosso redor esfria à medida que descemos.

Chegamos ao pé da escada e entramos em um corredor que mais parece um túnel banhado em tênue luz verde. Um gemido fraco e um som de vibração nasal pode ser ouvido à frente.

Consigo sentir o mau cheiro de nilantyr muito antes de chegarmos à entrada em arco das masmorras, o odor desencadeia uma onda de náusea e uma memória sombria.

E há outra coisa. Algo que faz uma sensação gélida deslizar pela minha coluna. Em algum lugar muito à frente, escondido nas entranhas deste lugar maligno, uma criança está gritando.

O cirurgião faz uma pausa para pegar um grande molho de chaves de um gancho afixado na parede. Uma série de celas com barras de ferro se enfileiram ao longo do corredor à nossa frente.

É difícil enxergar com clareza, as lumepedras penduradas são mais escassas aqui; o brilho esverdeado, mais fraco. Mas tenho uma estranha sensação de déjà vu.

Um sonho que tive uma vez. Um sonho em que estava tentando libertar Marina e a pequena Fern de uma jaula. Exatamente neste calabouço com luz esverdeada.

Meus olhos são atraídos para o teto de ramos de pedra emaranhados quando um pássaro branco translúcido surge, cintilante, e desaparece em seguida. Uma apreensão ondula através de mim, e a Varinha Branca pressionada no cano da minha bota se aquece no meu tornozelo.

Passamos por baixo de um arco de ramos e damos em um corredor cheio de celas cavernosas, isoladas por barras. À princípio, não consigo enxergar nada, mas meus olhos logo se ajustam à luminosidade.

Eu me viro, parando em frente à primeira cela, e é nesse momento que o vejo.

Ali dentro, um icaral está agachado, olhando-me com olhos brancos leitosos e desprovidos de alma, com os braços finos enrolados em torno de pernas ainda mais finas. Tocos esfarrapados e desalados se projetam de onde suas asas um dia estiveram.

A cela é fria e pequena, vazia, exceto por uma cama de madeira dura sem cobertores e um penico de ferro.

E uma tigela de metal cheia de bagas de nilantyr.

O icaral abre os lábios enegrecidos e sibila para mim, expondo dentes afiados e apodrecidos.

Um espasmo de reconhecimento me atravessa.

Conheço este icaral, foi ele quem escapou no dia em que fui atacada em Valgard.

O horror e a piedade me varrem como uma onda negra, forçando-me para trás, para longe da criatura destruída, até que me sinto colidir contra as barras de ferro de outra cela.

Mãos com garras surgem de trás e agarram meus braços, prendendo-me às barras às minhas costas, e sinto um hálito fétido na minha orelha. O terror salta para a minha garganta quando viro a cabeça abruptamente e olho nos olhos vazios de outro icaral.

– Vou arrancar os braços dessa coisa – ele sibila para mim, o ódio queima em seu rosto emaciado. – Igual eles rasgam e arrancam as nossas asas.

O cirurgião enfia a varinha entre as barras da cela e murmura um feitiço. Uma explosão azul brilhante explode ao meu redor, e o aperto penetrante do icaral desaparece.

Tropeço para a frente e giro para encontrar o icaral derrubado no chão, uma rede de linhas azuis brilhantes atravessam seu corpo enquanto ele se contorce em agonia.

Eu me esforço para recuperar o fôlego, tremendo de medo e horror com o uso despreocupado que o cirurgião faz da tortura. Minhas mãos esfregam meus antebraços doloridos enquanto ele me considera com uma expressão ligeiramente perplexa.

Como se alguma coisa não fizesse sentido.

– Você precisa ficar longe das celas dos icarais, maga Damon – diz ele, enrugando a testa, como se estivesse surpreso com a necessidade de aconselhar minha tia.

Com o coração explodindo na minha caixa torácica, luto para recuperar a compostura. Obrigo-me a respirar fundo enquanto o cirurgião me olha com suspeita crescente.

Você precisa ser a tia Vyvian, eu me repreendo. *Acalme-se! Você precisa tirar Ariel daqui!*

– Onde ela está? – pergunto, forçando meu queixo para cima e assumindo uma expressão arrogante.

O rosto dele relaxa, como se estivesse mais confortável com o meu comportamento previsivelmente imperioso.

– A criatura está abrigada no final do corredor.

Abrigada.

Que maneira extremamente inadequada de descrever esta masmorra digna de pesadelos.

O horror e a angústia aguda se infiltram em mim conforme caminhamos pelo corredor curvo e sinuoso e fico cara a cara com os icarais presos aqui. Tento não olhar fixamente, tento não abrandar o meu andar régio e antipático, mas não posso deixar de ouvi-los, de vê-los pelo canto dos olhos.

Há uma garota. Ela parece ter cerca de treze anos, está vestida com trapos, o cabelo arrancado em manchas sarnentas. Ela bate a cabeça contra a parede de pedra da cela repetidamente, enquanto seus tocos de asa se agitam frenéticos às suas costas, o baque rítmico ecoa atrás de nós, e meu coração começa a se partir no meu peito. Passamos por outra, essa ainda mais jovem. Está agachada no canto da cela, murmurando sombriamente para si mesma com uma voz aguda.

Outros icarais gritam coisas estranhas e retorcidas, sacudindo as barras enquanto passamos por eles.

– Eu sou imundo, tão *imundo*...

– Eu vou voar em você! Tentaram arrancar minhas asas, mas eu as *escondi*!

– Olhe nos meus olhos! Vou te transformar em um de nós!

Estão todos sem asas, com os mesmos olhos mortos e destruídos. Uma indignação catastrófica se derrama sobre mim.

O meu próprio povo, nós os deixamos assim.

Eles poderiam ser inteiros e livres, como Wynter, se os gardnerianos simplesmente os tivessem deixado em paz. Em vez disso, foram torturados e drogados até serem levados à loucura.

Percebo que os icarais que me atacaram meses atrás provavelmente foram atormentados assim, talvez desde que eram crianças pequenas.

Como Ariel.

Uma onda feroz de compaixão por todos eles, mesmo por aqueles que tentaram me matar, toma conta de mim junto com uma fúria impressionante e nauseante.

Passamos por algumas celas vazias espalhadas entre as ocupadas, as celas vazias que provavelmente uma vez "abrigaram" os icarais que minha própria tia metodicamente transportou perante o Conselho dos Magos para serem executados.

Devastada, volto-me para Yvan. Ele encara um dos icarais, com os olhos arregalados, e o rosto lívido, como se estivesse nauseado. Eu nunca o vi tão perturbado antes, e isso me enche de profunda preocupação.

– Não olhem diretamente para os icarais – o cirurgião nos instrui, com tom clínico. – É poluente para a alma, ruim para a saúde espiritual de um mago.

– Garanto-lhe – respondo, querendo acabar com ele e libertar todos os icarais presos neste lugar maligno –, não tenho nenhuma vontade de encarar essas criaturas vis.

O cirurgião parece satisfeito com a minha resposta e se volta para nos levar mais longe no corredor de pesadelos.

Os gritos da criança rasgam o ar úmido, sobrepondo-se aos gemidos incessantes e murmúrios sombrios dos icarais.

– Peço desculpas pela perturbação. – O cirurgião se vira para mim enquanto caminhamos. – Nós apreendemos um filhote ontem. Vou remover as asas da criatura hoje mais tarde. Isso deve acalmá-la um pouco. Embora, como você pode ver... – Ele acena com desdém para as celas barulhentas que nos cercam. – Nem isso é *suficiente*.

– Apreenderam? – Estou chocada com o uso do termo para se referir a uma criança.

O cirurgião pressiona os lábios em uma linha fina e desaprovadora.

– *Nunca* subestime a capacidade desses Malignos de disfarçar sua verdadeira natureza, maga Damon. Mesmo uma muito jovem. A mãe desta estava completamente sob o domínio da criatura, convencida de que não era um demônio, mas uma criança inofensiva. Graças ao Ancião o vizinho nos alertou para a existência do icaral. Quem sabe que futuro terrível poderia ter surgido dessa coisa?

– E a mãe? – indago, pensando em Sage e no pequeno Fyn'ir, querendo vomitar. – Onde ela está agora?

A expressão dele se contrai.

– Habitando com os Malignos, sem dúvida. Sua alma estava tão poluída pelo ser sombrio que ela criou, que depois que tiramos a coisa dela, ela se matou em vez de viver sem sua presença vil.

Uma onda de tontura ameaça me atingir, e mordo com força minha bochecha para me estabilizar.

– Aí está – diz ele, com um olhar de repugnância no rosto enquanto gesticula em direção a uma cela aberta.

Há uma mulher lá dentro, vestida com roupas de boticário marcadas com listras de uma maga nível dois, há uma varinha embainhada na sua cintura. Ela tem o rosto fino e cabelos grisalhos estão puxados para trás em um coque firme, e está lutando com uma criança de cerca de três anos. Uma menina.

A mulher parece tentar forçar nilantyr na boca da criança, a túnica branca da pequenina está manchada na frente com vômito preto enquanto ela gira a cabeça de um lado para o outro, com os olhos arregalados e esbugalhados, e a boca desafiadoramente fechada.

Ao nos ver, a boticário abandona a sua tarefa e se levanta; a criança foge dela em desespero e se lança de novo aos seus gritos apavorados. Ela bate as asas negras rápida e inutilmente, capaz apenas de se erguer ligeiramente do chão. Ela cai de volta, contida por uma algema de ferro fechada em volta do tornozelo. O grilhão é preso à parede por uma curta corrente de metal que chocalha contra o chão enquanto a criança a puxa até o limite.

Horrorizada, lanço um olhar para Yvan, cuja expressão pálida e chocada se transformou em uma de raiva explícita. Suas bochechas se tingem de um vermelho frenético, e a mão agarra o punho da espada com tanta força que os nós dos seus dedos ficaram brancos.

– Não olhe diretamente nos olhos da criatura – adverte o nosso guia à boticário, que retomou as suas tentativas de drogar a criança.

– Não vou, pode ter certeza – responde ela, perturbada e suando com o esforço. Ela desiste novamente por um momento, fica de pé e alisa as saias enquanto a menina grita e puxa a corrente em desespero. – Estou achando particularmente difícil sedar esta aqui.

– Bem, amarre a coisinha se necessário – responde ele, com fria eficiência, ao entrar na cela e entregar à boticário um rolo de corda que estava em uma mesa próxima. Ele olha para mim, desculpando-se. – Sinto muito que você tenha que testemunhar isso, maga Damon. A senhora pode ver que lidar com essas criaturas não é tarefa fácil.

– De fato – respondo, e bile sobe à minha garganta.

– Compartilhamos da mesma opinião, maga Damon – ele bajula de maneira repugnante. – É de admirar que o Conselho dos Magos tenha insistido em mantê-los vivos por tanto tempo. – Ele balança a cabeça e estala a língua em desaprovação. – Isso mudará em breve, com o santo Vogel no comando do nosso grande Reino Mago, e com a sua corajosa intervenção. O Conselho tem de perceber que matar icarais é um ato de bondade. Há aqueles que se tornaram sensíveis à ideia de acabar com o sofrimento deles, cheios de noções românticas de que as suas almas ainda podem ser salvas se as asas forem removidas. Se pudessem trabalhar apenas um dia com essas criaturas, não hesitariam em adotar uma linha muito mais dura.

– Sem dúvida. – Meu coração bate forte no meu peito.

Ele sorri obsequiosamente.

– Você veio aqui com uma tarefa em mãos, e eu divagando sobre política. Perdoe-me.

A menininha grita ainda mais alto enquanto a mulher a amarra com a corda pesada, tendo que praticamente se sentar nela para isso.

– Onde está Ariel Haven? – pergunto, lutando para manter minha voz fria e impassível.

Ele gesticula para o outro lado do corredor.

– Ali.

Viro-me e o meu coração salta no meu peito.

Ariel. Bem atrás de mim, todo esse tempo.

Ela está encolhida nas sombras da cela, sentada apática em uma cama dura de madeira, com a cabeça apoiada na parede de pedra.

Passaram-se apenas alguns dias, mas ela está assustadoramente emaciada, com os olhos semicerrados afundados nas órbitas ocas. Seu olhar está desfocado, a boca curvada nos cantos em um sorriso entorpecido e feliz.

Uma tigela meio cheia de bagas de nilantyr está aninhada debaixo do seu braço.

A dor me atravessa. *Ariel tinha vencido. Ela havia se libertado dos laços atormentados da droga.*

E agora a destruíram outra vez.

Uma fúria avassaladora e vulcânica me atravessa.

– Eu não acho que você terá qualquer dificuldade em levar essa daí para o Conselho – comenta o cirurgião, casualmente. – Ao contrário da criança icaral, ela está mais do que feliz em consumir tanto nilantyr quanto estamos dispostos a dar. Na verdade, creio que a criatura se mataria se simplesmente oferecêssemos droga suficiente, poupando assim ao Conselho o trabalho de executá-la.

O meu peito se contrai; a raiva aumenta.

Ariel não está apenas sedada. Está praticamente em coma. E, ao que parece, os soldados aqui se divertiram imensamente levando-a a esse ponto. Ela está coberta de hematomas e lacerações, e uma de suas asas parece estar pendurada em um ângulo estranho, como se tivesse sido parcialmente arrancada, um rastro de sangue escuro escorre de lá. Ela está com as mesmas roupas élficas que usava quando os marfoir a capturaram, e estão imundas e rasgadas.

Um estrondo soa atrás de mim, e a mulher grita.

Eu me viro. Yvan está de pé sobre o cirurgião e a boticário, que agora estão encolhidos no chão com os braços erguidos protetoramente à sua frente. Yvan segurando as varinhas dos dois, e a outra mão aponta sua espada larga para eles, seus dentes estão à mostra.

– O que você está fazendo? – exclamo, congelada onde estou.

Ele me ignora, mantendo os olhos fixos no cirurgião e na boticário. A menina continua a gritar a plenos pulmões enquanto permanece amarrada no chão, rolando para a frente e para trás em desespero.

– Comam o nilantyr! – ordena Yvan, gesticulando bruscamente em direção à tigela.

Eles acenam obedientemente, toda a cor é drenada de seus rostos. O cirurgião alcança a tigela com a mão trêmula, pega um punhado de bagas e as enfia na boca, depois oferece a tigela à boticário, que faz o mesmo, assustada.

– Continuem comendo! – Yvan rosna para eles. – Comam até desmaiar, ou eu vou matar vocês dois! – Ele olha por cima do ombro para mim, com a mandíbula rígida. – Levaremos a criança conosco.

Eu olho para a menina aterrorizada que está amarrada e rolando no chão, gritando. Claro que vamos tirá-la daqui. Não podemos deixá-la com esses monstros.

– Eu quero salvar todos eles – diz Yvan, com ferocidade –, mas não podemos. Mas *podemos* salvar a menina.

Eu aceno com a cabeça, suando frio.

O cirurgião e a boticário ficaram moles, os corpos caem contra a parede de pedra e, por fim, até o chão, braços e pernas desajeitadamente dobrados uns sobre os outros.

Yvan embainha a espada, quebra as varinhas deles e joga os pedaços para o lado. Ele se ajoelha para verificar o interior das bocas. Confiante de que engoliram o nilantyr, Yvan agarra a corda com a qual a boticário amarrou a menina e amarra os dois de maneira semelhante. Em seguida, pega o molho de chaves, segura o pé da menina e abre o grilhão. Ele joga as chaves de cobre para mim e volta sua atenção para a criança.

Ela grita ainda mais alto, os olhos verdes estão enormes em seu rosto.

– Me dê a sua capa – ordena Yvan, com tom implacável e rígido.

Desato a peça dos meus ombros, em seguida jogo-a para Yvan, que imediatamente começa a rasgar longas tiras de pano.

Ele tenta persuadir a criança a se acalmar, mas ela está completamente histérica.

– Me desculpe – ele murmura enquanto usa uma tira para vendar os olhos da menina e amarrar outra à sua boca, apertando-a com força atrás da cabeça, os seus gritos agora baixos e abafados. Ele envolve todo o corpo dela em uma faixa maior de tecido até que ela esteja completamente imobilizada. Então ele agarra a corda, pega a criança, fica de pé e se vira para mim.

Cada músculo do seu corpo está tenso e pronto para uma luta, seus olhos ardem como se estivesse pronto para enfrentar um exército e nos levar a um lugar seguro.

– Amarre-a às minhas costas. – Ele me joga a corda e segura a menina com firmeza. Eu enrolo o fio em volta do peito e dos ombros dele e sobre a criança de novo e de novo até que ela parece relativamente segura, mesmo que esteja se remexendo violentamente para se libertar.

– Agora pegue Ariel – ordena Yvan.

Com o molho de chaves em mãos, vou à cela de Ariel e destranco a porta. Ela se abre com um rangido enferrujado.

– Ariel – murmuro quando entro na cela. Coloco uma mão em seu ombro magro, desesperada com sua visão. – Você precisa vir comigo, querida.

Sua cabeça quase inconsciente se vira preguiçosamente para mim, seu sorriso enegrecido se alarga. Passo um braço em volta do corpo frágil e a ajudo a se levantar da cama.

Ariel olha para o cirurgião e a boticário e começa a rir maniacamente, como se achasse graça em vê-los. Ela se vira para mim e me dá outro sorriso largo e retorcido.

– Elloren – diz Yvan, com a voz áspera. – Vou fingir que estou te levando como refém. Sou um guarda traidor em que você achou que pudesse confiar, mas estou, na verdade, alinhado com os Malignos, empenhado em resgatar os icarais. Vou ser duro com você. Se não acreditarem, vão nos matar.

Luto para acalmar a respiração, minhas emoções são um turbilhão, mas minha mente absorve os detalhes do seu novo plano.

– Segure Ariel com firmeza – ordena Yvan. – Vamos sair daqui.

– Exijo que todos vocês abaixem as armas! – grita Yvan quando irrompemos pelas portas da prisão.

Seus braços me seguram de forma bruta enquanto ele aponta a faca para a minha garganta. Aperto o braço ossudo de Ariel enquanto ela ri, desorientada.

A princípio, os guardas fazem exatamente o oposto de abaixarem as armas. Os arqueiros nas torres atiram flechas, e os guardas lá embaixo sacam as espadas, até que se dão conta de quem eu sou, e as armas caem.

– Façam um movimento sequer – ameaça Yvan, apertando o braço ao meu redor – e eu vou matá-la.

Os guardas permanecem imóveis, e Yvan não perde tempo com deliberações.

Nós nos apressamos em direção ao portão, e um guarda grita para que ele seja aberto imediatamente.

– Alto! – comanda uma voz profunda assim que chegamos lá, a voz masculina tão cheia de autoridade que todos congelam e se viram.

Um homem corpulento em uniforme de tenente com listras de mago nível quatro avança em nossa direção, apontando acusadoramente.

– Eles *não* são quem parecem ser!

Ah, meu Ancião, ajude-nos.

Os outros guardas parecem desconcertados, com os olhos indo de nós para o tenente, como se não tivessem certeza do que fazer.

– Afastem-se! – grita Yvan, puxando minha cabeça para trás, com o punho fechado no meu cabelo, a ponta afiada da faca pressionada na pele da minha garganta.

– Você é um impostor! – brada o tenente para Yvan. Ele para a poucos metros de nós e saca a varinha. – Acabei de receber uma carta da maga Vyvian Damon. Ela está a caminho daqui agora mesmo para levar a icaral Ariel Haven perante o Conselho dos Magos para execução imediata.

Ele aponta a espada para mim.

– *Você* não é Vyvian Damon. – Seus olhos seguem para Yvan. – E estou disposto a apostar que *você* não é o chefe da guarda dela, Isan Browen. Gardnerianos, preparar flechas de ferro!

Os arqueiros erguem os arcos e apontam flechas com pontas de ferro diretamente para nós.

– Mas, tenente – um dos homens se aventura a intervir –, eu conheço Isan, e ele parece...

– Não *me interessa* como ele se parece! – retruca o tenente. – É uma ilusão! Um glamour! – Ele se vira para mim. – Vocês são feéricos sidhe, não são? Querendo roubar demônios icarais? O que se esconde sob esse glamour? – Ele me cutuca na cintura com a espada.

Rápido como um borrão, Yvan deixa cair a faca e arranca a espada do tenente em um movimento fluido. A menina em suas costas grita, e o som é abafado pela tira de tecido.

– Calma, feérico – diz o tenente enquanto se afasta de Yvan. Ele olha ao redor, para o número crescente de arqueiros que nos rodeiam, um sorriso triunfante se forma em seus lábios. – Planeja dar cabo de todos nós? Tentar sair correndo? Vocês estão no meio da Gardnéria. Como conseguiriam escapar? Ele aponta em direção à muralha de pedra impossivelmente alta. – Há pontas de ferro revestindo o topo desses paredões. E todas as pontas das nossas flechas seta são feitas de ferro.

A mandíbula de Yvan se flexiona enquanto ele continua a apontar a espada para o tenente, seu rosto está constrito; o corpo, rígido.

– Feéricos sidhe resgatando dois icarais alados – observa o tenente com um traço de diversão astuta, balançando a cabeça de um lado para o outro. – Que uso vocês teriam para os dois? Esse é um mistério. – Ele inclina a cabeça para um soldado. – Malik, envie uma mensagem ao Alto Mago Vogel e diga que apreendemos dois sidhe. Enquanto isso, aguardaremos a chegada da maga Damon.

Os soldados nos cercam, mas mantêm uma distância cautelosa enquanto o tenente discute planos com três de seus subordinados em sussurros muito baixos para serem compreendidos.

O sol acabou de se pôr, a luz sobrenatural das lumepedras abrange tudo ao nosso redor em um brilho esverdeado. Toco o ombro de Yvan com a mão trêmula, e ele inclina a cabeça em minha direção em resposta, seus olhos disparam de um soldado para o outro.

– O que vamos fazer? – pergunto, em um pânico crescente.

Ele não responde, e o ouço engolir com força.

– Não sei – admite, por fim.

O pânico toma conta de mim e me consome em um medo debilitante.

E é neste momento que cedo. Agarro Ariel com força, inclino a cabeça e começo a orar. Orações repetitivas e familiares por misericórdia, por proteção, por um milagre.

– O que você está fazendo? – rosna Yvan.

– Orando – respondo, e lágrimas escorrem pelo meu rosto.

Ele emite um som de asco.

– Nas palavras de uma religião que odeia Ariel e eu? – pergunta ele, em um sussurro fervilhante. – Que odeia a criança amarrada às minhas costas?

– São as únicas palavras que conheço! – exclamo, e meu corpo começa a tremer. – Precisamos de um *milagre*, e estou rogando por um!

Volto a entoar desesperadamente a oração que pede para o Ancião realizar um milagre no meio do Reino da Morte, as palavras cheias de esperança me impedem de desmoronar por completo.

– Não há milagres – sibila Yvan.

Um vendaval estrondoso passa por cima de nós, alto no céu.

Yvan e eu erguemos a cabeça abruptamente quando chamas explodem de lá e disparam para baixo, iluminando o mundo de laranja. Yvan joga Ariel e eu para trás de si enquanto ergue uma mão para a frente, segurando o fogo à distância. Um calor sufocante nos encontra, tudo ao nosso redor de repente se acende em uma explosão ensurdecedora.

Gritos e brados incoerentes soam de todas as direções. O dourado, o laranja e o branco cintilante das chamas saltam por todo lado, faíscas voam como um milhão de estrelas cadentes, o calor arde. Mais jatos de fogo longos descem dos céus enquanto flechas com pontas de ferro voam por cima de nossa cabeça.

E, em seguida, diretamente atrás de nós, há um grande estrondo que abala o chão. Como se o próprio Ancião tivesse ouvido a minha oração e descido dos céus.

Yvan afrouxa seu aperto sobre mim, e nos viramos.

Naga.

O dragão joga a cabeça para trás quando avista Ariel, fúria brilha em seus olhos. Seu olhar desliza para Yvan, a cabeça serpentina flui para baixo até que seus olhos de fogo estejam a apenas alguns centímetros de distância dos dele.

– Ah, Naga – diz Yvan a ela, com a voz estrangulada de emoção –, você sabe *direitinho* a hora de chegar.

O corvo de Ariel surge sobre a cabeça escamosa de Naga, os olhos negros do pássaro se precipitam sobre nós.

Seu pássaro abençoadamente engenhoso. Você encontrou Naga.

Yvan coloca a mão no pescoço do dragão, e eles olham um para o outro por um momento prolongado. Então Yvan se volta para mim, com determinação renovada em seus movimentos.

– Coloque Ariel nas costas de Naga! Você também! Precisamos ir! *Agora!*

É difícil ouvir Yvan sobre o rugido do fogo, mas seus gestos deixam claro o que ele quer dizer. Sem perder um segundo, Naga se estica sobre o chão.

Eu subo em suas costas e puxo Ariel para a minha frente, passando meus braços em ambos os lados do seu corpo frágil e agarrando os dois chifres que se projetam dos ombros de Naga. Yvan se coloca atrás de nós, com as mãos segurando os chifres logo acima das minhas.

Naga se ergue rapidamente, abre as asas e salta para o ar. Suas asas descem, e somos erguidos cada vez mais alto em solavancos rítmicos enquanto eu luto para me segurar. Os braços de Yvan se mantêm firmes em torno de mim e de Ariel enquanto os homens gritam e as flechas voam ao nosso redor, por cima e pelos lados. Uma corta a orelha restante de Naga, e ela solta um rugido de indignado. Então chicoteia a cabeça e sopra várias colunas de fogo a mais, derrubando rapidamente as torres de guarda restantes, depois sobe, voando para longe da prisão.

Eu me curvo sobre o corpo frágil e semiconsciente de Ariel, e as costas quentes do dragão cortam o vento frio, o ar fica cada vez mais gelado à medida que subimos. Yvan pressiona o peito quente em minhas costas, efetivamente eliminando o frio atrás de mim.

Antes que eu me dê conta, a prisão é um pesadelo fumegante e incendiado que se desvanece à distância atrás de nós, com o centro da cidade brilhante de Valgard logo além dela.

Yvan alcança à minha volta para segurar a asa rasgada de Ariel. Seguro a asa com firmeza e ele coloca a mão sobre o talho ensanguentado, seu fogo ondula através de mim, em direção a Ariel.

Algum tempo depois, quando ele remove a mão, a asa dela está de volta ao lugar, mais uma vez em linha reta.

–Você pode ajudá-la a recuperar a consciência? – pergunto-lhe, ansiosamente.

– Não – diz ele, com tristeza. – Ela tomou muito do nilantyr, purgá-lo está além das minhas habilidades. Ela precisa de um curandeiro com mais formação do que eu.

Em um ritmo constante, voamos sobre terras agrícolas, então pela imensidão escura das florestas, a lua ilumina nosso caminho, nuvens cinzentas vagam preguiçosamente pelo céu estrelado. Solto uma respiração longa e trêmula.

Por um longo tempo, nós voamos, Naga plana pelo céu como nossa própria flecha poderosa, o corvo de Ariel voa logo abaixo de nós. Sobrevoamos vastas extensões de floresta, os picos brancos das Espinhas do Norte e do Sul se aproximam mais à frente. E então estamos voando sobre os picos gigantescos da Espinha do Norte, a vista de tirar o fôlego é familiar e aterrorizante de uma só vez.

– Seu glamour está desaparecendo – Yvan me diz depois de um tempo, com o hálito quente no meu pescoço. Olho para as minhas mãos sob o luar brilhante: minhas *próprias* mãos, com unhas lascadas e pele cintilante abençoadamente livre de marcas de laço, e estou surpreendida com a libertação imperceptível do glamour. Volto-me para encontrar Yvan que parece Yvan novamente, de volta em sua própria pele.

É tão silencioso aqui em cima, depois de todo o caos e barulho de Valgard, os únicos sons são os movimentos pesados das enormes asas de Naga e os gemidos abafados da menina amarrada às costas de Yvan.

– Para onde ela está nos levando? – pergunto enquanto o ar frio corre sobre nós.

– Para as amazes. – A voz de Yvan se tornou sombriamente decisiva. Giro a cabeça para ele.

– Não. Você não pode ir até lá. Elas vão *te matar.*

Seu olhar é resoluto.

– Ariel precisa dos cuidados delas – diz ele. – E é o único lugar para onde podemos levar a criança. O único lugar em que ela vai ficar segura. Elas vão abrigá-la, você sabe que sim. Vão protegê-la.

– Aterrisse perto da fronteira – insisto. – Você *não pode* aterrissar no meio do território amaz.

– Mas nós precisamos! – retruca ele, repentinamente feroz. – Não há tempo a perder. Elas vão ter curandeiras rúnicas, e Ariel precisa de cuidados imediatos. Não sabemos quanto nilantyr ela tomou, ela pode *morrer*!

Minhas mãos se apertam em torno dos chifres de Naga enquanto meus pensamentos entram em pânico. Não podemos fazer isso; será suicídio para ele. Talvez suicídio para todos nós. Não se aterrissa o que parece ser um dragão militar gardneriano no meio do território amaz com um homem na garupa e se vive para contar a história.

Mas é tarde demais para discutir.

Nós cruzamos a Espinha, e a luz rúnica de Cyme fica à vista assim que Naga começa sua rápida descida.

CAPÍTULO QUATRO

GRITO DE GUERRA

Naga voa conosco sobre a cidade amaz, descendo a uma velocidade vertiginosa.

Santo Ancião. Santo Ancião. Santo Ancião.

Estendo meu antebraço marcado pela runa, esperando desesperadamente que a runa que Sage desenhou em mim nos poupe de uma morte explosiva.

A dor irrompe em meu braço quando a marca rúnica faz contato com a cúpula translúcida da cidade, piscando escarlate enquanto a runa explode em raios de luz esmeralda.

Nós atravessamos o escudo, e o ar aquece instantaneamente quando Naga começa uma série de manobras complicadas com as asas na tentativa de diminuir nossa velocidade.

O caos irrompe debaixo de nós.

Mulheres e meninas gritam em alarme e correm para as habitações próximas. Pequenos cervos se espalham para longe da ampla praça central enquanto soldados amazes montadas galopam, vindas de todas as direções. As soldados rapidamente enchem a praça e enviam um som amplificado por runas que é tão aterrorizante que espero nunca mais ouvi-lo.

O grito de guerra das amazes.

É uma violência extrema e horrível, rios de sangue, golpes esmagadores de ossos e todo o medo que se esconde dentro da mente moldado em um único som de gelar o sangue.

À medida que seu grito unificado se avoluma, dezenas de lâminas, machados, espadas e foices rúnicas são puxadas às pressas enquanto fileiras e fileiras de flechas rúnicas brilhantes são puxadas para trás, todas apontadas para um único alvo enorme.

Nós.

É quando começo a gritar a plenos pulmões.

– Valasca! Alder! Freyja! Rainha Alkaia! Sou eu! Elloren Gardner! *Não disparem!*

A vertigem me ataca quando a praça iluminada por tochas e a estátua da Deusa central se aproximam de nós rápido demais.

Vamos cair.

Fecho os olhos, o grito de guerra das amazes arde através de mim quando Naga atinge o chão com uma força esmagadora. Grito em um pânico primitivo quando sou lançada das costas dela e atinjo com força a pedra da praça.

Soldados se aglomeram ao nosso redor, gritando ordens umas às outras. Corro em direção a Ariel, que está esparramada no chão, desmaiada.

– Ela precisa de uma curandeira! – grito enquanto as soldados nos rodeiam, berrando ordens.

Viro a cabeça e encontro Yvan de joelhos, com as palmas das mãos erguidas em rendição e sangue escorrendo pelo lado do rosto. Três arqueiras rúnicas se fecharam ao redor dele, as flechas de ponta escarlate apontadas a centímetros de distância de sua cabeça. Alcippe paira sobre ele, com seu machado rúnico erguido em seus punhos.

O grito de guerra se desvanece e todo o movimento cessa, como se todas de repente tivessem se transformado em pedra. O único som distinto que resta é o gemido abafado da criança icaral.

Ao nosso redor estão círculos e mais círculos de soldados amazes, muitas a cavalo, todas com armas em punho. Naga está atirada no chão com seis soldados ao seu redor, lanças rúnicas apontadas diretamente para seu pescoço. Os olhos dela estão fechados, suas asas dobradas, a postura deliberadamente passiva.

– Ela precisa de uma *curandeira*! – grito de novo, segurando a cabeça de Ariel, com a voz áspera de desespero. – Acabamos de resgatá-la da prisão de Valgard!

– O que está nas suas costas? – Alcippe exige de Yvan, com o rosto torcido de ódio.

Ele mantém a cabeça cautelosamente baixa.

– Uma criança icaral.

Murmúrios de choque se elevam enquanto Alcippe ergue o queixo para duas soldados. As jovens desembainham lâminas rúnicas e cortam as amarras que prendem a menina às costas de Yvan. Em seguida, elas a tiram de lá e cortam a corda que a ata, as asas da criança, agora livres, batem freneticamente. No minuto em que as soldados retiram o pano em volta da boca, ela começa a gritar de medo.

As soldados terminam de libertar a criança, ambas as mulheres falam gentilmente com ela, tentando acalmá-la, mas ela olha aterrorizada para Yvan, se liberta das mãos das soldados e tenta voar para longe. Ela só consegue se levantar alguns metros do chão antes de voltar a cair, atrapalhada por seu pânico descontrolado e as lágrimas, as soldados correm para ajudá-la.

Com os olhos estreitados, Alcippe absorve o medo incapacitante que a criança tem de Yvan. Sua expressão se torna letal, as veias em suas têmporas e pescoço latejam. Ela levanta o seu machado rúnico mais alto.

– Não! – grito em protesto assim que Freyja irrompe pelas fileiras de soldados a cavalo.

– Abaixem as armas! – comanda ela.

Alcippe hesita, machado ainda em riste, com a respiração pesada de raiva. Yvan se agachou, e seus olhos estão fixos em Alcippe com quietude predatória.

– Freyja! – imploro. – Preciso falar com a rainha Alkaia. Juro a vocês que Naga e Yvan não têm intenções malignas! Eles resgataram as icarais. Por favor... *nos ajude*. – Eu inclino minha cabeça para Ariel. – Ela precisa de uma curandeira. *Por favor!*

– Este macho contaminou o solo sagrado da própria Deusa! – Alcippe cospe para Freyja, recusando-se a baixar seu machado rúnico. – Ele é uma abominação! Veja como a criança foge dele! Ele *deve* ser morto!

As duas jovens soldados estão lutando tanto para confortar quanto para manter a criança icaral que grita em pânico. O rosto de Freyja está tenso e indeciso quando Alcippe silenciosamente pede permissão para matar Yvan.

– Todas vocês vão abaixar as armas. – Uma voz autoritária é ouvida quando cascos soam sobre o pavimento da praça.

Valasca cavalga em seu cavalo preto de crina vermelha, com a rainha Alkaia montada atrás dela, Alder vem ao lado delas.

– Ariel precisa de uma curandeira! – grito a Valasca, ficando cada vez mais frenética. Valasca acena com a cabeça e grita sobre a multidão.

– Abaixe a arma, Alcippe – diz a rainha com tanta calma que quase soa desinteressada. – Afastem-se, todas vocês.

As armas são abaixadas quando Valasca desliza do cavalo e ajuda a rainha a desmontar, apoiando-a enquanto ela se aproxima de nós.

– Mas... Minha rainha... – protesta Alcippe, com o rosto torcido de raiva.

– Paciência, Alcippe. – A rainha Alkaia levanta a mão. – Vamos lidar com o homem em um momento.

Duas mulheres mais velhas com tatuagens faciais elaboradas passam pelas soldados e vão até Ariel, abaixando-se ao lado dela. Afasto-me enquanto elas a avaliam rapidamente, depois puxam às pressas pequenas pedras rúnicas dos sacos de ombro para colocar na testa de Ariel, na garganta e nos ombros. Um brilho escarlate se forma, então irradia de pedra em pedra, abrangendo-a rapidamente em uma teia luminosa de luz. Com cuidado, Naga desliza em nossa direção, com uma preocupação feroz em seus olhos fendados.

– *Ariel!* – grita uma voz familiar.

Naga levanta a cabeça quando o corpo esguio de Wynter rompe a multidão, com as finas asas pretas batendo em angústia. Ela está vestida com uma túnica roxa e calça, a túnica ligeiramente modificada para suas asas.

A teia de runas carmesim que envolve Ariel se torna remendada e desbotada. As curandeiras rúnicas murmuram uma para a outra, com a testa vincada, uma das mulheres balança a cabeça em consternação. A angústia aperta os olhos ardentes de Naga enquanto a luz da teia rúnica pisca.

– Sinto muito – me diz uma das curandeiras, com gravidade no olhar. – Não podemos ajudar neste nível de envenenamento. Não podemos fazer nada.

Naga flui em torno das curandeiras. Ela pega Ariel com gentileza, abraçando-a junto ao seu peito cintilante de escamas pretas, embalando a cabeça da icaral em uma pata com garras perigosamente afiadas. A dragoa recua e olha profundamente para o rosto macilento de Ariel.

O rosto de Naga se enche de uma dor insuportável enquanto ela olha descontroladamente para todas nós. Ela ergue o pescoço em direção ao céu e solta um rugido de partir o coração.

– Ela morreu? – exclamo, chorosa, para Wynter. Um soluço rasga minha garganta. – Ela não pode ter morrido!

Wynter vai até Naga, que agora acaricia o cabelo imundo de Ariel com seu focinho afiado. Ela coloca uma mão esguia no ombro escamoso do dragão.

– "Ela não está morta" – reporta Wynter, com esforço, falando por Naga, suas próprias lágrimas silenciosas escorrem pelo rosto. – Mas a sua força vital está se esvaindo. Ela não sente dor, está muito drogada.

A raiva brilha nos olhos esmeralda de Naga. Então, com a mesma rapidez, sua expressão se transforma de raiva em pura agonia.

– Naga diz: "estou indo embora e a levarei comigo" – continua Wynter.

– Este é um dragão militar gardneriano – brada Alcippe, raivosa, para a rainha Alkaia, gesticulando com o machado rúnico para a marca do Conselho dos Magos no flanco de Naga. – Precisamos matar essa coisa!

A cabeça de Naga gira para enfrentar Alcippe. Um rosnado profundo ressoa da base de sua longa garganta.

Wynter se vira para Alcippe com a mão ainda firme no ombro de Naga.

– Naga diz: "Eu *não sou* um dragão militar gardneriano. Eu sou Naga, Dragão Livre do Povo Wyvern. E eu poderia queimar toda esta cidade se assim o quisesse. Não tenho nenhuma desavença com vocês, Povo Livre. Estou levando Ariel Haven para dar o seu último suspiro onde ela pertence: entre o Povo Wyvern, o seu verdadeiro povo. Ouvi histórias de wyverns sobrevivendo no alto das montanhas do leste. Vou procurá-los lá. As pessoas que deram à luz a Ariel Haven nunca a amaram, nunca a viram pelo que ela realmente é. Esmagaram seu espírito, abusaram dela, drogaram-na, disseram-lhe que ela era imunda, podre e perversa. Ela não pertence aqui, entre nenhum de vocês. Ela pertence aos alados".

– Alcippe Feyir – diz a rainha Alkaia depois de um longo momento, mantendo os olhos afiados em Naga. – Dê-me o seu machado rúnico.

Alcippe cumpre sem questionar, a mandíbula apertada. Em seguida, ela avança para onde a criança icaral está encolhida, chorando. Ela pega a menina em um abraço firme e apertado e se afasta sombriamente, embalando a criança choramingando em seu peito largo.

A rainha Alkaia olha para Naga, avaliando-a.

– Nós, o Povo Livre das terras da Caledônia, desejamos-lhe uma viagem segura, Alada. Leve isto contigo, Dragão Livre. – Ela entrega o machado rúnico a Valasca, e Valasca o leva solenemente até Naga. – Enterre Ariel Haven com ele para que ela o tenha na próxima vida – diz a rainha Alkaia, com grande reverência –, onde ela se levantará no Santuário da Deusa como uma soldado feroz e orgulhosa.

Naga aceita o machado rúnico de Valasca enquanto embala Ariel, então olha para Wynter, que desvia o olhar para a rainha Alkaia.

– Naga diz: "Obrigada, Rainha Mãe. Quem me dera que Ariel Haven tivesse sido acolhida nas suas terras quando criança. Ela teria sido uma grande guerreira".

Então Naga e Wynter se voltam para mim enquanto Wynter continua a expressar suas palavras:

– "Elloren Gardner, eu quis matá-la quando a vi da primeira vez, mas você provou ser uma amiga para mim."

Tanto Naga quanto Wynter olham para onde Yvan ainda está agachado no chão.

– "Yvan Guriel, devo minha liberdade a você, e você é meu amigo. Os gardnerianos ficam mais fortes e a guerra se aproxima. Você precisa se levantar para cumprir o seu destino. Você não pode lutar contra quem você está destinado a ser".

Os olhos de Yvan estão fixos nela, seu rosto cheio de dor e conflito selvagem. Naga então se vira para Wynter e olha profundamente em seus olhos.

Wynter acena com a cabeça, lágrimas escorrem por seu rosto. Ela joga os braços em volta de Naga, agarrando-se firmemente a ela por um momento, depois dá um passo para trás e nos encara, com a mão esguia ainda sobre as escamas de Naga.

As asas da dragoa começam a bater, e ela se levanta lentamente no ar, com a mão de Wynter deslizando ao longo de seu corpo enquanto ela se ergue.

– Naga diz a todas vocês – diz Wynter, com a voz embargada –, "amazakaran, a guerra está chegando. Precisam lutar contra os gardnerianos e os alfsigr, mas não podem fazer isso sozinhas. Vocês subestimam o mal deles. Subestimam a escuridão que reivindica esta terra. Acordem agora, Povo Livre, antes que seja tarde demais. Em nome de Ariel Haven, que foi criada em cativeiro, mas permaneceu indomada, voltarei para lutar com vocês!

Com essas palavras finais, a ponta da cauda de Naga escorrega da mão de Wynter, e ela voa para o leste no céu noturno, com Ariel embalada junto ao peito e o corvo dela voando ao lado das duas.

Ariel! Eu grito o nome dela em minha mente, estendendo-o pelo vasto céu, meu coração se contorce com uma dor insuportável.

Ariel se foi.

Ariel, que deu a vida por Wynter.

Como eu poderia ter pensado que ela era má? Como eu poderia não ter sabido a verdade? Não entendido? Como eu poderia ter acreditado em todas as mentiras que contaram sobre ela?

Wynter chora baixinho ao meu lado, com as asas enroladas firmemente em torno de si enquanto todas choramos sob a lua fria e apática.

À medida que a forma de Naga desaparece no horizonte, a rainha Alkaia volta sua atenção para mim. Estou sentada no chão ao lado de Wynter, chorando baixinho, com o fogo carmesim das tochas da praça lançando uma luz intermitente sobre nós.

– O macho deve ir – diz a rainha Alkaia, resoluta, gesticulando em direção a Yvan, que ergue seu olhar triste para ela.

– Não. – Eu me levanto e me movo em direção a ele. Como se eu pudesse protegê-lo contra *elas*.

A rainha levanta a palma da mão e me lança um olhar feroz e estreitado.

– Vamos poupar a vida dele – diz ela, com a voz controlada, não se dignando a olhar para Yvan. – *Desta vez*. – Ela olha para mim, e há um aviso sério em seu olhar. Então ela chama três de suas guardas. – Levem o macho para a fronteira do nosso território. Guardem-no enquanto falo com Elloren Gardner. Quando eu terminar, se ela assim o desejar, poderá se juntar a ele.

Duas soldados a cavalo, uma delas arqueira, a outra carregando uma espada rúnica, cavalgam até Yvan e o incitam a se levantar. Outra mulher mais velha e musculosa, com uma grande lança rúnica na mão, também caminha em direção a ele.

Yvan se vira para a rainha, com os olhos verdes ardendo de emoção.

– Obrigado – diz ele à rainha Alkaia. – Por acolher Wynter e a criança.

O rosto da rainha Alkaia fica tenso, mas ela se recusa a olhar para ele. A soldado ao lado de Yvan faz um movimento espetando o ar à frente com a lança rúnica, incitando-o a andar.

Quero arrancar essa maldita lança das mãos dela e quebrá-la em duas.

Mas elas o deixaram viver.

Parece uma situação extraordinariamente delicada e perigosa.

Enquanto Yvan é rudemente levado, eu me volto para a rainha, a raiva me sobrepuja.

– Ele salvou a criança, sabe. E Naga também. E tentou salvar Ariel.

As guardas da rainha se eriçam com isso, as mãos se apertam nas armas que empunham.

A rainha Alkaia levanta a mão para acalmá-las.

– Eu sei – diz ela, com uma nota de perigo na sua voz e o olhar penetrante inabalável sobre mim. – É por isso que ele é um dos únicos homens que penetraram nossas fronteiras que viverão para contar a história.

Eu a encaro, a raiva por causa de seus costumes inflexíveis aumenta.

–Você acha nossos costumes duros, Elloren Gardner? – pergunta a rainha, com uma nota de desafio.

– Não deixam muito espaço para contextualização.

– Talvez – concorda ela, e seus olhos me sondam –, mas este é também o único lugar seguro na Therria em que se poderia pensar para trazer as icarais.

Ela tem razão. Mas apenas em parte. E se a criança tivesse sido um menino com asas, em vez de uma menina?

Mas sei que já disse o suficiente. Desafiar ainda mais a rainha seria imprudente e poderia até comprometer a vida de Yvan.

A rainha Alkaia gesticula para que as pessoas saiam, e as soldados partem, uma a uma, até que apenas a rainha, Valasca, Wynter e algumas das guardas da rainha permanecem. Wynter se levanta em silêncio e se aproxima para ficar ao meu lado, seu rosto está lavado de lágrimas.

– Wynter Eirllyn nos contou muito sobre Ariel Haven – a rainha Alkaia me diz, com expressão grave.

Aceno em silêncio, incapaz de falar sobre Ariel e manter qualquer compostura.

Uma voz se elevando em um canto me chama a atenção, e eu olho para além da rainha, vendo Alcippe na extremidade da praça, pouco antes de um denso bosque de árvores. A criança icaral está em seus braços musculosos, e seus gritos pararam. Um novo som surge da menina: um som baixo e agudo de desespero.

Alcippe continua cantando, sua voz profunda ressoa no ar aquecido pelas runas. É uma canção numa língua que não reconheço, talvez algum dialeto urisk, e é reconfortante, mas triste.

À medida que todas ouvimos a melodia calmante, a criança fica cada vez mais quieta, depois completamente silenciosa. Alcippe permanece de pé por mais um momento, embalando a menina suavemente, depois caminha devagar pela praça, até a rainha, ficando sobre um joelho diante dela.

A rainha Alkaia fixa o olhar em Alcippe, aprovando-a.

– Batizei a criança de Pyrgomanche, minha rainha – anuncia Alcippe, com alguma formalidade. – Pyrgo, para abreviar.

– Ah, sim. – A rainha acena com aprovação. – Combina bem com ela. "Guerreira Impetuosa"; uma boa escolha, Alcippe. Um nome forte para uma criança forte. Um dia será uma grande guerreira. Vai nos deixar orgulhosas.

– Vou levar a criança sob minha proteção – diz Alcippe, com firme determinação.

A rainha inclina a cabeça em reconhecimento respeitoso, e a guerreira se levanta e carrega a menina através da praça e em direção ao Pavilhão da Rainha.

Olho para a rainha Alkaia, cheia de conflito por ter discutido com ela.

– Obrigada – digo a ela, e minha voz falha. – Obrigada por ajudar a criança. E por abrigar minha amiga Wynter Eirllyn... e por libertar todas as selkies.

A boca da rainha se contorce, como se ela lutasse contra um sorriso, diversão cintila em seus olhos verdes experientes.

– Não vou me despedir de você, Elloren Gardner. Pois tenho a certeza de que voltará daqui a algumas semanas, talvez com alguns kelpies resgatados ou mesmo alguns dragões de arena libertados.

Seu sorriso desaparece, e ela me fixa com uma expressão tocada com o que parece carinho.

– Ou, talvez – continua ela, mais séria –, você vai deixar de lado o seu apego ao homem e se juntar a nós. Ficaríamos felizes em recebê-la.

Fico chocada com a oferta dela.

Como seria aprender a ser uma guerreira? A ser a pessoa forte pela primeira vez, perpetuamente apoiada por um exército inteiro de guerreiras? Aprender a usar armas? A vestir roupas com as quais eu poderia me mover mais livremente? Estar livre de todas as regras gardnerianas?

É uma ideia surpreendente e que mexe com a minha cabeça.

Mas não me permitiriam estar com tio Edwin. Ou Yvan, ou meus irmãos ou Gareth... ou qualquer outro homem bom e gentil da minha vida.

Não, penso comigo mesma, com uma pontada de pesar. *Eu nunca poderia deixá-los para trás para sempre.*

A rainha parece ler a minha mente. Ela franze a testa para mim, mas então sua expressão se torna resignada, e ela acena com desdém.

– Vá, então, Elloren Gardner. Volte para o seu homem. E que a Deusa vos proteja. Cavalgue com Valasca. – Ela acena para que a comandante de sua guarda dê um passo à frente, e Valasca me lança um olhar rápido de solidariedade. – Ela a levará até ele.

Valasca agarra a crina do cavalo e monta. Ela vem até mim e estende a mão. Aceito e me iço para trás dela, deslizando os braços em volta da cintura da amaz, que aperta minha mão calorosamente.

– Adeus, Wynter – digo, olhando para a minha amiga. As asas de Wynter estão apertadas à sua volta, os olhos cheios de tristeza. – Venho visitá-la quando puder.

Wynter acena com a cabeça, e antes que eu possa dizer mais alguma coisa, Valasca e eu estamos galopando a caminho da fronteira.

Encontramos Yvan exatamente onde disseram que ele estaria, perto dos limites do território amaz, logo após a barreira rúnica da fronteira. Suas guardas acenam para Valasca quando nos aproximamos, e ela me ajuda a desmontar.

– Eu dou notícias – digo a Valasca, antes de soltar sua mão.

– Eu também – promete ela, com expressão grave.

As amazes são dispensadas, e Valasca me lança um último olhar antes de desaparecer na floresta, e as runas carmesim da fronteira desaparecem quando elas partem.

Yvan e eu ficamos sozinhos na escuridão.

Não sei o que dizer, então apenas fico ali de frente para ele, com o rosto de Ariel vívido em minha mente. Yvan parece abatido e retraído ao se inclinar contra uma árvore, sua expressão está devastada.

– Yvan – expiro, balançando a cabeça em tristeza.

É tudo o que há para dizer. Como alguém pode colocar em palavras tudo o que aconteceu, a imensidão do mal que enfrentamos?

– Nós falhamos com ela – diz ele, com um sussurro áspero.

Fomos lentos demais. Impotentes demais. Tarde demais.

Não consigo falar, então apenas aceno com a cabeça em resposta, e lágrimas ardem em meus olhos inchados.

– Sinto muito – continua ele. – Sinto muito mesmo. – As palavras saem com pressa, seu tom desesperado.

– Yvan – digo, com a tristeza me inundando –, você fez tudo o que podia. Arriscou a vida para levá-la a um lugar seguro. Não podia ter feito mais nada. *Nada.*

Yvan acena bruscamente, seu rosto está rígido, como se estivesse segurando uma onda de emoção tão forte que ameaça romper todos os seus muros.

– Como está ela? A criança? – pergunta ele, com voz embargada. – Ela parou de gritar?

Aceno com a cabeça. Imagino que, assim como eu, ele esteja ouvindo o eco dos gritos da menina reverberando na sua mente, sentindo o peso do seu terror.

– Ela desmaiou de exaustão. Elas a aceitaram entre as amazes. Também aceitaram Wynter.

Ele engole e acena com a cabeça, parecendo momentaneamente incapaz de falar, sua respiração fica ofegante enquanto seu rosto se dissolve em uma máscara de dor. Yvan fecha os olhos e se afasta de mim, recuando para a árvore em que está apoiado, uma mão segura a casca em busca de apoio, a outra voa para cobrir os olhos enquanto solta um som severo e sufocante.

– Yvan. – Dou um passo em direção a ele.

Ele está soluçando agora, o som é uma tosse aguda e áspera, seus ombros convulsionam, como se ele estivesse tendo problemas para recuperar o fôlego.

Minhas próprias lágrimas escorrem pelo meu rosto quando me dirijo a ele. Abraço seu ombro rígido enquanto ele luta para parar de chorar, falhando enquanto a dor o domina.

Ele abaixa a mão que cobre o rosto e se vira para mim, com os olhos cheios de desespero vulnerável. Ele se afasta da árvore e cai em meus braços, chorando no meu ombro.

Eu o abraço com força, suas lágrimas úmidas no meu pescoço, todo o seu corpo atormentado por soluços.

– Sinto muito – exclama Yvan novamente, com a voz abafada em meu ombro enquanto ele balança a cabeça de um lado para o outro.

– Yvan – digo, e minha própria voz se parte. – A culpa não é sua.

Eu o abraço com força, seus braços me agarram como se sua vida dependesse disso.

Ficamos assim por um longo tempo, perdidos na tristeza.

Seus soluços enfim diminuem, e ele se afasta, enxugando as lágrimas de qualquer jeito com as costas da mão. Então ele olha para mim, e seus olhos rapidamente ardem em ouro.

– Eu te amo, Elloren.

Minha respiração fica presa na garganta.

Ambos sabemos o que isso significa. Quanto lhe custará essa declaração, esse caminho. Quanto custará a nós dois.

Minhas lágrimas são frias na minha pele enquanto deslizam pelo meu rosto. Afugento-as, piscando, para poder vê-lo com clareza. Estamos completamente encurralados de todas as formas possíveis, mas já não há forma de lutar contra isso.

– Eu também te amo – sussurro através de lábios salgados e encharcados de lágrimas.

Ele toma meu rosto em suas mãos quentes e olha para mim com intensidade enquanto meu coração acelera.

– Eu quero te beijar, Elloren – diz ele, com as palavras carregadas de importância –, mas... isso vai nos atar.

– Eu não me importo – digo a ele, fervorosa. – Quero que você me beije.

E então ele traz a boca à minha.

Os lábios de Yvan são quentes e cheios e estão salgados por suas lágrimas, seu beijo é hesitante quando um calor surpreendente floresce de onde sua boca toca a minha, seu calor desliza através das minhas linhas de afinidade em uma adrenalina que faz meu corpo formigar.

Seu beijo é como o mel mais doce, como algo em que eu poderia me afogar para sempre.

E então o calor aumenta, crescendo com ardência onde seus lábios se movem contra os meus, minha sensação de seu fogo aumenta com rapidez até que chamas estremecem pelo meu corpo todo, percorrendo minhas linhas e ao redor de nós dois.

Ofego, afastando-me um átimo, minha respiração está profunda e irregular.

– Seu fogo...

Yvan olha para mim através de olhos selvagens e brilhantes, com a voz abalada.

– É demais?

– Ah, não – expiro, levando os lábios de volta aos dele.

A boca quente de Yvan se apossa da minha, as mãos se espalham sobre as minhas costas, segurando-me firmemente contra ele enquanto o seu incrível fogo corre através de mim. É melhor do que qualquer coisa que já senti na vida. Melhor do que o primeiro sol quente da primavera, melhor do que a sensação do fogão a lenha depois da chegada do frio gelado. O fogo queima todas as coisas trágicas e dolorosas.

– Fiquei sozinho por tanto tempo – sussurra ele, com os lábios a uma fração dos meus, seu calor correndo por mim.

– Não está mais – sussurro de volta.

Ele acena com a cabeça e estende a mão para acariciar meu cabelo com ternura enquanto seu fogo me envolve, e eu sorrio para ele através da minha tristeza, porque mesmo em meio a tanto horror, é maravilhoso finalmente nos encontrarmos.

– Posso ficar com você esta noite? – pergunta ele. – Não quero dizer... – Ele faz uma pausa por um momento, sua mão para no meu cabelo, e, com clareza, o vejo tentar organizar os pensamentos. – Só quero ficar perto de você.

Concordo com a cabeça.

Ele respira fundo e pressiona levemente a testa na minha.

– Precisamos voltar. Temos uma longa caminhada pela frente.

– Certo – concordo.

Ele se inclina para me beijar de novo, seu calor estremece através de mim. Em seguida, toma a minha mão na sua, e partimos em direção à Torre Norte.

CAPÍTULO CINCO

LIMITES

À medida que as árvores se abrem diante de nós, meu coração salta à vista familiar da Torre Norte: um refúgio bem-vindo do mundo cruel que nos rodeia.

Minha mão se agarrou firmemente à de Yvan, e caminhamos em silêncio pelo campo iluminado pela lua até chegarmos à estrutura de pedra.

Ele pega o lampião pendurado no gancho na entrada, acende-o com um aceno de mão e abre a porta. Sem dizer nada, ele me segue pela escada sinuosa, longas sombras ricocheteiam nas paredes enquanto o lampião balança para a frente e para trás em sua mão.

Estou profundamente consciente da sua presença, do som dos seus passos, da sua respiração. Tenho tantas emoções conflitantes neste momento que é difícil resolver todas. O rosto de Ariel, da menininha icaral, dos icarais quebrados sem as asas... todas essas coisas devastam meu coração.

Mas nem tudo é escuridão.

Yvan me ama.

Senti isso por muito tempo, mas agora ele está totalmente rendido ao fato, e eu também. E o fogo completamente inesperado e abrangente do beijo de Yvan... Só de pensar nisso meus joelhos ficam fracos.

Entramos no meu quarto frio e silencioso, tão vazio de vida agora: as aves se foram; Wynter, Ariel, Marina e Diana se foram. Apenas a obra de arte de Wynter fornece uma lembrança remanescente e agridoce do que um dia foi este lugar.

Yvan segue em direção à lareira e estende a mão. Uma bola de chamas explode lá e acende a pilha bagunçada de troncos. O fogo aquece rapidamente a sala e lança um brilho laranja cintilante sobre tudo.

Yvan parece distraído, como se não tivesse certeza do que fazer.

– Qual cama é a sua? – pergunta ele.

– Aquela – digo, apontando. A dor me apunhala quando olho para as outras camas vazias. – Não que isso importe agora.

Ele se senta na cama, parecendo pálido e traumatizado.

– Seu rosto… tem um pouco de sangue – digo, baixinho.

Distraído, ele estende uma mão para tocar a pequena ferida na bochecha, em seguida, examina brevemente o sangue em seus dedos antes de olhar para mim, arrasado.

Pego um pano e uma bacia de água do banheiro e trago para a minha mesa de cabeceira. De pé diante de Yvan, coloco uma mão em seu ombro e ergo a toalha para limpar suavemente o corte em sua bochecha.

O lábio de Yvan se contrai quando toco na ferida. Ele descansa uma mão no meu quadril, fecha os olhos e respira fundo enquanto continuo a limpar o sangue de seu rosto e pescoço, mergulhando o pano de volta na bacia de vez em quando.

Noto que o sangue escorre por baixo de sua camisa. Seus olhos ainda estão fechados quando abro o botão de cima camisa para ter um melhor acesso. Estou puxando com leveza as pontas da camisa para abri-la em direção aos ombros quando seus olhos se abrem abruptamente. Com um movimento tão rápido que não passa de um borrão, ele agarra minha mão e a puxa para longe da camisa, seu rosto assume uma expressão extremamente feroz.

Meu coração acelera, meu rosto enrubesce até ficar desconfortavelmente quente, envergonhada por ter ultrapassado os limites entre nós.

– Eu… eu sinto muito – deixo escapar, tropeçando nas palavras. – Eu só ia limpar o sangue que estava debaixo da camisa…

Seu aperto na minha mão ainda é firme; firme demais.

Estou profundamente envergonhada, sem compreender o que fiz. Não sei o suficiente sobre homens para saber qual foi o meu erro.

O aperto de Yvan na minha mão se afrouxa e sua expressão feroz desaparece, rapidamente substituída por um olhar muitíssimo envergonhado.

– Desculpa, Elloren – diz ele, com a voz tensa. Yvan segura minha mão, agora de forma gentil, a tristeza e o conflito em seus olhos se aprofundam. – Eu só quero me deitar… ao seu lado.

Aceno com a cabeça, e ele solta minha mão, fecha novamente o botão da camisa e se inclina para baixo para tirar as botas.

Olho para as minhas roupas. Como as dele, estão rotas e cheiram a suor e sangue.

O sangue de Ariel. O sangue da asa dela.

Tudo me atinge de novo. Aquele lugar horrível. O que fizeram com ela. Como chegamos tarde demais.

Perturbada demais para me preocupar com a modéstia, puxo a túnica por cima da cabeça e desato a saia longa. Atiro a roupa de qualquer jeito para o canto, querendo queimar as vestes manchadas de sangue até virarem cinzas. Tiro as botas e enfio a varinha numa delas, agora estou vestida apenas com uma camisola fina, calção e meias.

Apago a lamparina sobre a mesa, desejando poder apagar todas as coisas horríveis deste mundo com a mesma facilidade.

Quando me volto para Yvan, ele está sentado na beira da cama, me observando em silêncio enquanto a luz do fogo oscila pelo quarto. Vou até a cama e deslizo para o seu lado, deitando-me e me acomodando debaixo das cobertas. Eu me ajusto, olhando para as costas dele enquanto a tristeza e o luto me atingem.

Ariel. Quero que ela volte. Quero que todos voltem.

Yvan se vira e coloca a mão no meu braço com suavidade.

Permanecemos assim por muito tempo, perdidos em pensamentos e tristezas mútuas. Meus olhos ficam pesados, e acabo de me render para deixá-los se fecharem quando sinto Yvan deslizar sob os cobertores de frente para mim, e sua mão encontra a minha cintura.

Ergo uma mão para acariciar os cantos do seu rosto, com cuidado para evitar o corte, e consigo ver os seus olhos se fecharem à luz do fogo. Passo a mão pelo cabelo sedoso dele, e sua respiração se aprofunda.

Ele me puxa para perto e traz os lábios para os meus, beijando-me suavemente, seu fogo desperta quando ele traça uma linha lenta nas minhas costas com as pontas dos dedos, seu calor estremece através das minhas linhas e desencadeia uma dor profunda dentro de mim. Consigo senti-lo se segurando e cedendo a algo poderoso ao mesmo tempo, enquanto seu fogo se acende em um fluxo voraz.

Ele agarra minha cintura enquanto os beijos se aprofundam, cada vez mais famintos, seu fogo e minhas linhas se elevam um ao redor do outro.

– Eu te amo, Elloren – ele murmura na minha boca antes de trazer os lábios carnudos insistentemente de volta aos meus. Meu corpo se curva em direção ao seu enquanto ele me segura, e eu me perco na sensação do seu fogo percorrendo minhas linhas de afinidade e seu corpo longo e quente pressionado o meu.

A respiração de Yvan fica ofegante enquanto deslizo minha língua em volta da dele, seu fogo pulsa através de mim em uma adrenalina decadente enquanto ele se demora me beijando e suas mãos hábeis deslizam ao longo das minhas costas.

Nós nos beijamos por um longo tempo, acariciando um ao outro, perdendo-nos para o fogo crescente.

Então deslizo a perna sobre a dele, e Yvan para de respirar. Ele desliza a mão para ficar logo atrás do meu joelho, gemendo em nosso beijo ao me puxar ainda mais perto. Seu calor sedutor me atinge, enchendo-me do desejo irresistível de me fundir completamente com ele.

Estamos os dois ofegantes quando Yvan desliza devagar para cima de mim, ainda me beijando com paixão, nós dois perdidos por completo nesse paraíso inesperado no meio do inferno.

Enquanto ele se move contra mim, posso sentir o quanto ele me quer. Envolvo as pernas firmemente em torno dele, que ofega, e seu fogo se eleva com rapidez enquanto ele me beija com intensidade, seu fogo e seu corpo me deixando tão tonta quanto o tirag.

Ele recua um centímetro, ofegando. Seus olhos são como ouro derretido enquanto ele olha para mim, minha pele brilha esmeralda à luz do fogo.

– Você é tão linda – murmura Yvan. Ele traça o dedo ao longo do decote da minha camisola curta, tocando o botão de cima. Então olha de volta para mim, como se pedisse permissão, avaliando minha reação ao seu toque descarado.

Minha respiração acelera enquanto ele traça uma linha pelos botões até atingir a fatia de pele exposta logo abaixo, seus dedos graciosos deslizam sob o tecido da camisola.

Suspiro com a sensação que seu toque cria na minha pele nua, deixando um rastro de faíscas deliciosas. Yvan desliza a mão para cima até chegar logo abaixo do meu seio, hesitando, seus olhos se voltam para os meus.

Estendo o braço, envolvendo-o em volta dele, e puxo seus lábios insistentemente de volta para os meus, beijando-o enquanto suas mãos exploram meu corpo, movendo-se sob minhas roupas. Seu fogo se avulta quando acaricio suas costas e toco seus músculos tensos, suas omoplatas marcadas. Querendo sentir mais a sua pele, puxo a sua camisa de lã marrom, tirando-a da calça.

Eu tinha acabado de libertar a sua camisa quando Yvan se afasta abruptamente e rola de costas, respirando com força e de maneira irregular.

– Não podemos... – diz ele, balançando firmemente a cabeça de um lado para o outro, como se tentasse acordar de um sonho, com a mão se erguendo para segurar a cabeça. – Não podemos fazer isso.

Fico ali deitada, meu coração bate forte, um desejo acalorado por ele pulsa através de mim.

Ele tem razão. Estamos literalmente brincando com fogo. Não estamos pensando com clareza. Estamos ambos traumatizados pelos acontecimentos do dia, à procura de escapatória, de conforto.

Ele se volta para mim.

– Eu te amo, Elloren, mas não podemos fazer isso. Não agora.

Claro que não podemos. Não podemos esquecer tudo o que está acontecendo. Não podemos nos dar ao luxo de agir com base em nossos impulsos. E se eu engravidasse, com o mundo à nossa volta desmoronando catastroficamente?

Yvan encontra minha mão e a envolve, segurando meu olhar com expressão ardente.

– Tem razão – eu digo, enquanto minha respiração se acalma, e ficamos ali, abraçados um ao outro, até que meus olhos pesam de fadiga.

Assim que fecho as pálpebras, sinto Yvan rolar na minha direção. Seu braço me envolve quando ele traz os lábios à minha testa.

– Boa noite, Elloren – sussurra ele, e eu estendo o braço para retribuir o gesto.

E então adormecemos, envoltos na segurança quente do abraço um do outro.

– Elloren.

O som da sua voz vem de longe enquanto eu flutuo na escuridão de um sono sem sonhos.

– Humm – murmuro, recuperando a consciência devagar, a linda voz de Yvan me enchendo de um delicioso calor. Eu me estico languidamente, como um gato contente, querendo me envolver em torno dele.

– Elloren.

Há uma estranha urgência em sua voz.

Algo está errado.

O sentimento pacífico e flutuante desaparece, substituído por um pico de tensão nervosa, e eu luto para acordar com rapidez. Viro a cabeça para o lado, o movimento me traz totalmente à realidade.

Yvan está deitado ao meu lado, apoiado com rigidez em um cotovelo. Ele não olha para mim, mas para algo atrás de mim, com profunda preocupação. Volto-me para seguir a direção do seu olhar.

Tia Vyvian está à porta, com os olhos estreitados em fendas apertadas e furiosas enquanto observa a cena diante dela.

– Olá, minha sobrinha.

– Tia Vyvian! – exclamo em surpresa envergonhada, levantando-me e logo me lembro de que estou vestida apenas com as roupas de baixo. – Eu... Nós...

– Por que você está na cama com um kelta, minha querida? – ela me pergunta devagar, com suavidade.

– Nós não... – eu me defendo, ofegante, balançando a cabeça para refutar suas conclusões. – Nós não fizemos... Não é o que parece...

– O que *parece*, Elloren, querida, é que você está de roupa de baixo, na cama com um kelta. – Seu olhar frio oscila rapidamente de Yvan para mim.

Eu olho para ele, em pânico. Yvan observa a minha tia com atenção, os olhos estreitados a avaliá-la e, se a linguagem corporal dele indica alguma coisa, ele a acha perigosa. Sua mão desliza protetoramente na minha.

Tia Vyvian o encara de volta e um canto do seu lábio se contrai.

– Não vai me apresentar ao seu amigo, Elloren?

Ele olha para mim, com expressão cautelosa. Então solta a minha mão e se levanta para enfrentar a minha tia.

– Meu nome é Yvan Guriel.

Minha tia o avalia de cima a baixo com um desprezo mordaz.

O medo se apodera de mim.

Será que ela suspeita do nosso envolvimento no que aconteceu na prisão?

Tia Vyvian se vira para mim, com a testa enrugada.

– Seu tio está muito doente, Elloren.

O mundo dá uma guinada.

Ah, Ancião, não. Isso não. Agora não.

– O que aconteceu? – pergunto, trêmula, com a voz estridente de preocupação.

– É o coração dele, Elloren – diz ela. – Sinto muito. Pode não haver muito tempo. Está de novo em Valgard, com o meu médico particular.

A sala recua em um borrão, e estou apenas meio ciente da mão de Yvan no meu ombro, me estabilizando.

– Você precisa vir comigo imediatamente – diz ela, com firmeza.

Sem dizer uma palavra, assinto.

– Por que você não vai embora, *Yvan*? – diz minha tia a ele, fazendo careta ao dizer o seu nome, como se deixasse um gosto desagradável em sua língua. – Minha sobrinha precisa se vestir.

Yvan olha atentamente para mim, e posso vê-lo tentando transmitir um milhão de coisas. Ele toma a minha mão na sua, e eu a seguro firmemente, desejando que pudéssemos falar um com o outro através das nossas mentes, como ele pode falar com Naga.

– Eu te vejo quando você voltar, Elloren – diz ele, com a voz cálida de afeição. Yvan lança um olhar de desconfiança para a minha tia, nos deseja uma viagem segura e vai embora.

CAPÍTULO SEIS
GUARDIÃO

É durante a viagem de carruagem até Valgard, forçada a tolerar a presença tão próxima de tia Vyvian, que começo a perceber que estou em sérios apuros.

Suas respostas a todas as perguntas que me atrevo a fazer são concisas. Ela mal consegue olhar para mim, e sua tensa desaprovação de antes deu lugar a uma aversão quase indisfarçada.

Uma sombria sensação avassaladora de trepidação se avulta em mim, sugando todo o ar ao meu redor enquanto passamos por grandes faixas de florestas, terras agrícolas e cidadezinhas. Em seguida, a carruagem faz uma curva inesperada para a floresta, rodopiando sob as árvores até chegarmos a um posto militar isolado.

Fico tremendamente confusa quando vejo a estrutura de pau-ferro e dois guardas que são magos nível cinco posicionados lá fora.

Onde estamos?

– Saia – ordena tia Vyvian bruscamente quando a carruagem para e os guardas caminham na nossa direção.

Pisco para ela por um momento, alarmada com seu tom áspero.

Ela se inclina para a frente e me fixa com um olhar de causar arrepios.

– Eu disse *saia.*

Ancião, ela sabe. Ela deve saber de tudo.

Saio da carruagem e sou imediatamente ladeada pelos guardas, minha sensação é a de que estou sendo trancada em um pesadelo. O semblante deles está rigidamente neutro à medida que me empurram para a frente, mas posso sentir o desprezo que irradia dos dois.

Nervosa, olho para a carruagem. Minha tia fica parada lá, observando e removendo devagar as luvas pretas de pele de bezerro. Ela não faz menção de me acompanhar até o posto avançado.

Um dos guardas abre a porta para mim, inexpressivo, fazendo sinal para eu entrar.

Outro guarda de nível cinco com rosto pétreo nos recebe lá dentro e me conduz por um corredor vazio com troncos de árvores de pau-ferro e galhos entalhados nas paredes escuras. Os outros dois se postam atrás de mim.

O guarda à minha frente abre uma cela, cuja porta tem uma pequena janela com barras de ferro bem no alto. Ele a abre e faz um gesto brusco para que eu entre.

Hesito.

– Onde está o meu tio? – pergunto ao guarda que não responde, agora muito assustada.

Sou empurrada por trás e grito, quase tropeçando, enquanto o medo salta dentro de mim. Impotente para combatê-los ou fugir, sigo em frente, titubeante.

Uma explosão de choque me atinge assim que chego à porta da cela.

Tio Edwin está lá dentro, encolhido contra a parede do fundo. Sua mão agarra o peito, ele está ofegante e há hematomas num dos lados do seu rosto.

Arquejo e corro para ele, caindo de joelhos ao seu lado.

– Tio Edwin! O que houve? O que fizeram com você?

Ele abre a boca, como se tentasse falar, mas então seus olhos se arregalam quando ele olha para atrás de mim.

Viro-me e encontro a minha tia emoldurada pela porta.

– Você fez isso com ele? – resmungo, em descrença.

– Você é uma vergonha para esta família – ela rosna de nojo. – Vocês *dois*. Fui uma tola em te deixar criar essas crianças, Edwin. Uma tola de muitas maneiras. Mas *não* vou cometer o mesmo erro novamente. Elloren será laçada *hoje*. Dê-me permissão, ou eu vou mandar espancá-lo até que a dê.

– Laço? – exclamo. – O que está acontecendo?!

– O feitiço do laço – diz minha tia. – Não vai funcionar sem o seu tutor recitar as palavras de consentimento. – Ela aponta para o meu tio. – Você vai recitá-las, Edwin. *Hoje*.

– Deixe-o em paz! – exclamo, posicionando meu próprio corpo sobre ele de maneira protetora enquanto tio Edwin chia para respirar. – Você está machucando o meu tio!

– Tudo o que ele precisa fazer é dizer as palavras – sibila ela.

– Não – meu tio se engasga, a palavra quase inaudível.

Eu me viro para ele, implorando.

– Diga o que ela quiser – peço-lhe.

Ele tenta falar, mas a sua voz é fraca demais. Ele só consegue balançar a cabeça teimosamente para mim, sua expressão está angustiada.

– Por favor, faça o que ela diz – imploro a ele, e lágrimas escorrem pelo meu rosto enquanto eu pego uma de suas mãos. Tento pensar em algo, apavorada e desesperada para encontrar alguma maneira de salvá-lo.

Volto-me para a minha tia, fúria se eleva dentro de mim.

– Se ele morrer – cuspo as palavras através das lágrimas. – Se ele morrer, Rafe se torna o homem mais velho da família, e ele *nunca* vai ceder às suas ordens. Tio Edwin *talvez* ceda, se lhe der algum tempo. Se me deixar cuidar dele, eu falo com ele. Vou fazê-lo concordar com o laço.

Minha tia passa os dedos sobre as luvas que segura em uma mão, um sorriso sombrio se contorce em seus lábios.

– Você se esquece, minha sobrinha, que ainda faltam três dias para Rafe completar vinte anos. Se algo acontecer ao seu tio, *eu* me torno sua guardiã por esses três dias. Portanto, é do interesse dele cooperar. Vou dar dez minutos para ele decidir.

Ela sai e fecha a porta.

O medo me atravessa, seu gosto é frio e metálico na minha boca.

– Por favor, diga o que ela quer – imploro ao meu tio, abraçando-o, chorando em seu ombro. – Por favor, tio Edwin. Não posso te perder.

– Elloren – murmura ele, com um esforço incrível, ainda com a respiração chiando e segurando o peito. – Eu falhei com você. Eu estava errado... – Ele para, sua respiração está cada vez mais dificultosa.

– Não estou entendendo – exclamo. – Errado sobre *o quê*? O senhor nunca me falhou. Nunca.

– Eu te criei... – A respiração fraca em seu peito chacoalha como um saco de ossos. – ... Para você pensar que era fraca... Eu não queria que eles... te *usassem*... você *não é* fraca... você deve *lutar* contra eles... Eu estava errado... Seu poder... – Ele para novamente, os olhos arregalados enquanto arqueja, tentando respirar.

A mão trêmula encontra a minha, e então ele cai para trás, com a cabeça frouxa no pescoço, e os olhos opacos.

E eu sei que ele se foi.

Caio sobre seu corpo, soluçando, abraçando-o com força contra mim.

Durante dez minutos.

Então a porta se abre, e eu ouço o clique das botas dela no chão.

– Levante-se – ordena minha tia.

Eu me viro para encará-la.

– *Sua bruxa horrível!* – grito, lançando-me contra ela.

Seus guardas pulam a seu socorro, empurrando-me para trás e me contendo.

Tia Vyvian paira sobre mim enquanto luto como um animal selvagem para me libertar do aperto violento dos guardas.

– Sugiro que você se acalme – diz ela, fria. – Ou terei que fazer uma visita ao garoto kelta com quem você estava na cama. Yvan Guriel, não é mesmo?

Vá em frente, fervilho. *Vá em frente e faça-lhe uma visita, sua bruxa. Vá procurar Yvan Guriel. Ele vai fazer você arder em chamas e eu vou dançar sobre as suas cinzas.*

Desvairada de tristeza, olho para o meu tio, caído morto no chão atrás de mim.

E é aí que eu perco o controle.

Solto um grito de lamento terrível e perco as forças, deixando-os me arrastar para fora enquanto me estilhaço por dentro.

Deixando-os me arrastar para dentro da carruagem, para fora da carruagem, através dos salões ornamentados da sala de magistrados do Conselho de alguma cidade.

Há soldados de alto nível por todo o lado. Um padre de barba branca usando vestes sagradas está em frente a um pequeno altar, com a varinha em punho, o símbolo do pássaro branco do Ancião bordado no peito.

Sou empurrada com brutalidade para a frente e caio no chão aos pés do padre.

O clique das botas da minha tia soa no chão de ladrilhos enquanto ela vai até o meu lado e para.

Sua voz é glacialmente calma quando sai.

– Embora isso me faça questionar sua sanidade, há um jovem que, milagrosamente, ainda está disposto a se laçar a você. Isto é, se você *sequer* puder ser laçada a esta altura.

– Eu não fiz nada com Yvan! – protesto, aterrorizada com o que podem fazer com ele. À mãe dele. – *Não aconteceu nada!*

– Descobriremos em breve – retorque tia Vyvian. – Vou sair para aguardar a chegada do seu companheiro de laço. – Ela se abaixa e aproxima o rosto elegante do meu. – Confio que você não será tola o suficiente para seguir o caminho de Sage Gaffney depois de se laçar. Dizem que a dor de um laço quebrado é dez vezes pior do que ser marcada a ferro quente. E dura *para sempre.*

Estou encolhida no chão, soluçando, com ranho escorrendo do nariz, quando a porta da sala se abre novamente com um estrondo.

Lukas avança, seguido por vários soldados, a capa preta ondula às suas costas, a espada reluzente e a varinha estão embainhadas em sua cintura.

Ele mal olha para mim enquanto passa, exalando apenas autoridade e raiva.

– Vamos acabar logo com isso, por favor – ele diz ao padre, mas é mais uma ordem do que um pedido. O homem santo inclina a cabeça para Lukas repetidamente enquanto prepara a varinha e abre *O Livro dos Antigos* no altar diante dele.

Dois guardas me puxam com brutalidade do chão, e eu luto contra eles enquanto me arrastam para onde Lukas e o padre esperam. Eles forçam minhas mãos à minha frente, e Lukas estende as suas para segurá-las.

– Eu odeio você por fazer isso! – rosno para ele, e lágrimas caem dos meus olhos, uma das unhas do guarda cava no meu pulso.

– Eles vão fazer o seu laço de varinha hoje, Elloren – Lukas cospe de volta. – Pode ser comigo ou com alguém muito pior.

– Como você pode fazer isso? – exclamo. –Você disse que era meu *amigo*!

– Se eu sair desta sala agora – diz ele, com os dentes cerrados, e a voz tão baixa que é quase um sussurro –, sua tia ainda vai te laçar com alguém que, nas palavras dela, vai "te ensinar o seu lugar à base de surras". Estou aqui porque *sou* seu amigo, quer pense que sou ou não. Acredite em mim, não estou entusiasmado com alguém se laçando comigo apenas porque está sendo segurada por dois guardas·armados.

– Então não faça isso!

–Talvez se não quisesse ser colocada em uma situação como essa – retruca Lukas, com o rosto furioso –, deveria ter evitado passar a noite seminua com um *kelta*. Sim, Elloren, a sua tia me contou tudo sobre a sua noite com Yvan Guriel. Muito em breve veremos a inocência de toda a situação, não é?

– Por que você se importa? – eu rosno de volta para ele. – Você nem me ama.

O semblante de Lukas assume uma expressão tão sombria que, por um momento, temo que ele me bata. Ele desvia o olhar, a boca apertada numa linha dura, como se estivesse em guerra consigo mesmo, depois olha de novo para mim, com intensa frustração.

– Estou tentando *te ajudar*! – diz ele, entre dentes.

– Eu vou te odiar *para sempre*! – fervilho, esforçando-me contra os guardas, contra as mãos de Lukas nas minhas.

O pescoço de Lukas fica tenso, e seu rosto se nubla de repugnância. Ele rapidamente se recompõe e se volta para o padre.

– Faça logo. lace-a comigo. Em seguida, sele o laço.

– Não! – grito enquanto eles seguram minhas mãos no lugar, e o padre recita o feitiço do laço, sua voz é um murmúrio saído de um pesadelo monotônico.

O padre brande a varinha sobre as nossas mãos, e eu me encolho enquanto uma ligeira picada corre pelas minhas mãos e se ramifica, finas linhas pretas saem da ponta da varinha e se enroscam nas minhas mãos e nas de Lukas. Grito em um protesto fútil enquanto as linhas de laço se enrolam e espiralam, depois escurecem à medida que o feitiço de selamento se instala como uma teia de aranha que me envolve.

E depois está feito, e eu sou libertada.

Caio para trás e coloco minhas mãos para a frente, horrorizada com as linhas pretas agora permanentemente marcadas na minha pele.

Lukas agora manda em mim. Ele é *meu dono*.

– Para onde devemos levá-la, comandante Grey? – pergunta um dos guardas a ele.

– Ela tem minha permissão para ir aonde quiser – rosna Lukas, antes de sair da sala.

CAPÍTULO SETE

VINGANÇA

Yvan está lá quando volto à Torre Norte, atordoada.

A noite está escura como breu, com trovões à distância. Um fraco lampejo de um raio pulsa lá fora.

– Seu tio. Como ele está? – pergunta ele, claramente confuso pela minha expressão quando entro no quarto. – Por que você voltou tão rápido?

– Ele está morto – respondo, com a voz seca e sem vida.

– Ah, Elloren... Ah, não...

– Ela o matou. A minha tia praticamente o matou. Sua mãe tem razão. A minha família é ruim. Você precisa ficar longe de todos nós. Vou arruinar a sua vida.

Yvan desliza do parapeito da janela e vem até mim, com o rosto tenso de confusão.

– Não estou entendendo.

– O coração do tio Edwin não aguentou. Ele esteve doente por muito tempo. A minha tia sabia que ele não poderia lidar com situações de estresse. – Eu paro. Não consigo dizer mais nada.

Yvan envolve seus braços em torno de mim enquanto eu fico ali parada, flácida e sem reação.

As minhas mãos. Como posso contar a ele sobre o laço?

A tristeza e a rebelião sombria surgem dentro de mim como uma maré viciosa, e uma ideia ainda mais sombria nasce dela.

Vou quebrar o laço.

Mesmo com o corpo entorpecido de tristeza, insensível, indiferente, estendo a mão e coloco meus braços em volta de Yvan. E então levo os lábios aos dele, meu beijo é suave e, em seguida, fica deliberadamente sedutor.

Yvan corresponde no início, seu fogo desperta, mas depois ele se afasta para olhar atentamente para mim, parecendo muito confuso com a mudança dramática em meu comportamento.

Ignoro sua hesitação, acariciando sua bochecha.

– Apenas me beije – imploro a ele, com voz rouca. – Preciso que você me beije.

Levo os lábios de volta aos dele, meus dedos deslizam por seu pescoço quente, e enquanto nos beijamos, posso senti-lo ir desistindo de sua confusão, cedendo a mim.

A respiração de Yvan se aprofunda, seu corpo enrijece em resposta ao meu abraço sugestivo, seu fogo dispara e depois estremece até se tornar um incêndio.

Passo os dedos languidamente ao longo de suas costas, para baixo e ao redor de sua cintura em uma carícia suave. Então vou ainda mais baixo, minhas mãos deslizam sobre seus quadris, seu fogo agora corre através de mim, suas mãos agarram a minha túnica.

O fogo de Yvan se intensifica à medida que eu o beijo de forma mais provocante, seu calor está cada vez mais desenfreado enquanto corre pelas minhas linhas, suas mãos começam a me tocar com mais ousadia enquanto ele sente todas as fronteiras entre nós ruindo subitamente. Um pequeno gemido escapa de seus lábios quando puxo seu corpo em direção ao meu com agressividade.

Abruptamente, o corpo de Yvan se retesa, e ele estende a mão para segurar meus pulsos, afastando-se de mim.

– Elloren... – Seus olhos estão em chamas, igualmente cheios de desejo e suspeita. – O que você está fazendo?

Abro um sorriso sensual e me movo em direção a ele.

– Leve-me para a cama.

Em reflexo, suas mãos se apertam em torno de meus pulsos enquanto ele mantém a distância entre nós, olhando para o meu rosto com intensidade.

Então seu olhar desce e ele vê. *As minhas mãos.*

Ele respira fundo, a indignação queima formando uma chama dourada em seus olhos.

– É Lukas Grey, não é? Te obrigaram a se laçar a ele.

– Por favor, Yvan – imploro, desesperada. – Quero quebrar o laço. Por favor, me ajude a fazer isso.

Suas mãos estão apertadas em meus braços, me segurando.

– Não, Elloren.

Olho para ele, repentinamente furiosa. Nós nos encaramos por um longo e torturado momento.

E então minha fúria desmorona sobre si mesma. Um abismo se abre sob mim, e sinto meu âmago cair nele, o desespero se espalha para preencher o vazio.

Uma sensação avassaladora de perda me varre com a força de uma onda mortal, tirando o ar dos meus pulmões quando começo a desmoronar por completo.

– Você não me quer mais. – Minha voz é um sussurro estrangulado, minha garganta ficou rígida. Meus olhos perdem o foco, e eu encaro o nada.

– É isso que você pensa? – pergunta ele, incrédulo.

Ouço sua voz vinda de algum lugar à minha frente, como se estivéssemos ambos debaixo d'água. Estou vagamente consciente da sua presença, do seu rosto à minha frente, dos seus olhos tentando encontrar os meus.

Mas é demais. Horrível demais. Não resta mais ninguém que possa ser um pai ou uma mãe para mim. Estou presa a Lukas Grey para sempre. E agora Yvan vai me deixar também.

Estou completamente sozinha.

Eu encaro o nada enquanto lágrimas escorrem dos meus olhos, como uma represa se abrindo, meu rosto imóvel, vazio e entorpecido de tristeza quando começo a desmoronar.

As mãos de Yvan se agarram aos meus braços, querendo me fazer ouvi-lo. Olho em seus olhos ferozes, minha visão turva por uma cortina de lágrimas.

– Você acha que eu não te quero agora? – pergunta ele, inflamado. – Porque você está laçada a Lukas? Isso não muda *nada*. Eu te *amo*.

Busco em seus olhos, procuro uma fenda na sua armadura, uma ponta de dúvida para confirmar os meus piores medos... e não encontro nada. O seu olhar é forte e firme, escancarado e cheio de amor.

– Preste atenção, Elloren – ele me diz, seu aperto em mim se afrouxa para uma carícia. – Ficarmos juntos *não pode* ser por causa de uma vingança. É por isso que estou te recusando. Eu te amo. É por *isso* que eu quero esperar.

De repente, sinto-me como alguém que quase se afogou, que parou de respirar, apenas para ser ressuscitada no último minuto. O ar corre de volta para meus pulmões quando eu caio sobre Yvan, seus braços se fecham com firmeza em torno de mim, me segurando, me impedindo de entrar em colapso. Encontro minha voz e grito de tristeza, soluçando incontrolavelmente, um pranto agudo e desesperado.

Não sei quanto tempo ficamos assim, mas o seu amor por mim nunca se abranda enquanto choro sem parar pelo meu tio, pelos meus irmãos, por Ariel e pelos lupinos, pelos meus amigos... por mim.

Ele fica ali, me abraçando, mantendo minha cabeça um pouco acima da superfície.

Impedindo-me de me afogar.

CAPÍTULO OITO
REVELAÇÕES

Os próximos dois dias são uma névoa turva.

Fico praticamente o tempo todo na cama, dormindo e despertando, apenas meio ciente de Yvan tentando me fazer comer e beber, de Tierney chegando em um certo momento, fragmentos de suas conversas sussurradas perfuram minha névoa de tristeza.

Ela parece tão diferente agora. Seu cabelo azul formando cachos espessos, as costas são uma curva graciosa e fluida, há uma sacola pendurada sobre o ombro.

– Estou partindo para as terras Noi esta noite – diz Tierney. – Os gardnerianos estão derramando mais ferro nas vias navegáveis. Os meus kelpies e eu temos um corredor cada vez mais estreito para percorrer, e precisamos atravessar a Passagem Oriental agora, antes que os gardnerianos a afoguem completamente.

Tierney se aproxima de mim, a mão dela é fria no meu braço, e sinto um leve puxão nas minhas finas linhas de água. Ela se inclina para perto.

– Nos vemos nas terras Noi, Elloren. Sei que um dia vai encontrar o seu caminho até nós.

Eu olho para ela, desesperançada.

– Nada pode deter os gardnerianos. Eles vão ganhar.

Uma centelha de desafio brota nos profundos olhos azuis de Tierney.

– Então eu vou morrer lutando nas águas do Reino Oriental. E você vai estar lá para lutar comigo.

Eu me afasto dela e balanço a cabeça, apática.

– Não, Tierney. Está tudo perdido. Tudo.

Consigo sentir o desafio emanando dela.

– Adeus, Elloren – diz ela enquanto se levanta. – Você foi uma boa amiga para mim. – Sua voz falha e ela fica em silêncio por um momento. Quando volta a falar, o seu tom está cheio de uma determinação incisiva e implacável. – *Vamos* nos ver nas terras Noi.

★

No terceiro dia, eu acordo e levanto as mãos, esperando que a onda feroz de tristeza tome conta de mim ao ver aquelas teias lá, mas não fico abalada desta vez. Meu desespero é abafado, repelido pela sensação dos braços de Yvan apertados ao meu redor. Meus olhos estão pegajosos e inchados de chorar, e não consigo respirar pelo nariz. Não tomo banho há dias e imagino que cheire a suor, mas, ainda assim, ele me segura junto a si.

Viro-me para olhar para ele. Seus olhos estão abertos, seu semblante neutro e gentil. Ele estende a mão para acariciar minha cabeça, meu cabelo sujo e emaranhado, e se inclina para beijar minha testa.

– Bom dia – diz gentilmente.

Mais tarde, quando ele me oferece comida, eu como.

Acordo no quarto dia e vejo a luz do sol quente da primavera entrando pela janela. Yvan está parado perto do peitoril, olhando a floresta.

– Volto mais tarde – ele promete, e o vejo partir.

Levanto-me e vou até a janela, avistando-o enquanto ele atravessa o campo verde, para a floresta.

Lembro-me de como ele desaparecia o tempo todo para visitar Naga. No quanto eu ficava curiosa com o seu paradeiro. Olho para o céu, o sol está alto, e percebo que dormi a maior parte da manhã. Olho para o ponto em que Yvan se embrenhou entre as árvores e me sobressalto.

Um pássaro branco.

Empoleirado em um galho entre as delicadas folhas novas e olhando para mim com olhos cheios de expectativa. Como na primeira vez em que vi uma das Sentinelas, no dia em que Sage me deu a Varinha Branca.

Meu coração acelera.

Saio da cama, calço as botas, pressiono a varinha no cano de uma delas e corro pelo corredor, descendo a escada em espiral e saindo pela porta, o ar frondoso da primavera enche meus pulmões.

Ali está ela: a Sentinela. Ainda sentada no galho enquanto as folhas verde-douradas dançam na brisa suave ao seu redor.

Corro pelo campo gramado, o pássaro desaparece de vista quando o alcanço e reaparece dentro da floresta em um galho de árvore banhado de sol.

A primavera está em toda parte, o verde-dourado cintila.

E quando entro nas selvas, o habitual surto de ódio das árvores não vem. É como se a hostilidade tivesse sido empurrada para os cantos, como se o pássaro estivesse abrindo caminho para mim. Meu coração se enche de uma sensação amorfa de expectativa quando vejo a vegetação por todo o lado, a rebentar do chão da floresta, a subir pelo solo apodrecido.

O pássaro brinca de esconde-esconde comigo durante mais de uma hora enquanto eu o sigo às cegas, com a luz do sol atravessando as sombras, caindo em raios cintilantes como água em cascata. Vejo o pássaro desaparecer, apenas para reaparecer em outra árvore muito à frente, depois desaparecendo mais uma vez. De novo e de novo, até que enfim avisto uma clareira a distância, a luz brilha mais forte através das árvores. Vislumbres de água cintilando ao sol aparecem através dos galhos, além dos troncos largos das árvores.

Eu olho para a Sentinela e espero que ela volte a voar, mas o pássaro iridescente simplesmente envolve as asas em torno de si e desaparece.

Fixo o olhar à frente e começo a caminhar para a clareira, movendo-me sem fazer barulho. Gansos que retornam para a primavera voam alto, grasnando em formação no vívido céu azul. Chego no limite das árvores e olho para um belo lago azul e resplandecente.

Yvan está ali, bem à beira da água.

Assisto enquanto ele desabotoa a camisa, tira-a e a joga sobre um tronco caído, perto de suas botas.

Prendo a respiração para não ofegar ao vê-lo sob a luz do sol brilhante. Seu peito esguio e esculpido. Os ombros largos e braços fortes.

Então ele estende as mãos até a cintura para remover o cinto.

Ah, Meu Ancião. Ele vai dar um mergulho, talvez, ou tomar banho no lago. E vai se despir inteiro.

Calor permeia o meu rosto, o meu pescoço. Sei que eu deveria ir embora, mas estou muito curiosa para vê-lo. A energia inquieta da primavera brota dentro de mim, alimentando uma centelha quente de desejo.

Ele é tão bonito...

Alguns gansos voam em direção ao lago, com as asas bem abertas enquanto manobram para a água e pousam com um esguicho alto. Yvan para de tirar a roupa e se vira para olhá-los.

Recuo com surpresa. Ele tem uma tatuagem elaborada nas costas, como se alguém tivesse tatuado asas gigantes e pretas em toda ela. Asas incrivelmente detalhadas, cada pena cuidadosamente trabalhada.

Yvan fica em pé com as mãos nos quadris. Ele olha para o lago, com a cabeça inclinada para o sol, como se bebesse sua luminosidade. Então, inesperadamente, seu cabelo clareia para um vermelho deslumbrante, as orelhas se alongam para pontas flexíveis e a tatuagem em suas costas ganha vida, como um leque se abrindo devagar.

O choque explode através de mim enquanto as asas crescem e se desenrolam, espalhando-se majestosamente. Como se ele fosse um falcão gigante no auge da sua força, as asas se flexionam, fortes e seguras.

Não se parecem em nada com as asas esfarrapadas e semicuradas de Ariel. Nada como as asas escuras e finas de Wynter.

São incrivelmente bonitas, as penas brilhando como opalas, um arco-íris de cores ondula e brilha em suas pontas.

Eu arquejo e tropeço para trás, um galho estala sob o meu pé.

A cabeça de Yvan gira, seu olhar fica instantaneamente açulado, procurando na floresta a fonte do som. Ele marcha para lá, meio agachado, com os olhos ferozes enquanto as asas impressionantes se abrem atrás dele.

Ele recua um passo, sobressalto quando me vê.

– Elloren – diz ele, com o rosto anguloso se contraindo.

Meus olhos estão arregalados enquanto o encaro.

– Você é um icaral – expiro.

Seu rosto se obscurece com uma angústia feroz.

De repente, tudo se encaixa. Absolutamente tudo.

Meu mundo dá uma guinada alarmante.

– Yvan... como seu pai morreu? – pergunto, com a voz estrangulada, sabendo qual será a resposta antes mesmo de ouvi-la.

Suas asas negras se flexionam.

– Ele foi o icaral morto pela sua avó, Elloren.

Estremeço e me agarro a uma árvore próxima, para me estabilizar.

Tudo faz sentido agora. O horror no rosto da mãe dele quando me viu. Não foi só porque ela é mais uma kelta que odeia os gardnerianos, que odiava a minha avó. É porque eu sou *igualzinha* à mulher que matou o seu marido: o icaral retratado na estátua em frente à Catedral de Valgard.

O pai de Yvan.

Eu me agarro à árvore quando meus joelhos começam a se dobrar.

– Elloren – chama Yvan enquanto caminha rapidamente em minha direção, estendendo uma mão para tocar o meu braço.

Olho para ela, o chão abaixo de mim parece instável. Ele foi capaz de ler a minha mente todo esse tempo? Eu olho para ele.

– Você também é um empata? Como a Wynter?

– Apenas em parte – diz ele, com a testa franzida. – Posso ler emoções, mas não memórias nem pensamentos específicos. E só posso me comunicar mentalmente com outros dragões.

– *Outros* dragões?

– É isso que é ser um icaral, Elloren. Você sabe disso. Sou parte dragão.

Uma onda vertiginosa me atravessa.

– Se os gardnerianos souberem de você...

– Eu sei.

Prendemos o olhar um do outro, as ramificações disso tudo pesam sobre nós.

– Naga sabe, não sabe? – percebo. – E Wynter também. Ela te tocou. Ela deve saber.

Ele engole e acena com a cabeça firme.

– Por que você não me contou? – indago, com a voz instável. – Você sabe que pode ser sincero comigo.

– Prometi à minha mãe que não contaria a ninguém – ele explica, hesitante. – Eu *queria* te contar. Mas, Elloren... só saber disso já te coloca em perigo.

Ele tem razão. Sua simples existência já é uma informação extraordinariamente perigosa.

Pego a sua mão quente na minha, meus dedos se entrelaçam com os dele.

– Yvan, é coisa demais para você lidar sozinho.

Seus olhos ardem, a boca se torna uma linha fina e rígida.

Mais memórias inundam minha mente, peças de tantos quebra-cabeças se encaixam.

– Aquela noite que passamos juntos – digo. – Tentei desabotoar sua camisa e você me impediu. Não queria que eu visse a marca das suas asas.

Um olhar ferido cruza seu rosto.

– Isso mesmo.

– E mais tarde, quando nós... – Eu paro de falar, desajeita. – Pensei que você tivesse parado porque não queria... me colocar em uma situação difícil. Mas eram as asas o tempo todo.

– Sim – ele admite. – Mas eu quis dizer o que disse naquela noite. Quero ficar com você daquela forma, mais do que tudo, mas não quero que você se machuque por causa disso.

Levanto minha mão marcada e a considero, desesperada.

– Mas agora... isso nunca pode acontecer para nós. – Meu desespero começa a espiralar rapidamente para o pânico. Se os gardnerianos ou os alfsigr descobrirem a existência dele, farão tudo o que estiver ao seu alcance para o encontrarem. E vão estar mais do que determinados a matá-lo. – Que habilidades você tem? – pergunto, esperando, desesperada, que ele seja muito mais poderoso do que posso imaginar.

Ele respira fundo.

– Posso atirar fogo com as mãos. *Muito* fogo. Mais do que você viu. Sou incrivelmente forte e rápido. Posso curar pessoas, o que você já sabe. E sou insensível ao fogo.

– Poderia haver mais habilidades?

– Sim. Mas meu pai morreu antes de me ensinar qualquer coisa sobre mim.

A horrível verdade surge: seu pai abatido pela minha própria avó.

– Sua mãe sabe da extensão do seu poder? – pergunto, meus pensamentos giram.

– Acho que sim, mas ela não vai me dizer nada. Quer que eu permaneça escondido para que a história não se repita. Está cansada de ver todas as pessoas que ama morrerem. E não quer que eu seja usado como uma arma.

Fecho os olhos e levo uma mão ao rosto, minha cabeça começa a latejar impiedosamente, a aflição aumenta dentro de mim.

Todos os que eu amo serão massacrados na guerra iminente, e não há *nada* que eu possa fazer para impedir. Meus irmãos e os lupinos, assim como todos os outros com quem eles escaparam, provavelmente serão caçados pelos gardnerianos e mortos. Os keltas, os urisks e os elfos smaragdalfar serão escravizados pelos gardnerianos e pelos alfsigr. Todos os feéricos escondidos, todos os que os abrigaram, Tierney e a sua família, serão descobertos e assassinados. Wynter, Fyn'ir, a pequena Pyrgo: todos serão mortos.

E Yvan sofrerá o mesmo destino; talvez pior, porque ele não conhece toda a extensão de seus poderes nem como usá-los.

E por eu não ter *nenhum* poder, não haverá absolutamente nada que eu possa fazer para impedir nada disso. Porque tudo o que possuo é um maldito eco inacessível das habilidades da minha avó.

– Queria ter poderes. – Enfureço-me amargamente. – Eu sou a neta da Bruxa Negra, e sou *inútil* quando se trata de ajudar você ou qualquer outra pessoa que amo.

– Você não é inútil – insiste Yvan, veemente, e suas asas se dobram com rigidez.

– Você está errado. – Apanho um graveto aos meus pés e arranco pequenos ramos divergentes enquanto entro na clareira. – Eu vou te mostrar *exatamente* o que aconteceu quando fizeram a avaliação de varinha comigo.

– Você nem tem uma varinha de verdade na mão, Elloren – aponta ele, gentilmente.

Não me interessa. Eu quero que ele veja o quanto sou impotente; que não posso nem mesmo executar o feitiço mais simples de todos.

Ergo a varinha improvisada, aponto-a para algumas árvores à distância e concentro-me na imagem de uma vela acesa, procuro na minha mente as palavras do feitiço de iluminação.

– *Illumin...* – começo a dizer, as palavras do feitiço se unem perfeitamente na minha memória.

O poder ressoa nas plantas dos meus pés, tal como no dia do meu teste de varinha há tantos meses. Energia é puxada diretamente do núcleo da Therria. Energia extraída das árvores.

Ele sobe vagarosa pelas minhas pernas, enrolando-se como uma enorme cobra pronta para dar o bote enquanto recito as palavras do feitiço.

O poder rodopiante e pulsante atinge minhas linhas de afinidade como fogo em mata seca. Mas, dessa vez, o poder não encontra resistência, e a dor não se segue ao seu rastro.

Em vez disso, poder corre para cada parte de mim, através de cada linha de afinidade, voando direto em direção ao ramo. Quando ele atinge meu braço, se aglutina como um raio e explode da minha mão de varinha e através do galho em uma explosão violenta em direção às árvores.

Uma forte explosão assola meus ouvidos enquanto as árvores à minha frente são engolfadas por chamas que se elevam tão alto quanto a Catedral de Valgard. Eu caio para trás, atingindo o chão, o galho voa da minha mão enquanto pássaros e animais fogem de todos os lados, o rugido do fogo é ensurdecedor, as árvores gritam na minha cabeça.

Rastejo para longe das chamas enquanto o medo se apodera de mim, meu coração bate com força. A mão de Yvan agarra meu ombro e eu viro a cabeça em sua direção.

Ele olha para o inferno flamejante que eu criei, boquiaberto enquanto se agacha protetoramente sobre mim, com as grandes asas negras arqueando ao nosso redor.

– Santo Ancião – exclamo, aterrorizada.

Os olhos de Yvan estão fixos nas chamas espiralantes e firmes.

– Mas eles me testaram – gaguejo. – Nada aconteceu. Disseram que eu não tinha nenhum poder.

– De quem era a varinha que você usou? – pergunta ele, com crescente suspeita enquanto olha para o fogo com grande concentração, como se lutasse para juntar todas as informações.

– Da comandante Vin.

Yvan se vira para mim, com um olhar de medo no rosto.

– Tem certeza? – A mão dele aperta meu ombro. – Tem certeza de que não foi da força militar gardneriana?

– Sim – insisto, enquanto as chamas à nossa frente engolfam outra árvore, o som da destruição é ensurdecedor.

Ele se volta para o fogo, e seus olhos se arregalam com a compreensão cada vez mais clara.

– Ela te deu uma varinha com bloqueio rúnico.

– Mas eu não entendo – digo, com medo do que isso possa significar.

– Ela não queria que os gardnerianos soubessem – murmura ele, e me preparo, sabendo o que ele vai dizer a seguir.

Os olhos de Yvan encontram os meus, cheios de certeza resoluta.

– Elloren, *você* é a Bruxa Negra.

Sento-me, atordoada, enquanto vemos as árvores estalarem e queimarem, os braços e as asas de Yvan envoltos em mim, firmes.

Depois de muito tempo, as chamas diminuem e o rugido ensurdecedor se abranda para o crepitar de uma enorme fogueira.

– Então – finalmente arrisco um sussurro lento e horrorizado. – Você é o icaral que esperam que destrua a Gardnéria, e eu sou a Bruxa Negra que deveria matá-lo. *Nós* somos os dois pontos da Profecia.

Yvan engole em seco, estudando as chamas à nossa frente.

– Eu não acredito em profecias – diz, com a mandíbula rígida.

– Todas as outras pessoas acreditam.

Ele se vira para mim, com um olhar cansado.

– Sim, acreditam.

– E eu nem estava usando uma varinha de verdade.

– Eu sei.

– Então, se eu usar uma varinha de verdade... – Penso nas histórias de Ni Vin sobre as bolas de fogo que minha avó criou, aquelas que ela usou para destruir aldeias inteiras, para aterrorizar países inteiros.

Eu tenho esse poder terrível. Como minha avó, sou algo potencialmente horrível de se enfrentar.

– Kam Vin sabe – diz Yvan, sombriamente.

– Por que ela não me contou?

Ele balança a cabeça.

– Não sei.

A asa dele roça minha bochecha. É macia e sedosa contra a minha pele.

– Você consegue voar? – pergunto abruptamente, sentindo como se tivesse caído num sonho surreal.

Ele hesita, depois acena com a cabeça.

Eu o encaro, atordoada por essa revelação.

– Ariel e Wynter não conseguem voar.

– Ariel e Wynter foram criadas para acreditar que são impuras e malignas. As asas delas são fracas.

– Não estou entendendo.

Ele dá de ombros.

– Eu também não entendo muito bem. É assim que funciona com os icarais.

Eu respiro fundo, estremecendo.

– Fui criada para acreditar que você é o monstro mais maligno de toda a Therria.

– Fui criado para acreditar na mesma coisa sobre você.

Uma risada involuntária me escapa.

– Pelo menos temos isso em comum. – Eu paro, ficando séria e me lembrando das palavras finais de tio Edwin. – Meu tio sabia. Acho que ele esperava que eu vivesse a minha vida inteira sem saber. E provavelmente teria vivido, se nunca tivesse vindo para cá.

– Ele queria te proteger.

– Como sua mãe quer proteger *você*.

– Outra coisa que temos em comum. – Ele me abre um sorrisinho amável, mas seus olhos permanecem graves.

– Então... Somos potencialmente os dois seres mais poderosos da Therria.

– Que não têm uma ideia clara de como usar os próprios poderes – acrescenta.

Minha cabeça agora começa a latejar impiedosamente. Deixo-a cair nas minhas mãos e fecho os olhos com força.

–Você está bem? – pergunta ele, preocupado.

Claro que não estou. Este é um desastre sem precedentes.

– Eu tenho dores de cabeça causadas por estresse – digo a ele, pressionando a testa nos punhos cerrados.

Yvan se move até ficar na minha frente e coloca as mãos quentes em ambos os lados da minha cabeça dolorida. Abro os olhos e o encontro profundamente concentrado, focado em um ponto logo acima dos meus olhos. Calor irradia de suas mãos, vibrando delas, e a dor na minha cabeça começa a diminuir pouco a pouco, até desaparecer por completo.

Ele afasta as mãos da minha cabeça e mantém uma no meu ombro.

– Obrigada – digo, espantada. Ele assente, abrindo um sorriso tímido. – Uma habilidade e tanto essa que você tem.

Ele estende a mão para afastar uma mecha solta do meu cabelo para trás da minha orelha. É um gesto tão terno que traz lágrimas aos meus olhos.

– Antes que meu tio morresse – eu lhe digo, e minha voz falha –, ele me disse que eu deveria lutar contra os gardnerianos. Que ele estava errado em pensar o contrário. Ele tentou me contar tudo. E então se foi, antes que pudesse terminar o que tentava dizer.

Paro por um momento, com medo de me perder na dor.

–Você acha que eles estavam certos? – pergunto, enfim. – Em nos proteger como fizeram?

Yvan olha brevemente para a fogueira diante de nós. Quando ele se volta para mim, sua expressão é tão dura quanto aço forjado.

– Não.

Minha cabeça gira com a simples vertigem dessa coisa toda. Tudo foi virado de cabeça para baixo; está tudo do avesso.

– Isso não pode estar acontecendo – protesto, sobrepujada. – Não deveria ser eu. Não sei como exercer esse tipo de poder.

Ele olha para o fogo novamente, parecendo impressionado.

–Você pode aprender.

Lembro-me das palavras de Marina no dia em que encontramos a sua pele.

Poder muda tudo.

– Isso é maior do que nós dois – diz Yvan. – Se ninguém avançar para lutar, eles vão vencer.

Mas poderíamos realmente vencer? Poderíamos controlar o nosso poder e ajudar a derrubar os gardnerianos e os alfsigr e todos os seus aliados?

Yvan me envolve em seus braços por um longo momento, o fogo crepita à distância enquanto luto com esse novo destino.

–Talvez a gente ganhe – diz ele, por fim.

– É um *grande* tiro no escuro, Yvan.

– Coisas mais improváveis já aconteceram.

Olho para ele.

– Nós resgatamos Naga de uma base militar gardneriana – digo, quando um desafio ousado começa a surgir dentro de mim.

– E destruímos metade da base – acrescenta ele, pensativo.

– E as selkies. Elas estão livres.

– Isso também foi um tiro no escuro.

– Como você acabar sendo um meio dragão.

O canto da sua boca se ergue num sorriso.

– E depois tem você... sendo, de todas as coisas no mundo, a Bruxa Negra.

Assinto, um pouco atordoada quando olho para as árvores em chamas.

– Isso *definitivamente* foi inesperado.

Yvan dá um aperto quente no meu braço, se levanta e desce até o lago para recolher suas coisas. Quando chega na beira, fica imóvel. Então puxa as asas com força atrás de si, dobrando-as contra as costas, até que apenas a marca delas permaneça. Seu cabelo se transforma de vermelho vibrante de volta ao marrom do glamour, e as orelhas mudam para a forma arredondada mais uma vez.

Quando termina, solta um longo suspiro, como se fosse necessário um pouco de esforço. Então, rapidamente, ele coloca a camisa, o cinto, as meias e as botas.

Ele me oferece a mão ao se aproximar.

–Vamos falar com Kam Vin – diz ele. Pego sua mão e o deixo me puxar para cima. – É hora de ela saber que estamos prontos para lutar com eles.

– Como você aprendeu a esconder suas asas? – pergunto, espantada com o que acabei de testemunhar.

– Eu sou lasair, Elloren – diz ele, com naturalidade. – Podemos lançar glamoures fracos.

– Ah.

Por um momento, apenas fico parada ali, atordoada.

– Elloren –Yvan diz baixinho ao me puxar para um abraço caloroso, com os lábios macios na minha têmpora.

– Eu ainda não posso acreditar que você consegue voar – digo, disfarçadamente apalpando ao longo dos planos duros de suas costas por alguma coisa que eu poderia ter perdido. Mas não consigo sentir nenhum traço das asas.

Ele solta uma risada incrédula e se inclina para me beijar de levinho, com lábios sedutores e quentes.

– E não acredito que me apaixonei pela Bruxa Negra.

– Realmente parece ser o caso.

Yvan se afasta um centímetro, seu olhar arde até ficar dourado.

– E é o caso.

E então me beija de novo, seus lábios se aquecem, seu fogo sobe e, em seguida, lampeja através das minhas linhas com uma urgência febril que me faz estremecer contra ele.

– Aposto que ninguém imaginou isso quando escreveu aquela Profecia – sussurro enquanto ele roça a boca ao longo dos cantos dos meus lábios.

– Creio que não – murmura. Então traz seus lábios de volta aos meus e me beija com voracidade.

A sensação que ele me dá é tão boa, tão delirantemente calorosa, que meus pensamentos se enroscam entre si e quase me esqueço das marcas de laço nas minhas mãos, do enorme incêndio florestal que ainda arde, de todas as coisas impossíveis e devastadoras que se passam à nossa volta.

– Então – murmuro, completamente sob seu feitiço. – É assim que é beijar um dragão.

Ele sorri sugestivamente, seus olhos brilham em ouro. Então ele se inclina e me beija de novo, sua língua entrelaça com a minha, seus movimentos são lentos e serpenteantes enquanto seu fogo se enrola em uma carícia lenta pelas minhas linhas, disparando faíscas até os meus dedos dos pés.

A sensação me espanta, ainda mais intensificada pela maneira como ele está me puxando para seu corpo longo e duro, e um desejo apertado toma conta.

– Isso é... interessante – digo, envolvida pela minha reação ao seu toque, ao seu fogo desenfreado.

– Eu amo beijar você – diz ele. – Partilhar esse fogo com alguém... é *incrível*.

– O que você quis dizer quando disse que beijar nos ataria? – pergunto, enquanto ele passa os dedos pelo meu cabelo, roçando os lábios ao longo do meu pescoço.

Ele hesita, com o hálito quente na minha pele.

– O beijo de um dragão o ata à sua companheira.

Eu me afasto para encontrar seu olhar flamejante.

– Então... agora estamos atados?

Ele balança a cabeça, e um rubor avermelha suas bochechas.

– Não. Você não é um dragão. No nosso caso... só vale para um lado. Estou atado a você.

– Como o laço? – pergunto, com hesitação.

Ele inclina a cabeça, considerando a questão.

– Não. É mais um laço de fidelidade. Vou saber quando você estiver em perigo. Vou sentir qualquer dor que você sentir.

Ocorre-me um pensamento perturbador.

– E se eu morrer?

O rosto de Yvan fica tenso com a ideia.

– Por um tempo, eu seria despojado do meu fogo, do meu poder.

– Ah, Yvan. – Eu inspiro bem fundo. – Talvez você devesse ter evitado me beijar. – Estendo a mão para tocar seu rosto, e passo o polegar ao longo da maçã angulosa de seu rosto.

Um galho grande estala e cai no chão, nos sobressaltando. Olho para o fogo, e minha trepidação aumenta.

– Precisamos ir. Temos que encontrar as vu trin e contar a elas o que somos. – Levanto a minha mão de varinha. – E eu preciso aprender a usar esse… esse *poder*.

Se vamos lutar, precisamos aprender a lutar bem.

– A comandante Vin nos levará para o leste – diz Yvan, cheio de certeza, observando o fogo.

Eu me abaixo e puxo a Varinha Branca da bota, minhas linhas de afinidade cambaleiam em direção à sua madeira espiralada. Aperto o punho em torno dela e testo seu peso na minha mão.

Ser fraca já não é mais uma opção.

– Vou aprender a usar isto. – Olho dentro dos olhos ardentes de Yvan. – Vou usar cada pedacinho de poder dentro de mim, e vou aprender cada feitiço em cada grimório. E depois vou atrás de Marcus Vogel.

CAPÍTULO NOVE
RESISTÊNCIA

Yvan e eu partimos para as cercanias do lado leste da cidade de Verpax naquela noite, ambos bastante camuflados e montados no mesmo cavalo. Passamos pela cidade, depois pelas terras agrícolas e pelas florestas iluminadas pelas estrelas, nosso caminho é iluminado pelo lampião de lumepedra que eu seguro.

Agarro-me a Yvan, tirando algum conforto da solidez calorosa dele, mas ainda assim, a trepidação aumenta dentro de mim, ameaçando me dominar. A palma de sua mão desliza sobre a minha, como se sentisse minha inquietação, seu fogo se estende até mim e me envolve em calor.

Depois de um tempo, ele desvia abruptamente para uma estrada estreita que passa pela densa floresta, e para diante de uma pequena clareira.

O silêncio enche o ar ao nosso redor, exceto pelas rãs primaveris emitindo seu chilrear de acasalamento. Observo nossos arredores enquanto apeamos, e Yvan amarra nosso cavalo. Há uma colina curta e inclinada diante de nós, e outra com uma grande face de pedra plana na sua crista.

– Elloren.

Viro-me para encontrar Yvan ao meu lado. Ele pega a minha mão, nossos dedos se entrelaçam, e começamos a subida.

Não passamos mais do que da metade do caminho quando runas esmeralda explodem abruptamente diante de nós nos envolvendo em um círculo. Congelamos. Runas do tamanho de pratos brilham intensamente e flutuam no ar.

Um homem alto e esguio sai das sombras perto do outeiro e caminha em nossa direção, sendo banhado pela iluminação rúnica quando se aproxima. Ele é um elfo smaragdalfar, o padrão esmeralda de sua pele é reforçado pela luz verde. Seus olhos prateados se fixam em nós e depois se alargam à medida que o reconhecimento se espalha pelo seu rosto.

– Professor Hawkyyn? – pergunto, surpreendida.

– Elloren Gardner – diz meu ex-professor de Metallurgia, com a voz cheia de confusão. Ele olha para Yvan, como se procurasse alguma explicação.

– Precisamos falar com a comandante Vin – diz Yvan, seu tom duro não dando espaço para argumentos.

O professor Hawkyyn o encara com incredulidade, seu rosto se volta para mim.

– Ela não pode entrar lá.

– Ela tem poderes – afirma Yvan.

Ele balança a cabeça, impassível.

– Não me interessa se ela tem algum poder de varinha, ela não pode...

– *Não* – diz Yvan, com a voz mais incisiva. – Ela tem *poderes*. E eu tenho asas.

O professor Hawkkyn pisca para nós, como se de repente reajustasse toda a sua visão de mundo, um espanto feroz surge em seu olhar prateado. Ele não deixa de nos fitar enquanto levanta o punho e abre os dedos.

As runas piscam e desaparecem.

Eu puxo o ar profunda e tremulamente enquanto ele inclina a cabeça em direção ao outeiro, indicando para nós seguirmos, então se vira e sobe o morro. A apreensão acende meus nervos quando Yvan e eu começamos a segui-lo, apertando firme a mão um do outro.

Quando o professor Hawkkyn alcança a lateral de pedra do outeiro, em silêncio, ele puxa do bolso da túnica um pedregulho marcado com uma runa esmeralda e o pressiona na parede rochosa.

Observo, paralisada, runas circulares esmeraldas irromperem por toda a pedra. Uma parte da parede estremece, como a superfície de um lago agitado, depois se dissolve em uma névoa verdejante, revelando uma porta dupla marcada por runas.

O professor Hawkkyn abre as portas, e a luz azul nos banha. No interior, duas jovens feiticeiras vu trin se colocam em posição de sentido e desembainham espadas rúnicas curvas.

O professor Hawkkyn entra e fala com elas no que soa como as notas staccato da língua noi. Os olhos de ambas as feiticeiras se iluminam de surpresa quando seu foco voa na direção de Yvan e depois para mim, em grande alarme, e percebo que mantêm as espadas desembainhadas.

Meu coração dispara quando o professor Hawkkyn faz sinal para Yvan e eu avançarmos. As feiticeiras ficam para trás enquanto o seguimos por um túnel estreito que desce bruscamente, consigo sentir os olhos delas nas minhas costas. O ar esfria à medida que descemos, e eu respiro o cheiro de calcário de pedra limpa e lavada a água.

O barulho de metal batendo em metal soa à frente, assim como o som das vozes dos homens, e logo nos aproximamos de uma forja que foi construída na caverna. Uma explosão de calor toma conta de mim enquanto vejo dois elfos smaragdalfar musculosos martelando espadas rúnicas. Os dois ferreiros fazem uma pausa no seu trabalho quando nos avistam e me encaram com um espanto descarado misturado com uma ponta preocupante de hostilidade.

Percebo runas em toda a rede de cavernas, suspensas no ar e brilhando tanto em verde smaragdalfar quanto em azul noi. Algumas estão imóveis, enquanto outras se rotacionam preguiçosamente, e algumas giram tão rápido que parecem discos sólidos de luz.

Passamos por vários depósitos de armas: espadas e todo o tipo de armas brancas encravadas em grandes abóbadas talhadas nas paredes da caverna. Armas suficientes para abastecer um exército considerável.

Aos poucos, começo a entender a enormidade do que está acontecendo aqui. *A Resistência nunca deixou a Verpácia. Eles simplesmente a trouxeram para o subsolo.*

Yvan e eu seguimos o professor Hawkkyn através de outro corredor estreito e sinuoso, o bater repetitivo de madeira contra madeira ecoa das paredes de pedra. Uma caverna expansiva aparece à frente, uma grande variedade de armas rúnicas pende de todas as paredes de pedra. A comandante Vin e a irmã estão treinando com cajados rúnicos, rajadas de luz azul lampejam das armas a cada golpe defendido, um número considerável de feiticeiras vu trin observam atentamente a interação.

Saímos para uma grande caverna circular, e tudo para.

A comandante Vin gira para nos encarar, com o cajado de batalha agarrado ao punho. Ela traz uma extremidade da arma para o chão de pedra com um *toc* decidido enquanto seus olhos se estreitam em mim com foco potente. Cerca de vinte outras feiticeiras vestidas com trajes militares estão posicionadas ao redor da caverna, com linhas de estrelas prateadas presas diagonalmente no peito. Quatro delas usam o uniforme cinza-escuro e o véu preto da força de combate de elite Kin Hoang.

O choque me lacera por dentro quando vejo Jules e Lucretia pairando em torno de uma mesa de madeira encostada na parede, a ampla superfície coberta de mapas e uma pilha de documentos. Preciso olhar duas vezes quando fito uma Lucretia de óculos, com a roupa gardneriana substituída por túnica militar noi preta e calça. Há um raminho de flores-de-ferro brilhantes em seu cabelo preso.

– Elloren – diz Jules, piscando em óbvio espanto. Lucretia se endireita, com os olhos arregalados do tamanho de luas.

Eles não sabem o que eu sou, percebo. Olho para a comandante Vin, que me observa com atenção.

Mas você sempre soube, não é mesmo?

Minha compostura estala. Solto a mão de Yvan e dou um passo em direção a ela, uma indignação imprudente toma conta de mim.

– Há quanto tempo você sabe o que eu sou? – exijo da comandante Vin.

Murmúrios de confusão enchem a caverna.

– Eu não sabia. Só suspeitava – responde ela, com severidade.

– Sabe do quê? – pergunta Jules, dando um passo à frente.

– Kamitra, o que é isso? – pergunta Lucretia, parecendo profundamente abalada.

– Eu tenho poderes – digo-lhes, sem afastar os olhos da comandante Vin. – Bastante poder, na verdade. E posso acessá-lo. Não é verdade, Kamitra?

Mais murmúrios agitados.

– Eu te dei uma varinha bloqueada para a sua avaliação – diz a comandante Vin, sem alterar a voz. – Quando você a deixou cair, suspeitei que você fosse poderosa. Apenas um mago de grande poder poderia invocar magia suficiente para causar dor.

Sons de surpresa inquieta ondulam pelo lugar enquanto uma sensação de irrealidade me domina.

– Você deveria ter me contado – eu a desafio, e uma amarga frustração sobe pela minha garganta, minha voz fica áspera de emoção. – Eu poderia ter ajudado o meu tio. Ele está morto agora, pelas mãos da minha tia. Você sabia disso?

O rosto da comandante Vin fica tenso.

– Não, eu não sabia. Sinto muito.

– Todos os outros – pressiono, tomada por uma súbita angústia. *Ariel. Todos os refugiados agora encurralados no Reino Ocidental.* – Eu poderia ter feito alguma coisa.

Sua boca se torna uma linha apertada.

– Não tinha como eu ter certeza de suas intenções ou do seu caráter. Apenas a Varinha Branca me fez hesitar...

– Hesitar em quê?

Ela me olha com uma força intensa.

– Hesitar em te eliminar.

Meus pensamentos se reviram, suas palavras pairam com terrível ressonância.

– Uma vez que seu poder se manifestou – diz a comandante Vin –, você precisava se provar digna ao vir até *nós*. E eu teria que te observar durante algum tempo, para ver qual direção você escolheu. Você é uma arma perigosa, Elloren Gardner. E todos os videntes de todas as terras visualizaram a mesma Profecia.

– Da Bruxa Negra e do Icaral que ela deveria derrotar – ofereço rigidamente.

– Sim – diz Lucretia, com um leve aceno de cabeça. – Possivelmente você. E o filho de Sage Gaffney, o único icaral homem no Reino Ocidental com asas intactas.

Dirijo-me a Yvan com um olhar significativo. Seus olhos se voltam para os meus, ouro flameja nas suas íris. Ele estende a mão e começa a desabotoar a camisa.

A comandante Vin inclina a cabeça para um lado enquanto todos no espaço olham para Yvan, confusos. Ele sacode os ombros e deixa a camisa cair no chão. Então abaixa a cabeça e fecha os olhos.

Seu cabelo clareia para o vermelho flamejante, como fogo acendendo no pavio de uma vela, as orelhas formam pontas de feérico, as asas negras ganham vida e se abrem.

Arquejos chocados ecoam por toda a sala circular ao passo que os olhos da comandante Vin se arregalam.

Yvan pega minha mão com firmeza no que suas asas se abrem e batem uma vez, um olhar desafiador cintila em seu rosto enquanto seguramos com força um ao outro.

– Ora, ora – diz a comandante Vin, recuperando rapidamente a compostura inabalável. Ela caminha devagar ao nosso redor, com os olhos fixos nas asas de Yvan. – Esta é uma reviravolta particularmente interessante. Os dois pontos da Grande Profecia são aliados. Amantes, ao que tudo indica. – Ela faz uma pausa na frente de Yvan. – O que você sabe sobre seus poderes, Yvan Guriel?

– Muito pouco. – Yvan descreve o que pode fazer, o rosto de todos os que nos rodeiam ficam impressionados e animados. Mas noto outra corrente subliminar em ação aqui, os olhos das feiticeiras se estreitam com apreensão quando se dirigem a mim.

E com medo.

A comandante Vin balança a cabeça, incrédula.

– Os dois seres mais poderosos na Therria, ignorantes de como aproveitar ou usar seus plenos poderes. Incrível.

Seus olhos passam para as outras feiticeiras, depois voltam para mim.

– Você está pronta para lutar contra os gardnerianos e os alfsigr, Elloren Gardner?

– Sim – digo, inflexível, mal-estar sobe quando noto olhares duvidosos em tantos rostos, e com o fato de ela dirigir a questão *apenas* para mim. – Estamos *ambos* prontos para lutar contra os gardnerianos e os alfsigr.

– Nesse caso – diz a comandante –, já é tempo de ambos serem bem treinados. Elloren Gardner, você virá comigo e com parte da minha guarda. – Ela olha para Yvan. – Yvan Guriel, você viajará para o leste com nossa divisão Kin Hoang.

O pânico surge dentro de mim, e os meus olhos voam para os de Yvan, nossas mãos se apertam protetoramente uma à outra.

– Nós vamos ficar juntos – insiste Yvan, com firmeza, e rebelião dispara em seu olhar.

– Vocês não podem – responde a comandante Vin. – Precisam perceber isso. Nós temos que separá-los.

Olho ao redor, sentindo-me subitamente encurralada quando percebo o que eles estão tentando fazer.

Querem tornar mais difícil para os gardnerianos nos matarem ao mesmo tempo. Mas eles também querem proteger Yvan, o ponto abençoado da Profecia, de mim.

Caso eu me transforme na Bruxa Negra dos seus pesadelos.

Internamente, eu me revolto contra a lógica fria e inabalável da comandante Vin, ao mesmo tempo que concordo com o fato de que, em parte, ela deve ter razão.

– Eu não vou te deixar – protesta Yvan, com os olhos queimando ouro.

Você precisa. Para sua própria segurança.

– Yvan, isso é maior do que nós.

O Reino Ocidental caiu. Tudo mudou para o leste: tanto o fluxo de refugiados quanto a guerra que se aproxima. E eu e Yvan somos potencialmente as pontas de lança nessa guerra.

Nós somos as linhas de frente.

Uma lágrima escorre pela minha bochecha, mesmo quando algo duro e afiado como a Espinha se assoma dentro de mim. Yvan estende a mão para secar suavemente a lágrima com o polegar, seus olhos ardem.

– Eu te amo – digo a ele quando o resto do lugar se torna insignificante.

Ele desliza os dedos através do meu cabelo e segura minha cabeça de uma forma que emana um fervor súbito e cobiçoso.

– Eu também te amo. – Ele me puxa para perto e me envolve com os braços e as asas.

Agarramo-nos um ao outro, seu coração bate forte contra o meu. Fecho os olhos e, por um breve e abençoado momento, somos as duas únicas pessoas neste lugar.

– Espere por mim – ele sussurra.

Aceno a cabeça contra a sua bochecha banhada em lágrimas, e é impossível dizer quais lágrimas são dele e quais são minhas.

– Yvan Guriel – chama a comandante Vin, com o tom cheio de urgência. Nós dois nos voltamos para ela. – Precisamos removê-lo do Reino Ocidental. *Agora.*

Duas feiticeiras Kin Hoang vestidas de cinza dão um passo à frente e meu coração bate contra o peito. Yvan e eu seguramos um ao outro.

– Para onde você vai levá-lo? – pergunto, implorando.

– Para um lugar seguro – a comandante me assegura. – Algum lugar isolado onde ele possa treinar. Não podemos te dizer onde é, Elloren Gardner. Você precisa entender.

Caso os gardnerianos me encontrem. Caso eu seja o ponto errado da Profecia, no fim das contas.

Eu olho para Yvan, e as lágrimas caem.

– Então isso é um adeus.

Ele estende a mão para acariciar meu cabelo e olha para mim atentamente, como se tentasse memorizar o meu rosto.

– Seja forte – diz ele, com as duas mãos quentes agora no meu rosto.

– Vou ser – prometo, através das lágrimas.

E então Yvan traz os lábios aos meus uma última vez e envia seu fogo através de mim com tanta força que o calor ainda arde mesmo depois de ele interromper o beijo.

Ele me lança um último olhar ardente, depois se afasta devagar e se vira para as vu trin.

– Estou pronto – diz.

As Kin Hoang se posicionam em torno dele, e, com os olhos marejados, eu o observo partir com as costas decididamente retas e as asas liberadas, enquanto ele caminha para a brilhante névoa azul de um dos muitos túneis de saída da caverna, as guardas o seguem de perto.

E então ele se vai.

Estou chorando com todas as forças agora, sentindo-me vazia por dentro.

O braço de Jules Kristian me envolve, e eu me apoio nele.

– Você sabia? – Choro em sua túnica.

– Não.

Balanço a cabeça de um lado para o outro contra a lã áspera em seu ombro, então olho para ele com descrença.

– Não sei se sou capaz de fazer isso.

Jules encontra a gravidade do meu olhar.

– Você será. Com o tempo. – Ele sorri com tristeza. – Você queria ser inteligente *e* poderosa.

Solto uma risada fútil diante do absurdo da situação.

– É preciso ter cuidado com o que se deseja, hein? – diz ele.

Aceno com a cabeça, sentindo-me confortada por suas amáveis palavras e humor gentil diante de tudo isso.

– Que reviravolta surpreendente – comenta ele, balançando a cabeça. – Estou feliz por ser você, Elloren.

Eu, de todas as pessoas.

A Bruxa Negra.

Jules enfia a mão no bolso da camisa e tira um pequeno buquê de flores-de-ferro, o azul brilhante floresce como um fósforo riscado em comparação às runas noi cor de safira resplandecendo ao redor da sala.

– Lucretia queria que você ficasse com isso – diz ele, tornando-se reflexivo ao olhar para as flores. – A árvore de pau-ferro tem um ciclo de vida interessante. Passa um longo ano no chão da floresta como uma flor delicada e frágil. Facilmente despedaçada. Facilmente destruída. – Seus olhos encontram os meus. – Mas, se sobreviver, cresce para se tornar uma árvore forte e profundamente enraizada.

Pego as flores, e seu brilho lava minha mão como um respingo de tinta.

– Essas flores – digo a ele, fitando a florescência luminosa. – Foram usadas para combater demônios nos nossos mitos.

Quando olho para ele, sua expressão se tornou séria.

– Os verdadeiros demônios deste mundo têm muitas formas, Elloren Gardner. Vá encontrá-los – diz ele, com tom inflexível. – E combatê-los.

Encorajada, dou uma última olhada em Jules, depois me endireito e me viro para a comandante Vin.

– Vamos.

EPÍLOGO

Horas depois, estou vestida com uma armadura de batalha noi e sendo conduzida silenciosamente por uma série de passagens descendentes por túneis, com a Varinha Branca embainhada no meu flanco.

Sigo a longa fila de feiticeiras vu trin, com os olhos postos nas costas retas da jovem feiticeira diante de mim enquanto tento repelir a sensação claustrofóbica de que estamos inevitavelmente nos enterrando em direção ao centro da Therria.

Por fim, o corredor desemboca em uma enorme caverna que eu analiso, cheia de admiração.

Estalagmites e estalactites cristalinas sobem e descem ao nosso redor, as superfícies translúcidas brilham em azul na luz rúnica noi. As formações minerais foram removidas no centro da caverna, o chão duro é um redemoinho achatado de cristal.

Uma multidão de feiticeiras vu trin e um punhado de jovens homens e mulheres smaragdalfar andam de um lado para o outro, empilhando caixas de armas. A um canto, uma fileira de cavalos está selada e amarrada, a maioria deles carregando os pacotes pesados necessários para uma longa viagem.

Mas nada disso é o que chama a minha atenção como uma mariposa para a luz de uma lamparina, a minha respiração se aperta na garganta.

No centro da caverna ergue-se um arco de runas noi rotativas que formam o contorno de uma passagem. Uma linha de luz azul corta de runa a runa, cuspindo veios finos de relâmpagos cintilantes sobre a extensão da estrutura do portal rúnico. O centro do portal é ondulante e irrequieto, como a superfície de um lago dourado.

Duas soldados vu trin idosas de cabelos brancos estão ao lado do portal. Uma delas se apoia em um longo cajado rúnico e batuca o que parece ser uma série de códigos para dentro do portal com uma pedra plana e marcada com runas.

Um tapinha no meu braço afasta minha atenção do enorme portal e me dirige para uma jovem feiticeira de rosto sério, que segura com firmeza as rédeas de um cavalo. Ela faz um movimento brusco para que eu monte, as outras soldados do nosso grupo já subindo para os seus cavalos.

Monto a égua ébano e cavalgo a passo lento na direção do portal, a comandante Vin e o pequeno contingente de soldados da nossa comitiva me acompanham.

Desacelero o animal até parar em frente à abertura que paira diante de nós, e olho para ela com crescente apreensão.

Não faço ideia de para onde isso leva.

A comandante Vin cavalga para o meu lado e se vira para olhar para mim. O movimento amassa a gola da sua túnica, revelando uma pequena tatuagem logo abaixo da clavícula.

Um pássaro branco.

– Você está pronta, Elloren Gardner? – pergunta ela.

Por reflexo, toco a Varinha Branca para sentir seu conforto enquanto observo o portal cintilante na minha frente.

Penso no tio Edwin e nos meus irmãos. Em Fernyllia e Fern. Bleddyn e Olilly e todos os trabalhadores das cozinhas. Penso em Wynter e Ariel, Cael e Rhys e Andras. Nos lupinos, em Tierney, Aislinn…

Todos os que amo.

E Yvan.

Agarro firmemente a Varinha e me dirijo à comandante Vin:

– Estou pronta – digo com convicção.

Ela olha para a minha mão marcada pelo laço, cerrada em volta do cabo da Varinha. Um sorriso satisfeito vira os cantos de seus lábios. Ela se endireita em seu cavalo e se move em direção ao portal.

– Então entre, Elloren Gardner.

Seguro a varinha com mais força, extraindo conforto da sensação da madeira em espiral. Minhas linhas de afinidade acendem: terra, fogo, ar e um pequeno traço de água.

Cheia de determinação, incito meu cavalo para a frente, as flores-de-ferro que Jules me deu estão enfiadas na gola da minha túnica. A parede de ouro cintilante do portal ondula à medida que me aproximo, prata lampeja quando entro nele.

Serei diferente de você, avó, é minha jura silenciosa enquanto o Reino Ocidental desaparece atrás de mim. *E voltarei para enfrentar Marcus Vogel.*

Vou derrotá-lo.

Será que o fogo de Elloren será suficiente para conter as forças das trevas empenhadas em consumir a Therria?

Descubra em A Varinha das Sombras, *livro três das* Crônicas da Bruxa Negra*!*

DECISÃO DO CONSELHO DOS MAGOS

N. 366

Todos os icarais nos reinos Ocidental e Oriental da Therria devem ser caçados e executados.

Ajudar na ocultação ou fuga de icarais é agora proclamado como um dos piores crimes possíveis contra o Santo Reino Mago da Gardnéria.

Será punido sem qualquer misericórdia.

AGRADECIMENTOS

Em primeiro lugar, agradeço ao meu marido, Walter, pelo apoio inabalável e entusiástico. Eu te amo.

Às minhas filhas épicas: Alex, Willow, Taylor e Schuyler, obrigada por me apoiarem nesta coisa de ser escritora e por serem tão maravilhosas. Amo vocês.

Enviando também muito amor para a minha falecida mãe, Mary Jane Sexton, e minha falecida amiga, Diane Dexter. Nos momentos que mais pareceram assustadores, lembrei-me do quanto vocês acreditaram em mim e nesta série. O legado de ousadia de vocês continua a me inspirar.

Obrigada à minha sogra, Gail Kamaras; à minha cunhada, Jessica Bowers; e Keith Marcum, por todo o seu apoio. Eu amo vocês.

Uma menção especial ao meu brilhante irmão escritor, o sr. Beanbag, por ser sempre incrível e sempre me apoiar. Amo você.

Agradeço também ao meu sobrinho, Noah, pelo seu apoio e humor. Você é o máximo!

Aos autores Cam M. Sato e Kimberly Ann Hunt, meus companheiros internacionais do grupo de escrita, obrigada por compartilharem seus incríveis talentos e amizade comigo a cada semana. Sinto-me privilegiada por estar nesta jornada de escrita com vocês dois.

Agradeço à escritora e editora Dian Parker por compartilhar seu incrível talento comigo, e à autora Eva Gumprecht por ser uma inspiração.

Obrigada a Liz Zundel por partilhar o seu talento na escrita e pela sua amizade. Amo você, Liz. E obrigada, Betty, estou mandando para você todo o meu amor.

Obrigada, Suzanne. O seu apoio no ano passado foi tudo para mim.

Um milhão de agradecimentos aos meus colegas autores da Harlequin TEEN. Não só estou impressionada com cada um de vocês e com o talento de todos, mas também muito grata por seu apoio e amizade.

Aos autores de Utah (um novo lugar favorito) e aos bibliotecários do Texas (me contaram que vocês são o máximo, e agora sei que o elogio é real), estou muito feliz por conhecer vocês. Obrigada por todo o apoio.

Para YALSA e todos os bibliotecários que apoiaram a mim e à minha série, vocês são a definição da palavra "incrível".

Obrigada a Jessie. E obrigada aos autores Ileana, Shaila, Jennifer, Summer, Ira, Erin, Stephanie, Keira, G., Abby, McCall, Liz, Lia, P., Joel, Laura, R., C., Meg, Sierra, Jon, J. e V. e obrigada a todos os outros autores que me apoiaram ao longo do ano passado. Eu me sinto tão sortuda por conhecer vocês e por ter o privilégio de ler os seus livros fenomenais!

Obrigada a Lorraine pelo apoio tão positivo. Amo você, colega de faculdade :)

Agradeço ao Workshop de escritores de Burlington e ao grupo de lançamento de livros por todo o apoio e por compartilhar seu talento e criatividade sem fim comigo.

Obrigada, Mike Marcotte, por todo o suporte técnico com o meu site.

Uma menção especial a Seth H. Frisbie, PhD, por ser o cientista mais legal que existe e me ajudar a trazer a química do mundo real para meus capítulos de Chímica de fantasia.

Obrigada aos autores locais Rickey, Kane e Ryan, e a todos os outros autores de Vermont (vocês são uma legião) que apoiaram tanto a mim e à minha série ao longo do último ano. Sou muito grata a todos vocês. Além disso, agradeço ao Vermont College of Fine Arts por todo o apoio ao longo do ano. Vocês são um lugar mágico de inspiração. E obrigada à Liga dos Escritores de Vermont por ser tão incrível.

Obrigada a Dan e Bronwyn (eu amo vocês), e obrigada a John G., por seu apoio e amizade.

A todos os bibliotecários da Biblioteca Kellogg Hubbard, por estarem tão entusiasmados e apoiarem a minha série: um enorme obrigada. E obrigada à bibliotecária Loona por todo o apoio.

Ashley e Milinda, obrigada por todas as informações equestres (e por não rirem muito da minha suprema ignorância quanto a cavalos).

Obrigada a todas as livrarias que estiveram tão entusiasmadas com esta série, incluindo a Phoenix Books em Burlington, Vermont; A Bear Pond Books em Montpelier, Vermont; e a Next Chapter Bookstore em Barre, Vermont. Além disso, obrigada aos livreiros que trabalham na seção YA em Burlington, Vermont, Barnes & Noble, pelo seu entusiasmo sem limites.

Para todos os blogueiros e leitores que me apoiaram tanto na internet; todos vocês são ótimos e muito maravilhosos. Estou gostando de estar nesta jornada da série com todos vocês. Obrigada por todas as notas e cartas e grandes ideias!

Aos meus leitores sensíveis, obrigada por tornar este livro muito melhor com suas sugestões perspicazes e visão inclusiva. Quaisquer falhas que permaneçam são completamente minhas. Obrigada a dois dos meus autores favoritos, Tamora Pierce e Robin Hobb, pelo seu apoio e elogios. Nunca poderei lhes agradecer o suficiente.

Obrigada aos meus narradores fenomenalmente talentosos: Julia Whelan, Jesse Vilinsky e Amy McFadden. E um enorme agradecimento a todos na Harlequin TEEN e HarperCollins que apoiaram a mim e a esta série. Não acredito que tenho a oportunidade de trabalhar com pessoas desse calibre. Obrigada a Natashya Wilson, diretora editorial da Harlequin TEEN e Gabrielle Vicedomini, assistente editorial, por tudo. E obrigada à minha fenomenal editora, Lauren Smulski, por fazer cada um dos meus livros ficar melhor.

Agradeço a Reka Rubin e Christine Tsai da equipe subrights da Harlequin, por serem grandes fãs das Crônicas da Bruxa Negra, e pelos seus esforços para levar os meus livros aos leitores de todo o mundo.

Obrigada a Shara Alexander, Laura Gianino, Siena Koncsol, Megan Beatie, Linette Kim, Evan Brown, Amy Jones, Bryn Collier, Aurora Ruiz, Krista Mitchell e todos os outros da equipe de marketing e publicidade que ajudaram a promover esta série.

Para Kathleen Oudit e Mary Luna, do talentoso departamento de arte da Harlequin: nunca poderei agradecer o suficiente por minhas capas e mapas espetaculares.

Muito obrigada à equipe de vendas por seu apoio, e especialmente a Gillian Wise, por seu entusiasmo ilimitado pelas Crônicas da Bruxa Negra.

Agradeço muito aos promotores digitais/equipes de redes sociais da Harlequin TEEN: Eleanor Elliott, Larissa Walker, Monika Rola e Olivia Gissing.

E, por último, obrigada à minha maravilhosa agente, Carrie Hannigan, e a todos da agência HSG, por todo o apoio e por acreditarem nas Crônicas da Bruxa Negra durante tantos anos. Muito amor para todos vocês.